南开版精编国别文学史系列

精编美国文学史

（中文版）

常耀信　著

南开大学出版社
天　津

图书在版编目(CIP)数据

精编美国文学史 ：中文版 / 常耀信著. —天津：南开大学出版社，2016.7(2023.1 重印)
(南开版精编国别文学史系列)
ISBN 978-7-310-05135-9

Ⅰ. ①精… Ⅱ. ①常… Ⅲ. ①文学史－美国 Ⅳ. ①I712.09

中国版本图书馆 CIP 数据核字(2016)第 136857 号

精编美国文学史(中文版)
JINGBIAN MEIGUO WENXUE SHI (ZHONGWEN BAN)

南开大学出版社出版发行
出版人:陈 敬
地址:天津市南开区卫津路 94 号 邮政编码:300071
营销部电话:(022)23508339 营销部传真:(022)23508542
https://nkup.nankai.edu.cn

天津市蓟县宏图印务有限公司印刷 全国各地新华书店经销
2016 年 7 月第 1 版 2023 年 1 月第 2 次印刷
210×148 毫米 32 开本 20 印张 4 插页 500 千字
定价:99.00 元

如遇图书印装质量问题,请与本社营销部联系调换,电话:(022)23508339

前　言

在很长时间里，人们对美国文学的重要性缺乏深刻认识。在20世纪前30年里，有见识的美国文学评论家开始以全新目光看待本国文学独特的伟大之处。他们共同努力的结果是，世人开始认识到美国文学经过近300年的演变，业已达到“成年”。20世纪40年代以后，美国文学评论界开始对具体作品做具体分析，总结美国文学的创作理论。评论界“重新发现”美国文学的激情在20世纪五六十年代升至其“沸腾点”。这一时期的评论重点在于美国早期文学，尤其是19世纪美国文学的主要作家及作品。20世纪60年代以后，评论界从不同角度赏析现当代文学，进一步巩固了美国文学在世界文学上不可小觑的地位。今天，美国文学已成为世界文坛上的一朵奇葩。

美国文学的特点在于一个“新”字。它还比较年轻。从17世纪初叶北美拓殖开始迄今也还不到4个世纪的时间，而真正的独立美国文学的出现，应当说是在19世纪，距今也不足200年。美国人一向以新世界的新人自诩。他们不愿受传统的羁束，决心走出一条新路。这种求“新”的心理状态和精神面貌明显地体现在美国文学机体的质地中。历代美国作家都努力以其独特的方式在文苑内作出探索和尝试，从不满足于先辈留给自己的遗产，一向竭力以自己的新成就和新发现丰富和改进它。于是，殖民时代作家、浪漫主义时代作家、乡土文学作家、现实主义作家、自然主义作家、20 世纪 20 年代、30 年代的作家以及第二次世界大战以后迄今的几十年间，文学创作代代除旧布新，气象万千，不仅数量可观，质量也很高。美国文学保持了它开始时的发展趋势。

我国介绍研究美国文学的历史已逾百年。朗费罗的《人生礼赞》首次被译成中文是在 19 世纪 70 年代。惠特曼的一首诗及斯托夫人的《汤姆叔叔的小屋》（首译本名为《黑奴吁天录》）的中译本出现在 20 世纪初。五四运动之后，惠特曼与马克·吐温的作品不仅有译本，而且有评论。20 世纪三四十年代我国读者接触到奥尼尔、休斯的作品以及理查德·赖特的《土生子》，爱伦·坡也受到诸如鲁迅兄弟等人的重视，欧文的某些杰作被选入中国大学生读物和教科书。自 1919 至 1949 年间，我国对美国文学的译介有了新进展，梭罗、安德森、斯坦贝克、刘易斯、德莱塞、惠特曼及马克·吐温等人的作品与中国读者见面。新中国成立后迄今，我国一些外国文学研究者一直在致力于美国文学的译介工作。20 世纪 50 年代，惠特曼、德莱塞、马克·吐温、杰克·伦敦等受到厚爱，霍桑的《红字》及麦尔维尔的《白鲸》也出现了中译本。海明威自 20 世纪 30 年代首次被介绍到我国后，一直受人瞩目，到 20 世纪五六十年代，国人对他的兴趣日趋强烈。20 世纪 60 年代以后，我国的美国文学研究者开始认真考虑撰写美国文学史。自 20 世纪 70 年代末迄今，我国外国文学研究界异常活跃。中国社会科学院外国文学研究所、各大学的学者们以及外国文学研究者不断推出新的研究成果。美国文学作品的翻译工作也有了长足进步。相当数量的美国小说、诗歌、戏剧等各种文学体裁的作品都有译本面世，中国读者对美国主要作家的主要作品，已经不再陌生。

对包括美国文学在内的外国文学的研究和介绍，已对我国现当代文学的发展产生了相当影响。20世纪二三十年代，惠特曼对郭沫若等一代新诗人的成长，奥尼尔对曹禺、洪深等剧坛巨匠的发展所产生的巨大影响都是醒目的例子。以当代论，西方文学的一些流派，如黑色幽默、准小说、“先锋派”等，对成长的中国作家都具有相当吸引力。海明威和福克纳业已成为一些年轻作家的楷模和灵感源泉。曾受我国古典诗学和诗歌影响的美国意象派诗歌20世纪80年代又折回来，对我国当代诗坛的创作发挥了促进作用。中国文学创作的现实主义主流传统受到震撼，一种从内容到技巧的文学革命正在进行，中国文学的面貌在一定程度上也正受到微妙的影响。

自20世纪70年代以来，我国各大学都开始教授美国文学，也出版了一些教材。拙作《美国文学简史（英文本）》（1990年首版、2004年第2版）、《美国文学选读》（1987年～1991年首版，主编）以及《美国文学史（上册）（中文本）》（1998年版）便是在这种大格局的激励下写出的。现在出版的这部《精编美国文学史（中文版）》，是综合本人多年教学和科研成果，并参考国内外学者的研究成果，力争在有限的篇幅内，以简明的语言，提纲携领地勾勒出300多年来美国文学的发展历程。时间断限是自17世纪北美拓殖时代说起，直至当前；内容则是重点介绍和评论主要作家的主要作品。希望读者能在短时间里获得对美国文学概貌的清晰印象，并能对进一步的研究起到抛砖引玉的作用。

本书在编写过程中，王蕴茹、张彤、宋立君等人参加了编译工作。

本书面向国内高校英语专业本、专科生，英美文学方向研究生及中文系外国文学学习者，英美文学爱好者和研究者等。在编写过程中，虽然吸收了中外学者的研究成果，但由于笔者见识不广，涉猎有限，错讹之处一定不少，企盼同行专家和广大读者不吝指教。

著者

2016 年 5 月

目　录

第一章　殖民地时期的文学

第一节　北美拓殖和美国清教主义

15 世纪末哥伦布发现美洲大陆以后，欧洲出现了有史以来规模最大的移民运动。进入 17 世纪以后，向美洲大陆的移民已经取得长足进展。就北美而言，法国人、瑞士人、荷兰人、德国人和苏格兰—爱尔兰人、西班牙人及英国人分别在圣劳伦斯河沿岸、特拉华河沿岸、哈德逊河沿岸、纽约及宾夕法尼亚、佛罗里达及大西洋岸逐步立定脚跟。黑人奴隶也已出现；印第安人自古以来便在这块大陆上定居。在这些殖民区中，英国人的影响最大。他们的人数最多，宗教、社会、文化根基最牢固。至 18 世纪中期，英国殖民区人口已达 200 万，各种出版物近 12000 种。

英国向北美的移民活动始自 17 世纪上半叶。英国人在北美所建的第一个永久性殖民区是弗吉尼亚州的詹姆斯敦。这一计划的主要成员之一约翰·史密斯船长（John Smith，1580—1631）在他后来撰写的《弗吉尼亚通史》（*The General History of Virginia*）

中说，他们百余名殖民者于1606年12月从伦敦分乘三条航船出发，1607年5月抵达弗吉尼亚。清教徒前辈移民（the pilgrim fathers）1620年9月乘“五月花”号（The Mayflower）远渡重洋抵达新英格兰的科德角，建立起普利茅斯殖民区。担任该殖民区总督30余载的威廉·布雷福德（William Bradford，1588－1657）后来著《普利茅斯开发史》（*Of Plymouth Plantation*），在回顾“清教徒前辈移民”移居美洲的动机时列举了四条理由。前三条说，他们主要是为着谋生：他们要离开生计艰难的荷兰，寻觅一处条件更好、危险更少、更有益于后代成长的归宿之地。在第四条中，他严肃地指出，这虽是最后一条，却并不是最次要的。这些移民具有一种伟大的希望和内心的热诚，“要为在世界那些边远地区传布和促进实现基督天国的福音奠定某种良好基础，或至少为此做一些努力；是的，纵然他们可能只是其他人进行这样一项伟大工作的跳板亦可”。这一段话有力地说明，尽管“五月花”号乘客中只有少数人是虔诚的清教徒，然而他们位居主导地位；他们历尽艰辛到新世界来，是因为内心有一种神圣的使命感激励和鼓舞着他们。

1630年的“清教徒移民”（the Puritans）的主导思想又有所不同。这一次移民人数众多，思想和物质准备充分，宗教色彩极为浓厚，在历史上有“大迁移”之称。在总督约翰·温思罗普（John Winthrop，1588－1649）的率领下，第一批“清教徒移民”分乘四艘航船于1630年抵达马萨诸塞州海湾地区，建立起马萨诸塞海湾殖民区。在航行中，温思罗普立在旗舰“阿贝拉”号上，以《基督教博爱的典范》（“A Model of Christian Charity”）为题，发表了关于他们此行目的和意图的明确“宣言”：他们去新世界的目的不是积财致富，而是为能以他们自己的方式崇拜上帝，为建立一个真正的宗教社会，“山顶之城”，保证他们自己和后代更能免受今世里堕落的侵蚀，争取得到拯救。在他的心目中，“清教徒移民”

自愿移居北美的目标是极其明确的:“寻找一个在适当的政教体制治理下一起生活、相互谐调的地方。”他指出，这是上帝和他们之间达成的“圣约”。这一思想是北美“圣约神学”的最初体现。在温思罗普的领导下，马萨诸塞海湾殖民区逐步兴隆、发展，到1640年，大约已有25000人分居在殖民区各个村庄内，其中包含着英国当时最优秀的牧师和神学家，从而成为北美最大、最富、最虔诚的居民区。在17世纪结束以前的70年中，“清教徒移民”的历代栋梁，诸如马瑟父子、约翰·科顿以及科顿·马瑟等人，竭诚恪守上帝的律例和诫命，保持海湾殖民区及新英格兰作为上帝选民的使命的纯洁性，建立起政教合一的神权统治，逐步完善了“圣约神学”，使新英格兰清教传统成为美国文明的重要组成部分。

温思罗普的布道演说简明地勾勒出美国清教主义的基本纲领，向世界和后人宣布了北美移民的重要使命。这是一个重要的历史事实；随着时间的推移，它愈益显示出它的重要意义，在美国历史、美国文化、美国人的性格以及美国文学上留下了它的百世不磨的烙印。因此，学习和研究美国文学，首先应当了解一下美国清教主义的内涵。

布雷福德和温思罗普所代表的清教徒，他们的言行有着严肃的道德和宗教原则。在宗教上他们属加尔文宗。在16世纪宗教改革运动中发挥重要作用的法国神学家约翰·加尔文（John Calvin，1509－1564）在其著名的《基督教原理》一书中，总结了欧洲宗教改革的思想主张，结合他对《圣经》和神学的多年研究，提出一套系统的神学理论，为新教奠定教义基础。这就是17世纪初叶来到北美定居的清教徒所信奉的加尔文主义神学主张。

加尔文主义可以简明地归结为五点：（1）彻底的堕落：这一点强调原罪思想，人的罪孽源于亚当的堕落，人毫无能力拯救自己；上帝是一切，而人却无足轻重，是一切邪恶的根源；上帝欲使万物和谐，而人出于罪恶本性则制造不和。（2）无条件地挑选：

上帝没有拯救人类的义务，他随其所好“挑选”他要拯救的人；入选或定罪都是预定的；然而，没有人能分享这种先知，人们都必须赞同“上帝的意愿”。（3）有限制的赎罪：基督并非替所有的人、而只是为得救者殉难的；倘若他未死在十字架上，谁也不会得救的；因而，人们又见到上帝爱人类的又一佐证。（4）不能拒绝的恩惠：上帝的恩惠是随意赐给的，既无法争取亦不能拒绝；恩惠是指上帝的拯救和宽容的威力而言，包括赦免罪过、赋予新生、抗拒诱惑的力量以及一种美好的心神平静感；这是圣奥古斯丁的“不平静的心灵在上帝那里得到平静”的思想，酷似马丁·路德所坚持的以同基督精神合一感作为得救的首要条件的主张。（5）圣徒的永远感恩：上帝的选民得救以后拥有执行上帝旨意的一切能力，自始至终正直地生活，这是上帝绝对至高无上地位所导致的必然而合乎逻辑的结果；人不可能在享受恩惠之后再拒绝它以表明自身胜过上帝的威力。由此可见，清教徒是上帝的虔诚信徒。

新英格兰的清教徒坚信自己是上帝的选民，是上帝把他们从旧世界的罪过和堕落中拯救出来，送往北美这块福地的。新英格兰清教第三代神学栋梁科顿·马瑟（Cotton Mather，1663—1728）在《基督在美洲的丕绩》（*Magnalia Christi Americana*）一书中说：“最初驻足新英格兰的牧师和基督徒是一批可能从英格兰所有各郡选出的人，这不是出于人的计划，而是上帝的神奇作用，使相互完全陌生的人同心如一地向他们不知在何处的荒野退去。”清教神学家们都认为上帝挑选出一个新国家的人民，把最优秀的种子播种到北美这片荒原上。他们来到这里的唯一目的是遵照上帝的意愿建立一个“圣经国”，外御堕落和罪过，内防任何异端分裂，以使后世永享上帝的恩赐和慈悲。这样一种崇奉和笃信态度，只能导致颐指气使、顺昌逆亡的宗教狂热。新英格兰清教徒崇尚政教合一制度。这种神权政治的统治是至高无上的。后来在移民群众强烈要求民主的形势下，这种情况虽然有所改变，代议制政体逐渐建立起来，但是真正的自由依然很少。在17、18世纪新英格兰殖民区内显然也具有某种严苛、偏激的因素，给生活涂上了一层暗淡的色调。人们读19世纪作家霍桑（Nathaniel Hawthorne，1804—1864）的名著《红字》（*The Scarlet Letter*）便可知道，女人因私通而犯诫，就必须在胸前戴上标志通奸的红字以示惩罚。当时社会风气是紧张的。对于可能危及他们的生活方式的人，清教政体总是切齿愤盈的。他们不容许托马斯·莫顿（Thomas Morton，1579—1647）的英国国教徒殖民区梅里芒特在殖民区内立五月柱，寻欢作乐，在清教徒的眼皮底下诵读英国国教祈祷书；他们迫害异端、异己，不容许诸如安·哈钦森（Anne Hutchinson）和英格兰教徒坚持异议；他们在17世纪末进行了旷日持久、大开杀戒的驱巫案事件等等。这种“新英格兰方式”不仅引起了殖民区内部的分裂，从历史的长远角度看，也导致了清教主义的衰亡。到19世纪后半叶至20世纪初叶，清教主义受到了普遍谴责。

当然，应当指出，新英格兰的神权政体在历史上是发挥过它的积极作用的。它以其独特的方式强调了个人的突出地位，引导它的民众争取自由、反对旧世界的高压政治机器，给予他们以在新世界开创新天地的使命感和信心。新英格兰的清教徒重视教育和知识，因而能在几十年的时间内把波士顿建成英国殖民地中唯一可以和伦敦相比的政治和文化中心。在某种意义上讲，它通过教育民众进行自我修养、不以出身而以实际生活表现去对待他人，促进了美国人民的平等和民主思想的发展。近年的研究成果力图表明，17世纪新英格兰清教徒也不是那种衣粗食淡、不苟言笑的道学先生，那种戒酒、禁欲、禁止欢笑的“苦行僧”，那种不懂审美、敌视文学艺术的人。新英格兰清教徒不仅衣着五颜六色，而且饮酒、爱美、兴办教育，等等。这些都是合乎历史实际的。

经过70年的变迁，这一政体本身已经成为一种高压政治机器。移民们在新世界立足之后，参与意识逐渐增强。到1691年英王任命总督，代表性议会得以成立，“圣经国”才最后消失。至于清教主义，随着时间的推移，也逐步让位于唯一神教主义和超验主义。至 1832 年，爱默生（Ralph Waldo Emerson，1803－1882）在清教主义支柱马瑟父子（Increase and Cotton Mather）站立过的圣坛上宣布辞去牧师职务时，清教主义确是最后消亡了。

清教主义对美国文学的影响是多方面的。它的理想主义后来渗透进了美国文学的机体中。从总体看，美国文学——至少是白人的美国文学——是建筑在《圣经》伊甸园神话基础上的文学，在很大程度上，它是表达美国清教主义遗产——虔诚理想主义的一种文学形式。清教徒梦想着生活在一种完善的秩序下面，怀着勇气和希望竭诚在北美建设一处新伊甸园，以使人们最终过上理想的生活。在这种使命感的鼓舞下，他们面对艰难险阻而无所畏惧，内心充满乐观主义情绪。这些都成为美国文学产生和成长的重要滋养。爱默生将美国人视为再生的亚当，古朴率真地面对着整个世界；梭罗（Henry David Thoreau，1817－1862）把自己描绘成生活在伊甸园中的亚当；惠特曼看到自己的同胞整日忙碌在新世界，宛如重返伊甸园的亚当的子孙，而感到心旷神怡；而亨利·詹姆斯（Henry James，1843－1916）在自己的主要作品中运用“亚当的题材”描绘出一个个天真无邪的“新人”形象。在 19 世纪美国文学、历史和神学领域内，新亚当在新伊甸园的“美国神话”的轮廓愈来愈清晰，内容愈来愈充实。就是在 20 世纪文学作品中，“美国的亚当”仍以某种形式影响着文学创作，他的身影也总是隐约出现在“了不起”的盖茨比、艾萨克·麦卡斯林、霍尔顿·考尔菲尔德、奥吉·马奇以及《看不见的人》（*Invisible Man*）中的“我”等文学形象身上。而且，在许多作品里，乐观主义情绪弥漫在字里行间，凡此种种都体现出美国清教主义的深远影响。

不仅如此。美国清教徒形象地观察事物的方式又导致了具有典型美国文学特点的象征主义的产生和发展。清教神学及清教徒的文学实践是这种象征主义发展的主要原因。在虔诚的清教徒看来，现实的大千世界只是上帝的一种象征而已。这个世界因上帝的无所不在而具有意义，因上帝的明显行动而得到人们的理解和诠释。他们认为物质生活同时具有精神性质，生活中的一切现象都是上帝意图的组成部分和具体表现。在威廉·布雷福德和科顿·马瑟等早期开拓者的著作中，很容易发现这种在清教徒思维中经常发生的象征过程。随着时间的推移，这一过程便成为美国人民和作家赖以成长的文化传统的一部分。乔纳森·爱德华兹（Jonathan Edwards，1703－1758）认为自然界充溢着形象和比喻，爱默生的《论自然》（*Nature*）宛如充满象征意义的连续的独白，而霍桑、麦尔维尔（Herman Melville，1819－1891）、豪威尔斯（William Dean Howells，1837－1920）以及其他许多作家在自己的创作中，把象征主义已经作为一种技巧运用。清教徒这种独特的观察世界的方式是这些作家所受教育的一个基本构成部分。

在写作技巧方面，清教徒作品的朴素无华也给美国文学留下了清晰的印迹。清教徒崇尚朴素、反对浮华。新英格兰听众和读者的欣赏水平，对文风趋于简朴和形象化都起到了促进作用。早期清教徒著作家的作品都有语言清新、简朴、直接等特点。约翰·科顿的“朴素、诚实”的风格和充满“智慧的语言”便是很好的例子。清教徒的这种文风对后代文学的突出影响表现在美国文学语言口语化风格的形成过程中。富兰克林的《自传》（*The Autobiography of Benjamin Franklin*）表现出口语化的显著特点。到19世纪中叶以后，现实主义文学大师马克·吐温的名著《哈克贝利·费恩历险记》（*The Adventures of Huckleberry Finn*）的语言又进一步体现出这种风格的状貌，后来又经过几代作家的艰苦努力，它终于在海明威（Ernest Hemingway，1898－1961）的作品中脱颖而出，成为美国文学的独特风格。诚然，美国文学的口语化风格和清教文风相较，存在着语言质地的根本不同，但是从历史发展角度看，它们之间显然存在一脉相承的关系。

美国的价值观念在许多方面基本上属清教主义性质。在相当长的时间内，社会公众舆论带有强烈的清教色彩，社会生活和文化趣味深受清教气氛的感染和制约。就美国整个民族的性格而言，清教的烙印最深；就左右北美大陆的思想及思维方式而言，清教徒的威力最有效、最成功。美国作家就是在这样一种特定的文化环境中进行创作的，因此，美国文学在很长时间中表现出明显的说教美学倾向。美国作家多以教育社会为己任，在他们的美学观中，娱乐作用是第二位的。而且，社会生活中存在着不少敏感的领域，作家们也似共同恪守某种默契一样，在触动这些禁区（如性爱）时很有谈虎色变之态。也是由于这种原因所致，在 19 世纪末，脱颖而出的几位年轻作家，如斯蒂芬·克兰（Stephen Crane，1871－1900）和西奥多·德莱塞（Theodore Dreiser，1870－1945）等，都曾经历过屡试屡踬几乎夭折的危险；像克兰的《街头女郎马吉》（*Maggie: A Girl of the Streets*）和德莱塞的《嘉莉妹妹》（*Sister Carrie*）这些经典传世之作都险些变做死胎。究其原因，无非是他们斗胆闯禁区，作品揭开了社会虚伪的面纱，使保守的社会舆论感到了切肤之痛的缘故。这种惶恐和畏忌状态至 20 世纪初叶才有所改变。这种状况出现的原因有很多，清教主义传统在经受过一个多世纪的激烈批评以后已开始失去对社会文化的主导性影响，大概是其中主要原因之一。

在回顾清教主义对美国文学的影响时，人们很难断然评说它的是非曲直。传统影响总有正反两个方面。正面的影响固然重要，而对其某些侧面、尤其是颇具不定性质的侧面的影响，也不可小觑。如此看来，在美国文学的产生和发展过程中，清教主义作为一种传统思想发挥了一种关键作用。在学习和研究美国文学时记住这一点很重要。美国的民族思想和文化机体是由多种因素构成的。在清教主义传统之外，还有杰佛逊民主的理性自由主义、汉密尔顿的保守主义、南方种族主义、19 世纪新英格兰超验主义，以及边界个人主义等等。清教主义只是其中的一种因素而已，然而，它是最突出、最持久、最富影响的一种，在美国思想中占有无可争议的主导地位。

美国清教徒曾竭诚建立的“荒野里的锡安”或许早已消亡，也或许从来就没有建起过。从历史的角度看，这些都不是重要的。在美国民族和国家的成长过程中，清教主义的目标体现出人对理想的憧憬和追求精神。这是美国人民的民族精神。这种精神激励了先辈移民乘木舟远渡重洋来到新世界安家立业，鼓舞着北美的开拓者不畏艰苦向荒野去索求新生活，也是它激扬和振奋了殖民地人民去进行伟大的独立革命。这种精神已经深深根植于美国人的思想意识中，成为美国人民的性格及美国文化传统的一个重要组成部分。清教主义作为一种教义或许早已消亡，它所建立的神权政治也不过延续了 70 年；但是，早期清教徒的后辈们，自觉或不自觉地把清教主义的基本思想以及先辈清教徒的习惯及传统，体现到社会生活的各个领域，传播到全国各地去，使之作为一种价值体系、一种生活哲学、一种传统，持久地延续下来。它已不再是一套宗教信条，而是成为一种精神状态，成为所有美国人所呼吸的民族文化空气的重要组成部分。从这个意义上讲，不了解它，就不易了解美国及其文学。

第二节　殖民地文学 布雷兹特里特 / 泰勒 / 爱德华兹

殖民地文学简介

美国文学史上的殖民地时期有一个半世纪之久。它大体相当于英国文学自弥尔顿（John Milton，1608－1674）至塞缪尔·约翰逊（Samuel Johnson，1709－1784）的那一个阶段。刚在荒野立足的北美殖民者自然不能在文学成就上与伊丽莎白文艺余辉尚在照耀的英国相提并论，但是，他们在开创新生活的同时也在创造着新文化和新文学。真正意义上的美国独立文学出现在 19 世纪。它最初的发端说起来相当卑微。包括日记、札记、书信、稗史、游记、布道文稿等等在内的各种形式的私人文字，在殖民地时期的文学中占据着主要位置。从严格的意义上讲，这些虽有历史文献的重要价值，却极难算得上是文学作品。这一时期内出版的各种图书，一半以上是关于宗教或与宗教有密切关系的。从这个角度观察这一时期的作品，人们可以按照它所表现出的特征将它分做三个界限清晰的小阶段。从 17 世纪 20 年代至中期的 30 年是诸如布雷福德、温思罗普、约翰•科顿、托马斯•胡克（Thomas Hooker，1586－1647）及罗杰•威廉斯（Roger Williams，1603－1683）等第一代清教徒奠定清教信仰基础的时期，他们的作品以其动人的使命感而著称。从 17 世纪 60 年代至 18 世纪初的 40 年间，清教的神权政体经历了由盛转衰的痛苦阶段。这一时期的文字记载几乎无一例外地充满责备声，有自责，也有对世人堕落和叛教行为的申饬和劝导。进入 18 世纪以后，“圣经国”已不复存在，清教的精神大厦危如累卵，险象环生。像科顿•马瑟和乔纳森•爱德华兹那种履险如夷、力挽狂澜于既倒的清教神学家，竭尽毕生精力，准备和推动了北美“大觉醒”运动，以使自己的信仰免遭泼天大祸。他们的作品的宗教色彩极其浓厚。

这一时期作品的内容是相当丰富的。这其中有对各殖民地状貌的描绘，例如约翰•史密斯关于詹姆斯顿和新英格兰的记述，乔治•阿尔索普（George Alsop，1638－？）对马里兰的描写，威廉•潘恩（William Penn，1644－1718）对宾夕法尼亚的介绍等；也有对印第安人的最初记载文字，比如约翰•史密斯关于被印第安人捉住与获释的文字（其中包括对后来著名的印第安女郎波克杭特丝的描绘）、约翰•乔斯林（John Josselyn，1638－1675）的诗作《印第安女郎》（*The Indian Girls*），玛丽•怀特•罗兰森（Mary

White Rowlandson，1635—1678）所著《被俘和获释》（*Captivity and Restoration*），以及约翰·梅森（John Mason，1600—1672）描述移民与印第安人流血冲突的《佩克特战争简史》（*A Brief History of the Pequot War*）等；也有阐述人与自然之间关系的重要文献，在这方面，约翰·伍尔曼（John Woolman，1720—1772）所著《札记》（*Journal*）中的《论青年》（"Youth"）、《实业与良心》（"Business and Conscience"）等篇章以及他的《关于蓄奴的考虑》（*Considerations On Keeping Negros*），塞缪尔·丹佛斯（Samuel Danforth，1626—1674）的《彗星的性质和含义》（*The Nature and Meaning of Comets*），温思罗普的《关于地震的演辞》（*A Lecture on Earthquakes*）及科顿·马瑟著《基督在美洲的丕绩》一书中的某些章节等，都是适例。

在这一时期里，许多诗作和诗人开始出现在尚显萧森的北美艺苑中。北美的首部畅销书《海湾赞歌集》（*The Bay Psalm Book*），作为表达海湾殖民区加尔文主义的第一部文学著作于 1640 年问世。迈克尔·威格尔斯沃斯（Michael Wigglesworth，1631—1705）的《末日》（*Day of Doom*，1662）的销售量遥居首位达一个世纪之久，直至本杰明·富兰克林发表他的《致富之路》（*The Way to Wealth*）后才退居第二位，其影响在北美仅逊于《圣经》和《新英格兰入门》（*New England Primer*）。《新英格兰入门》一书，实际上是一本包含短诗、赞歌、祷词及押韵字母表的儿童教科书，在早期北美传播最广，有销售 500 万册之说。它因有"因为亚当的堕落 / 我们都犯下罪过"等佳句而脍炙人口，有效地宣传了加尔文宗的"彻底堕落"说。著名的作家除在下文里将要详加介绍的安妮·布雷兹特里特（Anne Bradstreet，1612—1672）和爱德华·泰勒（Edward Taylor，1642—1729）以外，还有纳撒尼尔·沃德（Nathaniel Ward，1578—1652）、菲利普·潘恩（Philip Pain，?—1666）、本杰明·汤姆森（Benjamin Tompson，1642—1714）

及约翰·塞芬（John Saffin，1632—1710）等。沃德既是诗人，又是散文家。他为安妮·布雷兹特里特的第一部诗集所撰写的序诗《布雷兹特里特夫人赞》（“In Praise of Mistress Bradstreet”）表现出他的笔触的幽默和尖刻；他的《单纯的鞋匠》（*The Simple Cobbler*）一书中有评论，有诗歌，还有警句格言，以及对神学、政治、时装等的各种评述。潘恩的诗作《每日沉思录》（*Daily Meditations*）清楚地表明，他很熟悉当时英国诗坛特别是乔治·赫伯特（George Herbert，1593—1633）等诗人的作品。他的诗作所表现出的个人感情强度在殖民地时期的诗人中和爱德华·泰勒的诗歌更相近些。汤姆森和威格尔斯沃斯一样，在很长时间内被误认为是北美第一位土生土长的诗人。他的传世作《新英格兰的危机》（*New England's Crisis*），以清新的诗笔记述了印第安人的“菲利普王”攻陷新英格兰殖民区村镇的危急状况。塞芬是新英格兰殖民地时期最出色的抒情诗人，但他的一些诗歌，如《我望着你（我亲爱的）甜甜地睡着而离去》（“Sweetly (My Dearest) I Left Thee Asleep”）这样的爱情诗，直至20世纪才公开发表。

美国清教徒对文学理论涉足不多，英国和欧洲大陆似已提供了充足的文学评论。但是，在新大陆的创作实践中，他们也经常感到有为自己或朋友的某种文体进行辩护的必要性。比如科顿·马瑟写的《论诗歌和文体》（*Of Poetry，and of Style*）等文章等，就属于此类作品。据历史记载，《海湾赞歌集》问世后一直有人批评它，科顿·马瑟曾鼓足勇气于18世纪初叶，运用17世纪诗学发展的新成果，发表了他自己的《赞歌集》。他的文字很华丽。他在《赞歌集》的《前言》和《论诗歌和文体》中运用朴素的语言对这一文体进行了有效的辩护。此外，还有威格尔斯沃斯的以《雄辩赞》（“The Praise of Eloquence”）为题的演讲，约翰·巴尔克利（John Bulkley，1679—1731）为罗杰·沃尔克特的《诗歌沉思集》（*Poetical Meditations*）写的序言等文章。但总的看来，殖民地时期的文学理论作品，无论数量还是质量，都应该说是聊胜于无。

殖民地时期文学领域内所出现的一种引人注目的作品是人物素描。这种文字或以诗歌形式或以散文文体出现在新英格兰的各种出版物中。就内容讲，它有时似自传性文体，回顾重于分析；有时描写基督徒举止的楷模式人物，具有明显的说教性质；有时则是典型性格的刻画——优秀基督徒、真正谦虚的人，或公众领袖人物等；有时则叙述社会名流的生平，具有明显的传记特点。在人物素描作品中数量最多的应推挽歌，诸如约翰·诺顿（John Norton，1651－1716）所写《悼安妮·布雷兹特里特夫人》（“A Funeral upon Mrs. Anne Bradstreet”）及尤里安·奥克斯（Urian Oakes，1631－1681）所写《悼托马斯·谢波德》（“An Elegy upon the Death of Thomas Shepherd”）等挽诗。就风格讲，有些人物素描文字简朴，颇具清教徒的典型特点，而有些则遣词用字相当考究，无疑是受了古典文学的影响。北美殖民地人民在抄起板斧的同时也抄起了笔。在漫长的殖民地时期里，文化荒野中业已出现了轮廓模糊的路。那虽然还仅仅是一条狭窄的土路，仍待拓宽和铺设，但是那无疑已是一条路。像安妮·布雷兹特里特、爱德华·泰勒以及乔纳森·爱德华兹这些先行者，在真正美国独立文学的殿堂中或许没有什么值得称道的位置，但是通向那座圣殿的路却是他们帮助铺设的。

安妮·布雷兹特里特（Anne Bradstreet，1612－1672）

北美殖民地时期的两大诗人——布雷兹特里特和泰勒——都继承了英国的虔诚诗歌传统。他们生活在宗教气氛浓郁的新英格兰，自然接受了上帝对他们的诗笔的指挥，自觉地成为传布上帝意旨的忠诚仆人。他们的诗作题材不分巨细，几乎无一例外地和宗教信仰紧密相关。从某种意义上讲，他们的作品是后世窥探殖民地时代人心态的两扇艺术窗户。在形式上，他们忠实地模仿和移植了英国文学的传统形式。独立的美国诗歌尚需两个世纪的艰苦努力才会问世，安妮·布雷兹特里特和爱德华·泰勒标志着那一丰功伟业的光辉起点。是他们首先表达了北美开拓者对艺术的执著追求，是他们让外界听到了来自新伊甸园的虔诚歌声。

安妮·布雷兹特里特出生在英国，自幼受到清教家庭里加尔文思想的熏陶，在比较优裕的环境中接受了良好的教育。18岁时她随丈夫和父母同乘温思罗普的“阿贝拉”号抵达马萨诸塞海湾殖民区。在那里，她的父亲和丈夫先后当选为海湾殖民区的总督。殖民生活的原始和艰苦一度使她感到痛苦和不安，这在《疲乏的朝圣者》（“As Weary Pilgrim”）一诗中表达得淋漓尽致。后来她认为这是“上帝的旨意”，于是安定下来，成为贤妻良母，生育八个儿女，在理家的同时忙里偷闲，坚持阅读和创作诗歌。安妮·布雷兹特里特知道，清教徒对妇女写诗极不欣赏，但是她未放弃自己的抱负。她的手稿以《美洲最近出现的第十个缪斯》（*The Tenth Muse Lately Sprung up in America*）为名，在英国于1650年出版。这是北美英国殖民者所出版的第一部诗集。这部诗集在伦敦销路很好，很快被列为当时的畅销书之一。后来她继续修改自己的早期诗歌，坚持创作新诗。她的北美第一版诗集出版于她卒世后的1678年，书名为《一些风格各异、充满机智和学识的快活诗歌》（*Several Poems Compiled with a Great Variety of Wit and Learning, Full of Delight*）。

总的说来，安妮·布雷兹特里特的诗歌属模仿型。在风格和内容两个方面，她都未能超越她所师法的伊丽莎白时代的作家，如斯宾塞（Edmund Spenser，1552—1599）等。她的长诗《沉思录》（*Contemplations*）便是以斯宾塞的诗节韵律写成的，表达的也是典型的斯宾塞主题如时间、变化等。对她的诗歌创作影响最大的，应推她以充满敬仰口吻所称的“伟大的巴尔塔斯”。巴尔塔斯（Guillaume de Sallustre，Seigneurd U Bartas，1554—1590）是

16 世纪法国诗人，他的著名长诗《创世的六天》宣扬新教思想，对英国作家锡德尼（Philip Sidney，1554—1586）、斯宾塞和弥尔顿等英国诗人产生过相当大的影响。安妮·布雷兹特里特对巴尔塔斯推崇备至，对他的“四个”的想法尤其感兴趣。她的《第十个缪斯》诗集中，所讲的大部分是一系列的“四”：四行、四种液体、人的四个时代、四季、四大王朝，说教性强，冗长乏味。在这部诗集中，偶而也表现出作者的个性和感情，但是除最后的《凡人的虚荣》及《大卫对扫罗和乔纳森的哀悼》两者以外，多缺乏独创性。比如她的《四季》（*The Four Seasons of the Year*）所描绘的很可能是她在英国 18 年中所经历的春夏秋冬，正如有人说的，她的鸟是英国鸟，她的花是英国花。

安妮·布雷兹特里特的诗作宗教气息很浓。对上帝的崇拜，对天国的憧憬和描绘，对原罪的认识，对死和永生的思虑，清教徒的虔诚和自我剖析，构成了包括她的最动人心腑的家庭诗在内的诗作基本内容。对于天国，她充满向往之情，不止一次地在诗作中勾勒它的状貌。在《关于她的孩子们》（“In Reference to Her Children”）一诗里，她对孩子们说，你们已长大成人，而我的时日却行将结束，我就要从树梢展翅飞向肉眼看不见的地方，在那里老态立即换新颜，和天使一起放声歌唱，没有严寒，没有暴风雨，春天常在，直至永恒。对天国的最具体、最动人的描绘出现在《灵与肉》（“The Flesh and the Spirit”）中。在天国里，灵对肉说，我的眼睛透过天空，所望到的你无法看见；我的衣服并不是丝绸和精金，也不是尘世间所有的废品，我要穿的是皇袍，比璀璨的太阳还要炫目，我的皇冠不是钻石、珠玑和黄金，而是和天使们展现出的一模一样。这首诗对上帝圣城的绘声绘色的描述完全以《圣经·启示录》为张本。这种虔诚业已渗入她的全身心，因此便自然地充溢在她的作品，像《写在我家失火之际》（“Upon the Burning of Our House”）、《疲乏的朝圣者》及《沉思录》等诗作中。

诗人在自己的作品中也反映了清教徒为保证灵魂得拯而进行的激烈而复杂的内心斗争。虔诚的信徒要时刻抵制尘世的诱引，洞察、认识自我，永葆心灵的圣洁。《灵与肉》一诗中的“肉”，所代表的便是世俗的物质的诱惑力。这首诗的构思颇具匠心。诗人把世俗思想和清教精神两种力量都人格化了，于是两种思想的斗争变成为具体的两个人——“两姐妹”——的争论。两姐妹很可能是“我”的肉体和精神，她们的“论争”其实就是“我”的内心斗争，而这种斗争又是极其痛苦的。诗人在这里所运用的是“分裂的自我”或“双重人格”手法。《写在我家失火之际》也是一首典型的清教诗歌。它力图说明上帝的行动的正确性，但同时也无意中暗示，虔诚的清教徒虽然在行动上百依百顺，内心世界却极不平静。诗人的房屋被大火烧为平地，她似毫无怨言，但当她看到那凄惨景象时，又感到一切皆属虚无。诗人仿佛立刻意识到自己的反叛心理，开始责备自己贪恋尘世。这首诗在内容上和《灵与肉》大体相同，只是把“分裂的自我”又合而为一了。

安妮·布雷兹特里特的诗歌还突出地表现出清教徒形象地观察世界的方式。这位女诗人的眼睛善于穿透表层而洞见事物的内在含义，通过具体的事物而披露抽象的本质。比如当她听到蝈蝈儿和蛐蛐儿同时鸣叫，她的头脑便立即沿着清教徒的特定思维模式紧张活动起来：她感到蝈蝈儿和蛐蛐儿在快活地表演二重唱，音调相同，乐器相同，它们仿佛在为自己的艺术感到自豪。对她说来，世界的一切，包括蝈蝈儿和蛐蛐儿，都是上帝的造物、上帝的象征，它们的举止都是对上帝的恩惠的颂扬。由此她进而想到作为造物之一的自己，感到宇宙间这样渺小的东西尚能扬声讴歌自己的主，而她却和哑巴一般唱不出更美的颂歌。因而，她感到羞愧。

从安妮·布雷兹特里特的诗作中，人们也能窥见北美清教移民生活的另一侧面，即它的富于人情的一面。女诗人所生活的年代恰是新英格兰初建神权政治和清教主义炽盛的年代，是后世所称宗教狂热和偏执登峰造极的年代。作为一个总督的女儿、另一个总督的妻子，女诗人的感情世界应当更加拘谨和古板，更缺少自然成分。倘若她尚能沉湎于卿卿我我的儿女之情，能流露出细腻而强烈的母爱，那么，17 世纪的社会和感情生活不应当像 19 世纪霍桑所描绘的那样暗淡、紧张、索然无味。女诗人和丈夫之间的感情显然是恩爱欣洽、绸缪缱绻的。在《献给我亲爱的丈夫》（“To My Dear and Loving Husband”）以及她写给因公出差的丈夫的两封信（“A Letter to Her Husband Absent upon Public Employment”“Another”）这三首对偶体诗中，她竟奇迹般地没有一次或一处提到上帝、天国或永生。女诗人在这几首诗中，感情完全超越了宗教信仰、天规戒律，像一只出笼的鸟，在自由的宇宙中快活地翱翔。安妮·布雷兹特里特珍惜自己所保留的私有的艺术角落，并非只用一种声音讲话。就是在《关于她的孩子们》这种其中含有描写天国状况的诗中，真挚的母爱显然也处于压倒一切的地位，在九十四行诗中，前七十六行几乎无一处说到上帝或原罪或灵魂得拯等清教主义信条和神学思想。女诗人的个人声音表明，她的天然本能在苏醒，她的艺术自我业已在渴望得以表达自己。安妮·布雷兹特里特的创作态度是严肃的。她对自己要求极严，对自己的作品认真修改，一丝不苟，阅读她的《作者致她的书》（“The Author to Her Book”），人们不能不被她精益求精的态度所感动。

安妮·布雷兹特里特是北美殖民地第一位著名诗人。在三个多世纪里，她的地位也经历了荣枯和沉浮。在 18 世纪，以科顿·马瑟为首的知识界对她的宗教诗歌非常欣赏。至 19 世纪，她似乎失去了读者，被视为美国早期文学的一件“文物”。今天，她在美国文学史上的地位已得到恢复，她的诗作成为 17 世纪新英格兰宝贵诗歌遗产的一部分。她的抒情诗，直至 19 世纪艾米丽·狄金森（Emily Dickinson，1830－1886）以前，在约 200 年的时间里，一直是女诗人作品中的佼佼者，它们理所当然地被载入史册。

爱德华·泰勒（Edward Taylor，1642－1729）

北美殖民地时期最伟大的诗人应推爱德华·泰勒。他出生在英国莱斯特郡，在清教共和护国公克伦威尔（Oliver Cromwell，1599－1658）当政时代长大。1668 年，他到达马萨诸塞海湾殖民区，进入哈佛学习，毕业后担任韦斯特菲尔小镇的牧师。泰勒是一个思想敏锐而活跃的人。他虽长时期远离新英格兰文化活动中心，但仍然成功地保持了他对教会历史、教会政治、神学、医学、金属学及自然现象的兴趣并进行研究，成为一个学识极其渊博的人。他的学识明显地体现在他的著作中，这包括：几卷讲道和翻译文稿，一部诗歌形式的《基督教史》（*Metrical History of Christianity*），数篇悼念新英格兰名人和他的私人朋友的挽歌，一部内容和形式都颇复杂的诗作《上帝的决心》（*God's Determinations*），217 首《受领圣餐前的自省录》（Preparatory Meditations，简称《自省录》），以及其他一些内容纷杂的诗歌。泰勒的不少诗作，例如《自省录》，都和他的讲道有密切关系，有些则实际上应用于他的布道讲演中。他的诗作，除一首诗的一个片断外，在他在世时都未发表过。这很可能因为他觉得自己的诗太富刺激性，不应出自像他那样的牧师之手，也是由于他的遗嘱所致。1883 年，他的后代将其长 400 页的四开本手稿捐赠给耶鲁大学，其中部分优秀诗篇于 1979 年问世。

泰勒进行诗歌创作的目的十分明确，他的诗笔是为上帝服务的。他笃信人的原罪说和少数人得拯而入天国说，相信全能上帝拯救灵魂的威力和慈悲。他在《受领圣餐前的自省录》的《序诗》（"Prologue"）中清楚地表明他甘愿以笔颂扬上帝的迫切心情，表示他的“愚钝的想象力”只歌颂上帝，使主的荣耀照射出万丈光芒。他的诗作，从某种意义上说，是把加尔文宗教所强调的《圣经》诗歌化了。他只用一个声音讲话，讲的只有一个内容。从他的诗作中，人们可窥探到一个内心世界极其单调的清教徒的心态。他的诗歌从总体看酷似一个大型比喻，它形象地表现出一个罪犯自出生到被捕、受审、获得新生的完整过程。在诗人看来，人的本性便是污秽和丑恶的，他对人心可谓痛恨至极，为形容它的污秽，他把他所知的尘世的一切龌龊东西都搜罗在一处，依然意犹未尽，因此，他咬牙切齿般地骂自己的心又坏又黑又恶，比魔鬼的心更黑，地狱里也没有可与之相比的东西。他把它视为各种罪过的训练所。他感到绝望，无所适从（《自省录》：第一辑四十）。在这个“污秽的泥坑”里，他和其他人一样“滚动”（《自省录》：第二辑一三八）。他感到自己“灵魂的管道”已被污泥堵塞（《自省录》第二辑一三九）。在这个丑恶的心的周围聚集着魔鬼的势力，它们时刻都在窥视时机，向这颗心施展其诱引的伎俩。当他望到一只蜘蛛在吐丝结网捕食苍蝇，绊住蝇腿，卡住蝇喉，从其脑后咬上致命的一口时，他感慨万端。这场争斗令他想到，“地狱的蜘蛛”也在吐丝织网，施展其诡计，恶毒地使亚当的后代堕落，犯下受到咒骂和惩罚的罪（《蜘蛛捕蝇有感》（“Upon a Spider Catching a Fly”）。泰勒认为，人欲自新，必须接受上帝的审判。人的世界必须由上帝制定法律进行治理，人的思想、言论和生活必须由上帝加以规范。于是，犯罪的他被上帝逮捕了；神圣的法庭清晰地浮现在他的脑际：上帝本人是法官，基督任律师，圣灵做书记官，天使担任法警，一切造物都吻经书出庭作证，所有案件都遵照纯正的法律进行审判，判决公正无误，不会造成痛苦。他向主承认，自己的案件非常严重，自己的罪恶十恶不赦；他恳求主为他开脱（《自省录》：第一辑三八）。他恳求主给他一线希望；他欢呼，他兴奋，因为圣子作了罪人的辩护人，把罪人的罪孽开脱，把他变成圣徒，圣子以昂贵的代价——自己的死——“买”到胜诉的“辩辞”（《自省录》：第一辑三九）。

泰勒诗作的一个重要内容是对基督的歌颂。耶稣舍己替人类赎罪，使诗人渴望得到上帝慈悲的心愿得到满足。这种心情在《受领圣餐前的自省录》中明显体现出来。《自省录》是诗人为在教堂举行圣餐仪式而写的，通常以他在纪念“最后的晚餐”的圣餐仪式上布道所引用的《圣经》段落为基础。他在长达43年的时期内共写成两辑217首，其中关于耶稣的数目最多。在《自省录：第一辑八》中，诗人引用《圣经·约翰福音》里的一句为副题：“我是生命的粮”。这里的“我”指的是耶稣；这一节说，这生命的粮是从天上降下的，人若吃了就会永远活着，耶稣所赐的粮就是他的肉，是为世人的生命所赐的。耶稣的血成为“生命的水”，供世人饮用。在《自省录：第二辑六十》中，诗人引用《圣经·哥林多前书》里的一句作副题：“也都喝了一样的灵水”。《圣经·哥林多前书》是圣保罗奉上帝旨意写给哥林多教会的信。信中说到，他们的祖宗从前都在云下，都从海中经过，都在云里海里受洗礼而归了摩西，并且都吃了一样的灵食，也都喝了一样的灵水，这灵水来自伴随着他们的灵磐石，那灵磐石就是基督。诗人满怀激情地说，基督就是磐石，从中流出的水可洗涤世人罪孽深重的灵魂，这磐石和水做成圣餐杯和晚餐酒供世人享用。诗人对耶稣的赞美充溢在他的其他诸如《自省录：第二辑一一〇》等诗作中。泰勒的《自省录》绝大多数以《圣经》内容为基础。

泰勒的诗歌总的说来比较艰涩，这主要源于他的意象。他的头脑是诗人的艺术头脑。他不满足于抽象的论证。他的感官锐敏，思维惯于大幅度超越物种界限，大胆地联结脑际所出现的兴奋点和客观对应物。这种跳跃的幅度之大及其速度之快，有时令人极难把握和追踪。他的诗表现出明显的“玄奥派诗歌”（Metaphysical Poetry）的特点。17 世纪英国诗坛所出现的以约翰·堂恩（John

Donne，1573－1631）和乔治·赫伯特（George Herbert，1593－1633）为代表的“玄奥派诗人”，力图反映一个万物类似、相互间都存在着某种“神秘”关系的世界。这个世界被诗人的丰富想象力绘制成一个象征对应物的大网结。诗人的思想在表面上全不相关、甚至相悖的事物之间腾跃，专门披露事物之间所存在的、一般人所不易觉察的、隐蔽的相似关系，并以此作为构成比喻的基础。

《家务》（“Huswifery”）是泰勒的精妙诗作之一。他的诗人的想象自始至终萦绕在一个比喻上。他的玄奥的眼睛望到一处农舍家庭主妇坐在纺车前纺纱织布的景象，他的玄奥的思维立刻产生“我是纺车和织布机”这一乍看令人费解的比喻。沿着这条思路一路奔驰，诗人看到纺车和织布机上的各个部件所具有的神秘内涵。诗的第一节谈纺线织布：“主啊，把我做成你的完美的纺车吧，你的圣谕做线杆，我的激情做梭子，我的灵魂做线轴，我的谈话做卷线筒，把纺出的线卷起；再把我做成你的织布机，在上面编织这双股线，你的圣灵做线轴，你来亲手织，线很纤细，你的旨意做蒸洗机，除杂涤垢，然后用精妙的天国的颜料染布，使块块上面的天堂的鲜艳花朵光闪熠熠。”诗的第二节谈布的用途；然后以此为“我”的理解力、意志、情感、判断、良心、记忆、“我”的言语及行动做衣，使它们的光耀充满“我”的举止，并为“你”增辉。泰勒诗歌语言的形象和比喻无疑源于他一生熟读的《圣经》；这也和他的清教徒独特的观察世界的方式有密切关系。

乔纳森·爱德华兹（Jonathan Edwards，1703－1758）

美国著名评论家范·威克·布鲁克斯（Van Wyck Brooks，1886－1963）在论述到18世纪美国及美国性格时指出：乔纳森·爱德华兹和本杰明·富兰克林一起代表了18世纪。决定美国人性格的清教主义传统具有宗教虔诚和冷静务实两个特点；乔纳森·爱德华兹代表前者，富兰克林代表后者。两者都是纯真的清教徒。

爱德华兹 1703 年生于康涅狄格州温莎镇一个宗教气息极其浓郁的家庭里。他自幼受到良好的宗教和文化教育，他身为牧师的父亲对他尽心栽培。13 岁时，他入耶鲁学院学习。1720 年毕业后，他留校两年，进一步研究神学。1722 年他赴纽约任苏格兰长老会一教堂牧师。1723 年返回耶鲁，获硕士学位，并任助教至 1726 年。他悉心钻研加尔文教义，开始接受洛克认识论和牛顿物理学的影响。1726 年他成为马萨诸塞州北安普敦教区著名牧师——他的外祖父索罗门・斯托达德的助手和继任人。他继承了斯托达德牧师竭诚复兴清教信仰的事业，在布道时着重描述上帝的威力、人的堕落、地狱之苦以及人与圣灵融会、接受上帝恩惠的必要性等。他竭尽全力重申这些加尔文神学思想。他的布道演讲总是异常形象、生动而可怕，以使听众对所表达的宗教思想不仅耳能听到，而且眼能看到，鼻能嗅到，手能触到，宛如身临其境一般真切。

爱德华兹清楚地了解，加尔文思想的鼎盛时期业已结束，但他相信自己的力量能促进真诚信仰热情的复活。作为杰出的牧师讲演家，他以感人的率真和精诚去布道，切实做到使听众诚惶诚恐、自惭形秽，匍匐在发怒的上帝面前觳觫不止。1740 年左右，在历史上被称之为“大觉醒”运动的宗教复兴，经过多年广泛的思想积累，终于形成一股强劲风暴，席卷北美东海岸各殖民地，深入到新英格兰的乡村。爱德华兹和英国牧师乔治・怀特菲尔德（George Whitefield）携手合作，周游各地，一起进行布道活动。他的讲演表现出一种新的生气和魅力，他的诸如《发怒的上帝手中的罪人》（“Sinners in the Hands of an Angry God”）等演讲辞成为美国文化史上不可多得的重要文献。在某种意义上讲，爱德华兹是促进北美“大觉醒”运动发生与发展的关键人物之一。一时之间，他声名大震，不仅名扬北美，而且饮誉欧洲。至 1745 年，

“大觉醒”运动基本结束，在以后所出现的宗教争论中，由于爱德华兹触怒了他的教区民众，因此，1750 年，他辞去他曾担任 20 余年的北安普敦教堂牧师职，前往马萨诸塞州西部边地印第安小镇斯托克布里奇任牧师。此后 8 年是爱德华兹一生中写作最多的时期。爱德华兹在远离尘嚣的边地，在孤独和屈辱中，不意间得到了静观默想、整理思绪的机会和时间。他的几部使他能留驻青史的著作，如《意志的自由》(*The Freedom of the Will*，1754)、《伟大基督教教义的原罪说辩》(*The Great Christian Doctrine of Original Sin Defended*，1758）以及《关于上帝造世的目的》(“Concerning the End for Which God Created the World”，1765）等论文都是在这几年内写成的。他得到耶鲁一小批自称“新光”的神学家的拥戴，他们成为他的忠实门徒。由于他在自己的论著中运用了当时在科学、心理学及哲学领域内最流行的新思维，例如洛克、牛顿的思想以及唯心主义思想，因而受到苏格兰和英格兰神学家及哲学家的尊敬与景慕。他的几部著作的发表又使他声名显赫，1758 年他应邀赴纽泽西学院（普林斯敦）就任院长职，但是上任不足三个月便因注射天花疫苗而去世。他的主要著作虽然在他生前多已出版，可是仍有千余篇布道演辞、札记及长篇著作的片断尚未面世。他的结构严谨、文字洗炼的文体使他成为美国清教主义著作家中最敏感的文体家。他是殖民地时期除富兰克林外最伟大的作家。

爱德华兹是一个思想和心理都极复杂的人物。他一生的著作大体可以分做三个阶段：早期的哲学上的唯心主义，中期的虔笃的感情豪放，后期作品所表现出的严谨的逻辑性。早在耶鲁学院就读期间，他便表现出超尘拔俗的观察和思维能力。他在这期间所撰写的论文表明，他的主观唯心主义思想体系业已形成。他主张物质存在决定于主观意识，把全部感觉对象移入内心，否认物质实体。这种主观唯心主义虽然贯穿于爱德华兹的全部成熟著作中，但他并未发表过专门的哲学研究成果，因而对他所处时代的哲学发展并未产生什么真正影响。只是从历史发展的角度来看，他在大学时期所写的、在他卒世之后逐渐发表的论文，在极严肃的意义上，奠定了美国理性唯心主义的基础，为19世纪爱默生的崛起及美国独立文学和思想运动的兴起与发展铺平了道路。

爱德华兹被视为北美殖民地时期最伟大的神学家。他一生致力于建立一座感情与理智融为一体的庞大而庄严的思想结构体系，既重申加尔文宗的主要信条，又依照当时哲学和心理学领域内的新发展，对其基础进行了必要修正。这些都在他的主要著作中充分体现出来。在《意志的自由》一文中，他详细论述了清教信仰的这一关键信条。他认为，意志是被动的；人虽然可以为所欲为，因而具有一定程度的意志自由，然而他的每一次自愿行动都具有他所不能控制的原因或动机。显然，爱德华兹既想保持清教上帝的荣耀，同时又赋予人以某种行动责任。他的《原罪辩》巧妙地解释说，人类与亚当的关系宛如枝与树根或树干的关系，亚当之罪人皆有之。他对人的堕落及自私的描述，同他所处时代的人道主义潮流格格不入。

爱德华兹是美国最后一位思想依然停留在中世纪的神学家和思想家。他的作品披露出他作为一个中世纪人的心态。人们从他的著名的思想自传《自述》（*Personal Narrative*）中可以了解到这点。他自幼便体验到宗教信仰所产生的“沁人心脾的快乐”。他常常退避到林中秘密角落祈祷，有时每日达五次之多。随着年龄的增长，他继续进行自己的宗教活动。他喜欢远离尘嚣，在林中独自漫步，和基督愉快地交谈，身心都深置于圣灵的氛围中。这就是所说的“灵魂与上帝的交融”，或发自内心而不是出于理智考虑的“皈依”。爱德华兹在《自述》中说，1723年1月12日，他把自身和所有的一切都奉献给上帝。自那以后，他和上帝交谈的次数更增加了。他在林中对主祈祷、静观默想时，有时可以看到一种他称之为“非同寻常”的圣子的荣耀景象。他快活地痛哭流涕。爱德华兹相信人的再生。他激励他的教民在精神上不断进步，达到心灵的再生，永享皈依的快乐。对于教众的冷漠态度，他深感痛心，不时挥动他的可怕的舌剑唇枪驱使他们向上。他的宗教热情是无与伦比的。

爱德华兹又可能是美国的第一位具有现代思想的哲学家。他的作品也同时披露出他思想的强烈现代意识。他明显受到牛顿的机械宇宙观的影响。他的思想的现代性还表现在他的认识论上。他显然接受了约翰·洛克哲学思想的影响。《论现实札记之一》（“A Note on Reality”）便是醒目的佐证之一。他下意识地接受了洛克的理论，即知识来自经验，其源泉是感官，而不是上苍。人们阅读他的《自述》便会发现，他对上帝的认识并不都是从前辈那里继承来的，而是他自己认真体察的结果。他所描述的乃是他自身的体验，自身的发现，自己认识上帝的“启示录”。他的《发怒的上帝手中的罪人》的表达方式，也表现出现代认识论的深刻影响。他把清教思想烙入世人头脑中的有效手段是，通过听觉和视觉形象作用于听众的感官，激荡他们的灵魂。通篇演讲辞和他的其他布道演说一样，弥漫着硫磺味，所以爱德华兹有“充满硫磺味的讲演家”之称。

爱德华兹观察世界的方法是典型的清教徒思维与观察模式。他认为上帝存在于宇宙万物之内，上帝自身是万物的源泉，一切生命的实体，上帝将自身化入时空之中，呈现作石、树、人及万物之状，而创造出世界。这种观点的内涵是显而易见的：上帝通过自然界和人体现自己，人既为上帝的一部分，因此也是神圣的。在爱德华兹看来，天空、树木、田野、花草等所表现出的美乃是高尚精神的体现。世间万物都是神圣的上帝的形影。人们阅读他的《神圣事物的形影》（*Images or Shadows of Divine Things*）便会发现，爱德华兹所收录的212条事例，都旨在说明精神和物质两个世界之间的互相对应现象。在这点上，他的思想堪称为19世纪超验主义的自然象征论的先导，他的清教思想的神秘主义内涵在19世纪爱默生的著作中得到了全面而明确的陈述。

爱德华兹生活在清教主义向超验主义漂移的时代，发挥了时代所赋予他的历史使命。然而，他又是一位生不逢时的具有一定悲剧色彩的人物。随着历史的步入启蒙时代和浪漫主义时代，他的演讲威力在后期已明显下降。他的著作充溢在图书馆书架上，但已不再充溢在人们的头脑中。今天，爱德华兹在美国文化思想史及文学史上的地位业已得到充分承认，不少美国诗人、历史学家及神学家对他的作品、他的思想有着浓厚兴趣。认真阅读和了解这样一位承前启后式人物的作品，是理解美国文化和文学传统的一把钥匙。

第二章　独立革命时期的文学

第一节　独立革命时期的文学　杰斐逊／潘恩

独立革命时期的文学

自 18 世纪中叶至 19 世纪初的 60 余年，是北美经历巨大动荡和变革的时代。新旧之间的混合与交替是这一时期的重要特点。在思想方面，清教主义正让位于启蒙和理性时代的信念。在文学领域，作家在为独立革命进行思想准备和辩护、激励人民与英国殖民统治者兵戎相见以获得独立的同时，已开始努力创立独立美国文学，在对英国和欧洲文学的借鉴和模仿中，业已出现开拓新路的大胆尝试。

启蒙运动是波及北美各地的“全国性”运动。它渗透到北美各殖民地，影响和吸引了思想界著名领袖人物，如马萨诸塞的约翰·亚当斯（John Adams，1735－1826）、宾夕法尼亚的本杰明·富兰克林及弗吉尼亚的托马斯·杰斐逊（Thomas Jefferson，1743－1826）等人。启蒙运动的重要信条，如人类的不断进步及完善、理性的威力、上帝的慈悲、大自然的丰饶及完美等，以及这一运动的重要理论如社会契约论，影响和吸引了北美殖民地人民。北美启蒙运动较之英国和欧洲要迟半个世纪，北美人因而有充分时间考虑选择这一运动中最有助于解决他们问题的思想和理论。他们用英国哲学家洛克关于英国革命的解释，来为反对英帝国殖民统治做辩护；他们师法法国人推翻封建帝王长期统治的激进思想和实践，以倾覆乔治三世及其国会对北美的主宰地位。卢梭（Jean Jaques Rouseau，1712－1778）的社会契约论——人的自然权利、权力由人民行使、政府的权威建立在人民意志的基础上等思想，被载入《独立宣言》这一伟大历史文件。

18 世纪后期开始的欧洲的浪漫主义给美洲又吹来一股浪漫主义清风。这一思潮的主要原则，极易在北美那种朝气蓬勃、边地农业生活开放及自由的环境中开花结果。在北美艰苦创业一个多世纪的拓荒者，开始觉悟到自己具有缔造生活和掌握命运的力量，浪漫主义思想又使他们认识到，人及其思想和传统本身具有自我发展和调解的有机整体性，认识到人及其独立见解的重要性、人的成长与自我完善的毋庸置疑的能力。这对争取独立的北美人民乃是一种必要的思想武装，对独立后的美国创造自成体系的文化与文学也是一种不可缺少的促进。18 世纪后半叶至 19 世纪初的北美，宛如一个高温熔炉，启蒙思想和浪漫主义在实用原则的烘烧中融为一体，为美国的政治和文化独立铺平了道路。

这一时期的文学以美国独立革命为界，大体可以分为两个阶段。第一阶段，自 18 世纪中期至 80 年代初，这几十年的政治气候阴霾密布，北美殖民地文坛以其政治性著称，多为宣传和鼓动性文字。有识之士面对日益恶化的政治局面，思想明确地挥起手中的笔，把反抗的信息传到广大人民中间去。比如波士顿西教堂牧师梅休（Jonathan Mayhew，1720－1766）利用布道机会发表演讲，强烈反对英国殖民者肆意践踏殖民地权益的倒行逆施，为北美人民的反抗义举进行辩护。他和塞缪尔·亚当斯（Samuel Adams，1722－1803）一起，成为波士顿对抗主义的领袖。美国第二任总统约翰·亚当斯（John Adams，1735—1826）的堂兄塞缪尔·亚当斯，是马萨诸塞州“独立”派的领袖，北美最坚定的革命者之一。他在其著名的《殖民地人民的自然权利》（“The Natural Rights of the Colonists”，1772）一文中明确指出，殖民地人民的自然权利包括生命的权利、自申的权利、财产的权利，还有以最佳方式支持和保卫自己的权利。这一论点距离两年以后北美大陆会议通过的《独立宣言》已相去不远了。詹姆斯·威尔逊（James Wilson，1742—1798）1774 年出版的他的小册子《对英国国会立法权的本质和范围的想法》（*Considerations of the Nature and Extent of Legislative Authority of the British Parliament*），令人信服地论证了英国国会无权干预殖民地事务的革命立场。北美启蒙运动最杰出的代表人物本杰明·富兰克林一直关注北美殖民地独立事业的发展，他的贡献和在文学上的地位本书在下面将辟专节论述。

美国最初的伟大爱国者之一汉密尔顿（Alexander Hamilton，1755—1804）在 18 世纪 70 年代初就读于纽约国王学院（后来的哥伦比亚大学）时，便和一批年轻人一起深深卷入同英国的争论中。他尚不足 20 岁便写出《为国会议案的全面辩护》（*A Full Vindication of the Measures of Congress*，1774），以回击一位保皇分子的来信；后来又为同一目的写出《被驳倒的农夫》（*The Farmer Refuted*），简明而有力地为北美人民的事业申辩。在《为国会议案的全面辩护》中，汉密尔顿指出，北美人民要自由，不要屈从。美洲人都有权享有自由，这是不可争辩的。人都有一共同根源，有共同人性，因此有一项共同的权利。谁也没有理由统治他人，英国人就没有那样做的正当权力。北美人民为之而战的是人生的基本原则。汉密尔顿以自己的行动证实自己的论点。他投身于独立战争中，屡建奇功，得到华盛顿的赏识，后在华盛顿的联邦政府中任财政部长，成为美国联邦党的领袖。1804 年，他在决斗中死去。他为建立强大的美国而贡献了他的一生。辩才无双的帕特里克·亨利（Patrick Henry，1736—1799）是弗吉尼亚革命领袖人物之一。1775年，当北美殖民地人民革命的烈火愈燃愈旺之时，他在弗吉尼亚议会发表具有浓重火药味的《要么自由要么死》（“Liberty or Death”）的演说，提出“给我自由，否则让我去死”的豪言壮语，激励着人民去浴血奋战。

18世纪80年代至19世纪初叶的美国文坛气氛，以其生机勃勃而著称。新的政治秩序甫定，国家日益兴隆，文学界开始热烈讨论美国的文化独立，开始认真寻觅表达民族精神的文学形式和手段。美国思想开始形成，美国风格已初露端倪。虽然这几十年的文坛总的说来依然以辩论和说服文字为主，而且美国独立文学的出现还要等待三四十年，但是美国独立文化和文学的炼铸过程业已开始。作家、评论家、编辑、讲演家以及政治家一致认为，美国人要唱出自己的歌，要唱出前人从未能唱出的新歌。在相当长的时间内，北美这个广阔的图书市场曾被英国和欧洲的作品所占据，这种情况引起美国有识之士的深思，激励美国本土文学家的创作欲。

呼出北美文化独立第一声的人是韦伯斯特（Noah Webster，1758—1843）。他一生在许多领域造诣很深，在发展美国语言方面的建树尤其受到历史的青睐。韦伯斯特是一个民族主义感情非常强烈的人。他认为，美国作为一个独立国家的尊严要求它事事都应建立自己独特的体系，政体如此，语言亦如此。大不列颠的语言不应继续是美国人的标准交际工具。民族语言是维系国家为一体的纽带，应当采用一切手段使语言规范化，以使美国人讲美国语言，使他们拥有民族自豪感。美国人倘若不尊重自己，他们肯定得不到其他国家人民的尊重。韦伯斯特在其著名的《论英语语言》（*Dissertations on the English Language*，1789）中，不厌其烦地谈到“本国语言”“语言的统一”“发音的相同”等充溢着浓郁民族主义情感的原则，并提出美国语言的拼写和语法应以美国人民的语言实践为准则的重要理论。他预言，在未来一个半世纪内，北美将有一亿人口，人人都讲同一种语言。韦伯斯特为实现这一理想花费了自己毕生精力。自1782年他出版销售量逾亿册的《拼音课本》(*Spelling Book*)起，此后一直致力于美国语的铸造事业，1784年出版关于美语语法原理的著作，翌年又写出供学校通用的英语读本。他自1803年起开始编纂《英语大词典》(*Compendious Dictionary of the English Language*)，1806年告竣，在英美引起强烈反响。此后他即刻着手编写规模更宏大的《美国英语字典》(*An American Dictionary of the English Language*)，历时22年，在词条数量以及词义解释方面都有历史性突破。韦伯斯特成功地把民族语言意识烙入美国人的头脑里。

在美国文学史上曾使几代作家感到困惑的“美国缺乏素材”论，缘起于美国建国初期这个阶段。当时英国评论界对这个新兴国家的文学表现出某种轻蔑态度；美国文学界也自感信心不足：美国短暂的历史和传统难以激励作家的想象力去创作佳作与珍品。面对这种局面，一批洞见未来的作家，勇敢地指出美国生活的特点，大胆勾勒美国文学应有的状貌，鼓励同仁克服妄自菲薄的心理，在荒野中踏出一条新路来。詹姆斯·克尔克·保尔丁(James Kirke Paulding，1778—1860)便是其中醒目的一位。保尔丁的一生是悉心致力于文学创作的一生。他的诗歌、札记、戏剧、散文及长篇小说等作品数量极大，其中某些作品如长诗《边远地区的人》(*The Backwoodsman*，1818)及长篇小说《喂，向西去!》(*Westward Ho!*，1832)已成为美国文学的经典之作。保尔丁对于新兴的美国文学的成长怀有满腔热忱。他在1820年撰写的《民族文学》(“A National Literature”)一文中，立场鲜明地指出，关于“缺乏素材”的论断是毫无根据的，美国有“丰富而取之不尽的”素材，美国人的独特性格，他们决心移居荒原的动机，他们创造这一丰功伟绩的勇气和坚韧不拔的精神，他们的境遇、冒险事业所表现出的令人听来咋舌瞠目的奇特之处，这一切都足以使作家们创作出高层次的文学作品来。保尔丁一针见血地指出，新世界的人总习惯于以他人为楷模，从而使自己的天才成为旧世界的翻版或支流。他劝告国人走自己的成功之路。保尔丁满怀信心地预言说，美国在文学荣耀的比赛中绝非久居人下的国度，那种业已激励美国天才在其他领域内得到充分发挥的思想与行动的自由，必然也会在文学方面创造出奇迹来。保尔丁还预言，美国人民将会完全独立，敢于对自己的作家表示钦佩。近两个世纪的美国文学创作实践充分证明了保尔丁的远见卓识。他的这些观点在其后几十年间不仅由爱默生（Ralph Waldo Emerson，1803－1882）及惠特曼（Walt Whitman，1819－1892）等人作了更加系统而完整的论述，而且在库柏（James Fenimore Cooper，1789－1851）等浪漫主义作家的创作实践中也充分体现出来。保尔丁对自己的观点也身体力行。他的作品的一个重要内容是表现美国西部移民运动，努力把美国生活作为创作素材，例如《边远地区的人》便描述了向西拓殖的甘苦，《喂，向西去!》等作品则体现出作者在美国寻找题材的苦心。这些作品都堪称美国文学史上西部边地文学的先驱。

在这一时期内，纯文学的创作已蔚然成风。独立革命前风行的日记、札记、布道演讲辞、宣传文章、约翰·史密斯式的“被俘”式故事等文学形式，在逐步让位于具有更高艺术构思和表达性的、艺术目的更加明确的小说、诗歌、戏剧和散文等文学形式。作家的艺术素质表现出大幅度提高，人民的艺术欣赏情趣也显示出质的变化。美国人在巩固政治独立、加强经济实力的同时，也开始了独立文学的漫长创作过程。首先，真正意义上的小说创作随着读者要求的日益强烈而出现了长足发展。美国第一部伦理和感情类小说，威廉·希尔·布朗（William Hill Brown，1765－1793）

的《同情的力量》(*Power of Sympathy*),于1789年问世。这是美国第一部小说。翌年出版了苏珊娜·罗森(Susanna Rowson,1762—1824)的《夏洛特·坦普尔》(*Charlotte Temple*),此书再版达200余次。这两部小说打开了文学界小说创作的闸门,倾刻间杂志上出现了许多绝望的贞女、狡猾的歹徒及不幸的孤儿等文学形象。罗亚尔·泰勒(Royall Tyler,1757—1826)的《阿尔及利亚俘虏》(*The Algerine Captive*,1797)和休·亨利·布拉肯里奇(Hugh Henry Brackenridge,1748—1816)的《现代骑士团》(*Modern Chivalry*,1792—1797)大体属讽刺小说范畴。《现代骑士团》是独立战争后,描写美国边地生活的第一部小说。哥特式小说也出现在美国文坛,在库柏成名以前的年代里,美国最富天赋的小说家查尔斯·布罗克丹·布朗(Charles Brockden Brown,1771—1810)尤以创作此种小说而闻名。他的作品如《威兰》(*Wieland*,1798)和《奥尔蒙德》(*Ormond*,1799)都堪称这种文学形式中的上乘之作。此外,这一时期内还有不少歹徒小说及历史小说面世。美国小说仍处于起步阶段,英国和欧洲的影响明显存在。但是,美国人逐渐认识到,他们有欧洲和英国所没有的题材:印第安人、边地生活、独立革命及其英雄人物;美洲这块大地的风光、物土及人情,它的颜色、气味和声音,以及活动在这里的充满活力的人们。像查尔斯·布罗克丹·布朗这样的作家,开始放开眼界,认真直接观察本国的大地及其风物,开始挖掘自己的英雄国土里所埋藏的丰富的素材源泉。库柏即将诞生,他笔下的著名文学人物形像纳蒂·班波(Natty Bumppo)即将挎枪走入北美原始森林。

这一阶段的美国诗坛总的看来呈萧条状态。但有几位诗人的一些诗作还是表现出了颇具永恒的魅力。例如约翰·特朗布尔(John Trumbull,1750—1831)的讽刺诗并非旋踵即逝之作;菲利普·弗瑞诺(Philip Freneau,1752—1832)的抒情诗的精华部分,清新隽逸,不落窠臼,很有其卓尔不群之处。美国戏剧的发展比较缓慢。独立革命战争中，戏剧创作及演出几乎完全停止，直至1783年方出现生机。战后不久，剧团重新露面，在不足15年的时间内，新剧场便已出现。美国剧坛已出现敢于和引进的英国戏剧相竞争的剧作家，罗亚尔·泰勒和威廉·邓拉普（William Dunlap，1766—1839）便是其中颇有建树的两位。泰勒1787年推出的《对比》（*The Contrast*）一剧，是一出令人耳目一新的喜剧，是美国第一大戏。它将美国方言搬上舞台。就内容讲，它表现美国人的庄重和英国下流之辈的卑鄙两种品格间的比较；其中的美国人显然取材于新英格兰乡下人的典型，是美国幽默的雏形表现。全剧自序幕开始，一直突出了它的美国性。邓拉普是位多产作家，一生创作剧本65个，改编几十出戏剧，还经营着两个剧团。他的《安德烈》（*Andre*，1798）堪称这一时期内的最佳悲剧。它描写独立战争期间美军俘虏一名英国军官并将其处以绞刑的爱国主义故事。当然，美国戏剧的进步依然不大，几名出色的剧作家的露面并非意味着业已摆脱对英国剧坛的依赖。美国戏剧尚有一段漫长的路程要走。

纵览自18世纪中期至19世纪初这几十年的美国文学，人们会感到它的长足发展。这期间的作家与作品开始表现出一定的“美国味”。但总的说来，这一阶段模仿性强、依赖性强，真正意义上的美国独立文学的形成还需要至少一两代人的努力。下面介绍一下托马斯·杰斐逊、托马斯·潘恩、本杰明·富兰克林、查尔斯·布罗克丹·布朗及菲利普·弗瑞诺等这些第一代“美国”作家的主要作品。

托马斯·杰斐逊（Thomas Jefferson，1743—1826）

独立革命时期的北美是人才荟萃的所在。它仿佛秉宇宙清明灵秀之正气，招天地资兼文武之俊杰一样，一时之间，群英集聚，开创了人类历史上一个伟大的纪元。这其中托马斯·杰斐逊堪称一代天之骄子。他虽然读的是法律，然而又涉足科学、历史、哲学、建筑学、艺术、音乐等领域。他的时代的知识领域没有一处没有他的足迹。他是政治家、外交家、科学家、艺术家、发明家、教育家、散文家，可谓集多才于一身。独立革命期间，他和约翰·亚当斯、本杰明·富兰克林等人一起，起草了经古常新的《独立宣言》，并作为国务卿辅佐华盛顿缔建了美利坚合众国，他本人后来成为美国第三任总统（1801－1809）。卸任后创办弗吉尼亚大学。他一生为国为民服务，在历史上为自己赢得了一席不朽的位置。

杰斐逊出生于弗吉尼亚州中部，年轻时代就读于威廉和玛丽学院。这期间他开始藏书，陆续达到一万余册，为后来的国会图书馆奠定一定基础。到 20 岁时，他已成为他所在殖民区内涉猎最广的人。1769 年他当选为弗吉尼亚议会议员。1774 年他写出《英属美洲的权利概述》（“A Summary View of the Rights of British America”），抨击英国国会为美洲制定法律的武断行为。美国独立革命开始后，他作为弗吉尼亚议会代表团成员，出席了在费城召开的第二届大陆会议。杰斐逊成为反英领袖之一。大陆会议鉴于他丰富的政治哲学知识和他简炼隽永的文笔，挑选他为主笔起草《独立宣言》；他撰写这一重要历史文件的目的极为明确：“运用简明而坚定的语言向人类说明这一问题（指美国独立——笔者）的一般道理，以取得他们的认可”。

《独立宣言》是杰斐逊思想的全面反映。它宣称：“我们认为这些真理是不言而喻的：人人生而平等，造物者赋予他们若干不可剥夺的权利，其中包括生命权、自由权和追求幸福的权利。”杰斐逊是 18 世纪启蒙时代思想的典型代表。他坚信约翰·洛克在《两篇关于政府的论文》（“Treatises of Civil Government”，1690）中关于人的权利包括生命、自由和财产的论断。他坚信政府的职能是保障这些权利，失去人民的信任的政府没有任何权威，应被废除：“为了保障这些权利，人类才在他们之间建立政府，而政府之正当权力，是经被统治者的同意而产生的。当任何形式的政府对这些目标具破坏作用时，人民便有权力改变或废除它，以建立一个新的政府；其赖以奠基的原则，其组织权力的方式，务使人民认为唯有这样才最可能获得他们的安全和幸福。”《宣言》指出，纵观英王乔治三世的历史，他滥用职权，强取豪夺，伤天害理，把人民置于专制统治之下，并列举其拖延立法、解散各州议会、拒绝批准移民法、阻挠司法工作、滥设官署、驻扎和维持常备军、切断贸易、强行征税、推行极权统治、取消宪章、终止立法机关权力、对殖民地发动战争、劫掠海域、焚烧城镇、运用外国雇佣兵、煽动内乱等专断和暴行，说明英王已成为暴君，不配做人民的统治者，因此，北美殖民地宣布和英国脱离关系：“和我们作战，就是敌人；和我们和好，就是朋友……这些联合一致的殖民地从此是自由和独立的国家。”

杰斐逊在《自传》（*Autobiography*）中说，在他起草的《宣言》初稿里，有一长段是关于废除奴隶制的，在国会讨论时，因南方诸州种植园主议员的反对而被删掉了。这一段文字是杰斐逊反对蓄奴制一贯主张的明确体现：

> 他（指英王——笔者）发动战争，反对人类本性，侵害一个从未招惹他的远方民族人民最神圣的生命和自由权利，捕捉他们，把他们运到另一半球去做奴隶，或在运输途中使他们致死。这种海盗战争，这种非基督教权力的耻辱体现，是大不列颠的基督教国王发动的战争。他决心开放可买卖人的市场，滥用否决权，压制一切旨在防止或限制这种可恶的买卖的立法努力。

接着他又说到英国人唆使黑人反对白人，用屠杀一个种族的罪责去偿付剥夺另一个种族的自由的罪责。

1776 年 7 月 4 日，北美 13 州代表组成的大陆会议通过了《独立宣言》，宣告殖民地完全断绝同英国的一切关系，美利坚合众国遂成立。《宣言》成为北美殖民地反对殖民压迫和封建压迫的鲜明旗帜，是人类文明史上一个极重要的文献。杰斐逊也因是这一历史文件的主笔而彪炳史册。

1776 年 10 月，他重返弗吉尼亚议会，继续为《宣言》所体现的原则而奋斗。1779 年至 1781 年，在担任弗吉尼亚州战时州长期间，他写完了这一时期北美最重要的政治和科学文献——《弗吉尼亚笔记》（*Notes on the State of Virginia*）。这部著作实际乃是他对法国政府关于美国地理、资源、人口及文明的一系列调查问题的回答。1780 年，一位收集关于美国资料的法国外交官把问题寄给杰斐逊，征求他的意见。杰斐逊的回答由数据性评述开始，继而介绍了弗吉尼亚及其居民，他对艺术和教育的看法，对待奴隶制的态度，对科学和自然界的关心和热忱，对独立小农经济的民主信念，等等。这部书最终变成为对美国生活和启蒙时期美国理想的百科全书或评论和总结。它洋溢着一个独立美国人的自豪感和爱国心。在《独立宣言》初稿中所体现出的反蓄奴思想，在这里得到更为充分的表达。他指出，奴隶制允许公民中的一半去践踏另一半的权利，因而导致前一半的道德沦丧，后一半的爱国心的枯死。“当我们根除了一个国家的自由的唯一坚实基础，即人民心目中关于这些自由是上帝的恩赐、它们除上帝发怒外是不可侵犯的这一信念时，这个国家的自由还能被认为是牢靠的吗？当我想到上帝是公正的，他的公道不可能长眠不醒；便是只考虑到民数、自然和自然手段，命运之轮的转动、情势的变换也属可能发生的事件，而且由于超自然的干预，又极可能会出现变化，我的确为我的国家惊颤不已。”他指出，从目前革命开始以来所出现的变化，业已有目共睹，他希望能在奴隶主的同意下实现奴隶的

“彻底解放”。关于独立小农经济，杰斐逊持有坚定不移的信念。他宣称：“在田地里劳作的人是上帝的选民。”他甚至主张美国仅经营农业操作，而将其他行业，如木匠、泥瓦匠、铁匠等职业留给欧洲人。他提倡的这种重农主义的平民哲学，对美国社会发展影响很大。在政治方面，他促进了“基层民主”的发展。在社会与经济方面，他的主张提供了美国发展的基本模式，对西部农业尤其如此，即便是内战以后美国工业化高速发展时期，社会生活也不像当初欧洲和英国那样残酷。在文化与文学方面，杰斐逊对稍后一代文化巨人爱默生、梭罗及惠特曼的影响是显而易见的。爱默生的学说所体现出的人的尊严、梭罗的思想所体现的实乃维护独立小农经济的本质，以及惠特曼所讴歌的民主与平等，都是这种巨大影响的表现。从根本上讲，杰斐逊为他们创造了一种不可缺少的大环境，为美国文学独立奠定了基础。

杰斐逊对科学怀有浓厚兴趣。他曾说过：“造化意欲让我从事安静的科学研究，它使这些研究成为我最大的快乐。”他虽然不像富兰克林是科学家，但他却是一位熟练的业余科学工作者，很有造诣的植物学家、数学家，熟悉动物学、气象学、天文学、人种学和“自然哲学”。他广泛阅读科技杂志，与各国科学家通信，以浓厚的兴趣和热情收集各种标本。《弗吉尼亚笔记》的某些部分，如《问题六：矿物、植物和动物的状貌》就是很好的例证。这部分笔记对印第安人生活所进行的仔细分析，表明杰斐逊的敏锐观察力、丰富的人种学知识以及他的反种族歧视的思想。这一部分尤其是针对法国著名博物学家布丰（Georges-Louis Leclerc，Comte de Buffon，1707—1788）的某些言论而写的。布丰在其巨著 44 卷本《自然史》（*Natural History*，1749—1788）中提出关于新世界物种退化之说，杰斐逊撰文加以驳斥。布丰感到杰斐逊的观点很有道理，因而公开表示道歉。

1826 年 7 月 4 日，恰值《独立宣言》通过 50 周年之际，杰斐逊逝世，墓碑上刻着他生前为自己撰写的铭文，里面记载着他愿人们记住他所做的几件重要事情：“美国《独立宣言》的起草者，弗吉尼亚宗教自由法的作者，弗吉尼亚大学的创建人”。同日去世的美国第二任总统约翰·亚当斯辞世前的最后一句话是“托马斯·杰斐逊依然活着”。应当说这是杰斐逊的更恰切的碑文，没有刻在墓碑上的碑文。

托马斯·潘恩（Thomas Paine，1737－1809）

潘恩是这一时期最富有影响的思想家和作家。他的一生堪称为人的权利而坚持不懈斗争的一生。他出生在英国，所受正规教育很少，13 岁起便自谋生计，一直不得志。后来在伦敦遇到本杰明·富兰克林，决心到北美谋生。1774 年，他身携富兰克林的介绍信到达费城。当时北美人民反英情绪正日渐高涨，酷爱自由、文笔清新而遒劲、深谙宣传文字技巧的潘恩即刻投入到殖民地争取独立斗争的洪流中。他目光敏锐，笔锋犀利。在 1776 年 1 月出版的《常识》（*Common Sense*）一书中，他高声讴歌北美人民的斗争，指出这是一场将名垂青史的争取独立的斗争。他以严谨的逻辑指出北美大陆与大英帝国之间继续保持关系的宿弊所在。他对当时北美殖民地称英国为“母国”极为反对。他认为，“母国”一语是英王及其寄生追随者的语言，是自私、虚伪、狭窄和吝啬的思想的集中表现，应当受到摈弃和谴责。他指出，跟随在英国后面只会招来欧洲的疏远或敌视，有百弊而无一利；而自由的美洲将赢得它的友谊和支持。他以很有感情的口吻说，被杀者的血，大自然的悲啼声，都在呼叫，该分手了。《常识》的论点有理有据，论证精辟透彻，每一字词都经过精心选择，每一比喻都熨贴而不落俗套，很有感染力。这是这本只有 50 页的小册子一问世便能在数月内售出十万册的原因所在。这部著作为北美独立事业做出了有力的辩护，大长了北美殖民地人民的志气，从思想上加强了他们为独立而斗争的信念；从某种意义上讲，也为同年7月4日北美大陆会议顺利通过《独立宣言》铺平了道路。《常识》的发表使潘恩一跃而成为当时北美最具说服力的散文作家。

美国独立战争期间，潘恩参加了大陆军队，在格林将军麾下供职。在1776年至1783年的戎马生涯中，他忙中偷闲，以笔代剑，先后发表16篇评论文章，最后集结为一册并定名为《美洲危机》（*The American Crisis*）。这个小册子评说事态发展的状貌，激励公众和全军将士做出更大的战斗努力。《危机》的第一篇是他在军营中伏在战鼓面上写出的，于1776年12月问世。时值华盛顿遭到严重挫败，正率军穿越新泽西撤退，时局险恶至极，北美前途一时无从卜知。《危机》的首篇宛如一颗定盘星、一剂兴奋剂，起到了镇定军心、民心的作用，鼓舞了军民满怀信心与希望正视现实，勇往直前。潘恩的《考验人的灵魂的时代》（"The Times that Try Men's Souls"）一文开宗明义地指出，世间存在着考验人的灵魂的时代，此时此刻接受这一考验的人是值得人们热爱和感谢的。专制统治宛如地狱般不易征服，但是斗争愈激烈，胜利便愈光辉、伟大。潘恩洞察民心，看到全国突然陷入一片惊慌，他富有哲理地说，惊恐有时也有用途，它促进思想的成熟，是分辨真伪的试金石。潘恩对殖民军总司令华盛顿礼赞不已。他把他比作威廉王，说他在困难和行动中显露出其英雄本色，天性坚毅，百折不挠，上帝赋予他以强健的体魄及在忧心慑慑时亦能施展韬略的头脑。潘恩对北美的未来乐观而充满信心。他颇有远见地说，世上没有一个国家能像美洲一样快乐。北美大陆一定会胜利。难怪华盛顿命令将这篇评论读给全军听，借以鼓舞士气。独立战争胜利之后，潘恩受到美国人民的盛赞，因其对国家的卓越贡献而受到国会的表彰。国会投票付给他年薪800美元，以使他能继续宣传和鼓动人民投入革命行动中去。他此后又发表《危机》文章15篇，反对妥协，支持独立。1783年最后一篇问世时宣称，革命已取得光辉而满意的结果，并鼓励美国建立联邦。潘恩的著作虽然销售极广，但他不取分文版税。他的高风亮节也受到世人的称道。

1787年潘恩前往法国。时值法国革命早期，他在阅读了拥护君主政体、谴责革命行动的英国政治家伯克（Edmund Burke，1729－1797）所著《关于法国革命的感想》（*Reflections on the French Revolution*，1790）后，立即动手撰写《人的权利》（*The Rights of Man*，1791－1792）予以回击，为法国人民的革命行动进行辩护，宣传法国革命的理想和原则。这一著作分为两部，首部于1791年出版，引起社会轰动，在一年当中竟再版7次；第二部于1792年问世。潘恩在这部引起统治阶级恐慌与敌视的著作中，认真分析了欧洲社会所存在的各种弊端，如贫困、愚昧、失业、战争等，指出这些是人民起而革命的根本原因。他指出，欧洲现行君主政体是万恶之源：它是掠夺者们使自己的掠夺行为合法化的一种卑劣、虚伪的制度。他指出，世袭制度否定人的智慧及人的权利，是不义和荒谬绝伦的。革命则发掘天才和智慧，使人的才能得以发挥。潘恩指出，古雅典的政体是民主代议制的共和政体，它是伟大而非凡的人民的政体。共和政体为公共事业、公共利益服务，它和代议制很自然地联结在一起。

《人的权利》对君主政体进行了无情的鞭挞，对欧洲社会各种弊病给予了大胆揭露，击中了英国及欧洲统治阶级的要害。潘恩成为法国公民和国民议会议员。由于他公开反对处决法王路易十六而触怒了罗伯斯庇尔的雅各宾派，1793年他被投入监牢达十个月之久。他在狱中写完并出版了他的另一传世之作《理性的时代》（*The Age of Reason*）的第一部。他于1794年获释后继续写作，完成并出版了《理性的时代》的第二部（1796）。

《理性的时代》推崇理性——而不是神启——为人的正确向导，是一部阐述自然神论的具有非凡说服力的杰作。它猛烈抨击宗教的非理性一面，指出摩西的话、耶稣的话、穆罕默德的话，都只能算“听说”的“二手”信息，人们有权相信或不相信。关于圣母不婚而孕之说，潘恩的评论在基督徒听来颇有亵渎之嫌，说这是“听说又听说”的东西，不可轻信。关于耶稣是圣子之说，潘恩理智地指出，基督教说是为权力和金钱的目的服务的，应当通过理性和哲学消除这种“谎言”。潘恩认为，人通过理性认识，可以发现上帝的存在。没有理性的作用，《圣经》对人和对马一样不可思议。他眼中的上帝是自然神论者的上帝。他指出，理智告诉我们，在宇宙中存在着万物之源，这就是上帝。潘恩对于《新约圣经》很不以为然。在谈到圣徒们的论述时，他直言不讳地说，他竟记不起这些论述中有任何一段文字能说清上帝的含义是什么；这些论述，就其所讲的阴郁的内容（一个人痛苦地死在十字架上）看，只能出于一个住在修道院斗室内阴郁的神甫之手。潘恩相信自己的理性。他宣称，“我自己的头脑是我自己的教室”，“我没有《圣经》”。他不考虑来世或天堂，他相信赋予他以生命的力量，一定能以其认为合适的某种形式使之存在下去，有没有他现在的身躯无关宏旨。这显然有些唯物主义的物质不灭思想的意味了。

潘恩虽一再声称自己笃信上帝，然而《理性的时代》激怒了欧美的保守主义者。他们谴责他是无神论者、一个阴谋破坏基督教精神的魔鬼。潘恩于1802年回到美国。他病疾缠身，几乎一文不名。他对自己在这里受到的待遇感到痛心。20余年前他曾鼓动起而反对其政府的群众，现在却因宗教狂热而起来反对他。1809年他卒世时，他希望能在一处贵格派墓地下葬的请求都未得到满足，而被埋葬在他在纽约州的农场。十年之后，他的遗骨被移至英国，后来便无处查寻了。美国独立革命时期最伟大的宣传鼓动家竟落得个死后下落不明的结局。潘恩是著名的政治哲学家和著作家。他传播自然权利、平等及社会契约等思想，是一个左右过历史进程的富有灵感的宣传鼓动家。他的酷爱自由和真理、反对专横与强权的精神，将永远名垂青史，鼓舞人们去拼搏和争取美好的生活。

第二节　富兰克林／克里夫古尔

本杰明·富兰克林（Benjamin Franklin，1706—1790）

美国人思想和性格的渐臻成熟出现在18世纪。美国民族素养的两个组成部分，即精神上的理想主义和物质上的务实原则，到那时都已具备独立的形体。自北美拓殖开始，清教主义体系便逐渐稳定地建立在这两种相反相成的思想基础上。到18世纪，随着乔纳森·爱德华兹和本杰明·富兰克林的出现，这一体系第一次戏剧性地表现出它的具体形态。当时美国人的耳朵，一只在听着教堂里传出的充溢着硫磺味的布道声，另一只在听着穷理查（Poor Richard）喋喋不休的勤奋致富的教诲声。两种声音同时回荡在美国人的脑际，同时如利刃刻在他们的意识中。在他们面前有两个人同时在走着，一个是爱德华兹望天，一个是富兰克林瞧地，他们同时成为美国人的行动楷模。在美国的文化思想史上，这两个人的同代和对比具有划时代意义。它标志着美国人业已成年。

富兰克林于1706年降生于波士顿一家贫穷的蜡烛制造匠家庭。如他在《富兰克林自传》（*The Autobiography of Benjamin Franklin*，1868）中所说，他"穷而卑贱"，幼时只上过两年正规学校。然而他勤奋好学，书成为他与"成功"谋面的引荐人。他12岁时辍学，当了同父异母哥哥的徒弟，学排字印刷。16岁开始以笔名"静行善"发表评论波士顿社会生活的文章。在他17岁时，因嫌哥哥专横而只身逃往费城谋生。这时的富兰克林便已注意培养自己的品德，相信"没有一样东西能像道德一样地使人发财致富"。这一时期他表现出的为人诚实、品德端正、吃苦耐劳等优秀品质，使他在以后人生道路如顺水行舟，天从人愿。

到费城后，他又赴伦敦，在印刷业工作一年半后返回北美，不久便自立门户，惨淡经营几年，终于成为费城印刷业的中坚。他出版报纸，发行脍炙人口的《穷理查历书》(*Poor Richard's Almanac*)，组织读书“密社”，讨论政治、商业道德及社会文化等问题。大约在42岁时他终于经济独立，可不再为生计操心，于是开始从事科学和社会活动。

在社会活动方面，1754年他促成奥本尼大会的召开，以寻求解决日益尖锐的矛盾。1757年后他开始常驻伦敦，先做宾夕法尼亚的代表，后又兼任佐治亚、新泽西及马萨诸塞的代理人，在英国国会和国王面前为殖民地利益争辩。当他发现双方争端已无斡旋余地时，便于1775年返回北美，虽年届古稀也毅然参加到独立革命中，成为第二次大陆会议成员、《独立宣言》四人起草组成员之一。翌年又赴巴黎，成为新世界在欧洲的第一任使节，1778年代表新生的美国同法国签订对北美独立革命至关重要的联盟条约，1783年又作为美国政府三人委员会成员之一在巴黎签订和平条约。他回到美国后，担任宾夕法尼亚州议长，81岁时又参加美国制宪会议，参加宪法制定工作。他把毕生精力献给了他的祖国。

在科学研究方面，他做科学实验，为人类造福。他帮助建立了宾夕法尼亚医院、宾州大学的前身——青年教育学院及北美哲学学会。他在公共事业方面做贡献的事例可谓不胜枚举。由他发起的公利业绩如自愿消防队、街道照明、富兰克林炉、图书馆、取暖设施和安全保卫等等，美国人民迄今不忘。公共生活的各个领域似乎都在他的头脑中占有位置。在电学领域，他发明的避雷针，赢得诸如德国哲学家康德的敬慕和英国皇家协会的承认：前者赞誉他为“偷天火的普罗米修斯”，后者接受他为协会会员。杰斐逊在说到北美殖民地人民的伟大时，把华盛顿和富兰克林的成就并列，他是名列华盛顿之后的独立美国最杰出的象征。

富兰克林是人类历史上罕见的天才人物。他把思想和意志、才能与技艺、力量和恬静、幽默与优雅等等因素集其一身。他像希腊神话中的迈达斯王，能点石成金。他的一生犹如多位卓越人物的生命的总和，他是出版家、邮政总长、作家、科学家、政治家、哲学家、政治经济学家、大使等等。他成为小说家麦尔维尔（Herman Melville，1819－1891）所夸耀的“他的国家的典型和天才”。

富兰克林的文集虽有40余卷，但是他在文学上的地位主要是由他的两项文学成就确定的——《穷理查历书》和《富兰克林自传》（下简称《自传》）。《穷理查历书》1732年问世时，用的是作者杜撰的名字理查·桑德斯。这本历书印发持续长达25年之久，极受读者欢迎，每年销售量达一万册。在宾夕法尼亚州几乎每几家中就有一本。这本历书历久不衰的魅力在于它的文学部分：诗歌、散文以及印在历书空白处的许多国家的成语箴言。这些富于生活哲理、体现智慧、语言诙谐的成语格言很快便家喻户晓，其中许多成为当时及后世为人处世的座右铭。最引人注意的成语格言是有关发财致富方面的。1757年，富兰克林把历年历书中的格言的精华部分选编成一本题为《致富之路》（*The Way to Wealth*）的小册子，至19世纪初它在欧美已有上百种版本，被译成多种文字。就是在今天的读者的心目中，它依然能引起反响，发挥某种指导作用。

《致富之路》记载的是一个虚构的白发智者亚伯拉罕在一处商品拍卖行门口对众人发表的讲话。这篇讲话中充满富有哲理的成语和格言。亚伯拉罕所描绘的理想形象是一个精力充沛、善于进取的资产者。这位资产者洁身自好、勤俭积财。“自助者天助”“天堂归有德行的人”是他的名言，“起得早，睡得早，富裕、聪明、身体好”是他的起居指南，“水滴石穿”“小切小砍，斩断大橡树干”是他的行动原则。他忌色、酒、骗、赌，牢记“小漏洞可沉大船”的道理，深谙“谁借钱谁就难堪”的世态。他祈求上天的保佑，念念不忘“记住约伯先受罪、后发迹”的圣训。显然，他是富兰克林《自传》主人公的翻版。从历史角度看，《致富之路》是《自传》的简明总结，《自传》是《致富之路》的详细注脚。自发智者的议论很多，比如“懒惰抽我们两倍的税，骄傲抽我们三倍的税，愚蠢抽四倍的税”，“主人眼睛干的多于双手干的”，“漫不经心的害处胜过孤陋寡闻”，等等。应当说，这些言语很中资产者的下怀。这样看来，《自传》中所说“传教士和地主们大量订购，免费赠送给贫苦的教友和佃农”是很合逻辑的了。

富兰克林《自传》是自传体文学的上乘佳作。它简明而极引人入胜地叙述了美国第一位自力更生、白手起家者由穷苦卑微而跃至富有、闻名、发达的故事，忠实地记录了他光辉灿烂的一生的变迁，第一次把美国梦的实现过程落笔于纸上。“一个仅17岁的男孩子，既不认识当地的任何人，也没有一封介绍信，口袋里仅有少量的金钱，到了一个离家几乎三百英里之遥的地方”，这个事实在某种意义上说乃是“清教徒前辈移民”和“清教徒移民”在17世纪20年代和30年代远渡重洋寻觅乐土的历史创举的再现。这个孩子风尘仆仆，口袋里装满了衬衫和袜子，“两胁下各夹着一个面包，一边走，一边嘴里吃着另外的一个……样子十分尴尬可笑”，吃完又跑到码头上去喝河水止渴。他进入费城的这种形象，在美国文化与文学史上具有一种典型的象征意义：它标志着一个典型的美国成功故事的诞生，显示出美国梦的具体形态和历史内涵。富兰克林是惠特曼所讴歌的亚当后裔的杰出代表，是克里夫古尔所推崇的“世界上目前存在的最完善的社会”中“新人”的完美形象。这个形象第一次迈入文学的殿堂，成为美国文学作品的固定人物形象之一。《自传》所宣扬的自助精神，源于清教伦理，这在19世纪萌发成爱默生的超验主义“个人发展无限论”，而美国梦想，在后来的杰克逊（Andrew Jackson，1767—1845）总统时代又进一步发展，后来又经过不同的失望和绝望阶段，似乎随着“后日富兰克林”——“了不起的盖茨比（the Great Gatsby）”——的悲剧而消失了。

富兰克林的《自传》是一部有着18世纪美国断代史意义的著作。它也具有美国在启蒙和理性时代的文化思想史的价值。富兰克林是这个时代美国的代言人。“人本性善而自由，造物赋予人的自由与追求幸福的不可侵犯的权利”等思想，通过《自传》所叙述的具体事例而得到充分的表达和发挥。富兰克林本人是善的化身。他坚信自然神论关于崇拜上帝的最佳途径是对人类行善的信条：“上帝最喜悦的贡献是对人行善”。他笃信理性的重要，笃信启蒙运动关于秩序的根本思想，认为“生活秩序一项的涵义要求每件日常事务有一定的时间”。他为自己规定十三条要培养的美德，包括节制、沉默寡言、生活秩序、决心、俭朴、勤勉、诚恳、公正、适度、清洁、贞节、谦虚等，每周着重于一条，每年循环四次，如此不懈地努力修身，以使自己完善。《自传》也表明富兰克林的坚定的民主与平等信念：在美洲新世界这块充满机会的大地上，任何人都能经过艰苦奋斗和明智的运筹而致富和成功，“一个有相当才能的人可以造成巨大的变革，可以在人世间成就伟大的事业”。富兰克林很有人情味，他深知人类的缺点和不足；但是他坚信，虽然人及其传统经常不尽人意，然而却是可以改善的。《自传》充分表达出这种信念：不相信这点，美国独立革命的发生和成功是不可想象的。

《自传》也清楚地表明，富兰克林在心灵深处是一位虔诚的清教徒。他对修建教堂极其热心，经常慷慨解囊。他的自省其身、自我完善的实践从根本上讲也是源于他的清教教养的。清教徒作为一个类型，突出的特点之一是自我剖析。富兰克林的详细记载着13种美德的修身表，他为培养美德、抵制恶习所付出的巨大努力，他的坚定不移地相信“自助者天助”及“百工皆奉上帝”等，这一切都是很好的证明。此外，《自传》也是清教伦理原则的最好说明；清教教导信徒勤劳、俭朴、谨慎。富兰克林 42 岁时在积累起一笔自以为可观的财富后，便停止积财，认为可以专心为人类造福了。这又和梭罗所指责的那种拜金迷有本质区别。

《自传》的文体也体现出清教徒简朴、直爽、极力避免似是而非的风格。《自传》由在不同时间写成的四部分组成。1771 年富兰克林动笔时已 65 岁，从“我的儿”写起，显然是为儿子的成长而写的。这一部分写得最自然，仿佛儿子就坐在对面，父亲半眯着老眼，亲切地回忆着往事，一字一句，朴素明了，毫无寻章摘句，毫无雕饰的痕迹。七八十页的内容一气呵成，通篇除一处似隐喻外，书卷气极少。这一部分故事最生动，通过形象而具体的叙述，回答了“人如何生活”这一复杂的问题。富兰克林在 70 余页的篇幅内讲述了他一生前 24 年即到 1730 年的经历和体会。在写完第一部分后，由于公务和美国独立革命使他停下笔来。后来应一位好友的请求，于 1784 年又忙中偷闲，开始撰写自传续编。这时他的头脑中已增加了进行说教的思想负担，开始斟酌词句，教训口吻逐渐变得明显，学究气息也浓重起来。这第二部分中包含着富兰克林修身的著名表格，把他的生平叙说到 1731 年。第三部分把故事说到 1757 年。最后一部分很短，在他卒世前脱稿，又叙说了他 1759 年退休前两年的生活状况。这后两部分重点讲了他在公共事业和科学实验方面所取得的成就。

总的说来，《自传》文字通畅、准确、直截了当，句子结构简短，所用意象皆取自于普通生活，读来绝无艰涩之感。富兰克林的语言尤以幽默见长，让人在拊掌之余又有所得。他的文体充分表现出清教文风的特点，对后代作家产生了深刻影响。像 19 世纪的爱默生、梭罗、豪威尔斯（William Dean Howells，1837－1920）、马克·吐温（Mark Twain，1835－1910）以及 20 世纪的海明威（Ernest Hemingway，1898－1961）等人的文风，都表现出他的印记。《自传》这本小书自问世迄今已被译成多种文字，传主的形象随之也深入世人的生活中，在“改进全人类”方面做出了他的贡献。

克里夫古尔（Hector St. John de Crevecoeur，1735－1813）

克里夫古尔是美国文学史上记录和评论北美移民生活的最早的作家之一。他是游记作家和社会历史学家，出生在法国诺曼底，在英国受高等教育，后来移居美国，先后在宾夕法尼亚和纽约州栖身，1764年成为纽约公民，以务农为生。美国独立革命时期，克里夫古尔因同情英国而被迫离美返法。1773年回美，先后任法国驻纽约、新泽西及康涅狄格等州的法国领事至1790年；其间他对美国革命的态度有了转变，为加强美法关系、改进美国农业耕作技术作了有益贡献，因而颇受美国人拥戴。他曾被选入“美国哲学协会”（“The American Philosophical Society”），有些美国城市以他的名字命名，以示纪念。

1774年前后，克里夫古尔开始撰写关于美国社会面貌及风土人情的一组散文，后改为书信体，1782年在伦敦发表，书名为《来自一个美国农夫的信》（*Letters from an American Farmer*）；不久又在德国、荷兰及爱尔兰再版，为人喜闻乐道，风靡一时。克里夫古尔后来将此书改写并译成法文，在法国也颇畅销，从而使他成为法国文学界的知名人士，被称为“美国农夫”。其他著述有《宾夕法尼亚州北部与纽约州游记》（*Voyage dans La haute Pennsylvanie et dans L'etat de New York*）、《18世纪美国见闻札记》（*Sketches of Eighteenth Century America*）等。

《来自一个美国农夫的信》描写的是到18世纪末的美国生活。它旨在探索和介绍美国这个新国家的性质和意义，以帮助旧大陆（泛指欧洲）了解它。全书共包括12封信，内容精炼，言近而旨远。其中第三封信向读者提出一个已经载入美国文学史册的重要问题：“美国人这个新人，究竟是个什么样的人呢？”克里夫古尔的前8封信对此做了委婉但却毫不含糊的回答。他指出，美国人是抛弃了旧世界及其压迫与奴役、建立起“目前世界上最完美的社会”、恢复了人的真正尊严与自信、按照新原则办事的人。美国人之所以能在新大陆开拓出一个新世界，是因为他是独立自主、自给自足的农夫。他的农庄赋予他在旧世界无法得到的自由。克里夫古尔高声讴歌美洲大陆的民主平等、丰饶富足。前8封信流露出他对新大陆新生活的希望与信心，描绘了一幅美妙的新伊甸园：“在这里他看到美丽的城镇，富足的乡村，广袤的田野，幅员广大的国家，到处是精美的房舍，平坦的道路，果园、草地和桥梁，而100年前却到处是野草丛生、林木杂乱的尚未开垦的荒地呢!”克里夫古尔在这里所描绘的是一幅人间天堂的美景。欧洲移民初到美洲时，举目四望，只见沃野千里，飞禽走兽，奇花异卉，鱼、虾、蟹、蚌，无奇不有，但却没有文明的痕迹；尽管有印第安人和他们的古老文化，白人移民也不放在眼里。他们在冥思苦想之后，突然觉悟到上帝把他们派到这么一个人迹罕见的地方来，一定是要他们重建失去的乐园。这是美国早期文学中充满乐观和希望情绪的一个原因。克里夫古尔在人们向美洲移民一个半世纪以后来到这里，对自己的所见所闻做出了逼真的描述。这是记录洋溢在美国早期生活里的乐观主义精神的最早文献之一。

然而，自第9封信开始，克里夫古尔的语调开始低沉。对现实生活的深入了解使他头脑冷静下来。他意识到新大陆也存在着旧世界“文明社会”的赘疣痛患，诸如贪得无厌、弱肉强食、暴力、饥饿与疾病、奴隶制等；他喟叹美国并非世界的希望。他提出印第安人社会团结，重义轻财，那或许是他的归宿所在。克里夫古尔目光敏锐，在最后3封信中对年轻美国的阴暗面进行了详尽的披露，是对后来美国文学中绝望情绪的最早的伏笔。

第三节　弗瑞诺／布朗

菲利普·弗瑞诺（Philip Freneau，1752—1832）

弗瑞诺是美国诗歌的先行者。他的诗歌，虽然尚有浓厚的"英国味"，但他是第一位把目光转向美洲的重要诗人。他的代表作在不少方面开了美国诗歌创作的先河。

弗瑞诺出生在纽约一个富有的酒商家庭，16 岁入普林斯顿大学，1771 年毕业时与后来的小说家布拉肯里奇合作写出《美洲新兴的荣耀》（"The Rising Glory of America"）一诗，并在毕业典礼上诵读。美国独立革命开始后，弗瑞诺的文学和诗歌天才得到初步发挥。在这期间，他创作出尖刻的爱国讽刺诗和反蓄奴制的诗篇，参加了独立革命的民兵队伍，在穿越封锁线的舰艇上当过水兵和船长。1780 年他被英国海军俘虏囚禁六周之久，这使他更加憎恨英国殖民统治。后经交换战俘获释后，他赴费城为《自由人报》（*Freeman's Journal*）撰稿，锐利的笔锋直指英国政府及殖民地保皇分子，充溢着饱满的爱国热忱。他获得"美国革命诗人"的美称。

独立革命后，他为谋生而出海六年。1786 年他的首部诗集面世，1790 年重操旧业为杂志撰稿。翌年，在国务卿杰斐逊的支持下入国务院经办《国民报》（*National Gazette*），成为自由派民主政治的坚定支持者。战后两年中，他连续发表攻击华盛顿总统的联邦派支持者的文章，华盛顿总统怒不可遏，称弗瑞诺为"那个无赖弗瑞诺"。1793 年他回新泽西务农。1803 年再度出海谋生达四年之久，后回新泽西，祖产渐变卖一空，以偶尔做零工或走村串镇的补锅匠为生，最后竟落到乞取独立革命者年金的境地，晚景颇凄凉。1832 年的一天，他从酒肆回家因遇暴风雪迷路，仆地不起而丧生。那时他已届 80 岁。他在离世前许多年似已被遗忘，后来到 19 世纪后半叶，人们才渐对他的诗作又发生兴趣，开始认识到他对美国诗歌发展曾做过的贡献，承认他是 18 世纪最伟大的美国诗人。

弗瑞诺的诗歌大体可以分为两类：抒情诗和社会诗。一般说来，前者是诗人的艺术自我得到充分表达的诗作，而后者则是诗人的社会自我为社会与公众服务的诗作。抒情诗仿佛是诗人的自娱之作，或喟叹人生之如梦幻，或赞美自然万物之神妙，或表达对土著印第安人风俗的惊诧，或抒发对社会生活实际的满腹牢骚。在这些作品里，诗人似在自言自语，独居一处幽静的所在，四周一片空灵，任凭想象在天地、古今之间纵横驰骋，腾骧四极。想象决定一切，理性退居到第二位。弗瑞诺早期的诗作表明，他是一个浪漫主义诗人。

弗瑞诺的诗作在几个方面在美国文学史上都可谓“第一”。比如他对北美的风物兴趣极浓，率先摆脱模拟英国 18 世纪新古典诗作的羁绊，直接观察和描绘四周的一切。美洲大地的风貌，它的一花一草，它的平凡的生活经历，都能引起诗人的联翩浮想。弗瑞诺善于捕捉倏忽即逝的遐思，并借以为框架，巧妙地遣词用字，写出抒发自己胸臆的诗歌。他的著名的《野忍冬花》（“The Wild Honeysuckle”）便是适例。当他漫步田间看到树影荫庇下盛开的野忍冬花时，诗人似乎心有所动，从造化的恩惠，联想到美的短暂，颇有感叹人生旋踵即逝的意味。诗人观察的细。花俏而无人抚摸，枝嫩而无人欣赏，诗人身心入境，推己及“人”，矜愍之心溢于言表。造化又如此惠爱，素装淡抹，以树阴庇之，既逃过贪婪的凝视，又可免风雨的肆虐，又有涓涓细流为伴，汩汩溪水平添了一层静谧，夏日在肃寂中逝去，花儿也面临秋霜而凋萎。诗人感叹霜之冷酷，秋之凌厉，无奈之余转而以笑脸对花，软语以慰其受伤害的心灵。娇小的花呀，你细想想，你来之无根，去之无影，原无得丧可言，还是顺其自然吧。诗的最后两句，似对花说，又似诗人自言自语，令人颇费回味。美是那么短暂，人生或许亦莫过于此吧。言尽而意犹存，让人怅然若失。弗瑞诺从本国风物寻觅灵感的做法，影响了后代作家，是他对美国独立文学的诞生所做的贡献。

再者，弗瑞诺也是最早提出“高尚野蛮人”概念的作家之一。在他一生的文学创作生涯中，弗瑞诺不仅写诗，而且还写过大量散文。在他的诸多散文形象里，有一个名为托莫·吉齐的印第安人。这个人物形象是弗瑞诺艺术想象的又一出色体现。托莫·吉齐是“高尚野蛮人”哲学家，他是林中智者和北美土著观察家的巧妙结合。在诗歌中，弗瑞诺也以赞许的口吻描绘印第安人的风俗习惯。他所写的《印第安人墓地》（“The Indian Burying Ground”）是美国文学中把印第安人理想化的最早的文学珍品之一。该诗写成于1787年诗人瞻仰一处印第安人古墓之后。弗瑞诺在本诗的注中写道：“北美印第安人让死者坐着，用贝壳念珠、鸟兽的偶像，或（如果死者是武士）弓、箭、石斧以及其他武器装饰起，然后埋葬。”这一风俗引起诗人想象的驰骋。诗人的目光落在印第安人墓上鸟的偶像、一只花碗以及显然是出外时备用的鹿肉，他意识到，这些都标示着灵魂的本性活跃，不知安息。他又望到拉开备用的弓以及尖锐的箭，他意识到，这象征着生命的火花虽已熄灭，生前的思想并未死去。他对会来此一游的陌生人说，不可欺死者，望望土丘实在地讲，他们没有躺下，而是在正襟危坐。诗人的眼前突然浮现出一位活跃的印第安人女王，一位黄肤色的士巴女王，满头发辫，许多野蛮人突然映入眼帘，似在指斥在那里蹀躞不前的人。诗歌取材于印第安人生活，这是弗瑞诺率先开创的一种美国诗歌创作传统，这一传统直接影响了后代诸如朗费罗（Henry Wadsworth Longfellow，1807—1882）等著名诗人的创作。

在美国文学史上，写“死”的诗作不算少，尤其在19世纪浪漫主义时代，著名诗人坡（Edgar Allan Poe，1809—1849）、惠特曼及狄金森等，都在这方面有不朽之作传世。然而，在美国，第一首专事描写这一抽象题材的重要诗篇应推弗瑞诺的《夜之屋》（“The House of Night”）。从某种意义上讲，《夜之屋》开了美国诗歌写“死”之先河。《夜之屋》的副标题是“一个梦景”，明示读者该诗所描写的乃是一场梦里的所闻所见。这首诗作似乎表明，死不过是不断的变化而已，新的形体出现，旧的形体衰颓，而新旧皆属造物范畴之内生的形式。高山会变平地，人终旧要返回黄土，黄土滋养一个爬行动物或一朵鲜花，一物养一物，新取旧而代之，又转瞬消亡，唯有不朽的灵魂常在。遵自然法则，生来死去，永存永乐不息。不难看出，这是诗人在借机发表自己的思想见解，其中有达尔文思想的雏形，又有华兹华斯风格的远影，从总体讲带有浓郁的浪漫主义色调。

弗瑞诺还富有远见地描写了美国向西部拓殖的运动。比如《向美洲移民颂》（“On the Emigration to America and Peopling the Western Country”）是一首内容丰富、情绪高昂的诗作。诗人洞见到西部拓殖者“驯服大地，播种技艺”的深远意义。再如从《杰克·斯特劳，或林中美男》（“Jack Straw，or the Forest Beau”）一诗中，可以体会到诗人的自豪情绪。杰克的言行滑稽，但不无尊严；林中生活简陋，但不无快活，把一个拓殖者的自豪心境酣畅淋漓地表达出来。此外，弗瑞诺绘景抒情的诗作也颇令人称道。这位曾做过船长的诗人经常借用与海有关的比喻，喜欢描绘人与海之间的搏斗，赋予海与航行某种象征意义。《飓风》（“The Hurricane”）及《海上航行》（“The Sea Voyage”）都是突出的例子。

弗瑞诺的社会诗内容丰富。这部分诗占了他诗作的大部分。一般说来，18 世纪七八十年代弗瑞诺是抒情诗人，90 年代以后他在风格方面显然不同了：他的诗歌的社会性增强了，于是不少批评家认为，“1786 年后诗人弗瑞诺死了”；1786 年是他早期诗歌集出版的一年。弗瑞诺的社会诗虽有应景性质，但是作为一名严肃的艺术家，他在构思及遣字用词方面总是一丝不苟的。他的诗歌创作实践，他的诗作所表现出的社会、心理及艺术复杂性，都显示出一位自觉的艺术家的独特意境。这些诗就内容讲虽已时过境迁，但它们是研究和理解诗人弗瑞诺不可或缺的环节，也是研究那个社会的很有价值的资料。弗瑞诺的社会诗有揭露英国殖民统治之作，如《政治祷文》（“A Political Litany”）及《康沃里斯伯爵将军的败北》（“On the Fall of General Earl Cornwallis”）；有歌颂爱国将士为国捐躯的，如《纪念英勇的美国人》（“To the Memory of the Brave Americans”）；有歌颂独立革命领袖人物的，如《悼念纪念华盛顿将军》（“Stanzas to the Memory of General Washington，Who Died December 14，1799”）、《悼念托马斯·潘恩》（“Stanzas on the Decease of Thomas Paine，Who Died at New York On the 8th of June，1809”）；有关于民主政治的，如《沉思》（“Reflections On the Gradual Progress of Nations from Democratical States to Despotic Empires”）；有关于蓄奴制和法国革命的，如《致托比爵士》（“To Sir Toby”）、《苏弗里埃尔山脚下所写》（“Stanzas Written at the Foot of Monte Souffriere”）、《论潘恩先生的人权》（“On Mr. Paine’s Rights of Man”）等。他创作的关于自然神信仰的诗作，如《论自然宗教》（“On the Religion of Nature”）及《论自然神的普遍性及其他特征》（“On the Universality and Other Attributes of the God of Nature”），等等，都应被视为他的社会诗的重要组成部分。

查尔斯·布罗克丹·布朗（Charles Brockden Brown，1771－1810）

在 18 世纪后期，美国文坛已有小说作品出现。霍普金森（Francis Hopkinson，1737－1791）的讽刺性寓言小说《一个好故事》（*A Pretty Story*，1774）、威廉·希尔·布朗（Wiliam Hill Brown）的《同情的力量，或天性的胜利》（*The Power of Sympathy；Or The*

Triumph of Nature，1789)、布拉肯里奇(Hugh Henry Brackenridge，1748－1816）的《现代骑士团》(*Modern Chivalry*，1792－1815)、伊姆勒（Gilbert Imlay，1754－1828）的《移民》(*The Emigrants*，1793)，以及罗森夫人（Mrs. Susanna Haswell Rowson，1762－1824）的多部诸如《夏洛特·坦普尔》(*Charlotte Temple*，1791）等小说，都曾名噪一时，并且从内容看也包含了美国素材，如西部边地生活和关于印第安人的描述。这些都为小说作为一种文学形式在美国文坛驻足奠定了坚实基础。这些作家多师承英国模式。

布朗则有所不同。他是一位过渡性作家。在取材方面，他是一位先驱性人物。他明确地知道，他的灵感源于他的本土，他的小说取材于他的国家的国情。他指出，印第安人的敌对事件和西部荒原上的危险，作为小说素材，要比天真的迷信和过时的风俗以及哥特式的城堡和鬼怪合适得多，美国作家忽略这些是不容原谅的。布朗的作品，尤其是他的四部长篇小说《韦兰德》(*Wieland*，1798)、《奥尔蒙德》(*Ormond*，1799)、《亚瑟·默尔文》(*Arthur Mervyn*，1800）及《埃德加·亨特利》(*Edgar Huntly*，1799）都是他的这种文学创作理论的有力佐证。当然，他并未像詹姆斯·范尼莫·库柏（James Fenimore Cooper，1789－1851）那样有意识地把边地素材造就成为一种历史寓言或神话。在心理描写方面，布朗堪称开拓性作家。由于他对自身复杂的感情结构以及对人的心理的认真探讨，他的作品获得“人的心理小说”之称。他的主人公如韦兰德或亨特利或奥尔蒙德，在一定意义上讲，都是性格乖常的典型。这些文学形象的出现，显示了作家的洞察力和同情心，以及能够惟妙惟肖地描绘人的灵魂的技巧。在这方面，布朗为后辈作家坡（Edgar Allan Poe，1809－1849）和霍桑(Nathaniel Hawthorne，1804－1864）等指明了方向。

布朗继承了前人的文学为社会服务的写作传统。他一贯相信，善意的智者有责任鼓励人们坚持理想，促进社会进步。布朗决定用自己的笔提醒人们警惕社会政治生活中所存在的危险。他的作品力求寓说教于戏剧性叙述和描绘文字之中，这有助于把美国作家的社会责任感作为一种传统传递到下个世纪及其后的文学作品中去。这是他的不容磨灭的历史贡献。

布朗创作的最感人肺腑的小说应推《韦兰德》和《亚瑟·默尔文》。这两部作品都取材于美国社会生活。《韦兰德》的情节的轮廓大体以一个现实事件为基础。纽约州一位农夫在炫目的亮光中望见两位天使，他们敦促他“毁掉他的偶像”。农夫因而突然发疯，杀死他的马匹、儿女和妻子，在前去杀害他的妹妹的路上被捉而作为疯人监禁起来。《韦兰德》以书信体写成，采用的是第一人称叙事手法。小说脆快了当，叙事者稍做自我介绍之后，便进入故事正文。克拉拉·韦兰德这位幸存的妹妹从父亲一天午夜周身起火（自燃）而死去说起，这是后来灾难性事件的补白和伏笔。继而说到她和哥哥韦兰德在快活的气氛中过了多年舒适的生活，以后哥哥结婚生子女。韦兰德过于相信他的感官，一天晚上，他在寺庙中听到一种酷似他的妻子的声音，而她当时未在附近，这种神异状况令他大惑不解。不久，一位名叫卡文的陌生人出现在他们当中。后来一天克拉拉回家，见到嫂子的尸体和业已神经错乱的哥哥。韦兰德逼近前欲杀她，只是由于邻居及时赶到才免遭横祸。她痛苦地得知，哥哥业已杀死了他的孩子。克拉拉开始怀疑这些事件和父亲神秘之死之间的关系。这时她又得知，哥哥是在受神谕而行事，并还将遵照神圣旨意杀掉她和亨利。卡文借机承认这一切都是他的腹语术作祟，他在热恋着她。韦兰德越狱来杀妹妹，卡文运用腹语假托上帝旨意，指出他自欺害人的作为。韦兰德顿悟而自尽。三年后克拉拉与亨利结婚，心境渐趋平静，叙说了事件的全部令人毛骨悚然的细节。卡文逃至乡下务农。

《韦兰德》的叙事方法颇有独到之处。叙事人克拉拉具有左右读者思想的非凡能力。由于她不完全相信自己感官传递的信息，她似不愿读者对她亦步亦趋。在第十六章她警告读者说，她的思想由于有人闯入她的卧室而乱做一团，她的心里充满不可言状的感觉，虽然所讲的事件委属实际经历，然而她承认自己的叙述可能失实或不可信赖；在客观上，她在吁请读者充分运用自己的判断能力。通览全书，应当说克拉拉是一位可靠的叙事者。全部事件的确经过她的头脑的过滤，因而不免带有浓厚的个人色调；但是，事实真相并未因此而受到歪曲。她请读者注意她的缺欠，这是作家调动读者全部注意力的手法之一。克拉拉向“不可靠的叙事者”（Unreliable Narrator）的方向迈出了一步。这是一小步，但却是很有意义的一步。

布朗的另一部小说《亚瑟·默尔文》是他的凌云壮志的最佳体现。它标示着作家文学创作生涯的高峰。这部小说和《韦兰德》一样，取材于美国现实生活，它以1793年发生在费城的黄热病为题材写成。布朗长于渲染恐怖气氛、置读者于怔荧惶怖中的独特天赋得到了充分发挥。他对这一瘟疫的真实描述应当说是美国文学作品中一绝笔：市民的逃窜，医院的惨象，悬于城市上空的惊骇空气，如此等等。《亚瑟·默尔文》的情节可谓纵横交错，扑朔迷离。它一部分由人物之一的史蒂文斯医生叙述，一部分由亚瑟·默尔文讲出。小说的第一部宛如一个圆圈，自一点开始绕一周后又返回原处，艺术构思之精巧令人赞叹。它自成一整体，淋漓尽致地叙述了善恶相斗的全过程。就叙事角度而言，默尔文是继克拉拉·韦兰德之后的又一位近似“不可靠叙事者”的故事叙事人。默尔文向“不可靠性”又迈进一步，增加了读者判断的美学距离。这应当说是布朗小说创作艺术的又一成就。

布朗是一个想象力极其丰富的作家。他的主要作品是在三年内完成的。他的作品多以书信体写成，结构有时显得松散。他的描写性文字简练、生动，但比较浮华。布朗在创作中师承了欧洲和英国的文学传统，例如哥特式小说传统和理查逊（Samuel

Richardson，1689－1761）的柔情小说传统；在思想上他接受了威廉·哥德温的影响。他的小说缺乏幽默和讽刺。布朗在美国文学史上，尤其是小说史上的地位是不容忽视的。他是美国第一位职业作家。他第一个把哥特式小说美国化，使之在美国生根，并经过坡、霍桑、麦尔维尔、马克·吐温、亨利·詹姆斯和斯蒂芬·克兰的努力，而延续到20世纪海明威（Ernest Hemingway，1898－1961）和福克纳（William Faulkner，1897－1962）等作家的作品中。他的作品不仅影响了坡和霍桑，而且越过大洋而得到英国诗人雪莱（Percy Bisshe Shelley，1792－1822）夫妇的赏识。霍桑曾把他同荷马、莎士比亚、菲尔丁和司各特的半身像并列在他的“奇人馆”里。

第三章　浪漫主义时期的文学

第一节　浪漫主义时期简介

19 世纪的前 50 年是美国独立文化与文学炼铸成型的时期。独立后的美国在政治、经济和思想领域内都表现出一片生机盎然。杰克逊时代的民主和政治平等成为这个新国家的理想。政治生活开始出现急剧变化。共和党和民主党的雏形已经出现，开始争权夺势，新的政治体制正在形成。开拓者的板斧继续挥舞，边地疆界迅速西移。欧洲移民大批涌入，使国家人口剧增，40 年间增长 2000 余万。工业迅速蓬勃发展，全国经济空前膨胀。这一切在人民中产生了高度的乐观主义精神和对未来的美好憧憬。人们以“上帝的选民”自诩，以实现“上帝所命”（manifest destiny）为己任。

一个生机勃勃、开创新生活的国家和人民，热烈渴望能有自己的文学表现自己新的经历和追求。国家的开朗情态，时代的上进精神，促进了浪漫主义感情的迸发。新英格兰加尔文主义的解体，长期束缚思想的精神枷锁的消失，使人的精神获得自由，使文学想象力获得纵横驰骋的良机。各种杂志如雨后春笋，如《北美评论》（*North American Review*）、《纽约镜刊》（*The New York Mirror*）、《美国季评》（*The American Quarterly Review*）、《新英格兰杂志》（*The New England Magazine*）、《南部评论》（*The Southern Review*）、《南方文学先驱》（*The Southern Literary Messenger*）、《大西洋月刊》（*The Atlantic Monthly*）、《哈帕杂志》（*Harper's Magazine*）及《纽约人杂志》（*Knickerbocker Magazine*）等，为作家们提供了良好的文学环境和充分的阵地，在不小程度上促进了文学的长足发展。一时之间，不少作家显身文坛，佳作珍品，不可悉数。

外国的思想和文化影响激发了美国浪漫主义思潮的蔓延。二三十年以前波及英国和欧洲的浪漫主义运动，对19世纪早期美国文学的成长发挥了相当重要的作用。德国哲学家赫尔德（J. G. Herder，1744－1803）、康德、费希特（J. G. Fichte，1762－1814）和谢林（F. Schelling，1775－1854）的学说，改变了牛顿的机械宇宙观，变更了约翰·洛克及霍布斯（Thomas Hobbes，1588－1679）等人的被动的唯物主义心理学。英国浪漫主义大师柯勒律治（Samuel Taylor Coleridge，1772－1834）和华兹华斯（William Wordsworth，1770－1850）披露出存在于自然界和人的思想内充满活力的新潜在力。柯勒律治的影响，尤其是他的散文作品《文学生平》（*Biographia Literaria*）及《思想之友》（*Aids to Reflection*）周刊所发挥的影响，在美国最先进的文学评论和哲学论辩中，稳居统治地位。他对爱默生、艾伦·坡、霍桑、麦尔维尔以及19世纪美国超验主义者的影响是醒豁易见的。凡浏览过19世纪40年代“黄金时代”美国著名作家的札记的读者，应能注意到柯勒律治的无所不在的踪影。爱默生的挚友、英国史学家托马斯·卡莱尔（Thomas Carlyle，1795－1881）的唯心主义及伦理原则，对这一时期美国文化思想界的激励作用也相当大。

欧洲和英国文学的影响亦不可小觑。司各特、柯勒律治、华兹华斯、拜伦（George Noel Gordon Byron，1788－1824）及彭斯（Robert Burns，1759－1796）等巨匠对独立美国小说、诗歌等领域内的文学创作，都发挥过无与伦比的奖掖作用。司各特的影响尤其大而持久。他以苏格兰和英格兰边界史话为题材而创作的小说、他的取材于古苏格兰高地的《威弗利》（“Waverley”）小说集，以其诡密莫测的氛围、栩栩如生的人物、浓淡有致的景物画面以及扑朔迷离、头绪纷繁的故事情节，激发了美国作家的浪漫主义想象，成为他们师法的楷模，詹姆斯・范尼莫・库柏（James Fenimore Cooper，1789－1851）只是其中一个例证而已。司各特的诗作《湖上夫人》（*The Lady of the Lake*）和拜伦的某些东方传奇浪漫故事在很大程度上促进了关于美国印第安人浪漫故事的创作。司各特对美国作家以浪漫主义色调描绘北美风物亦有直接的启迪作用。华兹华斯的自然诗，从内容到风格，直到19世纪中期，一直是美国浪漫主义诗人的张本。哥特式文体的风靡、对独处和阴郁的推重和垂青，穷源竟委，发端于美国作家对诸如拉德克里夫（Ann Radcliffe，1764－1823）、霍夫曼（E. T. A. Hoffman，1776－1822）、詹姆斯・汤姆逊（James Thomson，1700－1748）及对“墓地诗歌”的浓厚兴趣。这一时期美国的抒情诗，从所表达的爱情、激情及绝望情绪可以看出美国人对彭斯和拜伦心摹手追的功夫。1798年华兹华斯和柯勒律治合写的《抒情歌谣集》（*Lyrical Ballads*）传入美国后，更掀起一股模仿之风，为在挣扎中脱颖而出的美国独立诗歌注入了活力和营养。由此看来，美国浪漫主义文学在某种意义上讲颇具派生味道，它的某些作品是以欧洲和英国的哲学和文学为底本的。

尽管如此，美国的浪漫主义文学自一开始便有其独特的属性。它不同于英国或欧洲的浪漫主义的根本原因在于，它首先是许多“美国”因素和条件熔为一炉的产物。从本质上讲，它所表达的乃是“一种真正的新的经历”，包容着“一种异样的性质”，因为“这个地方的精气神”和英国与欧洲的迥然不同（诚如 D. H. 劳伦斯所评论的）。比如说，美国人“向西拓殖”的民族经历便是美国作家取之不尽的丰富题材宝库。在茫无涯际的荒野上，长林丰草，奇葩异卉，天上群鸟翱翔，地上百兽走动，俨然是伊甸园的风貌；在千里沃野上或深山老林中，开拓者身背火枪或手持板斧，虽步履维艰，仍毅然西进；北美大地的异国景物、声色、韵味，原始种族的奇妙、古雅、绚丽多彩的文明——这一切都构成了美国作家所独有的文化环境和无比优越的灵感泉源。身着鹿皮的粗犷的纳蒂•班波，栖身在边地简陋的木屋中，圆实的肩上挎着来福枪，在原始森林中自由穿越，在印第安人部落中时隐时现，饥食兽肉，渴饮溪水，这些对于任何浪漫主义天才的激发，至少应不亚于欧洲和英国的古堡密道、活鬼死尸。纵览美国浪漫主义作品，读者会惊异地发现，美国作家对美国生活现实的激励绝非如秋风过耳；他们珍重自己所有的一景一物一事一人，竭力写出自己的本色来。朗费罗（Henry Wadsworth Longfellow，1807－1882）在描写边地和印第安人题材方面所做的有益尝试、华盛顿•欧文对哈德逊河谷地景色所做的绘声绘色的速写、布莱恩特（William Cullen Bryant，1794－1878）对人迹罕至的西部草原的荒野与肥沃的泼墨或白描，以及库柏的《皮袜子五部曲》（*Leatherstocking Tales*）对北美一望无垠的原野和森林、广阔湛蓝的内陆湖的大笔雄浑的勾勒——这仅是表明美国新的灵感业已诞生的几个佐证而已。人们当然不应忘记诸如爱默生、梭罗、霍桑、麦尔维尔等一代浪漫主义宗匠在创作独立美国文学方面的不朽建树。

人们还应注意到美国清教主义这一宗文化遗产的影响。美国的道德观在漫长的时间内以本质论是属清教主义的。公众舆论的清教味浓郁；社会生活和文化趣味基本上是由国中的清教气氛所限定的。从整体讲，清教主义传统留在美国人性格上的印迹最深；美国清教徒在把自己的思维方式强加在北美大陆人民方面，做得最彻底、最成功。虽然时至19世纪，清教主义业已衰落，超验主义业已兴起，这导致了思想的解放和随之而来的文艺复兴，但是清教烙在人的意识上的印迹是深刻的，它貌似无形却有形。清教主义对美国浪漫主义文学的影响是明显的，美国浪漫主义作家和英国、欧洲同行相较更富说教特色，就是这种影响的突出表现之一。诚然，这一时期的美国文学史上出了个艾伦·坡，这个人反对“说教异端”；此外还出了个惠蒂埃（John Greenleaf Whittier，1807－1892），他力图折衷，主张美善平起平坐，平分天下。但是美国许多浪漫主义作品说教味道浓重。许多作家似乎已达到默契和共识，即生活中的许多侧面和领域似属禁区，最好少去插手，以免招惹是非。比如说性和爱，美国作家写来就如同临深履薄，谨言慎行、字斟句酌。例如霍桑的《红字》（*The Scarlet Letter*，1850）说到性爱时三缄其口，而警世、醒世的文字却滔滔不绝。而惠特曼曾在长时期内受其国人误解，原因之一就在于他的《草叶集》（*Leaves of Grass*，1855）里包含着不合“文雅”口味的诗行和诗节；换言之，他未接受爱默生的删去诗中描写性与肉体词句的劝告。

美国浪漫主义文学的另一明显特点在于一个“新”字，即它所表现的美国民族之“新”。美国人是“新人”，是北美大陆新伊甸花园里的新亚当。到19世纪，这一观点业已逐步发展成为“美国神话”。在神学、历史和文学领域，随着时间的推移，这一神话的轮廓愈来愈清晰，内容愈加充实。神学家、历史学家和文学艺术家的想象愈益丰富，表达也愈益明确。“美国神话”把世界视为刚刚诞生，人类被赋予第二次机会以建立全新的理想的生活。它给文学引进一个新主人公，带来一整套全新的理想的道德标准。新主人公活动在全新的美洲舞台上，这成为美国19世纪、特别是浪漫主义时期文学的占主导地位的素材。新主人公无疑是堕落前的亚当。他的思想洁白无瑕，世界和历史都展现在他的面前。美国人形容自己有别于欧洲人，把欧洲称为“旧世界”。或许，他们的理想只是空谈，他们的梦想已在化作泡影，或自一开始便是人们的冥想和虚构，然而，它们以某种形式存在于美国人的头脑之中，这个事实的历史意义断然不可小觑；它们使人们感到“新”，感到不同于他人，这种感觉激发了作家的浪漫主义想象和灵感，使他们创作出不同于别的国家的作品来。于是，人们感觉到美国浪漫主义作家进行文学创作时那种强烈的描绘新地新人新生活的使命感。

美国浪漫主义运动中产生的浪漫文学作品，既有模仿，也有独立创造的特征。像欧文、库柏，尤其是世人称之为“剑桥诗人”（the Cambridge Poets）或“新英格兰诗人”（the New England Poets）的布莱恩特、朗费罗、惠蒂埃、霍姆斯（Oliver Wendell Holmes，1809－1894）和洛厄尔（James Russell Lowell，1819－1891）等人，都在不同程度上有师法英国和欧洲文学大师的倾向。他们的怀旧的目光投向大西洋彼岸，常从英国 18 世纪新古典派作家，如屈莱顿（John Dryden，1631－1700）、蒲伯（Alexander Pope，1688－1744）、艾迪生（Joseph Addison，1672－1719）、威廉·库柏（William Cowper，1731－1800）、哥尔斯密（Oliver Goldsmith，1728－1774）、彭斯（Robert Burns，1759－1796）、扬格（Edward Young，1683－1765）、葛雷（Thomas Gray，1716－1771）、拜伦及华兹华斯等处汲取精气及模式。比如欧文便有“美国的哥尔斯密”之称，库柏便有“美国的司各特”之称，凡此称谓，从历史看，决非恭维。这些作家可概称之为“模仿派”或“保守派”（欧文、库柏稍有不同）。他们在作品中突出某些题材，而忽略其他内容，比如他们喜欢写包括家庭、子女、自然界及理想化的爱情的题材，而忽视当时美国生活所面临的主要问题，如向西拓殖、民主与平等、现代美国的崛起等等。从技巧角度看，他们偏爱传统的格律和诗节形式；他们的语言通常是英国英语；他们的比喻有时属俗套老调，其象征意义因过于明显而流于皮相。这些人曾名噪一时，以朗费罗论，他在很长的时间内被视作为美国的丁尼生；他们为“新英格兰的文化复兴”做出了不可磨灭的贡献。然而，由于他们未能和后世读者交流，他们的声名和作品令人有时过境迁的感觉。

另外一些同代作家如爱默生、艾伦·坡、梭罗、霍桑、麦尔维尔、惠特曼及狄金森等，思维方式和创作经历则迥然不同。早在菲利普·弗瑞诺的《崛起的美洲的荣耀》这种殖民主义时代的作品中，就已有了美国人所特有的声音；但是，关于创作独立美国文学、创作一种可与新的国家的政治地位齐名并肩的民族文学的议论，直到19世纪30年代才变得沸沸扬扬。其时昌宁（W. E. Channing，1780－1842）的《论民族文学》（“Remarks on National Literature”）、《民族文学的重要性和途径》（“The Importance and Means of a National Literature”），爱默生的《论自然》（*Nature*）、《美国的哲人》（“The American Scholar”）和《论诗人》（“The Poet”），以及惠特曼的《草叶集》（*Leaves of Grass*）的初版前言，先后面世，一股强劲的文学独立之风正从新兴的美国大地上吹拂而起。这些人不满足于尾随在他人之后，不满足于餐桌上的残杯冷炙，他们要革新，要寻觅出反映新国度新生活的新文学表达方式，即美国文学的表达方式。他们要建立美国自己的新文化，以体现美国自己的新经历。虽然他们当中不少人受到同代人的冷嘲或白眼，如梭罗、麦尔维尔、艾伦·坡和惠特曼，有些人似乎“生不逢时”，如狄金森，但他们却是本国和世界性浪漫主义的深层动力。他们完成了自己的历史重任，在美国文学的园圃中播种下奇葩异卉的种子。独立美国文学的开花结果多归功于他们的辛勤耕耘。这是今天人们依然记起他们的根本原因。

下面介绍这一时期的主要作家的主要作品。

第二节 欧文／库柏

华盛顿·欧文（Washington Irving，1783－1859）

欧文是美国文学的奠基人之一。他是第一个得到欧洲承认的美国作家，被称为“美国文学之父”。他生于纽约一个富商家庭，自幼酷爱读书，少年时代便开始写诗歌、散文和戏剧。16 岁开始学习法律，后来还做过一段律师。1812 年战争以后，他到英国去经营他家在利物浦的买卖，但不久就放弃商务和律师职业，专心从事文学创作。1826 年，欧文任美国驻西班牙大使馆随员，工作之余游览名胜古迹，收集史料。后来他在伦敦当过 3 年外交官。50 岁上回到美国，在哈得逊河畔“睡谷”（Sleepy Hollow）附近定居；其间除了 4 年出任美国驻西班牙公使外，他的晚年就在这所称为“朝阳”（Sunnyside）的著名住宅里度过。

欧文旅居欧洲 17 年，对旧世界（特别是西班牙）的历史产生了极大的兴趣。现实生活和历史传说经过他的丰富想象和精妙加工，融合成一幅幅不朽的图画，给他的《布雷斯布里奇庄园》（*Bracebridge Hall*，1822）、《征服格拉纳达》（*The Conquest of Granada*，1829）和《阿尔罕伯拉传奇》（*Legends of the Alhambra*，1832）等杰作增添了魅力和光彩。欧文深受英国作家哥尔斯密、艾迪生，尤其是司各特的影响。但是，他也是美国文学史上首先发掘和表现美国历史和风土人情的作家之一。他的第一部重要作品《狄德里克·尼克包克尔的纽约外史》（*History of New York to the End of the Dutch Dynasty by Diedrick Knickerbocker*，简称《纽约外史》，1809），是历史真实和艺术虚构的巧妙结合。这本书的虚构的作者之名尼克包克尔业已成为纽约人的绰号。欧文晚期还写了些传记作品，如《哥尔斯密传》（*Oliver Goldsmith*，1840）和 5 卷本的《华盛顿传》（*Life of George Washington*，1855－1859）。

欧文的声誉主要建立在他的传世佳作《见闻札记》《*The Sketch Book of Geoffrey Crayon，Gent.*，1819－1820》这部散文、随笔及故事集上。1820 年，欧文将他在 1819 年至 1820 年间发表过的 32 篇散文、随笔和故事进行修改，一并收入《见闻札记》出版。其中大部分作品以英国为背景，有些是充满浪漫色彩的传说。该书问世后，被译成多种文字，使他名震欧美文坛，确立了他在美国文学史上的地位。在其中的《作者自述》（"The Author's Account of Himself"）中，欧文阐述了他的一些观点。他认为，美国自然景色得天独厚，然而历史短暂，欧洲才是万古菁华所聚之地。作者除凭吊历史古迹外，还渴望了解美国人民由之演变而来的伟大的英国民族。文中还说作者喜欢猎奇，他的游记多记述村庄风物、断瓦颓垣，而未涉及美国的名胜古迹或火山冰河。《作者自述》在一定程度上反映出欧文思想里保守的一面。他的这种认为美国缺乏创作素材的观点后来也表现在库柏、霍桑和亨利·詹姆斯的某些论述中。当然，应当指出，《见闻札记》中最著名的两篇：《瑞普·凡·温克尔》（"Rip Van Winkle"）和《睡谷的传说》（"The Legend of Sleepy Hollow"，却是以美国的风物为背景的。

欧文的创作技巧很好。他是一位精湛的文体家。对他说来，文字比内容更重要。他"文如其人"。他的雅人深致、文质彬彬及和颜悦色在他的文风里都得到了充分反映。欧文目光敏锐，对人的一言一行，对物的形、声、色、味，看得仔细，反应灵敏，他的作品实际乃是他的感官体验的忠实记录。读他的书，人们在看、听、嗅、尝、触，在欣赏他所描绘的存在于人和自然界中的内在美，有时胜过追逐他的故事情节。欧文的文风具有几个明显的特点。其一，他尽量避免说教。他创作的目的在于让人赏心悦目，这和他的清教先辈的基本宗旨相差不少。另外，他擅长于烘托气氛，点缀映媚，制造悬念，借助于仙鬼，无所不用其极。他的人物刻画得惟妙惟肖，读后如闻其声，如见其人，颇有莎士比亚几笔画人的文风。幽默是欧文文风质地的有机组成部分，读他的作品不笑者少。他的文字功底精深圆熟，富于抑扬顿挫的音乐性。

欧文对美国文学的贡献很大。人们经常使用三个名衔谈起他："美国第一位作家""新世界派往旧世界的使者"及"美国文学之父"。说他是"美国第一位作家"，首先是因为他是美国第一位能以卖文为生的"专业"作家。他为后世做出了榜样。其次，后来他成了美国文学领域内的民族英雄，成为扬名大洋彼岸的美国人，这又为后世做出了榜样。说他是"新世界派往旧世界的使者"，主要是指他作为"文学使者"所发挥的作用。欧文在英国的成功，表明新世界已出现可与欧洲文坛一争雌雄的作家，美国文学作为一个独立实体已开始出现，这对民族文化独立意识日渐强烈的美国文人来说是一个意义非凡的历史事实。他的名声弘扬了美国。

在许多方面，欧文堪称"美国文学之父"。自1809年至内战的几十年间，他是美国文坛的中心人物，受到广大读者和同行的爱戴与推崇。他有长者风度，乐于奖掖后起；他曾把写作题材让与一位青年作家，曾经敦促著名出版商出版麦尔维尔的处女作《泰比》（*Typee*）。美国短篇小说作为一种文学体裁始于欧文的《见闻札记》；它也象征着美国浪漫主义文学运动的发端。他的短篇中的新题材、新态度、新技巧，唤起了霍桑、坡、麦尔维尔及后来的乡土文学作家的创作欲和创作灵感。欧文对后世的影响不可低估。这是他能扬名美国文坛几十载的原因之一。他同代的库柏以及稍后些的爱默生，在当时也不能和他相匹。

下面介绍一下欧文的名作。欧文的最大成就在于短篇小说的创作方面。他最闻名的作品是他的两个短篇故事：《瑞普・凡・温克尔》和《睡谷的传说》。《瑞普・凡・温克尔》的某些素材，可能取自德国民间故事《彼得・克劳斯》（"Peter Klaus"），但两者之间所有的相似之处都是表面性的，瑞普和彼得两个人物形象的不同之处则属本质性的。彼得不是一个有血有肉的小说人物，他只是支撑一个老式散文故事的框架而已。瑞普则迥然不同，他已成为世界性文学人物之一。故事完全出自欧文自己的想象。他笔下的瑞普是地道的美国人，活动在地道的美国背景中，他的故事从头至尾是一个美国人的故事。这个故事情节很简单：在哈得逊河畔一个村庄里，住着一个名叫瑞普·凡·温克尔的人，他是懒得可爱的无忧无虑的乐天派，但是他的妻子却不让他得安宁，整日里絮絮叨叨，瑞普无奈，只好背上猎枪，到山里躲闲。一天下午他在山里看到几位模样奇怪的人在玩九柱戏。他出于好奇，也因口渴，喝了他们的几口酒，不料竟一觉睡去，醒来不见了狗，枪也锈烂了。他蹒跚下山，回到村里大吃一惊：他觉得一夜之间，世界已物换星移。过去的房屋已荡然无存；老朋友们也踪影皆无了。昔日他同知己饮酒神聊的小酒肆已突然变成门前是星条旗迎风招展的宏伟的“合众国旅馆”。他感到茫然若有所失。后来，一些老友终于认出了他，他也认出了他们当中的几位。他才如梦初醒：他竟一觉睡走了 20 年。他的妻子已过世，儿子已长大成人，和他当年如出一辙，女儿已经结婚，当了母亲，领他回家同住。瑞普仍如以前那样轻松自在地生活。

这个故事蕴涵深邃。首先，瑞普睡去的 20 年正是独立革命的年代。回村后生活所发生的变化并不总随他心愿。他更喜欢战前生活的悠闲、平和，不喜欢独立后的政党之争和加快的生活节奏。瑞普并不为国家摆脱英国殖民统治的枷锁而感到欣喜；他更为自己挣脱了婚姻的桎梏而乐不可支。或许，这个故事在某种程度上表明欧文的立场，即变革和革命打乱生活的自然秩序，表明他对现代民主的美国持有某种保留。

瑞普这个文学形象，也反映出一种民族心态或行为模式。这个寓言式故事讲到一个脱离主流生活者的心境。由他妻子体现出的世间风行的统一价值观，使他感到窒息。他不满现状，有遁世倾向。他到山里去寻找解脱和理想的生活。“寻求某种理想”成为瑞普的深层心理要求，这也在客观上反映出美国这个国家和民族的历史经历。17 世纪初的移民以及其后长时期内的向西拓殖，可被视为美国民族不断追求的精神的表现，瑞普身上流露出了相似的心态。这是瑞普的形象能在人们头脑中扎根的基本原因之一。瑞普还反映出人类逃出苦海、留恋过去、拒绝变化与改革的普遍性深层心理倾向，这是这个故事被译成多种语言传遍世界的原因之一。从美国文学传统角度看，严肃的文学作品一向对政治和生活采取批评态度，对传统和统一价值观怀有一种逆反心理。这种态度和心理反映到文学作品中，便是一系列反主流或逆主流人物形象的出现，比如库柏的纳蒂·班波、梭罗的《沃尔登》（*Walden*）中的"我"、霍桑《七个尖角阁的房子》中的霍尔格拉乌、麦尔维尔《白鲸》中的亚哈、艾伦·坡的威廉·威尔逊、马克·吐温的哈克·芬、海明威的一系列主人公、福克纳的艾克·麦卡斯林，一直到索尔·贝洛（Saul Bellow，1915－）的赫佐格、塞林杰（J. D. Salinger，1919－）的霍尔登及艾里森（Ralph Ellison，1914－1994）的《看不见的人》中的"我"等等，都是如此。而列在这个长长的清单之首的恐怕要算瑞普·凡·温克尔了。

《睡谷的传说》和《瑞普·凡·温克尔》一样，除从德国传说中撷取一点启示之外，完全是充溢着"美国味"的美国作品。这篇名作的故事情节说来也极其简单。在哈得逊河边一个被称为"睡谷"的地方，流传着一个令人毛骨悚然的无头骑士的故事。传说在美国独立战争时期的一次战役中，一个赫塞骑兵的头被炮弹打飞了。死后，他的阴魂常骑马在夜间飞驰，到战场上去寻找他的头颅。在睡谷有位从康涅狄格州来的教师，名叫伊卡包德·克兰，他对那些离奇的传说笃信不移。他看上了当地一位殷实的荷兰农夫的独生女儿卡特林娜·凡·塔塞尔。但他有许多情敌，其中最可怕的是一个名为布鲁姆·凡·布兰特的乡村小伙子。一天晚上，伊卡包德去参加凡·塔塞尔家的晚会。布鲁姆也在场，并讲到他半夜遇到无头骑士的故事，伊卡包德听了头皮发麻。晚会后他独自骑马回家，在小河边同无头骑士相遇，被那骑士用手中拿着的头打昏倒地。从此伊卡包德再也没有露面。次日人们在桥头发现了他的帽子和一个碎得稀烂的南瓜，以为他已死去。几年后，一个到过纽约的老农说，伊卡包德还活着，并且做了法官。而布鲁姆在伊卡包德失踪后不久就和卡特林娜结了婚。每当人们提起那个南瓜的事，他就捧腹大笑，使人不能不怀疑他同那件事有瓜葛。

伊卡包德这个人物和瑞普一样发人深思。他在当时西部边地的小村里是一种人的代表，即通权达变的新英格兰人，他在村里是个城市滑头，一种欲行欺诈的破坏性力量。他聪明反为聪明误，最后被赶出本不属于他的村庄，于是边地小村又恢复平静。布鲁姆一介村野之夫，粗鲁、精力充沛，生在边地自食其力。由此看来，伊卡包德和布鲁姆的情场之争又具有某种边地两个群体之间的历史性较量的意味。而这个历史性争斗是美国在长时间内向西拓殖运动中所特有的现象。

欧文的叙事方法属讲故事类。读他的书有一种听故事的感觉。他的故事叙事者有时也立在幕后，犹如木偶大师，偶或钻出头来，以“我”或“我们”的称谓讲话。《睡谷的传说》自首至尾“我”一口气讲下来，几乎没有一处“戏剧场面”；而《瑞普·凡·温克尔》也只有一处例外，那是在瑞普睡后回村和村民会面的时候，只在那一瞬间，“我”闭上了嘴巴，让人物登台自己念台词。运用这种讲故事方式要求作家有深厚的文字功底。这种小说，与其说以情节取胜，不如说是以娴熟的文字勾勒画面而扣住听众心弦的技巧取悦于人。这种情况经过霍桑，到亨利·詹姆斯出现了改变。詹姆斯在写了几年剧本以后，觉得需要人物自己去表演，于是在小说创作技巧上提出了一些新的见解，这点在下文中还要详细说到。

詹姆斯·费尼莫·库柏（James Fenimore Cooper，1789—1851）

库柏出生在新泽西州一个占有大片新开发土地的富有家庭。他的父亲威廉·库柏是国会议员、地方法官，也是当时的边界城市库柏镇的建立者。库柏14岁入耶鲁大学读书，后因恶作剧被开除，于是他出海做水手达5年之久。20岁时他继承父亲的巨额遗产，但由于他和弟兄们管理不佳，结果不足十年便家境破落，负债累累。为重整家业，库柏开始写作。开始稍有挫折；但1821年《间谍》（*The Spy*）一书刊行问世后，库柏一举成名。这部长篇小说以美国独立战争为背景，在欧美引起强烈反响。后来，他又创作了30余部作品，其中包括10余部航海小说，还写有札记、政论、美国海军发展史和哥伦布传等，是一个名副其实的多产作家，但是，使他生前名闻遐迩，死后仍拥有广大读者之作，还是以边地生活为主题的《皮袜子五部曲》（*Leatherstocking Tales*）。

《皮袜子五部曲》描写绰号为“皮袜子”的猎人纳蒂·班波（Natty Bumppo），在18世纪后半叶到19世纪初的60余年内，在边疆地区生活的情景。如果说美国的建国历史，在某种意义上讲，是最初的移民手持板斧，不畏艰辛，把边界逐步向西推移的历史，库柏的五部曲，则通过描绘开拓者的形象和印第安人的境况，细腻而逼真地记录了那一段史实。五部曲把边界西移过程中英法殖民主义者的争夺斗争、白人殖民主义者对印第安人的暴行以及“欧洲文明”的丑恶面目，描绘和暴露得淋漓尽致。在库柏的笔下，人们也看到“现代文明”步步进逼，原始的荒野节节后退，人的作为和大自然的统治地位的平衡关系处于一种朝不保夕的状态中。他觉察到在新开拓的区域内，社会生活受到两种相互矛盾的原则的制约，他要向人们指出，其中的一种在道义上是正确的，另外一种则在实际上是势在必行。这是库柏思想上的矛盾所在。他既推崇文明，又企慕大自然；既赞同实施法律，又向往无拘无束的自由境界；既臆想印第安人社会为理想的社会，又根据他们对白人的态度把他们分成好的与坏的。库柏是他同代人中对那个时期美国社会发展反映最敏感的人。《皮袜子五部曲》是库柏思想的最明确的体现。

5部书依照出版时间，先后顺序是：《开拓者》（*The Pioneers*，1823）、《最后的莫希干人》（*The Last of the Mohicans*，1826）、《草原》（*The Prairie*，1827）、《探路者》（*The Pathfinder*，1840）以及《杀鹿者》（*The Deerslayer*，1841）。如以情节发生之先后以及主人公“皮袜子”的不同生活阶段为准，顺序则有所改变。在《杀鹿者》中，“皮袜子”正年轻力壮；《探路者》描述他身处情网的边缘，但“婚姻与他毫不相干”；《最后的莫希干人》叙述他在林中生活逐步成熟起来；《开拓者》讲他作为自由和大自然的化身同“法律和秩序”的代表坦普尔法官（Judge Temple）的冲突；《草原》述说他离开“文明的”开拓地，在印第安人部落里栖身和离开人世的情景，合当为收尾之作。库柏是美国文学史上首先使用边地题材的作家之一，他把“西部”“荒野”“开拓精神”等概念引进美国文学作品里来。

在创作思想方面，库柏一度认为美国缺乏文学作品所需要的素材。他抱怨美国自然景色单调，人民性格天真，历史短暂平和，没有贵族、城堡，没有文物典籍，因而作家缺乏题材，史家缺少史料，讽刺家没有蠢人蠢事供其嘲笑。他指出，弥补这些缺憾的途径之一是回过头去，到往昔和历史中去挖掘寥寥无几的宝藏。《皮袜子五部曲》就是以刚刚结束的历史为其背景的。库柏似乎在无意识中发现了边地生活这一地道的美国题材。他以其敏锐的感觉愈益认识到有关西部边地的题材对于美国小说创作的重要性。

库柏是一个极富想象力的作家。他虽然生活在边地附近的库柏镇，但是严格说来，他没有在荒野中生活过，从未见到过印第安人。他的印第安人知识源于一位白人传教士的记载，或孩提时期听人讲起的。但是，《皮袜子五部曲》中对印第安人的言、行、坐、卧、衣、食的描绘翔实、细腻，他对印第安人城镇、印第安人的相貌与装束、印第安人的习惯、印第安人的部族会议、他们的古老的法律与正义感、他们的礼仪、风俗习惯以及他们的男女老少的言谈举止等等的描绘，都具体而细致，无论与史实是否相吻，读者都能信以为真。

《皮袜子五部曲》的主人公纳蒂·班波的形象颇具神话色调。这种色调随着作家创作意识的加强而逐渐浓重起来。纳蒂·班波开始出场时完全是一个实实在在的人，可是，随着《五部曲》的步步深入，神话和传说成分愈渐增强，到最后，他的冒险及他的伙伴都具备了一种寓言韵味。《开拓者》是一个叙述性故事，纳蒂·班波是一位有血有肉的实实在在的向西拓殖运动中的边地开拓者形象。可是在此之后，库柏关于浪漫小说的理论却逐渐发展而至成熟。他认为，通过叙述原则和刻画性格类型，小说才更有可能获得成功。于是在后来的几部作品中他开始增加《开拓者》中所没有的共性和理想主义因素，把一个纯朴的猎人描绘成为一种类型、一种理想、一种具有通过对题材加以富有诗意的处理之后获得深刻内涵的人物形象。就这样，“皮袜子”这个纯真的文学形象出现在美国文学作品中。他生活在原始森林中，严格遵守林中法则，个人举止高尚，对大自然一片虔诚，坚持正义，疾恶如仇，等等。他纯如童稚，是荒原中是非曲直的尺度，是识别良莠美丑的试金石，是理想的象征，他成为荒野的保护天使；他简直是神一般的人了。

纳蒂·班波作为一个象征性人物，显然具有深刻蕴涵。在一定意义上说，他代表着美国民族不断寻求理想社会生活的愿望。他一路向西逃去，力求远离文明村镇的斧声和炊烟。《五部曲》中有三部以他的出走西部为收尾，有两部（《最后的莫希干人》及《草原》）以他和印第安人部落同住结束，这不是偶然的文学构思。D. H. 劳伦斯（D. H. Lawrence，1885—1930）认为，《五部曲》

小说由前向后，从老年到年轻黄金时代，老皮渐渐脱去，走向新的青春，这是美国民族诞生和成长的经历的文学再现，这是真正的美国神话。劳伦斯的评论极为深刻。美国人自古老的欧洲来到北美，把“老皮”丢在后面，宛如老蛇脱皮又得青春一般，摆脱英国以至欧洲传统的桎梏，而建立一种全新的生活。《五部曲》在客观上以文学手段反映出这点，这是它的伟大之处。

库柏对印第安人的态度也似模棱两可。一方面，他认为原始的印第安人的社会结构是人类理想的体现，是对白人文明的一种有力矫正。他对印第安人种族的描绘，在《皮袜子五部曲》中自始至终充满哀叹的口气，充满同情。另一方面，他也表现出下意识里的种族感。比如他把印第安人分为好和坏两类，好的和英国人站在一边，而不好的则和法国人站在一边。再如“皮袜子”这个人物，他虽然和印第安人朋友生死与共，有决心为印第安人献身的真正感情，但是，在他的内心深处，还存在着某种种族意识。仅以《最后的莫希干人》一书为例，有20余处表现出他以自己血管里流着的白人血液而感到自豪，“种族”“肤色”“血液”等词语多次出现在他的谈话中。他有点以白人血统自豪。

库柏的文体也有缺点。人物对话过于正规，也重沓、繁芜，比如纳蒂·班波是一个荒原猎人，说起话来却咬文嚼字。另外，库柏的叙事人在情节发展关头往往钻出头来插话，分散读者的注意力。库柏的情节有时不合情理；他笔下的女人的形象有时比较呆滞。马克·吐温对库柏的作品很不以为然。

库柏曾预言说，他的《皮袜子五部曲》系列会比他本人其他任何或全部作品要活得长些。历史证明，他言中了。他的艺术的威力和永恒性已是既定的历史事实。历代许多作家，不论其国度及创作风格如何不同，诸如美国的艾伦·坡、麦尔维尔，法国的巴尔扎克（Honore de Balzac，1799－1850）、兰波（Arthur Rimbaud，1854－1891），英国的司各特、康拉德（Joseph Conrad，1857－1924）

及 D. H. 劳伦斯等，都对他的文学创作给予极高评价。

下面介绍一下库柏的主要作品。首先说《开拓者》。这部小说描述了北美大陆开发早期边地生活的全貌。法官坦普尔取得埃芬厄姆家的地产而成为纽约州一个边界小镇的首富。有一天他打猎时误伤猎人纳蒂·班波的年轻朋友奥利弗·爱德华兹。法官对他表示友好，并请他做主管。爱德华兹依然继续与纳蒂·班波及印第安人秦加茨固的密切而神秘的往来。有一次，纳蒂·班波在林中从豹爪下救出法官的女儿伊丽莎白。后来他因在严禁狩猎的季节射鹿而被捕入狱，同法官发生直接冲突，但最后被释放。纳蒂·班波在一次森林大火中救出伊丽莎白。后来发现，爱德华兹是埃芬厄姆家的孙子，纳蒂·班波曾在老埃芬厄姆上校手下当差。爱德华兹与伊丽莎白订婚，分享法官的一半家业。

《开拓者》以相当大的篇幅描述了法官同纳蒂·班波的冲突。作者对这一冲突的双方都用心做了富于同情的描写。"皮袜子"纳蒂·班波是精神应更高尚一些的新世界文明的象征。他的形象对在开拓地里刚建立的欧洲式"文明社会"所显露出的种种弊端，是一种有力的针砭。这一点在五部曲中得到充分体现。坦普尔法官代表"文明""法制"，坚持"没有法律便没有文明社会"的观点。猎人和法官在法庭上的对话，是"公说公有理，婆说婆有理"，这表明作者对文明和大自然的矛盾态度。两种形象代表两种主张，像是最初移民在同大自然拼搏以求生存的斗争中的两个侧面。书名里所讲的"开拓者"（英文字为复数）可能指纳蒂·班波和坦普尔法官两者。

《皮袜子五部曲》中最出色的一部应推《最后的莫希干人》。无论从作品构思到性格塑造到具体情节，都表现出作者的艺术匠心。小说所讲的故事以 18 世纪 50 年代末英法争夺北美的"七年战争"为背景。英军上校蒙罗在威廉·亨利堡率军坚守，他的女儿科拉和艾丽斯由年轻的邓肯·海沃德少校陪同穿过荒野前去同他会合。在他们走过的森林中，同时也有三个人在活动，他们是猎人“鹰眼”（纳蒂·班波的又一绰号）以及他的朋友、印第安人莫希干族酋长秦加茨固及其子恩卡斯。海沃德在出发前曾拒绝一个名叫麦格瓦的印第安人的领路要求，在林中遇到“鹰眼”之后，猎人告诫他警惕麦格瓦的阴谋诡计，以及林中到处埋伏着的不怀善意的胡龙族印第安人。麦格瓦同“鹰眼”相遇，虽险些丧命，但还是狡猾地逃入森林。“鹰眼”同意带领少校和两位姑娘走出丛林。但是，恰在此刻，麦格瓦所率领的胡龙族印第安人在一巨瀑处把他们包围。科拉临危不惧，劝“鹰眼”和莫希干族父子从水路脱险；麦格瓦如愿以偿，俘虏了其他几人。在印第安人押送他们回村的路上，“鹰眼”和他的印第安人朋友又舍命把他们救出虎口，在酣战中麦格瓦再次得以脱身。“鹰眼”最后终于把少校和两位姑娘送到威廉·亨利堡。英军正处于法军的包围中。蒙罗上校孤军无援，无奈投降，法军司令蒙卡姆答应英军安全撤退。麦格瓦的印第安人乘机大开杀戒，白人横尸遍野。科拉和艾丽斯再次落入麦格瓦手中。“鹰眼”、他的莫希干朋友、海沃德及蒙罗一起追寻两位姑娘的下落。他们追踪到胡龙人集居的村庄里。麦格瓦来到村里把科拉带走。恩卡斯和“鹰眼”在林中尾随，在战斗中，科拉和恩卡斯（最后的莫希干人）丧生。“鹰眼”射杀麦格瓦。林间举行了科拉和恩卡斯的葬礼。莫希干族印第安人最后一名武士躺下了。

在《最后的莫希干人》中，作者巧妙地安排了总体与细节的结构比重。库柏有大笔勾勒和快速白描的非凡能力。他只用了一章的篇幅就把小说的历史背景、部分人物及故事的大体走向交待得一清二楚，他能把一天所发生的头绪繁杂的事件压缩到不足半页纸的篇幅之内。小说情节的发展格局是从抽象到具体，从朦胧到明晰，从主干到末节，场面逐步由大到小，战斗逐步由巨到细，最后集中到一个村庄、一处丛林，呈现在读者脑际的只有几个短兵相接的主要人物。这种叙事方法给人一种整体感、自然感。《最后的莫希干人》表现出库柏的几个特点。首先，他编织故事的能力极强。他主要以独特的情节取胜。通阅全书便会发现，这一情节主要是沿着“奔逃—被俘—追寻—交战—奔逃”周而复始的圆周模式发展的。再者，库柏善于描写美国风物。他笔下的原始森林，它的湖泊和山峰，小溪和巨瀑，仿佛是一种神秘的力量，在故事中发挥着归拢作用。第三，库柏善于描绘宏伟的场面，他的笔力的清晰与遒劲颇有巴尔扎克和亨利·詹姆斯的韵致。一场血腥的战斗在他的笔下既有概貌也有细节，令读者如身临其境一般。

第三节 新英格兰超验主义 爱默生 / 梭罗

新英格兰超验主义

自 19 世纪 20 年代起，美国文学的发展进入它的浪漫主义阶段。到 19 世纪三四十年代，英国浪漫主义业已过去，姗姗来迟的美国浪漫主义运动发展到了高潮。1836 年，爱默生的《论自然》（*Nature*）问世，如平地惊雷，震撼了美国文化思想界。新世界惊喜若狂地读着，聆听它不同凡响的声音。“宇宙由自然和灵魂组成”，“精神无所不在”。显然，世人业已开始厌烦了穷理查的务实教导，一股世变之风已拂面吹来。一种全新的思维方式开始影响人的意识。《论自然》把美国浪漫主义推向一个新的阶段，亦即它的高潮阶段——新英格兰超验主义阶段。

对于超验主义，新英格兰超验主义的主帅爱默生在其论文《超验主义者》（“The Transcendentalist”）中指出，人们一般讲的超验主义就是唯心主义，就是 1842 年出现的那种唯心主义。19 世纪三四十年代的新英格兰正经历着深刻的宗教和思想变化。加尔文宗清教主义已被自由的唯一神教（Unitarianism）所取代，而唯一神教所散发出的浓重的理性味道到 19 世纪初叶又开始窒息有识之士的思想。物质主义的猖獗，拜金主义的放恣，令头脑敏感的新英格兰人感到忧煎。这些人于是聚集在一起，组成非正式的“超验主义俱乐部”，讨论文学、哲学及国家生活的形势和趋向。他们发表观点，出版专刊《日规》（*The Dial*）向世人宣传他们的主张。俱乐部成员约有三十几个男人、一两个女人，多为教师或牧师，其中著名者有爱默生、梭罗、阿尔科特（Bronson Alcott，1799—1888）及玛格丽特·富勒（Margaret Fuller，1810—1850）等人。他们针砭波士顿人的发家致富，抨击唯一神论的古板的理性主义。“超验主义”一词并非美国本土语汇，是借用康德哲学体系的。它如爱默生所说，表示“任何属于直觉意识范畴的思想”。这种逆潮流而动的新思维，乍一面世未能被人理解，“超验主义”一词便含有“不食人间烟火”的贬义在内。但是随着时间的推移，超验主义的影响愈来愈大，在思想领域逐渐跃居统治地位，它的主要倡导人如爱默生则成为精神生活中举足轻重的“圣人”，“超验主义”便被人们作为正面的事物接受了。

新英格兰超验主义的主要思想观点有三。首先，超验主义者强调精神，或超灵，认为这是宇宙间至为重要的存在因素。超灵是一种无所不容、无所不在、扬善抑恶的力量，是万物之本、万物之所属，它存在于人和自然界内。显然，这是一种新世界观，是对 18 世纪机械宇宙观的反动：18 世纪普遍认为，世界只由物质组成。对精神的重视也是对迅速机械化的资本主义美国的前进方向、对国人沉湎于积财致富而忽略精神生活的世风的一种反动。其二，超验主义者强调个人的重要性。他们认为个人是社会的最重要的组成因素，社会的革新只能通过个人的修养和完善才能实现。因此，人的首要责任是自我完善，而不是刻意追求金玉富贵。理想的人是依靠自己的人。爱默生和梭罗等超验主义者告诉世人说，如果他们肯于自强不息修身养性，人是可以达到完善境界的，因为每个人的灵魂和超灵息息关联，因而具有神圣性质。显然，这种关于人及其重要性的新观点反映出对人的新评价。它是对加尔文宗观点的一种反动。加尔文宗认为，人的罪孽源于亚当，已彻底堕落，只能通过上帝的慈悲，灵魂才能得拯。新观点也是对处于资本主义发展上升阶段的美国业已出现的非人格化现象的一种弹射。新英格兰的工业化进程已开始把人变成机器，变成千人一面的机械部件，变成没有独立人格的人。超验主义通过强调人的重要，希冀世人能认识到恢复业已失去的人格的意义。其三，超验主义者以全新的目光看待自然，认为自然界是超灵或上帝的象征。在他们看来，自然界不只是物质而已。它有生命，上帝的精神充溢其中。它是超灵的外衣。因此，它对人的思想具有一种健康的滋补作用。超验主义主张人回归自然，接受它的影响，以在精神上成为完人。这种观点的自然内涵是，自然界万物具象征性，外部世界是精神世界的体现。这在客观上又加强了美国文学中的象征主义传统。

新英格兰超验主义是国外及国内各种因素的融合的产物。美国文化既脱离欧洲母体，又与之有脐带相连。它是随着德国和法国唯心主义哲学的传入而产生的一种思潮。英国历史学家托马斯·卡莱尔的“唯心主义”与“自然的超自然主义”等概念，柯勒律治的《思想之友》及《朋友》等书，对唯心主义在美国的传播发挥了推波助澜的作用。同时，爱默生及梭罗等超验主义者，也颇受体现在印度教的《奥义书》（*Upanishad*）和《薄伽梵歌》（*Bhagavadgita*）中的东方神秘主义以及中国孔孟哲学思想的影响。

新英格兰超验主义又是美国清教主义双重传统的一条新枝。爱德华兹的灵魂与上帝交融及自然是圣灵的象征等思想都在爱默生的超验主义中得到充分体现。超验主义对人的重视可以追溯到清教徒的自我修养和自我完善的基本原则去。人欲成功必须走自助和自我完善之路。爱默生的“人的发展潜力无限”论点，和富兰克林的“人中最卑微者可以崛起”“一个有相当才能的人可以造成巨大的变革，可以在人世间成就伟大的事业”等动人语言所表达出的信念，两者极其相似。由此可以说，新英格兰超验主义实际是在清教土壤里生出的浪漫主义花朵。

新英格兰超验主义标志着美国文化史上一个重要发展阶段。它实乃一场思想解放运动，在精神上为“美国文艺复兴”做了充分准备。它对美国文学的发展所发挥的巨大推动作用是显而易见的。它影响和激励了整整一代作家的文学创作。没有它的出现，美国文学史上的第一次“文艺复兴”，即浪漫主义文学，或许不会成为史实，或许是另一个样子。超验主义标志着美国人独立思想形成的开端。美国人开始走新路了，而走在最前面的是爱默生。

拉尔夫·瓦尔多·爱默生（Ralph Waldo Emerson，1803－1882）

爱默生是美国哲学家、诗人、散文家。他生于新英格兰一显赫牧师之家，幼年丧父，家境清贫。早年就读于哈佛大学，接受唯一理教教义，毕业后任波士顿第二礼拜堂唯一理教牧师6年余，后因对该教一些古板仪式持异议而辞职。爱默生在赴欧洲旅行时，结识了英国浪漫主义诗人塞缪尔·泰勒·柯勒律治（Samuel Taylor Coleridge）和威廉·华兹华斯（William Wordsworth），同英国史学家、哲学家托马斯·卡莱尔（Thomas Carlyle）建立了终生友谊，因而受欧洲浪漫主义和超验主义思想的影响颇深。他回国后著书立说，发表讲演，足迹遍及美国。同亨利·大卫·梭罗（Henry David Thoreau）、布朗森·阿尔科特（Bronson Alcott）、玛格丽特·富勒（Margaret Fuller）等人结成非正式的“超验主义俱乐部”，出版期刊《日规》，传播超验主义思想，成为新英格兰超验主义的杰出代表。他高风雅望，博学景行，生前名扬欧洲，誉满北美，为其同代人中最富影响的哲学家和文豪。

爱默生反对加尔文教的命定论和唯一理教的理性主义，强调精神第一，直觉第一，主张发挥人的超验作用。他认为精神浸透人的心灵和自然界，物质为精神之象征；自然界为圣灵之象征；一种自然现象是某种精神现象的象征。超灵为人所共有，每个人的思想都存在于超灵中，人以直觉官能同它交融。爱默生赞美人的发展潜力无限，推崇人的至高无上，提出“人就是一切”，世界为人而存在，人决定自己的命运，人要自信、自尊、自助。人有神性，只要潜心修养，洁身自好，便可成为完人；而个人的完善则是世界进步的基础。爱默生提倡超验主义，是对美国资本主义上升时期物质主义、拜金主义的否定。他主张个人发展，是对非人格化过程的针砭；但也成为后来资产阶级个人主义不择手段发展自我的理论依据。

爱默生的美学观点同其哲学思想和自然观契合一致。他重视文艺的社会责任，主张文艺要陶冶人的情操，美国作家要自立标帜，歌颂美国的风土人情，不应依附欧洲。他强调诗人的“先知”作用，提出诗人对世界和自然要有更深刻的直觉认识。诗歌创作应是内容决定形式，要摆脱传统格律的羁束。诗人要善于认识事物内在的“富有诗意的结构”，擅长运用比兴象征的表达技巧。诗的语言要浑朴自然，形象生动，凝练隽永。爱默生的美学观点对美国著名诗人惠特曼和狄金森影响尤深。

爱默生的著作形式多为讲演和散文，语言精辟形象，宛如格言警句，在一定程度上弥补了其思想系统性差的缺憾。主要作品有《论自然》(*Nature*)、《散文选：第一集》(*Essays：First Series*)、《第二集》(*Second Series*)、《代表性人物》(*Representative Men*)、《英国人的特性》(*English Traits*)、《论处世为人》(*The Conduct of Life*)等。爱默生也有一些诗作问世。

下面介绍一下爱默生的主要作品。《论自然》是爱默生的第一部重要哲学著作，最初发表于1836年。它虽非作者成熟之作，但却集超验主义思想之大成，有新英格兰超验主义宣言的美称。全书由《前言》和《自然》等8章组成。《前言》别开生面，提出抛开古人和故纸堆，停止蹈袭他人，以独立的全新的目光看待自然界。《自然》一章阐述大自然的丰富的意蕴。《实用》《美感》《语言》《素养》4章论述自然界对人的用途；它为人提供生存的物质基础，悦其耳目和精神，揭示其灵魂的真诠，提高其智力与直觉官能。《唯心主义》一章阐明唯心主义哲学的自然观；《精神》一章提出“在自然界的后面，浸透着自然界的是精神”以及“世界与人体发端于同种精神”等著名的唯心主义和浪漫主义的命题；《展望》一章提出人应正视自然，返璞归真，修身养性，以至于完善的浪漫主义有机整体的世界观。《论自然》的发表为美国思想界吹来一股清风，一扫机械主义自然观的乌烟瘴气。在《论自然》中爱默生提出：美国人应当走自己的路，美国人应当跟宇宙建立一种直接的关系，应当有一种凭直觉而不是依靠传统的诗歌与哲学，有一种不是依据他们的历史传统、而是自己接受直接启示的宗教。爱默生反对在毫无生气的历史废墟中摸索，让当代人穿着褪色过时的服装去出丑。他宣称，美国这里有新的土地、新的人、新的思想，美国人要求有自己的作品、自己的法律和自己的宗教。这些主张的历史重要性非常明显：他实际是在宣布新大陆的精神独立。

爱默生认为自然是对人最纯洁、最神圣的思想影响，倡导人们直觉体验自然界内无所不在的上帝。他本人的精神体验可做人们效法的楷模。他在《自然》章内讲述了自己在一次林中漫步时所经历的“妙悟”时刻。他说：“我站在空地上，头沐浴在和煦的空气里，仰望着渺邈无垠的太空，小我的一切都消失了。我变成一只透明的眼球；本身不复存在；我洞察一切；‘上帝’的精气在我的周身循环；我成为上帝的一部分。”在这种时刻，物我完全交融，我降于物内与其合而为一，灵魂挣脱肉体的限囿，而和超灵共享神性。换言之，灵魂已超脱而成为超灵的一个组成部分。只有心地虔诚非凡的人，才可能有这种灵魂完全自由的体验。关于超灵，爱默生在《论超灵》（“The Oversoul”）、《论经验》（“Experience”）、《论自助》（“Self-Reliance”）、《论美国学者》及《神学院演辞》等一系列著作中都有明确而反复的论述。人的灵魂是它的一部分。神圣的上帝存在于人的灵魂之中，人也是神圣的。人的神圣性于是成为爱默生一生写作和讲演的基本题目。与此相连的是，爱默生注重个人的发展。他提出，每一个人都应觉得世界是他的，人际间的关系如同独立国家间的关系，人是一切，一切自然规律都在人的心里。人生在世，不能自成一体，不被当作独立的人格，不结出每个人生到世上所应当结出的特殊的果实，那是莫大的耻辱。有批评家说，爱默生一生所言不外乎“自助”二字。

爱默生的另一著名著作《论美国学者》系作者 1837 年 8 月 31 日在哈佛大学优等生联谊会的讲演词，发表于 1838 年。演说开宗明义地宣告，美国人依靠他人的日子，美国人对外国学识的漫长的学徒期，业已结束。正在奔向生活的美国千万民众不能永远靠外国宴席上的残羹冷炙来喂养。美国的事件、美国的所作所为，应该予以歌颂，美国人要唱出自己的歌。爱默生在这里第一次宣称，美国诗歌将复兴，将进入一个新时代。他提出，美国思想家要“认识自己”，“观察自然”，旁征博采他人之长，创造新大陆的新文化，写出自己时代的书，在力求达到本身完善的同时，为人类进步做出贡献。演说反对怀古咏史，警告说，过去的天才可以成为今天创造天才的仇敌，要求学者正视和讴歌现实，提出美国学者应向前看，把眼睛长在头的前面，满怀希望写出自己时代的书，每个时代都应写出自己的书。在这篇著名演说词中，他大声疾呼，美国哲人要重视自己周围的现实，提出不要求伟大、遥远、浪漫的东西；要拥抱平凡的事物，探讨熟悉的低贱的东西，要对现代有深刻的认识，古代与未来的世界都可以不要，但要真了解“小桶里的麦粉，锅里的牛奶，街巷里的歌谣，船头上的新闻，眼睛的一瞥，人的身段与走路的姿态”等等这些眼前的事物。他提出，美国人要用自己的双腿走路，要用自己的双手工作，要讲出自己的思想。爱默生为美国作家指出了创作的方向。他要求他们改变“内向”的习惯，为人民创作出他们所喜闻乐见的作品来。他指出，依赖过去不是光荣，而是对人类灵魂的侮辱。

爱默生在美国文化与文学史上的最大功绩在于，他坚决主张建立独立的民族文化与文学，因而吹起了美国文化独立的号角，敲响了规行矩步、追摹欧洲传统的丧钟，他的主张成为美国独立文化炼铸成型时期的“思想独立宣言”。

亨利·大卫·梭罗（Henry David Thoreau，1817—1862）

在美国文学史上，生前受人冷落、身后赢得盛名的典型作家有四人，即梭罗、麦尔维尔、坡和狄金森。这些人都有一个共同特点，他们都走在了时代的前面。麦尔维尔的小说世界所展示出的宇宙观超越他的时代半个世纪，坡稍长些，狄金森稍短。梭罗的声音不同：它永远飘在世人的前头。他是阐扬个人完善的先知。人类文明只有进展到一定历史阶段时，才会有较多的人理解他的预言，而加以承认。梭罗在生前没有得到应有的承认，同代人中对他褒少贬多。20世纪以来，他的声望逐渐提高。有人把他奉为美国的先知，文学评论界认为他的散文成就高于爱默生，并预言他对美国的未来将会产生更重大的影响。1969年，梭罗的塑像被正式安放进纽约的“名人馆”。

梭罗是美国浪漫主义时期的散文家和诗人。他出生在马萨诸塞州康科德镇，从童年起就与大自然结下了不解之缘。17岁入哈佛大学，受到超验主义思想的影响。大学毕业后和新英格兰超验主义者爱默生等人关系密切，曾帮助爱默生编辑超验主义刊物《日规》。这时梭罗自己的超验主义思想渐臻成熟。1845 年他只身一人到康科德附近森林里的沃尔登湖畔（Walden Pond），盖起一座小木屋，并在四周开荒种田，自力更生，过了两年多的隐居生活。他生活简朴，一方面尽情享受大自然的馈赠，另一方面静观默想，潜心思索自然对人类的启迪。后来他根据这段生活写成他的代表作《沃尔登，或林中生活》（*Walden，or Life in the Woods*），表达一个浪漫主义者对现代文明的鄙弃。他反对人们急功近利、善于钻营的恶习，反对奢侈和虚荣，认为人只有返璞归真回到大自然怀抱中才能发现生命的真正价值和生活的意义。梭罗生活在以牺牲人性、自然美、人与自然的和谐为代价的资本主义蓬勃发展时期。他的回归自然、建立人和自然直接联系的超验主义思想和乌托邦理想，是对残酷的拜金主义世界的批判和挑战，是维护人的尊严的一股清新、健康的力量。

梭罗不是遁迹人生的隐士，他在《沃尔登》的《来访者》一章里也明确地这样宣布过。即使在沃尔登的两年里，他也没有完全脱离社会生活。他有时到镇上去做零工，有时在林中茅舍里接待来访者。梭罗极富正义感，怀有乌托邦式的政见，向往对所有人都主持正义、人人都能像邻里一样互相尊重的社会。他赞同杰斐逊的治国思想："统治得最少的政府是最好的政府"。但他认为这个信条应引申为："不实行统治的政府是最好的政府"。他号召人们不服从政府的非正义法令。例如有一次政府为侵略墨西哥的战争筹备军饷而向人民征税，他便拒绝支付，因而被拘留过一夜，这使他在气愤之余认真思考，写成他的著名政论文《非暴力反抗》（"Civil Disobedience"）。他在文中指出，"遵守法律不如尊重正义"。梭罗的这些政治主张在当时影响很大，后来成为世界上一些著名政治家的主张。甘地阅读了梭罗的《非暴力反抗》和《没原则的生活》等文章，据说这成为他领导印度独立斗争的指导思想的一个组成部分。梭罗是积极的废奴主义者，是废除奴隶制运动的发言人。当率领黑人起义的约翰·布朗被判处死刑时，他挺身而出为布朗请命。

梭罗的其他散文、游记著作包括《缅因森林》（*The Maine Woods*）、《科德角》（*Cape Cod*）、《康科德和梅里马科河上的一周》（*A Week on the Concord and Merimack Rivers*）、《马萨诸塞省的奴隶制》（"Slavery in Massachusetts"）、《为约翰·布朗请命》（"A Plea for Captain John Brown"）以及《书信集》（*Letters to Various Persons*）等。

梭罗写书的目的在于充分发展和实现自我。他一生著述多达数百万字，后人为他出版札记全集47卷，然而他在世时作品面世者寥寥无几。他的第一部书《河上一周记》自构思到出书费时10年，《沃尔登》用了9年。他的手稿一易再易，唯求一个完美。他在报刊上也发表过一些文章和诗歌。总的说来他是声高而和寡。比如他的《河上一周记》印900册仅售出二百余册，《沃尔登》的命运也不佳，出版社惧怕再赔，一再拖延，直至1854年才出版，其后8年中售出不足2000册，还为他招来一堆批评。当时新英格兰文坛名宿霍姆斯和惠蒂埃言词最激烈，前者称他为"否定文明者"，后者说《沃尔登》是异端邪说、亵渎人生。但梭罗依然故我。

梭罗是一位自觉的艺术家。从构思到遣词用字，他都极严谨。他对于文字极尽推敲的功夫。像《沃尔登》这等巨著，他竟有耐心六易其稿。他用字，字必尽其用方肯罢休，他要吮吸出一词一字的"真髓"。梭罗认为，艺术家的语言不仅要触及读者的头脑，而且要震撼他们的整个身心。每一句话都要蕴涵着生命和脉搏。于是，像《沃尔登》等著作就妙语连珠，意蕴遥深，读后耐人咀嚼。他不拾人牙慧，说的每句话、用的每个字都是经过深思熟虑的，因而有醍醐灌顶的效能。梭罗接近自然界和生活，他用意象思维，用意象写作。他的意象多从大自然和生活中信手拈来。他认为，文学的根基是事物，自然物体和现象是表达思想与感情的原始象征物或符号。他的幽默是高层次的、微妙的，源于他的独特的思维方式和表达方法。他的常见的幽默手段是抽象和具体两个层次的平列或跳跃。

下面介绍他的主要作品。

《沃尔登，或林中生活》是梭罗的代表作，美国文学史上的经典著作。全书共分《经济篇》《我居住过的地方，我的生活目的》《阅读》等18章。这是他在沃尔登湖畔两年多野外生活的生动记叙和他观察研究自然得到的启示的不朽记录。它是集梭罗思想之大成者，是美国文化发展史的一个里程碑。梭罗独自一人在原始森林中生活，周围古树参天，湖水荡漾，天上飞禽，地下走兽，这一幅原始景象，正是"美国神话"描绘的伊甸园，而只身伫立在沃尔登湖畔面对世界的梭罗，正是爱默生所说的"这里站着古朴率真的亚当，以单纯的自我面对着整个世界"。"美国神话"已潜入美国人的意识里，而以其言行把这一神话具体化、形象化的荣誉应归梭罗。他的作品体现出美国梦的理想主义的一面，他以自身寓言般的举止再现美国神话的精髓。

在《沃尔登》中有两个内容并行发展，一是说大自然，一是说人，总的是说人应返璞归真，回归自然。梭罗具有独立性格。他反对世人争先恐后地发家致富。他在沃尔登湖畔开荒种田，每年用六个星期的时间忙于生产自己生活的必需品，其余时间里，则随心所欲地做他认为应当做的崇高的事情，如读书、写作、欣赏自然、静观默想等，总之是"吸吮生活的真髓"，真正地活着，真正地做人。从这个角度出发读《沃尔登》便会发现，该书自首至尾讲的全是做人的道理。所以他在书里引用孔子的《论语》中关于个人修身养性的语录多达十条。他认为：美国现代文明的发展加速了人的堕落；社会道德标准在逐步解体，人自降生之日起便开始为自己挖掘坟墓。他希冀找到一种新的生活方式，帮助人们从浑浑噩噩的生活中解脱出来。用他自己的比喻，就是他想做一只雄鸡，“金鸡一唱天下晓”，把人们从梦中唤醒，开始真正的人的生活。

梭罗对人的生活现状极不满意。人们整日急功近利，疲于奔命，不能摘取生活的“更美好的果实”，虚度人生，“损伤永恒”，过的是一种“没有原则的生活”。人们本末倒置，为衣、食、住而生活，忘记自己是“立在过去与未来两个永恒项的交叉处”。人在奴役自我，人生变成为“例行公事和习惯”。在该书第二章《我居住过的地方，我生活的目的》中，梭罗嗟叹注重精神的人至多也不过百万分之一。在第八章《村庄》中，他觉得人们愚昧无知，目光短浅，村庄是一个浑浊堕落的世界。他在书中写道：从他的木屋望去，一边是“麝鼠的集居地”，另一边是“一村忙碌的人”，村镇这个人类组织起的社会把人异化成非人了。在第十一章《高级法则》中，他告诫世人说：人们已经或即将失去人兽之间仅存的那一点宝贵的区别。梭罗在沃尔登湖畔隐居，旨在向人们说明应该如何生活，让读者从紧张的生活中解放出来，重新获得精神自由，过一种尽量简朴的生活，从自然得到最大的享受。他在大自然里看到一切似乎都有思想，每时每刻都在给他以启示，丰富了他的精神世界。《沃尔登》堪称为超验主义的代表作之一。

梭罗的另一名著是《论公民的不服从》，首次发表在 1849 年 5 月，题目是《对抗政府》，1866 年再版时改为现在这个题目。这篇论文包括的内容很多，其中有作者对他认为的理想政体的论述，有对美国政府的高压性政策的批评，有对美国人心目中某些神圣概念的批判，也有他对对抗政府的革命行动的提议及对民主的分析、对尊重个人权利的政体的企盼，认为“无为的政府是最好的政府”。他指出，一个政府要做到公正，就必须得到人民的批准和赞同，必须尊重人民的人格和财产。国家政体从君主专制到君主立宪到民主的发展过程，实际是逐步实现对个人的真正尊重的过程。他对现行的民主制度多有微词，拒绝承认它是最理想的政体。

他期望能进一步承认人的权利。他指出，国家只有承认个人是产生其权力和权威的更高的独立权力并相应认真地对待他时，才会成为真正自由和开明的国家。梭罗想象中的国家是公正地对待所有国民、尊重所有个人、同时也允许某些人采取超然态度的国家；这样的国家将为更加完善和伟大的国家、将为他业已构思出蓝图然而人世尚未出现的国家的到来铺平道路。梭罗把他对时政的评论置于论文首尾所阐明的理想框架之内，使之染上浓厚的理想主义色调，并因而成为他的哲学思想体系的一个有机组成部分。换言之，《论公民的不服从》实乃《沃尔登》的合乎逻辑的延续。

梭罗认为，美国政府蹂躏人权。“多数裁定”的实质是强权统治。这种统治并非总是立于正义的基础之上。人的唯一义务是在任何时候都做自己认为正确的事情。对法律的不适度的尊重，会令人变成为“非正义的工具”，从而成为非人。对于选举，梭罗指出，选举制极虚伪，只是任多数去做最后抉择。这样产生的政府不会是主持正义、尊重人权的。邪恶便出在宪法上。这个政府惯于高压。人们至少要做到不与之往来，不给予它以任何实际支持。人应照良知的指导行事。梭罗的某些言论很有无政府主义的意味，其实他不是无政府主义者。他强调的是社会应当为人服务，应当能促进人的发展。《论公民的不服从》从社会和政府的基本功能及性质说起，宛如一掌打在麻木的美国国民背上。他所讲的，归根结底，莫过于一句：“人高于一切，理想的社会是尊重人的权利的社会。”

第四节　霍桑 / 麦尔维尔

纳撒尼尔·霍桑（Nathaniel Hawthorne，1804—1864）

霍桑是美国著名小说家。他生于新英格兰塞勒姆镇一个具有清教传统的阀阅世家，祖先中有两人曾任殖民地长官和清教法官，曾参与迫害宗教异端的活动。他 4 岁丧父，家道败落，随母客居亲戚家中。萨勒姆镇的地方传说、早期殖民时代的历史以及祖先臭名昭著的宗教狂行为，都在霍桑的孤僻而又敏感的心灵中扎根，成为他后来文学创作的背景和素材。霍桑大学毕业后回乡蛰居达 12 年，埋头读书，潜心思考，开始了漫长的创作生涯。在近 30 年的时间里，他发表了 4 部主要长篇小说、许多短篇小说以及散文等，成为名重当时的文坛巨匠。他的重要作品有《故事重述》（*Twice-Told Tales*，1837）、《古屋青苔》（*Mosses from an Old Manse*，1843）、《红字》（*The Scarlet Letter*，1850）、《七个尖角阁的房子》（*The House of the Seven Gables*，1851）、《福谷传奇》（*The Blithedale Romance*，1852）及《玉石雕像》（*The Marble Faun*，1860）。霍桑是短篇小说大师。他的短篇小说内容丰富，技巧精湛，诸如《好小伙子布朗》（"Young Goodman Brown"）、《教长的黑面纱》（"The Minister's Black Veil"）及《拉普齐尼的女儿》（"Rappacini's Daughter"）等，都蕴涵深邃，耐人寻味。

霍桑在思想上充满矛盾。他深受清教主义思想的影响以及超验主义思想的启发。他一方面抨击清教徒宗教狂热和不容异端的行为，另一方面又以清教的基本信条作为认识人和世界的准则。他虽然同一些超验主义者有过共同的经历，但他对他们的乐观情绪表示怀疑，对他们的社会改革也不很关心。霍桑在政治和社会问题上的态度基本上是保守的。

霍桑的美学理论属保守型。他的主要观点散见于他为其长篇小说所写的序言里；尤其是《红字》《七个尖角阁的房子》及《玉石雕像》等作品的前言，是读者理解霍桑文学创作思想和美学观点的钥匙。他和他以前的欧文或库柏及他以后的亨利·詹姆斯一样，声称美国缺乏创作素材。在《玉石雕像》序言中他说，美国未为作家提供某种富诗意感童话般的疆域，它没有阴影、文化古迹、神秘事物以及绚丽而又昏默的冤孽，"而只有光天化日下的枯燥乏味的繁荣”。在《红字》序言中他说，故乡没有为他提供过一个文学家想象力所需要的适宜气氛。因此，一个心怀某种文学抱负的人必须发挥想象，回忆和挖掘往昔曾有过的有价值的素材，从枯骨中捡出任何有意义的宝物，即便是一小块红布亦可。

所以霍桑回首往事是经过认真运筹谋虑的。他认识到，他的小说的素材存在于他的国家还很短的历史中。他的基本素材是新英格兰的“可利用的过去”（usable past）。那是一种已经隐藏在时间的迷雾中的过去，是他的想象力能够充分发挥的最理想的环境，是现实疆域和想象疆域相融合而形成的“中立地带”，介于现实与仙境之间，现实和想象交融。这是浪漫小说作家最适合的媒介，作家在这里能获得一种施展本领的自由。霍桑对历史和文物古迹表现出浓郁兴趣，认为浪漫小说和诗歌，宛如常青藤、苔藓和桂竹香一样，需要废墟滋养其成长。当作家的想象为现实世界蒙上一层雾霭，把它变成为一种幻境时，历史和古风会使他能梦想出奇异的事物，使它们望去貌似真理，这样他能更好地暴露黑暗、讽刺邪恶、揭示真理。

霍桑作品主要描写社会和人性的阴暗面。霍桑认为，人心是万恶之源。他的短篇小说《大地的燔祭》（“Earth's Holocaust”）、《伊桑·布兰德》（“Ethan Brand”）、《教长的黑面纱》《利己主义；或胸中的蛇》（“The Egoist”）及《好小伙子布朗》等都是体现他的这种思想的杰作。比如《大地的燔祭》所表现的场面位于美国西部大草原上，人们围着一堆大火欢呼雀跃，把象征人世间一切罪恶的标志都投入熊熊大火中。旧世界似已消亡，新世界似已诞生。然而，一位庆祝者及时地提醒人们，产生旧世界的人心仍在。除非他们净化这个污秽的渊薮，世界将会一如既往。《伊桑·布兰德》说到，烧炭工伊桑·布兰德在世上浪迹多年，终于发现，他花费一生执意寻找的“不可饶恕的罪愆”（unpardonable sin）原来不在别处，而是在他心中。悲伤之余他投窖自焚，遗骸的心脏竟是一块岩石。《利己主义；或胸中的蛇》这篇寓言式小说指出，在任何人的心中都贮藏着足以生长出一窠蛇的毒液。人们对他的名作《好小伙子布朗》的一种理解是，人人都和魔鬼有不可告人的密约。霍桑认为，人因有罪恶的灵魂而产生负罪感；这种负罪感折磨人的精神，毒化人的生活。《教长的黑面纱》中的教长胡波面蒙黑纱，惊呼“每一张脸上都有一层面纱”，就是很好的例子。霍桑的长篇小说也是写“恶”或“罪”的。《红字》写“罪”对人的影响，《七个尖角阁的房子》写“恶有恶报”，而《玉石雕像》讲的则是“幸运的堕落”，无一离开“恶”。

霍桑的作品都注重揭示人物的心理状貌。在美国他是心理小说的开创者，擅长剖析人的“内心”。他着重探讨道德和罪恶的问题，主张通过善行和自忏来洗刷罪恶、净化心灵，从而得到拯救。然而霍桑并非全写黑暗，他在揭露社会罪恶和人的劣根性的同时，对许多善良的主人公寄予极大的同情，他的黑暗使在这黑暗中不停前进的黎明显得更加明亮。霍桑对美国文学的发展做出了很大的贡献。他对亨利·詹姆斯、福克纳及马拉默德等后代作家的影响是显而易见的。此外，霍桑的作品想象丰富、结构严谨。他除了进行心理分析与描写外，还运用了象征主义手法。他的构思精巧的意象，增添了作品的浪漫色彩，加深了寓意。

下面介绍一下霍桑的主要作品。

《红字》集霍桑思想与美学理论之大成。这是一个简单然而又极动人的故事。它发生在 17 世纪的波士顿。一位年长的畸形的英国学者把年轻美貌的妻子海丝特·白兰派往北美，在新英格兰建新家。当他两年后赶到波士顿时，却惊愕地看到妻子正在众目睽睽之下站在刑台上示众，胸前佩带着象征通奸罪的红字 A，怀里抱着她的私生孩子。他决心找出奸夫，遂易姓为齐灵沃斯，乔装成医生。久而久之，他发现海丝特的情夫不是别人，恰是年轻有为、颇孚众望的牧师狄姆斯代尔。齐灵沃斯怒火中烧，无情地折磨狄姆斯代尔的心灵。年轻牧师也久已悔恨交加，自责自罚，在长达七年的时间内精神未曾有过一刻安宁，加之齐灵沃斯的蓄意伤害，他已心力交瘁，濒临死亡。海丝特忍辱负重，默默从事公益事业，逐渐赢得了社会的谅解和尊重。齐灵沃斯在悉力复仇的过程中使自己变成为魔鬼式的人物。后来，狄姆斯代尔终于当众忏悔，在海丝特的怀中死去，齐灵沃斯因而失去生命的意义，后来也一命呜呼。海丝特的女儿珍珠长大成人后嫁入欧洲一位贵族之家，海丝特由欧洲返回北美，在她曾蒙受耻辱的地方度过余生。死后葬在狄姆斯代尔的墓旁，墓碑上刻着一个鲜红的 A 字。

霍桑的艺术具有明显的集腋成裘的特点。《红字》中所涉及的一些内容在他的早期作品中便已出现过。清教对性爱与婚姻的严厉态度，对鲜艳色调和真实感情的无情压抑，在《欢乐山的五月柱》（“The Maypole of Merry Mount”）中已被表现得淋漓尽致；清教社会对通奸罪所采取的严惩措施，即迫使女方胸佩显豁标志红字 A 以警世醒世，短篇小说《恩地科特与红十字》（“Endicot and the Red Cross”）也已详细描述到。《红字》的故事发生在 17 世纪。他在该书序言《海关》中说，在他任海关署长时，曾在办公室发现一个小包裹，内有一块褪色的丝绣红布，状如大写的字母 A，里面裹着一小卷灰暗的文件，解释了其中的故事：一位生活在 17 世纪后半叶的名为海丝特 · 白兰的女人，违犯七戒，受罚胸带红字 A。这一切当然都是作家的精巧的虚构。

霍桑写《红字》的方式说明，美国浪漫主义文学创作是受到清教道德规范的制约的。《红字》的说教意图明显，诲人警世的愿望强烈，作家的着眼点不在于表儿女之情，而是讲犯戒对人所产生的精神、感情和心理的影响。这种影响特别明显地体现在书中的主要人物身上。从海丝特这个形象的坚强性格中，人们也可洞见处于霍桑作品核心位置的那种存在于社会与孤独间的艺术张力。《红字》是对女主人公在逆境中思想成长的一曲赞歌。年轻的海丝特和受神学束缚的狄姆斯代尔相爱，本属人性的天真发溢，原无可指摘；但是她被社会隔离了。然而她的反应是积极的。她面对现实，力求通过调整自我来调整她和社会的关系。她开始养性清心，在心理上变得强壮起来。理解和同情成为她重返社会的通行证。她住在镇的边缘，以刺绣和行善为镇民服务。她终于成功地和社会建立起一种诚实而富有意义的新关系，就是后来女儿嫁往欧洲后，她仍毅然决定在新英格兰终其一生。

狄姆斯代尔的举止则迥然不同。他犯了霍桑认为的一种“不可饶恕的罪愆”——脱离社会，拒绝“与世界沟通”。他是悲剧的始作俑者。他的名字有“晦气”或“幽谷”之意。他把自己的罪恶深锁在他那幽谷般的心室里，成为地道的人间幽灵。他自我摧残，内心的深洞里伸出一条血淋淋的鞭子在抽打着他。当然最后他终于坦白。他是可以救药的。《红字》中真正的歹人是齐灵沃斯。霍桑最不喜欢的一类人是科学家。齐灵沃斯的罪过在于，他侵蚀了人的神圣的心灵。在霍桑笔下，他也死定了。在狄姆斯代尔当众坦白自己的隐私而死以后，齐灵沃斯的全部精力和气魄立刻离开了他，他枯萎了，生命的光仿佛在刹那间从他茫然呆木的脸上消失了。年轻牧师临终前“你的罪恶也是非常深重的”一语，宛如上苍的最后审判一样击中了他。

《红字》是霍桑文学艺术造诣已达顶峰时期的作品。作为美国文化发展史的一个阶段的文化寓言式故事，它结构小巧玲珑而寓意遥深。全书24章可分为两个对等部分，第12章是两部分的分界。每部分的12章中，除有一章分别为序幕或尾声外，均有一章（即第11章）将故事情节发展到高潮。每部分中间各有两章作为过渡，即第7、第8章和第17章、第18章。第2章、第12章和第23章为“刑台章”，在这里，书中四个人物三次同时出现，巧妙地把故事逐渐推向高潮。这三章在艺术构思上发挥了统领全篇的关键作用。作家对三次场景、尤其是后两次刑台相会的情景的描写非常动人。此外，书中主要人物都有复杂的内心世界。从某种意义上讲，某些章节酷似表露他们的心理状态的“内心独白”，较集中地勾画出人物的真实心境。比如第 5 章《海丝特做针线》、第 9 章《医生》、第 11 章《内心里》等章都是例证。其余诸章也多以写某个人物的心境为主，衬以他人。

霍桑的艺术特点之一是贯穿全书的红字 A 的多种象征意义。人们对它的内涵可以并且已经做出多种解释。它最初意为“通奸”（“adultery”）或“淫妇”（“adulteress”），后来随内容的发展，它的词义逐渐发生变化。海丝特的一双巧手使她成为一个“能干”（“able”）的人。加之她古道热肠，不索回报地照料病者，令村民觉得她如“天使”（“angel”）一般。A 字由静静卧在女人胸前的位置，一跃至人间，再跃至天空，一静一动之间标示出海丝特的枯与荣、沉与浮。而且，这个字母一百余年来又从 19 世纪成功地跃入 20 世纪，从而又获新的含义。比如珍珠，她仿佛“在伊甸园里生长”，充溢着一种奔放蓬勃的精神，正是新生的美国（“America”）的标志，等等，不一而足。

霍桑的第二部长篇《七个尖角阁的房子》实际取材于他的家族史。这个发生在萨勒姆镇的故事和 1692 年该镇的驱巫案紧密相连。据历史记载的当时流行的说法，被审判的“女巫”莎拉·古德对三法官之一的约翰·霍桑说：“我不是女巫……如果你杀了我，上帝会让你饮血的。”这句话被作家引用到《七个尖角阁的房子》中去了。小说中的品钦家族极可能是以霍桑家庭为蓝本的。在这部作品的前言中，霍桑似心有余悸地说：“一代人的错误会延续到后代去。”《七个尖角阁的房子》说的就是这个道理。它的情节很简单。在萨勒姆镇有一座带七个尖角阁的古屋。这处地产原属早期拓殖者马修·莫尔所有。后来品钦上校指控马修为男巫，将其处死，遂霸地为已有。马修临刑前曾诅咒品钦“上帝会给他饮血的”。果然，房屋落成时，上校在书房中神秘地死去；后来，他的家族随着年月的流逝也衰败了。到故事开始的19世纪，饱经风雨的建筑里只剩下一个老处女赫普兹巴了。她的哥哥克里夫德被判终身监禁。她一贫如洗，在房侧开一小店，后来一位乡下亲戚——年轻的菲比前来同住，又招单身房客霍尔格拉乌进住。克里夫德在牢中度过30个春秋之后出狱，和她们同住。霍尔格拉乌暴露真实身份，说明自己是马修·莫尔的后代。他与菲比相爱并结婚，预示诅咒已解除，两家族已和解。

《七个尖角阁的房子》的结构极精巧，霍桑的表现手段是先合后分，把第1章写成一个历史总回顾，其余20章仿佛葡萄串上的一个个珠粒悬在它的下面。于是，后文中即将点到的一切内容都可在第1章内寻到某种痕迹。从莫尔死前的诅咒开始，到品钦上校之死，老叔父之死，克里夫德之谜，品钦法官之死，爱丽丝的花，赫普兹巴与菲比的关系，莫尔家族的秘密等，第1章统领全局，内含许多悬念机关。比如印第安人的文书，贯穿全书的一条主线是寻找这一纸契约，《七个尖角阁的房子》多次在不同章节里提到此事。书的第1章说到品钦上校坐在书房内整理文件，极可能是在寻觅这份地契，又极可能因未找到而一时火气攻心才致死的。是谁把它放在上校画像后面的墙洞中的？它如何又为老莫尔的孙子报复爱丽丝提供良机？老叔父又如何为它而急死？品钦法官又如何强迫克里夫德讲出它的下落、最终也为它而丧生？仔细想来，这是一条很单纯的线索，然而它竟能为全书蒙上一层近乎神秘的色调；通过它，老莫尔的诅咒一直悬在古屋上方。

《七个尖角阁的房子》也以心理描写见长，比如对老处女的心境描写文笔非常细腻。赫普兹巴的神经极敏感，对所见人、物必有反应：她的羞愧、难堪、欣慰、不安、喜悦、满足等等。随着故事的发展，品钦法官出现了；范诺大叔出现了；菲比来了；克里夫德出狱了，他和菲比亲近了；菲比走了；法官品钦来搅扰了，他死了；她和哥哥出逃了。在这一系列事件中，她的头脑一刻也没有停止过活动。她的爱憎感情表露得淋漓尽致。从某种狭义视角看，《七个尖角阁的房子》就是她的思维活动的粗略记录。

霍桑的象征主义技巧在小说里也有突出表现。诸如莫尔小溪、上校的画像、爱丽丝的花、品钦的榆树、范诺大叔的农场、鸡舍等等，这些只是几个信手拈来的例子而已。莫尔小溪代表着莫尔及其后代尚活在世上这一事实，是对品钦后代的良心的一种谴责。爱丽丝的花是伊甸天真的标志，是品钦家族中天真无辜必胜、家族坚持活下去的象征。品钦家的大榆树内涵极非富：它或许是生命力的体现，或许是品钦家族生活上面的暗影的根源；它是历史的见证者。范诺大叔的农场，实乃一种乌托邦。关于鸡的内涵，它们的老朽、萎缩、蜕化无疑是古老家族生命的象征。

赫尔曼·麦尔维尔（Herman Melville，1819－1891）

麦尔维尔是著名小说家、诗人。他出生于纽约，12 岁时丧父，由于家道衰落，后来不得不辍学。他先后做过银行职员、店员、小学教师、农场工人、水手以及捕鲸人，饱受生活的艰辛和风险，深感社会的冷酷与不仁。麦尔维尔的青年时代大部分在海上度过。1839 年，他开始航海生活，在一艘驶往英国利物浦的船上充当侍役。他在英国的见闻成为他的小说《莱德勃恩》（*Redburn*，1849）的素材。两年后，他到一条捕鲸船上当水手，在南太平洋一带捕鲸，这是他生活史上的一个重大转折。约一年半后，他和一位好友一起逃离渔船，到了马克萨斯群岛的一个岛屿。海岛风光绮丽，岛人有吃人的恶习，他把这一段经历写进了小说《泰比》（*Typee*，1846）。麦尔维尔在这个岛上生活了一个月左右。这标志着他的一段冒险经历的结束，但也是一场新的探险行动的开始。由于他在船上曾参与一次哗变，因而被囚禁在塔希提岛上。在这期间，他考察了塔希提和艾米欧的动植物。这一段生活体验成为他的小说《奥穆》（*Omoo*，1874）的素材。同《泰比》相比，《奥穆》更具有传记文学的性质，艺术上更臻于完善，但情节不如《泰比》扣人心弦。后来，麦尔维尔搭船到檀香山。几个月后，他应募到“美国号”军舰充当水手，在太平洋一带巡航，直到1844年才回到波士顿。

在《白鲸》（*Moby Dick*）出版之前，麦尔维尔一共写了5部以航海为题材的风靡一时的小说。除上面提到的3部外，还有《玛地》（*Mardi*，1849）和《白外套》（*White Jacket*，1850）。《白外套》是一部反映美国海军普通水兵生活的作品，它揭露了海军中盛行的鞭笞士兵、施行体罚的习俗，在读者中引起很大反响。《白鲸》于1851年问世，它是作者17个月心血的结晶。当时，他生活艰难，由于出版商拒绝预支稿费，激动他心灵的东西可能写不成了，可是他不愿改变初衷。许久以来他在作品中表现出的和上帝的争吵，在这部作品里达到极其激烈的程度。《白鲸》出版后，反应褒少贬多。他的下一部小说《皮埃尔》（*Pierre*，1852）被指责有无神论及乱伦思想，因此引起人们的不满。有人说他疯了。麦尔维尔临终前不久完成的《比利·巴德》（*Billy Budd*），写的是一个天真无邪的水手被无辜处死的故事。这部小说表明作者在经过一生的磨炼和思考之后，对于生活终于采取了平静的接受态度。麦尔维尔的另一名作是《骗子》（*The Confidence Man*，1857）。小说写“忠诚号”上的一位江湖骗子非同一般浪人、无赖，他是一个“神圣的骗子”，是上帝的化身。上帝是骗子，《圣经》是骗术。上苍逼迫人们披露自己的道德本性，人世正在迅速地变成一座地狱。《骗子》实际是作家和上帝的争吵的继续。从这一角度读《骗子》，人们便会体味出它的遥深的蕴涵。麦尔维尔一生中还写过一些诸如《巴特尔比》（“Bartleby the Scribner”）及《贝尼托·切莱诺》（“Benito Cereno”）等出色的中短篇小说，对资本主义文明表示不满或憎恶。晚年，麦尔维尔转向诗歌创作。1866年，他出版了关于南北战争的《战争诗集》（*Battle Pieces*），在当时没有产生什么影响。现代文学评论家认为，这是一部关于美国内战的优秀诗作。此外他还写了以宗教为题材的 18000 行长诗《克拉勒尔》（*Clarel: A Poem and Pilgrimage in the Holy Land*），于1876年出版，但反应也不太大。由于生活所迫，麦尔维尔在 1866 至 1885 年间充任纽约海关的检查员。他一生的文学生涯曲折坎坷，晚年穷困潦倒，很不得志。他的代表作在当时得不到社会重视渐渐绝版，使他抱恨终天，1892 年在无声无息中卒世。

麦尔维尔是一位忠于自己思想的艺术家。他一定要讲出他的同代无法也不愿接受的事理。他的思维走在了时代的前面，他的话实际是对后世讲的。自美国内战以后，美国文化和思想界发生剧变，“镀金时代”的失望情绪取代了超验主义的乐观主义，而在 19 世纪 90 年代与 20 世纪前 20 年内，社会发生变化，信仰发生危机，悲观主义和对生活的悲剧观迷漫人间。麦尔维尔同上帝的争辩以及他的悲观语调一时成为世人情绪的最佳表现。这是他被重新发现的基本原因。20 世纪 20 年代，哥伦比亚大学学者 G. M. 维佛在“复活”麦尔维尔方面做了大量基础性研究，撰文介绍并编辑出版他的著作。于是，在默默无闻中沉睡达 30 余载的作家，又逐渐恢复了他本来的生机。今天，麦尔维尔已成为世界文学的经典作家，他的《白鲸》已成为世界文学宝库中的经典之作。他和他的著作已成为世界共有的文化财富。

下面介绍一下麦尔维尔的主要作品。

《白鲸》是麦尔维尔最杰出的作品。它经历了曲折而饶有风趣的创作过程。作者最初计划写部冒险的捕鲸故事。但在写出三分之一以后，他与霍桑相会。当时两人居住相近，在一段时间里来往密切，结下深厚友谊。霍桑的著作，例如《古屋青苔》（*Mosses from an Old Manse*）深深地打动了麦尔维尔的心。他认真阅读，在书的边缘上写下心得，最后写出《霍桑及其青苔》（“Hawthorne and His Mosses”）一著名文章。他认识到，至少有一个美国人已洞察到美国社会生活中存在着的“恶”。他深为霍桑的善恶观所感染。霍桑对他的世界观产生了深刻影响。《白鲸》的创作意图于是发生重大变化。麦尔维尔决心把小说写成一部悲剧，揭露生活和人的灵魂深处所存在的“恶”，以促进社会和人的觉醒与进步。麦尔维尔认为，“恶”是客观存在，拒不承认它也无济于事。他通过《白鲸》向人们指出，人必须承认自己灵魂中的“恶”。

小说叙述捕鲸船“裴廓德号”船长亚哈率领全体船员，追捕一条叫作莫比・迪克的白鲸。莫比・迪克凶残狡猾，捕鲸者莫不闻声丧胆。亚哈的一条腿就是被它吞噬掉的。因此他决心捕杀白鲸，报仇雪恨。他私自改变航向，听不进理智的劝告，把“裴廓德号”引向毁灭的航程。捕鲸船在大海中日夜搜捕，终于和白鲸遭遇。经过 3 天的追踪，白鲸终于被鱼叉标枪所击中。发狂的白鲸撞翻了渔船，船长亚哈被鱼叉标枪上的绳索缠住，一起被卷入海中。最后船沉人亡，只有船员以实玛利生还，向世人讲述这个悲壮的故事。

《白鲸》是麦尔维尔射向基督教上帝的一发重型炮弹。他要写“宇宙的问题”，写“超出理解范围”的思想。这不仅要涉及科学的各部门，而且涉及人类的过去、现在和未来，贯通整个宇宙。他要和上帝较量。小说主要人物之一的亚哈实乃作家思想这个侧面的体现。《白鲸》对亚哈虽有褒有贬，但总的基调是褒扬。麦尔维尔始终以史诗般的笔触描绘亚哈其人。亚哈目光凝视，不屈不挠，永不妥协。他的满面阴云的脸上显露出苦恼、悲痛以及一种凛然不可侵犯的尊严。亚哈称自己的举止，不是奉天父之命，而是照魔鬼的旨意。他显然具有撒旦的特质。亚哈对白鲸充满刻骨的仇恨，这使他变成一个超级偏执狂。亚哈的怒气具有宇宙般规模与强度。他想的是关于宇宙与人生的大事，他的痛苦是人类痛苦的结晶。他不安于上帝安排的现状。他在白鲸身上看到一股左右一切的凶暴力量。他认定这种力量得到一种不可思议的恶念的支持，这恰是他最憎恨的。他不怕亵渎神明，自诩为神明，把自己与上帝等同。他扬言，如果太阳侮辱他，他也会以牙还牙。亚哈把白鲸视作世界上一切邪恶的化身。他（也包括麦尔维尔）认为，白鲸不仅像上帝，而且就是上帝，它是基督教的神的面具。亚哈对白鲸的怒气实际是针对上帝的。对亚哈（包括麦尔维尔）来说，正统是迷信，是歪曲和掩盖真相的手段，是加在人头上的金箍。亚哈对自己一生的痛苦，没有自责，而是归罪于上帝。在他的思想的法庭上，上帝成为要对世上一切负责的被告。19 世纪的美国读者对此结舌瞠目是有道理的。麦尔维尔自己也知道，《白鲸》在基督教、超验主义的世界中是“一部邪恶的书”。他暗示，写书是不讨好的。他和他的这部书都注定要遭受误解。

亚哈这个人很有爱默生所推崇的自助型人物的味道。他整日坐在船长室内，失去了理智和人性。对于他，唯一的法则是他自己的意志，世界为他而存在，世人为他而牺牲，他必须突出自我，他的旨意必须得以实现。《白鲸》讲的是精神的、感情的、肉体的死，死是自助论发展成为唯自我主义阶段所必付出的高昂代价。麦尔维尔似乎在表明，所谓超验主义的和谐，即自我融于无限的和谐，皆为哗众取宠之语，不符合生活实际，至少不符合他所观察和经历的生活实际，不能解释世上存在的令人痛苦的邪恶现实。从整体意义上讲，《白鲸》披露在 19 世纪自我标榜民主的美国社会生活中孤独与近乎自杀的个人主义模式，也是对超验主义所宣扬的自助论的有力抨击。

另一方面，《白鲸》的另一主要人物以实玛利则体现出作家思想的另一侧面。以实玛利的故事是从否定态度逐渐走向肯定态度的故事。这个人是故事叙事者，书中出现的一切人、发生的一切事都经过他的头脑的过滤。他是在陷入忧郁情绪而不能自拔的情况下出海的。他要逃跑，他已成为一个被社会抛弃的人（恰似《圣经》里他的同名人的情况一般）。在他讲的这个长达 135 章的故事里，亚哈作为主角在第28章正式登场，前27章主要是以以实玛利的经历为主体的叙述。他置办了行装，结识了新友，到教堂去听布道，听到了关于船长亚哈的许多传闻。这些经历开始影响他的思想发展。他和投叉手魁魁格的友谊使他对人际间的友谊和理解开始有了新认识。梅波尔神父在教堂布道的主旨，即信奉和服从上帝的思想，使他对宇宙、对人世、对白鲸开始有了新见解。这一切都影响了他对亚哈的认识过程。以实玛利对亚哈的基本态度是钦佩，这贯穿于《白鲸》的始终。但他对亚哈的批评态度也愈来愈明显。他觉得亚哈为人古怪，似乎疯了。后来他逐渐认识到大副斯达巴克的话是理智的声音。斯达巴克意识到船长的偏执狂，他多次对亚哈追杀白鲸提出异议。以实玛利逐渐认清了亚哈的自杀性复仇激情。他感到前途凶多吉少，于是写下遗嘱。后来看到亚哈蔑视上帝的神态，看清了亚哈的悲剧弱点及毁灭的前景。他学到了信仰。这是以实玛利从亚哈身上吸取的一个重要教训，是他得拯的开端。

以实玛利从亚哈身上吸取的另一重要教训，是对人类的理解和同情。在小说开始部分，他和亚哈内心的孤独与凄苦程度是相似的。随着时间的推移及情节的展开，亚哈依然立在原地，而以实玛利却在人际关系上向前迈出了可喜的一步。他相信人应当也可以建立友谊，相信人的灵魂的美和善。这是他和异教徒魁魁格能成为知心朋友的根本原因。他开始认识到，天下是一个共同的、合股的世界。在“裴廓德号”上工作和生活的人都在同一条船上相依为命，船就是他们共有的世界。他对亚哈的独立于众人之外和众人之上很不以为然。以实玛利是一个善于观察和学习的人。他不断地从生活的正面和反面汲取自己精神与心理成熟所需的营养。既然亚哈走的是一条导向死亡的道路，他要走出一条生路来。他认识到人相互间的关联，体会到遭抛弃的痛苦，内心充满对人的信念。这是以实玛利得拯的另一原因。

麦尔维尔和他笔下的人物，不仅常常经历酷似，思想也雷同。比如《泰比》中的汤摩，《奥穆》中的无忧无虑的航海者，《玛第》中的培基，《莱德伯恩》中的莱德伯恩，《白外套》中的“白夹克”，《皮埃尔》中的皮埃尔等等，这些人都可以说是作家的代言人。《白鲸》这部书比较复杂。麦尔维尔的矛盾的内心世界由两个矛盾的人物共同表现出来。亚哈体现出他的思想的主要特点。在反叛正统、与上帝争执、内心孤独、誓死不回头诸方面，亚哈和麦尔维尔很相似。可是，麦尔维尔又不全是亚哈。以实玛利体现出他渴望理解与友谊、渴望得到肯定信仰的激情。以实玛利这一艺术形象的塑造，在一定程度上反映出作家内心已存在与上帝讲和的愿望，虽然最终还需多年的生活磨练，这种内在因素才能成为某种现实。他还要为自己痛苦，为人类痛苦，还要做一次巴妥比，痛苦地喊一句：“啊……可怜的人类!”他还要目睹“忠诚号”上的骗人行径，陷入《骗子》所显现出的深度绝望情绪中，还要写《克莱尔：圣地行》的150诗章，提出19世纪美国文化所面临的问题：美国文化不是建立在宗教信仰的基础之上，因而人们在精神上无所皈依。他还要在精神上斗争近40年，才会达到《比利·巴德》所表现的与上帝的和解及与世无争。

麦尔维尔对艺术一向一丝不苟，比如象征技巧在《白鲸》中业已精深圆熟。这部书已不是几种体裁作品的堆砌，而是由多种成分组成的一个整体。它博大精深，寓意丰富，任何发掘它的全部包孕的努力都注定是徒劳的。便是白鲸的象征意义，不论是书中人物，还是读者与评论家也都各执己见。在亚哈看来，白鲸是恶的化身。而在以实玛利的眼里，它是大自然的代表。文学评论界逐渐认识到，它既和善又凶狠，既养人又害人，它庞大、野蛮又变幻无常、美妙无穷。它的白色本身便是一种令人争论不休的色泽，既可象征死亡与腐朽，又可标志纯洁、天真和青春。白鲸是存在，本无所谓善恶；它所体现的宇宙奥秘，人最好不去求甚解。和它抗争，无异于和命运抗争。人在宇宙中可以观察，甚至能谨慎地操纵世事，但他不能从根本上影响和改变自然的进程，人如不设法征服自然，自然还是乐于让人生存的。白鲸增加了小说的丰富包孕。

《比利·巴德》的创作始于1888年。在最后这部小说中，作家又回到了海洋，回到了由战舰、船只所象征的人类世界。小说的背景，作家有意安排在18世纪的英国；那是英国军舰及其他船只频繁发生叛乱的时期。故事发生在拿破仑战争期间，年轻水手比利由“人权号”商船被迫到英国军舰“无畏号”上服役。这个人相貌出众，天真无邪，天性快活，很得同事的喜欢。当时在斯皮特赫德港及诺尔河上发生兵变，牵动了英国海军。“无畏号”也似有所动。船长威尔管理有法，纪律严明。军械长克拉格特为人阴险，对比利不怀好心。一天晚上，有人怂恿比利参加兵变，遭到拒绝，比利将此事告诉一个丹麦老兵，老兵怀疑克拉格特是事件的策划者。克拉格特则向威尔船长诬告比利参与叛乱，比利因口吃，竟有口难辩。他盛怒之下打死了克拉格特。威尔组成三人战地军事法庭，比利矢口否认参加哗变，但他未能讲明军械长怀恨他的原因。军事法庭判处比利死刑。临刑前的夜晚，威尔船长在牢房里和比利过了一夜。比利神态镇定，泰然自若。翌晨，比利说着“上帝保佑威尔船长”赴刑。不久，威尔在作战中受重伤，死前口中呼着比利的名字。比利成为传奇人物，他被处绞刑的木柱被当做圣物保存下来，水手中流传着歌颂他的歌曲《戴手铐的比利》。

《比利·巴德》是一个寓言型故事。善恶自始至终处于交战状态。克拉格特是恶的象征。他迫害比利，纯系恶不容善的本能行动。比利一身纯洁，宛似堕落前的亚当。在邪恶的世界里，他是天真的化身。威尔船长被描绘得时而似《圣经》中的耶和华，时而似亚伯拉罕，在这个意义上，比利很像《创世记》中被献祭的以撒。比利遇难时的场景令人想起耶稣被钉在十字架上的景状：在行刑信号发出的那一瞬间，东方低空的白云呈现出一种柔和的光辉，恰似上帝的羔羊身上松软的茸毛散射出的光辉一般；在众人静默的仰视下，比利徐徐上升，在上升中把朝晖集于一身。展现在读者面前的是耶稣殉难后升天的景象。《比利·巴德》自首至尾弥漫着一种神圣的气氛。

比利虽满怀冤屈，但是他表现出一副与世无争、与人无争的平静状。他接受了生活的逻辑、人世的逻辑，尽管这种逻辑时常悖逆常理。这应当是麦尔维尔垂暮之年基本态度的反映。经过一生的痛苦思考，他终于认识并接受了这样一种事实：人必须依照人世的法则生活。这个世界确是一个圈套，上帝为人提供的价值标准令人难以接受。然而，生活既然是人所无法解决的矛盾，那么最好的行动模式是处之泰然，置之不理。于是，麦尔维尔决定放弃寻觅真理的各种徒劳无益的努力，在长期的心路历程之后，终于同上苍和解，同人世和解，和比利一样，接受了现实，在心平气和中悄然离世。《比利·巴德》于1924年问世后，立即引起世人的瞩目，由此引发了其后多年的麦尔维尔热。

第五节　惠特曼／狄金森

沃尔特·惠特曼（Walt Whitman，1819—1892）

惠特曼是美国浪漫主义时期的杰出诗人和美国资本主义上升阶段民主、自由崇高理想的伟大歌手。他以毕生精力写成的不朽诗篇《草叶集》（*Leaves of Grass*）是世界文化宝库中的瑰宝。

惠特曼于1819年5月31日出生于纽约州长岛。由于家境贫寒，他11岁时被迫辍学。他当过仆役、排字工人、乡村教师、木匠、新闻记者、编辑等。他如饥似渴地阅读《圣经》、荷马史诗、古希腊悲剧和司各特、托马斯·潘恩、莎士比亚、但丁、弥尔顿、狄更斯、乔治·桑、爱默生等人的作品以及英国浪漫诗人的诗作。1838 年主编《长岛人》报，传播了自由和民主思想。1848 年他从新奥尔良出发，沿密西西比河北上，观览祖国的大好河山，目睹到处一片生机蓬勃的景象，接触生活在新世界里的各种人和物，他的灵魂受到了前所未有的激荡。一幅新天新地新人新物的全景图呈现在他的脑际。他看到了美国诗歌的状貌，更明确了自己肩上所担负的使命。1855 年春，他精选 12 首诗，自费出版了《草叶集》，但初版便遭到读者的冷遇和文学界的非难。唯有爱默生却写信对他表示祝贺。信中说："我并没有忽视《草叶集》的价值，我觉得它是美国出版的最伟大的洋溢着智慧的经典之作。"爱默生说他从中"找到了一些写得极为精彩的无与伦比的东西，真是恰到好处"。这封信给惠特曼以巨大鼓舞和继续前进的勇气。

《草叶集》销路不佳，书评不多。惠特曼并不气馁。爱默生和梭罗先后与他会见。《草叶集》在以后数年内多次再版，每次都增加新作，诸如《横过布鲁克林渡口》("Crossing Brooklyn Ferry")、《芦苇集》(*Calamus*)及《亚当的子孙》(*Children of Adam*)、《从永久摇荡的摇篮里》("Out Of the Cradle Endlessly Rocking")等名篇。1860 年出版第三版《草叶集》。爱默生劝他删去露骨的爱情诗，惠特曼坚持走自己的路。

1862 年惠特曼到医院看护伤员，前后长达三年之久，亲眼睹了战争的残酷。他的《桴鼓集》(*Drum Taps*，1865)，充分表达出诗人对内战的全力支持、对蓄奴制的恨之入骨。它首次问世时也包括哀悼林肯的《当紫丁香最近在庭院中开放的时候》("When Lilacs Last in the Dooryard Bloom'd")。1867 年在第四版《草叶集》中收入《桴鼓集》。1868 年早期，伦敦出版惠特曼诗歌选，引起英国文坛的瞩目。1870 年他发表散文集《民主的前景》(*Democratic Vistas*)，对美国民主及国家的未来表现出深刻关切。散文集指出：美国人没有真诚信仰，美国在不少方面是个失败。他后期诗歌里不乏对美国社会的批评和针砭。他生活贫苦，但执著地追求。1871 年第五版《草叶集》面世后，惠特曼开始在英美得到承认。在英国，丁尼生和史文朋表示欣赏；在美国，一种惠特曼热也在出现。

惠特曼 1873 年初患半身不遂，经历了一生中最艰苦的时期。但他从未中止过写作。1876 年美国独立百年纪念时，《草叶集》和《两条小河》（*Two Riverlets*）两卷诗集同时面世。1881 年，波士顿颇有名气的奥斯古德公司出版《草叶集》第七版，波士顿当局以淫猥为名禁止发行。官方的这一举动不料竟增加了诗集的销售量，惠特曼第一次获得版税。然而他内心是凄苦的，他是一位“孤独的歌手”。他的《红杉之歌》及《哥伦布的祈祷》等作品，让人深刻认识到诗人老景的凄凉。1889 年《草叶集》第八版问世；1891 至 1892 年，诗人对诗集做最后一次修订，收入《古稀之沙》（“Sands at Seventy”，1888）和《再见，我的幻想》（“Good-Bye My Fancy”，1891）两组诗作，推出“临终版”，共收进诗作近 400 首，算是为自己艰苦创作的一生划下一个满意的句号。惠特曼怀着使命业已完成的美好感觉，于 1892 年 3 月 26 日与世长辞。当时他已是闻名遐迩的大诗人了。

惠特曼在美国及世界文化史与诗歌史上的地位是不言而喻的。他的佳作已成为世界文化的宝贵财富。英国作家 D. H. 劳伦斯认为他是人类灵魂的伟大诗人。我国作家郭沫若与巴金等盛赞他是民主的革命的歌手。他在世界范围内享有盛誉。从英国、德国、法国、俄国、意大利到拉丁美洲，到中国，他的诗歌已被译成多种文字而被人传诵。英国、法国、意大利及拉丁美洲不少诗人深受他的影响。在美国，现当代诗歌巨匠如艾略特、庞德、哈特·克兰、桑德堡以及当代诗坛的艾伦·金斯堡等人的诗作表明，惠特曼的诗风已成为独立美国诗歌的有机组成部分。有人把他比作一座大山，不喜欢者可绕路走，然而佯装视而不见却办不到。惠特曼是不朽的。

惠特曼是一位目的明确、信心坚定的艺术家。他要表现美国这个新兴国家。他要以诗歌形式表现并忠实地记录他所处时代的美国的重要精神和事实。他确信自己能代表美国。他不步人后尘，坚决放弃传统的诗歌主题，只写土生土长的诗歌，歌颂新生的普通人和人的个性，表现其沸腾的民众的生气，表现新生的民主政体。他要写出供民主大众使用、具有绝对诚意与平等的诗歌，要做一个美国民主的诗人。他在诗歌内容上进行大胆革新。他的《草叶集》歌颂美国的一切，表现出他对祖国的热烈感情。

惠特曼深知自己在走新路，在进行一种前所未有的尝试。他要寻觅一种表现民主和大众的新形式。新诗人要敢于创作出“例外的”模式。他抛弃英语诗歌传统格律，即五步抑扬格（iambic pentameter），给诗歌松绑，还给它以自然和自由。他的诗行长短不一，没有固定的合辙押韵，是自由体的典型例证。自由体作为一种体面的诗歌表达手段而出现在英语诗坛，惠特曼要记首功。他的自由体诗彻底突破韵律陈规，以短句为顿挫单位形成语调、语气高低急徐的自然节奏，毫无斧凿痕迹。一首诗不一定有逻辑结构，而是通过若干语法结构相同、内在意义相关的平行结构或重叠结构，使诗意逐渐达到高潮，形成一种内在的感情和心理上的后浪推前浪式的韵律。他的“惠特曼式”的目录诗，是把一长串人名、地名、事物或抽象思维概念切作几段以诗行形式入诗的诗体。惠特曼对可用的传统技巧也不排斥，在诗中使用了叠韵、双声、倒装、重复等技巧，以增加节奏感。他的自由体豪迈奔放，富音乐美感，在英语诗歌中独树一帜，从根本上动摇了传统格律诗长久以来的垄断地位，开了自由体在20世纪迅猛发展的先河。惠特曼的语言和意象也不落俗套。他认为，语言产生于劳动过程，由人民大众铸造。他的语言从人民大众的语言提炼出来，散发出浓郁的乡土气息。《草叶集》自首至尾充溢着纯正的美国味，是一种诗歌语言方面的尝试。他的语言具体、用事实讲话。他拒不使用抽象语言。

下面介绍一下惠特曼的主要作品。

在说到《草叶集》里的主要作品如《前言》《自我之歌》等以前，有必要先探讨一下“草叶”这个主导意象的含义。草叶象征他的诗篇：“接受我的这些草叶吧”。它又是普通人的象征，象征一切人在新世界的平等。它也是宇宙和大自然的象征，是永恒的象征。惠特曼的超验主义思想在野草这一形象中也得到充分体现，它体现出自然的循环往复。草叶也象征着惠特曼所进行的诗歌创作革新尝试。他的诗像草叶一样自由生长，不怕践踏。一行诗像一片草叶，一首诗像一株草，《草叶集》则似到处蔓延滋生的野草，历久而不衰。草叶也是他的自由体诗歌的象征。草叶又像征惠特曼其人：他就是一株野草，来自平凡的家庭，从事平凡的工作，任凭风吹雨打，他自岿然不动。惠特曼用野草为自己的诗作命名，可谓用心良苦。

1855 年第一版《草叶集》的《前言》是一首长篇散文诗。它向世人展现出一位非凡诗人的轮廓。他热爱祖国。在他看来，美利坚合众国是一首最伟大的诗篇。他爱它的广袤、自然，爱它的人民、生活、宪法、移民、自由贸易、平等、自由、进取等。他爱它的一切，诸如它的苦难与黑暗、过去、现在和将来，以及人体美、灵魂美等。诗人也有强烈的恨，他恨蓄奴制及不正义的一切形式和表现。他相信人的灵魂的神圣性，相信未来的光辉与伟大。他胸怀博大，包罗一切。他有崇高的使命感。他要成为时代正在翘首以待的伟大诗人，要创作出伟大的诗篇。惠特曼认为，这样的诗人是世人当中的最稳健者。他是多样性现实的仲裁者和钥匙。他的智慧是最高的智慧。他不容争辩，他是最后决定者。他洞察到永恒。他是先知、完人。他把新、旧融为一体，随生活发展，随海岸延伸。他是绝对正确的人。他是思想的传导者，事物的忠诚表达者。他是预言家，是人类灵魂的牧师。惠特曼认为模仿没有前途，时代所需要的是最富独创的表达。惠特曼要在荒野上踏出路来。《前言》通篇渗透着一种“本土”精神，既是他的宣言，也是他一生所遵循的美学原则。它集惠特曼诗学之大成，诗人40余年的文学创作都是它的注脚，它是打开《草叶集》宝库的一把钥匙。

《草叶集》是一首地道的史诗。它是19世纪美国的编年史，同时是诗人思想发展的忠实记录，是诗人的精神自白和自传。《草叶集》里最引人注目的是长诗《自我之歌》（“Song of Myself”）。这是惠特曼的代表作，全诗共52节，1 346行，是他最长的诗。这首诗内容极其丰富，它全面地表现了诗人对人生哲学和宗教的观点。“自我”是全诗的中心形象。围绕这一主题，诗中的多种成分被揉合成一个有机整体。《自我之歌》的背景是整个美国。全篇歌颂的“自我”既是诗人又大于诗人，是具有美国民族特征和民主理想的巨人形象，也是美国“新人”的群像。诗人通过歌颂“自我”，歌颂人的灵魂美、肉体美、普通人的伟大和博爱自助品质、人与自然及神的和谐、人的巨大生命力和无限创造力以及对前途充满信心的乐观精神。这首诗表现出以爱默生为代表的超验主义学说对诗人的影响。《自我之歌》是实现爱默生理想的典范。它体现精神独立，文学独立。

第1节讲诗人要歌颂自我和大众；第2节讲自我和自然的融合；第3节说到“我并不谈论终与始”，颇有超验主义的意味；第4节讲诗人对生活的投入式观望；第5节讲诗人的宣言或信仰，即“造化的骨架便是爱”等；第6节从草叶论及生死与永恒；第7节讲到生和死；第8节写诗人环顾四周；第9节写诗人凝视一处；第10节说诗人进山出海，和包括印第安人及黑人在内的一切人交结；第11节写男女在海边沐浴；第12节写屠夫、铁匠的操作；第13节写美国的生活情景；第14节诗人讲自己热爱户外，注重物我结合；第15节展现自我极目四顾，认识发生质的飞跃，我与物完成初步融合，在思想上已做好准备，“编织出自我之歌”；在第 16 节中，诗人为“多面性”的自我、充满矛盾而又和谐的自我画出一幅清晰的白描。

第 17 节承上启下，对前 16 节做出简括总结，揭示出其后数节中所强调的“平等”主题。诗人开始以全新的目光看待他的世界。一切在传统看来互不协调的对立事物，在他的思想中变成为整体中的和谐成分。胜利者和遭受失败的人都成为他讴歌的对象（第 18 节）。恶人和正直的人共用一餐（第 19 节）。人、我、你同属一体，因而“我是不死的”，我是唯一醒觉着的世界（第 20 节）。于是，肉体和灵魂，天堂和地狱，男人和女人，大地和海洋，在“我”身上都合二为一（第 21、22 节）。“我不单是善的诗人，我也并不拒绝做一个恶的诗人”（第 22 节）。我和全体，过去与现在，科学与精神（第 23 节），肉体的欲望与精神的期求（第 24 节），都能混合扭结在一起。第 25 节的嘴在喊；第 26 节的耳在听；第 27 节至第 30 节的肉体在交媾，精神在升华；第 31 节中平凡和伟大、已知和未知、熟悉的和陌生的事物可相提并论；第 32 节中“我想我能和动物一起生活”。

在第 33 节（《自我之歌》最长的一节）中，自我已超越时间和空间。他已随着自己的幻想前进。大千世界就伏在下面。在这一节的后半节，自我似突然从高耸的云端降至地狱和绝望的渊底，这一经历使“我”承担起世界的痛苦和绝望，承担第 34 节中所讲的失败和悲剧后果及第 35、36 节中所讲的胜利的悲剧后果，灵魂经历了黑夜的洗礼，蒙受了耻辱和痛苦（第 38 节）。他成为耶稣式野蛮人，语言朴实，表情纯真，超过了文明而且支配着它：诗人和耶稣和野蛮人融为一体，获得了文明人已失掉的神圣性（第 39 节）。信仰和爱的结合扩展了诗人的思想疆域，“我”爱一切（第 40 节）。“我”接受一切各种各样的信仰，使它在我的心中更加完整，然后自由地赠给我所遇到的每一个人；于是普通人、普通物都具有了神圣性。诗人已成为一个造物者（第 41 节）。作为造物者的诗人，其诗作将囊括宇宙的一切人和物（第 42 节）。诗人拥抱一切时代的宗教和信仰，相信自身的精神活力将会触及古今的一切（第 43 节）。

在第 44 节中，“我”洞见到“未知”或超现实，开始意识到自我与时间的关系、自我与永恒的关系，永恒存在于自我之中，二者共同攀登时间的阶梯，自我无时不在。在第 45 节开首，自我的兴奋溢于言表，自青年至壮年至老年至未来，自我的信心充分而坚定。它清楚地意识到自我和空间的关系。自我业已体察到宇宙的奥秘，已和宇宙、上帝齐肩，占有最优越的时间和空间。“我”的发展没有止境，“我”走着永恒的路。“我”为别人指路、带路，但不能代替他们走路（第 46 节）。人们应当依靠自我的力量，这是“我”要告诉所有人的启示（第 47 节）。诗人至此已悟出“自我最为重大”的基本道理，自我是上帝的一部分，人的灵魂可冷静而镇定地站立在百万个宇宙之前（第 48 节）。死亡并不可怕，它是自我融入绝对和超越之境的途径，是发展与再生的途径：“无疑我自己以前已经死过了一万次”（第 49 节）。诗人的“妙悟”过程业已完成，疲乏之后酣睡良久，虽然不能确切呼出体验的“名字”，但已清楚地看到：“它不是混沌不是死亡——它是形式、融合、计划——它是永恒的生命——它是幸福”（第 50 节）。诗人的内心充满传布自己的启示的激情（第 51 节），在世界的屋脊上发出粗野的呼声，将自己遗赠给泥土，再从草叶中生出，鼓励人们保持勇气，寻觅超越的自我（第 52 节）。

《自我之歌》尽管内容庞杂，但它显然是诗人思想成长过程的艺术再现。惠特曼在 37 岁前思想在长时期内宛如将沸而未沸之水，不断地“冒泡，冒泡，冒泡”，爱默生的超验主义吸引了他，使他终于“沸腾”了。《自我之歌》所记述的就是这一不断“冒泡”到最后“沸腾”的全部过程。诗的主线是诗人超验主义思想的发展过程。比如该诗的第 3 节说到仿佛世界没有终始；在第 6 节中说“这最小的幼芽显示出实际上并无所谓死”，“一切都向前和向外发展，没有什么东西会消灭，／死并不像一般人所想象的，而是更幸运”；在第 7 节中说，“我和垂死者一起经过了死，和新坠地的婴儿一起经过了生，我并非完全被限制于我的帽子和我的皮鞋之间”；第 11 节中那只抚摩洗浴者全身的“不可见的手”；第 20 节中那个木匠的圆规不会画乱的“环形的轨迹”；第 31 节所说“我相信一片草叶所需费的工程不会少于星星”，这一切表明，诗人宛如爱默生自诩的透明的眼球一般，以明澈的目光洞察一切，似乎突然之间悟出了个中的奥妙，在这过程中间，小我变成大我，诗人变成为上帝了。他的“超灵”隐现在他的近 400 首诗作中。“超灵”是猜透《自我之歌》及诗人的全部诗作之谜。

惠特曼歌颂新世界重建伊甸园的努力。新伊甸园的平等和民主，普通劳动者的自强不息，他们的尊严和快活，成为诗人颂扬的主题。惠特曼是新亚当的歌手，是“西部新乐园”的歌手，他在《亚当的子孙》一组诗中清楚地宣布了这一点。这一组诗包括 16 首诗作，如念珠一般用“亚当在伊甸园”这一神话传说贯穿起来。整个世界展开在新亚当的面前（《大路之歌》）。这个世界的一切都成为他讴歌的对象（《职业之歌》）。他歌颂那些前进的开拓者们（《斧头之歌》），歌颂自由、民主、美国的灵魂（《在蓝色的安大略湖畔》）。《有一个孩子向前走去》及《横过布鲁克林渡口》等名诗把诗人个人的成长描绘成国家发展的象征。孩子向前走去，所经所见的一切都变成他的成长的营养，他每日向前走去，现在走，永远向前走，走许多年或持续不断许多世代。《横过布鲁克林渡口》描绘一个处于永恒运动之中的变幻无穷的世界，世间的一切如同念珠一样贯串在他的最微小的视听上，他在每日所有时间里，从万物中得来无形的食粮。

《林肯总统纪念集》（*Memoires of President Lincoln*）组诗共有

四篇，各篇都感情恳挚，其中尤以《当紫丁香最近在庭园中开放的时候》为上乘。从内容上讲，这首诗的内容核心是典型的惠特曼主题：爱与死。林肯卒世，全国哀悼。诗人在有着艳丽花朵和心形绿叶的紫丁香花丛中，摘下带着花的一个小枝，献给缓缓走过的棺木，唱起颂扬“你神志清明而神圣的死”的赞歌。庭园中艳丽的花朵和强烈的芳香，使他感受到紫丁香的吸引力。其后他意识到一只隐藏着的羞怯的小鹣鸟在唱着咽喉啼血的歌。紫丁香花丛象征着物质存在，而鹣鸟的歌声则是精神存在的体现。诗人的身心在受到两者的招引，他认识到，融爱于生死之中，视死为精神的再生的发端，诗人逐渐从死亡的悲哀中恢复过来而意识到林肯的精神存在及不朽。

《草叶集》里另一首名作《从永久摇荡的摇篮里》通过讲述一个极简单的经历，而说明一个意蕴深邃的道理。许久以前在春光明媚的一天，一个孩子在海边漫步时，突然听到一雌一雄两只小鸟在一起快活地歌唱着。然而它们未在一起待多久。一天，雌鸟消失了，雄鸟孤苦而痛苦地吁请大地还给他的伴侣。然而大地没有回答，所见到的只有逐渐消失的月亮、喃喃私语的大海和吞没了一切的黑夜。孩子心有所动。这位成长中的诗人一阵狂喜，在灵感突然发光的一刻，意识到自己此生的使命。他要知自己的命运，要从海浪中得到“线索”。在水陆交界的岸边，他听到大海在歌唱“死，死，死，死”。他顿悟到这是“最美的歌”和“一切的歌”。他成为一位成熟的诗人。此诗可分成三段：理想的爱和幸福、失落与孤独的爱，以及死为精神再生的开端。当孩子意识到这一深奥道理时，他已成为悲和喜、今天和未来、深谙人生与宇宙奥秘、讴歌自然循环与永恒的歌手。这应当是该诗以摇篮始、以摇篮终的用意所在。一个平凡的事件成为表达诗人生涯中一个至关重要的顿悟经历的重要媒介。

艾米莉·狄金森（Emily Dickinson，1830—1886）

狄金森是美国著名女诗人。她1830年生于马萨诸塞州阿默斯特镇一个古英格兰世家。祖父是阿默斯特学院的创始人。父亲曾是该镇首席律师，后来曾做阿默斯特学院司库，也当选过国会议员。这位有着"一颗纯洁而可怕的心"的虔诚清教徒对女儿的性格和思想都产生了很大影响。她在阿默斯特学院学习两年以后又到霍利约克山女子学校就读约一年，然后回镇同家人住在一起。学校的宗教气氛浓郁，然而狄金森拒绝接受宗教礼仪的左右。正规教育不能满足她对知识的渴求。她是通过自学深谙古典神话、《圣经》和莎士比亚的作品的。她还读了许多英美诗人和小说家的作品，其中包括托马斯·布朗、17世纪英国"玄学派"诗人约翰·堂恩与乔治·赫伯特、约翰·拉斯金、乔治·艾略特、罗勃特·布朗宁夫妇以及夏洛特·勃朗蒂等人的作品。她对爱默生的作品也情有独钟。

狄金森青年时代的生活是充实而活泼的。这期间曾有两个年轻人对她产生过影响：阿默斯特中学的校长伦纳德·汉弗莱和教师本杰明·F. 牛顿。他们都激励起她对书的兴趣，牛顿还鼓励她写诗。牛顿对她的帮助尤其大。可能是他把爱默生的著作介绍给她的，使她如获至宝；狄金森日后深受爱默生的超验主义思想影响。也可能是他把其他文学名作介绍给她的，这使她在智力上渐臻成熟，最后在诗歌创作上取得杰出的成就。他们的早逝在她的著名诗篇《我从未失去这么多但有两次》中受到悼念。

狄金森约在二十几岁时开始认真进行诗歌创作，匿名发表的《写给威廉·豪兰德先生的贺卡》（"A Valentine to Mr. William Howland"）大概是她写的最长的一首诗，共68行，1852年在《共和党人》（*Republican*）杂志上发表。1858年前后她开始把自己的诗作加以清理并收集起来，用线装订成小册。当时已写成52首，到1862年共已得诗356首。1865年创作诗歌85首，此后到她卒世，平均每年写 20 首。狄金森一生共写了 1 775 首诗。19 世纪 60 年代初期的多产似同她和查尔斯·沃兹沃思的相识有关。1855 年，狄金森和年已 41 岁并有妻子儿女的沃兹沃思相遇，后来他们便开始书信往来，这是狄金森的初恋。1861 年沃兹沃思决定去旧金山，女诗人感到生离的悲哀。这可能是 1862 年她诗歌多产的原因之一。后来她便愈益深居简出，每日身穿白色衣服，唯知写诗、照看院中花草和坐在窗边观望来来往往的世人。从 1878 年到 1883 年，她曾对欧提斯·劳德法官怀有热恋之情，然而女诗人终于未能改变坚持独身与创作的初衷。

狄金森和她的同代人麦尔维尔及诗人坡一样，曾经历了一个被“重新发现”的过程。大约在 1862 年，狄金森第一次考虑到出版她的诗作：这一年她给一位名叫托马斯·温特沃思·希金森的文人寄去 4 首诗供出版用。然而，她在世时只有 7 首诗面世，而且是经过编辑的“手术”，因而面目皆非了。希金森虽然一眼就看出新天才诗人的奇妙，但他不能完全理解她，提出她“步伐”缺乏规律，“没有束羁”，劝她暂缓出版，女诗人感慨地说：“如果名望属于我，我是逃避不了她的；如果她不属于我，最长的一天也追不上我……”狄金森客气地拒绝他的“指导”，因为那会夺走她的“无知”，或“未经再生的状态”。她也不愿看到作品让人“动手术”后面目皆非，于是便拒绝了索稿请求。既然人们尚不热情，她便决定不露真相，而把目光射向未来。她生前曾留言把诗烧毁，然而终于如她所说，她没有躲过“名望”的追逐，“最长的一天”终于结束了。在她去世之后不久，她藏在卧室内的诗作被妹妹发现，于是一位教授的夫人梅伯尔·路米斯·托德和希金森一起接受请求和委托，于 1890 年编辑出版了狄金森 115 首诗歌。后来又出版了两部诗集及两部书信集。1914 年，更多的狄金森诗作问世，奠定了女诗人在文学史上的地位。1950 年哈佛大学买下她的诗作的全部版权。1955 年出版了由托马斯·约翰逊和西奥多·沃德编辑的狄金森全集，包括3卷诗歌、3卷书信。她在20世纪被“重新发现”了。

狄金森是一位思想敏感、内心活动极其丰富的人。她坐在二楼窗边，望着外面大千世界，脑海充满激情和感受。自然界的花草鸟兽，人的七情六欲，她都悉心体验。狄金森的诗令人有机会洞察她的灵魂，并通过她的天才诗作了解到她的时代人的灵魂状貌。心理现实主义小说家亨利·詹姆斯对她推崇备至，热情地称她的诗是“灵魂的风景图”。

狄金森的诗歌表现悲多喜少。这可能是她性好多愁善感，或是一生孤守青灯，或亲眼看到许多亲朋过世，而她的家又位于送葬人必经之地等客观原因。但是，她的悲源于她凄凉的内心，这和当时业已开始蔓延的信仰危机有关。狄金森笃信基督教加尔文教义，它的“命中注定”思想给她的思想和创作涂上一层悲观色彩。她渴求肯定的宗教信仰、上帝的匡助和好的生活，读一下她的诸如《至少还可以做祈祷》等诗便可知晓。但是上帝对她并不总是真实的，她对上帝在人死后的安排并不总是相信；她对上帝的态度，特别是对允许恶存在的上帝的态度，并不总是恭维的，她有时的辛辣的讥讽绝非出于偶然。对上帝的怀疑是她内心悲伤的基本原因。占据狄金森思想的重要问题之一是“死亡”和“永生”，她一生写了五六百首关于死亡的诗歌，诸如《因为我不能等待死神》及《我死时听到了苍蝇的嗡嗡声》等。她对“永生”的态度是矛盾的，对死亡的情景和进天国的过程都悉心描述过。在伦理方面，狄金森强调自由意志和人的责任，相信人在其斗争中会得到对永生的信仰的鼓舞；她的不少诗，如《我不怎么喜欢珍珠》《死是一场对话》及《从所有的灵魂中选择一个》等，分别在不同程度上体现了这些观点。

狄金森的诗歌也表现出她对社会政治的关心。她反对过份强调商业化，反对蓄奴制；对穷人富于同情，反对死刑，对美国的发展也充满喜悦的心情。阅读她的《我竭尽全力》《多么娇嫩的、小天使般的人哪》《讨饭的小伙子夭逝了》《我愿看它穿千里》等诗，便会有这种体会。

狄金森的美学观点和她的文学创作实践是契合一致的。她认为，诗歌非同小可。她在一封信中说："如果我读一本书，而它使我周身冷得什么火也暖不过来，我知道那是诗。如果我真的感到我的头顶仿佛已被取走，我知道那是诗。这些是我分辨的唯一途径。还有其他方法吗？"她要求诗有荡人心肺的激情。情源于内心，多因触景而迸发出来。诗人的灵感来自于内心或内心感情的强度；只有真正的诗人才可以理解世界的全部内涵，真、善、美最终是一体，最高尚的美是积极的肯定的神圣所表现出的美，它的美常是生活与神圣法则和谐一致的必然产物。

狄金森写美国。她的见闻以其美国味而著称。她笔下的鸟无一不是美国鸟，花无一不是美国花，虫类无一不是美国的虫类。她的名言"因为我以新英格兰目光观察""知更鸟是我的标准调"等，表明她有一双美国人的眼睛观看美国的景物。

狄金森诗歌的最突出的特点是独创性。她渴求自由，不愿受任何传统形式的束缚。她承认，"我生活中没有君主，也不能统治自己"；在寻求创作自由方面，她确是无法无天的。她大概也深感到传统和社会要求就范的压力，她说"疯极是最神圣的清醒"，"过于清醒是极疯"，多数总是占上风，少数会成为危险人物，"被铁链锁起"。她无视语法、句法、大写、标点等传统文字表达规则，她无视英诗传统格律，她在这一切方面的"突破"是众所周知的。甚至某些词语，如果她的表达需要，她也会毫不犹豫地改变其词性或切掉其碍事的尾巴。

狄金森重视运用意象。她认为诗歌应通过具体形象体现思想，诗人应以生动的意象表达抽象概念。狄金森擅长运用视觉、听觉等意象，立意新颖深刻，想象奇特，寓情于境，比喻常出人意表，给人一种怪诞感觉。她的诗多是具体事物的巧妙排列，或并排，或重叠，或相互交融，不少时候，意象之间没有常有的连接，读来颇有中国古典诗歌的韵味。狄金森的诗作言简意赅，语言朴素，不事雕琢，简短、直接和普通。诗作短小精悍，最长者也不过 50 行。不少只含有一个主导意象。在她的作品中，每一个字都是一幅图画。她成为英美 20 世纪意象派诗人崇拜的先驱者。现代诗人威廉·卡洛斯·威廉斯称她为“圣恩主”。

狄金森一生辛勤笔耕，写出包括 1775 首诗的长长的“一封信”留给后世。她自知是一位“没有经验的作家”，自己的努力是“卑微的冒险”，但决未气馁，她有一颗永远向上的心。她不愿出名，“我是无名小辈”，她宣称，出版是对人的思想的拍卖。应当说她是很恬淡的。然而，诸如《蜘蛛作为艺术家》（“The Spider as an Artist”）这种诗篇又让人洞见到诗人自信具有永恒的力量。《胜利来得迟》（“Victory Comes Late”）中期望获得成功之心又何等迫切。狄金森深知世人对她尚无思想准备。她不求近名小利。她希望能永垂青史；她看到了正在戴向自己头上的王冠。她在其名作《这是我写给世人的信》（“This is My Letter to the World”）中以近似恳求的口吻说，“为着爱她吧，亲爱的国人，评价我时请客气”，又说明她不是全然漠不关心。《成功被认为是最甜美的》（“Success is Counted Sweetest”）表露出诗人渴求成功的心态，以及她的批评远见，她似听到了在耳际回荡的胜利凯歌。

下面介绍一下诗人的主要作品。

“死”是狄金森诗歌创作的主要题材之一。死的想法萦绕在诗人的心头，在她的近 1800 余首诗中，有三分之一左右是写死的，死位于狄金森诗歌世界的中心地位。狄金森写了死的多个侧面，探讨了死的深刻蕴涵与影响，她的诗作表现出她对写死所显示的迷魔之情。她的一些诗作也表明生的愿望。人并不愿死，是害怕死的，如《当我正怕它时，它来了》（“While I was Fearing it，it

Came"）所说的，"我"长时间地害怕死的到来，一生不得安宁。诗人深感到失去亲朋的悲痛，只有当失去时，方感到所失的可贵可爱。诗人惊恐不安地期待着不幸的再来，如她在《我的生活曾两次关门》（"My life closed twice before its close"）所说，永恒还会向我暴露第三次。她接下去说，前两次事件（显然是指她年轻时的两位挚友牛顿和汉弗莱的卒世）对她来说是那么巨大，那么难以想象，她竟绝望地说，生离死别乃是天堂的全部含义，是我们对地狱的全部要求。死别的痛苦如此深刻，在《我从未失去这么多但有两次》（"I never lost as much but twice"）又谈及此事时，诗人称自己两次如乞丐立在上帝的门前，称上帝是"窃贼"。

狄金森认为，死和永生相连，死导向永生，死是生的开端，死与生形成一种自然循环。在一首诗作中，诗人说自己的小屋是墓，自己为管家，把客厅整理好，给短暂分开的两位（意指生与死）摆上茶水，那可能是一个周期，直至永生把它们紧紧地合在一起。一个人死了，生活依然在继续。当我们知道自己躺在菊花丛里时，紫罗兰仍在亭亭玉立，商业在继续不断，买卖在兴隆发达，心里多么乐融融啊!它使离世变得安静、美妙。诗人对永恒是怀有信念的。《因为我不能停下等待死神》（"Because I Could not Stop for Death"）表明，诗人相信死和永生的不可分割性。在诗里两者都被人格化了。死神是亲切的车夫，他停住等"我"上去，车里还坐着"永生"。"我"被死神的和蔼和礼貌所感动，于是放弃工作和休息，随他悠闲地穿过学生课间休息的学校（象征人的童年阶段），越过成熟庄稼的田地（象征成年），看到夕阳西下（象征晚年），感到夜里衣薄体寒（尸骨之寒），在坟墓中待了数世纪，第一次认识到，死神的马车是走向永恒的。人虽死而灵魂犹生。这反映出爱默生超验主义思想的影响，她的生死观显现出爱默生思想的深刻烙印。

诗人相信来生，相信此生不是终点。虽然未和上帝讲过话，未造访过天堂，但确知天国在何方。《今晨被从人间拉走》（“Taken from Men this Morning”）描绘了天堂的情状，它似伊甸、客人满堂、地处极远云云，足见诗人迷恋之深，想象之丰富。死乃是一种权利或特权。狄金森的诗有时表现出一种强烈的死的愿望。在《放下木闩，啊死神》（“Let down the Bars，O Death!”）一诗中，诗人乞求死神打开栏门，让疲倦的人们进入，这样，他们便可停止哭诉，停止流浪：死神的夜最恬静，它的地方最安全，而且近在咫尺不用寻找。死像漫漫长眠，不用盼清晨，不用抬眼皮，在石屋里度过数个世纪也不必抬首望午时景状。

诗人对死的渴望和迷魔使她创作出一系列描绘死的过程、死的景象和死后世界状况的诗歌来。她似乎有过多次心理体验，似乎深知死的全部内情。比如在《剧痛之后有一种程式化感觉》（“After great Pain，a formal Feeling Comes”）写人由警醒到僵化的感觉过程，宛如某种固定的程式，腿木了，心凉了，“铅的时刻”到了，像雪中冻死的人一样，先是“冰冷”，再是“弥留”，再就是松手伸腿了。有时诗人把自己置放在垂危者的位置。于是“我”死时听到一只苍蝇嗡嗡不停地叫；室内一片沉寂，“我”周围的人已哭干眼泪，屏息静气地望着气息奄奄的“我”，等待死神的最后一击；“我”在清醒的一刻在心里把纪念品默默分赠众人；然后渐渐弥留，又听到苍蝇的叫声，死者眼前一片蓝色，显然视觉已变弱，继而听觉又退化，那叫声已时断时续，时高时低，窗户已模糊不清；最后是一片漆黑。这首诗把听觉和视觉的两种意象合而为一，诗人的妙笔堪称神乎其神了（“I heard a fly buzz when I died”）。诗人的另一首诗作《我脑里感到在举行丧礼》（“I Felt a Funeral in my Brain”）内容雷同，也是写人死时外部的动景，人们在来回走动，在为死者祈祷，然后盖棺抬入墓地，同时钟声响彻天空，死者独自一人安息了。诗人有时也写墓地的景状，《把床做大些》（“Ample Make this Bed”）便是适例。在这里死者似在自言自语，又似在对生者讲话：床大些，褥直些，枕圆些，别让晨晖来打搅，等待美妙公平的判决的到来。

狄金森的爱情诗读来也是悲多喜少。她虽终身未嫁，然而并非如死灰槁木之人。她的诗如《狂风夜!狂风夜!》（“Wild Nights! Wild Nights!”）、《我委身于他》（“I Gave myself to him”）、《怀疑我吧，我的朦胧的伙伴!》（“Doubt me，my dim Companion!”）和《既然是你使我心碎我感到骄傲》(“Proud of my Broken Heart since Thou didst Break it”）等等，这些诗都表现出女诗人胸内燃烧着炽烈的爱的火焰。《狂风夜!狂风夜!》表现出男女性爱的如胶似漆。《我委身于他》表明诗人等待的迫切和对爱的向往。《怀疑我吧，我的朦胧的伙伴!》极可能是写单相思，诗中所说的“朦胧的伙伴”可能是仅存在于自己心里的爱的对象；这首诗把一个准备奉献自己一切的女人的状貌勾勒得纤悉无遗。《既然是你使我心碎我感到骄傲》用“心碎”“疼痛”“满足的夜”“你的激情”等精妙的词语，把一个女人在接受美妙的爱情表示以后的感受与心态刻画得酣畅淋漓。

爱情和痛苦是孪生子。狄金森热烈地爱过异性，一次是在她刚过豆蔻之年时，一次是在她卒世前五六年。对她个人生活与诗歌创作生涯影响最强烈者是她的初恋经历。她全心全意地爱上了她深知不能与之结为终生伴侣的查尔斯·沃兹沃恩。这使她有机会体验了异性爱的多个微妙的感情起伏阶段，有机会对爱情的各个侧面进行大胆却是准确的幻想和臆测。她的爱情诗的大部，可能多与这桩爱情经历有关。诗人爱得如此深刻，她付出的代价是鲜血：“我”情愿付出鲜血，但“他”得亲自数一数“每一点每一滴的鲜血”。当她回首往事、再现那一段美好的经历时，美好之外又添上一层愁云和苦痛。在《你留给我的，亲爱的，两件遗物，——》（“You Left me，Sweet，two Legacies，—”）里，诗人喟叹道，她所爱之人留给她的两件遗物是爱和无限痛苦。《我的——根据白色选举的权利!》（“Mine by the Right of the white Election”）表现出爱的热切，甚至疯狂，对爱的天长地久永存的渴求，揭示出一个干涸良久盼甘霖的内心世界的情状。也正是这种热切、疯狂的渴求情绪给这首诗涂上一层悲色，读来似挽歌，又像深情的妻子在悼念亡夫。《如果在它死后我能得到它》（“If I may Have it when it's Dead”）写爱和死亡紧相连接的令人不寒而栗的现象：生时不可得，死后也宝贵。爱被葬入墓中，而独“我”有入内的钥匙。

狄金森的自然诗歌色调多变。诗人在描绘一个快活的自然现象时，有时会突然哼出一声低沉的悲调，让人措手不及，开始深思。比如《一只鸟从甬道上走来》（“A Bird Came down the Walk”）写一只小鸟啄虫饮露、自由跳跃状，细腻而逼真，使人心旷神怡；然而它双目圆睁，举止表现出一种出于畏惧的警觉，尽管“我”小心翼翼地善意地赠它一点面包渣，它却展翅飞去。鸟去了，留下“我”惆怅、感喟：鸟和人虽同是大自然的居民，可二者难以沟通。又如《草丛中的细长家伙》（“A Narrow Fellow in the Grass”），诗笔婉约，通篇三弯九转，虽无一词说到蛇，但那个“细长家伙”指的就是蛇。诗的最后一节很发人深省：“我”每逢和蛇相遇，神经总是紧张，骨子里冒出一股寒气，可见物我的隔阂难以克服，悲油然而生。望夏天，它似悲伤一样无声无息地逝去；看冬日，它射来一道倾斜的光，它去时，好比遥望死亡的路程。在这里，悲进而到死了。狄金森认为自然既慈祥又残忍，她的观点近似丁尼生对自然的看法，《显然不是冷不防地》（“Apparently with no surprise”）等诗便是适例。一朵小花，在轻风吹拂中快活地玩耍，可是突然白霜走来，“砍”下了它的头。刽子手逍遥地去了，太阳无动于衷，上帝也显然是首肯的，这焉能不令人生悲？

第六节 艾伦·坡/朗费罗及其他

埃德加·艾伦·坡（Edgar Allan Poe，1809－1819）

坡是美国著名诗人、短篇小说家、文学评论家。父母职业卑微，生活困顿，父亲最后竟出走，母亲终因力尽筋疲而饮恨辞世。年轻貌美的母亲口吐鲜血、被人抬走的景象，在不足三岁的坡的幼小心灵中留下深刻印象，有人认为，他的一系列女主人公如丽姬娅、艾蕾奥瑙拉、莫里娅、贝里尼丝、丽诺等，都可能是那一景象的再现。坡由养父（弗吉尼亚州一个烟草商人）约翰·艾伦抚养成人，但未办正式领养手续。坡少年时期曾去英国上学；回国后就读于弗吉尼亚大学，但因表现不佳而被迫辍学。后入西点军校，因触怒校方而被开除。坡同养父关系紧张，最后破裂，养父过世时他一文未得。坡酷爱读书，富于想象，对诗歌有特殊的兴趣。他深爱古典文学，熟读英国浪漫主义诗人拜伦、雪莱、济慈、柯勒律治的著作。18 岁时发表第一部诗集（1827），此后 4 年间又相继发表两部诗集（1829，1831），并开始创作短篇小说。1833 年，他的《在瓶子里发现的手稿》（“MS. Found in a Bottle”）获优秀短篇小说奖。他应聘先后担任几家杂志的编辑，继续进行诗歌和短篇小说创作，并撰写文学评论。但因贪杯常被解雇，他的评论有时过于尖刻伤人。坡一生坎坷，捉襟见肘，常有怀才不遇、壮志难酬之恨，心情郁悒寡欢，后期嗜酒成性，精神有些失常，1849 年卒于巴尔的摩。死时大呼“上帝保佑我”，足见其长期索寞、绝望已极的心境。其时年仅 40。一直到 1875 年，人们才在巴尔的摩举行他的遗骨下葬仪式。

坡曾引起世人激烈争论。他的文稿保管人格里斯伍尔德（R. W. Griswold）写的回忆录对坡的人格极尽诽谤和辱骂之能事，坡自己的文学评论也得罪了不少人。爱默生称他为“打油诗人”。马克·吐温说他的文字不值一读。亨利·詹姆斯说坡的热情是思维原始的表现。在1875年坡的纪念碑落成典礼上，美国著名文人中只有惠特曼一人出席。然而在大西洋彼岸，坡的声誉却一直很高。英国著名作家史文朋（Swinburne，1837－1909）和肖伯纳（Bernard Shaw，1856－1950）、德国诗人里尔克（Rilke，1875－1926）、俄国作家陀思妥耶夫斯基（Dostoevsky，1821－1881）等人，对他的天才和成就都礼赞不已。坡在法国的声名最高。法国19世纪著名象征派诗人波德莱尔（Baudelaire，1821－1867）、马拉梅（Mallarmé，1842－1898）、华莱里（Valery，1871－1945）等人将他奉为至圣，把他的诗歌、小说和文学理论译成法文。对坡的作品所进行的最详尽而富影响的研究著作最初写成于法国。玛丽·波拿巴（Marie Bonaparte）的两卷本《埃德加·坡的生平与著作：一种心理分析性解读》（*The Life and Works of Edgar Poe：A Psycho-Analytic Interpratation*）运用心理分析理论研究坡。另外一份评论出自加斯顿·巴舍拉尔（Gaston Bachelard）之手。巴舍拉尔认为，坡是一位致力于描绘现实和梦幻两者晦明交界地带状貌的诗人。两位法国评论家强调坡的天才在于探索心理的洞穴，把其中的畏惧、迷魔感和犯罪意识挖掘出并提高到文学的高度来审视。他们看到了坡的真正魅力和永恒所在。坡在美国本土得到承认，已是20世纪初了。1909年坡百周年诞辰纪念，美国文艺界表现出空前的热情，证明他开始被国人所接受。现代诗人艾米·洛厄尔（Amy Lowell）、威廉·卡洛斯·威廉斯和T．S．艾略特，都肯定坡在美国文学上的地位。自20世纪30年代以来，美国文学评论界对坡做出高度评价，认为坡在西方文学中占有不朽的地位。20世纪五六十年代以后迄今，美国人对坡已是顶礼膜拜了。

英国剧作家肖伯纳说，坡在小说、诗歌和文学评论三个领域内都取得了卓越成就。坡的短篇小说就题材风格和想象力而言，堪称欧美文学上的奇葩。坡对短篇小说的创作有自己的一整套理论，这集中体现在他的《评霍桑的〈故事重述〉》一文中。坡重视故事对读者所产生的效果。他认为，为取得完整的效果，故事篇幅以读者能一口气读完为宜。下笔要开门见山，从始至终，字字句句要丝丝入扣，围绕故事欲达到的“单一的效果”而环环相接，删去多余的描述。小说的最后一句要给人一种“结局”感。他着意描写人的内心世界，探讨迄今依然为世人所忽略的人的精神状态；对表现人的思想病态尤感兴趣，从而扩展了文学表现的广度和深度，对西方现代文学的发展做出了很大贡献。坡的心理小说是他的美学观点的充分体现。他在短篇小说《艾蕾奥瑙拉》（“Eleonora”）开首说自己富幻想，“人家称我疯子”。坡擅长写发疯、神经失常、喜怒无常的心理状态。他的著名作品的题材，往往是一个幻想丰富的疯人描写发疯和神经失常，准备到人的脑海中探险，发现了黑茫茫一片幻景，要洞察未来美好世界的状貌，欲沉湎于其中又不能，可怕的现实总要把他从梦中拉回来，结果诗魂只有一死了之。于是坡又写梦幻和死。

精神病患者成为小说的主人公是坡的创造。坡主要勾勒自我理智崩溃的痛苦过程。他的传世之作是他的恐怖故事。这恐怖源于一个不正常或罪恶头脑的开始变态和自我解体。坡的许多故事中的主人公头脑在发疯，而且心里一直清楚自己在发疯。坡忠实地记录了这个过程的各个发展阶段，有意识地探索人头脑中的下意识状态，描绘人的无意识和下意识思想活动的深渊。坡似认为，人的头脑皆属半疯或易于失常。这样看来，他的主人公多为神经病患者乃是可以理解的。这些人物没有明确身份，甚至没有名字，没有籍贯或家世，身心变态，酗酒或吸毒，与社会隔离，自我摧残，戕害他人。他们或到处游荡，不知归宿，如《人群中的人》；或不知自我，通过犯罪以明确自己的身份，如《泄密的心》《黑猫》《一桶白葡萄酒》及《贝里尼丝》等；或是悲悼亡妻的情种，如《丽姬娅》《艾蕾奥瑙拉》《椭圆形画像》等中的“我”等等。坡的主人公生活在一个地狱般的世界里。坡的世界是一个十足恐怖的罪恶、疯狂世界。他的故事中的某些主人公是他真实的秘密的自我的再现。坡的内心世界是疯狂的、恐怖的。他通过他的主人公而取得某种心理平衡。他的“心理故事”在很大程度上是作家内心下意识渴求的必然表现，是作家的变相自白。

坡的短篇小说大体可以分作三类。最初，故事“分析性”强，如《被盗的信》（“The Purloined Letter”）、《莫格路上的暗杀案》（“The Murders in the Rue Morgue”）及《在瓶子里发现的手稿》等，情节生动别致，推理严密；这些小说对后世侦探小说的发展颇有影响。后来，他的小说的分析成分减少，气氛变得紧张、恐怖，例如《椭圆形的画像》（“The Oval Portrait”）、《反常的小鬼》（“The Imp of the Perverse”）及《威廉·威尔逊》（“William Wilson”）等。坡后期的小说读来好似恶梦，自始至终充满恐怖；故事的叙述多由第三人称改做第一人称，让人觉得作者精神极度紧张，有些失常。这些故事，例如《厄舍古屋的倒塌》（“The Fall of the House of Usher”）、《红死魔的面具》（“The Masque of the Red Death”）、《一桶酒的故事》（“The Cask of Amontillado”）及《丽姬娅》（“Ligeia”）等，对死亡、复仇、转生等题材恣意描写，充满颓废情绪，表现出精神病态，这是他的创作天才的最高表现。他的小说收集在《荒诞奇异的故事》（*Tales of the Grotesque and the Arabesque*）中。坡在效果和题材范围方面对短篇创作的贡献具有里程碑意义。

坡在诗歌创作方面也注重描绘灵魂深处的状态。他的美学观点和他的宇宙观紧密相连。在名作《阿尔·阿拉夫》及《我发现了》等作品中，坡提出宇宙是一种富有诗意的艺术作品，是一首圣诗，是“上帝的构思”，地球是堕落的世界，人因受到物质主义和理性主义的影响而失去欣赏神圣的美的机缘。人周围的一切都似在诱使他堕落，科学家和功利主义者欺辱他的心灵，他们的腐败而无聊的思想在侵蚀他的意识，在人的社会或自然环境中没有一种可供想象的题材。人为重获失去的天禀，必须使灵魂摆脱外部世界和自身躯体的束羁，停止外部意识的活动，从理性的外界，遁入头脑想象的深处，逃进梦境中去。在那里，在纯精神的梦界里，人可希望涤除尘世的污垢，欣赏上帝的神圣精神所显示出的天堂之美。《十四行诗——致科学》（"Sonnet－To Science"）一诗把人格化的科学作为反艺术、反想象的歹徒进行描述。这首诗表明，坡从气质上说是一位文艺复兴时期的诗人。他从柏拉图处援引到宇宙充满神话的概念，竭力恢复世界曾具有过的原始一统性。科学和艺术对立，平凡的现实，使诗人失去了驰骋想象的余地，他再也不能到珠玑满堂的太空遨游，再也不能在树阴下做美妙的夏梦。他感到悲伤。他想成为伊兹拉菲尔（Israfel）般的天堂天使、诗人，在天国尽情歌唱，天上群星眼花缭乱，洗耳恭听，他的热情发自内心，又有上帝的垂爱、仙女的惠顾，他不会出错，他的苦、乐、恨、爱，都会忘情地表达出来（《伊兹拉菲尔》）。然而，天堂毕竟不是他的，他所居住的只是一处平凡的星球而已。如果这个世上也有美，那也不是令人心旷神怡的永久的美。那是死的美。一般说来，坡的诗的背景和时间多为黑夜或梦中，内容多为哀悼亡魂和自己心灵的枯萎。《尤拉路姆》（"Ulalume"）、《乌鸦》（"The Raven"）、《海中的城市》（"The City in the Sea"）等都是很好的例证。

坡对诗自有一套独到见解，对诗歌创作有特别的理论；他在散文著作《诗歌原理》（"The Poetic Principle"）及《创作哲学》（"The Philosophy of Composition"）等文中进行过透辟的阐述。他提出，诗歌是最崇高的文学表现形式。诗应当篇幅短小，以使读者能一次读完（或像他的《乌鸦》一样，100 余行），从而获得完整的印象。诗歌创作的目的是表现美，即激发读者美的感受。坡认为，"诗人"是一个神圣的名称，诗的目的不是表现真理，让诗表达某种"道德意识"或"责任感"乃是一种"说教异端"，任何竭力调合诗与真理两种相反的油彩的人必定是不可救药的理论狂。他指出，思想领域包括三种截然不同的地段：纯理智属真理段，趣味属美段，道德意识属责任段；三段虽各相关，但所司职责迥然不同。趣味向人们显示美，满足人对不同形式、声音、色调、情感的美的要求。诗歌通过现时事物和思想间的多种形式的结合，竭诚得到一部分那种或许只由永恒因素组成的美。坡提出，音乐是灵魂欣赏这种天堂美的不可或缺的手段。音乐和诗歌的结合是创作天堂美的必经之路。他深感音乐中的音律、节奏和音韵对诗歌创作具有极其重要的作用，他竟称诗为“美的节奏性创作”。他的诗作《钟》（“The Bells”）是对声音的精妙描摹。坡的诗歌理论与实践使他成为“纯诗歌”的先驱。但是坡的美乃是一种奇特的美。他认为，美的效应在于使灵魂激动而变得高尚；而不论哪一种美，其最高形式必然使敏感的灵魂悲泣。因此，诗的基调应是“忧郁”。人最感忧郁的事莫过于死，而最富于诗意的死莫甚于心爱的年轻美女离世。所以，坡的诗多是写“死”的，尤其是写象征天堂美的年轻女人卒世的。他的诗歌理论和成就对西方诗歌的发展产生了深远的影响。

还应说到，坡反对崇拜外国文学，主张重视本国文学的发展。现代美国著名诗人威廉·卡洛斯·威廉斯说，坡的伟大在于他以开拓和独创精神创作美国文学。

下面介绍一下坡的主要作品。

坡的名诗是《乌鸦》（“The Raven”，1844）。它描写一只会讲“永不再会”一语的乌鸦，在暴风雪的冬夜，落在一个还有微弱灯光闪动的窗户处，扑动双翅，要求入内。屋里一个青年，正为死去的情人而哀伤，听到门外有声，先疑有人来访，继而启窗见鸟立室外，感到惊奇，问其姓名，鸟答“永不再会”，一句话引起青年人对故人的怀念，心中的忧郁如珠走泉流一般涌泻出来，不料这只象征痛苦和悲哀的不祥之鸟，仿佛了解人心一样，不时以“永不再会”一语加以应和，使青年人的心情愈益郁悒，对自己愈加肆意折磨，尽情地领略悲伤的意趣。全诗在缠绵的悲思中结束。所谓心爱的年轻女人，实乃年轻人诗魂的替身；诗魂在梦中寻找自我。时间是“一个凄清的午夜”，年轻人正沉思、徐徐入梦，在醒觉与梦幻的交叉之间，象征对死亡的记忆的乌鸦出现了，亡妻丽诺油然跃入脑际。这首诗是坡的诗歌理论的最佳体现。它只有108 行，描写对一位死去的美丽的年轻女人的思念，自首至尾充满阴郁气氛。此诗格律工整，音韵优美，迄今为人所喜闻乐见。

死神在坡的世界里至高无上。《尤拉路姆》就情绪和语调讲，酷似《乌鸦》。它开首便是一片阴森。诗人的灵魂在这幽冥的夜晚漫步，炽热的心在奔腾，它来到心爱的尤拉路姆的墓地。至此诗人的灵魂已经凋萎、死定无疑。其他诗作如《致海伦》（“To He1en”）、《安娜贝尔丽》（“Annabel Lee”）、《写给安妮》（“For Annie”）、《一个在天堂的人》（“One in Paradise”）、《群魔闹金殿》（“The Haunted Palace”）、《睡美人》（“The Sleeper”）、《梦中梦》（“A Dream Within a Dream”）等，也都属于这种写死的阴郁作品。

坡的短篇小说也多描写人的内心。《厄舍古屋的倒塌》写理智的崩溃。一个古老家族的孪生兄妹住在一座令人窒息的幽暗古屋里，妹妹多年疾病缠身，哥哥因思想久被压抑而精神失常。妹妹病笃，哥哥邀请挚友前来作伴。哥哥曾把妹妹放入棺材，在一个风雨交加的夜晚，妹妹又破棺而出，死在已经晕死过去的哥哥的怀里。朋友仓皇逃出，古屋在风雨中倒塌在屋旁的池塘里。作者的预期效果显然是“恐怖”。故事开首便成功地制造出令人悬虑不安的紧张气氛，为故事奠定下“忧郁”的基调。故事步步深入，气氛愈益紧张。孪生兄妹，一个肉体在腐烂，一个精神在解体，两者又同古屋的崩塌相互衬托；故事的叙述者慢慢认识到古屋主人毁灭厄运的“恐怖”性。哥哥劳德立克是典型的坡式主人公。他深知自己在失去理智；他请他幼时朋友（故事叙事人）前来伴陪，观察他理智崩溃的可怕过程。他明白地告诉朋友，他犯了精神病，快要在疯癫中死了。他的朋友终于悟出，他的异样阴郁的心情，多半是因为他心爱的妹妹重病缠身，他们彼此之间有无从理解的共鸣，抑或有乱伦。劳德立克谱悲曲，画恐惧幻想图，读追思亡魂的书。他在屋内漫无目的地徘徊，眼睛暗淡无光，声音颤抖。妹妹玛德琳的尸体入殓七八天后，破棺上楼，满身鲜血立在门口，劳德立克知道死是解脱。叙事者的理智也经历了暂时解体的过程。

其他类似作品如《人群中的人》（“The Man of the Crowd”）所表现的是走在街上的神经病患者的自我完全解体过程。《泄密的心》（“The Tell-Tale Heart”）外现内部世界的崩溃。《黑猫》（“Black Cat”）探索人的理智自我毁灭的能力。《变态的小鬼》（“The Imp of the Perverse”）说明坡的一种理论，即独自沉湎于任何一种冥想都必然会迷途。

坡的小说写梦多。作家似多生活在梦中。梦对精神病患者是自然的状态；对坡又多一层想象到梦幻中寻觅自由的意味。坡对梦的描绘细致精到，对人入梦的各个阶段有深刻的体验和观察。他的不少故事的基本框架都可说是梦的各个阶段的再现；这些故事中的主要场景乃是对头脑入梦过程中各个阶段的具体描绘。在这里总有一处与世隔绝的建筑（象征诗魂离世、渴望自由），里面布置豪华（标志想象的丰富），梦醒标志着现实生活的干预，意识自由的结束。《红死魔的面具》《丽姬娅》《大漩涡底余生记》等都是适例。在《红死魔的面具》里，“红死魔”在荣王爷国内肆虐良久，国民死者过半，荣王爷决心隐逃：他带人隐居到一处大寺院里。这座寺院四围有高墙，墙上有铁门，他们进院后把门闩全焊得结结实实。这时外面正天翻地覆，荣王爷却开了一个盛况空前的化装舞会。场地很豪华，有七间舞厅，屋子每个转角都有新奇景物，有哥特式窗户、曲折回廊、彩色玻璃。各室玻璃色彩不同，有蓝、红、碧绿、橙黄、银白、紫罗兰色，第七间一色漆黑，有的猩红色玻璃红得犹如浓血。各屋内景象别有风味。舞会热烈进行，有美女、醇酒，有说有笑有唱有跳，景状一片太平。一切设计都出于荣王爷的大胆而热烈的头脑。千名男女穿红着绿，亦扮得不伦不类，不少场景美不胜收，也有伤风败俗、稀奇古怪、令人害怕或恶心的举止言行："一切梦幻般的奇景，只有疯子头脑里才想得出这种花样。"作者显然表明，荣王爷在做梦；舞会乃是他的想象在梦乡中驰骋的见闻。人是他所见，声是他所闻，离奇的景状是梦所特有的特点。荣王爷入庙标志着他开始入睡，晚会的准备说明他已入梦，舞厅的布置说明他想象的丰富，舞会的热烈说明他已睡死梦浓，欣喜若狂，渴望永远驻足在梦的舞会中。然而，事与愿违。一个蒙面人出现了，他是"红死魔"。他的罩袍上溅满鲜血。"红死魔"来自现实世界。荣王爷的梦做不成了。他浑身痉挛，见"红死魔"在七间舞厅中如入无人之境，就持短剑欲杀之。然而那人猛一转身，面对王爷，只听一声惨叫，王爷仆地身亡。寻欢作乐的人也一个接一个地倒在血泊中。"红死魔"出现的时间很发人深省。那是在夜色渐阑，天要亮了，梦该醒了，"黑暗、衰败和红死"的肆虐又开始了。故事中的一台乌檀木时钟的存在也耐人寻味。它不时发出调子和点数古怪的钟声，每过一个钟点报时一次，每次人们都会惊慌失措，"脸如死灰"，钟声余音寂止，舞会才又一片轻松；可是未几钟声又响，一时又万籁俱寂。这种钟响梦停的景象具有明显的象征意义。钟是尘世时间的象征，"红死魔"是现实和醒觉意识，它干扰诗魂寻觅自由的梦幻。

同类小说《丽姬娅》写人的变态心理和幻觉，其中的"我"是一个精神病患者。丽姬娅的美是坡所说的"天堂之美"，欣赏她的美乃是诗魂的大事。她的死使"我"失去撑持，灵魂直接受到现实世界的侵袭，"我"逃入一座巨厦中，精心装饰，布置"鬼房间"新房，等等。"我"已从醒觉的意识退入冥想和梦幻的自由想象中去。这都是诗魂的想象自由驰骋的产物。坡的一些描写水上的故事，如《大漩涡底余生记》《在瓶子里发现的手稿》及《亚瑟·戈登·皮姆的故事》等，亦属此类作品，里面都常出现海上航行、漩涡、溺死等现象。在这里，登舟类似逃入古屋，象征诗魂已开始入梦，逃出了醒觉意识世界。溺死标志着“我”在梦中冥想阶段想象的孤独感。然后诗魂进入自由境地，完全入梦。船内的独特摆设，是诗魂的丰富想象力的象征。这些故事的“荒诞”恰说明梦的荒诞性。

坡一生写了一些推理小说，诸如《莫格路上的暗杀案》《被盗的信》《金甲虫》（“The Gold Bug”）及《玛丽·罗热疑案》（“The Mystery of Marie Roget”）等，使他竟成为侦探小说的鼻祖。柯南·道尔（Conan Doyle，1859－1930）就很受益于坡。坡在自己的故事中多次说到，他好思索，善分析，对推理感到乐趣无穷。这些故事正是他这些话的注脚。《莫格路上的暗杀》是坡的最佳侦探小说之一。故事格局本身就自出机杼。这是一个锁门谜语。人们启门而入，屋内尸体血肉模糊，细查四处，不仅没有凶手和武器，便是人在屋内移动的踪迹也丝毫不见。侦探杜宾敏锐地注意到易被常人所忽视的细节：邻居听到凄厉尖叫和警察进入楼里时听到楼上粗野的争吵声；被害人的头发被连根拔出，尸体被塞入狭窄的烟囱内；地上4000枚金法郎分文不少。杜宾大胆推理，得出作案者为一头猩猩，遂在报上登出招领广告，巧妙诱引它的主人前来。果然不出所料，海员前来，被迫道出真情，其细节和杜宾所料毫发不爽。

新英格兰诗人

波士顿直至19世纪80年代初纽约取其地位而代之之时止，是美国的文化中心。所谓美国的“文艺复兴”浪漫主义文学运动的主要作家多在波士顿左近生活和创作。那是一个很小的文化世界。人们都相互熟悉或听说过，不少人过从甚密，在相互的家中或公寓客居或短住过。比如担任马萨诸塞州高级法院首席法官达30年之久的莱莫尔·肖，即麦尔维尔的岳父，曾在爱默生的母亲所开办的波士顿公寓住过一段时间；朗费罗一家19世纪40年代曾在麦尔维尔少年时期住过的匹兹菲尔德一所房子内消夏；在匹茨菲尔德和莱诺克斯，霍桑和麦尔维尔曾夜里互访，促膝长谈；在康考德，新婚的霍桑夫妇曾租用过爱默生的祖传房产，也就是他后来写的《古屋青苔》中的“古屋”，后来又从布朗森·阿尔科特手里买过一座房屋；爱默生一家在康考德的家中接待过许多客人，包括玛格丽特·富勒等，当爱默生外出时，梭罗有时住在他家里帮助爱默生夫人照料孩子和家务。当时以波士顿为中心的俱乐部——超验主义俱乐部和后来的星期六俱乐部的成员之间的来往就更多了。1856年组成的星期六俱乐部比较活跃，气氛也融洽。成员中有爱默生、洛厄尔、朗费罗、霍姆斯、霍桑及一些诸如普里斯科特（William H. Prescott，1796－1859）等历史学家这些美国文化界的名流俊士。这个世界虽小，能量却极大。是他们和纽约与南方的一些作家一起铸造了独立的美国文学。

当然，以气质论，这些人又可分做两类。一类如爱默生等人，要走全新的路，独创的路；一类如朗费罗等几位新英格兰诗人，愿把新酒装在老瓶中，他们的酒有时也欠新味。这几位除朗费罗、洛厄尔、霍姆斯、惠蒂埃外，还有一位年长几岁的布莱恩特（William Cullen Bryant，1794－1878）。把他称作新英格兰诗人是考虑到，他的主要诗作完成于19世纪20年代中期他去纽约之前。新英格兰诗人的共同点是对美国的现实关心不够，对传统题材如家庭、爱情、自然等极感兴趣，在艺术形式上模仿欧洲和英国文学多。

布莱恩特堪称美国浪漫主义诗坛的先驱。他出生在马萨诸塞州偏僻林区的卡明顿，自幼受到文化气氛的熏陶，对希腊文和拉丁文极感兴趣。也因家庭影响，早年宗教和政治观点皆倾向保守。他的宗教信仰属严格的加尔文宗，认为人的堕落导致自然界的堕落，恰如后来他在 19 世纪 30 年代的《草原》（“The Prairies”）一诗中所表示的。他的政治观点属联邦主义政治，1808 年他的第一首诗《禁运》（“Embargo”）就是反杰斐逊的。1817 年布莱恩特发表《关于死亡的感想》（“Thanatopsis”）一诗，一跃而为诗坛名人。1820 年年末发表第一部诗集。1825 年举家迁至纽约，任《晚邮报》编辑 50 余年，使之成为美国国内很有声望的报纸。他主要通过该报发表见解，成为社会和文化生活的重要人物。他成为坚决的杰克逊民主党人，曾在党内领导反蓄奴制运动，写出《非洲酋长》及《奴隶制的末日》等立场鲜明的诗篇；维护有组织的劳工的权利，提倡贸易自由、言论自由、出版自由，后又帮助组建共和党。1860 年他在林肯总统竞选中成为很有影响的支持者。布莱恩特对国际事态也极表关切。他支持西班牙、希腊、意大利及拉丁美洲各国人民的民族解放运动，曾写出《西班牙》《致雪莱》《意大利》等诗篇，翻译和介绍古巴革命诗人何塞·马亚·埃雷迪亚的诗作，敬重拉美民族解放领袖西蒙·玻里沃尔。布莱恩特晚年声望达到顶点，成为国家先知性人物，“纽约第一市民”。年届古稀又开始翻译荷马史诗《伊利亚特》和《奥德赛》，译作先后于 1870 年与 1872 年面世，这是他的文学生涯的终点。1878 年他辞世时，全国为失去一位伟大的诗人而悲痛，纽约市降半旗，店铺缀黑纱以志哀。

布莱恩特对美国诗歌的主要贡献在于用诗笔描绘美国的乡土景色。那漫无涯际的北美大草原，它的荒凉与寂寥，在诗人眼中呈现出令人肃然起敬的神圣色调。《草原》（“The Prairies”）一诗以细腻的诗笔讴歌了北美的内在美。他认为只有亲眼所见、亲身经历的事物才能激励诗人的灵感与想象。他的诗主要是自然抒情诗，写土地、小溪、森林和花草，以绘景为主，故有美国自然诗人、“美国的华尔华兹”之称。他的《十四行诗：致赴欧的美国画家（“Sonnet—to an American Painter Departing for Europe”）似总结了他的主要题材，表达了他热爱乡土的赤子之心。他在这首写给画家朋友的诗中说，你在欧洲可能会见到美丽的景色，美丽然而却不同，举止、房屋、墓地、低谷、山巅，一切都会不同，要永保本国的荒野形象又明又亮。

布莱恩特和华兹华斯一样，视自然为人的滋补剂，认为人的世界充满七情六欲，人居于其内天性会受到损伤，会失去纯真而堕落。自然界的一切都似充满生机和灵气。它对人的思想具有修补和洗涤作用。他的《入林处碑文》充分表现出这种思想，以及明显的自然神论色彩，和超验主义的“超灵”思想很有雷同之处。

布莱恩特的传世诗作是《关于死亡的感想》（“Thanatopsis”）。这首歌颂死亡的诗表现出明显的“墓地诗人”的影响。死在这里变成为宇宙运行之必然，不像基督教所宣扬的死后入天国那样快乐，或下地狱那样可怕。死是自古以来的现实存在。布莱恩特笔下的死很有异教的风貌，对死的态度很有自然崇拜的息味：人最终要同大自然的形体相融合，死不是造物的终结，而是开端，是再生的开端。人是永恒的。

布莱恩特主张诗歌应有教育意义，他的诗歌多为加强世人的观念或成见而作。他一生不断有诗集问世，逐渐地成为人们心目中的圣人式人物。他希望自己能成为一位导师和父亲，向他的国民论证和诠解美国人的命运及其文化发展趋向。布莱恩特像一个智者以慈祥的目光面对满腹狐疑的读者，以肯定的口吻说明传统观点的正确。他的其他名篇包括《岁月》（“The Ages”）、《往昔》（“The Past”）、《年华的溢流》（“The Flood of Years”）、《绿河》（“Green River”）、《水鸟》及《黄色的堇香花》等脍炙人口的诗篇。他以“墓地诗人”为张本，创作技巧属保守型。

新英格兰诗人中最著名者应推朗费罗（Henry Wadsworth

Longfellow，1807－1882）。他生于缅因州波特兰市，曾在博多因学院任现代语言教授，在哈佛任教授。朗费罗自幼富于想象，喜爱文学。他的故乡充满传奇色调，其民间传说、移民的故事、印第安人神话等，都深深根植于诗人童年的头脑中。1839 年他出版第一部诗集《夜籁集》（*Voices of the Night*），其中收进《人生礼赞》（“A Psalm of Life”）这首 19 世纪最受欢迎的诗作。1842 年面世的第二本诗集《歌谣及其他》（*Ballads and Other Poems*），包括了诸如《乡村铁匠》（“The Village Blacksmith”）等有口皆碑的诗篇。1847 年他的《伊凡吉琳》（*Evangeline*）问世，成功地把欧洲格律移植于美国，运用古典希腊音步形式，述说不久前发生在北美的动人的伊凡吉琳的故事。1855 年，他发表《海华沙之歌》，运用芬兰民歌韵律颂扬印第安人的传说。他的《迈尔斯・史坦迪什求婚记》及《路边客店故事集》（*Tales of a Wayside Inn*）分别于 1858 年及 1863 年问世，后者在体例上和薄伽丘（Giovanni Boccacio，1313－1375）的《十日谈》（*The Decameron*）及乔叟（Geoffrey Chaucer，1340－1400）的《坎特伯雷故事集》（*The Canterbury Tales*）有明显的相似之处。朗费罗一生写过多首十四行诗、抒情诗，并以此而著称。此外，他还编译《欧洲诗人与诗歌》（*The Poets and Poetry of Europe*），把欧洲文学的精华介绍到美国；还编写各国文学课本，做了大量翻译工作。晚年曾悉力翻译但丁的《神曲》（*Divine Comedy*），并参加大型诗歌集的选编工作。他一生在平静和富裕中度过。最后一次赴欧洲访问，受到英国维多利亚女王的接见。在全国庆祝他的 75 岁诞辰之后不久，他便与世长辞，死后英国威斯敏斯特教堂为他的墓碑举行了揭幕仪式。

朗费罗为他的世界带来了生的快乐和勇气。他的诗充满了一种乐观向上的精神。他生活在美国蓬勃向上的发展时代，坚韧不拔，知难勇进，成为他的诗作的主旋律，很有点同代英国诗人勃朗宁（Robert Browning，1812—1889）的“生活的乐趣存在于生活之中”那种热情和乐观情绪。《人生礼赞》堪称他在这方面的代表作。诗写成于1838年，副标题为“青年人的心对歌者说的话”。诗里说，人生不是一场幻梦，人要有英雄气概，要不断地进取和追求，哲理性强，语言浅易轻灵而富于情韵，因而具有永恒魅力。

朗费罗的诗都能给予人们一种肯定的信念，人们需要像他的十四行诗《造物主》（“Nature”）中所表达的那种肯定态度：造物主是可信赖的。《乡村铁匠》讴歌一位虔诚纯朴的劳动者的实在而快乐的生活。诗人对生活、对人、对世界充满了爱，因此能够写出充满爱的动人心弦的诗篇。19世纪的美国，在许多意义上讲，也是一个混乱的时代。政治、宗教信仰和经济领域都表现出潜伏的危机。人们处于一种思想混乱的状态，期望有人能给他们以慰藉和生气，给他们指出方向。朗费罗的诗作适应了人们的这种心理需要，因而成为他的时代声望最高的诗人。

朗费罗的长诗《伊凡吉琳》《迈尔斯·史坦迪什求婚记》（*The Courtship of Miles Standish*）及《海华沙之歌》（*The Song of Hiawatha*）费去诗人不少心血和精力，从内容到形式都集诗人成就之大成。这些诗作都取材于美国的历史和生活。《伊凡吉琳》咏颂坚贞爱情，取材于美国独立革命时期。《迈尔斯·史坦迪什求婚记》歌颂纯真的友谊和爱情，取材于美国殖民早期历史。朗费罗在诗歌创作上的壮举是《海华沙之歌》。这是美国文学史上描写印第安人的第一首长诗。这首诗共22章，洋洋十余万言，以细腻、翔实、富于想象的诗笔描述和记录了印第安人的历史、风俗、社会文化状貌和传统，表现出这个民族的崇高的性格、勇敢和勤劳的品质，以及他们对理想的执着追求、对未来的美好的憧憬。其中《海华沙的童年》章把原始印第安人与大自然和谐一致表现得淋漓尽致。诗的结尾两章，《白人的足迹》及《海华沙的离去》，表现出一种新旧交替的悲壮和哀伤，也表现出诗人为历史申辩的局限。当然《海华沙之歌》自始至终透露出诗人对印第安人的强烈同情。朗费罗的其他诗篇，也同样表现出他的同情心与正义感。比如他的反蓄奴制的一组诗歌《奴役篇》，诉说了黑人受压迫的“血腥故事”。《奴役篇》共七首，其中最闻名的一首是《奴隶的梦》。他通过描述一个沦为奴隶的非洲部落的国王倒在田间、回忆昔日自由生活的梦境，抨击蓄奴制的罪恶，表达黑人对自由的向往。诗人对生活在饥寒交迫中的劳苦大众也饱含同情，他的诸如《挑战》诗作，有时会令人想起杜甫“朱门酒肉臭，路有冻死骨”的著名诗句。

朗费罗不像惠特曼与狄金森那样富于开拓精神。爱默生曾委婉地暗示，这位诗人视野太窄，目光超越不过他那一代人的需求和愿望。这应当说是20世纪他的声望下降的主要原因之一。

写诗对洛厄尔（James Russell Lowell，1819－1897）易如探囊取物。他的散文有些都读来很有节奏，甚至押韵，如分行写出，会无异于诗，但缺乏深度。这是洛厄尔及其同代新英格兰诗人的通病之一。洛厄尔是诗人、散文家、编辑、外交家。作为诗人，他成名很早。他的第一部诗集《一年的生活及其他》（*A Year's Life and Other Poems*）1841 年问世，其时诗人 20 岁刚过。《诗集》（*Poems*）1844 年出版。1848 年是洛厄尔春风得意的一年。这一年他接连发表了 4 部有份量的诗作《诗集第二集》（*Poems: Second Series*）、《给批评家写的寓言》（*A Fable for Critics*）、《郎佛尔爵士的想象》（*The Vision of Sir Launfal*）及《毕格罗文稿》（*Biglow Papers*）。洛厄尔的诗名大振。1867 年发表《毕格罗文稿》续集。内战之后，洛厄尔虽继续发表诗作，然而他愈益以散文家和文学评论家而著称于世。在两集名为《我的书》（*Among My Books*，1870，1876）的评论文选及其他书刊中，他发表了迄今仍受人重视的评论乔叟、但丁、斯宾塞（Edmund Spenser，1552－1599）、莎士比亚及济慈（John Keats，1795－1820）等人的文章。

洛厄尔的作品的突出特点是风格和文体的多样化。他的叙事声调和创作题材也多种多样。他对方言有浓厚兴趣。他的诗歌技巧多属描绘型或反思型。《给批评家写的寓言》和《毕格罗文稿》可称为他的代表作。在《毕格罗文稿》中，毕格罗操地道的方言，给人一种亲切、诚朴的哲学家的感觉，那方言准确、幽默、稳固地根植在乡土情调中。此外，《毕格罗文稿》作为美国幽默传统的一个组成部分，开了乡土文学风气之先；它所表现出的现实主义和批判主义的态度，预示了现当代美国文学的主要发展趋势。《毕格罗文稿》里面处处都可见到新英格兰地方观念的各种体现。他的《给批评家写的寓言》令人感到，至19世纪中期，新兴的美国业已出现一批举足轻重的作家和作品供人品评。其中某些评语，如说爱默生是"希腊人的头，美国佬的肩"，一语破的，点出了爱默生思想中务虚和务实的双重性；又如说库柏只创造出一个新的人物——纳蒂·班波等等，说明了他具有准确的评论目光。

在诗歌创作上，洛厄尔与爱默生或惠特曼的主张不同。爱默生和惠特曼认为诗人是先知，而洛厄尔则觉得诗人是老师。他希望诗歌的水平不要高过一般读者的欣赏和接受水准太多。他的诗作就是这些理论的基本体现。比如在《朗佛尔爵士的想象》这首具有浓郁中世纪气氛的长诗中，朗佛尔爵士在末尾一次梦幻中了解和认识到，圣杯要到家里去寻找，而不需要最圣洁的武士经过千难万难才能完成。洛厄尔和朗费罗一样，认为关于美国民族文学之谈似乎是愚蠢的。他全神贯注于欧洲文学研究，对欧洲充满热忱。这也是他的局限所在。

霍姆斯（Oliver Wendell Holmes，1809－1894）具有19世纪理性主义者或讽刺家的气质，对浪漫主义的一些概念很有不屑一顾的神态。他所喜欢的诗人是18世纪英国新古典诗派的蒲伯（Alexander Pope，1688－1744）、哥尔斯密及坎贝尔（Thomas Campbell，1777－1844）。他是新英格兰文艺复兴中的新古典派才子。

霍姆斯出生在马萨诸塞州坎布里奇市的一个富裕家庭，是美国诗人安妮·布雷兹特里特的后裔。他一生不断著文抨击加尔文教。比如他的名作《副主祭的杰作；或奇妙的“单马车”》（“The Deacon’s Masterpiece; Or The Wonderful ‘One Hoss Shay’”, 1858）就是揶揄加尔文宗对逻辑的依赖的。它把加尔文宗比作突然倒地的单马车。霍姆斯后改学医，获哈佛大学医学博士学位，在哈佛大学任解剖学教授，在医学上颇有成就，比如医用词语“麻醉”和“麻醉剂”就出于他的首创。他对生活和文学创作具有科学家的态度和看法。他对“神秘主义”这个浪漫主义概念很不以为然，常用作贬义词，对想象力也不乏议论，主张想象应从属于科学幻想。

他的三部“医学小说”虽都不算成功的文学作品，但却是精神病学早期研究之作。三部中最佳者应推《艾尔西·文纳》（*Elsie Venner*，1861）。它是对一个精神分裂症患者透辟的心理和性格分析。《守护天使》（*The Guardian Angel*，1867）分析了人格的多面性，以及在遗传和环境两者之间发生冲突的可能性。《致命的反感》（*A Mortal Antipathy*，1885）主要讲一种严重的恐惧症。三部作品都涉及法国作家左拉（Emile Zola，1840－1902）后来提出的自然主义命题，都具有乡土色调及机警、诙谐的评论。

霍姆斯成名的原因很多。二十几岁便发表诗集，特别是1830年发表的《老铁壁》（“Old Ironsides”）使他曾名噪一时。当时美国国会决定摧毁在1812年对英战争中曾立过汗马功劳的军舰“宪法”号，引起公众强烈不满，霍姆斯写诗歌颂军舰的光荣历史，激发了民众的爱国主义情绪。他发表的谈话集中有逸闻，有故事及人物素描，也不乏格言警句。如《早餐桌上的霸主》（*The Autocrat at the Breakfast Table*，1858）所谈森罗万象，妙趣横生，令人爱不忍释。后来他又陆续出版了《早餐桌上的教授》（*The Professor at the Breakfast Table*，1860）、《早餐桌上的诗人》（*The Poet at the Breakfast Table*，1872）及《茶余时刻》（*Over the Teacups*，1891）等很受读者欢迎的著作。这些使他成为当时最负盛名的饭后闲话大师。

霍姆斯目光锐敏，他是首先发现威廉·迪恩·豪威尔斯（William Dean Howells，1837－1920）的价值的人之一。后来的历史证明，豪威尔斯在长达半个世纪的时间内主宰了美国文学。霍姆斯希望自己能作为诗人在历史和后世的记忆中占有一席之地。他字字珠玑，技巧完美，只是内容不够深刻，常是时过境迁便再无人问津。这是霍姆斯作为诗人一生最大的不幸。

新英格兰诗人中唯一出身贫寒、没有读过大学的是惠蒂埃。他出生在波士顿以北一个信奉教友派的农民家庭。这个家庭背景对惠蒂埃的一生产生了深远影响。他自贫贱中来，心向贫贱者。教友派的人道主义精神鼓舞着他为社会正义而战。青少年时期他在家乡土地上的艰苦劳作，使他有充分机会品尝乡土景色的瑰丽及乡土生活的真味，尽情地汲取家乡民间传说的充裕营养以丰富他的诗人的想象。

1833年是他生活的转折点。这一年他发表反蓄奴制宣言式文章《论正义和权宜》（"Justice and Expediency"），坚持立即废除奴隶制。惠蒂埃站在废奴制运动的前列达30余年。他为之付出了代价，晚年他经常忆起反蓄奴制年月里的惊险经历。他为争取和实现社会改革而努力，曾为林肯当选总统出力。在那些年月中，他写出大量充满激情的反蓄奴制诗歌，如《海滨的帐篷》（"The Tent on the Beach"，1867）等。由他任编辑的报纸都是反对蓄奴的出版物。惠蒂埃在60余年的写作生涯中，著书40余种，其中大部分是以争取社会正义为主题的。他所写的论文和诗歌发表在各种报刊上，不少作品后来收入《自由的声音》（*Voices of Freedom*，1846）、《劳工之歌》（*Songs of Labor*，1850）及《战时》（*In War Time*，

1863）等集子中。

晚年的惠蒂埃以乡土生活为主要题材，作品中透露出浓厚的怀旧感。他的思路又转回到童年的抒情时代去。他的作品又充溢着教友会家庭中的圣歌声、一去不复返的诱人的草坪和小屋的年月，这些和工业化的社会现实形成鲜明对比。美丽的野花奠定了惠蒂埃诗作的基调。他的抒情长诗《大雪封门》（*Snowbound*，1866）动人肺腑，是作者最受欢迎的佳作，它和早期的名作如《告蜜蜂》（"Telling the Bees"，1858）一起，奠定了诗人在美国文学史上作为乡土文学先驱之一的历史地位。惠蒂埃的声望在19世纪80年代达到顶峰。他的虔诚、同情心及调动读者怀古和从善感情的威力使他成为受世人尊敬的诗人，他的诗歌有些被收入课本及选集。

第四章　现实主义时期的文学

第一节　现实主义时期简介

对美国文学影响最大的事件莫过于美国内战（1861—1865）了。它是一个突出的分水岭。它标志着一个时代的结束，一个新时代的开始。美国内战持续5年之久，耗资80亿美元，死亡人数达60万，其残酷状为美国人之前所未闻。这使许多人开始从超验主义的赞歌和浪漫主义的乐观中清醒过来，开始对超验主义者和浪漫主义者关于人性、人生、自然界和上帝的许多观点提出疑问。他们开始认识到，人性并非那么善，人生并非那么美，大自然和上帝并非那么和蔼和慈悲。内战改变了人们的精神面貌，改变了美国社会生活的风貌，在一定意义上，也改变了美国的思想和道德准则。

这场战争实际乃是工业化的北方和农业化的南方的一场拼死的较量。如果说，战前的美国从总体上讲是一个以务农为主的国家，战后则迥然不同了。美国向资本主义工业化和机械化迅猛前进。1869年第一条横跨美国大陆的铁路建成，铁路里程15年内增长了3倍，25年内增长了5倍，美国很快便成为世界上铁路系统最完备的国家。它促进了工农业的长足发展，把全国各州各地从孤立和隔绝的状态中解放出来，使之成为一个一体化的庞大市场。工业化的进程步伐极快，大批量的机器生产取代了费用高昂的手工操作。相当藏量的石油、煤、铁、金、银等矿产已被发现，采掘工业迅速发展。自19世纪中叶至80年代的几十年间，制造工业投资额增加4倍，工厂雇员人数增长几乎高达2倍。钢产量直线上升。国民总产值连翻4番。农业机械化使农产量成倍增长。电力的使用业已普及。电报、电话、电灯使日常生活的许多方面发生了根本性变化。

与此同时，社会竞争愈演愈烈，贫富不均日趋严重，垄断资本开始出现。所谓“大鱼吃小鱼、小鱼吃虾米”的过程逐渐走向结束，像威廉·狄恩·豪威尔斯笔下的塞拉斯·拉帕姆式的人物已经破产，而德莱塞笔下的库柏伍德们已经成功地攫取了国家的金融、铁路、石油、肉食加工等企业的垄断权。随着时间的推移，财富和金钱日益集中到为数很少的人手中，到19世纪70年代以后，美国实业界和金融界只有那么寥寥几位大亨的名字出现在报纸上了。这些人或被称为冒险家，或被称为工业巨头、抢劫大王等。他们之中不少人在内战中逃避服役，发国难财。至19世纪90年代，这些巨头已各霸一方，谋取巨额利润。他们当中有古尔德（Jay Gould，1836－1892）、吉姆·希尔（Jim Hill，1838－1916）、斯坦福（Leland Stanford，1824－1893）、吉姆·费斯克（Jim Fiske，1834－1872）、卡内基（Andrew Carnegie，1835－1919）、摩根（J. P. Morgan，1837－1913）及洛克菲勒（John D. Rockefeller，1839－1937）等，他们一起成功地把握了国家的经济命脉。这是一个可称之为“野蛮的资本主义”的时代。社会上一片发财致富的喧阗。像马克·吐温（Mark Twain，1835－1910）所刻画的塞拉斯上校的滑稽而可悲的形象，实乃当时弥漫全国的投机风气和拜金主义的逼真写照。爱默生一生所宣讲的“人的无限性”，成为世人不择手段谋取金钱与权力的行径的理论支柱。牧师们在圣坛上呼吁人们去致富。孩子们自幼便如饥似渴地阅读阿尔杰（Horatio Alger，1834－1899）杜撰的“成功故事”，崇奉“有志者事竟成”为金科玉律。当洛克菲勒煞有介事地宣称他的财富乃上帝所赐时，没有一人感到可笑。对于风靡全国的尔虞我诈、腐败与黑暗，没有几个人有闲暇去理睬。

这个时期，美国人口剧增，分布骤变。随着工业的发展，城市数目增加。战前的村庄膨胀成小镇，小镇则迅速发展成为城市。农业的机械化使大量乡村人口流入城市，到19世纪末，全国只有三分之一的人口从事农业生产了。1850年只有50万人口的纽约市到1900年已发展到350万，芝加哥则从19世纪中的一个2万人的小镇在几十年间扩展成200万人的大都市。所增人口的大部分来自欧洲。美国的蓬勃发展从欧洲中部、东部、南部吸引来成千上万的移民。他们源源不断地如潮水般涌过大西洋来，为成长中的美国提供了急需的劳动力。几百万城市工人大军拥挤在十几座大城市里，少数人的“美国成功梦”可能得到满足，然而大多数人劳动强度大，工资薪俸低，整日在艰难中挣扎。贫民窟开始出现，酗酒、犯罪、卖淫、黑帮等社会现象以惊人速度成为社会现实生活的一个自然的引人注目的组成部分。

而且，边地开始消逝。200多年前自东海岸开始的边地西移运动，是美国社会文明史上的一个重要史实。西部边地对美国社会生活具有举足轻重的调解作用。就经济而论，西部边地可被喻为一种安全阀门。边地是人们的梦想和希望的支柱。东部不舒心，人们就可以打点起行李，迈向西部，翻过一个山脊，便又可见一番新天新地。200多年来，边地不断西移，板斧落下之处，“文明”便扎根、开花、结果。原始森林躺下了，水牛失踪了。然而，慢慢地，人们看到了太平洋，边地转瞬间不见了。这引发了人们的心理危机，美国人开始冷静下来沉思。美国梦的价值和本质，新世界生活的本来面貌，新人的道德风尚和价值观等，这一切突然之间涌入人们的脑海，经过痛苦意识的过滤，而失去了它们曾被理想化、浪漫化的形体，失去了对人的想象力的诱惑和吸引。长时期以来激励人们去建造的“新伊甸园”、去实现的“黄金时代”都似已化作乌有，到头来只得到个“镀金时代”。失望情绪油然而生。

反映生活的文学也随之改观。曾经发展近半个世纪之久的浪漫主义文学因内战的爆发而戛然而止。战争把人的目光从高处降到低处，从远处移至近处。到19世纪70年代，世人的思维模式已发生根本变化。便是爱默生和稍后一些的惠特曼这些乐天派的杰出代表也开始呈现出一种哭丧相来。新英格兰文艺复兴已经结束。梭罗和霍桑已卒世，爱默生、朗费罗以及新英格兰其他名流俊士虽仍从事写作，但是大限已近，叱咤风云的年月一去不复返。麦尔维尔已停止小说创作，没有什么声息。狄金森正暗自在碎纸片上写她的“给世人的一封信”，尚未见天日。在老一代浪漫主义作家中，唯有惠特曼还在引吭高歌，堪称为一位不屈不挠的“孤独的歌手”。波士顿和新英格兰已不再是美国文学的中心。新的一代年轻作家应运而生。他们以新的姿态，迎接新的时代的挑战。以豪威尔斯为旗手、以马克·吐温和亨利·詹姆斯为主将的美国现实主义文学问世了。

19世纪后半期美国文坛所出现的现实主义之风在某种意义上乃是对极端浪漫主义的一种反动。新兴的现实主义作家们对希望和现实之间存在着的鸿沟表现出迷惑不解。他们主张运用现实主义手法写人生，写平庸的人和事，写生活的卑贱、低微、阴暗的侧面，主张揭穿伤感主义的“谎话”，而正视人生、讲出真话。这一时期所出现的现实主义的主要作家与作品的共同点是显而易见的。比如这时期作品的细节的真实性，是仔细观察与记录人生的结果。其次是人物、情节与背景的代表性，即反映一般的生活。

再次便是对人性和人生的客观评价，而不是加以理想化。现实主义作家们一般对人怀有乐观主义信念，写出阴暗与缺憾的基本出发点在于相信这些可以被矫正和消除。他们所涉及的生活领域很宽阔：中产阶级各个层次的生活现实在他们的笔下充满幽默和感伤，便是社会底层的广大劳苦民众也偶然成为他们所表现的对象。除对内心冲突发生兴趣的亨利·詹姆斯外，现实主义作家一般满足于探讨和描写日常生活、地方风俗和方言等表面情况。现实性、普遍性、典型性、代表性——这些成为这些作家的视野的焦点。

完全的客观很难做到。现实主义作家未能完全做到客观反映和评价生活。他们的主要作品表现出一种自然的美化倾向。到19世纪90年代，美国社会生活愈加暗淡。资本主义机械文明在建立过程中所带来的巨大痛苦，人们在其中所付出的高昂的物质与心理代价，已足以令人感到惶惑和震惊，令人感到生活又已出现质的变化，于是一批年轻作家在文坛初露头角，对曾提携过他们的老一辈现实主义作家的温文尔雅表示不满。新一代作家的作品虽然具有现实主义的特点，但是对象却多来自社会底层，它们更强调宇宙的冷酷、人的无能为力以及人生的痛苦。他们接受法国自然主义作家左拉的影响，作品中有“悲观命定论”特征。有评论家称他们为现实主义作家；也有人倾向于把他们单独列为一个流派，曰“自然主义”。这些人，如斯蒂芬·克兰（Stephen Crane，1871－1900）、弗兰克·诺里斯（Frank Norris，1871－1902）、德莱塞（Theodore Dreiser，1870－1945）等，他们的出现把美国文学又推向一个新的发展阶段——自然主义文学的阶段。

第二节　豪威尔斯／詹姆斯

威廉·迪恩·豪威尔斯（Willian Dean Howells，1837－1920）

豪威尔斯的创作生涯凡70年，做美国文学坛主达50载，在世时声震天下；然而他卒世后，尸骨未寒，不少崇拜者的哀挽之声尚在耳际，门肯（H. L. Mencken，1880－1956）、辛克莱·刘易斯（Sinclair Lewis，1885－1951）以及年轻的布鲁克斯（Van Wyck Brooks，1886－1963）等人便迫不及待地开始贬斥他了。到20世纪四五十年代，文学气候发生变化，他的声名又逐渐回升，他的历史作用又逐步得到肯定，他的作品又开始重版。他又成为文学评论的热点之一。如今，他的现实主义文学主帅的地位已重新得到肯定。他又“复活”了。

豪威尔斯出生在当时靠近边地的俄亥俄州的一个村庄里，没有受过多少正规教育。他酷爱读书，涉猎广博，认真阅读哥尔斯密、欧文、蒲伯、乔叟、朗费罗、丁尼生、狄更斯、萨克雷（William Makepeace Thackeray，1811－1863）、乔治·埃略特（George Eliot，1819－1880）、特洛罗普（Anthony Trollope，1815－1882）、简·奥斯汀（Jane Austen，1775－1817）、屠格涅夫、哈代以及海涅和塞万提斯等人的作品。他也读过福楼拜、巴尔扎克及托尔斯泰的作品。豪威尔斯青少年时期的这种经历为他日后在文坛驻足奠定了必要的物质基础。

青少年时代的豪威尔斯积极参与反蓄奴制活动，应要求撰写出林肯传。1860年对他来说是不平凡的一年。这一年《大西洋月刊》接受了他的五首诗；他以编辑身份访问波士顿，洛厄尔请他共进晚餐；他还拜访了爱默生和霍桑。这是非同小可的一次朝见。它决定了豪威尔斯此后一生的生活道路，决定了他在美国文学史上将要发挥的举足轻重的作用。他还从波士顿到纽约，在一酒吧见到了惠特曼及聚集在那里的一些艺术家。1861年至1865年，他在威尼斯任美国领事，认真研读意大利史和但丁等重要诗人的作品。豪威尔斯的思想和文艺观发生了明显变化。他的现实主义文艺观点开始形成并渐趋系统化。他对浪漫主义和伤感主义极为反感，对力求反映现实的文学作品极其推重。

豪威尔斯的文学生涯真正开始于1866年。这一年，《大西洋月刊》主编邀他到波士顿任该刊助理编辑，感到他已能接任主导波士顿这个文化中心的使命。豪威尔斯深知新英格兰的活力还依赖于同美国其他地区的优秀文学传统的交流。他已和纽约、费城及西部的过半数的年轻作家发生联系，这些人很快将集结在他的麾下。1871年他正式接任《大西洋月刊》主编，此后50年是后人所说的“豪威尔斯的时代”。

自1871年到1881年，豪威尔斯做了10年主编。在这个具有生杀予夺权力的职位上，他对美国文学的发展做出了杰出贡献。他孜孜不倦地撰写评论文章，宣扬和提倡现实主义文学传统。他成为美国现实主义文学的主帅，在影响国人文学鉴赏情趣方面发挥了决定性作用。他一生约写过1700篇文学评论、8部评论文集；后来他精选而收入《批评与小说》（*Criticism and Fiction*）的只是其中的精萃部分而已。作为主编和评论家，他表现出深邃的洞察力和善良的心地。他和马克·吐温及亨利·詹姆斯的终生友谊是在这一时期建立起的。他对马克·吐温的奖掖是美国文学史上的佳话。《大西洋月刊》毫不迟疑地向这位充满西部幽默的年轻作家提供出版机会。豪威尔斯和詹姆斯的友谊始于内战以后，豪威尔斯刊载了詹姆斯的早期作品。他和詹姆斯在创作题材上也有相似之处，他们一起刻画了“美国姑娘”形象，写出了“国际题材”小说。他一生对詹姆斯推崇备至，在把这位小说家介绍给美国读者方面，他做的比谁都要多。豪威尔斯对年轻一代的奖掖是他对美国文学发展的历史功绩之一。像斯蒂芬·克兰，在困境中受到这位文豪的青睐。豪威尔斯接见并赐饭于他。据说就是在这次见面时，豪威尔斯向克兰诵读了艾米莉·狄金森的一些诗作，克兰内心有感才开始创作狄金森式意象主义诗歌，并成为20世纪初风靡英美文坛的意象主义新诗运动的先驱之一的。对于哈姆林·加兰（Hamlin Garland，1860—1940），豪威尔斯充满长者的爱护心。

加兰的《大路》（*Main-Travelled Roads*，1891）一送到他手中，他便赞不绝口，说闻到了西部边地的泥土气息。弗兰克·诺里斯、伊迪丝·沃顿（Edith Wharton，1862－1937）、美国第一位黑人小说家查斯纳特（Charles Waddell Chesnut，1858－1932）、第一位重要犹太作家卡汉（Abraham Cahan，1860－1951）等作家无不受到他的诸多关照。在长达50年的时间内，从马克·吐温到罗伯特·弗罗斯特，在两代人的时期内，除德莱塞外，其他可以说没有一位有所建树的作家未受到过他的照拂。他成为名副其实的美国文坛坛主。1908年美国文学艺术协会成立时，他顺理成章地成为第一任主席。他的75岁生日成为美国文学界的一次盛会。当他于19世纪80年代中期由波士顿移居纽约时，他象征性地把美国文化及文学中心带到了纽约。

1881年他辞去《大西洋月刊》主编职务。在此后的十几年中，他的创作力达到顶峰，连续出版了他的上乘佳作《现代婚姻》（*A Modern Instance*，1881）、《晚秋之暖》（*Indian Summer*，1886）、《塞拉斯·拉帕姆的发迹》（*The Rise of Silas Lapham*，1885）、《安妮·吉尔伯恩》（*Annie Kilburn*，1888）及《时来运转》（*A Hazard of New Fortunes*，1890）等小说。

豪威尔斯是一个乐观者。他崇信爱默生和惠特曼的理想，热爱自己祖国的文化与文明，相信一切会变得好起来。他曾要求美国作家对祖国持公平态度，描写"这个快活的大陆"，描写它的"微笑的方面"。然而国家的发展走向垄断资本主义，竞争为社会带来灾难和痛苦。他感到失望了。"我认为我爱美国少的原因是它不让我多爱它，"他在晚年写给亨利·詹姆斯的一封信中说，"经过50年的与'文明'的乐观接触，相信它最后会好起来，我现在厌恶它，感到它的结果一切都正变得糟糕起来。"但总的说来，他是现实主义文学的温文尔雅的象征。这是他过世后声誉下降的原因之一。

豪威尔斯的文学与美学思想多体现在他的《批评与小说》一书及诸如《小说写作与小说欣赏》（“Novel-Writing and Novel-Reading：An Impersonal Explanation”）等重要文章或讲演中。他指出，现实主义忠实于生活，反映动机的真实可能性，寻求表现一般性和习惯性，而不是特殊性或独特的高尚或卑微现象。作家写作的目的在于诉说美国生活的一些普通的特点。他不希望去表现人的英雄行为或偶然行为；他要求描绘人在漫不经心或心绪倦怠时的习惯性心态。在他看来，现实主义决非简单的摄影式再现生活，它包含着对“动机”和心理矛盾的描绘和分析。他贬斥感伤主义或病态的自我牺牲式作品；回避描写诸如男女奸情之类的题材，认为这种素材在他的时代缺乏代表性和典型性。在具体创作方面，他认为现实主义应当真实地处理和表现素材的本质，率先提出小说的叙事角度应当客观、富戏剧性，以具有令人信服的动机的人物为其坚实基础，小说语言应当取自于日常生活。文学作品应当是某一特定地区生活具体细节的真实写照，从伦理道德到美学角度都无懈可击。作家要减少情节的比重，提倡自由、简单的构思方式，让事件遵循自然先后次序发生，而不以情节去实施束羁和制约。人物性格要充实、具体、合情合理。豪威尔斯指出，文明的试金石是“最大多数人的最大幸福”的原则、为一切人谋福祉的原则。文学中的民主原则旨在促进人们之间的相互了解，使他们更加谦虚，增加兄弟情谊和感情，表现更为美好和高尚的生活侧面。关于真理，豪威尔斯坚持说，真理是最高形式的美；文学应有助于征服人性中的兽性。作家对读者负有责任。豪威尔斯对于文学批评态度极为严肃认真。

豪威尔斯是一位多产作家。他一生创作 100 余部作品，其中小说 35 部，此外还有戏剧、诗集、文学评论及杂论集等。他所描写的生活领域不能算宽，他的主人公多来自中等中产阶级，但是他的小说世界的内容却极丰富。新英格兰的城镇生活，纽约的大都市场景，旅欧美国人的状貌，俄亥俄州的往昔，年轻人的爱情，作家们的际遇，犯罪者的心理，骗子的尴尬，古老门阀的高傲，新暴发户的追求，种族问题，遗产纠纷，人的责任，现实的缺陷，理想的美好及潜在的危机等等美国社会生活的各个侧面，都在他的作品中有所反映。

下面介绍一下豪威尔斯的代表作《塞拉斯·拉帕姆的发迹》。

这部小说讲的是19世纪中期波士顿一家暴发户的故事。塞拉斯·拉帕姆经过自己艰苦奋斗而获得成功。他来自维蒙特州乡下，因在祖产上发现一种可以制成优质颜料的矿物，而成为一个颜料制造商。他的公司生意兴隆，他成为百万富翁。这是他在物质上的“发迹”。拉帕姆为进入波士顿上流社会，耗资巨万在高雅区内建一华丽住宅，作为跳板。他公司里内一个名叫汤姆·考利的年轻职员，来自一家文雅但却清贫的上流社会家庭。由于工作关系，他有时到拉帕姆家里，因而认识了拉帕姆的两位千金——佩内洛普和艾琳，并和佩内洛普相爱，后来结为伉俪。后来拉帕姆在竞争中失利，濒临破产。在他困顿不堪之际，英国一家辛迪加愿出高价购买他那份已没有什么用途的产业。拉帕姆本可趁机扭转局面，免遭灭顶之灾，但他因深知铁路公司将会插手，使任何买主受挫，因而不愿损人利己。经过一番激烈的思想斗争，终于不能违背自己的良知而拒绝出售，因而破产携妻女回老家务农。在此之前，他心神恍惚之际，无意中引起火灾，把还在施工中的楼房烧毁。他在经济上一败涂地，但是他的诚实和善良心地使他在道德和精神上“发迹”了。

《塞拉斯·拉帕姆的发迹》是美国现实主义文学的优秀典范。拉帕姆被刻画成典型的普通美国人形象。他未受过正规教育，身上还保留着一种未经雕饰的天真和纯朴。他参加过内战，曾晋升为上校。他们一家四口生活美满、幸福，他对自己在事业上的成功感到自豪。他每天快活地赶着马车去公司，快活地在家中和妻子与女儿闲谈，坐在新宅里满心欢喜，在上层社会家庭里作客时出洋相，在荣枯沉浮关头表现出矛盾心态。这一切都显得那么平淡普通，无咎无誉，浪漫主义和伤感主义作品中屡见不鲜的魁奇、非凡或戏剧性，在拉帕姆身上毫无影踪。这是豪威尔斯的现实主义文笔的绝妙之处。不仅如此。波士顿的高贵门第——汤姆·考利一家很有代表性。这些人有“文化教养”，然而多靠祖业生活，没有什么创业精神。他们和拉帕姆通过儿女相爱线索的牵引，走到一起。这体现了豪威尔斯的伦理主张。他强调不同社会阶层应克服偏见而和谐相处。

豪威尔斯不赞成经济上的竞争，认为自由贸易式竞争是人的残暴性的典型体现。拉帕姆曾毫不留情地把他的合伙人罗杰斯挤出公司，这是他为人上的污点。而伴随着垄断资本的出现，他自己也被对手们无情地挤下经济舞台。豪威尔斯向世人竭力推荐的乃是一种富于人情味、富于道德蕴涵的行动模式，即拉帕姆在面临沉浮抉择时所遵循的“为最大多数人的最大幸福”着想的功利主义原则。小说的象征主义手法耐人寻味。比如华丽的公馆，象征着工厂主的成功、他欲跻身于上流社会的美梦。在拉帕姆夫人看来，大屋实乃她丈夫的自私自利、见利忘义的心态的标志。显然，她想到了被赶出公司的罗杰斯，她代表着拉帕姆的良心。拉帕姆在思想和道德上的胜利开始于他在物质上和金钱上的失败，两者都通过新宅的被夷为平地这一骇人的场面而戏剧性地表现出来。这一场面也是豪威尔斯对人和社会所持的理想主义观点的体现。他对美国机械文明所呈现出的物质主义和拜金主义很不以为然。美国在 19 世纪中期以后便在建筑一座大屋，这是范登比尔特们、卡内基们以及洛克菲勒们不顾人民的疾苦而在建造的垄断资本之屋。拉帕姆的屋可谓美国经济上涨、精神堕落的象征，是作者一直惧怕美国社会选择的前进方向的象征，是他预感将会危及他所钟爱的民族文化的百种弊端的象征。他希望看到洛克菲勒们的大屋倒下，希望看到自己的国家在精神上变得更高尚。

这部小说的情节安排也很巧妙，由主线、次线并行穿串发展。主线写拉帕姆的荣枯升降，而次线述说的是一个动人的爱情故事。这段爱情故事从几个方面和主线相互映辉。比如从次线中引导出的“减少痛苦”的行为模式，即“一人代替三人苦恼”的模式，是为使读者能接受主线结局所做的一种思想准备。汤姆·考利爱佩内洛普，然而妹妹艾琳却误以为他爱自己。佩内洛普苦恼，愿牺牲自己而成全妹妹。但是，她的痛苦并未能换来其他两人的快乐。汤姆为不能得其所爱而愁眉不展，艾琳也为不能如愿以偿而郁郁寡欢。牧师对佩内洛普指出，与其三人受煎熬，不如两人享欢愉。这就是基于功利主义原则的“减少痛苦”的行动模式。塞拉斯后来决定，自己一人承受破产的灾难，而不让一批英国人代己受苦，其原则如出一辙。

小说结尾体现出理想主义色调：塞拉斯·拉帕姆的选择显然是作家出于一厢情愿的杜撰；像塞拉斯·拉帕姆那样的资产者，本性多为损人利己，大多数不会做出那种崇高决定的。虽然如此，《塞拉斯·拉帕姆的发迹》仍不失为美国现实主义的代表作。事实上，它描绘出一幅 19 世纪中波士顿及美国北方的很有历史价值的风物图。

亨利·詹姆斯（Henry James，1843－1916）

詹姆斯是美国著名小说家、文学批评家、剧作家和散文家。他出生于纽约市，由于家境优裕，自幼便受到良好教育。年轻时多次旅欧，在德国、法国和意大利读书。后来在哈佛大学法学院学习期间，认识了豪威尔斯，两人结成终生好友。这时期他广泛阅读了巴尔扎克（Honoré de Balzac，1799－1850）、梅里美（Prosper Merimée，1803－1870）和乔治·桑（George Sand，1804－1876）等人的作品，认真研究了乔治·埃略特（George Eliot，

1819－1880）和霍桑的小说。后来他到英国、法国和意大利旅行，结识了福楼拜（Gustave Flaubert，1821－1880）、莫泊桑（Henri de Maupassant，1850－1893）、左拉（Emile Zola，1840－1902）和当时客居巴黎的俄国小说家屠格涅夫（Ivan Turgenev，1818－1863）。詹姆斯颇受这些作家的影响。

詹姆斯向慕欧洲的古老文明。他同欧文、库柏及霍桑一样，认为美国缺乏伟大文学作品所需要的"素材"，对美国社会生活的物质主义的粗俗和精神上的缺乏典雅与修养感到厌倦，因此1876年他决定在伦敦定居，并于1915年加入英国国籍，次年接受英王乔治五世颁发的特殊勋章。詹姆斯对祖国的批评也招致了他的国人对他的批评。晚年他认识到脱离本土令他创作灵感受到影响，做法不当，曾劝年轻作家注重表现自己的祖国。

詹姆斯是一个多产作家，他一生都在不停地写作。他写的小说、故事、文学评论、剧本及传记等，总数不下100卷，此外还有大量信件和札记。他的文学创作生涯，大体可以分做3个阶段，在第一阶段（1865－1881）里，他开创了"国际小说"（the international novel）和"国际题材"（international theme），刻意描写美国和欧洲新老世界不同的素质并加以比较。他颂扬美国人的"天真"和"纯洁"，不满欧洲人的世故和颓废，并指出由此而产生的精神及心理影响。这个时期的代表作使他获得国际声誉，其中包括《苔瑟·密勒》（*Daisy Miller*，1879）、《美国人》（*The American*，1877）、（小说主人公的名字纽曼"Newman"意为"新人"，以此比拟美国人）和《贵妇人的画像》（*The Portrait of a Lady*，1881）等。在《贵妇人的画像》这部小说里的心理分析和叙事的角度，为他后来文学创作的题材和技巧确立了方向。在第二阶段（1882－1895），詹姆斯着重描写现实社会生活的某些侧面，如《波士顿人》（*The Bostonians*，1886）旨在讽刺波士顿的妇女解放运动，《卡萨玛西玛公主》（*The Princess Casamassima*，1886）描述伦敦无政府主义者和贵族的故事，这两本书明显地表现出詹姆斯的政治保守态度。1890年后詹姆斯开始戏剧创作的尝试，前后达5年之久，最后以失败告终。1895年又开始写作“国际小说”。他在戏剧写作技巧方面的尝试，对他后来的创作产生了深刻影响，这特别表现在对话和叙事角度方面。在第三阶段（1895－1916）的前5年里，詹姆斯写了一些关于青少年的意识的中篇小说和故事，其中尤以《梅吉的见闻》（*What Maisie Knew*，1897）和《拧螺丝》（*The Turn of the Screw*）为上乘。20世纪初的前4年，詹姆斯接连创作了3部长篇小说：《鸽翼》（*The Wings of the Dove*，1902）、《专使》（*The Ambassadors*，1903）和《金碗》（*The Golden Bowl*，1904）。在这些小说里，心理分析更加细致，单一的叙事角度更为突出。这些作品代表詹姆斯创作艺术的顶峰，构成他文学创作生涯的“主要阶段”。他一生致力于“国际题材”小说的创作。“国际”二字源于詹姆斯本人。他在一封信中说到，“国际”已不可避免地成为他的题材。所谓“国际题材”，就是“在美国人胸中的欧洲戏”。詹姆斯一生处于欧美两个世界之间，他以自己的感受为基点，以所见美国人在欧洲的经历为素材，写欧美两种文化碰撞在美国人心理上所引起的反响。这是他唯一的施展才干的领域。几乎从一开始他便认识到了这点。在这些“国际”小说中，他刻意描写和比较美国和欧洲新老世界不同的素质。美国人总是“天真”和“纯洁”的，而欧洲人的世故和颓废则与之形成鲜明对比。美国人朝圣般的赴欧旅行经常是一个痛苦的成长过程，由幼稚到成熟，由无知到有知。詹姆斯有意或无意地表现出新世界某些价值观的优越性。

詹姆斯是19世纪美国现实主义文学的三大倡导者之一，他同豪威尔斯、马克·吐温一起，为美国现实主义文学的发展做出了积极贡献。詹姆斯强调指出，小说存在的理由是它努力表现生活；艺术的领域包括所有的生活、所有的感情、所有的见闻、所有的见解；现实的气氛是小说的最大优点。詹姆斯指出内容和形式的一致，把它们之间的紧密关系比做针和线一般的不可分离。他还提倡洞察和描写人的内部思想世界，劝告作家“抓住心理原因的复杂性”，指出只描写外部细节是不足的。詹姆斯关于心理描写的理论和创作实践，丰富了现实主义文学的内容。人们一致认为，詹姆斯是心理分析小说的开创者之一，他对人的行为的认识有其独到之处，是20世纪小说的意识流写作技巧的先驱。他对现代小说理论也有卓越的贡献。他的著名的《小说的艺术》（“The Art of Fiction”）一文所阐明的许多理论和观点，迄今依然被广泛地认为是无懈可击的经典之作。现代文学评论的许多术语，也源于他的文学评论著作，例如，“sensibility”（敏感）、“donne”（主题）、“execution”（处理，或技巧）、“point of view”（叙事角度）等，不一而足。詹姆斯也被尊奉为“大师”，对欧美作家如康拉德、菲茨杰拉德等人影响颇大。詹姆斯的其他作品还有：《虔诚的朝圣者及其他》（A *Passionate Pilgrim and Other Tales*，1875）、《罗德里克·哈德逊》（*Roderick Hudson*，1876）、《欧洲人》（*The Europeans*，1878）、《华盛顿广场》（*Washington Square*，1881）、《悲惨的缪斯》（*The Tragic Muse*，1890）、《波英顿的珍藏品》（*The Spoils of Poynton*，1897）、《神圣的源泉》（*The Sacred Fount*，1901）、《美国见闻》（*The American Scene*，1907），以及评论《霍桑》（*Hawthorne*，1879）等。詹姆斯的传世作至少有二：一是《贵妇人的画像》，一是《专使》。此外，《拧螺丝》也颇受后人赞许。

下面介绍詹姆斯的一些重要作品。

《贵妇人的画像》集詹姆斯小说创作之大成。它有明显的心理现实主义描写，也有纵横穿串的情节。它有人物独霸叙事权的明显特点，而作者又未完全退出舞台。它的语言细腻、考究，极少拖泥带水。书中的贵妇人指的是美国姑娘伊莎贝尔·阿切尔。她本不富足，又是孤儿，但在接受姨父为她留下的遗产后，她便成为典型的詹姆斯式女主人公：年轻、漂亮、富有、对未来充满憧憬，她顷刻间成为欧美两种文化的交火点。她渴望自由，也有点刚愎自用。这是她的悲剧性缺点。比如她在美国的追求者凯斯波·古德伍德对她一心不二，而她却不屑一顾。英国年轻贵族沃伯登勋爵甘愿拜倒在她的脚下，她也无动于衷。她不知道，她已成为某些人的猎物。欧化十足的美国人莫尔夫人一眼就看出她是可使自己的私生女潘茜富有起来的女人。在她巧施小计以后，伊莎贝尔一蹶而不振，独饮亲手参加酿成的苦酒。伊莎贝尔是詹姆斯所说的那种美国人的代表，他们对欧洲人的生活态度极其麻木，最易上当受骗。她们或最终衔恨死去，或于绝望处再生。“绝境逢生”或精神的升华应当说是詹姆斯“国际题材”小说的内在构成因素之一。

《贵妇人的画像》是比较全面反映詹姆斯小说艺术的力作之一。他的心理现实主义的创作特点在这里恰到好处地表现出来，心理挖掘深度超出了同代或其前的英美文学作品。作家虽仍保留传统叙事方式，但增加了心理活动的刻画，减少作者直接露面的频率，到第 42 章女主人公深夜孤灯自省一场时，达到了心理现实主义技巧的峰巅。此外，作家在小说里成功地运用了对后世作家产生很大影响的叙事手法，即“意识中心”（center of consciousness）或曰“主导意识”（presiding consciousness）的运用。伊莎贝尔的意识在小说中犹如一面透视镜，读者在许多情况下是透过它来认识事态和人物真相的。伊莎贝尔的性格也多通过她的内心活动加以塑造。她自我意识很活跃，对周围的人都有某种认识过程，而书中的人物对她也都有过某种评论，这些评论反映出她的性格的不同侧面。这种叙事方法，即通过一个或多个人物的意识而辉映出主人公的性格廓影，并以其本身的心理活动加以充实的描写方式，是詹姆斯对小说创作艺术所进行的意义深远的成功的尝试。

《专使》（*The Ambassadors*）1901年写成，1903年出版。詹姆斯认为这是他一生中最“完美”的著作。它是作者关于“国际题材”的一部力作。他在《札记》中记载，小说创作的灵感来源于他和一个人的谈话。这个人告诉他关于豪威尔斯的一段逸事，说这位老作家“以前几乎从未到过巴黎……生命几乎到了垂暮之年，那里的一切对他都新鲜，一切，一切，一切”。老作家认识到尽情地生活的重要性：“不这样做是不对的……现在我认识到了。以前没有这样做，而现在我又老了，太晚了。生活已从我身边溜过去了——我失掉了它。你有时间。你年轻。生活！”这段故事给詹姆斯提供了一种场面和基调。他锲而不舍，驰骋想象，最后终于创造出《专使》一书的中心人物和中心情节来。这便是《专使》中斯特雷瑟（Strether）、查德·纽瑟姆（Chad Newsome）及其母纽瑟姆夫人（Mrs. Newsome）等人的形象的大致的构思过程。

《专使》表现出斯特雷瑟赴巴黎欲把查德带回美国的滑稽故事。全书洋洋几十万言，但故事并不复杂。中年丧偶、膝前无嗣的斯特雷瑟受已和他订婚的寡妇纽瑟姆夫人之托，前往巴黎召回她的久居不归的儿子查德。不料一到法国，他本人受到法国生活方式的诱引，竟改变了初衷，转而支持查德在巴黎待下去。他自己内心也燃起一种不可名状的欲火，回首往昔，感慨万端，对前半生的无味生活悔之不及，然而毕竟是晚了。由于没有完成使命，他失去了他要娶的女人和同女人相连的一切益处。后来迫不得已才向巴黎告别。欧美两种文化在一个人物的头脑的战场上交火，一决雌雄。詹姆斯在这里对欧洲文明持明显的褒扬态度。

《专使》的叙事角度（point of view）颇受后人称道。詹姆斯在其《专使》纽约版前言中说，他不用第一人称写这个故事，主要为避免出现松散现象。他以第三人称叙述，然而又不是萨克雷式第三人称，而是选择其中一个人物——斯特雷瑟——作为“意识中心”，把读者的视野和知识面限制在这个人物的视野和知识范围内。作者只写这一个中心人物的思想变化过程，至于书中其他人物、其他景象都是通过他的眼睛和思想呈现在读者面前的，都同他的思想活动有紧密关系。于是人物开始相互辉映。比如小说的前三章中有三个人物出现，他们的不同形象相互烘托。作家不是让主人公用第一人称自报姓名、年龄、身世或来法国的使命；他在斯特雷瑟住入一家旅馆后，立刻导演了三个人物间的一场喜剧。其间斯特雷瑟和玛利亚相互映衬，他们又衬托魏玛什，而魏玛什又反过来映带他们。这是小说创作中的戏剧手法，书中人物成为台上演员，读者成了观众，取得集戏剧表演和文字描述两种艺术之大成的美妙效果。从第四章起，小说逐渐转入斯特雷瑟的内心，通过他的意识而展现巴黎的风貌和诱惑力，披露他的使命的滑稽和荒唐。这样作家在无声无息中退出讲台，留下读者观赏剧情。这些体现出詹姆斯的写作技巧比《贵妇人的画像》更进一步，对后来欧美作家和创作产生了深远的影响。

《拧螺丝》的精湛的艺术手法预示着20世纪心理小说的即将来临。这个中篇乍读是一个令人心惊的鬼怪故事。年方二十的女家庭教师应聘到乡下一家富户照料两个失去双亲的孩子。女教师听女仆说以前的女教师和男仆之间曾经相爱的故事，吃惊地了解到他们皆已过世的消息，在平静的生活中忽然荡起轩然大波：女家庭教师看到了两个死去的人的幽影，并相信两个孩子也已看到，而且知其内情，只是不肯告诉他人。气氛愈来愈紧张，两个孩子深受惊扰，最后一个死去，一个精神错乱。她以第一人称记下这一段经历，在去世前把手稿交给了一位相识。这位相识在故事发生40年后公诸于世。在故事的开头，小说的第一位叙事人“我”把女家庭教师的相识道格拉斯介绍给读者。道格拉斯可算为第二位叙事人，他又把女家庭教师介绍给读者。女家庭教作为第三位亦即主要叙事人，讲述了这个令人毛骨悚然的“鬼怪”故事。

女家庭教师在突然受聘之后，沉重的责任落在肩上，心绪紧张而惶恐，对死去的前任及其情人多有揣测和猜疑。她感到心绪恍惚，开始做白日幻梦。她后来逐渐感到孩子们和幽灵间有一种难以发觉的沟通。所有这一切，极可能是女家庭教师的想象而已。女教师神经紧张，把幻觉当做事实。读者跟在她这个叙事人的身后转，和她一样生活在想象的世界里。《拧螺丝》巧妙地同时把故事的两条线索——事实的线索和幻想的线索展现在读者面前。女家庭教师同时抓着它们，事实和幻想糅杂在一起。作家没有操纵人物，而是让人物操纵自己和读者，而这个人物所叙述的故事又貌似可信、而实际却不可信。“不可靠的叙事者”在这个心理故事中诞生了。这样的故事要求读者自己要有判断力。这是詹姆斯在小说技巧上的又一个建树。

第三节 马克·吐温 乡土文学

马克·吐温（Mark Twain，1835—1910）

虽然豪威尔斯、亨利·詹姆斯和马克·吐温都是19世纪美国现实主义文学的主将，但他们之间的不同之处是很明显的。以内容论，詹姆斯写上流社会，豪威尔斯写社会中层，而马克·吐温自觉地挑选了下层人民的生活。他在一封信中声明说：“我从来连一秒钟也没有努力帮助过对受过教育的阶级进行教育。不论从天禀或是所受训练讲，我都不具备那种条件，而我也从未有过那份野心，我总是寻觅大猎物——人民群众。”他希望以其天才的幽默给他们以快乐。马克·吐温不像豪威尔斯那样曾在威尼斯长住过、受到欧洲古老文明的熏陶，在他的身上，“纯美国味”更浓郁些。他也没有像豪威尔斯那样受过波士顿文化界诸元老的赏识，他受到的是某种冷遇，他的“天下”是自己闯出来的。马克·吐温仍保留着西部的气息。他更贴近人民和生活。从技巧上讲，豪威尔斯运用的是温文尔雅的现实主义风格，他的文风处于中间的位置：

他不像詹姆斯那样文雅、清秀，也不像马克·吐温那样大胆使用日常口语，他两者兼而有之，但不走极端。詹姆斯则注重表现心理，在语言上颇费心神，他运用的是经过深思熟虑后加工的文字，但绝不呆滞、古板。从一定意义上讲，他是美国文学口语化中清雅风格的奠基人，他的风格经过格特鲁德·斯坦（Gertrude Stein，1874－1946）而融入海明威的成熟文体中。马克·吐温则不折不扣地运用“人民的语言”，反映人民的生活；他和詹姆斯一起开了美国口语化文风之先，极受后代作家的推戴。

马克·吐温原名为塞缪尔·朗荷恩·克莱门斯（Samuel Langhorne Clemens），是美国著名小说家、幽默作家。他生于密苏里州，12岁丧父后便辍学，当过报童、印刷所学徒、排字工，在密西西比河上当过水手和舵手。他的笔名“马克·吐温”就是来源于水手测量水深时的一句习语（意为“水深二寻”）。多样而复杂的生活阅历使他对社会和人民的生活与思想具有广泛而深刻的了解，为他以后进行文学创作提供了丰富的素材。内战以后，他开始从事新闻报道，并撰写幽默小品。1865年，他发表了根据传说写出的短篇小说《卡拉韦拉斯县驰名的跳蛙》（“The Celebrated Jumping Frog of Calaveras County”），文笔轻松，情调诙谐，使他顿时受到文坛瞩目。后来他结识美国文坛叱咤风云的人物豪威尔斯，在他的支持下，陆续创作和发表长篇小说与游记，逐渐成为驰名国内外的作家。

马克·吐温在现实主义小说理论和小说语言风格方面，为美国文学的发展做出了卓越贡献。他提倡创作具有乡土气息的文学作品，主张作家从自己所熟悉的地区开始，运用人民的语言，描写人民的生活，刻画他们的性格和灵魂。他认为，倘然作家都遵循这一原则进行创作，美国人民和美国生活的全貌便会如实地展现在世人面前，也只有这样，才会写出“伟大的美国小说”来。马克·吐温的两部杰作，《密西西比河上》（*Life on the Mississippi*，

1883）和《哈克贝利·费恩历险记》（*The Adventures of Huckleberry Finn*，1886），可以说是两幅杰出的美国社会生活风物图。他以幽默的文笔，再现出自己早年在南方的所见所闻，把自己生活经历的浑金璞玉雕琢成精美的文学珍品。马克·吐温的卓尔不群之处在于，他通过描写具体的、局部的人与事，反映出人类普遍的思想状貌。

马克·吐温一生著述丰富。他的主要作品包括《艰苦岁月》（*Roughing It*，1872）、《镀金时代》（*The Gilded Age*，1873）、《汤姆·索耶历险记》（*The Adventures of Tom Sawyer*，1876）、《王子和贫儿》（*The Prince and the Pauper*，1881）、《亚瑟王朝廷里的康涅狄格州美国佬》（*A Connecticut Yankee in King Arthur's Court*，1889）、《傻瓜威尔逊》（*Pud'nhead Wilson*，1893）、《圣女贞德》（*Personal Recollections of Joan of Arc*，1896）、《赤道旅行记》（*Following the Equator*，1897）、《败坏了赫德莱堡的人》（"The Man That Corrupted Hadleyburg"，1990）、长篇论文《人是怎么回事》（"What Is Man？"1906）、《神秘的来客》（*The Mysterious Stranger*，1916）以及《自传》（*Autobiography*，1924）等。马克·吐温早年的作品情调幽默，文笔轻捷，充满了对上升时期的美国生活的憧憬；中期以后，色调逐渐暗淡低沉，对美国的社会现实表现出不满和失望；晚年则随着资产阶级民主理想的破灭以及个人生活悲剧的影响，作品里明显地表现出悲观与绝望的情绪，颇有命定论的倾向。

马克·吐温同时是一个伟大的社会批评家。他一生热爱生活、热爱人民、热爱自由和正义，他伸张人的尊严和骄傲，倡导人与人之间的情谊与理解，痛恨专制及不正义，痛恨罪恶的奴隶制，蔑视粗劣和残暴。他一向站在被压迫、易受侵害的一方，鞭笞社会腐败、特权及渎职现象。他的作品，包括小说、书信、札记及小册子等，涉及政治、宗教、劳资、蓄奴、美国在国外的帝国主义行径及对中国人和犹太人的迫害等社会生活的各个侧面。《傻子出国记》《艰苦岁月》《镀金时代》《傻瓜威尔逊》《王子与贫儿》《亚瑟王朝廷里的康涅狄格美国佬》《美国的债权人》等都是出色的例证。

马克·吐温是中国人民的朋友。他关心在美国饱受歧视的华侨，关心饱受列强凌辱的中华民族。他的《对一个孩子的卑鄙迫害》（"Disgraceful Persecution of a Boy"）、《哥尔斯密的朋友再次出国》（"Goldsmith's Friend Abroad Again"）等作品便是适例。在中国人民反对列强侵掠的斗争中，马克·吐温坚定不移地站在他们一边。1900 年 8 月 12 日八国联军侵入北京的前一天，他在致友人信中说："我同情中国人。"他预言中国人将把一切外国人驱逐出境，获得自由。他对义和团运动钦佩备至，称自己也是义和团的一员。他的政论及《和中国签定的条约》（"The Treaty in China"）及《给坐在黑暗中的人》（"To the Person Sitting in Darkness"），都猛烈地抨击了美国和其他列强一起欺凌中华民族的丑恶行为。

马克·吐温的作品不仅已成为美国和西方文化传统的一个重要组成部分，而且是世界文学宝库里的璀璨明珠。他的著作不少已译成中文，极受我国读者的喜爱。

下面介绍一下马克·吐温的重要作品。

马克·吐温的第一部长篇小说《镀金时代》（*The Gilded Age*）是同查理·华纳（C. D. Warner，1829－1900）合写的。小说描述了美国 19 世纪中期以后，随着资本主义的发展，两极分化日趋严重，早期的移民在美洲重建"伊甸园"的梦想逐渐在人们的心目中寂灭，人们期望的"黄金时代"化为泡影，出现的却是令人失望的"镀金时代"。这部小说是一个时代的写照：它标志着浪漫主义时期的终结，是美国现实主义文学的发端。《镀金时代》与其说是小说，毋宁说是一份社会调查报告。它从几个方面揭露和抨击了这个时期美国社会的生活现实。贪污腐化、投机与巧取豪夺以及社会上一片发财致富的喧阗及乌烟瘴气，通过典型人物的形象塑造，一览无余地展现在读者面前。这部书还讥弹了当时不少通俗浪漫小说，掊击了宗教、爱国主义和慈善方面的虚伪。这幅风物图的轮廓及色调极其鲜明，在这里，文学事实和历史事实已浑为一体。从这个意义上讲，马克·吐温是这个时代的社会历史学家。"镀金时代"竟不意间成为这个时代的称呼也就顺理成章了。

塞勒斯上校（Colonel Sellers）和参议员狄尔华绥（Senator Dilworthy）是小说着意塑造的两个主要人物。塞勒斯在马克·吐温的其他作品中多次出现。他活像英国小说家狄更斯笔下的米考柏（Micawber），心地善良、不计得失、彬彬有礼、慷慨大方。尽管他家里一贫如洗，餐桌上只有"凉水和一盆生萝卜"，但他整天仍在幻想着突然走运，大发横财。他倒腾骡子、糖的买卖，制造眼药，进行修筑铁路、建城市的投机事业，但最终弄得鸡飞蛋打，一事无成。作者通过这个人物的刻画，反映了内战后弥漫全国的投机风气和拜金主义。参议员狄尔华绥是个典型的政客。他满口仁义道德，巧舌如簧。为拉选票，他在主日学校的讲坛上摇唇鼓舌，慷慨陈词，暗中却干着贿赂其他议员的勾当。他利用萝拉俊秀的仪容为他搞"院外"活动，还借口为解放了的黑人造福而建立所谓"园园岗大学"，唆使国会通过议案，拨出巨款，企图从中牟取暴利。作者通过对这个人物的描写，无情地揭露了内战后美国政府普遍存在的政治腐败现象。《镀金时代》是作者的早期作品，又与他人合作，故有结构松散、人物杂乱的毛病。

《哈克贝利·费恩历险记》（*The Adventures of Huckleberry Finn*，1884）是一部脍炙人口的世界文学名著，世界文化的一个不可或缺的组成部分。自问世后已被译成多种语言，仅中文便有三种译本，足见其深受欢迎之至。它讲的是 19 世纪中期前后美国发生的一个故事。肥沃的密西西比河流域仍处在移民紧张的拓殖中。故事展现在人们面前的是一个蒸蒸日上的国家，它有明显的民族缺陷，充满暴力和残忍，而同时尚能保持纯洁、天真、和平的美德。故事是对内战前美国的一曲“颂歌”。故事发生在密西西比河上。这条大河由北向南纵贯北美，盯视着人生的苦辣酸甜、荣枯浮沉。两岸沃野无垠，林木参天。在它宽阔的水面上漂流着一只小木筏，上面坐着两个年龄、肤色都不相同的人，一个是愚昧的目不识丁的黑奴吉姆，30 岁左右，另一个是胸无点墨的小流浪汉哈克贝利·费恩（简称哈克），大约十三四岁的光景。吉姆听说女主人要将他卖掉，便跑出来，逃往北部，去寻找自由，中途遇到流浪在外的哈克，两人同乘木筏，沿密西西比河顺流而下。他们沿途逃避追捕，经历了种种奇遇，接触过五花八门的人，诸如寻衅闹“族争”的地方望族、杀人越货的强盗、伪装国王和公爵的骗子，等等。最后，哈克终于帮助吉姆获得自由。小说叙说吉姆逃离主人、哈克逃离文明的过程。一大一小，一黑一白，相互帮助、提携，逢凶化吉，拨云雾见青天，读来令人为之动容。全书可被视作一出三幕剧：第 1 至 18 章可为第一幕，第 19 至 31 章为第二幕，最后 10 余章为结尾。三幕中最精彩者应推第一幕，逃出村镇，河上漂流，林中蛰居，毒蛇逞能，凶杀与沉船，大户相互残杀等等，素材多源自作者童年和青年时代的经历，所以内容充实，叙事活泼圆转，又丝丝相扣，天衣无缝。在第二幕中，作家显然在搜索自身体验之外的题材，这或许是青少年生活宝库业已显出枯竭的征兆。在这里，他就不那么如鱼得水了。然而，南方生活的原材料是如此丰饶，作家仍能俯拾即得，因而其作品读来仍感生活气息浓郁，乡土色调很强，令人爱不释手。第三幕格调有些浪漫主义色调，讲两个孩子善意的童稚嬉戏，在一定程度上表现出作家的幽默感。

这部小说是美国现实主义文学的杰作。小说所刻画的人物和描述的事件多在南方现实生活中有底本可言。哈克与他的父亲、吉姆、骗子手、舍伯恩上校以及醉汉博格斯，都有真实的生活原型。奴隶制、富室大户间的宿仇与格斗、小城的流氓瘪三、“文明”与“野蛮”两种状态的对立、貌似民主国家的公民突然摇身变成残暴的乌合之众，自做主张，无视法纪，或私设公堂，或以焦热的沥青浇在他人身上、押解出村，以及最荒唐可鄙的江湖行骗等等，所有这些以及其他许多事件都通过现实手法详尽描绘而重现在读者面前。小说一扫当时存在的伤感主义的文风，描述平常的、普通的、一般的人和事。作者熟练地运用南方的几种方言，轻松自然地寓尖锐讽刺于阔侃之中。在小说中，马克·吐温激烈地抨击了上升时期美国社会的黑暗面，对蓄奴制进行了尖刻的批判。在他的笔下，黑人吉姆被描绘成一个浑厚、善良、总的说来不卑不亢的可爱形象。他有反抗精神，内心希望得到人的自由和尊严，不承认蓄奴制的合理性，因而有毅然逃走的勇气和智谋。诚如马克·吐温所言，“人是人”，回荡在吉姆头脑里的唯一念头就是争取做人的权利。

小说的一个突出特点是着重人物心理的细腻刻画。哈克对黑人的态度与观点的转变，他对社会成规、积习的认识过程，他决心悖逆宗教训戒和社会道德规范，宁下地狱也不出卖朋友的行动，小说都以活泼的语言，生动而形象地刻画出来。事实上，小说自首至尾实乃哈克的内心独白。每经一事，他都要发一通议论，一个善恶相斗的内心世界的状貌便轮廓清晰地展现在读者面前。比如他在掩护吉姆躲过搜查以后那一副垂头耷脑模样，可是转念又想，如果他把吉姆交出去，也会非常难过的。后来在那场著名的“下地狱就下地狱吧”的激烈内心斗争中，哈克再次提出是非对错问题。他的内心是战场。他冒天下之大不韪把吉姆视为挚友，这一点颇有理想主义的色彩。

小说的另一特点是利用一个未成年、无文化的孩子做叙事者。在小说中，哈克还未来得及长大，他的“自我报道”几乎没有经过充分时间的过滤及成熟思维的审校，行文不施脂粉，浑然天成，读来别有一样味道。哈克的自我剖析，乃是一种童稚之见，对也天真，错也天真，贵就贵在它的“客观”上。以孩子做叙事者对读者和作家的要求都高。既属天真，便极需读者加以过滤和审校，以克服可能存在的不可靠性。哈克作为叙事者不完全可信。作家也需要把自己的眼睛换作孩子的眼睛，把自己的语言换成孩子的语言。要使自己返老还童，丢掉世故重现草昧之状。这要求作家时刻谨慎从事，免出破绽。马克·吐温在心理上又返回到拓殖时期的密西西比河畔，又成功地重过一次童年生活，他装扮得很像。他叙事、写景用的全是孩子的语言，所有的比喻、拟声手段都限定在一个孩子的语言本领力所能及的范围内。

《哈克贝利·费恩历险记》为美国小说的语言带来意义深远的变化，奠定了美国文学口语化风格的基础。小说以未受过多少正规教育的美国人的通用语言写成。作家为美国内地人民大众写作，热爱他们的日常语言。在书前“说明”中，他明确表示他在力求表达准确方面所做的认真努力：“这本书里用了多种方言土语，如密苏里州的黑人土话、边远林区西南部最地道的方言、普通的‘派克县’方言，还有‘派克县’方言的四个变种。这些不同色彩的方言不是杂乱无章或全凭臆测写下来的，而是殚精竭虑、煞费苦心，以作者亲身对这些方言的谙熟作为可靠的指南和支柱写下来的。”书中语言多为安格鲁—撒克逊语，简短、具体、直截，极少长句或复合句，句中多有“接着”“以及”或分号做连接手段，有些实词在一段或一句中几次重复，把一些具体动作或事物串接起采，令人感到，作家重具体、轻抽象，和詹姆斯的文风判然不同。既用口语，作家有时不惜背离语法规范，又由于常用一些并列短句或重复句，文字显得生动活泼。马克·吐温在语言方面的这一创举是对美国文学语言的革新，是他对美国文学发展所做出的重大贡献之一。在一定意义上说，《哈克贝利·费恩历险记》是分水岭。自此开始，美国话成为体面的文学表达媒介，在20世纪的文学创作中得到广泛应用，并且逐渐由小说蔓及到诗歌领域中。马克·吐温的风格开创了美国小说语言口语化的先河，对后世作家产生了巨大影响。著名小说家如舍伍德·安德森、海明威、福克纳和塞林杰等，都是马克·吐温的后继人。海明威说："全部现代美国文学起源于马克·吐温的一本名叫《哈克贝利·费恩历险记》的书……这是我们所有的书中最好的一本。"福克纳也说："我认为马克·吐温是第一个真正的美国作家，我们大家都是他的后继人。我们是他的胄裔。"这些评语都精辟而充分地说明了马克·吐温在美国文学上的地位。著名诗人T. S. 艾略特、E. E. 卡明斯、威廉·卡洛斯·威廉斯、罗伯特·弗罗斯特及埃兹拉·庞德等人的诗歌语言也表现出明显的口语化特点，都同马克·吐温的文风一脉相承。

乡土文学

乡土文学的风行始于19世纪60年代末期。它是美国各种历史及美学因素自19世纪初起长期酝酿和发展的必然结果。至19世纪末的30余年中，它风靡美国，成为现实主义文学运动的一支重要力量。

何谓乡土文学？哈姆林·加兰（Hamlin Garland，1860－1940）在其《摇摇欲坠的偶像》（*Crumbling Idols*，1894）一书中指出，乡土文学是一种具有特殊质地和背景特点、除本地人外其他任何地方或任何人都不可能创作出的文学。加兰所说的"质地"实指构成一种乡土文化的诸种因素，这些因素包括某地区所特有的当地语言、风土人情、民间传说、地区迷信等。他所说的"背景"实指其地区内影响人的思想与举止的地理状貌及特征而言，诸如偏僻的、与世隔绝的山区乡间村镇，密西西比河畔沼泽上的种植庄园，内华达山中的简陋的采矿营地，或日渐倾颓的新英格兰海港小镇等。加兰还指出，乡土文学的中心目的在于描绘那些地区所独有的小世界的情状，以区别于外部的大世界。这是乡土文学和一般文学的区别所在，也是它的缺憾和局限。乡土文学覆盖面广，不仅包括新英格兰、南部或西部地区，它在缅因州海岸地区、佐治亚中部、路易斯安纳南部及亚利桑那的畜牧区等地的发展势头似乎更为迅猛。

美国当时的社会及文化环境极有益于乡土文学的滋生和蔓延。从国家的社会与政治状况分析，乡土文学似与内战以后人们的区域概念及态度不无关系。联邦业已建立和巩固，继续不断的向西拓殖运动正在人们心中引起一种帝国正在形成的新鲜感。然而，联邦内各地文化、社会及地理经济状况差异极大，远未形成统一的整体，而东部海岸诸地区因移居历史久、文化修养及文明程度高而显露出咄咄逼人的优越感，令国中其他区域感到尴尬不安。于是，这些区域的人民便有一种强烈的心理要求，希望能以某种形式向外界诠释他们的乡土性格、地貌、动植物、方言以及乡俗，强调自身异土风貌之美，夸耀自己高尚的历史，以此达到获取同情与理解，突出本乡本土的个性、能力及尊严的目的。再者，国内的文化与文学环境也为乡土文学的发展铺平了道路。西部边地的幽默家的幽默故事（tall tales）在内战前几十年便已成为边地生活的主要文化因素之一；在很大程度上，他们为乡土文学的崛起准备了充分的条件。这些作家的幽默故事基本属口头文学类型，一旦落在纸上，依然保留讲故事者的声音和口语风格。这些故事极其重视乡土风格，如方言、衣着、思维习惯及乡土人物典型形象等。这些特点后来大都在乡土文学作品中得到继续和发扬。因此，早期的幽默家实际是在为后来的乡土文学积累素材，诠解地区风土人情，逐渐探路向成熟的文体演进。内战之后，幽默家阵营向不同方向演变。其中的职业幽默家继续插科打诨、妙语如珠的幽默传统，而另一部分则更进一步，发展成有性格塑造和艺术构思框架的乡土文学。

幽默传统对乡土文学的影响是显而易见的。乡土文学作家对此也直言不讳。著名乡土文学作家哈特（Bret Harte，1836—1902）就坦诚地认为，乡土文学直接源于边地幽默。他指出，美国乡土故事的成功的秘密就在于它真实再现典型的美国生活、它的特点、日常表达方式等，对原材料如有取舍也是出于艺术构思的需要。爱德华·埃格尔斯顿（Edward Eggleston，1837—1902）宣称，他的文学创作领域是地区性现实生活。斯托夫人（Mrs. Harriet Beecher Stowe，1811—1896）在她的《古镇人》（*Oldtown Folks*，1869）“前言”中开宗明义提出，她的目的在于向外部世界表述在她的特定历史时期内新英格兰的生活和特性。她把自己的头脑视为一面镜子或一池清水，读者能客观地看到那个时代的人的相貌，听到他们讲话，宛如身临其境一般。斯托夫人声称，书中所写的皆为真人、真事、真场景。而另一位著名作家哈姆林·加兰则在表现他所熟知的地区和环境时，竟杜撰出一个新词“写真主义”（veritism）以阐述他的文学观点。他的名作《大路》（*Main-Travelled Roads*，1891）乃是西部农场生活的真实再现，豪威尔斯称之为源于美国人生经历焦灼之土的杰作。

内战后的出版界对乡土文学作品也表现出空前的热忱。他们愿付高价，用大篇幅刊载与日俱增的短篇故事。诸如《哈帕月刊》《哈帕周刊》《大西洋月刊》《群星》《斯克里卜纳月刊》及《斯克里卜纳杂志》等发行全国的期刊，为乡土文学作品提供了相当可观的版面和稳定的市场，使之不胫而走，风靡全国。乡土文学作为一种潮流开始出现在19世纪60年代末与70年代初。在19世纪60年代的十年里，乡土文学的创作活动时起时伏，并未引起批评界和读者的关注。1868年，哈特发表《咆哮营的幸运儿》（“The Luck of Roaring Camp”），深受读者欢迎。乡土文学作品的风行自此开始。哈特的历史重要性在于，是他率先激励起公众对乡土文学的高度兴趣，促使主编们把杂志刊物的大门朝它敞开。哈特的长鸣在全国引起共鸣。整个19世纪70年代，杂志上连篇累牍刊登乡土色调浓郁的小品和短篇小说。豪威尔斯在19世纪70年代早期发表的一篇评论文章里惊喜地说到，丰富多彩的美国生活已全部在美国小说中展现出来。在其后的十几年间，乡土文学犹如雨后春笋，可谓兴盛之极，到19世纪末，计有150余卷短篇集问世。各地作家争先献艺，以最浓重而绚丽的笔墨描绘自己的一方水土。哈特继其《咆哮营的幸运儿及其他故事集》(*The Luck of Roaring Camp and Other Stories*，1870）之后又发表《斯卡格斯夫人的丈夫们》(*Mrs. Skaggs' Husbands*，1873）及《亚尔古船水手们的故事》(*Tales of the Argonauts*，1875)；他主要写西部。理查德·马尔科姆·约翰斯通（Richard Malcolm Johnston）这位佐治亚州律师已将他的《佐治亚随笔》(*Georgia Sketches*，1864）扩展成为《杜克区传说》(*Dukesborough Tales*，1871)。爱德华·埃格尔斯顿出版了他的脍炙人口的小说《呼泽的小学校长》(*The Hoosier Schoolmaster*，1871)，写的是印第安纳拓殖者的生活。斯托夫人于1869年发表《古镇人》后又推出《萨姆·罗森的古镇家庭故事》(*Sam Lawson's Oldtown Fireside Stories*，1872)。康斯坦斯·范尼莫·乌尔森（Constance Fenimore Woolson，1840—1894）的《各处皆无城堡：湖泊区见闻札记》(*Castle Nowhere: Lake-Country Sketches*，1875）如实再现了五大湖区法国移民的生活状貌，而萨拉·奥恩·朱厄特（Sarah Orne Jewett，1849—1909）在其名著《迪普黑文》(*Deephaven*，1877）中活灵活现地描绘了缅因州沿海乡镇及其人民的风貌。内战以后，北方刊物的编辑们对南方文学作品表现出非凡的同情和热心。像《民族》《斯克里卜纳月刊》《哈帕月刊》《大西洋月刊》及《里平柯特杂志》等刊物都极力鼓励南方作家如玛丽·N. 莫伏利（Mary N. Murfree)、G. W. 卡伯尔（G. W. Cable)、J. 钱德勒·哈里斯（J. Chandler

Harris）及托马斯·纳尔逊·佩奇（Thomas Nelson Page）等人进行乡土文学创作。在中西部，玛丽·H. 凯瑟伍德（Mary H. Catherwood）及哈姆林·加兰初露头角。在最西部边地，玛丽·哈洛克·富特（Mary Hallock Foote）在紧张地伏案疾书。而在《斯克里卜纳月刊》社论所说的“业已不是中心”的新英格兰，至少尚有两位作家颇受世人称道，她们是萨拉·奥恩·朱厄特和玛丽·W. 弗里曼（Mary W. Freeman）。西海岸乡土文学虽姗姗来迟，但也名噪一时。格特鲁德·艾瑟顿（Gertrude Atherton）着意描写加利福尼亚的西班牙移民的生活，欧文·威斯特（Owen Wister）专心反映俄怀明地区的牛仔的生活，而C. B. 弗纳尔德（C. B. Fernald）则刻意表现旧金山市的唐人街。在其他地区，新老作家同时活跃在文坛上。凯特·肖邦（Kate Chopin，1851—1904）描绘路易斯安纳州卡真人的《沼泽人》（*Bayou Folk*，1894）及《阿卡狄的一夜》（*A Night in Acadie*，1897）堪称传世佳作。在长达30余年的时间内，国中竟无一地不受乡土文学浸染。

乡土文学作家通过再现真实生活、再现普通人的普通生活，大大助长了现实主义文学的阵势。乡土文学成为现实主义文学的有机组成部分。它作为一种文学潮流一直延续到19世纪的最后十年。至20世纪初，乡土特征似逐渐让位于正在形成的美国民族的统一性质，逐渐失去了它对文学创作的曾居压倒一切的激励作用。乡土文学作为一个流派随之失去了它当年的滋蔓机势。然而这并非意味着乡土精神也已消失。相反，这种精神将继续激发和培育作家的灵感，支配诸如威拉·凯瑟（Willa Cather，1873—1947）、约翰·斯坦贝克（John Steinbeck，1902—1968）及威廉·福克纳（William Faulkner，1897—1962）等人的创作意识，使他们能写出植根于乡土而瞻望宇宙与人生的不朽之作来。

下面介绍几位著名的乡土作家及其主要作品。

布雷特·哈特（Bret Harte，1836—1902）是美国著名的乡土短篇小说家和诗人。他出生在纽约州的奥尔巴尼镇，18 岁随母亲移居加利福尼亚州旧金山，做过教员、淘金矿工、记者、印刷工人等。1868 年，他的短篇小说《咆哮营的幸运儿》一发表便轰动全国，次年《波克平原的零落人》（"The Outcasts of Poker Flat"）问世，使他蜚声海外。后来他又相继发表了几篇思想充实、语言幽默清新的故事；写了一首名为《老实人詹姆斯的老实话》（"Plain Language from Truthful James"）的诗，极为读者所喜爱。1870 至 1871 年他担任加利福尼亚大学文学教授，1871 年他迁居纽约市并为《大西洋月刊》（*Atlantic Monthly*）撰稿。后来他又写了多篇诸如《田纳西的伙伴》（"Tennessee's Partner"）等反映西部边境生活和风光的故事，以后哈特的文学创作便走了下坡路。他曾同马克·吐温合作写过喜剧《阿辛》（*Ah Sin*），但不成功。1878 至 1885 年间，他出任美国驻德国和苏格兰领事，1888 年后客居英国直到去世。

哈特的魅力在于他能幽默、逼真地呈现出丰富多彩的边地生活的画面，并塑造出令人难忘的人物形象。他善于捕捉当时西部边地生活的特点，把包括淘金者、探矿工、赌徒、强盗和妓女在内的社会底层，绘声绘色地描述出来。他的故事大多出于一种独特的模式：人不管多坏，都有善的一面；粗犷卑劣的人也能做出感人肺腑的高尚的牺牲。哈特的作品有时带有伤感主义（sentimentalism）的情调。他的成功对美国 19 世纪后半期地方文学的发展有所促进。哈特的独特模式所体现出的不落俗套的道德标准对后来文学作品中的性格塑造和情节安排都发生过一定影响。哈特的故事集有《咆哮营的幸运儿及其他》，诗集有《老实人詹姆斯及其他》（*Truthful James and Other Poems*，1872）。其他作品还有《斯卡格斯夫人的丈夫们》《红犬镇的女继承人》（"An Heiress of Red Dog"，1879）和《桌山的孪生儿》（"Twins of Table Mountain"，1879）等。

哈特的著名短篇小说之一是《田纳西的伙伴》。田纳西是一个强盗，曾把他的伙伴的妻子拐走。后来他因拦路抢劫的事情败露，被判处绞刑。他的伙伴外貌虽然粗鲁凶悍，但却宽宏、善良，内心蕴藏着感人的同情心和侠义感。他不计旧怨，冒险为朋友讲情、收尸、举行葬礼。他沉默寡言，忠诚于友谊，是当时美国边地移民的典型形象之一。在故事叙述方面，小说采取了由事及人，再由人及事，先描绘人物的大概轮廓，再介绍他的具体相貌，残酷的现实和静谧的自然界之间相互映辉等手法，让人读来感到兴趣浓厚、余味无穷。

哈姆林·加兰是美国著名乡土文学作家之一。他出生在威斯康星州西部农村，后来随家先后移居衣阿华州和南达科他州。24岁以前在家务农，后来到波士顿求学，阅读了斯宾塞（Herbert Spencer)、易卜生（Henrik Ibsen）以及欧洲一些文坛新秀的作品，交结了诸如豪威尔斯等美国著名文学家和艺术家。1887年他回乡探亲，看到西部边地地区生活的艰难和痛苦，发现乡村生活远非田园般地富有诗意，美国西部边地在人们心目中所唤起的希望已经成为梦幻和泡影。悲愤的加兰回到波士顿奋笔疾书，写成《大路》（*Main-Travelled Roads*）这本故事集，以凌厉的笔触，描写他最熟悉的地区里最熟悉的生活，把美国中西部农民生活的真实状况，用素描式的短篇小说形式，如实地描写出来。一张张憔悴的苦丧的面孔、一个个可怜的龌龊的身影、伤心的日子、绝望的情绪，从《大路》的字里行间展现在读者面前，画面有印象主义的特点；在题材、人物塑造以及社会决定论的观点方面，有自然主义文学的倾向。这是加兰一生所写的最精彩的书。《里普利的老伴回老家》（“Mrs. Ripley's Trip”）是《大路》里的第一篇故事。虽然情节不像后来的那样悲苦凄凉，但它明显地表现出加兰早期优秀作品“写真主义”的特点。故事泥土气息浓郁，感情真挚动人，中西部农民生活的梗概，由此可见一斑。后来他又写了许多描写西部生活的小说；描绘过西部高原和山脉的美丽的画面；他对印第安人的描述富于同情，态度是客观而公正的。

加兰在19世纪美国现实主义反对伤感主义文学的斗争中，是现实主义的旗手豪威尔斯的有力助手。他认为“现实主义”一词过于无力，因而杜撰出“写真主义”一词来强调写实的重要性，他称自己为“写真主义者”。加兰的文学主张集中体现在他的文学评论集《摇摇欲坠的偶像》一书中。他还写过一些长篇小说和自传性的书，如《中部边地农家子》（*A Son of the Middle Border*）等。

这个时期著名的乡土作家还有哈理特·比彻·斯托夫人（Harriet Beecher Stowe，1811－1896）。她出生在新英格兰，20岁时随家迁往辛辛那提，在那里，她了解到南部黑奴的悲惨遭遇，亲耳听到黑人的血泪控诉和从南部旅行归来的白人的叙述，亲眼看到“地下铁路”这个组织帮助黑人逃出苦海的活动情况。她也广泛阅读了反对蓄奴制的书刊，并几次到肯塔基州庄园做实地调查。这些都使她对残酷的奴隶制有了亲身的体验。几年后，她随积极反对蓄奴制的丈夫卡尔文·斯托返回新英格兰，在教堂里一次圣餐时，她说她得到了写书的灵感，回家后在厨房的桌子上逐章写出。这就是举世闻名的《汤姆叔叔的小屋》（*Uncle Tom's Cabin*，1852）诞生的过程。几年后，斯托夫人又出版了她的第二部反对蓄奴制的小说《德雷德，阴暗的大沼地的故事》（*Dred，a Tale of Great Dismal Swamp*，1856），作为《汤姆叔叔的小屋》的续篇。《德雷德》描述黑人进行武装斗争的情况，也清楚地揭示出蓄奴制对奴隶主本身所产生的影响。有人认为，第二部比第一部写得更好，但它却从未享有第一部那样的声誉。斯托夫人继《汤姆叔叔的小屋》的成功之后，还写了一些具有新英格兰乡土气息的短篇故事。她是忠实地描绘地方风土人情的最早的乡土文学作家之一。她眷恋过去，作品常以饱满的热情和神奇的文笔描绘新英格兰早期清教主义历史年代的生活。无论在促进美国社会历史的进程方面，还是在雅驯同时代的社会生活方面，斯托夫人都起过令人称道的作用。

1862 年，当林肯总统和斯托夫人第一次会面时，他称她是“写了一本书而酿成这场大战的小妇人”。不言而喻，这“一本书”是指《汤姆叔叔的小屋》，“这场大战”是指美国内战。林肯的话表达出许多人的共同感触，即斯托夫人的这本名著是 19 世纪美国反蓄奴制运动里最伟大的宣言书，它使北方振奋起来，决心以武力对付坚持蓄奴制的南方。《汤姆叔叔的小屋》出版以后立即引起人们的极大兴趣，第一年便销出 30 余万册，印了 100 多版，在国外也译成多种语言，在美国和世界范围内为取消奴隶制进行了广泛的舆论准备。

《汤姆叔叔的小屋》是美国黑奴悲惨命运的忠实记录。小说以两条线索叙述黑人的血泪史。一方面是描述汤姆和黑奴们的悲惨遭遇，老黑奴汤姆一生逆来顺受，对主人忠心耿耿，但在饱尝人间地狱的一切煎熬以后，终未能逃脱被奴隶主活活打死的厄运。小说还以辛辣的笔触，把奴隶主各种魔鬼般的脸谱，清晰地勾勒出来。另一方面，作者对女奴伊莱扎一家为自由而进行的艰苦斗争寄予极大同情，伊莱扎一家的“叛逆”形象同汤姆的唯命是从形成发人深省的对照。《汤姆叔叔的小屋》褒扬汤姆的“死守善道”的精神，宣扬基督教的“以德报怨”思想，这是它的重要缺憾。因此，今天许多美国黑人不喜欢它。但它的历史作用是不可抹煞的。

乡土文学的主将之一爱德华•埃格尔斯顿（Edward Eggleston，1837－1902）的作品今天很少有人问津了，但是历史不可忽略他的存在。他运用印第安纳州的呼泽方言创作出一些乡土味道极浓郁的作品，促进了乡土文学的发展。他写小说的目的之一似乎在努力冲破新英格兰对文学创作的垄断性控制。他的代表作《呼泽的小学校长》讲印第安纳州一所只有一位教师的学校的逸闻趣事。

拉尔夫·哈特苏克到一个乡下小村里执教，他面临的挑战是严重的。他要应付的真正危险来自村中恶人的阴谋诡计。他不意间卷入到同他们的对垒中去。以斯莫尔医生为首的强盗集团在作案后被拉尔夫看出马脚，他们惶恐之余掀起一场恶毒的诽谤活动，旨在把他赶走或推上法庭。拉尔夫临危不惧，最后强盗集团全部落入法网，他从容离开小镇。这部小说全以作者年轻时所听到的俄亥俄河北岸乡下土话写成，有十足的乡土现实主义风味，是新英格兰以外最早的一部乡土文学作品。

乡土文学的主要人物之一萨拉·奥恩·朱厄特，生在缅因州一个偏僻小镇，后来虽也到过其他地方，但她在心理上从未远离过那个小镇。她喜欢追怀往昔，描绘旧人旧事，热切盼望已经逝去的文化再度归来。她的代表作《尖枞树之乡》（*The Country of Pointed Firs*，1896）是一部关于缅因州一个村镇生活的小说。这是一个远离现代文明喧嚣的去处。这儿一切都随其自然，一片原始草昧之状，酷似亚当堕落前的伊甸园。天真是尖枞树之乡的胎记。这里充溢着人的崇高感情、人性美好的一面，生活具有高尚的目的和意义。它的居民似生活在英雄时代、黄金时代。《尖枞树之乡》也描绘了缅因州这片净土的自然景色。书中镶嵌着各种大自然美景。写景旨在抒情，作家要抒发她的怀古之情。她怀念人类童年时期人与自然的协调一致和物我交融的情状。书中的女作家从城里来，在这里生活过一段时间之后，找到了克服精神贫乏、失调和恢复对信仰的实在、肯定感的途径。作家也似下意识地感觉到，这种理想的生活方式也将结束。《尖枞树之乡》小巧玲珑，颇似一件完整的艺术品，把一种生活、一种景观或一种意念，包容在其内，让人熟悉历史，记住祖先，更好地面对生活。这是朱厄特艺术的精湛之处。

凯特·肖邦（Kate Chopin，1851—1904）在世时，以其乡土文学作品著称于世。19 世纪末她又因发表长篇小说《觉醒》（*The*

Awakening，1899）而受到冷落，竟至无人问津。但近年风云又变，她在人们心目中已成为一位重要小说家。凯特·肖邦生于密苏里州的圣路易斯市。1883 年她开始创作诗歌、札记及反映克里奥尔人、卡真人、黑人及城镇和乡村里的混血印第安人的文字。1890 年发表第一部长篇小说《过失》（*The Fault*），到 1898 年，她已完成三部长篇及近百篇短篇小说。她的短篇小说集有《沼泽人》及《阿卡狄的一夜》。她的短篇小说《德茜蕾的婴儿》（"Desire's Baby"）、《沼泽那边》（"Beyond the Bayou"）、《暴风雨》（"The Storm"）等都属上乘之作。1899 年，她发表的《觉醒》因其中细腻地描写女人的性心理而横遭舆论指斥，使她在伤心中辞世。

《觉醒》这部长篇虽说南方乡土色调极浓，但它的内容和历史重要性却远远超出了乡土文学的范畴。它细腻描写年轻妈妈埃德娜的心态。她的性心理失常，渴望得到丈夫以外的男人的爱，头脑中总有一个裸体男人的形象出现。她开始有婚外性关系，但欲望仍未得到满足。她内心矛盾重重，深感绝望，终于投海自尽。《觉醒》所描写的妇女心态超越了地区的局限，而具有一种普遍意义。埃德娜的内心自我不能在传统面前就范，她不能容忍自己成为丈夫的"一件宝贵的私人财物"。她开始了解自我。她觉醒了，任凭自己跟着感觉走。《觉醒》揭示出在男人居主导地位的社会中妇女的窘境。肖邦的理念超越了时代，她为此付出了代价，但历史记住了这位美国妇女文学的先驱。

第五章　自然主义文学

第一节　自然主义文学简介

内战以后的年代是现代美国崛起的时期。工业化的普及、科学的发展以及基于科学发展的新人生哲学，使国家在社会、经济及文化多个方面发生了根本性变化。工业化一方面为金融与工业巨头的出现搭起舞台，同时也造就了一个全新的阶级——工业无产阶级。这个阶级的成员来自社会最底层，他们受到资方和机器的制约，成为资本主义社会机器和大企业生产机器的组成部分。他们失去了个性，失去了主动，在国家生活中、在宇宙中已无足轻重。这个阶级的成员冻馁交加，只能生活在肮脏和拥挤的贫民窟中。贫民窟已成为美国生活不可否认的可怕的现实。自 19 世纪 70 年代早期至 19 世纪末，贫民窟的状况每况愈下。苦难、暴力及各种邪恶与日俱增，仿佛希腊神话中的“潘多拉（万恶）盒”业已启开。纽约的鲍厄里区已成为疾病和犯罪的中心区。向西拓殖运动逐渐失去元气。农户日渐陷入多种力量的挟制中。铁路公司正伸张魔掌，通过运输扼住农民们的咽喉。拓殖地中充满怨恨和绝望情绪。到 19 世纪 80 年代、90 年代，国家经济已开始出现严重的危机。豪威尔斯的“快活的大陆”已失去了快活的笑容。

内战结束之后，关于人及其在宇宙中的位置的新学说及新思想开始在美国传布。宇宙乃上帝的静止的造物之说已被宇宙处于不断变化状态中的信念所替代。人已不是一个自由的道德整体；在一个冷酷、淡漠、从本质上讲没有上帝照拂的世界里，人已没有自由意志可言，在机械因果的左右下而无能为力，劫数难逃。达尔文的进化论，尤其是赫伯特·斯宾塞的社会达尔文思想，在近19世纪末的几十年中在美国风靡一时，加上美国本土加尔文宗对人的弱点的悲观观点在人头脑中长时期以来所造成的影响，一些有识之士的宇宙观和人生观开始发生剧烈变化。一直令人感到某种心理满足的信念，即上帝关怀人间、惩恶扬善、主持公道的信仰，突然失去了对人的想象的诱引力；霍桑所著《七个尖角阁的房子》中让品钦上校死于非命的上帝似乎已销声匿迹，狄金森的《显然是冷不防地》里所描绘的世界顷刻间成为普遍的活生生的生活现实。无论在社会上还是在个人生活中，人们都在为活命而奔波；“适者生存”或“人形畜类”一类达尔文进化论或社会达尔文思想成为人的思维的主导因素。

这时，美国文学的发展也随之进入一个新阶段。内战以后，豪威尔斯等一代新人的现实主义取浪漫主义及爱默生唯心主义而代之，提出作家不应忽略人生当中丑恶与卑微的侧面，并为讲真话而努力奋争了相当一段时间。然而，19世纪70年代、80年代的现实主义文学总的说来仍然是低调的，文雅有余，而严刻不足。它虽然也偶而有越轨之笔，有被保守评论家惊呼之为“非美国的”“不纯洁的”危险倾向存在，但美国中产阶级的社会秩序并未受到严重的搅扰和威胁。可是到了19世纪90年代，情势发生了变化。老一代现实主义作家已功成名就，笔锋已失去当年的犀利，后起之秀深感自身所负重责，决心正视现实，如实反映现实，向温文尔雅宣战，把真理毫无折扣地告诉世人。他们深知面前道路的曲折、危险的严重，然而任何力量也再难以动摇他们披露生活真相的决心。他们目光锐利，才思敏捷，能迅速捕捉国家正在发生的微妙变化，能如实体会新格局中人的感情的微妙表现。美国文学史上的自然主义时期开始了。

在19世纪80年代和90年代的美国文学界，人们最感兴趣、最喜闻乐道的外国作家是法国的埃米尔·左拉。他对美国自然主义作家的影响最大。左拉是自然主义文学的鼻祖。在他的文学生涯的早期，他深感生活的残酷和人的微不足道的地位。这种强烈的社会意识激励他悉心寻觅一种哲学思想以充实他的文学作品，使之获得深刻的蕴涵。后来他读到法国著名生理学家贝尔纳（Claude Bernard，1813－1878）的名作《实验医学研究导言》，如获至宝，认为他从贝尔纳对科学实验方法的叙说中得到了灵感。在他的著名的《实验小说论》（“The Experimental Novel”）中，他提出创作实验小说的主张。他指出，实验小说的作者应像一位实验室科学家，审视和记录小说人物在既定的遗传和环境背景下的特定反映。他笃信遗传和环境两种因素对人性和人的命运的决定力量。他认为，他所提倡的这种自然主义文学应注重资料考证和客观描写，资料要翔实，描绘要准确真实。显然，左拉的理论也源于达尔文的进化论。在这种理论指导下写出的文学作品经常表现人的原始冲动。既然人的行动都由他所不能左右的外部压力决定，他的理智便失去了应有的作用，他和动物也就相去不远了。于是自然主义文学又经常把人描绘成一个宛如无可奈何的动物一般，他的生活没有意义，没有希望，他任凭更高力量的恶毒折磨和宰割。人们阅读左拉的《鲁贡—玛卡尔家族》（*Rougon-Macquart*，1871－1893）连续性小说、他最著名的《纳娜》（*Nana*，1880）及《小酒店》（*The Dram-Shop*，1877）等，便会清楚地了解到所谓自然主义文学的这些特点。左拉成为19世纪90年代美国自然主义文学的先知。他以全新的技巧和创作思想影响了19世纪90

年代美国文坛的一代人。19世纪末期，俄国作家屠格涅夫、托尔斯泰及陀思妥耶夫斯基等在美国也享有盛名。屠格涅夫的《父与子》深层蕴涵的悲观主义哲学，他作品中的软弱的犹疑不决的人物、爱情失败、不能自立等特点，对克兰、诺里斯等人的影响极深。托尔斯泰极可能是在当时美国最受推崇的俄国文豪，陀思妥耶夫斯基的魅力也得到了普遍承认。

19世纪90年代在文坛崭露头角的年轻一代接受了欧洲自然主义的理论和方法，以美国社会生活为素材，开始了严肃的文学创作。他们刻意描写美国社会下层人的无可奈何之状，他们在冷漠的世界里的悲惨境遇，以及他们的毫无身份和尊严。从总体看，这些作品的色调是灰暗的，态度是悲观的，辛辣的笔锋直指邪恶的社会。他们的某些作品毫不留情地撕下美国机械文明的假面具，把垄断资本主义社会的血淋淋现实一览无遗地暴露在光天化日之下。描写之直接，文字之酷烈，画面之惨不忍睹，连对美国文明已显露出失望情绪的豪威尔斯，都感到过于锋芒毕露，难以接受。另一方面，美国自然主义文学又不完全同于欧洲的模式。如果说人们从左拉的作品中很难看出希望的前景，那么，美国自然主义作品并未毫无保留地接受这位法国大师的命定论和悲观情绪。他们在采纳欧洲张本的批判精神与小说创作自由的同时，并未完全接受其理论教条及刻板形式的羁勒。在他们的作品中，读者确实看到了不可抗拒的社会力量对人的压抑和摧残，看到了它在相当大的程度上决定人的生活方向和命运，看到了人如凋零黄叶任凭秋风摆弄的情状。但是，读者也同时洞察到人的内心世界中所存在的自我价值，一种面对严酷现实努力达到实现自我的强烈愿望，一种对未来不断进行幻想和憧憬的潜在能力。

这些作品中的人物意识到自己在充满敌意的宇宙中的渺小，意识到自己奋斗或挣扎的徒劳，然而他们不肯息肩歇手，坚持在威廉·福克纳后来所说的“默默无闻的坚石”上留下自己的印迹。

他们活得艰难，但不乏悲壮之处。他们死了，但未承认失败，又很有海明威主人公的势派。这应当说是美国自然主义作家的永恒魅力所在。

美国自然主义文学是美国文明发展史上一个重要阶段的忠实记录。“镀金时代”的腐败，1893 年的经济恐慌，城市贫民和乡村农民的悲惨命运，暴力、痛苦与死亡的广泛蔓延——这一切都清楚地显现在它的字里行间。诚然，年轻的作家们未能取得立刻的承认。到 20 世纪初，他们有的已卒世，如克兰和诺里斯，有的尚在生存线上徘徊，如德莱塞。可是，他们在和 19 世纪 90 年代保守势力进行的战斗中，喊出了 20 世纪的声音。他们在内容上极少顾忌。对于诸如暴力、死亡和性爱之类的敏感题材，他们敢于大胆处理，敢于承担激怒社会舆论、引动世人谴责的严重后果。在艺术上，他们刮垢磨光，精益求精，从构思到人物塑造都表现出诚实的刻意追求精神。他们的文学尝试为 20 世纪 20 年代“迷惘的一代”的面世，在物质和精神上都进行了充分的准备，为现代美国文学创作提供了可师法的底本。斯蒂芬·克兰的一部《红色的英勇勋章》（*The Red Badge of Courage*，1895）开了现当代文学揭露战争残酷本相的风气之先。西奥多·德莱塞在 19 世纪末没有绝望地跳到纽约的东河里去，后来成为 20 世纪 20 年代新兴作家的先知。他和弗兰克·诺里斯在 20 世纪 30 年代大萧条时期又被奉为新自然主义文学的楷模。这些足以证明在历史路途上他们遗留下的脚印之深。没有 19 世纪 90 年代的文学斗争，现当代美国文学的状貌是难以想象的。

第二节　克兰 / 诺里斯 / 德莱塞

斯蒂芬·克兰（Stephen Crane，1871－1900）是美国小说家和诗人。他出生在新泽西州的纽瓦克镇，曾先后在两所大学读了两年书，后来到纽约从事文学写作及新闻报道。1895 年，他到美国西南部与墨西哥采访，次年去古巴，报道那里的反西班牙暴动，途中轮船失事，但他遇救脱险。这一经历后来成为他的短篇小说《海上扁舟》（"The Open Boat"）的素材。1897 年克兰为纽约《新闻报》到希腊采访希－土战争的实况；不久又到古巴报道美国－西班牙战争。1896 年，克兰结婚后移居英国，在那里结识了约瑟夫·康拉德（Joseph Conrad）、亨利·詹姆斯（Henry James）等著名作家。后来他因患肺病去德国治疗，但未见效，于 1900 年卒世，年仅 29 岁。

克兰的第一部小说《街头女郎马吉》（*Maggie: A Girl of the Streets*）是美国文学史上第一篇自然主义作品，对美国资本主义进入垄断阶段的社会丑恶进行了鞭辟入里的揭露，触犯了表面上温文尔雅的资产阶级，因而书脱稿后，屡遭出版界的拒绝，最后他只得自己筹资出版。接着，他开始创作《红色的英勇勋章》。稿成后先在费城一家报纸上分期连载；1895 年全书出版，在当时英美文坛名震一时，受到诸如豪威尔斯、康拉德、詹姆斯及韦尔斯等著名作家的称赞，成为公认的作家。后来他又写了一部反映当时社会生活的小说《乔治的母亲》（*George's Mother*，1896）、一部反映希－土战争的作品《服现役》（*Active Service*，1899）等。此外，他的短篇小说，如《新娘来到黄天镇》（"The Bride Comes to Yellow Sky"）、《蓝色旅馆》（"The Blue Hotel"）和《海上扁舟》皆为现当代小说的杰作，迄今对美国小说创作依然产生着影响。

克兰的文风与众不同。他有独特的思维模式。他的头脑中充溢着各种意象，这就决定他用意象思维、用意象表达的奇崛文风。他的诗集《黑衣骑士及其他》（*The Black Riders and Other Lines*，1895）和《战争是仁慈的》（*War Is Kind*，1899），继承艾米莉·迪金森的诗风，诸篇立意清新，语言简练深隽，不事雕饰，但形象具体，不拾人牙慧；另外，他的诗作一首当中常常只用一个主导意象。这些对于20世纪初叶的意象主义诗歌运动，发挥过不可小觑的影响，对20世纪美国诗歌影响也很深。他和迪金森一起共享“意象主义诗歌的先驱者”的殊荣。

克兰的作品已编成文集，共12卷。

下面介绍一下克兰的主要作品。

《街头女郎马吉》讲述的是社会与家庭环境逼良为娼的故事。马吉生活在典型的自然主义环境中。在这里，生活是一场苦斗，人的举止犹如畜类。马吉不向命运屈服，她对未来怀有美好的憧憬，渴望得到自我发展的机会。她的家令她厌烦，父兄的酗酒、母亲的叫骂使她难以忍耐。她所在的工厂令她厌烦，那里的工作条件把人变做机器。偌大的宇宙没有她能自由呼吸的一席之地。她曾试图逃脱环境的窒息，而把期望与信任都寄托在男友彼得身上，不料彼得这个生长在贫民窟环境中的荡子竟毫无男子汉的气魄，在玷污她之后却离弃了她。一向粗野成性的母亲突然装扮出一副道貌岸然之状，表示不能容她在家停留，马吉无奈离家出走，当了妓女。不久投身东河，母亲尖叫着说她会原谅女儿的。

克兰在一本《街头女郎马吉》赠书上写道：“这本书企图表明，环境是世界上的一个强有力的东西，它无视一切地左右着人们的生活。”《街头女郎马吉》确是社会摧残人生的显豁佐证。在一个城市贫困和人相互倾轧的社会中，人整日处于使其伤身丧命的涡流里。他不能主宰自己的命运，唯有听任巨大的非人的力量的摆布。克兰以左拉的人物为蓝本，把软弱无力、唯命是从的人物放在遗传和环境力量居于统治地位的情景中，让他们挣扎。他们举目无亲，在野蛮、残酷的世界上步履艰难。眼前的人形同林中野兽，未来是一片幽冥。走进马吉·约翰逊家的住宅，那个位于“黑暗区域”的公寓，黑暗的楼梯，阴暗的走廊，如同迈进一座牢房。就是这座牢房，最后把一个向往幸福和光明的年轻生命窒息、扼杀了。马吉不听命运的安排，她敢于幻想。她宛如泥水中的玫瑰，倔强地伫立在污秽中。克兰的创作意图是严肃的。他的本意不在描写一个妓女的一生，他要披露社会生活的残酷、社会价值观的虚伪，试图以此达到醒世的目的。

《红色的英勇勋章》是一部以战争为题材的小说，写的是美国南北战争中的一个故事。据考证，书中的战斗情景与羌斯勒维尔战役（Battle of Chancellorville，2－4 May，1863）颇为相似。但克兰并没有亲身的战争经历，他是受了《美国内战及其领导人》及托尔斯泰《战争与和平》两书的启发而写成这部小说的。作者以第三人称的手法，始终围绕小说的主人公亨利·弗莱明的心理状态的变化，丝丝入扣地把故事呈现在读者面前。亨利·弗莱明是北方联盟军队中的一名新兵，他血气方刚，求战心切，但当战斗打响后，却在枪林弹雨中惊慌失措，逃离战场。后来他深感临阵脱逃的胆怯行动的可耻，在又一次战斗中勇猛作战，以实际行动表现了他的勇敢精神。小说中充满了形象的语言，描写生动有力，有声有色，字里行间体现着自然主义作家的立场和观点。小说对战争和死亡的描写，同传统的浪漫主义笔调和美化的态度截然不同。它力图表明，现代战争是一场毫无意义的屠杀；人在战争这一魔鬼的控制之下，只有向命运屈服，做暴力的牺牲品。在这里，没有个人选择的余地，没有个人自由意志，更没有光荣的英雄主义的行动。作者以真切而犀利的笔锋，一扫过去掩盖真相的温文尔雅文风，把战争生活中的丑和恶，淋漓尽致地暴露在读者面前。他的这种自然主义思想和文风对20世纪的作家海明威、约翰·多斯·帕索斯、诺曼·梅勒、约瑟夫· 海勒、库特· 冯纳古特等后代作家的影响很大。克兰在小说的结尾表明，他对人还具有一定的信心，这一点是美国文学中的自然主义传统与法国自然主义的区别所在。

在克兰的诸多短篇中，《海上扁舟》堪称最佳之作。它讲的是作家作为战地记者前往古巴途中船沉以后 30 小时之内海上冒险的经历。船沉以后，船长和记者等四个幸存者坐在救生筏上在浩瀚的大海中颠簸，竭尽全力死里逃生。四个人镇定地接受命运的安排，疲惫和饥饿之余依然精神振作地轮流划桨，心中始终怀着热切的生的希望。当最后船长毅然决定冲过巨浪向海岸靠拢时，四个人突然感到一种“微妙的兄弟情谊”把他们维系成一个坚固的整体。他们同舟共济，共度难关。除一人丧生，余者终于踏上海岸，绝处逢生。

《海上扁舟》中的四人身上散发出一股强烈的现代气息。他们在精神上已跨入20世纪。他们个个临危不惧，胸怀自信、不求诸人。他们对上帝不抱幻想，自首至尾几乎没有乞求过神助。他们对宇宙的冷漠具有深刻的领略。处于这种境况当中，他们感到人欲活下去，必须靠自己。船长在死神面前泰然自若；其他三个人言语平顺，脸不变色。当记者被卷入一处漩涡时，他仍有闲情逸致欣赏岸边美丽的画面，仍有做哲学推理的雅趣。

克兰对人充满信心。他相信人际友谊可以温暖冷酷的世界，相互友爱和团结的人是不可战胜的。这四个人紧紧抱成一团，配合默契。对人的这种深刻信念使克兰在很大程度上摆脱了自然主义模式的羁束，而能刻画出体现人文主义价值的人物形象。

弗兰克·诺里斯（Frank Norris，1870－1902）是美国自然主义小说家。他出生于芝加哥，14岁时随家迁往加利福尼亚州。后赴巴黎读艺术。1890至1894年在伯克利加利福尼亚大学学习期间，他便开始为期刊、杂志撰稿。在哈佛大学滞留的一年期间（1894～1895），诺里斯写了两部小说：《麦克提格》（*McTeague*，1899）和《凡陀弗与兽性》（*Vandover and the Brute*，1914），都是受左拉的影响而写成的自然主义作品。《麦克提格》描述一个身体强壮的牙医，在他平静而有秩序的生活环境遭到破坏以后，思想和行为又很快返回到人的原始野蛮状态去的故事。小说在强调环境作用的同时，还以巧妙的笔法，描写出遗传对人的影响。因此，

《麦克提格》在美国文学史上被称为“美国自然主义的宣言”，常被作为自然主义文学课本阅读。诺里斯以战地记者身份去过古巴和南非，后来作过出版社审稿人，曾向出版界力荐德莱塞（Theodore Dreiser，1870－1945）的处女作《嘉莉妹妹》（*Sister Carrie*）。诺里斯生前计划写作关于小麦的生产、销售和消费过程的三部曲，第 1 部《章鱼》（*The Octopus*）于 1901 年出版，第 2 部《粮食交易所》（*The Pit*）于 1903 年他去世后刊行，第 3 部《狼》（*The Wolf*）还未完成，他便于 1902 年因患腹膜炎卒世。诺里斯还写过文学评论文章，这些后来被收集在《小说家的责任》（*The Responsibilities of the Novelist*）一书内；1964 年又经进一步整理，收入《弗兰克·诺里斯的文学批评》（*The Literary Criticism of Frank Norris*）一书中。

诺里斯生活在美国资本主义发展的垄断阶段，贫富两极分化严重，“美国梦想”随着经济恐慌的到来以及西部边界的封闭而骤然破灭。面对昏暗凄迷的现实，诺里斯与同代年轻作家斯蒂芬·克兰、德莱塞等一起，以笔作剑，向文学中的温文尔雅之风挑战，以自己辛辣的笔锋，对社会的丑恶和不公平进行淋漓尽致的揭露和批判。诺里斯的小说虽然结构有时松散，情节过于惊险，但他的文字流畅，有些段落富于包孕，朗朗上口，宛如诗歌。他对后世作家有一定影响。福克纳（William Faulkner）对污秽细节的描摹、海明威（Ernest Hemingway）的刚劲无情的笔锋、斯坦贝克（John Steinbeck）和托马斯·乌尔夫（Thomas Wolfe）的语言的精练和富于诗意，都同诺里斯的作品内容与风格的影响有些关系。

下面介绍一下诺里斯的主要作品。

《麦克提格》是一个悲惨的堕落故事。原为矿工的麦克提格，未经充分正式训练而成为一名牙医，在旧金山的牙科诊所行医，过着有秩序的快活日子。后来和好友马库斯的表妹特莉娜结婚，特莉娜中彩获奖 5000 美元。马库斯嫉妒心重，寻衅吵架，麦克提格盛怒之下折断他的胳膊。特莉娜越来越吝啬。马库斯告发麦克提格的牙医训练不足，导致后者失掉执照。麦克提格失去了心理平衡，变得一蹶不振。他开始酗酒并虐待妻子，向她勒索钱财。在一次争执中他咬伤妻子的指尖，使她因血中毒而被迫截肢，又失去工作而成为一个看门人。把金钱摊在桌上观赏成为她的唯一乐趣。后来麦克提格气急败坏，把她杀死，携款逃走。途中和追踪他的马库斯相遭遇。他打死马库斯，但后者在死前成功地把他和自己铐在一起。麦克提格头顶烈日，一筹莫展。

《麦克提格》是一部典型的自然主义小说。它特别表现出遗传对人的影响。比如麦克提格，他失业后的颓唐情绪为他身上潜伏的许多遗传因素的发挥作用打开了大门。遗传因素之一是酗酒。他父亲嗜酒成性，酒后常兽性发作，最后因酒精中毒而死。于是，麦克提格不可避免地也要酗酒、走上犯罪道路。麦克提格身上的另一重要遗传因素是野性。这与他的出生地的自然环境有关。他出生在加利福尼亚州一处“蛮荒”之地，整个地区散发着一种“野性”。麦克提格继承了它的野蛮和残忍。他和马库斯格斗、咬伤和杀死妻子等，都表明他又折回到人兽不分的原始状态去。他的妻子特莉娜因财丧命的悲惨遭遇也是遗传作用的一个例证。她的盲目积财本能是从她德国－瑞士血统的祖辈那里继承来的。麦克提格所处的社会环境对他的堕落也极有促进作用。他生活的波尔克大街的有条不紊或乱中有致，表明主人公对有秩序的生活的向往和追求。这里多属社会中下层，都在为生活而奔波。这种生活饱含着不稳定因素，麦克提格在内心感到一种潜在威胁。最后他失业，终于堕落下去。《麦克提格》是美国文学史上第一部真正意义上的自然主义作品。它的情节冲破了文学上的和风细雨、轻描淡写，为 20 世纪初叶年轻一代的“反叛”扫除了一些障碍。

《章鱼》是诺里斯的代表作。在加利福尼亚州圣华金谷地（San Joaquin Valley）一望无垠的麦田上，种麦的农民同运麦的铁路公司曾发生严重的冲突；《章鱼》的故事就是以这场真实争执为背景而写成的。“章鱼”指的就是专横跋扈的铁路运输公司。小说描述的是一场生与死之间的搏斗。它涉及许多农民家庭的命运，使许多人绝望、堕落、丧生，在经济和精神上遭到毁灭性打击。戴克的遭遇便是适例。这个稳重诚实的工人，在艰苦的年月里被迫以房屋和农作物作抵押，借贷种植蛇麻子，赶上风调雨顺，丰收在望。但美满生活的幻想骤然破灭，因为铁路公司突然提高运费，使他彻底破产。他的精力、勤奋和多年的惨淡经营，一夜之间都付诸东流。他的精神开始萎靡，由酗酒、偷盗，直至拦路抢劫、杀人。戴克是诺里斯的决定论的典型例证。小说还以感人肺腑的笔触描绘了诸如安尼克斯特、哈兰·德里克、胡文、奥斯特曼及布罗特森等人在斗争中丧生，马格诺斯·德里克精神失常以及其他许多人的悲惨遭遇。

诺里斯认为，在不同社会力量的支配下，人的努力是无济于事的；人受社会环境条件的约束，在世界上无足轻重。《章鱼》把小麦和铁路描绘成两种基本社会力量，无论什么人也无法操纵它们，人的命运则取决于它们之间的抗衡的结果。这是 19 世纪末、20 世纪初美国文学中自然主义基本理论的反映。

西奥多·德莱塞（Theodore Dreiser，1871－1945）是著名美国自然主义作家。他出生在美国印第安纳州特雷霍特镇的一个德国移民家庭。幼年家境贫寒，12 岁时便辍学开始自谋生计，先后当过报童、店员、洗碗工等。他 18 岁时，由人资助进印第安纳大学学习了一年，接着又继续从事各种繁重的劳动。1892 年以后，他在芝加哥、纽约、圣路易斯等大城市当记者、编辑。

童年的痛苦经历和后来的记者生涯为他的文学创作提供了丰富的素材。他于 1899 年开始写作小说《嘉莉妹妹》（*Sister Carrie*），这本书撕破了资产阶级“温文尔雅”的假面纱，脱稿后被推迟出版达几年之久。由于历尽坎坷，德莱塞曾一度对生活失去信心，甚至产生过自杀念头。他辍笔10年，直到1909年才又写了《珍妮姑娘》(*Jennie Gerhardt*，1911)。此后《金融家》(*The Financier*，1912)、《巨头》(*The Titan*，1914)、《天才》(*The Genius*，1915)、《美国的悲剧》(*An American Tragedy*，1925)等名著又相继问世。此外，他还创作了数量可观的短篇小说、散文、剧本和游记。

德莱塞于1927年访问苏联，次年出版《德莱塞对俄罗斯的观感》(*Dreiser Looks at Russia*)。20世纪30年代美国经济大萧条使他看清了资本主义的本质，于是他寄希望于社会主义。他于1945年8月加入美国共产党，同年12月逝世于好莱坞。

德莱塞生活在美国资本主义迅速发展的垄断阶段。在这个时期，暴发户过着穷奢极欲的生活，而广大劳动人民却挣扎在死亡线上。"美国梦想"似已破灭，社会生活充满着绝望情绪。德莱塞是19世纪90年代忠实记录这一变化的作家之一。他因早年受社会达尔文主义思想的影响，作品有浓厚的自然主义倾向。他力图显示环境和遗传力对人的支配作用，表现人的缺乏理智和自由意志、人的无足轻重和无能为力的状态。他一方面揭露了资本主义社会的残酷现实和各种矛盾，但也流露出消极的命定论和悲观主义的倾向。德莱塞的文笔遒劲凌厉。他的叛逆性格使他成为20世纪初美国文学界的主导因素之一。20世纪20年代的作家奉他为向导，三四十年代的左倾和自然主义作家也以他为榜样。法雷尔（James T. Farrell)、奥哈拉（John O'Hara）和多斯·帕索斯等人都在不同程度上受了他的影响。

下面介绍德莱塞的代表作《嘉莉妹妹》。此书1900年年底刊印1000册，除少数赠阅外，大部封存。1901年在英国出版，颇受欢迎。直到1907年才在美国正式出版发行，此后便连续再版。

嘉莉是一个纯朴、幼稚、勤劳的年轻姑娘。她从乡下来到繁华的大城市芝加哥，幻想依靠诚实劳动过上好生活，可是她面临的却是贫困、失业、贫病交加，因而接受了推销员杜洛埃的馈赠，和他同居。杜洛埃的朋友乔治·赫斯特伍德位居经理高位，对她一见倾心，后来竟从他的雇主的保险柜里窃走一万美元，骗得嘉莉和他一起出走到加拿大，改名换姓，同她结婚，后又携嘉莉移居纽约。为免遭起诉，他退回大部赃款，以存款与人合开酒馆，后因经营不佳而亏本失业。嘉莉自己出外工作，在剧院找到一份差事，后来成为显赫一时的名优。她毅然和赫斯特伍德分手。赫斯特伍德每况愈下。他万般无奈到一家旅馆打杂，后来曾向嘉莉讨钱。慢慢地他沦为乞丐，终于在绝望中自尽。杜洛埃闻知嘉莉发迹，前来相求重归于好，遭到拒绝。嘉莉坐在一家豪华旅馆套间里的摇椅上，似踌躇满志，又似惘然若失。

《嘉莉妹妹》展现在读者面前的是一个典型的自然主义世界。作家在小说中发表议论时说过，人只不过是处于宇宙间摆布一切的势力之下，宛如风中的一株弱草而已。人类文明还处于一个中间阶段，即禽兽和人之间，人还未完全受理性的支配，他们天生的本能已因太接近自由意志而变得迟钝，而自由意志却还没有发展到足以取代本能而成为完美的主导力量。人不总是听从本能和欲念；可是他还太懦弱，不可能老是战胜它们。他在野兽和人这种中间阶段里左右摇摆，随感情起伏而动荡，有时照意志行动，有时照本能行动，是一种不可捉摸的变化无常的生物。这是作家对人和自然主义世界以及他们之间关系的出色描述。小说表现这些自然主义的命题标志着美国自然主义文学已日臻成熟。

在这个世界里，微不足道的人挣扎在一个庞大而冷漠的世界中。人在社会环境和遗传力的控制之下，缺乏理智和思想，像“随风兜旋的羽毛”一样，不能操纵自己的命运。嘉莉的悲剧在于，她在冷酷的世界里，恰似风中黄叶，任她自己不能理解和控制的力量摆布，她要活命，没有选择余地，没有自由意志，只有接受摆布，随沉逐浮。经过千难万难才找到一份工作，工资低，连病也不能生，严冬险些夺去了她的性命。而赫斯特伍德则不由自主地屈服于原始性欲念的支配，因为他生理的欲望胜过理智。他对嘉莉妹妹痴心，为她丢掉当时世人欣羡的职业、地位、体面、家庭。可他是有妇之夫，又寄人篱下，他爱得不理智。在作家看来，他的爱实源于一种生理需要，他已退化到动物阶段的性本能冲动上去。后来他在纽约如苍海一粟，经营失利，一贫如洗，拖了病弱的身子，中午等赐饭，半夜排面包，处处遭人白眼，这座巨城像剧院门卫一样把他拒之门外。他是自然主义时期流行的"适者生存"概念的反面例证。他显然不是适者，因而，这个世界上也就没有他的生存余地了。

这部小说以19世纪末的大城市芝加哥和纽约为背景，展示了正在迅速发展的美国资本主义社会的广阔画面，一方面暴露了资产阶级伦理的腐朽与虚伪，另一方面也详尽地描绘了工人和城市贫民的失业、饥饿和斗争，表现了作者对劳动人民的深切同情。《嘉莉妹妹》是19世纪末美国自然主义文学的一部优秀作品。

第三节　罗宾逊/伦敦及其他

19世纪90年代是美国文学史上新旧交替的时期。这十年、也包括20世纪的第一个十年在内，也是读者接受心态发生质变的年代。美国文学业已进入新时期，克兰、诺里斯及德莱塞业已率先开始了新阶段（或世纪交替时期）的文坛"多重奏"。在这20年中所出现的大手笔虽然不多，但是人各尽其能，共同勾勒出一幅新时代文学五线谱的粗略轮廓。没有他们的辛勤准备，20世纪20年代的文学至少不会出现得那么快。这是人们称19世纪90年代是现代美国文学开始年的主要原因。

这一时期的美国诗坛比较荒凉。从历史的角度看，诗坛的佼佼者应推罗宾逊（Edwin Arlington Robinson，1869－1935）。他生于新英格兰的传统家庭，在缅因州的加丁纳镇长大。曾在哈佛大学读书两年，后因家道没落而辍学。1901年后专事诗歌创作。1896年自费出版第一部诗集《急流与昨夜》（*The Torrent and the Night Before*），赢得诗誉。1910年发表的《河下游的城镇》（*The Town Down the River*），其中有名篇《米尼弗·契维》（"Miniver Cheevy"）。1916年发表《天边人影》（*The Man Against the Sky*）后，他的成就获得了广泛的承认，并确立了他在美国诗坛的地位。他和弗罗斯特（Robert Frost）、桑德堡（Carl Sandburg）、马斯特斯（Edgar Lee Masters）等著名诗人一起促进了20世纪第二个十年内的诗坛复兴。在20世纪20年代，罗宾逊曾被视为当时最伟大的美国诗人。他于1922年、1925年和1928年三次获得普利策诗歌奖。

罗宾逊的诗歌创作大体可以分作两个阶段。1916年前，他以描绘新英格兰风土为内容、形象鲜明、乡土气息浓郁的诗歌而著称。他诗作中虚构的"蒂尔伯里镇"人物肖像诗尤其令人喜爱，如《理查德·科里》（"Richard Cory"）、《弗拉德先生的酒会》（"Mr. Flood's Party"）等。诗人把现实主义和浪漫主义相结合，刻画出一幅幅动人的失意者的"心理肖像"。他的诗谑而不虐，把嘲讽与怜悯熔于一炉。罗宾逊的诗以写人为主，写景很少。在第二阶段他对亚瑟王传奇产生了浓厚兴趣，重述梅林（Merlin）、兰斯洛特（Lancelot）和特里斯特拉姆（Tristram）的故事，并借题发挥，发表关于西方衰落的长篇哲理性议论。诗风时而庄重有力，时而冗长隐涩。当代批评界对他的第一阶段的作品更感兴趣。

罗宾逊反对物质主义，对现代生活的庸俗与徒劳进行了尖刻批评。他关心人际关系、心灵的创伤与孤独，以及在人的意志与非人的命运之间永存的矛盾。他怀念浪漫的豪勇的过去，留恋它的信仰和传统。罗宾逊的诗歌情调阴沉而富于讽刺性。他擅长运用传统韵律来表达具有现代意味的"悲剧观"。他的诗格律工整，用字贴切，立意清新，为美国诗歌增添了一种严峻、诚恳、精确的文风。他的短诗尤其受到读者的青睐。

罗宾逊对现代文明的认识不如叶芝、T. S. 艾略特和庞德等大师们那样深刻，在技巧方面他缺乏他们的勇敢精神，在思想和感情方面也不具备他们的广度和深度。尽管如此，他是一位诗风别具一格、声誉崇高的诗人。

下面介绍一下他的著名诗作。

《理查德·科里》发表于1896年，是罗宾逊最著名的几首人物肖像短诗之一。它从科里邻居的角度刻画这位富翁的形象。罗宾逊的多数诗作都描写失败这一主题：事业上的失败、一个社会或阶层的失败、生与死博斗的失败等。物质主义的胜利使他感到痛心，使他认识到感情和美的满足何等重要。理查德·科里和罗宾逊所塑造的其他人物形象如克拉弗林、弗拉蒙德与克莱格等同属于失败者的类型。他们高贵的出身和修养使他们更易于感受到生活的创伤，生活中美好的事物反而成为致命的东西。短诗表现出罗宾逊对描写现代文明造成的人的“心理谜”（psychological enigma）的强烈兴趣。此诗含蓄，给读者留下广阔的想象空间，而且韵律整齐，读着朗朗上口，给人一种美的享受。

《米尼弗·契维》是一首人物肖像诗。作者忠于生活的本来面目，真实地再现了城镇中破落青年充满怨恨的心灵。生活是复杂的，人的感情也是复杂的。诗中的青年契维正是如此。契维生活在19世纪后半叶拜金主义猖獗的美国，他一方面贪恋金钱和物质，另一方面又向往古人的高尚精神。他是在浑浑噩噩中尚有独清独醒特点的美国人的典型。契维抱怨自己生不逢时，在苦酒中寻求慰藉。他前途未卜，走的似乎是一条通向失败的黑暗道路，但他具备一种“绝望中的勇气”：他虽以酒浇愁，却仍在“思索”着寻找出路。他的生活无疑是失意的，但那又似乎是一种让人尊重和惋惜的失意。罗宾逊力求在诗中表达这种失意的神秘性。《米尼弗·契维》的情调在诗人的《弗拉蒙德》（“Flammonde”）、《信条》（“Credo”）以及《天边人影》等诗中均有所反映。这首诗标志着诗人对亚瑟王的故事等中世纪题材开始发生兴趣。

《弗拉德先生的酒会》（"Mr. Flood's Party"）一诗载于 1920 年发表的诗集《三个酒馆》（*The Three Taverns*）。这是诗人的又一幅小城人物肖像画。罗宾逊喜欢描绘某些老人的形象。他们身体虽然羸弱，但精神却坚韧不拔，体现出人与时间变化的内在关系。弗拉德便是这样一位老人。他的酒会只有他自己在场，独饮独白，因为他的同龄人都早入鬼簿，而年轻一代对他又极其冷漠。在某种意义上，老人孤零零的形象反映出新英格兰乡村普遍存在的孤苦与失落感。弗拉德虽举目无亲，但绝不是顾影自怜。全诗充溢着一种幽默感和人情味，使人感到这位经历了世态炎凉的老人在评述悠悠万世的人生的永恒变迁。本诗在情调上颇似中国唐代诗人李白的《月下独酌》。

杰克·伦敦（Jack London，1876—1916）是美国小说家。他出生在旧金山，在奥克兰（Oakland）长大。他的少年时代在旧金山海边度过，上学不多。自 15 岁起他开始在罐头食品厂做工，工作之余就贪婪地读书。后来他在旧金山捕蠔遭禁，便到北极捕捉海豹，到过日本。1893 年美国发生全国经济恐慌，他陷入社会生活的最底层，饱尝冻馁之苦。1891 年参加劳苦工人向华盛顿的进军，1896 年到北部克朗戴克河淘金。他年轻时代的坎坷经历，包括海上冒险、对美国劳工状况的亲身体验等，为他创作多部作品铺平了道路。杰克·伦敦曾在加州大学学习一个学期，受到《共产党宣言》等马克思著作的影响，成为社会主义者；尼采的"超人"思想、达尔文的进化论和斯宾塞的学说也在他思想里留下深刻烙印。他是一个多产的作家。从 1900 年至 1916 年，他写了 50 部书，收入达数百万美元。他生活奢侈，最后精神变得极度空虚，在绝望中结束了短短的一生。

杰克·伦敦最优秀的作品往往描写劳动人民的疾苦和资本主义制度的残酷，对资产阶级的腐朽和堕落进行揭露。他的小说情节曲折，语言生动，是20世纪无产阶级文学的重要组成部分。比如《深渊中的人们》（*The People of the Abyss*）描述英国资本家的残忍和工人的苦难；《阶级间的战争》（*The War of the Classes*）反映出他的命定论思想和要求改革的愿望；《铁蹄》（*The Iron Heel*）是一幅20世纪早期恶梦般的社会图画，它警告人们在芝加哥将会出现法西斯专政；《野性的呼唤》（*The Call of the Wild*）和《白牙》（*White Fang*）体现出"适者生存"的进化论思想。杰克·伦敦是资本主义制度的揭发者和叛逆者。

他的代表作是半自传体小说《马丁·伊登》（*Martin Eden*，1909）。主人公马丁·伊登是生活在社会底层的水手。他拚命地做工和读书，一心想成名，步入上层社会。他坚持写作，虽屡遭失败也不灰心，最后终于成为赫赫有名的作家。过去对他不屑一顾的人们都来百般取悦于他，曾经同他一见钟情，但后来同他中断往来的阔小姐罗丝也来恳求同他恢复旧情。这些现象使马丁看到了他一直向往的上层社会的本质，并因此领略到人生的乏味和空虚，最后终于在绝望中自溺而死。马丁是一个存在主义型主人公。在他的世界里没有上帝。他的生的勇气和信心完全源于他本身。他酷似希腊神话里的西昔孚斯，在地狱中移石上山，上去又滚下，然后再推上去。马丁的环境是典型的地狱。这里一片幽暗，没有很亲近的人，他的心一直处于绝对孤独的状态。他个人奋斗，生死荣枯全凭自己的努力。小说以心理描写见长，使读者有机会洞见主人公的心态，理解他的性格发展过程。小说缺少艺术雕琢，马丁占据了故事的大部，其他人物则缺少深度和厚度。这部书揭露了资产阶级社会上层的腐朽和堕落，描摹了上层人士的市侩嘴脸，勾勒出一幅出色的20世纪初美国社会风貌图。小说把马丁的发迹描绘成为对理想追求的背叛和"美国梦"破灭的标志，是弥漫在现代美国文学中的绝望情绪的最早杰出的反映之一。

这个时期最出名的短篇小说家是欧·亨利（O'Henry，1862

—1910)。他出生在北卡罗莱纳州格林堡附近。欧·亨利是他的笔名，他的原名为威廉·锡德尼·波特（William Sidney Porter)。19世纪90年代，他创作近60篇作品，已反映出他的作品的基本特征，如假身份，假借口，错误的感情投资，隐蔽的高尚情操，命运的无情玩笑，敏感的流浪汉，不幸的情人伴侣，冻馁交加的艺术家，以及温雅的贪污受贿者等。他的基本结构、情调及态度也趋于定型。后因在银行工作时盗款于1896年被捕，获假释后逃往南美半年左右。后来创作的近30篇小说是取材于这一时期的经历，其中有20篇收入他1904年面世的第一部短篇小说选《白菜与国王》(*Cabbages and Kings*)。这些作品突出表现出欧·亨利作品的一大特点，即通过描述与对话集中提供细腻的现实生活细节。后来回国服刑3年。这期间他并未辍笔，并开始使用"欧·亨利"笔名，共写作14篇，如《口哨王迪克的圣诞袜》("Whistling Dick's Christmas Stocking")、《乔治亚的判决》("Georgia's Ruling")、《午后奇迹》("An Afternoon Miracle"）及《黑夹山来的买客》("A Blackjack Bargainer"）等。欧·亨利的艺术风格渐趋成熟，1901年出狱时他已成为专业作家。

出狱后，他先在匹茨堡，后在纽约创作，收入丰厚，但他性好挥霍，总入不敷出。在纽约他竟能同时向十几家杂志供稿。第一年便发表25篇。1903年是他取得大成功的一年。这年秋天他和一家杂志签约，使其销售量剧增为50万份。他住进豪华旅馆。1904至1907年，他写出150余篇。这是他的文学生涯登峰造极的几年。他的著名的《麦琪的礼物》("The Gift of the Magi"）便是这时问世的。1904年，他开始选择已出版的作品编辑成册。去世后又出版了几部文集。欧·亨利此时已享誉国内外。至1907年底，他开始感觉创作素材枯竭，家庭负担增加，竟至举债度日。1909年底，他健康恶化，次年6月初卒世，其时已一贫如洗，债台高筑。

欧·亨利的作品大部分可归入“通俗的浪漫故事”一类。作家捕捉住日常生活中一件件颇不起眼的事情的浪漫性内涵，通过巧妙的文笔表现出来，其效果常令读者感到意外。欧·亨利的艺术构思是严谨的，他的最佳故事很有其独特的令人称道之处。比如他的典型代表故事《麦琪的礼物》，从结构角度讲确实很简单：圣诞节来临，妻子爱夫心切，以售长发所得为丈夫买表链；丈夫爱妻心切，以售传家宝表所得为妻购梳具，回家夫妻对面，表链在而表已不在，梳具在而美发已无，两相愕然而后恍然大悟，又沉浸在幸福的拥抱中。《警察与圣歌》（“The Cop and the Anthem”）等也是他的佳作。他的优秀短篇还包括如《城市纪实》（“A Municipal Report”）、《黑夹山来的买客》《让我摸摸你的脉搏》（“Let Me Feel Your Pulse”）等。总的说来他的故事属小巧类，他对生活的观察虽然仔细，但多流于皮相，显得浅显。

把欧·亨利说成是资本主义的批判者有失于偏颇。他写小说主要在于悦人心神。他是位“笑星”式艺术家，他的艺术效果是令人吃惊后得到美的享受和轻松感。他未表现过悲剧性人生经历，他的浪漫色彩有时淡化生活的真相。欧·亨利生活于一个文坛转折时期。变革之风骤起，“新”小说初露锋芒。他几乎在顷刻之间显得苍老过时了。他的技巧显得像天真的雕虫小技。到 20 世纪 30 年代，“新”小说已经立足，整个 40 年代、50 年代，他都无声无息。20 世纪 60 年代以后，他的声誉有所回升，然而时至今天，他的作品仍未登上大学文学教学与研究的大雅之堂。这是不公平的，他在历史上应有一席之地。

爱德华·贝洛米（Edward Bellamy，1850－1898）是杰出的创作家。他富于想象，具有探测未知的智力和勇气。他的涉猎广泛，历史、传记、哲学、军事科学、语言及数学皆在他的披涉之列。他的作品充满一种感人的道德理想主义。他的代表作是《向后看，2000－1887》（*Looking Backward*，1888）。这部小说属乌托邦类，又有浓郁的科幻意味，浪漫性极强。《向后看》的主人公朱利安•韦斯特整整睡了一个世纪，在2000年醒来时世界已跨入21世纪。在这个全新的美好的时代里，朱利安深感孤独，但从伊狄丝•里特的爱情中得到了感情上的安慰。朱利安逐渐了解到时代的变化，旧时代的竞争的资本主义制度已被抛弃，取其地位而代之的是新生的合作性质的大同社会。他认识到新的优越之处，旧的百种弊端。贝洛米通过这位主人公的经历和认识，全面地阐述了他本人的思想与见解。《向后看》对私有制度进行了大胆而充分的解剖，无情地鞭笞了其生产的浪费及缺乏效率，披露了机械文明所造成的贫富不均，以及道德与精神标准的下降。同时，他热情地歌颂了新世纪的美好与崇高。21世纪的合作社社会制度铲除了贫困与剥削。机器赋予人以控制自然的技术力量，创造巨大的社会财富以造福于人类。国家控制生产及分配，保证社会成员的福利均等。他认为这一社会主义阶段的到来并非经由暴力革命，它是中产阶级民主从政治领域到经济领域自然过渡和进化的结果。这一进化过程的结果不仅表现在物质方面，它的终极目的主要在于为日趋完美的人类建设一个高尚的精神家园。财富不仅为人类提供物质享受，而且使人有时间在教育、知识、艺术等方面获得极大的精神满足。婚姻不再受经济动机的左右，人类沐浴在纯真的爱情中，人类的感情愈益净化而达到高洁的境界。《向后看》中所说的经济大同超越了经济范畴；它标志着人类进化所达到的新高峰。这部书是作者对未来所做的设想的蓝图。

《向后看》的艺术魅力主要表现在对两种社会制度的巧妙的浪漫性对比上。旧的竞争性强的资本主义与未来的合作性强的制度之间的矛盾，自开首便为作品奠定好艺术框架。随着情节的深入发展，矛盾冲突逐渐深化，后来主人公在痛苦的梦境中又回到资本主义竞争笼罩的城市里，再次目睹可怕的贫民窟的悲惨状，然后又从恶梦中突然醒来，望着新的合作世界在清新、自由的晨曦中如朝暾冉冉东升，感到无限欣慰。来往驰骋，两相映辉，极为得体。《向后看》在文学中属思想小说类，作品以阐述思想为主，情节位居从属地位，如同托马斯·穆尔（Thomas More，1478－1535）的《乌托邦》（*Utopia*，1515）或伏尔泰（Voltaire，1694－1778）的《坎狄德》（*Candide*，1759）。《向后看》是反映 19 世纪后半叶美国及西方某种社会与文化思潮的代表作，发表后轰动一时。随着历史的演进与时代的推移，世人似乎忘掉了贝洛米和他的名作。但是，贝洛米在文学上的地位是不容怀疑的。

20 世纪初对美国文坛颇具影响的运动应推“揭发黑幕运动”（the Muck-Raking Movement）。当时美国资本主义发展到极其残酷阶段，政客与商业、金融实业界沆瀣一气，贪污、腐化、堕落成风，社会生活昏暗，政界、商界黑幕重重，人民苦不堪言。这个阶段是美国建国后最黑暗的一个时期。揭发黑幕运动应运而生。一批围绕在《麦克卢杂志》（*McClure's Magazine*）周围的杰出作家和调查者开始以笔为剑，无情地揭发鲜为人知的丑恶与罪过。这些人主要以写报刊文章见长，希望通过披露以唤起人民的注意，推进社会改革。他们的努力为文学创作提供了一种特殊气氛，直接影响了这一时期的文学走向。和这一运动联系紧密的作家有菲利普斯（David Graham Phillips，1867－1911）、赫里克（Robert Herrick，1868－1938）及厄普顿·辛克莱（Upton Sinclair，1878－1968）等人。

菲利普斯在19世纪90年代作为记者曾为纽约一些杂志撰稿，20 世纪初开始文学创作生涯。他的著作旨在披露巨大财富对一个家庭所产生的毁灭性后果、金钱在政界所发挥的威力，以及当时发生的保险丑闻。在《第二代》（*The Second Generation*，1907）一书中，菲利普斯从单纯揭发又前进一步，探讨了一对富有兄妹在艰苦工作和承担责任的情况下所体验到的精神再生。他在 1917 年发表的《苏珊·莱诺克斯的浮沉》（*Susan Lenox，Her Fall and*

Rise）以动人的笔触讲述了苏珊自少女的不幸开始的际遇，文笔细腻，技巧精湛，应当说是作家的上乘之作。

赫里克的名作之一《一个美国公民的回忆录》（*Memoirs of an American Citizen*，1905）叙述一个名叫爱德华·范·哈灵顿的经过自我奋斗而成为资本家的人的真实生活经历。爱德华深谙“强者治人”的道理，毫无顾忌地贿赂、竞争，最后取得成功。书中的爱德华很富人情味，坚韧不拔，有责任感，使人感到有一种美化倾向。赫里克还有两部书带有《一个美国公民的回忆录》一样的19世纪韵味：一是《普通的命运》（*The Commort Lot，1904*），一是《克拉克的领域》（*Clark's Field*，1914）。后来，赫里克受到20世纪20年代崛起的“新诗”革新运动的影响，开始以新目光看待社会与人生。他的另一名作《徒劳》（*Waste*，1924）以及后来又写过的几部小说，揭发很有深度。比如在《总有一天》（*Sometime*，1933）这部乌托邦式小说中，他表达出自己对现代美国文明的绝望，对遥远的未来的憧憬。赫里克是这一时期非常出色的社会小说家。

在这个时期最多产的作家是厄普顿·辛克莱。他一生创作达70载，手稿重8吨。辛克莱是一位思想明确的小说家、社会主义者。社会主义对他不仅是一种信念，而且是一种颇具宗教意味的皈依和神启，它让他看到了人生的终极目的。20世纪初，他接受有社会主义倾向的杂志的委托，调查芝加哥屠宰场的实际状况，结果写出了揭发黑幕运动中最强有力的小说《莽林》（*The Jungle*，1906）。这是一部社会反抗小说。它以犀利的笔锋针砭了社会的粗劣无情、资本对人的剥削与奴役。作家以浓重的笔墨描写了屠宰场的肮脏、资本家对工人（如立陶宛一家移民）的残酷盘剥。尤尔吉斯一家遇到这种厄运，这位主人公仅因社会主义者的帮助和指点方免遭灭顶之灾。此书出版后，作家名利双收。小说不乏感人的场面。比如主人公在一文不名时巧遇年轻醉汉，及妻子分娩艰难即将丧生时接生婆仍讨价还价等情节，其感染力不亚于左拉或陀思妥耶夫斯基以及美国自然主义作家的绝笔。当然，从总体看，小说因充满怒气而忽略了性格塑造，缺乏幽默和人情味，因而在艺术上魅力不够充分。

辛克莱后来又出现两次写作高潮期。一是在 1918 至 1927 年间所写的 6 大部“伟大的小册子”。这几部书不是以小说形式写成，而是作为论争性历史性强的宣传作品系列问世的。这些作品内容涉及教会、报界、教育及艺术等领域，雄辩地证明了金钱对教育和文化所施加的恶劣影响，阐述了教会、报界及大学如何蜕变成资本主义的工具。辛克莱以马克思主义理论分析和诠解美国文化，以期激励人们的想象，促进公众的觉醒。他的这些著作取得了惊人的成功。在 1940 至 1946 年间，辛克莱又出版了 7 部系列小说，即“兰尼·巴德系列”，包括《世界之末日》（*World's End*，1940）、《两个世界之间》（*Between Two Worlds*，1941）等。这些小说旨在以马克思主义理论诠释自第一次世界大战开始至第二次世界大战结束这个时期的历史发展过程。其中第一部《世界之末日》的题材新颖、构思紧凑，算是最优秀的。它主要讲述年轻的兰尼·巴德在爱情、事业、自知和谙知世事方面渐臻成熟的发展过程。当然，真正的主题是讲他生活在其中的世界，即 20 世纪早期资本主义发展时期的“大世界”。在反映客观现实的过程中，辛克莱在不经意中也描述了这个世界的多彩多姿、优雅和美妙；他对它因缺乏道德责任感及现实领导而呈现解体的描绘颇具真正的悲剧强度。《两个世界之间》等作品虽达不到《世界之末日》的悲剧高度，却也独具自身的丰富多彩的特点，把兰尼·巴德的爱情与婚姻故事向前推进一步，把书中的政治故事延展至 20 年代早期外交的复杂与徒劳阶段，其中也说到 1929 年的经济大衰退及法西斯纳粹主义的兴起。在这些著作中，辛克莱不少时候笔力不佳，叙事或描绘降至通俗杂志或通俗电影的水平，这无疑影响到人们对他的艺术水平的评价。

1898 年，美国文学艺术协会成立。1900 年会员已达 250 名。1904 年选举 15 名文学艺术协会成员，其中今日在文学史上留名的有豪威尔斯、马克·吐温及亨利·詹姆斯；后来又扩充至 30 名、50 名，今天不言而喻就更多了。豪威尔斯任文学艺术协会主席至 1920 年他去世时。年轻人则榜上无名。克兰、诺里斯已卒世，德莱塞正在东河岸上徘徊，罗宾逊尚无人感兴趣，女作家凯特·肖邦正声名狼藉，萨拉·奥恩·朱厄特已疾病缠身，等等。他们创作了 19 世纪 90 年代和 20 世纪初的文学珍品，但是他们却不能入大雅之堂。美国文人们在 1904 年仍把自己视为 19 世纪中期以后文坛光辉传统的传播者。世纪末的动荡，城市生活在文学中日渐重要的地位，新文学的萌芽，社会风尚的转变，这一切尚未在文学艺术协会的选举中得到丝毫反映。于是祖父们在贵宾席上就坐，神采奕奕，满面笑容，殊不知小辈们自出生起便未分享过他们的乐观情绪。20 世纪初的 10 年是美国文学新旧交替的阶段。新文学的良种已播入土地，只待风调雨顺即破土而出、茁壮成长了。虽然最富于创新的几位作家或早逝或备受冷落，他们无疑将是 1915 年后新潮流的先知。由于他们的努力，文学史上闻名的“迷惘的一代”才能在 20 世纪 20 年代迅速地受到热烈的欢迎和承认。世纪交替时期的“多重奏”宛似我国京剧的开场锣鼓，舞台已经准备就绪，只等主角登场了。

第六章　20 世纪 20 年代

第一节　20 世纪 20 年代简介

20 世纪 20 年代诗歌（1）：意象主义诗歌运动

20 世纪 20 年代简介

20 世纪 20 年代是美国文学史上伟大的十年。它在史书上占有独特的地位。这十年内出现的大量而出色的文学作品，充分反映出时代的精神面貌，值得后世传诵。归结起来，是两个重要因素把这个阶段变得不平凡的。一是第一次世界大战，一是 20 世纪初年的精神状况。第一次世界大战当中，美国发了一笔战争财，战后出现了经济膨胀，带来一种假繁荣，一时之间好似到处是钱，因此对 1929 年末华尔街股市的大崩盘完全没有思想准备。人们突然意识到科技取得了长足进展，汽车和收音机突然出现了，人们的眼界突然开阔了，知识突然增加了。电影、音乐、尤其是爵士乐的普及影响改变了人们的思维方式。一种新的工业经济开始发展，国民生活日趋城市化。随之而来的是大规模生产、大规模消费和娱乐，国家经济文化生活模式开始变化。一场社会变革在发生，原有的道德伦理观念在改变。比如妇女的地位在发生变化，与之相连的传统开始变化，在经济方面，一系列新工业项目业已出现，以满足她们的需要。又比如有些年轻女郎冲破传统束缚，穿短裙，饮威士忌，疯狂似地跳舞。尽管如此，有些头脑清醒的人们也深切感到，那是一个悲哀的时期，梦想业已化为泡影，国家经济问题严重，正向灾难滑去。这个年代里人们对法律似不如以前那么尊重，如引起人们不满的戒酒法，有些人便乘机违法走私。对于这一切，我们读菲茨杰拉德（F. Scott Fitzgerald）等人的作品，比如《了不起的盖茨比》（*The Great Gatsby*），这种感觉尤为深刻、强烈。

第一次世界大战之后，不少人普遍强烈感到失望。许多年轻人曾满腔热情奔赴前线，为保卫民主而战。然而战争的残酷现实令他们头脑清醒起来，于是什么英雄主义、爱国主义，以及对民主的热情，这些都已失去魅力而烟消云散了。人们对战争的浪漫概念已无兴趣，剩下来的只有失望了。19 世纪末克兰（Stephen Crane）在《红色的英勇勋章》（*The Red Badge of Courage*）中描绘战争的负面情况的模式，在 20 世纪 20 年代成为年轻作家描写战争所遵循的张本。我们读海明威（Ernest Hemingway）等人的作品，如《永别了，武器》（*A Farewell to Arms*），对此会有清楚的了解。

20 年代也是信仰危机加剧的年代。自从达尔文的进化论问世以来就日渐严重的信仰危机，到 20 年代更变本加厉。昔日人们从神话和幻想中得知生活的意义，到了现代科学发展的时代，神话已消失，幻想已破灭，现代人已不能接受那些无法令人相信的东西了。德国哲学家尼采（Nietzsche，1844－1900）宣布上帝已死。英国哲学家罗素（Bertrand Russell，1872－1970）宣称，宇宙已变得没有目的，人们不能再指望有慈悲的上帝伸出援手，一切努力、热情和憧憬到头来都会化作乌有，欲活下去，唯有在绝望中鼓起自己的勇气。没有信仰，人便无法使思想和感情保持一致，于是产生生活混乱、脱节以及支离破碎的感觉。没有信仰，人便失去安全感，于是产生忧郁、绝望情绪。到20世纪头十年末，一切似乎都在分裂，上帝似已丢下他的造物离去，宇宙没有了中心，生活没有了意义。现代西方成为一处空虚的精神荒原。20世纪20年代的诗歌、小说和戏剧精确地描绘了这种现实。我们读艾略特的名诗《荒原》（*The Waste Land*）等作品，便可窥见其中之端倪。

新的不同的经历要求新的不同的表现方式。文学艺术界感到旧瓶不能装新酒了。尤其是年轻一代都在摩拳擦掌，改革热情空前高涨。欧洲热气蒸腾，巴黎似已成为中心。各种新款式都在出炉，可谓万紫千红，美不胜收。印象主义、达达主义、表现主义、象征主义、超现实主义等等，竞相比美，极大丰富了文学艺术的表达力度。在老一代作家如叶芝（William Butler Yeats）、罗宾逊（E. R. Robinson）及德莱塞（Theodore Dreiser）等人继续创作、紧跟时代步伐的同时，现代主义大师们开始登场，不朽的文学巨著在迅速出现。比如英国的乔伊斯（James Joyce）与乌尔夫（Virginia Woolf）、法国的普鲁斯特（Marcel Proust）以及德国的托马斯·曼（Thomas Mann）等。在美国文坛上，也是一时人才济济，所谓“迷惘的一代”业已出现。这些人当然不“迷惘”，这个词语是说他们生活在那个特殊时代，旧的价值似已逝去，新的观念正在形成，他们头脑清醒，正努力上下求索。庞德（Ezra Pound）一马当先，扮演着带头羊的角色。艾略特（T. S. Eliot）的《荒原》诗如雄鸡破晓，呼唤出一大批“荒原”作家来共襄盛举。比如小说界的海明威、菲茨杰拉德和福克纳（William Faulkner），诗歌界的卡明斯（E. E. Cummings）、弗罗斯特（Robert Frost）、桑德堡（Carl Sandburg）、穆尔（Marianne Moore）及克兰（Hart Crane），还有威廉斯（William Carlos Williams）和史蒂文斯（Wallace Stevens）两员主将，虽然和庞德及艾略特在某些方面存在分歧，他们无疑亦在竭尽全力，表现时代的精神。还有戏剧界的奥尼尔（Eugen O’Neill）、赖斯（Elmer Rice）及格拉斯佩尔（Susan Glaspell）等人，我们下面辟专章谈戏剧时会作详细介绍。此外还有一些作家，他们的辛勤及历史作用不可忽视。像安德逊（Sherwood Anderson）、斯坦（Gertrude Stein）的坚持不懈的革新精神，凯瑟（Willa Cather）、刘易斯（Sinclair Lewis）的锲而不舍的创作实践，都极有令人称道之处。尤其值得一提的是黑人文学的"哈莱姆文艺复兴"运动，它不仅表示出非裔美国人民的觉醒，在更长远的层面上标志着美国多文化多种族文学的开端，在20世纪60年代及其后将产生深远的影响。当代美国文学的再界定、文学史及文学作品的再评价趋向，皆始于此。

20世纪20年代的诗歌（1）：意象主义诗歌运动

以其著名长诗《荒原》（*The Waste Land*）奠定这一时期文学的基调的T. S. 艾略特，1923年评论乔伊斯的《尤利西斯》一书时说，现代作家应当通过古今对比赋于无能和混乱的当代生活的巨幅全景以形式和意义。这一著名论述提出三点值得注意的看法。首先，诗人敏锐地感到现代生活经历的徒劳无益与零乱芜杂。谁也没有艾略特对现代社会的可怕、可憎的污秽面貌看得更真切。诗人麦克利什（Archibald Macleish）说，艾略特的五六十行诗比所有社会批评家对现代混乱的刻画都深刻得多。其次，既然现代人的生活混乱无常，支离破碎，那么诗人的任务就应该是以不同的经历为素材，写出给人以整体感的作品来。换言之，现代诗人的创作便是将性质各异的因素融合为一的艺术形式和秩序的过程。艾略特认为，以艺术形式表达感情的有效途径是运用"客观相关物"，即以具体的客观存在表现抽象的主观思想。第三点则关系到"以古喻今"，诗人应利用过去和传统的材料丰富想象，描绘今天的状貌。艾略特认为，现代生活的否定性特征唯有通过和古代的肯定性特点相比较，才能令人突出地感觉出来。熟悉现代美国诗史的读者知道，艾略特的这一论述是欣赏和理解现代诗及其他现代文学作品的最好钥匙。面对以混乱和支离破碎为特点的现代生活的挑战，现代诗人在其诗作中都表现出一种寻求秩序和意义的强烈愿望。有不少诗篇具有史诗般的长度，由许多在形式上并无联系、但内容却统一的独立部分组成，每部分都表现某种凌乱的经历、事件或情景，其效果宛如交响乐一般。"寻求"的主题在各部分反复出现，给混乱带来秩序，使支离破碎状态呈现为新的整体。此外，现代诗的突出特点还在于借用过去和传统来烘托和加强"寻求"的气氛。例如庞德的长诗《诗章》（*The Cantos*），便由120章组成，克兰的《桥》（*The Bridge*）也是很好的例子。

20世纪初年英美现代诗史上出现的重要革新运动是意象主义诗歌运动。这个运动由一些英美年轻诗人发起。这些年轻诗人发现，传统诗学已不能充分表现新的时代，诗歌创作急需革新。他们聚在一起，研讨和切磋，希望找到诗歌创作的新途径、新方法。这个运动在短期内经历了三个发展阶段。第一阶段是1908至1909年间，以英国诗人休姆（T. E. Hulme，1883－1917）为首的年轻诗人组成一个"诗人俱乐部"，每周三在伦敦索豪区一处会餐和讨论诗歌问题。其间主要是休姆谈诗歌技巧，强调"绝对准确的表达而无任何罗嗦"。美国著名诗人庞德有时在场，介绍法国普罗旺斯诗人的诗歌。休姆指出，诗歌已不再主要表现英雄行为，而应着重表达诗人思想中倏忽即逝的念头，诗的技巧也应能巧妙地记录一瞬间的印象，而最有效的表达方法是运用外界物体的形象做为诗的"主导意象"。意象主义新诗运动便由此而得名。休姆认为，每一字词都必须是一能看到的意象。意象是对实在物体的表现，要让读者能这样去认识它；每一诗句都应是实在的一块，一块泥土，一个可看到的影像。休姆指出，诗人要找到自己的具体的实在的语言去进行艺术表达。可惜休姆的诗才未能得以施展，便在第一次世界大战中丧生，但他生前几年的活动已足以使他获得"意象主义诗歌理论家"的称谓。休姆的所谓"倏忽即逝""一瞬间”都是现代生活缺乏秩序和整体感的反映，而他的“意象”则很有“客观相关物”的意味，区别在于他要求一首诗内只有一个“主导意象”。总的说来，这一阶段说的多些，作品不多。

意象主义诗歌运动第二阶段（1909～1912）的实际领导者是庞德。这个人思想敏感而活跃，精力充沛。他曾影响过大他 20 岁、业已功成名就的爱尔兰诗人叶芝，曾“发现”和扶持过现代作家艾略特、弗罗斯特、乔伊斯等人，故有现代诗鼻祖之称。庞德为“意象”所作的简括定义是:“描绘一瞬间出现在脑际的复杂的思想与感情。”1912 年，他和美国女诗人希尔达·多利特尔（Hilda Doolittle 或 H. D.，1886－1961）等人发表意象派诗歌三原则:（1）直接描绘主观的或客观的“事物”;（2）决不使用无助于表达的任何词语;（3）关于节奏，依附于音乐性词语的顺序，而不是依照节拍的顺序进行写作。第 1 条旨在反对 19 世纪“丁尼生式”诗歌中抽象的道德训诫与浮华之风，反对任何解释和说明，主张用鲜明的意象，直接表达诗人的感受与体验。第 2 条主张言简意赅，剔除与意象无关的任何多余的成分。第 3 条说明，在韵律上，诗歌创作要突破英诗传统格律五步抑扬格的限制，追求一种更灵活的自由体;诗的音乐美在于句中字与字之间的错落起伏，而不是行与行之间的重复押韵。三年后，美国女诗人艾米·洛厄尔（Amy Lowell，1874－1925）把三条扩充为六条，但基本精神未见大变。意象派诗歌通过“意象”——即客观的具体事物的排列，重叠或穿插，收到相互映衬的效果，使内心外现，抽象变具体。它要求诗人摆脱五步抑扬句的传统的羁束，运用自由体。诗句可不合辙押韵，可以长短不齐，以给诗人更多的表达自由。由于强调对瞬间经验的感性捕捉，意象派诗歌多以短小见长；也由于诗人剔除了诗中所有的解说成分，甚至必要的关联词，意象派诗歌往往表现出很大的歧义性：读者所面对的，只是一个或数个客观意象，而对其中的象征意义，不同的读者则难免有不同的理解与联想。这便要求读者在阅读中充分调动自己的创造性思维及想象力，尽可能设身处地地去体会诗中的意境与情感，然后再将这些感性的体验归结为理性的认识。要求读者的积极参与（participation），正是现代诗歌的基本特征之一。现代诗歌史上闻名的意象诗歌佳作不少，比如庞德的《在巴黎地铁站上》（“In a Station of the Metro”），威廉斯的《红色手推车》（“The Redwheel Barrow”），桑德堡的《雾》（“Fog”），以及希尔达·多利特尔的《奥瑞德》（“Oread”）等等，都是典型的例子。在这一新诗歌运动中，对希尔达·多利特尔（H. D.）应当多说几句。

H. D. 是意象派诗歌的主要代表人之一。庞德曾说过，意象派新诗运动最初就以出版 H. D. 的诗作为目的而发起的。她的诗作典型地体现出意象派诗歌创作原则。她的诗多短小精悍，具有一个主导的意象，用字以简代繁，以直接、具体、生动地再现自己的感观为准则。她的诗明朗、洗练，极少空洞的阐述或逻辑推理，总是通过客观事物的形象，作用于读者的感官，充分发挥读者的想象力，从而取得提示的效果。H. D. 刻意追求灵活的、充分表现瞬间感受与体验的艺术形式，反对传统的五步抑扬格的束缚，崇尚自由体。她注意声韵效果。她的诗常运用古典意象（classical images），她想象中的希腊乃是一个完善的梦想的世界。H. D. 在美国文学史上素以意象诗人闻名；但从 20 世纪 60 年代起，美国当代诗人如罗伯特·邓肯（Robert Duncan）等，开始注意她诗作中抒情的特点，他们认为有必要对这位女诗人进行再评价。H. D. 的名作《奥瑞德》（“Oread”）一诗是庞德最欣赏的一首意象诗。诗人此处以古希腊神话中的山林女神奥瑞德为标题，借以在时间上赋予本诗以永恒的意义；诗人把此刻的感受与上古仙人的经历放在同一框架中进行审视，形成一种苍茫的历史感。诗中的意象颇具独特的意匠，比如在山林女神（或诗人）看来，翻起的波浪宛若尖顶的松树，拍击在山岩的浪花好似一片片冷杉，等等。H. D. 诗中的意象大多取自自然中两个对立的侧面，如本诗中的山峰与海洋。对于这些对立，可作多种理解，如历史与现实，贫瘠与丰收，欢乐与哀伤等等，读者可有比较开阔的想象空间。

在英美诗歌发展史上，意象主义新诗运动占有相当重要的位置。除意象派诗人希尔达·多利特尔、理查德·奥尔丁顿（Richard Aldington）、艾米·洛厄尔等人以外，英美在20世纪的重要诗人如艾略特、史蒂文斯、D. H. 劳伦斯、卡明斯、乔伊斯、麦克利什及卡尔·桑德堡（Carl Sandburg，1878－1967）等人，诗风虽各有异，但从他们身上都能看出意象诗的影响。美国著名诗人克兰（Hart Crane，1899－1932）的长诗《桥》（*The Bridge*）也呈现出该诗派的烙印。因此可以说，意象主义诗歌是诗坛革新的表现，又是推动革新的力量。诚然，它的美学原则也含有一定局限性，如要求诗人运用一个起主导作用的形象贯穿全诗等，注定它不能产生伟大诗篇及伟大诗人。在上述著名诗人的创作生涯中，“意象主义”仅是其创作的一个阶段，一个迈向伟大的境界的跳板。但是意象主义创作原则对英美诗歌的发展已产生过并仍在继续产生着影响，这一点是毋庸置疑的。

第二节　20世纪20年代诗歌（2）：庞德／艾略特

埃兹拉·庞德（Ezra Pound，1885－1972）

庞德是美国著名诗人，生于爱达荷州海利市，在宾夕法尼亚州长大。他在汉密尔顿学院和宾州大学读书，主修罗曼司语言，饱读古典文学。在宾州大学学习期间，他结识了两位年轻诗人威廉·卡洛斯·威廉斯和希尔达·多利特尔（Hilda Doolittle）。他熟读英国诗人罗塞蒂（Dante Gabriel Rossetti，1828－1882）和史文朋（Algernon Charles Swinburne，1837－1909）的诗作，对勃朗宁（Robert Browning，1812－1889）钦仰备至，对惠特曼的重要性也开始有所认识；后来惠特曼的诗歌对他的文学创作产生了全面而持久的影响。1908年庞德到达欧洲，在威尼斯发表第一部诗集《灯光熄灭之时》（*A Lume Spento*）。之后，他回到伦敦，决心革新英诗，逐渐成为文学界活动的中心人物。他和T. E. 休姆（T. E. Hulme，1883－1917）一起，发起意象新诗运动（Imagism），和理查德·奥尔丁顿（Richard Aldington，1892－1962）、希尔达·多利特尔等人一起于1912年提出意象派诗歌创作三原则，主张描述直接、表达凝练、不照节拍顺序写作。庞德在自己的创作中认真运用这些原则，他的《在巴黎地铁站上》（“In a Station of the Metro”）已成为意象诗的经典作品。在他的指导下，意象新诗运动在英美诗歌史上谱写了重要的一章。

1914年后，他又和画家温德姆·刘易斯（Windham Lewis，1882－1957）一起发起“漩涡主义”（Vorticism）运动，主张创作以一种意象为中心的感染力强的诗歌。“漩涡主义”对庞德的长篇诗作《诗章》（*The Cantos*）产生了深刻影响。在伦敦期间，庞德作为芝加哥小型杂志《诗歌》（*Poetry*）驻欧洲的记者，竭力奖掖诗坛新秀，罗伯特·弗罗斯特、T. S. 艾略特及玛丽安·穆尔（Marianne Moore）等诗人的脱颖而出，都和他的提携与赞助有关。他还影响过20世纪初便已功成名就的爱尔兰诗人叶芝（William Butler Yeats，1865－1939）。说庞德是20世纪前20年英美诗歌革新和复兴的主导力量，并不过分。在这期间，他发表了诗作《人物》（*Personae*，1909）、《狂喜》（*Exultations*，1909）、《向塞克斯特斯·普罗波蒂斯致敬》（*Homage to Sextus Propertius*，1917）及《休·塞尔温·莫伯利》（*Hugh Selwyn Mauberley*，1920）和译著《华夏》（*Cathay*，1915）等。《华夏》是庞德所译的中国古诗集。

约在1915年，庞德开始创作他的鸿篇巨制《诗章》，1921年到巴黎后，继续这部长诗的写作。他同客居巴黎的美国作家格特鲁德·斯坦等有所交往，对海明威等年轻作家不吝指导。1924年移居意大利的拉巴洛，悉心研究和创作，《诗章》的写作出现长足进展。20世纪30年代初，他愈益相信墨索里尼代表着建设性的鼓舞人心的力量，可以消除贫苦、疾病和流血。第二次世界大战期间，他在罗马电台多次发表亲法西斯、反犹太种族的演说，战后被捕，以判国罪被押回美国受审判，经过医院检查，被宣布为精神失常，在华盛顿的圣伊丽莎白精神病院长住12年之久。其间他在比萨牢笼里书写的《比萨诗章》（*The Pisan Cantos*）于1948年获柏林根诗歌奖，使文学界为之哗然。后来，经过诸如弗罗斯特、艾略特及海明威等著名文豪的多方努力，庞德终于在1958年获释回意大利。《诗章》经过他长达半个世纪的惨淡经营，数目已达100余篇。庞德回首几十年的荣枯得丧，承认自己一生的失败，行将就木之前很有一种"风高花闲满地黄"的凄凉之感。1972年，他在威尼斯病逝，享年87岁。

庞德是英美现代诗坛一位巨匠。他谙熟古今，善于旁搜博采，撷取各国文明之长以为己用。他的诗作突出地体现出古希腊诗歌、古意大利诗歌、古英诗以及法国中世纪普罗旺斯诗歌传统的影响。庞德还是中国古代文明的歌颂者，对孔子的思想非常崇拜；他似乎从中国文明中看到了现代西方所急需的理智和理想。庞德对中国文化的认识始于1913年，当时他结识了美国著名东方学者厄内斯特·凡诺洛萨（Ernest Fenollosa，1853－1908）的遗孀，后者把丈夫的东方文化研究手稿交付他收藏。其后几十年内，庞德不断研究中国文学与诗歌，探索孔子哲学的真谛。象形表意的汉字和充满意象的中国古代诗歌对庞德的诗歌创作产生了深刻影响，孔子哲学的基本思想成为贯穿《诗章》的主导精神。庞德认真翻译过《四书》和《诗经》，对在西方传播孔学起过一定作用；当然由于他的诗人性格和不很通晓中文两种原因，他的译文错讹遗漏之处甚多。从历史角度看，庞德虽曾在二战中一时失足，但他对美国及西方现代文学的发展做出的杰出贡献是不容怀疑的，西方评论界对此业已做出公正的评价。特别值得一提的是，他的《比萨诗章》在内容上探讨自我，富自传性，在艺术形式上属沉思型，语言也取自日常生活，这些都突破了现代化的文体的界限，而向后现代化诗歌前进了一步。所以，庞德在美国后现代时期成为新诗歌的先驱和先知，他和威廉斯一起成为新一代诗人的典范：查尔斯·奥尔森（Charles Olson）称他们为鼻祖人物。

庞德一生著作甚多。除诗作外，还有不少散文作品，如《罗曼司精神》（*The Spirit of Romance*，1910）、《要革新》（*Make It New*，1934）、《阅读入门》（*ABC of Reading*，1934）、《文化指南》（*Guide to Kulchur*，1938）、《影响：论愚昧和美国文明的衰落》（*Impact: Essays on Ignorance and the Decline of American Civilization*，1960）及由诗人艾略特编辑的《埃兹拉·庞德的文学论文集》（*The Literary Essays of Ezra Pound*，1954）等。

下面简单介绍庞德的几首短诗和他的长诗《诗章》。

《协约》（"A Pact"）这首短诗表明了庞德对惠特曼较全面的理解和评价。惠特曼对生活所采取的积极和乐观态度，在 20 世纪曾引起包括庞德在内的许多诗人的不满。然而，他在革新美国诗歌形式和内容方面所做的贡献，及在这些方面对包括庞德在内的后代诗人的影响，是毋容置疑的。庞德对惠特曼的认识经历了一个从厌恶到承认的过程。

《在巴黎地铁站上》（"In a Station of the Metro"）是意象主义诗歌的一首上乘佳作。1913 年的某天，诗人从巴黎的协约车站走出潮湿幽暗的地铁。他在忽明忽暗的熙攘的人群里，看到了几个美丽的面孔，几个女人和儿童的美丽面孔。这一场景给他留下极为深刻的印象。他开始搜索枯肠，几经努力，曾写成 130 余行的诗，终因不如意而销毁。后来他才写下了两行充满内在活力的日本俳句式的诗。在这首诗中，诗人运用的意象是"阴湿的树枝上面的几片花瓣"。他用阴湿的树枝比喻潮湿幽暗的地铁，用鲜艳的花瓣形容人的美丽脸庞，从而捕捉住事物的形象，寥寥数笔便勾勒出一幅气氛融洽的影像，写出了比兴恰切的精妙诗句。

《休·塞尔温·莫伯利》(*Hugh Selwyn Mauberley*) 被认为是庞德的最优秀的作品。它写的是艺术的商业化和贬值、艺术家的失望和失败，以及诗人本人的思想。这首诗里的不少成分说明，它具有明显的自传性质。它痛苦地记录了诗人从拒绝写"利于社会"的诗（如他在《向塞克斯特斯·普罗波蒂斯致敬》一诗中所表明的那样）到最后懂得唯美主义在现代世界上行不通这样一个转变过程。全诗共由两部分组成：第 1 部分共有 13 首诗，第 2 部分包括 5 首诗。第1部分第 1 首诗写诗人对自己的自我流放和象征性死亡的思考；第 2、3 首写艺术和现代文明的堕落；第 4、5 首哀叹价值的衰颓、第一次世界大战的残酷；此后的 7 首诗回顾了 19 世纪 80 年代以来西方的文学历史状况，说明了艺术家的离异和降格；在最后一首诗中，诗人重申对美的信念和对艺术的献身精神。总的说来，第 1 部分描绘了诗人在一个冷漠世界中的不断追求。第 2 部分依然写诗人的追求，但层次有所不同。诗人在追求，希冀找到他的真正的家、他的伊大卡（Ithaca）和彭妮洛佩（Penelope)，然而最后他却发现，他的"真正的彭妮洛佩"是福楼拜（Gustave Flaubert，1821－1880）的真正艺术，即现代世界上的真正古典主义；而这种美是脆弱的，不为人所欣赏的。诗人感到失望，将视线转向内心世界，孤独感于是油然而生。他开始怀疑艺术的作用，认识到自己的艺术的不完善之处。他不相信自己会离开艺术世界；又觉得世界既不能理解和欣赏他，他也不可能为之效力。该诗淋漓尽致地勾勒了艺术家在现代世界里的困境。

庞德的代表作应推他的长诗《诗章》(*Cantos*)。《诗章》由 120 余章组成。这首耗费了诗人大半生的长诗是庞德"1915 年后的思想日记”。它记录了诗人在长达半个世纪时间内的经历和见地。恰如交响乐的乐章一样，它可分成不同诗组。前6章确定诗中讲话人的身份为奥德修斯—庞德；第7章似为过渡章。第8至11章为《文艺复兴章》，第14至16章为《地狱章》，把西方现代社会比做腐败、肮脏的地府。第13章援引孔子关于“秩序”的论述，使前面诸章内的污浊空气一扫而光，让读者抬首望到天堂般的光辉与安谧气氛（第16～17章），此后10余章总结、强调已谈到的主题，为后面阐述诸如约翰·亚兰斯等美国开国元老的社会经济原则（第30～41章、第62～71章或《亚当斯章》）埋下伏笔。这些章是一组现代资本主义经济活动的特写镜头。第49章引用中国古典诗歌与古代舜王时的《卿云歌》，第52章为《礼记》的意译，而第53～61章则是著名的《中国章》，简述自古至清代乾隆帝时的中国历史，都表现出诗人渴求天下大治的愿望。《比萨章》（第74～84章）与《石钻章》（第85～95章）把读者首次带入现当代生活，是诗人在极度痛苦、经历了深思熟虑之后的基本态度的总结。《列王章》（第96～109章）及《草稿与片断》（第110～120章）在对现代西方精神“荒原”的巨画作进一步描绘之后结束长诗。

《诗章》在不少方面体现出现代诗的共同特点。面对以混乱和支离破碎为特点的现代生活的挑战，现代诗人在其诗作中都表现出一种寻求秩序和意义的强烈愿望。《诗章》同艾略特的《荒原》（*The Waste Land*）、哈特·克兰（Hart Crane）的《桥》（*The Bridge*）等诗一样，具有史诗般的长度，由许多在形式上似无联系、但内容却统一的独立部分组成，每部分都表现某种凌乱的经历、事件或情景，其效果宛如交响乐一般，“寻求”的主题在各部分反复出现，给混乱带来秩序，使支离破碎状态呈现为新的整体；《诗章》又和不少其他现代诗作一样，借用过去传统来烘托和加强“寻求”的气氛。因此，这首由120诗章组成的长诗便产生了如艾略特在其《荒原》第 5 章内所说的“这些片断我用来支持我的残垣断壁”以及他所说的现代作家应当“通过古今对比给当代生活无能和混乱的巨幅全景以形式和意义”的艺术效果。

《诗章》是美国现代诗歌的巨著，不乏优美的抒情笔墨和铿然有力的辩辞。庞德善取多种文化之长，将其熔为一炉，说《诗章》是由多种成分熔铸锤炼而成是有道理的。通篇用典，多种语言的出现，在增加诗的韵味和创设诗的意境的同时，也自然增加了理解该诗的难度。仅以第 4 诗章为例，里面就熔入多种古今文化成分，诸如特洛伊战争、古希腊诗人品达（Pindar，522－443D.C.）的奥林匹克颂的序诗、希腊神话女神雅典娜对古底比斯城的建造者卡德摩斯的讲话、古罗马诗人奥维德（Ovid，48B.C－17A.D.）及其《变形记》（*Metamorphoses*）、希腊神话中的马身人面怪、爱神维纳斯、酒神狄俄尼索斯、菲洛米拉的故事、宙斯与达那厄的故事、亚克提庸和月亮女神黛安娜的故事、希腊名将阿基里斯的故事、古罗马抒情诗人贺拉斯（Horace，约 65－8B. C.）的诗作、古罗马诗人卡特拉斯的新婚曲、普罗旺斯传说、圣母玛利亚、中世纪法国的传说、小亚细亚古国利底亚王的传说、罗马皇帝戴克里先的斗技场、日本的传说、日本传统的“能剧”、中国古代楚国作家宋玉的《风赋》、古大米底亚国（Media Magna）的记载，等等，不一而足。所以，庞德的这首长诗即便是英美学者也多望而却步，敬而远之，时至今日，也无人敢说全无疑难之处了。

T. S. 艾略特（T. S. Eliot，1888－1965）

艾略特是美国著名诗人、剧作家、评论家，出生在他祖父创立华盛顿大学的圣路易斯，自幼受到良好的古典文学教育，1906 年入哈佛大学学习，在著名学者桑特亚那（George Santayana，1863－1952）、欧文 •巴比特（Irving Babbitt，1865－1933）及巴雷特 •温德尔（Barrett Wendell，1855－1921）等人的指导下苦读，接受他们的启蒙影响，巴比特的“过去可被用来衡量、约束、丰富现在”的思想对他感染尤深，日后反映在他的文学批评理论中。他业余阅读但丁之作，但丁后来成为他最推崇的诗人。他还研读了善以讽刺笔触描写现代城市风貌的法国诗人拉法格（Jules Laforgue），这位诗人赋予他一种在英诗中显得新颖而富独创性的风格。1911年他写成具有强烈现代色调的《J. 阿尔弗雷德·普鲁弗洛克的情歌》（*The Love Song of J. Alfred Prufrock*）一诗。艾略特先后获得文学学士、硕士学位，又开始攻读博士学位，并在巴黎大学、牛津大学等处深造以后，于1915年在英国定居，以教书、做银行职员、为书局撰写书评为生，同时继续诗歌创作。英国现代派作家弗吉尼亚·沃尔夫（Virginia Woolf，1882－1941）等人曾努力募捐，以使诗人能全力以赴从事创作，艾略特谢绝了她的好意。这期间艾略特的诗歌在运用鲜明的感官意象、极其灵活的语调以及具有高度表达能力的节奏方面，都表现出独特的风格。1920年他发表《小老头》（“Gerontion”）一诗，1922年发表具有划时代意义的长诗《荒原》（*The Waste Land*），描绘了战后欧洲的精神危机，读来好像“迷惘的一代”的宣言书一般。《荒原》奠定了艾略特在美国诗坛首屈一指的地位。《空心人》（“The Hollow Men”）于1925年问世，其悲观情绪不亚于《荒原》。艾略特1917至1919年间担任杂志《自我主义者》（*The Egoist*）编辑，1922年创立《标准》（*The Criterion*）杂志，并任编辑至1939年。《圣灰星期三》（*Ash Wednesday*，1930）及《四个四重奏》（*Four Qartets*，1943）的发表标志着艾略特在思想上已转向保守。艾略特还是一位剧作家。他对诗剧的兴趣可追溯到他在哈佛读书时期。他写诗剧惯用的形式是戏剧独白。20世纪20年代艾略特又潜心研究了古罗马悲剧作家塞尼加（Seneca，？－65A. D.）的剧作传统。他的剧作包括《力士斯威尼》（*Sweeney Agonistes*，1932）、《大教堂凶杀案》（*Murder in the Cathedral*，1935）、《鸡尾酒会》（*The Cocktail Party*，

1950）及《机要秘书》（*The Confidential Clerk*，1954）等。艾略特写诗剧的目的之一在于扩大他的作品的读者面。

艾略特也是一位杰出的评论家。他善于以精辟和富有权威性的语言表达其他人经常想到和提到、然而不能准确讲出的论点。然而作为一个文学理论家，艾略特有时思想混乱、自相矛盾，不像约翰逊（Samuel Johnson，1709－1784）、柯勒律治（Samuel Taylor Coleridge，1772－1834）或阿诺德（Matthew Arnold，1822－1888）那样具有独特见解，那样别开生面；但他是美国文学评论史上最成功的"文学独裁者"，在相当一段时间内左右了文坛的动向。在他的评论的影响下，弥尔顿和19世纪英国浪漫诗人被重新评价，堂恩（John Donne，1573－1631）及其"玄学诗派"、但丁和法国象征主义诗人的作品的读者剧增；他还使人们认识到过去时代的文学的活力以及到英国文学以外的文学世界里汲取营养的必要性。艾略特的文艺理论的基本观点包括传统与个人天才间的关系，以及过去、现在和未来的关系等方面。他最闻名的理论是"非个人化或客观化理论"和"客观相关物"的理论。艾略特认为，艺术家的进步在于不断地"牺牲自我"或"消除自我"。他用"非个人化"来表达这个思想。艾略特主要要说的是，诗人要表达的不是一个"人"，而是一个用特殊的意料之外的方式表达印象和经验的特别媒介。这里说的印象和经验或许对"人"（即诗人）重要，但对诗不重要，反之在诗中居重要地位的印象和经验对"人"却并不一定重要。所以他说，诗歌不是感情的放纵，而是对它的躲避；不是对"人格"的表达，而是对它的躲避。唯有如此，方可取得艺术效果的普遍适用性。与此相关的一点是，文学批评的焦点应是诗歌本身，而不是诗人，诗歌本身乃是一独立实体。这些观点成为后来"新批评"理论的基础，影响了整整一代人的诗歌创作。艾略特的"非个人化"理论的具体体现是他的"客观相应物"原则。他说，"在某些人的头脑中，某些从读书和生活中获得的记忆变得富有感情意义。所有这些都可以运用，虽有失于明晰，但能达到强度。”艾略特将这一概念引伸为“客观相关物”，即如他所说的,“成为表达一种特别感情的方式的一组物体、一种情势、一连串事件”，或客观物成为表现感情的比喻或象征物；在艾略特诗中，比喻和象征一般代替直接的陈述。在这种诗歌里，诗人很难表达自己，很难做到题材自传化，很难做到风格为沉思型。诗人经常要有代言人或曰“角色”做自己的话筒。文本与读者间便产生距离，文学欣赏中的“紧迫感”或“身临其境感”减弱了。这些是日后引起后现代派诗人反弹的地方。事实上，艾略特本人到后来也感到了某种局限性，到20世纪30年代后期、40年代初期他创作《四个四重奏》时，他的表达风格便出现了变化，比如诗中插入了对个人经历的表现，语调也富有沉思性倾向了。当然他在这方面的表现不如庞德或威廉斯，所以他在二战后的后现代时代威望下降了，而庞德或威廉斯则成为新时期的先知人物。在关于目前、过去与未来的关系方面，他的基本思想特点在于，过去可以决定现在，而现在又可以决定未来，记忆可以“打捞”起很久以前的事件和感情，使之成为现实的一部分。诗人要善于巧妙地“借用”过去。过去的优秀之处可与现代的缺陷相对照，而成为衡量现代生活的标尺。艾略特的诗是一种持续的复杂的思想流动，一种过去和目前的记忆的混合。艾略特的评论文集包括《神木》（*The Sacred Wood*）、《风格及秩序论文集》（*Essays on Style and Order*）、《伊丽莎白论文集》（*Elizabethan Essays*）、《古今文集》（*Essays Ancient and Modern*）、《诗歌的用途和评论的用途》（*The Use of Poetry and the Use of Criticism*）及《拜异教之神》（*After Strange Gods*）等。

艾略特是20世纪20年代以后最有影响的美国诗人。在他的同时与以后，出现了相当一批作家，来描绘西方现代“社会荒原”的面貌，这些作家被后世称为“荒原作家”。艾略特敏锐地感到现代生活经历的徒劳无益与凌乱芜杂，真切地看到现代社会的可怕与可憎。现代诗人麦克利什（Archibald Macleish，1892－1982）说，艾略特的五六十行诗比所有社会批评家对现代世界混乱状态的刻画都深刻得多。这样，艾略特便无形中成为一代“荒原作家”的领袖。1927年，艾略特加入英国国籍。同年，他宣称自己是“文学上的古典主义者，宗教上的英国国教——天主教教徒，政治上忠于皇室”，公开转向保守，这伤害了许多他的崇拜者的感情，招致了强烈的指责，犹如晚年的华兹华斯（William Wordsworth，1770－1850）被人斥骂为“垮掉的领袖”一样。诚然，艾略特作为一个伟大的诗人，最终还是超越了政治和宗教甚至文学理论的局限，他在诗歌创作方面独辟蹊径，他的文风对英美诗坛的影响直至20世纪50年代后期方见减弱，时至今日仍是一股不可低估的传统力量。艾略特1948年获诺贝尔文学奖。

艾略特的诗一般较难懂，这一方面固然是诗中形象和意象系列的不连惯性所致，另一方面也是由于诗人喜欢旁征博引的缘故。因此，许多关于艾略特的评论集中在考证他的引语的来源上。此外还应看到，艾略特虽在文学、政治和宗教方面倾向保守和传统，然而他的技巧革新、他在诗歌语言和形式方面的尝试却毫不保守和因袭旧规。如果他的思想似有一个保守的外框，框内的图画却有时近似毕加索（Pablo Picasso）或达礼（Salvador Dali）在大约同一时期所进行的绘画革新式样。作为诗人，艾略特颇受法国象征主义、詹姆斯·乔伊斯（James Joyce）的名著《尤利西斯》（*Ulysses*）及美国诗人埃兹拉·庞德的影响。艾略特的代表作《荒原》标志着现代英美诗歌的一场革命，在表达意识方面，在把貌似互不衔接的见闻、物体、感觉、经历等相连成有机整体方面，明显地师法了乔伊斯的现代派革新；而这首诗是经过庞德的修改后才问世的。艾略特堪称为一代诗圣。没有他的努力，英美诗坛便不会有今天的面貌。读他的作品是了解现代英美诗歌的钥匙。

下面介绍一下艾略特的最闻名的两首长诗。

《J. 阿尔弗雷德·普鲁弗洛克的情歌》(*The Love Song of J. Alfred Prufrock*)发表于1917年，现已成为美国文学经典作品之一。它描写了一个悒郁不乐、无所作为、颇具悲剧性的20世纪西方知识分子的形象。普鲁弗洛克的悲剧性缺陷是他的胆怯，他的致命的“天罚”是他的理想主义。他谙知一切，但却一事无成；被挟持在生与死两个世界之间，他的归宿却未定；他内心有炽热的爱，却又不敢向他的所爱启齿。普鲁弗洛克对生活已绝望，他洞悉生活的空虚，却未发现可以替代或填补之物。感情上的矛盾和失意贯穿于全诗的始终，使之包孕丰富，回味无穷。本诗的结构同它所表达的感情与情绪密切相关。全诗可看做是一种内心独白。它描述许多貌似互不相关的场面、事件和形象，诗人似乎随意由一个场面移向另外一个场面，由一种想法飞跃至另外一种想法，过渡突兀，衔接纷乱，充满矛盾和奇怪的并列或穿插。然而仔细寻味便会发现《情歌》杂而不乱，错落有致。诗中各种内容的联系多非逻辑性的，而是以所要表达的感情或情绪为转移的联想为贯穿始终的线索；这一线索将貌似无关但却表现同一种感情的许多意象串接在一个有机体中。艾略特擅长通过比喻或象征来表达思想。《情歌》是记忆、观察、冥想和评论的混合体，这些因素多以某种象征或意象出现，而一种特殊的意象又成为一种特殊的感情的表达方式。甚至诗中的标点符号也独具匠心，尤其在诗的关键转折部分，用法出人意料，作用也不同寻常。这种委婉的表达方式对揭示一个优柔寡断、沉吟不决的人的内心状貌无疑是最合适不过了。

做为内心独白，《情歌》似受惠于英国诗人勃朗宁（Robert Browning，1812－1889）。它也把法国诗人拉法格（Jules Laforgue，1860－1887）的自嘲手法运用于严肃的目的上。这首诗又有浓郁的詹姆斯（Henry James，1843－1916）的风采，特别是在文字方面。詹姆斯的小说《戴黑纱的科妮莉亚》(“Crapy Cornelia”, 1909)或许为艾略特提供了这首诗的轮廓。詹姆斯的小说讲的是一位独身的中年人走访一位年轻女人，欲向她求婚，但考虑到他们之间的不同之处便中途改变初衷。这篇作品的开首几章可能为艾略特提供了一些点缀性细节，而它的结尾，中年人和他的寡妇朋友科妮莉亚所说的“我老了”，又极可能成为艾略特诗中第120行“我已老了”的底本。

《情歌》顾名思义，既为情歌，就应有情歌的韵味，但读后人们发现《情歌》竟是“没有感情之歌”。该诗的讽刺意味由此可见一斑。《情歌》的序诗取自但丁《地狱篇》第28章（*Inferno*, XXVIII）。这是《地狱篇》中吉多·蒙特费尔特罗（Guido da Montefeltro）同过访地狱的诗人但丁讲话。吉多因欺骗罪而在第8层地狱受熬煎，他全身被火焰包围，在但丁询问他的名字时，他对诗人讲了上述一番话。序诗是诗作的有机组成部分。它可在三种意义上同诗本身相关联。其一，倘把全诗视为普鲁弗洛克的内心独白或冥想，那么他和吉多一样在欺骗人的理智；再者，倘把内心独白中的“you”视为普鲁弗洛克性格中被压抑的一面，那么普鲁弗洛克又和吉多一样自由地暴露自己的本来面目而又不必为隐私的公开而担心；第三，普鲁弗洛克也和吉多一样处在地狱般的景况中，受到疑惧和犹豫不定的情绪的折磨。

《情歌》第1行的“you”如理解为普鲁弗洛克的“id”，便可设想，普鲁弗洛克可能一直坐在家里冥思痴想。他在傍晚时分怀着孤寂、不安及抑郁的心境去走访或想象去走访，内心矛盾和踌躇，害怕接触一个极其棘手的问题。他可能是去求婚。他虽有情欲，但无勇气行动。想到时间迫切，但他依然趔趄不前，在拖延中苟且偷安。他需要时间准备好会见女人时的面部表情。他整日沉湎于幻梦而一事无成，在咖啡与茶点中打发日子。他害怕将要会见的女人，终日为其所累而痛苦不堪。他要打退堂鼓。他有点秃顶，细腿细胳膊的，女人对他的长相会嘲笑吗？他感到自卑。向女人求爱的简单问题因他的高度紧张而显得如搅乱宇宙的秩序一样严重，他仍在痛苦中延宕。普鲁弗洛克在想象中逐步接近女人的住宅。他听到了声音。他害怕女人们用固定的眼光看待他。他欲挣脱使他生活黯然失色的女人。他在冥想中对女人产生了片刻的然而却浓厚的兴趣，欲火仍在他胸中闪动。但他可能经历过性生活的失败，他可能性功能不足。他依然柔情缠绵，但欲言又止，他终于开口了，然而却未说完。在说过一句试探性的话后他又退避三舍，回到原处。他依然想做努力，但依然怀疑自己的能力。他知道自己不是一位精力旺盛、使命感极强的施洗礼的约翰，也不是可复活的拉撒路，也不是最终还是做成了一件事情的哈姆雷特王子。他无法讲清自己的意图。他畏惧、敏感、紧张。他最多是一场戏中开场或扫边的配角，或剧中所必有的插科打诨的丑角。他承认自己无能、无力的状况。因此他发出失意和精神疲乏的长叹。他接受了命运的安排，承认他的失败，他将摆脱上流社会的清规戒律，到海滨去散心，听美人鱼迷人的歌声，可惜这歌却不是为他而唱的。普鲁弗洛克又陷入美人鱼的诱惑中。他又开始幻想。海的形象展示出他对理想的美、爱情和生机的向往，然而好景不长，现实把他从梦幻中唤醒，“我们”——即表示他分裂的本性中的两面“you”和“I”——又合而为一，复又淹没在无聊及无望的现实中。普鲁弗洛克坐在原地，依然故我。《情歌》说明普鲁弗洛克及其上流社会实际上处于一种虽生犹死的状态。

艾略特具划时代影响的作品是他的长诗《荒原》。1921年秋，艾略特在庞德为他取得的一项基金（Bel Esprit Fund）的资助下，到瑞士西部的洛桑（Lausanne）休养，其间写成《荒原》（*The Waste Land*）初稿。回伦敦前，他在巴黎逗留期间拜访庞德，把诗稿留他审阅。庞德挥笔把篇幅削减近一半。艾略特深为叹服，故在发表之际将此诗敬献给他：“献给埃兹拉·庞德 / 最卓越的匠人”（For

Ezra Pound il miglior fabbro）；“il miglior fabbro”引自但丁《炼狱章》（*Purgatorio*）第 76 节第 117 行。约在 1922 年底，艾略特将标示着他本人的修改及庞德的审校文字的原稿送其友约翰·奎因（John Quinn），奎因 1924 年逝世后，原稿便失踪近 40 年，1963 年方重见天日，成为传世奇珍。《荒原》最初刊载在 1922 年 10 月的英国《标准》（*The Criterion*）及同年 11 月的美国《日规》（*The Dial*）两杂志上。

《荒原》的内涵在其序诗内有所体现。最初，艾略特援引英国作家康拉德（Joseph Conrad，1857－1924）所著《黑暗的中心》（*The Heart of Darkness*，1902）里一个名为库尔茨的人物的临终叫喊声“可怕!可怕!”做其诗序，庞德不以为然，指出康拉德的地位尚不足以服众，艾略特于是转引古罗马讽刺家佩特罗尼斯（Petronius，公元 1 世纪）所著的《风流韵事记》（*Satiricon*，XLVIII）里的一段话：“因为我亲眼见到古米的西比尔吊在一只玻璃瓶里，当孩子们问她，‘西比尔，你想要什么？’她总是回答说，‘我想死。’”据希腊神话，古米的西比尔是女预言家，她是宣布神谕的圣洞的保护神，又是冥府的守卫。曾爱她的太阳神阿波罗施予她预言能力，但她忘记向太阳神要永恒的青春和健康。她被关在瓶中枯而不死的形象，是荒原人虽生犹死的最好写照。如果说艾略特的早期诗歌充满失望、无能为力、百无聊赖的情绪，那么，《荒原》所表达的则是绝望和死的愿望。在荒原上，生活业已失去意义，存在的痛苦需要死的麻醉，生的意志亦已枯竭。死的愿望固然表示自我毁灭和否定生活，然而逃脱荒原的欲望又体现出对生活的肯定态度。身处荒原的诗人，感官虽已因活力的干枯而麻木，但依然能对肥沃的、美丽的、克服荒芜的事物做出反应。荒原固然满目荒凉，但人尚未冷漠和绝望到自我毁灭的地步。“古米的西比尔”又有痛苦挣扎以求解脱的一层蕴涵。

艾略特说，他在《荒原》一诗的题目、规划及其象征手法方面，曾受益于弗雷泽（James Frazer，1854—1941）的《金枝》（*The Golden Bough*）和魏士登女士（Jessie L. Weston，1850—1928）的《从仪式到传说》（*From Ritual to Romance*）。弗雷泽毕生从事祭仪、神话和宗教之间的关系的研究，他对祈丰仪式（vegetation ritual）及繁殖神（fertility god）的见解尤令艾略特感兴趣。弗雷泽指出，古代民族把四季交替及年景丰歉同繁殖神的健康相连。繁殖神健壮，性能力强，便春光明媚、风调雨顺、大地丰茂；神如死亡或性能力减弱，便冬寒、干旱、万物凋谢。古人每年象征性地杀死和埋葬繁殖神，后再庆祝他的"复活"，以祈求五谷丰登，这便是祈丰仪式。魏士登女士主要考证圣杯（The Holy Grail）故事的原委，认为它是祈丰仪式的变种。圣杯的传说有多种，其大意是古代有渔王（Fisher King）冒犯天威，上帝动怒，伤其阴部以示惩罚。渔王阳萎，王国遂成荒芜不毛之地。为使国王康复、大地回春，骑士们出发寻找圣杯。据传圣杯是耶稣在最后的晚餐上用过的杯子，也是圣徒约瑟（Joseph of Arimathaea）用以接被钉在十字架上的耶稣之血的杯子。寻觅圣杯的人并非一定要拿到圣杯，但是他必须找对地点，提问有关圣杯的正确问题；正确的提问便能治愈受伤的国王，恢复大地的生机；否则一切皆为徒劳。魏士登女士指出，圣杯故事后来同亚瑟王传奇联系在一起：渔王的国土荒芜达千年之久，直到亚瑟王时代方有诸如高文、帕西瓦尔、兰斯洛特、加兰等圆桌骑士外出寻觅圣杯。魏士登女士的著作直接影响了艾略特的创作构思过程。《荒原》显然得名于渔王阴部受伤、王国变作荒原的情节。全诗的潜在线索是骑士寻找圣杯；诗的突出特点之一是性爱的失意，这是寻杯努力已失败的标志，是荒原人精神贫乏的体现。在为《荒原》所做的注释中，艾略特建议读者阅读一下《金枝》及《从仪式到传说》两书，以加深对诗的理解。

《荒原》共分成五个形式独立但内涵相关的部分：《死者葬仪》

（“The Burial of the Dead”）、《弈棋》（“A Game of Chess”）、《火的布道》（“The Fire Sermon”）、《水里的死亡》（“Death by Water”）以及《雷霆所说的》（“What the Thunder Said”），各部分间的转折经常十分突然。每部分又由不同诗节组成，各诗节间的过渡也很突然。细读该诗会发现，在句法上诗人又多用并列结构，给人一种脱节之感。所有这些都旨在赋予读者以现代生活经历的凌乱与零碎感。全诗由一系列宛如诗画的幻景和短述组成，语言遒劲而优雅，感情充沛而强烈。季节的更替，过去的回忆，无能的女相士，地狱般的普鲁弗鲁克式伦敦城，酒吧间的闲话，无精打采的女打字员与“满脸疙瘩”的青年人交媾等等画面，透过预言家铁瑞西斯（Tiresias）的意识，投射在读者的面前。泰晤士河水，载着它的污秽的漂浮物及其历史的记忆，在城内流过；伫立在岸边的诗人仿佛哈姆雷特（Hamlet）一样，在观察和沉思，迦太基在火中被夷为平地的历史又浮现在他的脑际，他用抒情的诗笔以水的乐声为被淹死的腓尼基水手弗莱巴斯作挽歌。之后传来雷的神秘声音，出现标示世界与灵魂荒原的枯朽和死亡的各种可怕形象，同时又闪现出祈求雨水和永恒安定的希望。

这些相互之间似不关联的内容，恰好反映出西方现代人的思维特点：他们缺乏信仰，对生活已失去整体感，世界呈现出一片混乱、脱节、支离破碎之状。上帝似乎已丢下他的创造物而离去，宇宙没有了中心，生活失掉了意义，人已失去安全感，绝望情绪便油然而生。《荒原》正是20世纪初西方这种精神状态的逼真写照，是欧美有识之士运用艺术手段解救西方精神危机的努力的重要体现。

《荒原》难解，世人皆知。其原因之一是作者通篇用典，掌故之多，历史覆盖面之广，令人望而生畏。所用文字多达七种，某些文字包孕深邃，难以钩探。最费神的要推圣杯故事在诗内的体现。谁为渔王，谁为骑士，经常变幻，不易捉摸。诗的说话人“我”

的身份迄今依然众说纷纭。费迪南王子和渔王本人都有似“我”之处，诗人的意识贯穿首尾，也有“我”的意味。艾略特指出，铁瑞西斯博古通今，洞彻事理，是诗的讲话人。铁瑞西斯是精神敏锐、感情——性能力——萎蔫的典范。这个神话人物具有重要的人类学意义。据奥维德《变形记》讲，希腊神话主神朱庇特同妻子朱诺在关于男女交媾谁最快活的问题上争论不休，曾请变成过女人的铁瑞西斯作仲裁。铁瑞西斯赞同主神的观点，认为女人受益最多。朱诺怒不可遏，使他双目失明。主神出于怜悯，施予他以先知的能力。艾略特在一尾注中指出，铁瑞西斯虽身处旁观地位，并非诗内人物，但却是全诗最重要的成员。铁瑞西斯观察人世事态，一切人、事都通过他的脑海而交融在一起，全诗宛如他的“意识流”，穿流过他的意识的历史框架。“铁瑞西斯所见到的”把诗中各不相关的事物联结成为有机的统一整体。艾略特对铁瑞西斯的尾注也有欠妥之处。铁瑞西斯不仅是“旁观者”，而且是他这时忆起的行动的参与者。他参与了卜卦、女打字员、荒原跋涉等事件，在诗的开首、中间和结尾处，他担任了不可或缺的综述评论者的角色。在他的头脑中，一切都在交织混合；一切都在这位古先知意识的迷宫中呈现出超越时间和地点的限囿的永恒状态。《荒原》一诗已成为传世佳作，时间的流逝也不能磨灭其永恒的光辉，原因之一便在于此。

这里以第一部分为例对此诗的状貌稍微勾勒一下。这部分的题目“埋葬死者”是英国国教的《祈祷书》内悼念死者仪式的标题。在这一礼仪中，圣保罗宣布说，死者将复活，不会腐败，我们将会变化。因此，仪式的基调是再生。诗歌开首说到，四月春光明媚，万物复苏，是最美好的季节。然而，荒原上的人并不为冬去春来、大地的复苏而高兴，因为这提醒他们死的“安稳”已消失，生的周期又开始了。他们喜欢毫无生机的冬季，“冬眠”和“春生”在其认识中恰巧倒置过来。这种倒置不仅赋予强调复活的

"埋葬死者"仪式和《埋葬死者》章以讽刺的内涵，而且是理解《荒原》全诗的钥匙。在铁瑞西斯看来，春天虽到，大地依然如在冬季时一般死气沉沉，铁瑞西斯（或荒原人）有生的欲望，无生的行动，往昔业已逝去，欲望和回忆在这种境况里混合起来。冬寒不能使人暖和，铁瑞西斯在以怀念之情回顾荒凉和死亡统治的冬季。他满足于让冬雪把他覆盖，因为冬雪掩埋了春天此时又使之复活的感情，使他在忘却中苟活。一度精力旺盛而现在感情萎蔫、精神沮丧的铁瑞西斯受着欲望和回忆的熬煎。记忆把铁瑞西斯带回到过去的一个春天，那时他尚年轻，复活的季节带来滋养生命的雨露和阳光，他立在慕尼黑附近的斯丹卜格西湖畔，一个名叫玛丽的立陶宛女郎的声音出现在他的记忆中，她在复述幼时一次充满畏惧、兴奋和对自由的渴望的感情经历。玛丽对山的喜爱（欲望）同充满畏惧的记忆混合在一起，她的生活并非进取和满足，而是一种失意和隐遁。

在死比生更受人欣赏的世界里，"抓住不放的根"和"从这堆石垃圾中"长出的树枝都成为一种骇人的异常现象。这里有的只是"一堆被打碎的日象"和生活被摧毁后的混乱状态，太阳直射在大地上，在无水的情况下，它不仅不是生活的源泉，而且成为无情的摧毁者。这种一片荒凉的景象酷似《旧约全书》中《以西结书》《以赛亚书》《传道书》《约伯记》以及《新约全书》里《路加福音》中某些章节所记述的某些情节。诗中说石头，可能是指耶稣死后被亚马利太的约瑟（Joseph of Arimathaea）葬在石墓里，墓口顶上的一块石头。亚马利太的约瑟是保存圣杯的人，于是引出圣杯和寻找圣杯的主题。诗中似引用英国伊丽莎白时代戏剧《菲拉斯特》第 3 幕第 2 场写菲拉斯特怀疑公主阿瑞修莎与人私通，盛怒之下向她发泄自己对女人的怨愤说的话里提到"影子"。这一象征在某种意义上可以说和性关系、女人相关。讲话人铁瑞西斯似在回忆往日他年轻力壮时做过的事，那时他不像渔王，而是和一名寻求圣杯的武士一样，同女人有过交往。“影子”所象征的似是性关系的失意，他的畏惧的心情用“一把土”的形象表达出来。

在荒原上，肉体爱的失意象征精神的空虚或死亡。诗中援引德国作曲家华格纳的歌剧《特利斯坦和伊索尔德》中的特利斯坦和伊索尔德的爱情悲剧故事。这是亚瑟王传奇故事的重要组成部分。特利斯坦是亚瑟王的一名圆桌骑士，康沃尔国王马克的侄子。马克王钟爱爱尔兰国王之女伊索尔德公主，便派他前去迎亲，归途中俩人误饮爱情酒，于是深深相爱起来。回到康沃尔后，国王与伊索尔德完婚，但她与特利斯坦柔情不断，终被国王发现，特利斯坦在负伤后被遣回家乡布列坦尼。临终前渴望公主前去一见，屡派仆人去海边观望，然而大海空旷，不见一帆。后待公主赶至时他已卒世，公主也随之自尽。特利斯坦和伊索尔德的遭遇引出风信子姑娘在花园的场面。风信子姑娘在花园的场面以对爱的期望开始，以失意和沉寂结束。在这里，读者又听到铁瑞西斯对年轻时的一次经历的回忆。风信子是以古希腊繁殖神风信子（Hyacinthus）命名的花。风信子姑娘象征浪漫的爱情及肉体爱的快乐；然而她又具有圣洁的气质和风度，宛如亚瑟王传奇中手托圣杯的神女一样。如传奇中的渔王一样，铁瑞西斯同女郎在水清花茂的地方相遇，但是希望没有实现，爱情没有成功。倘若他照圣杯传说向姑娘提出恰当的问题，他便完成了骑士寻觅圣杯的重任，渔王便可康复，国土便可重新肥沃起来。但在风信子花园同姑娘相会时，他却呆若木人，虽生犹死，未能接受献给他的爱情。体现爱和美的风信子花是邀请荒原人铁瑞西斯共享爱情的象征，荒原人既无力接受女郎的“赠”，也无法面对圣爱之光，肉体爱和精神爱都已失败。荒原女郎因此在瞬间颇似圣女，令人忆起但丁的比阿特里斯，然而场面倏忽即逝，余下的只有空旷的大海。“光的中心”及“一片沉寂”说明，荒原人面对春季到来、万象更新而表现出的灰暗精神状态，荒原上一片荒芜、毫无生机的状貌，可在风信子花园的经历中寻觅到其产生的原因：荒原人无力享受肉体爱和精神爱，而从宗教意义讲，爱情即信仰。荒原人的病根乃在于他们的信仰危机。这是《荒原》的基本主题。

索索斯特里斯夫人的存在表明，荒原上也有神谕传布者，但是他们的魔力和见地也因患重感冒而削弱了许多。她也可能是风信子女郎的一种滑稽脸谱，一种不同一般的圣杯神女。圣杯传说有多种，其一讲到，在武士未能提出正确的问题以后，年轻的圣杯神女便成为苍老的巫婆。艾略特在诗内还提及太洛纸牌，目的可能有二：一为表达他的讽刺意味，“沉寂”或生活的意义只能由一位无能的女相士借助于同样无能的纸牌来加以诠解，现代西方的滑稽不言而喻。二是借机介绍一些诗中即将出现的人物与事件：腓尼基水手，米兰王与下文里的“水中之死”“命运之轮”的含义，士麦那商人尤金尼地菲先生，“被绞死的人”等等。女相士所见到的荒原人群正在“命运之轮”上旋转，精神空虚，毫无目的性。荒原人群很滑稽地酷似传说中显示咒符的圣杯队伍，他们的生活百无聊赖。诗中所说的“虚渺的城”可能指伦敦，当索索斯特里斯夫人望见的人群川流不息地“流过伦敦桥”，每个人的目光都盯着自己的足前。在冬日清晨棕色雾笼罩下的伦敦城，显然象征着幽暗和毁灭的地狱，是死灵魂之城。这些人乃是道地的行尸走肉。荒原人生活单调乏味，他们日复一日，按时沿着固定的路线越过小丘、经过威廉王大街，到达坐落在这条街上的圣玛利乌尔诺斯教堂，这教堂似有圣杯城的意味。钟打 9 点，这死的声音标志着一天的工作开始，人们又进入百无聊赖、毫无意义的一天，开始在人间地狱行进。诗中提到 Mylae（迈里），古时布尼战争中罗马人战胜迦太基人的一次海战地点，同下文的腓尼基水手联系起来。诗中还提到被杀死的繁殖神，精神上的“再生”，荒原人的惧怕再生等等。至此，本章内容首尾呼应，周而复始，荒原人精神之麻木状，可见其端倪。结尾诗人援引波德莱尔《恶之花》的序诗《致读者》最后一行，说把无聊写成人之极恶，读者也知道这一点，他们却还帮闲凑趣，故曰“虚伪”。

第一章的内容之丰富与理解之艰涩是《荒原》全诗风貌的充分体现。

第三节 20 世纪 20 年代诗歌（3）：威廉斯 / 史蒂文斯

威廉·卡洛斯·威廉斯（William Carlos Williams，1883—1963）

《荒原》的发表激怒了美国著名诗人威廉斯。他立即直觉地意识到这首诗的传统抑扬格形式及其悲观情绪将对美国诗歌发展产生不利影响。威廉斯是美国著名诗人。他出生在新泽西州的拉瑟福德区，就读于宾夕法尼亚州大学医科，后来赴德国学习儿科，回国后在故乡行医，直至 1951 年退休。威廉斯一生很少离开美国。20 世纪 20 年代他曾两度赴欧作短期旅行，遇到了当时欧洲文坛的名作家叶芝、乔伊斯、瓦雷里等。在宾州大学学习期间，他曾结识庞德，受到他的很大影响。1909 年，他自费出版第一部诗集《诗》（*Poems*），但没有引起世人的注意。1913 年出版《气质》（*The Tempers*），初次显示出他的诗歌的特点。1923 年，他的诗集《春天及一切》（*Spring and All*）问世后，威廉斯已成为美国诗坛的一位主要诗人。威廉斯一直保持着与欧美主要作家和画家的联系，从他们那里汲取自己所需要的艺术营养。他的《一篇中篇小说及其他散文作品》（*A Novelette and Other Prose*，1921—1931）反映出立体画派的影响；他的《柯拉在地狱中》（*Kora in Hell*，1920）体现出超现实主义的印记；此外，还有意象派诗歌的影响等。

1926 年，威廉斯获《日规》（*Dial*）奖，1950 年获全国图书奖，1952 年和诗人麦克勒什共获伯林根奖，同年被任命为国会图书馆诗歌顾问，但后因被指责有左倾思想而未能到任。20 世纪 50 年代初先后出版了他的《早期诗集》（*Collected Earlier Poems*）、

《晚期诗集》（*Collected Later Poems*），短诗《沙漠音乐》（“The Desert Music”）和《爱的旅程》（“Journey to Love”）。1962年，他的诗集《布鲁格尔的名画》（*Pictures from Breughel*）问世。威廉斯的最著名的诗作应推《红色手推车》（“The Red Wheelbarrow”），他迄今仍有“红色手推车诗人”之称。他的压卷作是长诗《佩特森》（*Paterson*），共5卷，自1946年首卷问世至1958年第5卷付梓，先后费时达10余年；1960年底拟写第6卷，未能如愿，便于1963年卒世。威廉斯还是一位小说家，写过《白骡》（*White Mule*）等三部曲；他还是一位剧作家，他的剧作收集在《爱情的梦及其他剧作》（*Many Loves and Other Plays*，1961）。他的散文作品《美国性格》（*In the American Grain*，1925），通过叙述拓荒者和作家的生平及作品，指出美国人特有的性格，美国人及美国作家所特有的文化和地理环境因素，强调了“本土”的重要性。威廉斯还写了《自传》（*Autobiography*，1951），出版了《散文选》（*Selected Essays*，1954）及《书信选》（*Selected Letters*，1957）等著作。

威廉斯对文学创作有自己的独立见解。他对诗歌的性质、诗人的作用，以及诗歌创作，有着鲜明的、与艾略特很不相同的观点。他之所以进行诗歌创作是因为他想写诗；他不认为自己必须得到当时诗坛的巨擘如艾略特、庞德及叶芝等人的承认才行。现代诗歌的明显特征之一是诗论的多元化。艾略特和威廉斯各代表着一种极端倾向。事实上，威廉斯一生都是反艾略特的，他花了许多时间抨击艾略特。他和艾略特的对抗至少从后者《荒原》（*The Waste Land*）一诗的发表时就开始了。他认为这是对美国自由诗歌的一种反动。威廉斯极不赞同庞德—艾略特式的“国际的”、旁征博引的、文人味十足的诗歌。他主张美国诗歌必须根植于美国本土，着眼于美国本土，这是美国诗歌创作灵感和素材的源泉；同时诗人的灵感和想象力必须根植于现实世界中。现实世界是一切艺术的基础。威廉斯认为，诗歌只有表现出乡土的状貌才能具有普遍的意义。他一生都致力于在乡土环境中寻觅艺术的原动力的基本原则，致力于通过诗歌再现美国的生活、美国的灵魂和美国的音乐。细细品味他的长诗《佩特森》和其他短诗，即可了解到他的这种苦心。威廉斯坚决主张诗歌必须使用普通人的语言及这种活语言的韵律来表现日常生活，诗歌必须剥去一切虚饰，剔除一切哲理的、形而上学的议论，不可使之在诗歌中占有任何位置。威廉斯一生所写的最重要的一行诗应推《佩特森》第 1 卷里的“思想仅寓于事物中”（No ideas but in things）。他主张，写诗要用具体的事物来表达，诗人要通过具体事物进行艺术构思。诗人不应以玄妙为本，而应该像医生医治病人一样从具体和特殊出发，在特殊性中发现普遍性，发现现实世界与精神世界的关系、古和今的关系，用自己独特的方法表达富有创见的思想。对威廉斯来说，现实生活是诗人创作的起点和终点。经过诗人仔细观察和充分理解的具有各种细节和节奏的生活，其本身便是地道的诗歌。诗人如能忠于现实，坚持客观地反映现实，那么，他不用雕琢刻画，不用引经据典，生活的浑金璞玉自有其瑞彩仙气放射出来，诗的生命就会永葆青春。威廉斯认为，诗歌创作如果不是从生活、从现实世界，而是从书本和过去寻觅灵感，那么它就失去了自身存在的目的和意义。他坚信，如果自己背离对生活的信念，他便一定会绝望。而他一生的确总是着眼于他的祖国的。威廉斯一生孜孜不倦地进行着自由体诗、“重音诗”（accentual verse）技巧方面的尝试。他认为，诗歌不应仿效《荒原》那样运用英诗传统的抑扬格，而应该运用实际语言的节奏，一种随重音而变化的节奏。他的努力取得了出色的成果：他创造了一种可以包罗各种情感、吸收各种经验的通俗文体。他成功地把诗歌变成生活里的语言。正如美国当代诗人罗伯特 • 洛厄尔（Robert Lowell）1962 年所说的，除威廉斯外，没有任何其他的人看到了美国或听到了它的音乐。

公众对威廉斯的承认是在他创作生涯的后期。在很长的时间里，他仿佛生活在艾略特和庞德的阴影中。《荒原》出版后，威廉斯曾担心美国诗歌会改变方向，会从着眼于现实世界转变到在形而上学的基础上建立信念，会从形式的尝试折回到对诗律习俗的沿袭上去。事实证明，他的担心是不无根据的。艾略特的影响直到20世纪50年代才开始减弱，威廉斯的诗歌才有机会发挥它的作用。综观美国当代诗坛，威廉斯的影响最广泛、最深远。所有的主要流派，包括自白诗、黑山派、纽约派等，都承认他们受到了威廉斯的理论和实践的影响。他的声音已成为美国现当代诗歌史上的一个强音。

下面简介威廉斯的几首名诗。

《红色手推车》是威廉斯最著名的一首短诗，它充分体现了诗人的诗歌创作理论。威廉斯一生主张写实，反对抽象的、逻辑周密的论述，认为客观事物本身就寓有诗意。一辆红轮子手推车，轮子刚在雨中滤过，一片晶亮中透出光艳照人的红色，又和站立在旁边咕咕啄土的一群小鸡的白色交相辉映，这在威廉斯看来是最美好不过的诗了。诗中几个简单的字如“手推车”“水”“鸡”等，被放在各行的关键位置上，一下子具有了一种在其他情况下它们所没有的意义。小诗以其特有的静物写生的特征感染着读者的想象力，使人们意识到，认识和体味存在于日常现实生活中的这种美，对生活和诗歌创作都是极重要的。这大概应是本诗第1行的内涵所在。

《春天及一切》（“Spring and All”）是一首写自然的诗歌，它几乎通篇写观察和知觉。它旨在捕捉冬天即将离去然而又仍在徘徊、春天即将到来然而又仍在踌躇的那一瞬间。诗中没有描述早春的闲话和俗套，每行都充满感染读者视觉的活生生的意象，令人真切地意识到冬春交替时美妙的自然景象。本诗以其感人的视觉印象而著称，被认为是威廉斯在诗歌创作中把握客观性的醒目的例证。威廉斯同样是通篇写观察和知觉的一首诗歌名为《白花》(“Queen Ann’s Lace”)，写的是满地白花一统天下的美妙景象，读后令人极为感动。

《佩特森》(*Paterson*)是威廉斯的代表作，共5卷，第1卷于1946年问世。当时威廉斯已在诗苑内笔耕近40载，他作为美国现代主要诗人的地位已稳定，他的诗作已开始对美国当代诗歌的发展进程发挥举足轻重的影响。最初，他计划写4卷：第1卷介绍“本土的自然特点”，第2卷描绘现代风景，第3卷寻求一种使之发出声音的语言，第4卷写瀑布下的河流及由此忆起的往事。第2、3、4卷分别于1948年、1949年和1951年出版之后，他发现自己叙述的乃是一个漫长的没有结尾的故事；同时他又希望在自己的心目中保留一个完整的佩特森的形象。于是又写了第5卷作为结尾，于1958年出版。然而，这仍不是结尾。1960年底和1961年初，威廉斯又开始计划写第6卷，并且逐步写了几页札记和草稿。但是他未能完成该卷，便于1963年去世了。

《佩特森》体现了威廉斯的美学观点。他通过写这首长诗，希冀寻觅一种可以体现他周围的可知世界的意象。他曾说：“我在故土自己生活的细节中居住得愈久，我便愈发现，需要把这些孤立的观察和体验汇总到一起，以获得‘深刻性’。”《佩特森》第2卷内有一行著名的诗：“我为什么要从这个地方搬走？/我是在这里降生的。”这一行诗明确表现出诗人对故土的无比深情和眷恋。他对早期田园般的佩特森的描绘，表现出他对故土的强烈热爱。他望见了河谷中的农田，望见了人民简朴的田园式生活，他们身穿家织衣服，自己饲养禽畜，室内是铺沙的地板、粗糙的家具，他们的生活虽有些原始，但却安静、快活。威廉斯在这里，在他的家乡——新泽西的佩特森，发现了艺术和诗歌的源泉。

《佩特森》在技巧上是革新的。它从容不迫地时而运用诗歌，时而运用散文，时而巧妙自然地加进自白、对话和书信，以其清新、飘逸的风格忠实地再现出生活自身恬静的节奏。长诗以极其灵活的形式包括了它所表现的诸多主题。威廉斯一生不断进行的自由体和重音诗的尝试在长诗中开花结果了。他通过运用丰富的想象力，运用亲耳听到的语言，成功地把自己熟悉的周围环境和外貌，提高到具备新内涵的精神高度和境界。在二战以后，美国诗坛风云又变，诗歌创作进入后现代时期，《佩特森》以其独特的风格，和庞德的《比萨诗章》一起，同领风骚，成为新时期新诗歌的模范，两位诗人一起成为新时期的诗坛泰斗。

华莱士·史蒂文斯（Wallace Stevens，1879—1955）

史蒂文斯是美国著名诗人。他出生于宾夕法尼亚州一个律师家庭，中学毕业后曾在哈佛学习 3 年，后辍学，到纽约法学院学习法律。1904 年起当了几年律师，但很不得意。1908 年在一家证券公司的纽约办事处任职，几年后到康涅狄格州哈特福特保险公司工作，最后升任该公司董事长。早在哈佛大学期间，史蒂文斯的诗作便在《哈佛月刊》（*Harvard Advocate*）上发表，后来他虽忙于从商，但从未停止过写诗。他在两个貌似矛盾的领域——保险业和诗歌创作中都取得了成功。他一向认为，诗人应在现实和想象两个领域内生活，努力在它们之间架设桥梁。他一生热衷于探讨和表现这两个领域的关系。这是理解他的诗歌的关键所在。

史蒂文斯最关心的问题是在这个道德沦丧、信仰动摇、孤独苦闷的现代世界中，艺术家的价值与艺术的价值究竟何在？支撑西方世界千余年的基督教传统价值及道德规范既已被摧毁殆尽，人们的精神空虚及信仰危机何以补偿？对于这些问题，诗人的回答是：现实中失去的秩序与信念可在艺术中重现，艺术家应像过去的教士乃至上帝那样，在这个迷惘的世界中为人们指明方向，做他们的精神向导。用史蒂文斯的话讲，诗人的职责在于“在人们的现实生活中肩负起自己的使命，并努力为他们和他本人创作出他们在这种生活中所需要的诗歌”。史蒂文斯的诗反复探讨想象力的作用。他认为诗人要从污秽的现实里发现美、快乐、意义和目的。在他看来，具有想象力的诗人是英雄般的诗人，诗歌是现代生活中的一种重要启示，它启示人们看到英雄主义，看到现代人正视现代生活的虚无性质，并赋予生活以秩序和意义，给人以勇气和力量。史蒂文斯的这种艺术观和19世纪浪漫主义诗人柯勒律治在其《低沉颂》（“Dejection：An Ode”）中所表达的概念如出一辙。

在艺术上，史蒂文斯有自己的特色与追求。他有意识地与当时诗坛的各种运动保持适当的距离，他的诗歌所表现的中心主题是艺术（想象）与现实的关系。他认为艺术应稳固地根植于目前的现实生活中；艺术作为一种创造，只有以现实为基础方具有客观的真实价值，“梨的形象并不 / 依从观察者的愿望”。另一方面，现实生活的混乱和无意义也可通过艺术得到克服。史蒂文斯的这种探讨集中体现在诸如《关于高度虚构的笔记》（*Notes toward a Supreme Fiction*，1942）等作品中。他极重视语言，并深挖语言的表现功能。他的诗风简洁，流畅自如，常常借用绘画与音乐的表现技巧，意象鲜明，内涵朦胧。他还故意不使用韵脚，以便读者对字面效果的欣赏与理解不受韵律流动的干扰。史蒂文斯和济慈一样，注意从感官角度描绘世界，他的诗有声有色，充满各种独特的意象。以颜色为例，蓝色在他的诗中为天的颜色，常代表想象、愿望；绿色代表大自然的生命活力；红色代表生命力和生殖力，等等。在诸感官中，他最重视视觉，他的诗中充溢着各种视觉意象。只是到了后期，史蒂文斯的诗风才变得越来越富于沉思味道，有时令人感到费解。总的来说，史蒂文斯是美国诗歌史上对诗歌艺术追求最执着、成就也最大的伟大诗人之一。他对美国诗歌创作影响很大，当代诗人西奥多·罗特克（Theodore

Roethke，1908－1963）曾在一首诗中说，“噢弟兄们，他是我们的父亲!”这表明了年轻一代对他的景仰。在一定意义上讲，他开了二战后美国沉思型诗歌的先河。当代著名诗人阿什贝里及阿蒙斯等人都深受其影响。

史蒂文斯应当说是一位“晚熟”的诗人。1923 年他的第 1 部诗集《风琴》（*Harmonium*）出版时，诗人已经 44 岁了。他的主要作品有：《关于秩序的思想》（*The Idea of Order*，1935）、《携蓝色吉他的人》（*The Man with the Blue Guitar*，1937）、《一个世界的某些部分》（*Parts of a World*，1942）、《转入夏季》（*Transport to Sumraer*，1947）、《秋天的晨曦》（*The Auroras of Autumn*，1950）、《诗集》（*Collected Poems*，1945）、《遗作集》（*Opus Posthumous*，1957）以及文集《必不可少的天使》（*The Necessary Angel*，1951）等。

下面介绍史蒂文斯的名诗。

《坛子的故事》（“Anecdote of the Jar”）所表现的可能是艺术的功能及其与现实的关系。在所有民族的文化史上，陶器和瓷器是人类艺术创造力的最佳体现。坛子可能是艺术和想象力的象征；田纳西州的荒野是自然界的象征。当把坛子立在荒野山丘上时，一个奇迹出现了：本来杂乱无章的荒野变得秩序井然。换言之，坛子为荒野带来形式、秩序和意义。诗人可能在说，人所见到的秩序是他自己造就的，他所生活的世界大多也是自己造就的。另一方面诗人又似乎在说，坛子作为人造的“艺术品”又与其周围的一切有所不同，它不能生长树和鸟；它所以能发挥任何作用，又是因为有周围世界的存在，即它对四周的自然界有依赖作用，自然界对它有限制作用。

《在基韦斯特的秩序的思考》（“The Idea of Order at Key West”）一诗表现了艺术家通过想象赋予无形、流动不定的现实以秩序和形式，从而创造了一个新世界的艺术创作过程。诗中在海边歌唱的女孩可能代表进行艺术创造的诗人或任何人。该诗表明，人所了解的——真正了解的——唯一世界是他通过艺术想象所见到和理解的那个现实，其余一切都是流动不定、没有形式和意义的。诗的第 1 节描写一个女孩在咆哮的大海边唱歌。第 2 节讲女孩所唱的虽然是大海声音的再现或重复，但是大海的声音经过她（艺术家）的歌喉，便已脱离其自然的形体而成为艺术品。第 3 节指出，之所以如此，是因为她是歌（艺术品）的创造者，而大海（自然界）仅是她的创造汲取素材、得以进行的场合而已。第 4 节说的是，产生于艺术与自然相互作用的艺术品，高于单纯的大海的声音或“她”和“我们”的声音。第 5 节是对诗人艺术观的直接陈述：艺术家被赋予了造物主的地位；对艺术家来讲，只有艺术所创造的世界才是真实的方向与秩序的赋予者。全诗以对创造秩序的艺术欲望之赞叹而结束。

《冰淇淋王》（“The Emperor of Ice-Cream”）是一首挽歌。一个女人死了，这个事实便是具有变动能力的想象力也改变不了。让我们看一看我们亲眼见到的悲惨事实吧。世上除了想象力——或曰头脑的冰淇淋，或曰冰淇淋王，或那位并非存在的“肌肉发达”的神——世上除了它如此天真而任意强加的秩序外，再没有别的秩序可言；让现实结束幻象吧。第 2 节直接表达见到的死者的实况。女人躺在那里，浑身冰冷，一动不动，绣有扇形尾巴鸽子图案的被单也没能盖住她那僵硬的脚。诗人似在说，无论艺术或是虔诚面对事实都无所作为了。史蒂文斯在谈到这首诗时曾说：“这（首诗）穿着故意做得寻常的衣服，然而在我看来却包含着诗歌的某种基本的艳丽。”诗中寻常的成分无疑是那些普通的人或物；诗的艳丽之处可能是诗行的声音，特别是压头韵的第 3 行和诗节结尾的重复句。

《星期天的早晨》（“Sunday Morning”）描绘一个女人在星期天早餐时刻沉思的景状。它写出她的见、闻、感觉和思绪，也夹杂着诗人对她这些体验的评论；两者又常常相混合，产生一种微妙的艺术效果。在这首诗中，基督教的信念和态度与异教的观点和态度形成鲜明对比；异教的观点和态度是以对生活的深刻体验为基础的，其中也不乏对太阳和大自然的崇拜。诗主张人在生活许可的范围内尽量愉快地实现自我的价值，其语气不免有些悲伤的成分。对于死，诗的态度既凄伤，又冷静。这种复杂的感情使全诗具有一种独特的悲壮意味。这首诗表达了人与环境、与今世、与自己都要和谐无争的愿望，描绘了人为实现这种愿望而应体验的人与自然的协调、人与自然环境的相互依赖，以及通过对绝对价值的理解而应得到的对永恒的信念。

诗的第 1 节说“她”在安息日的早晨坐在阳光铺地的院中用早餐，在大自然的宁静和丰饶中，想到了死，想到了在巴勒斯坦遇难的耶稣。第 2 节说到她面对气象万千的自然界和自己的现实生活与情感，开始怀疑神圣和永恒是否只存在于黑暗和梦幻之中，进而认识到神圣性就存在于美丽的自然界和她的自身之中，这个现实世界是衡量她的心灵的尺寸。第 3 节谈“她”的思绪转移到古代神话中的主神宙斯，他虽为天神，但从未斩断尘缘；进而想到人神合一、人神不分的世界的情状。第 4 节中“她”提出“除此尘世，天堂何在”的想法；诗人似发议论说，任何福地乐土都不如阳春的新绿那样永世长存。第 5 节谈到“她”虽然对尘世已感到满足，但仍渴望永恒的快乐，诗人似发议论说，死是美的发端，因为有了死才有更新可言。第 6 节似“她”的意识流，又似诗人的评论，惊叹天堂竟酷似人间。第 7 节更似诗人的评论，提出一种世俗的“宗教”，指出“人间乃天堂”之说。最后一节中“她”听到一个声音，意识到耶稣原来和人一样也是要死的，意识到尽管她渴求永恒的快乐，但她必须接受死的事实；诗人——或“她”——在谈到黄昏到来之时似乎很悲伤，然而他们又看到鸽子落地时的确有一种感人的高尚与尊严。

这首诗之所以为后人称道，是因为史蒂文斯将上述思想用异常简明的语言与鲜明的意象表现出来，使全诗形淡而味浓，意深而不玄，并无他后期诗歌那种艰深难解之嫌。

第四节　20 世纪 20 年代诗歌（4）：弗罗斯特 / 卡明斯

罗伯特·弗罗斯特（Robert Frost，1874—1963）

弗罗斯特是美国著名诗人，生于旧金山一个教师家庭，在美国西部度过童年。他 11 岁时父亲去世，全家返回祖籍新英格兰祖父家。弗罗斯特自小喜爱读诗和写诗，在中学时代就显露出诗才。中学毕业后，他进入达特第斯学院，但 7 个星期后就退学，开始一面工作一面写诗。这期间他游历过南部，当过教员，做过新闻工作。1894 年，他在《独立》杂志（*Independent*）11 月号首次发表题为《我的蝴蝶》（“My Butterfly”）的诗作。1897 年弗罗斯特进入哈佛大学，对拉丁文、希腊文和哲学极感兴趣，但两年后因肺病中途辍学。在这以后的 12 年里，他在写诗的同时，教书和经营祖父留给他的农场。1912 年他卖掉农场，举家去英国，他专事诗歌创作。在伦敦他很快出版了第一部诗集《少年的意志》（*A Boy's Will*），同时结识了一些英国乔治王朝时期的诗人，其中包括年轻的意象派诗人。庞德当时也在伦敦，十分赞赏弗罗斯特的诗才，曾在美国芝加哥的《诗刊》杂志（*Poetry：A Magazine of Verse*）上评介弗罗斯特的《少年的意志》，并努力帮助他出版诗作。1914 年弗罗斯特在伦敦发表第二部诗集《波士顿以北》（*North of Boston*），首先在英国赢得诗誉。英国评论界的热情赞扬引起美国出版界的重视，至 1915 年弗罗斯特举家返回美国时，他的两本诗集已在美国出版，受到读者欢迎。此后，他继续务农和教书，同时又陆续发表《山间》（*Mountain Interval*，1916）、《新罕布什尔》（*New Hampshire*，1923）、《向西流去的小溪》（*West-Running Brook*，

1928)、《又一片牧场》(*A Further Range*，1936)、《见证树》(*A Witness Tree*，1942)、《尖塔丛》(*Steeple Bush*，1947)、《假慈悲》(*A Masque of Mercy*，1947)、《诗选》(*Collected Poems*，1939)、《诗歌全集》(*Complete Poems*，1949)、《林间空地》(*In the Clearing*，1962) 等诗集。

随着这些著作的出版，弗罗斯特的声誉日增，先后被哈佛等几十所大学聘为教授或客座诗人。他应邀到全国各地朗诵自己的诗作；4 次获得普利策诗歌奖。1950 年在他 75 岁生日时，美国参议院通过决议向他祝寿，尊称他为美国民族诗人，这在美国历史上还是第一次。1961 年他应邀出席约翰·肯尼迪总统的就职典礼，在仪式上朗诵他的诗作《全心全意的奉献》(“The Gift Outright”)。

弗罗斯特的一生像新英格兰的农民一样朴实无华；他的诗多以田园生活为题材，生活气息浓郁，形象鲜明活泼，表现了新英格兰乡村的道德风尚。他喜欢写景、写事、写人，让读者自己去咀嚼和琢磨。他的一些诗具有神秘色彩和宗教意义；有的象征性很强，富于哲理，有较深的含义。他曾说，“我喜欢举隅法——以部分代全体的比喻方式。”他从整体上运用这种修辞方法，不把含义点明，内容寄寓遥深。他认为诗应“以欢乐开始，以智慧终结”，他自己的诗正是这样的。在诗的创作手法上，弗罗斯特与 20 世纪多数诗人不同，没有进行诗歌新形式的试验和改革，而是“旧瓶装新酒”，多用传统的四行诗体的各种变体及无韵体；语言通俗，善用普通人的口语抒发感情，描写日常生活的事件与情景。某些诗中洋溢着轻快的气氛，让人百诵不厌。

弗罗斯特有“新英格兰诗人”之称。虽然他颇受古典作家如维吉尔(Virgil，70－19 B. C.)，以及美国作家爱默生(Ralph Waldo Emerson，1803－1882)、梭罗(Henry David Thoreau，1817－1862)、狄金森(Emily Dickinson，1830－1886)等的影响，但是诗人所接受的文化遗产和生活环境是铸造他的诗风的决定性因素。波士顿以北多岩石的农场，绿叶萋萋的树林，古老的殖民地时代的建筑，扬基人耐人寻味的石头围墙，以及那里居民的粗犷、感情危机、耕耘生活的艰辛等等，都成为诗人作品取之不尽的素材。自第一部诗集问世，他便似已决定，自己的作品中应有“家乡”，即新英格兰；他似已决心使自己的艺术扎根于他曾亲手耕种过的土地。他的前两部诗集表明，当他全面认识和理解了新英格兰时，弗罗斯特便发现了他的灵感的源泉。他的诗把他家乡的风貌和人民的特征一览无遗地呈现在读者面前。谁也没有弗罗斯特对家乡的静林幽谷及屋宇良田所具有的那种亲切的感情和敏锐的反应。林中檀鸟在歌唱，高空雄鹰在盘旋，紫茎山莓遍地丛生，新熟的苹果散出幽香，晚秋草地湿润葱郁，隆冬白雪覆盖山林等等，这一切都在他的诗歌里有所表现。新英格兰乡间生活的各个侧面，弗罗斯特的笔都点到了。人们不禁感到，平凡的日常见闻也颇具令人陶醉的诗意，可成为诗人思想驰骋的“催化剂”。

然而，弗罗斯特并未隐遁乡里，沉湎于描绘它的美丽山川和旖旎景色。他知道如何将其变形，使其成为可以用象征手法表达人生真谛及充满神秘色彩的世界。他企图在新英格兰这一地区内寻觅现代美国业已失去的鲜明色调、激情和纯真，使他的近原始的故乡成为检验和评论现代文明城市的标准。弗罗斯特的杰出贡献之一正在于，他通过诗歌把乡村和城市、地方和世界、人和自然等因素并列、对比与揉合起来，令人通过一地、一时、一人、一物而领悟到人世间的普遍真理。所以，他虽有“新英格兰诗人”之称，但他决不是一个地区性作家。弗罗斯特的诗虽多保持传统的形式和格律，气氛虽然轻快，语言虽然貌似简明，但它像海明威的小说一样，具有一种“骗人的朴素”。弗罗斯特认识到生活的复杂性。在他的笔下，生活既悲惨又快活，既有美也有丑，杂乱之中又寓有统一。他力求避免简单化和极端化，善于透过现实中的现象深入浅出地说明深刻的哲理。弗罗斯特终生孜孜不倦地献身于艺术，88岁时发表了他最后的一首诗。他不愧为美国最受人们喜爱的一位杰出诗人。

读弗罗斯特的诗，人们可有不同的感触。一般说来弗罗斯特给人一种白发智者的深刻印象，他的诗作充满关于人生的智慧，而且读来朗朗上口，很有艺术享受之感。我们读他的《雪夜驻足在林边》《补墙》《未走过的路》等诗作，便可了解此点。他的自然诗歌也别有风味，令人爱不忍释。比如《杨树》（“Birches”）说人生固然可爱，但也偶尔需要像孩子打秋千一样，离地脱逃潇洒一番。弗罗斯特的诗歌有一侧面却鲜为人知，那就是他描绘和反映现代生活黑暗一面的作品，比如他和同代诗人艾略特、庞德等人一样，敏感地认识到现代生活的缺乏秩序和目的，因而努力通过艺术手段而赋予生活和现实以形式和意义。我们读他的《木堆》（“The Wood Pile”）等诗作，便能明白其中他所说的“无边无沿的混乱”之意。弗罗斯特还写了不少关于现代生活中产生和存在的严重的离异现象、人的孤独与凄凉等负面感情，比如他的《沙漠地方》（“Desert Places”）便是适例。此外，弗罗斯特诗歌描写了不少奇特的人物形像，很像舍伍德·安德森（Sherwood Anderson）的《小城畸人》（*Winesburg，Ohio*）中所描绘的被扭曲的人物形象。比如他的《家里的埋葬》（“Home Burial”）、《惧怕》（“The Fear”）、《仆人之仆》（“A Servant to Servants”）、《黑屋》（“The Black Cottage”）等都属此类。

下面介绍弗罗斯特的名诗中的几首。

弗罗斯特最脍炙人口的一首诗应推《雪夜驻足在林边》（“Stopping by Woods on a Snowy Evening”），于1923年发表在诗集《新罕布什尔》（*New Hampshire*）上。这是弗罗斯特最闻名的诗作之一。弗罗斯特曾谈到此诗的创作过程，大意是：某天晚饭后他拟写一首长素体诗（blank verse），他通宵搜索枯肠，竟一字无成。忽然晨光显在窗上。他立起身，来到窗前向外张望，就在这时，《雪夜》诗突然涌现在脑际。他回转桌边，提笔录下。这《雪夜》诗可能就是他长诗的胚芽，但弗罗斯特不留残稿，因而后人便无从得知其底细了。这是一首独白诗。讲话人在一雪夜途经郊区林边时停下，开始欣赏静谧诱人的雪景，显然被吸引住而留连忘返了。马在诗中被人格化，它对主人无故停步迷惑不解。这时一个念头忽然闪现在诗人的心头：如果在这黑暗的雪夜中长驻，那该多么好啊!但是他想到他的责任、承诺和使命，想到人生的路途还很长，思路又回到现实中来，他不能停下，于是又上路了。这首诗体现出典型的浪漫主义的自然观，即视自然界为圣地、避难所、镇静剂、修复剂，而人世则充满荆棘，令人步履维艰，人在世上受到刺激或伤害，可望到大自然中得到修复和再生。《雪夜》讲的或暗示的情景是，讲话人从一村镇（人类世界）朝另一村镇（人类世界）走去，深感途中有在大自然（森林）中“充电”的必要，待神清气爽后，精力充沛地面对前面生活的漫长道路。细味会发现，此行实乃人生路途之况也。

这首诗的基本韵律是抑扬格四音步，运用连锁抱韵（interlocking enclosed rhyme），即每诗节的 1、2、4 行押韵，第 3 行的尾音成为下一节的韵脚，使诗节与诗节之间的声音与意义珠联璧合。只有最后一节 4 行全押韵，给人以完整和谐的感觉。此诗末尾两句的重复耐人咀嚼。前句无疑是写实，叙事人感到睡前尚有一段长的路程要走；重复句令人突然感到句子的象征意义，颇有“人生之路还很漫长”“我最后安息前”之意。许多读者曾向弗罗斯特问及后两句的内涵，诗人总是避而不答。伟大的诗篇总有多种蕴涵，供读者推敲。

《补墙》（“Mending Wall”）一诗 1914 年发表在诗集《波士顿以北》（*North of Boston*）里。在弗罗斯特描写新英格兰风光的文学作品中，常出现的一个细节是主人竭力维修和保护石围墙，《补墙》写的就是春天人们修墙的情景。诗中的“我”（即叙事人）思想不落俗套；他的邻居似为抱残守缺、因袭旧套的人，把父辈的思想和言论奉若天经地义；他似仍在黑暗中摸索。叙事人说大自然总似和他家的篱笆过不去，因种种原因把墙损坏。于是他和邻居一年一度共同补墙。两邻居合作筑墙，把两家隔开，但墙并无什么实际用途。在两人的对话中，叙事人诙谐地向对方指明这一局面的荒诞性质。然而邻居却不加思索，态度温和地对他重复先人的格言："墙高出睦邻"。本诗富哲理，可作不同解析。比如"墙高出睦邻"貌似荒谬，实则是人生一个真理；它令人记起富兰克林的"朋友与鱼三日腥"的至理名言。再者，叙事人和邻居，二人谁更"聪明"呢？叙事人自我感觉良好，但细想，恐怕还是邻居对人性、人的尴尬和人生内在的自相矛盾了解得更为深刻。另有解释说诗似在写实，又像一则寓言，探究传统与自然的关系，阐述传统如何逆自然而行，把人甚至民族与国家分割开，等等。这首诗的基本韵律是抑扬格五音步的无韵体，文字通俗，妙语纷呈。

《未走过的路》（"The Road Not Taken"）一诗1916年发表在《山间》（*Mountain Interval*）上，写于1915年2月诗人全家离伦敦回美国前夕。其时诗人已先在英国获得承认，这是他一生事业的重要转折点。而同时他的挚友爱德华·托马斯（Edward Thomas，1878－1917）却被卷进第一次世界大战的漩涡，生死未卜。此时此刻，诗人深感择路的重要，不由得回忆起4年前在美国新罕布什尔树林中的一次难忘的经历，感慨之余写成此诗。这是诗人的另一首哲理诗。诗的基本内容是关于人生的一个重要局面：作选择或决定以及其中的难处。叙事人在林中岔路口选择道路，象征世人多数都会在生活的十字路口作出抉择。从某种意义上说，生活本身就是选择，选择得好，生活就有意义。诗人不步前人后尘，选择的是一条人不常走的路。这是此诗留给读者的一种启示。细读又会发现，诗人又似在说，人生如此，归根结底，任何选择的最后的结果大概都相去不远。此外，诗中也含有关于人生供人选择的余地太狭窄了的感叹和抱怨。

《意图》（“Design”）一诗1923年发表于《新罕布什尔》上，写于1922年。诗人通过蜘蛛捕蛾这一细微的自然现象，表现对控制世界的神秘力量的恐惧，具有一种命定论的意味。有评论家说弗罗斯特的诗歌的意境可以非常可怕，此诗是一醒目例证。

《摘苹果后》（“After Apple-Picking”）一诗于1914年发表在《波士顿以北》上。这是一首较典型的描写新英格兰田园风光的农事抒情诗。华兹华斯（William Wordsworth，1770—1850）说：“诗是强烈感情的自然流露。它起源于在平静中回忆起来的情感。”诗人在旅居英国伦敦期间写的这首诗，是对新英格兰的田园生活的美好回忆。丰收带来欢乐，诗人陶醉在苹果那醉人的馥郁芬芳之中，同时也没有忘记劳动的辛苦。诗人借用浪漫主义手法抒发对农场生活的热爱留恋之情。诗中着力描写了劳动之后的梦境：硕大鲜美的苹果，及其果枝、果花、褐斑。诗中暗示，叙事人将永生难忘这愉快的劳动场面，即使在以后的“长眠”中也会梦见。弗罗斯特有在半夜到田里干活的习惯，曾被邻里称为“怪人”，因此诗中劳动与瞌睡常常交织在一起。

卡明斯（e. e. cummings，1894—1962）

卡明斯是美国诗人，出生于马萨诸塞州，其父曾在哈佛大学任教，卡明斯自幼深受传统文化的熏陶。在哈佛学习期间，他对英国文学极感兴趣，涉猎颇深。诸如玄学派诗人、济慈（John Keats，1795—1821）、丁尼生（Alfred Tennyson，1809—1892）、拉菲尔前派、史文朋以及19世纪90年代的唯美派诗人等，都对他产生过影响。他对自由体诗的喜爱使他在诗风上向现代诗歌的革新靠近。卡明斯又是一位现代画家，对后印象派及立体派的绘画，对塞尚（Cezanne，1839—1906）、毕加索（Picasso，1881—1973）

及其他现代派绘画大师崇尚不已。当时弥漫在文学艺术界的时代叛逆精神激励了卡明斯在诗歌创作上大胆尝试，向传统挑战，打破传统形式的束缚，充分表现自己的独特风格。

卡明斯对美国作家多斯·帕索斯所说的“机器”非常反感，憎恶现代社会对人性的扭曲。他家里没有收音机和电视机等现代设施；他一生只有一次被正式雇用，为时也只有 3 个月。生命对他太宝贵了，不能将其耗费在名利上面。他一生献身艺术，热爱和维护人的尊严，对尘世的得失颇为恬淡。

卡明斯在哈佛学习期间所写的诗，格律皆属传统形式。1916 年离开哈佛以后，他的诗作在内容和形式上都显示出一种悖逆传统的创造性飞跃。他几乎完全打破了诗歌在句法、拼写、标点、行距、用字等方面的规范和要求。他开始创作结构奇异、表现“诗意浅薄”的题材，如随便的交谈、乏味的议论、城镇印象等，诗的格调也变幻无常。第一次世界大战以后，卡明斯自欧洲返美，写出了许多优秀作品，其中一些是关于性爱的，韵味极浓；另外一些是出色的立体派（Cubism）诗歌。1918 至 1920 年间，他创作了许多爱情诗和写景诗，并对宗教布道进行了尖锐的讽刺。

在 20 世纪 20 年代，卡明斯以立体派和达达派（Dadaism）的风格指导创作，运用异乎寻常的词语和结构，挖掘视觉在诗歌创作和欣赏中的潜力，独特的卡明斯风格脱颖而出。在他一生的最后 30 余年中，他的“文字游戏”越来越成熟，越来越抑扬有致。卡明斯珍视活力，歌咏个性，反对“集体”，反对盲目因袭传统。他描写爱情和性欲；他的自然诗表明他对世界、特别是对童稚天真世界的热爱；这个世界的朴实、纯真和快乐在他的诗作中表现得淋漓尽致。他的某些诗看着宛如朦胧的画面，把某种意境和现象成功地通过视觉传达给读者。他在诗歌领域内所进行的革命之激进程度，在美国诗歌史上堪称前所未有，但有时也难免失之偏颇。

卡明斯的诗集有《郁金香和烟囱》（*Tulips and Chimneys*，1923）、《诗四十一首》（*XLI Poems*，1925）、《是5》（*is 5*，1926）、《不谢》（*No thanks*，1935）以及《全集：1913－1962》（*Complete Poems：1913－1926*）。卡明斯还写了一些剧本，如《他》（*him*，1927）及《圣诞老人》（*Santa Claus*，1946）。他的散文著作《巨大的房间》（*The Enormous Room*，1922）叙述的是他在第一次世界大战期间曾被蒙冤监禁4个多月的经历。《艾米》（*Eimi*，1933）记述的是他在俄国的经历。1952至1953年间他还在哈佛大学做过讲演，讲演辞后来被收在《六个非讲座》（*six nonlectures*）一书中。

下面介绍他的两首名诗。《春到》（"in Just"）这首诗是《郁金香和烟囱》诗集中《天真之歌》里的一首。它所表现的是春天到来之际大地复苏的欢快景象。到处都散溢着湿润泥土的浓郁气息的时候，孩子们三三两两，有的在玩弹石子和扮强盗的游戏，女孩子们在跳绳。孩子们正在快活地玩耍，又看到前面来了一位跛足的卖汽球者（暗示希腊神话中酒神狄奥尼索斯的追随者前来参加欢乐活动），更使他们感到无比欢欣。大自然的春色和人类的欢娱交相映衬，诗的形式也极好地表达了这种意境；男女儿童的名字挤在一起，让人感到他们欢呼雀跃的情景，大量运用跨行的手法暗示出自然界的勃勃生机与运动，逐渐消隐下去的结尾又给人以回味不尽、余音袅袅之感。

《啊甜蜜的自发的》（"O sweet spontaneous"）这首诗歌颂大地的永生力量，挞伐人类对它的摧残。诗中列举了昏聩的哲学、淘气的科学与伪善而又贫瘠的宗教等方面的负面作用；然而，大地总是以生机盎然的春天回敬这些。

第五节 20 世纪 20 年代诗歌（5）：芝加哥文艺复兴 / 桑德堡 / 克兰 / 穆尔

桑德堡是史书上称之为“芝加哥文艺复兴”运动中闻名的美国中西部诗人之一。这个运动发生在 1912～1925 年间。著名的诗人有三位，即林赛（Vachel Lindsay，1879－1931）、马斯特斯（Edgar Lee Masters，1869－1950）及桑德堡。

桑德堡算是当中最闻名的一位。这些诗人和当时在芝加哥的其他文学艺术家一起，把芝加哥造就为一个文艺中心，在诗歌领域内增强了正和“风雅派”诗歌作生死博斗的新诗歌的战斗力。林赛比较接近社会底层的生活，热衷于社会改革。从某种意义上讲，他是个理想主义者，梦想着能把美国建成为世界上最好的处所，希冀能看到一个宗教、平等和美占主导地位的社会。他的诗作如《威廉·布斯将军进天堂》（*General William Booth Enters into Heaven*）就表现出诗人是一位幻想家，他相信人世无法实现的理想，上帝可以帮助使之成为现实。他的成功诗作《刚果河》（*The Congo*）及《圣菲路》（*The Santa Fei Trail*）奠定了他在诗坛的地位。

林赛在公共场所朗读他的诗篇，歌唱他的诗歌，成为人民大众的喉舌。1920 年前的几年是他的创作高峰时期，之后他的作品的质量明显露出下坡倾向。再加上当时艾略特和庞德等人的诗歌遥居领先地位，而林赛的作品评论界和读者又褒贬不一，个人生活方面也不可人意，这些使他感到沮丧，竟于 1931 年服毒自尽。纵观林赛一生，应当指出，他在当时反对风雅派统治方面是作出了不可磨灭的贡献的。

马斯特斯以他的诗集《斯朋河集》（*Spoon River Anthology*）而著名于世。这个诗集共包括 200 余首诗歌，多是墓志铭性质的短诗，形成一个囊括200余个人物画像的艺术长廊。在这里读者可看到生前住在斯朋河乡下小镇上的几乎各行各业的人，工人、农民、士兵、职员、知识分子、牧师、法官等，听到他们的灵魂从墓地探出头来对自己的一生的回顾，他们的追求、理想、愿望、爱与恨，他们的喜怒哀乐，他们的谋杀或自尽，灵魂的隐私，社会的腐败与丑恶，此外还有令人极感兴趣的民情习俗及社会变革等。诗集出版后的及时效果是，它给当时风雅派诗歌所粉饰的太平的后背插入一把利刃，叫人很有耳目一新之感。如今时过境迁，生活在今天的读者如再阅读此作，便不仅对当时的社会生活有所认识，而且对人、人生及人性都能进一步加深体会。这是马斯特斯诗作的不朽之处。后来他又创作了大量作品，包括多部诗集、小说、戏剧等等，但没有一部作品再能达到《斯朋河集》的水准。

在芝加哥文艺复兴运动中最闻名的是桑德堡。他是美国现代诗人及传记作家，出身于贫寒的瑞典移民家庭，未受过正规教育，一生做过流动工人、勤杂工、士兵、记者和市长秘书等工作。卑微的身世与丰富的阅历为他的创作生涯提供了丰富的经验与素材。作为一位社会主义者和民主战士，桑德堡创作的目的是“为朴素的人民写朴素的诗”。他生活的最崇高理想是成为“人民的声音”，以诗来表达普通人的思想、感情和愿望。他一生同民众保持着密切联系，热情讴歌他们，受到他们的爱戴与欢迎，是20世纪二三十年代最受读者喜爱的诗人之一。

桑德堡早在大学期间便开始写诗，出版过名为《心醉神迷》（*In Reckless Ecstasy*，1940）的诗集。1916年他的《芝加哥诗集》（*Chicago Poems*）由全国闻名的霍尔特、莱因哈特及温斯顿出版公司（Holt，Rinehart and Winston，Inc.）出版，桑德堡便从此而扬名。他早期和意象派新诗运动颇有联系，在其影响下写过诸如《雾》（“Fog”）、《失落——》（“Lost—”）以及《港口》（“The Harbour”）等著名意象诗。他的一些长诗也表现出意象诗的影响。桑德堡对民歌也极感兴趣，20 世纪 20 年代他在旅行中注意收集牛仔、流浪汉和黑人的歌曲，并登台演唱。这些歌曲后来被他收集在《美国歌集》（*The American Songbag*，1927）中。桑德堡还写了 6 卷《林肯传》、1 部自传和 1 部历史小说。

桑德堡的诗歌和惠特曼的诗歌有颇多相似之处。他和惠特曼一样包罗“一切”。他也看到了现实生活中的丑恶现象，读一下他的《港口》便可得知：这里到处是罪恶和失意，拥挤丑陋的茅屋，出卖肉体的娼妓，恣意杀人的枪手等令人目不忍睹的现实。他的一些诗作表现出他对穷苦人民的同情。在另外一些诗如《清冷的墓》（“Cool Tombs”）中，他的情绪是低沉沮丧的。然而桑德堡的写作目的在于给人民带来希望。在同代人中，应该说他最了解人民大众的重要性。人民是创造者，他们终有一天会成为自己命运的主人。桑德堡的诗作《我是人民群众》（“I Am the People，the Mob”）及《人民，是的》（*The People，Yes*）充分表现出他的这种信念。因此，桑德堡是乐观主义者。他洞察美国未来的状况。他对美国工业机械文明的态度也有别于其他人。钢与机器虽然给人带来痛苦，但这些既是人民生产的，就最终会为改善人的境遇服务。

桑德堡的创作和现代诗歌的发展息息相通。他运用自由体写诗，作品中充满着活力充沛的口语和俚语。他的文笔有时粗犷豪放，有时又绮丽多姿。他对美国文学中口语风格的发展做出了卓越的贡献。

桑德堡的作品曾获得美国诗歌奖（1919，1920）和普利策奖（1950）。他的其他作品还有《剥玉米机》（*Cornhuskers*，1918）、《烟与钢》（*Smoke and Steel*，1920）、《早安，美国》（*Good Morning，America*，1928）和《诗集》（*Collected Poems*，1951）等。

下面重点介绍一下桑德堡的几首诗。

《芝加哥》（“Chicago”）是桑德堡的成名作。1914 年它出现在《诗刊》（*Poetry*）中时曾引起激烈的争论。它那不平常的节奏、造词及艺术形象似乎有意同传统诗歌决裂，诗歌的结构也很随便。桑德堡喜欢芝加哥，这座城市新鲜、粗犷，充满希望，它无视过去，而憧憬未来。如果芝加哥象征目前和未来，那么桑德堡则是歌颂那些时代的诗人。诗的开首5行描绘该城的状貌，以第5行为总结，表明城市的威力。6至8行写出该城市的阴暗面，以第9行为转折，开始为它的缺陷做辩护。19至23行辩词趋向高潮，说明它的力量克服了前面诗行中所描绘的苦楚与肮脏，最后一行重复开首几行的描绘，令人感到芝加哥的骄傲，听到它的笑声。在这首诗中，惠特曼的影响是显而易见的：火一般的激情和节奏、惠特曼式的平行结构及长句等。这首诗具有一种独特的美，正如评论家所说；“它是张牙舞爪的美，是被豺狼盘踞着长满雏菊花的美。”《雾》（“Fog”）是一首典型的意象派小诗。它将雾描写为一只潜行的小猫，雾的运动也恰似猫的匍行，它的消逝也如猫一样，来无影，去无踪。《港口》（“The Harbor”）一诗描写的也是芝加哥市。桑德堡说过，“诗源于心境。我并非每日都以一种情绪描写同一题材”。《港口》和《芝加哥》对同一城市的描写就迥然不同。这里出现在读者面前的不是一座快活和充满希望的城市，而是肮脏和丑陋的景象。桑德堡看到的是饥饿和贫穷。在诗中城墙的限囿和大自然的开阔形成对比，丑恶的、令人失望的城市和美好的、未经破坏的大自然相互映衬，从侧面表达出诗人的怅惘和忧愤。

哈特·克兰（Hart Crane，1899—1932）

克兰是美国诗人。他出生在俄亥俄州一个糖果制造商家庭，幼时因父母分居，随外祖父居住在古巴以南的派因斯岛上。诗人幼年和青少年时期的这种经历对其成长和创作都极为重要：他的诗中有童年的痛苦，也有对异国自然风光的缅怀。他父母的最后离婚加剧了他的心态的变异。后来他曾在父亲的公司里短期任职。

克兰 13 岁开始诗歌创作，17 岁发表第一首诗。他发表在《小杂志》（*Little Review*）上的早期诗歌，表现出伊丽莎白文学和法国象征主义的特点，记录了他的紧张的精神状态和同性恋倾向。由于在贫穷和疲顿的条件下竭力继续和完善自己的诗歌创作，克兰愈来愈多地饮酒。后来他终于和家庭破裂，到纽约谋生，在那里，他结识了瓦尔多·弗兰克（Waldo Frank）、马尔科姆·考利（Malcolm Cowley）、艾伦·塔特（Allen Tate）等文学界人物。银行家奥托·卡恩（Otto Kahn）给他提供资助，以使他能专心致志地从事创作。他的第一部诗集《白色的房屋》（*White Buildings*）于 1926 年问世，评论界褒贬不一。他的主要作品《桥》（*The Bridge*）自构思（1924）到出版（1930），历时 7 年之久，同样未能获得评论界的一致赞许。这使他情绪沮丧。克兰长期以来精神不振。不安定的生活，父亲的死亡，他与母亲及后来与许多朋友的疏远，令人对未来失去信心的 20 世纪 30 年代大萧条等等，都给他渐趋脆弱的神经带来压力。1930 年克兰赴墨西哥旅行，计划在那里写一首有关墨西哥历史的长诗，同时使自己的精神得以松弛和镇定。不料，1932 年 4 月他在乘船自墨西哥回纽约的途中竟投海自尽，年仅 32 岁。

克兰酷爱读书，对于诗人和诗歌很有独立见解。他曾在信中说过：“我不太喜欢勃朗宁夫人。除我对这位女士的不喜欢外，我还不喜欢丁尼生、汤普逊、杰托顿（Thomas Chatterson，1752—1770）、拜伦、穆尔、弥尔顿，以及其他几位……可是……我的确是高兴地向往坡、惠特曼、莎士比亚、济慈、雪莱、柯勒律治、约翰·堂恩、约翰·韦伯斯特、马洛、波德莱尔、拉法格、但丁……”此外，现代诗坛巨匠艾略特和庞德对克兰的诗歌创作也产生过很大的影响。

《白色的房屋》诗集收入克兰早期诗作 23 首。其中主要的长诗《为浮士德和海伦的婚姻而作》（“For the Marriage of Faustus and

Helen”），对美、爱情和再生发表了见解，是对艾略特的“文化悲观主义”的一种回答。歌德（Goethe，1749—1832）在他的诗剧《浮士德》（*Faust*）中所提到的浮士德和海伦的结合，在诗人的意境中成为现代生活的象征，在诗人的作品中总是作为一种结构维系手段出现。其他的诗如《旅行》（“Voyages”）、《凭吊麦尔维尔墓》（“At Melville's Tomb”）等，表现出诗人坚持运用大海作为一个复杂的意象的特点。

《桥》是诗人对艾略特《荒原》（*The Waste Land*）的又一次回击。在这首诗中，克兰把桥视为生的象征、美国的理想的未来的象征。1933年，克兰的《诗集》（*Collected Poems*）出版，1958年此书再版。1966年《哈特·克兰诗作全集及书信与散文选》（*The Complete Poems and Selected Letters and Prose*）出版，收入了克兰早期及晚期未曾收入或散见在杂志里的诗作。

克兰的诗歌曾在评论界引起争论。20世纪30年代初期，一些主要评论家似乎认为他虽有天才，但运用不当，《桥》基本上是败笔。但自1937年起，不少评论家开始以新的眼光看待他的作品。这一年他的传记问世，1948年又有评传出版，1951年第一篇重新肯定《桥》的文章出现，1952年克兰书信结集出版。自那以后，包括著名评论家在内新写的专著和专论肯定了克兰在美国文学上的地位，他的声望逐渐提高。其诗作的精神与语言对他的同代人如霍勒斯·格雷戈里（Horace Gregory）及年轻一代如罗伯特·洛厄尔（Robert Lowell）、迪伦·托马斯（Dylan Thomas）、卡尔·夏皮诺（Karl Shapiro）及约翰·贝里曼（John Berryman）等都产生了一定的影响。今天，克兰已被视为20世纪美国最出色的诗人之一。

下面主要介绍克兰的代表作《桥》（*The Bridge*）。

《桥》是克兰的代表作，是20世纪美国诗坛出现的著名长诗之一。1924年，克兰移居纽约，恰巧住在设计布鲁克林桥（the

Brooklyn Bridge）的建筑师华盛顿·罗布林（Washington Roebling）曾居住过的房子里。他凭窗望桥，心有所动，遂萌创作讴歌大桥的长诗之意。此后经 7 年悉心写作，史诗般的《桥》终于在 1930 年问世。这首长诗可以说是自《荒原》问世以来用意最雄伟的诗作。克兰希望通过此诗对美国经历进行一种现代性、神话性综合，以期彻底了解这种经历，指出现在与过去的紧密关系以及未来的希望。他把布鲁克林桥视为“我们的肯定的未来、我们的独特的身份”的象征，从他同代作家所抨击的机械文明中看到未来。他在一封信中曾说:“我真正在搞的……是美国神话……我真正在写的是一首关于现代意识的史诗。”

这首长诗由一首序诗和 8 部分（共 15 首诗）组成。序诗《献给布鲁克林桥》（“To Brooklyn Bridge”）提出长诗的主题，令读者看到希望，又认识到存在的问题。《万福玛利亚》（“Ave Maria”）为第 1 部分，写的是哥伦布发现新大陆后回西班牙途中的思想活动；哥伦布显然是诗人自己的面具，把欧洲的过去与美国的现在两种敏感度结合在一起。第 2 部分是《坡哈坦的女儿》（“Powhatan's Daughter”），共包括 5 首诗《海港的黎明》（“The Harbor Dawn”）、《凡·温克尔》（“Van Winkle”）、《河》（“The River”）、《舞蹈》（“The Dance”）及《印第安纳》（“Indiana”）。坡哈坦的女儿——波科杭塔丝（Pocohontas）是代表美洲大地的女神，她激励着美国人一代一代地前进。《海港的黎明》把女神介绍给读者；这一部分中其他几首诗进一步在不同层次上对女神的象征意义进行探讨，其间把许多个人的或民族的或神话性的记忆巧妙地联结在一起，如《凡·温克尔》谈到美国的一个传说，《河》谈到密西西比河同印第安人文化和白人文化的关系，《舞蹈》完全移向印第安主题，《印第安纳》则谈及印第安文化向白人文化的转移。第 3 部分《卡蒂·沙克》（“Cutty Sark”）中心是诗人和一位老水手的谈话，末尾说到船的沉没和迷失。在第 4 部分《哈特拉斯角》（“Cape

Hatteras”）中，诗人反对悲观思想，使自己成为新世界的代言人。第 5 部分《三支歌》（“Three Songs”）——《南方的混血女人》（“Southern Cross”）、《国家冬季花园》——（“National Winter Garden”）及《弗吉尼亚》（“Virginia”），组成一支关于女人的插曲，实际上是波科杭塔丝主题不同形式的表现。第 6 部分《贵格山》（“Quaker Hill”），谈及美国生活的庸俗化，诗的情绪突然低沉下来。第 7 部分《隧道》（“The Tunnel”）在长诗中地位极其关键，写的是地铁中单调的动作，从听到的谈话片断，到地铁环境中普遍的肮脏状况，全诗的情绪达到最低点，读者宛如置身于地狱之中。《隧道》这首诗是《桥》诗中最成功的诗作之一，主要以描绘城市里的一种经历——乘坐地铁的经历而著称。地铁里的嘈杂声、断断续续的谈话声、盯人的目光、昏黄的灯光、每站必有的突然停车和起动、火车转弯等等令人可畏又可憎的景象，都被淋漓尽致地描绘出来。诗人自己称这首诗所表现的乃是一种“炼狱”，其主题是“机械对人类的侵犯”。本诗所勾勒的地铁画面虽然令人感到沮丧，但在末尾部分，诗人提到了死而复生的圣经人物拉撒路，提到了永恒的神明以及使人纯洁的神圣的“火的手”，从而给予人们一种希望的曙光。长诗以《亚特兰提斯》（“Atlantis”）为结尾，充满赞美的激情，把亚特兰提斯视为神话时代的城市或未来的希望，其高调和《隧道》形成鲜明对比，两者一起保证了《序诗》中的双重基调。纵观全诗，双重的基调是极其必要的。《万福玛利亚》中颇具威胁性的“海”的意象体现出宇宙的恐怖，还有《河》结尾部分的非人的历史演进、《隧道》所表现的野蛮，以及其他部分所提到的诗人自己青少年时期的不愉快经历等，都是追求肯定态度者应当充分加以考虑的必要因素。

《桥》是克兰努力写作的一首民族史诗，是诗人对《荒原》的一种回击，诗人认为《荒原》过于悲观，忽略了“精神方面的事件及可能性”。当然，《桥》也体现出艾略特的诗风痕迹（其中《三支歌》《魁克山》《隧道》等部分回旋着艾略特的《吉隆辛》《J. 阿尔弗雷德·普鲁弗洛克的情歌》《贵妇人的画像》及《荒原》等诗的回响)。《桥》反映了诗人在不协调、无信仰的时代里寻找协调的愿望,反映了诗人竭力联结新与旧、东方与西方、人与上帝的愿望。长诗宛如一组阐述美国主要神话——波科杭塔丝、瑞普·凡·温克尔、麦尔维尔、坡、惠特曼、哥伦布、地铁、亚特兰提斯的巨幅交响乐章,充分表现出诗人的想象力,表现出诗人描绘人类追求协调、爱情及美的非凡能力。它是20世纪诗坛对惠特曼的最高敬意的表示。克兰在诗中表现出的超脱丑恶现实、变物质为精神的愿望,用一首似英雄史诗般的诗表现"美国的神话"的努力,把机器视为现代人的救星等乐观情绪,都源于惠特曼的《草叶集》。惠特曼是克兰度过20世纪20年代精神危机"地狱"的神圣、神秘的精神向导。《桥》结构严谨,语言精练,充满意象和象征。有的地方艰涩难懂,意象和象征满篇皆是,令人望而生畏,如不加详细的注释,读者会感到步履维艰。这应该说是它的缺点。

玛利安·穆尔(Marianne Moore,1887－1972)

穆尔(Marianne Moore,1887－1972)在美国诗歌史上占有一席独特地位。她生于密苏里州,大学时和 H. D.是同窗。她在1915年左右开始在《诗歌》(*Poetry*)杂志上发表诗作,以其新颖与活泼见长。后来她任《日规》(*The Dial*)杂志编辑(1925～1929),刊出了不少革新的诗人的优秀诗作。她的诗歌受到各种不同见解的同行的好评,其中有艾略特和威廉斯等人的一致赞赏。1951年她的《选集》(*Collected Poems*)问世,获得多种大奖,如普利策奖、伯林根奖及全国图书奖等。1971 年她的《全集》(*Complete Poems*)出版。她描写出奇的动植物及事物的诗歌曾获多种奖励。晚年她还以她对棒球的喜好而闻名。穆尔是美国土生土长的颇富独创力的诗人。她有几件事情值得后人铭记。一是她和威廉斯及史蒂文斯在 20 世纪初叶一起研讨有关诗歌的用途与艺术家的作用等严肃的课题，一起成为新时代的新诗人。他们还一起参与当时的意象主义新诗运动，穆尔从中学习到不少诗歌创作技巧。穆尔生性敏感且悟性高，她接受欧洲和巴黎的革新思潮，在 20 世纪 20 年代美国的革新环境中，逐步发现自我，成长为名副其实的新诗人。对新诗的艺术形式的尝试，对自己的新诗人定位，穆尔在思想上积极投入，表现出高度的兴趣和负责精神。诗歌是她最关心的最重要的事情。在她看来，诗歌之所以重要是因为它蕴涵着生活与现实的真谛。她的《诗歌》（“Poetry”）是她的诗论的最形象而具体的体现。她认为一个诗人的职责不是当半个诗人，而是要做完全忠于想象、通过灵感把最难表现与最微不足道的事物升华到“想象的现实高度的人”。创作是一个不断发现“真正的”或“有用的”诗歌原材料的过程。诗人要想写出好诗，就必须了解生活的一切现象，不可蔑视任何可能被认为缺乏诗意的事物。穆尔对生活所持的观点和威廉斯的立场极其相近。

穆尔让后人记忆的第二件事是她对大小事物的细腻观察和描绘，她的这个特点影响了年轻一代，毕肖普（Elizabeth Bishop）便是适例。穆尔对事物的认真观察的态度又和她的文学理论紧密相连。穆尔反对拒细小、平凡及丑恶事物于诗歌殿堂之外的观点，她的敏锐而细腻的目光可在周围平淡的现实的多种表现中，捕捉住任何具有诗意的东西。她的名作之一《鱼》（“The Fish”）便是极好的例子。一条普通的鱼在穆尔笔下显得那么绘声绘色、活灵活现，充分证明诗人在疏虞处钩沉、在微细处索隐的功夫。此外还应说到，穆尔的诗作中充满各种引言，但读来并无艰涩之感，因为诗人在行文中多已做了提示。人们读她的《沉静》（“Silence”）与《学生》（“The Student”）等作品就会感触到这点。

第七章　20世纪20年代的小说与戏剧

第一节　菲茨杰拉德／海明威

弗·司各特·菲茨杰拉德（F. Scott Fitzgerald，1896－1940）

菲茨杰拉德是美国著名小说家。他生于明尼苏达州的首府圣保罗。父亲属于上流阶层，母亲是爱尔兰移民的后裔。父母虽不富裕，但仍送他入私立学校学习。他17岁进普林斯顿大学，对写作和体育极感兴趣。在普林斯顿，他结识了埃德蒙·威尔逊（Edmund Wilson），威尔逊后来成为有影响的文学评论家和作家。这时，菲茨杰拉德开始向文学杂志投稿。1917年他离校入伍，被派驻阿拉巴马州首府蒙哥马利任陆军中尉，但未出国参战。在营地他利用业余时间写了小说《浪漫的利己主义者》（*The Romantic Egoist*）的初稿。在这期间，他爱上了一位法官的年轻貌美的女儿泽尔达·赛尔（Zelda Sayre）。她答应他只要有足够的钱让她过舒适日子，便愿意嫁给他。1919年他退伍后去纽约，想赚大钱，但未能如愿，只好和女友分手。他立即回到圣保罗致力于创作。他大力修改了在大学期间创作的《浪漫的利己主义者》书稿。这本小说于1920年以《人间天堂》（*This Side of Paradise*）为名出版，轰动一时，他也一下子成为蜚声文坛的作家，就在这一年他和泽尔达结婚。他们在 20 世纪 20 年代初来到纽约，出入上层社会，过着豪华奢侈的生活。他们成为美国人所向往的年轻、富有、美貌和幸福的象征。1924 年他们到了法国，一时又成为巴黎文艺界的重要人物。至此，菲茨杰拉德如愿以偿了。

这位年轻小说家在得意之余妙笔生花，接连发表了《轻佻女郎与哲学家》（*Flappers and Philosophers*，1921）、《爵士乐时代的故事》（*Tales of the Jazz Age*，1922），以及《漂亮冤家》（*The Beautiful and Damned*，1922）。这一对年轻夫妇出入美国和欧洲的高级旅馆，经常大摆筵席，俾昼作夜，挥霍无度。由于入不敷出，菲茨杰拉德为了迎合读者只好写些畅销的故事以获取高额稿酬来支撑局面。他的一篇名为《大如里兹饭店的钻石》（"The Diamond as Big as the Ritz"）的短篇小说，把对金钱的迫切需要描述得淋漓尽致。菲茨杰拉德在巴黎作为"迷惘的一代"的发言人，完成了他的代表作《了不起的盖茨比》（*The Great Gatsby*，1925），次年《一代悲哀的年轻人》（*All the Sad Young Men*，1926）短篇小说集发表了。《了不起的盖茨比》虽然获得了 T. S. 艾略特和埃德蒙·威尔逊的称赞，但是公众反应一般。菲茨杰拉德后来返美，曾想创作一部好莱坞喜剧，但事不如意，又终于在 1928 年去欧洲。他感到灵感在枯竭，才华在流逝；将会变得默默无闻的预感，开始袭击他的沉重的心。与此同时，他家庭生活的不幸开始了，夫妇间的争吵愈益激烈，后来泽尔达终于住进了精神病院，对此菲茨杰拉德感到内疚。他的《夜色温柔》（*Tender Is the Night*）一书在他长期无声无息之后于 1934 年问世，戏剧性地再现了他同妻子间的一些痛苦经历。

菲茨杰拉德一生的最后几年靠为好莱坞撰写剧本维持生计。为让妻子住进最好的医院，供女儿读最好的学校，他不辞劳累地工作着。他孤独寂寞，常借酒浇愁，再加上他感到自己在浪费才华的痛苦，这三件事最后终于把这位一代英才送进坟墓。他身患肺病，嗜酒成性，曾两次自杀未遂，后来被好莱坞辞掉，又写过一些短篇故事，在纽约住院几个月。在他生命的最后一年，动笔写一部很有意义的小说，即《最后的大亨》（*The Last Tycoon*），可惜未能完成便于 1940 年与世长辞，享年仅 44 岁。《最后的大亨》是写一个开始明白人生如梦的人的悲惨故事。作者说他本意不是写悲哀，但故事无疑是朝那样的结局发展。菲茨杰拉德是在做出一个艺术家的最后的绝望的努力，以写出他感到满意的小说，从留下的片断看，他的努力成功了。当然他未料到，他的传世之作《了不起的盖茨比》在当代文学上的举足轻重的地位，今天已经成为世界文学宝库中的一枚奇珍异宝了。他去世后，他的挚友威尔逊把他的一些书信和文稿集结成书，名为《崩溃》（*Crack-Up*），这是菲茨杰拉德对自己内心极度悲伤的诚实披露。

菲茨杰拉德代表着美国文化史上一个关键时期，他以熟练的笔描述了这个被称为“爵士乐”和“金元”的时代。他的天才和伟大正在于：他本能地把自身的经历同美国的经历等同起来，在描写自己时于无意中反映出时代的脉搏和面貌。他生活在第一次世界大战后美国的经济繁荣时期，既体验到“喧嚣的 20 世纪 20 年代”——“爵士乐时代”的表面繁荣，又预感到它的好景不长。这种认识贯穿在他的作品中，使他成为“爵士乐时代”的代言人。细读他的故事便会发现一种基本格式：开首总有梦想，随之便是奋斗，到头来却是失意和绝望——这恰是“现代美国神话”的格调。到 20 世纪初，敏感的人们已意识到，“美国梦”业已破灭。菲茨杰拉德的处女作《人间天堂》以他本人在普林斯顿大学期间的经历为素材，描绘他的功败垂成之感，同时也揭示出“爵士乐时代”的年轻一代成人以后发现“神仙都已死去，战争都已打完，对人的一切信心都已受到震撼”的失望与灰暗心理。《轻佻女郎与哲学家》写的是以菲茨杰拉德夫妇的形象为代表的战后美国青年的“摩登”生活，而《漂亮冤家》则透露出这种生活颓朽的一面。如果说《了不起的盖茨比》的实质是关于美国经历的神话，那么，《夜色温柔》则是一部带有自传性的小说。它探索了一种酷似作者所经历的感情与精神的崩溃过程。《最后的大亨》（*The Last Tycoon*，1941）是揭露好莱坞电影业腐败现象的一部作品，虽然是片断（约6万字），但也足以显出是作者创作顶峰时期之作，表明作者在悲惨的遭遇之后对人生的了解更加深刻，从而达到了平心静气的境界。这本小说表达了作者对西方已腐朽和堕落的敏锐感觉。菲茨杰拉德在给女儿的一封信中说，“美国是一轮从未升起来的月亮”，这一隐喻概括总结了作家全部作品的主题。

菲茨杰拉德首先是属于20世纪20年代的。他的主要作品都是写这个年代的。20世纪20年代的结束在一定程度上也意味着他的创作生涯的终结。他曾是这个“爵士乐时代”的命名者和象征。其后他所写的作品大部分都可以说是他给自己写的“讣告”。诚然，随着时间的推移，人们也愈益清楚地认识到菲茨杰拉德的佳作又具有一种伟大的永恒的性质。这是近半个世纪以来他在美国文学史上的地位逐步升高的重要原因。回顾他的创作生涯后期及他去世以后10余年间，他曾长期湮没无闻，无人问津。到20世纪40年代末和50年代初，菲茨杰拉德才开始“复活”。诸如爱德蒙·威尔逊、马尔科姆·考利（Malcolm Cowley）和亚瑟·米兹纳（Arthur Mizener）等著名作家和评论家在“发掘”这位被埋没的作家方面做出了贡献。菲茨杰拉德的声望愈来愈高，今天已成为和海明威与福克纳（William Faulkner，1897－1962）比肩齐名的小说家。

即使是在日趋“崩溃”的年月里，菲茨杰拉德也一直是一位严肃的、一丝不苟的艺术家。读他的作品会情不自禁地感到作者既是他所描述的生活现实的参加者，又是清醒地认识那种现实弊病的冷眼旁观者。这种“双重观点”及两者间所存在的张力常常产生一种强烈的讽刺意味。马尔科姆·考利评论时说："他的所有小说仿佛在描写一场大型舞会。他带着……最漂亮的女郎前去参加……而在同时他又似站在舞厅外面，一个中西部的少年，鼻子贴在玻璃上面，捉摸着门票有多贵，是谁雇的乐队。"这种亲历与旁观的结合是菲茨杰拉德的作品蕴涵遥深的基本原因。菲茨杰拉德的文字流畅，语感敏锐。他的优秀作品遣词用字总能恰到好处，细节的描写总能适可而止，情绪、思想和语调总能惬当相宜。他的笔触时而简括，时而细腻，用以确切地描述行动，塑造性格，渲染气氛。一般说来，他笔意轻捷而饶变化，语似浅而味浓，于平淡中见奇崛，点染景色而意在传情，说明作家的想象和富有诗意的艺术感都已臻精深圆熟的境界，让人读来确有一种余音绕梁的美感。

菲茨杰拉德的代表作《了不起的盖茨比》（*The Great Gatsby*）和马克·吐温的《哈克贝利·费恩历险记》一样，是关于美国国情的一种寓言，它又和海明威的《太阳照样升起》（*The Sun Also Rises*）一样，以无出其右的艺术形式确切地再现了时代的风貌。在某种意义上说，盖茨比的故事包含着至20世纪初的全部美国经历。杰伊·盖茨比是有理想的年轻人，他心中的情人黛西代表着他对生活的憧憬。为博取这位富家漂亮小姐的爱情，他不惜用5年时间通过一切手段积财致富，耗费巨资买下一幢豪华别墅；他挥金如土，经常举行丰盛的酒宴，热切期待着业已嫁给富家纨绔子弟汤姆的黛西前来相会，希望复活他们之间已失去的旧情。黛西最后果然露面，但她俗不可耐的举止言谈使盖茨比颇感失望。他的期望落空了。梦想破灭，百无聊赖的盖茨比最后成为自私的黛西的牺牲品。北美最初的移民曾幻想在新世界重建伊甸园，创造新的黄金时代，20世纪初资本主义机械文明的高度发展，使这种梦想成为泡影。在这个意义上讲，《了不起的盖茨比》乃是关于美国的一种文化—历史性的寓言故事。

小说又简明地反映出 20 世纪 20 年代美国的精神面貌。它是“爵士乐时代”的总结。T. S. 艾略特称之为“荒原”的现代欧美精神世界，在《了不起的盖茨比》中也得到形象的体现。纽约及其所代表的美国东部是这片“荒原”的贴切的象征。小说的关键情节发生在一片荒凉的灰尘之谷，这儿到处是一片昏暗，人宛如在地狱中一般被“尘烟完全罩住和吞噬了”。在这个世界里，人们浑浑噩噩，虽生犹死，无所适从，无所事事，意义和目的都消失了。看看盖茨比的豪华但毫无意义的宴会，便可略知其一二。人们来来往往，甚至不知主人的姓名，没有主人的邀请，宴会上的音乐、笑脸、笑声等等，一片乌烟瘴气，模糊不清，充分地表现出众人的无聊、无望、无可奈何的情状。再加上黛西声音里的“金钱”气、汤姆的没有着落及狠毒、盖茨比的天真及其双重性格，以及汽车修理工威尔逊夫妇的愚昧和俗不可耐，等等，都说明希望业已逝去，绝望与毁灭业已开始。这一切又都由作家对广告招牌上画的 T. J. 埃克尔伯格医生的蓝色眼睛的描绘予以伸展和加强了。那眼睛瞳仁足有一码高，像上帝一样窥视着死气沉沉的人间。那副釉彩业已褪落的无精打采的眼睛又让人感到上帝已抛下他的造物离去。小说指出，东部恰似西班牙古代画家格雷科所描绘的一幅夜景：阴霾的苍穹笼罩着大地，天边的月亮暗淡无光，令人感到恐怖和不安。小说哀叹社会变态已经超出人所能够矫正的程度。如前所说，新世界开始时给人带来的希望已经完全破灭了。

菲茨杰拉德对小说主人公盖茨比的形象的塑造具有妙不可言的艺术效果。一方面，盖茨比的性格带有浓厚的浪漫色彩。他相信人可以恢复过去的美好岁月，重享青春和爱情的幸福时刻，对未来充满希望。他生活目标专一，对理想忠贞不贰，具有浑浑噩噩的现代人中不可多得的高贵和天真。年轻时他严于律己，自强不息，遵循着酷似本杰明·富兰克林和亚伯拉罕·林肯的修身规范。他的成功的事实足以表明，倘若他生在 18 世纪，他会成为富兰克林第二，可惜他生不逢辰，事与愿违。但在另一方面，盖茨比为实现理想而采取的手段却丝毫没有高贵和天真之处。他靠非法走私而攫取巨额财产，这就不仅使他本身堕落，也直接或间接地导致他人的堕落，就这一点说，似又不值得小说用那样浓重的笔墨来加以赞扬。相信金钱可以实现理想，这是美国这个国家的矛盾形象的突出特征。盖茨比在美国历史的一个阶段成了它的杰出象征。

菲茨杰拉德对故事叙述者卡拉韦形象的塑造也独具匠心。卡拉韦似乎体现着他的种族的道德和良心，他诙谐地称自己为“向导、引路人、拓荒者”，希望世界穿上军装永远处于“精神立正”的严肃姿态，同时又念念不忘人“天生就有区别”的基本认识。他冷眼旁观，独清独醒，对所见所闻持不即不离的态度。他虽然说遵从父训，不轻易对人做出判断，但他态度并不暧昧。比如对盖茨比，他和对汤姆夫妇的态度相反，始终设法维护盖茨比的声誉。卡拉韦虽说“鄙夷”盖茨比所代表的一切，但毕竟更推崇他对人生前景的高度敏感和对未来充满希望的天赋。卡拉韦认为他“从没见过别人身上具备这种特点，恐怕将来也是难以看到的”。而对汤姆夫妇，他一直是很有保留的，后来在盖茨比死后则持非常的批判态度，说他们唯知维护自我，把生活搞乱一走了之，而让别人付出代价，收拾残局。他的态度在一定程度上表明作者菲茨杰拉德对华贵之家的态度。(菲茨杰拉德对富人和金钱的态度常被人误解。他对这些确实有羡慕，但更鄙夷，鄙夷无疑多于羡慕。在他笔下，豪富本身意味着堕落，也诱致他人堕落。他的短篇小说《有钱人家的孩子》[“The Rich Boy”] 便是这种态度的另一脚注。)小说叙事人卡拉韦的这种态度是小说故事的思想与结构的中心所在。卡拉韦的神态和感情的高度坚持不懈的集中使情节的发展得到严谨的控制和加强，使小说取得一种神妙的戏剧性效果。第一人称的叙事角度使故事能有条不紊地深入展开，读者常有先是累石蓄势、悬疑不决，突然又感到“踏破铁鞋无觅处，得来全不费工夫”之感。

《了不起的盖茨比》的内涵之所以如此耐人寻味，重要原因之一也是因为它运用《圣经》的某些故事做铺垫。盖茨比在许多方面和耶稣相似。纵观盖茨比的生活，可辨认出三个明显的阶段——立志、死难、复活，这在轮廓或性质上都似耶稣的生活经历。例如，盖茨比的更改姓名（实际上是否认自己的贫贱的父母），他被称为“上帝的儿子”，“应当以他父亲的事为念”，这同《新约全书·路加福音》所记 12 岁的耶稣私自离家去耶路撒冷神殿的举止言行极其相似。又如盖茨比去世前的痛苦经历、去世后众叛亲离、然后又在其挚友的回忆中“复活”，细味起来，这和《圣经》福音书中所记载的耶稣殉难前最后一周的情况——犹大的背叛、耶稣的遭受诬告和审讯、门徒的惶恐和逃匿、群众对他的亵渎和判处以及死后的复活等等，都相切近。小说对盖茨比的复活的描写非常巧妙。小说末尾说到卡拉韦回忆起过去，想到盖茨比的海滨住宅昔日人声鼎沸，今日落寞、凄清，人亡物在，使卡拉韦感伤不已。在他对老友的怀念中几乎下意识地把盖茨比同几百年前来长岛定居的荷兰移民及美国的过去联结并等同起来。这种联结和等同可以看做是盖茨比的一种“复活”。盖茨比曾相信往昔可以失而复得，曾竭力恢复业已逝去的美好的过去，卡拉韦认为他所体现的美国梦并未幻灭，他的富于理想色彩的浪漫精神应该永存。这种“复活”令人忆起耶稣遇难 3 日后在人间显身的《圣经》故事。当然，如前所说，盖茨比的生活又具有双重性，这同耶稣的单纯的高贵和理想主义又互相映衬，在客观上便产生出一种出人意表的讽刺意味：以盖茨比为代表的美国人不顾现实的局限，一味追求虚渺的但令人神往的幻想，但又相信物质主义，到头来得到的不是崇高的理想，而却是“一种庞大的、低级的、俗不可耐的美”。这样，作者通过《圣经》的典故，不仅加强了人物性格的刻画和故事情节的叙述，而且加深了作品的社会意义，使读者去反复琢磨和想象，从而收到弦外之音的艺术效果。

厄内斯特·海明威（Ernest Hemingway，1899－1961）

海明威是美国现代著名小说家。他大概是美国文学史上最受人模仿与崇拜的作家。他的题材、文风以及他的人格和作风都使他成为他的时代的代言人。因此，有必要首先对他做个概括介绍。第一次世界大战以后，美国文学界涌现出一批年轻作家，他们多数遭受战争的劫难，心灵受过不同程度的创伤。战争割断了他们同旧的价值观念的联系，而时间又未能赋予他们新的思想以适应战后残酷的现实，他们感到"迷惘"。因此，美国作家格特鲁德·斯坦说他们是"迷惘的一代"，而海明威则是这一代人的代表作家。海明威的文学生涯是和战争紧密联系在一起的，因此，他也是20世纪描写战争的最出色的作家。早期的海明威有严重的虚无主义情绪和悲观主义倾向。在他看来，以流血、残酷和背信弃义为特点的现代战争，是现代生活空虚状态的最高体现。他的几部主要作品都是以战争为背景，描写战争给人们造成的精神创伤的。20世纪20年代完成的《太阳照样升起》《永别了，武器》，20世纪40年代初发表的《丧钟为谁而鸣》以及一些短篇小说就属于这一类。他在这些作品中所塑造的人物多在生活中失去理想，精神苦闷，悲观失望。战争破坏了传统的信念和伦理，也毁坏了他们的个人幸福。在一个荒诞无稽的世界里生活，人需要勇气、尊严和风度。因此，海明威式的主人公都表现出性格坚强的一面。尽管他们的生活被爱情的悲剧和死亡的阴影所笼罩，但他们具有一种20世纪初英国哲学家贝特兰·罗素（Bertrand Russell，1872－1970）所说的"绝望中的勇气"，能在失败中保持尊严，在压力下不失风度。这种"压力下的风度"几乎在他所有的作品中都有反映。于是他创造出具有独特风格的主人公，有人称之为"海明威式主人公”。杰克·巴恩斯、弗瑞德里克·亨利、罗伯特·乔丹、桑提亚哥以及短篇小说《不败者》(“The Undefeated”)的主人公等等，都属于这类人物，都在重压之下表现出非凡的勇气和优雅的风度。他们单枪匹马与自己不理解的力量对抗，注定以失败告终；但他们遵照“荣誉的准则”，依靠自己生存，表现出“大丈夫气概”。胜负并不重要，斗争就是一切，在斗争中人才能表现出自己的“人格”。海明威的典型人物多是百折不挠的血性汉子，他们不动声色，但临危不惧，随遇而安。他们渴望得到现代生活无法提供的秩序和安全感，因为他们心头充满了绝望情绪。但是他们又多在富于刺激性的生活中吸取补偿空虚的滋养。于是典型的“海明威场面”不是暴力、犯罪、混乱与残酷，就是狂歌豪饮或偷情做爱，尽情寻欢作乐。典型的海明威式主人公都具有一种浓重的存在主义色调。海明威是具有深刻悲剧观的作家。他认为人在这个世界上除对自己外无所作为，所以他的人物多为个人英雄主义者。这种描绘到 20 世纪 40 年代以后发生了明显变化，即他的主人公开始认识到群体的重要性，认识到个人的奋斗不会成功。这标志着作家本身思想上发生了转变。

海明威出生在美国伊利诺州的奥克帕克。母亲是音乐教师，父亲是内科医生，父母似对他的成长与写作生涯都有影响。在父亲的影响下，海明威自幼喜爱打猎、钓鱼，性格勇敢，好冒险，这些品性后来成为他创造的主人公的典型特点，渔猎也成为他文学创作的重要题材。海明威和母亲关系一般，有评论家说他描写女性人物笔墨清淡，刻画浅显，细想是有道理的。他中学毕业后，当了 6 个月的《堪萨斯城星报》见习记者。报社编辑部指示记者“尽量不用形容词”，写“短句”和“短小的开头段落”，使用“生动有力的文字”。他在新闻写作方面得到的锻炼为他后来逐渐形成的独特文风打下了基础。海明威后来回忆说：“这些是学到的关于写作的最好准则。”

第一次世界大战爆发以后，海明威参军不成，于是志愿参加美国红十字会组织的战地救护队，在意大利前线当救护车司机。他表现英勇，在战斗中受伤，是第一个在意大利受伤的美国人，曾受到意大利政府的嘉奖。他的这段经历为他后来创作《太阳照样升起》（*The Sun Also Rises*，1926）、《永别了，武器》（*A Farewell to Arms*，1929）以及很多短篇小说提供了丰富的素材。他身体所受的创伤在他心理上留下疤痕，日后成为他在作品中一直描写和思考的题材。在某种意义上说，海明威的主人公都多多少少具有这种伤疤的遗迹。

1921 年，海明威作为加拿大《多伦多星报》记者前往巴黎，结识了格特鲁德·斯坦、埃兹拉·庞德和司格特·菲茨杰拉德等美国文坛名家，在写作上得到他们的鼓励和指导。侨居巴黎的几年是海明威文学生涯的启蒙时期，后来，他放弃记者的采访工作，专心从事写作。1923 年，他发表《三篇短篇小说和十首诗》（*Three Stories and Ten Poems*），没有引起评论界的注意。1925 年，他发表了短篇小说集《在我们的时代里》（*In Our Time*），收进 16 个短篇小说，每篇附一个小品。书中很多篇章是描写一个名叫尼克·亚当斯的少年，他的经历和海明威的相类似：童年他目睹过暴力和死亡（如《印第安营寨》）；在战争中负伤；复员后发现自己的思想与现实生活格格不入，于是终日以垂钓消磨时光。他怀着对社会的疑虑和恐惧从少年步入青年。天真已不复存在，生活中充满了冷漠与无情，人欲存活下去，要依靠自己，要有面对逆境的勇气。尼克是第一个“海明威式主人公”。典型的海明威式世界的雏形开始露出端倪。海明威在这本集子里创造了一种崭新的文体，他以冷峻、客观和不动声色的叙述，描绘一幅幅真实的生活画面。英国著名小说家 D. H. 劳伦斯（D. H. Lawrence）说：“这些素描似的作品简短、尖锐而生动，多数都很精彩。”这部作品的出版标志着具有独特写作题材和风格的海明威已经登上美国文坛。

1926 年，海明威的第 1 部长篇小说《太阳照样升起》问世。这是一部成名作，确立了海明威在美国文坛上小说家的地位。美国著名文学批评家埃德蒙·威尔逊（Edmund Wilson）说："在海明威一代人的作品中，《太阳照样升起》是最好的一部小说。"它描写了所谓的"迷惘的一代"的心理状貌。在这部小说的扉页上印着当时闻名的美国作家斯坦描绘海明威这代人的格言式谈话："你们是迷惘的一代。"斯坦是指第一次世界大战以后流落巴黎的一群英美青年。这些人处于战后的尴尬年代，旧价值观业已过时，而新价值观尚未形成，他们在朦胧中苦于摸索，显得有些不知所措。他们的探索正说明他们了解情况，知道努力方向，因而并不"迷惘"。《太阳照样升起》描写的正是他们当时的生活情形。他们之中有的人曾相信，第一次世界大战将是"结束战争"的战争、"拯救世界民主"的战争，他们怀着"崇高"的理想和青年人的热情上了前线。但战争的残酷现实使他们的理想化为泡影，对传统的道德标准和价值观念产生怀疑。他们迷惘、惆怅，逃避现实，沉湎于饮酒、谈情、垂钓和观看拳击、斗牛之中，以此掩盖内心的苦闷和空虚，但终究不能医治战争给他们造成的心理创伤。

《太阳照样升起》这一书名引自《圣经·传教士书》部分，里面描绘了一个虚无的灰暗的世界，在那里一切皆属浮华与虚无，任何努力都无济于事，事事皆周而复始，宛如太阳照常升起，照样落下一般，毫无变化和新意。主人公杰克·巴恩斯生活在这样的世界里，是"迷惘的一代"的代表人物。他在战争中负伤，失去性爱能力，孑然一身，侨居他乡，内心痛苦，常常夜不成眠。他默默地忍受着这一切，以一种"绝望中的勇气"，尽量像正常人一样生活，并努力想在他的朋友之中建立起正常的生活秩序。他似从西班牙斗牛场年轻的斗牛士身上发现了人的尊严和勇敢精神。他认识到，人要依靠自己存活下去，要自我奋发，不可指望来自上帝或人的帮助。生活是无情和无望的，但人不可气馁和妥协，要伸张自我，胜败无妨，重要的是精神和尊严。巴恩斯是另一个典型的海明威主人公，单枪匹马，在逆境中拼搏，虽知于事无补，也不肯低头和退让。海明威自己很喜欢这部小说，称它是一部“最富教育意义的”“好书”。

1929 年海明威发表他的又一部力作《永别了，武器》。这部小说在某种意义上是《太阳照样升起》的脚注：它说明了杰克·巴恩斯的“伤疤”的来源——战争。小说的主人公美国上尉弗德里克·亨利一战期间在意大利服役，在执行任务中负伤，被送往米兰一家医院治疗，和英国女护士凯瑟琳·伯克利产生爱情。后亨利重返前线，适逢奥军发起进攻。在随意军撤退途中，亨利被诬为敌方间谍而被捕。在被处决之前，他伺机逃跑成功，和凯瑟琳分而复和，度过一段缠绵的美好时光。后于一天夜里为躲避意军宪兵的追捕，他们又连夜划船逃到瑞士。在那里，他们等待着孩子出生，向往着幸福的生活。但出人意料，凯瑟琳在难产中死去，孩子在母体中便已断气。亨利告别了凯瑟琳的遗体，独自一人在雨中走回旅馆；这个画面把人在灰暗世界中孤立无援的凄惨境况勾勒得淋漓尽致。

《永别了，武器》全书充满了反战情绪。在亨利所在的救护队里，从军官到士兵无不诅咒这场“肮脏”的战争，盼望它尽早结束。亨利在战场上的亲身经历使他认识所谓的“拯救世界民主”实乃一句骗人的口号。战争就像屠宰场一样，人们相互残杀，到处是流血和死亡。正像他自己说的：“神圣、光荣和牺牲等空洞的字眼使我感到难为情”；“这场战争和我没有一点关系……我祈祷上帝让它结束。”他憎恨战争，希望在爱情中找到和平和幸福，从孤独和恐怖中摆脱出来，但爱情又在战争中以悲剧而终结。战争不堪忍受，已经得到的爱情和幸福也瞬息即逝，等待他的只有两种命运：一是走投无路，一是唤起人的尊严和勇气，正视悲剧，默默地忍受痛苦。作为典型的海明威式主人公的亨利选择了后者。

亨利的悲剧既是个人的，也是社会性的。小说《永别了，武器》反映了一战后普遍存在于西方资本主义世界的失望情绪；到了 20 世纪 30 年代经济萧条时期，这种情绪更是有增无减，从而加剧了资本主义世界的思想危机。

总的说来，20 世纪 30 年代似对海明威的创造灵感补益不大，他未写出什么鸿篇巨制。当时经济萧条，他离开美国到各地做冒险旅行。这期间他先后写了以斗牛和打猎为主题的“非虚构”作品《午后之死》（*Death in the Afternoon*，1932）、《非洲的青山》（*Green Hills of Africa*，1935）。此外还有《胜者无所得》（*Winner Take Nothing*，1933）和描写佛罗里达水上走私者生活的《富有与贫穷》（*To Have and Have Not*，1937）。1935 年召开的美国作家全国会议，他也未参加，只发去一封权表支持的电报。20 世纪 30 年代初海明威的左派朋友曾批评他在作品里回避写政治主题。但是毫无疑问他时刻在关心时局的发展，并在进行着认真的思考。

果然，从 1937 年写《富有与贫穷》开始到 1940 年完成《丧钟为谁而鸣》（*For Whom the Bell Tolls*），海明威的思想与创作发生了明显变化。他对生活的悲剧观发生了变化。他已经从关心个人命运转变到关心社会前途。前此，不论是《太阳照样升起》还是《永别了，武器》，他的主人公都是个人奋斗的典型，他们相信，生存的力量和勇气来自自身，因而既不乞求于上帝，也不依靠集体的力量。这是一战后海明威的思想经历的消极、迷惘的危机的体现。这个时期他的作品充满了玩世不恭和悲观失望的情绪。《太阳照样升起》和《永别了，武器》就存在严重的虚无主义和和平主义的反战倾向。这种情况到《富有与贫穷》中发生了变化。在这本书里，作者通过一个生命垂危的人物的口述，说明一个人单枪匹马、赤手空拳是不会有任何作为的。这标志海明威的悲剧观的转变。《富有与贫穷》，特别是《丧钟为谁而鸣》的问世反映了海明威世界观的微妙变化。

《丧钟为谁而鸣》以1936年西班牙内战为背景写成。当时海明威以记者身份赴西班牙前线。他支持当时的共和政府，反对以弗朗哥为首的法西斯叛乱分子。作家在强烈的社会责任感的感召下，将自己作家的才华和反法西斯的正义事业融合在一起。《丧钟为谁而鸣》是正面描写战争的一部重要长篇小说。主人公罗伯特·乔丹是海明威式主人公，他的一些基本素质和杰克或亨利极其相似，但他也具有和他们迥然不同之处。罗伯特是美国人，为帮助西班牙共和政府作战，被派往弗朗哥反动势力和法西斯分子占领的后方，在当地游击队的配合下执行炸桥任务。负伤后，在生命垂危之际仍然想着再多消灭一个敌人。最后，为西班牙人民自由与民主的正义事业献出年轻的生命。《丧钟为谁而鸣》塑造了一个崭新的艺术形象。罗伯特已经不是孑然一身，在他生活中有了集体与爱情：他有与之一起奋斗的游击队这个集体为后盾，有了愿为之献身而毫无遗憾的心爱的人和爱情。小说就其思想意义讲，和海明威的早期作品比较，标示着一个质的变化。

这一变化也明显地体现在海明威的最后一部举世闻名的著作《老人与海》（*The Old Man and the Sea*，1952）中。这是他在十年的空白之后于20世纪50年代写出的最成功的作品。在主人公桑提亚哥的身上，仍存在着杰克或亨利的影子，但他的形像更像罗伯特。桑提亚哥的世界是一望无际的大海，在这个海上只见一叶孤舟、一个老渔翁，其情势和所有前此海明威所描绘的情势一样，但主人公的内心世界变了。他开始视自己为世界万物之一，内心里不再感到孤单。《老人与海》是关于一个古巴老渔翁桑提亚哥的故事。他出海打鱼，一连84天一无所获，但他不屈不挠，终于在第85天捉到一条比船身还长的马林鱼，经过三天两夜的搏斗终于制服了它。但在返航途中，一群鲨鱼尾随而来，老人又和鲨鱼搏斗，但未能阻止它们把鱼肉吃光。当老人把鱼拖到岸边时，马林鱼只剩下一个骨架。疲惫不堪的桑提亚哥回家卧床，在梦中仍不忘雄狮。

小说通过对桑提亚哥在海上经历的描写塑造了一个饱经风浪、意志如钢的老渔民的形象。他一生与大海搏斗，非但没有被它吞噬，反而能像与之融为一体那样驾驭它。小说用了很多笔墨描写老人与马林鱼周旋的场面，成功地塑造了老人坚韧不拔、临危不惧的性格。他没有因为84天没交好运而抱怨，也没有因为与马林鱼拼搏三天两夜所经受的折磨而悔恨。“但人不是为被打败而生。人可以被毁灭，可不能被打败”。小说还通过描述老人对马林鱼的赞赏揭示了他性格方面更深刻的美学内涵。当他看到马林鱼的身躯如此之大，身姿如此壮观时，他兴奋不已。他敬重它，认为它是一个值得与之交战的对手。他对马林鱼说：“你会把我干掉的，鱼儿……但是你有这个权利。我从未见过比你更雄伟，更漂亮，更沉着或更高尚的鱼。兄弟，来来来，把我干掉吧!咱们两个不论谁干掉谁我都不在乎。”这已不是一个以打鱼为生的渔民的心理，这里所描写的乃是一个对大自然的美充满深情而又怀有极高鉴赏能力的美学家的思想境界。最后，当他拖着疲惫的身躯进入梦乡时，他的脑海里仍然充满了雄风、力量和威严，准备与世界上的任何强者对峙。在某种意义上讲，《老人与海》概括地总结了海明威的思想发展过程。小说开首的桑提亚哥是典型的早期海明威小说主人公的形象；但是后来他逐渐体会到人际间的友爱、人与大自然间的和谐，因而对周围的人和物、甚至对他的敌手马林鱼也产生了感情。在他的坚强中增加了友谊的色调。

在海明威死后出版的《流动的宴会》（*Movable Feast*，1964）是他20世纪20年代在巴黎生活的回忆录，是一部优秀的散文作品。此外还有《海流中的岛屿》（*Islands in the Stream*，1970）和《伊甸园》（*Garden of Eden*，1986）。

在美国文学史上，海明威是一位具有独特风格的作家。他先后受教于舍伍德·安德森和斯坦，认真研读了马克·吐温的《哈克贝利·费恩历险记》等著作，经过自己多年的不断探索和创作实践，一改过去那种冗陈繁赘的旧文风，发展了美国文学口语化的新文风，给 20 世纪美国文学带来了生气。有人说海明威在巴黎期间和斯坦、庞德、乔伊斯共同发起了文风和文学语言的一次革命，这话是有道理的。海明威写作力求真实，主张用简明生动的语言具体描述真实的生活画面，创造一种意境，让读者自己去体会，从而使作品产生很强的艺术感染力。他主张“写你知道的一句最真实的话……我宁肯把那些花里胡哨的装饰品通通砍掉，就用我写的第一个真实、朴素的陈述句作为开头”。他还主张省略，他说，“如果一个散文作家对于他想写的东西心中有数，那么他可以省略他知道的东西，读者呢，只要他写的真实，会强烈地感受到他所省略的地方，好像作者已经写出来似的”。他在谈及《老人与海》的创作时说，他本来可以把它写成一本上千页的大书，而在他省去了与主题无关的情节和内容以后，剩下的只是一本用洗练的语言浓缩成的信息量宏丰的小书，读起来犹如冰山似的深沉稳重。因此，海明威的文章以简朴、凝练，表达准确、直截了当，貌似单纯（“骗人的简单”），实则包孕丰富的特点而著称。

当然，海明威的文风又不单是写作技巧问题；他的文风服从于作品主题和塑造人物性格的需要。在海明威的作品里，文风和主题往往是不可分的统一体。由于他在文学创作上所取得的巨大成就以及他的作品所产生的世界性的影响，1954 年，海明威获得诺贝尔文学奖。晚年海明威曾宣称另一部数十万言的文学巨著即将问世。事实上这只是他个人的愿望，因为他的创作源泉已经枯竭。这件事深深挫伤了他的自尊心，兼之他又疾病缠身，便于 1961 年 7 月以猎枪自杀，结束了他的一生。海明威的死标志着美国文学史上一个时代的终结。

第二节 福克纳/安德森/斯坦/凯瑟/刘易斯/乌尔夫

威廉·福克纳（William Faulkner，1897—1962）

福克纳是美国现代著名小说家。他出生在南方新奥巴尼市一个历史悠久的家庭。南方的兴衰荣枯成为他作品的主题；他的家庭成员，包括他的曾祖、祖父、父亲及兄弟，都成为他小说人物的原型。第一次世界大战早期，福克纳曾到加拿大参加英国空军。回国后在密西西比大学就读一年，做过银行职员及多种杂工。这期间他结识了饱读古典及现代文学名著的菲尔·斯通（Phil Stone），在斯通的启迪和帮助下，他了解到美国文坛新星庞德及弗罗斯特等人的创作情况，并于1924年出版了诗集《玉石雕像》（*The Marble Faun*）。又经斯通的引荐，他在新奥尔良谒见舍伍德·安德森，在后者的指点下，创作和出版了第一部小说《士兵的报酬》（*Soldier's Pay*，1926）。在新奥尔良，他还听到乔伊斯（James Joyce，1882—1941）、康拉德（Joseph Conrad，1857—1824）及弗洛伊德（Sigmund Freud，1856—1939）等人的大名。1925年他赴欧洲旅行，见到他崇拜的乔伊斯，并对现代派绘画产生了兴趣。

福克纳的第2部小说《蚊群》（*Mosquitoes*，1927）并未引起注意；1929年出版的《沙特里斯》（*Sartoris*）却表现出作家的创作已渐臻成熟。在这部小说里，他第一次描绘他日后一直努力表现的虚构的“约克那帕特法县”，开始展露他的独特宇宙的状貌。福克纳的关于“南方的神话系统”自此开始。他的主要著作之一的《喧哗与骚动》（*The Sound and the Fury*，1929）的问世，标志着他已成为美国现代主要作家。在这部小说里，作家成功地运用了现代派的意识流写作手法，书的四部分由四个人的意识组成，其中第一部分由一个白痴做叙事者；全书读来虽感艰涩，但饶有兴趣。这部小说业已成为美国文学的一部经典著作。1930 年，《我弥留之际》（*As I Lay Dying*）问世，福克纳开始为自己的声名不振担心。次年他出版了旨在刺激读者而引人注目的《圣殿》（*Sanctuary*），由于该书情节引人入胜，描写细腻，在一定程度上扩大了他的影响。其后 10 余年中，他致力于在作品中描状“约克那帕特法县”，《八月之光》（*Light in August*，1932）、《押沙龙，押沙龙!》（*Absalom，Absalom!* 1936）及《去吧，摩西》（*Go Down，Moses*，1942）等相继问世，都堪称美国文学的上乘之作。评论界开始承认他在文坛的地位，但在整个 20 世纪 40 年代，没有出现关于他的作品的严肃评论文章，某些作品业已绝版。1946 年是福克纳文学创作生涯的转折点。著名文学批评家马尔科姆·考利编辑了他的作品选集，并撰文详细介绍他的著作。这使世人得以赏识他那独特精湛的艺术。一个文学巨匠几十年的苦心终于得到世界的理解。他获得了 1949 年诺贝尔文学奖。

福克纳共创作了 18 部小说和 3 部短篇小说集。他的作品多以美国南方的历史为题材。他探讨过去的兴趣时常达到入魔的程度。印第安人的时代、白人的出现、资本主义制度和奴隶制的建立、以剥夺红色人种和压榨黑人为基础的南方特殊文化的形成、白人梦幻的破灭等等，都在福克纳的作品中有所反映。他以浓重的笔墨描写“约克那帕特法县”的演进，再现出南方的兴衰史。平凡的史料在福克纳的笔下突然具备了一种神话性质，令人感到故事业已超出美国南方的范畴。他讲述的是人的梦想、勇气、成功与最后失败的故事，表现的是人生内在的格局或模式。其目的似乎在于利用南方历史谈论过去和今天人与生活的关系等重大问题。因此，读者有时会不由自主地意识到，他笔下的美国南方历史是人类经历的一个缩影。这是福克纳的作品耐人寻味的根本所在。

福克纳的作品所描述的多是发生在南方的悲剧故事。如沙特里斯家族、康普生家族、塞特潘家族及麦卡斯林家族的白人移民，在暴力、流血、压迫、乱伦、不义的基础上建立起一个没有人性的社会，并竭力维护它，妄图使之永世长存。这个社会的罪恶根基受到美国内战的震撼，战后，一切复辟的努力都以惨败告终。“现代工业文明”长驱直入，南方于是衰颓下去。这是福克纳全部作品的故事轮廓。福克纳认为，现代人已失去爱和感情，失去人的同情心，生活因而失去意义，世界已成为精神贫乏的虚无之地。恰如《喧哗与骚动》一书中康普生先生所说，给生活强涂上一层道德与信仰的色彩是无助于事的，这不仅因为现实生活无法达到这些标准，而且这种标准本身就没有意义。童贞没有意义。人的一切价值标准也毫无意义。生活中的一切，包括人、人的梦想，都不稳定，都会在钟表的小齿轮的咔嗒声中消逝。抗拒时间的威力是徒劳无益的。时间将吞噬一切，人的痛苦也不例外。康普生于是借酒浇愁，而他的理想主义者的儿子昆廷则企图以自尽来阻止时间的前进，以期保持他年轻的理想世界原封不动。虚无主义和绝望情绪弥漫着充满“喧哗与骚动”的整个世界。

《押沙龙，押沙龙!》和《去吧，摩西》讲述的是两个典型的南方悲剧故事。前者描述一个雄心勃勃要发家立业、一生惨淡经营却只落得失意潦倒下场的人的故事。托马斯·塞德潘少年时代曾蒙受富家侮辱，但他胸怀宏图，立志要摆脱贫贱的社会地位，登上社会的顶端，并决心建造一座豪华的宅第作为他发迹的象征。他单身出走西印度群岛，同一有黑人血统的女人结婚，生一子名查尔斯·邦。后来他发迹后抛弃了妻和子，回到美国，以剥削黑人的血汗所得建造了房子，后又结婚，生一子名亨利，一女名裘迪丝。光阴荏苒，查尔斯来到美国，同裘迪丝相爱，亨利气急败坏，杀查尔斯而酿成兄弟自相残杀的悲剧。塞德潘拒不承认查尔斯为骨肉，是父子为敌的典型。兄弟阋墙、父子反目、兄妹乱伦，这些在作者看来无疑导致了塞德潘的家族和个人悲剧。塞德潘从内战回乡，野心丝毫不减当年，他欲和一年轻女子结婚，再圆发家之梦，终于死于这个女孩家人枪下，到头来活下来的只有他的女儿和查尔斯的遗孤——一个傻瓜。塞德潘的一生以被人拒绝开始，以拒绝他人结束。福克纳旨在表明，人的堕落、人心目中的恨压倒爱，是使现代文明解体的根本原因。

《去吧，摩西》一书由7个相互连接的故事构成。作者对白人和黑人两个种族之间充满痛苦和耻辱的关系进行了严肃的探讨。白人庄园主卡洛沙斯·麦卡斯林奸污女黑奴尤妮斯，生一女名托密，20年后托密长大成人，老麦卡斯林大发兽性，又把她奸污，生一子名叫“托密的托尔”。尤妮斯闻知后自尽。麦卡斯林的孪生子承继了建立在剥削黑人和印第安人的不义基础上的家产以后，曾天良萌发而销毁某些黑人的卖身契，使他们获得人身自由。但麦卡斯林家族的罪恶仍同这个家族并存着。后来传到第三代艾克·麦卡斯林，终于无法维持下去。艾克逐渐了解到自己丑恶的家史，了解到生活在这个家族里的黑人及一些白人世世代代所遭受的苦难，他在大自然中学习到许多关于人与人生的道理，觉悟到人应具有正义、博爱、荣誉感等品性，决定摒弃家产，离群索居，悉心忏悔以求获得新生。麦卡斯林家族自此解体。

福克纳认为，现代人的通病在于理性有余而感情不足，因而生活呈现出虚无的荒诞状态，医治的良药在于恢复人的自然状态。在他所描绘的现代人的精神荒原里，又常有“自然人”和他们的“净土”出现，他们代表着一种新的、不同以往的价值观和生活态度。例如在已失去生活气息的康普生一家里，黑人女管家迪尔西心地善良，充满了爱与同情。她虽然只是一个女仆，但她是这个摇摇欲坠的家族的精神支柱。她取代了康普生夫人的地位，照料她的全家及子女，只有她把白痴本吉当做有血肉的人加以照顾。倘若没有她的努力，康氏家族早已不复存在。迪尔西的力量源于她的纯朴自然的感情，源于她对生活和他人的自然的反应，所以她最了解康家的困境，最清楚这个家族必然没落的原因：“我已看到开始和结尾……我看过它的开始，现在又看到结尾。”作者通过这一艺术形象似在表明，人要获得新生，就必须恢复业已失去的爱和同情。又如在《八月之光》这部小说中，莉娜的故事所阐明的价值观和人生观，与小说的主要人物的生活态度迥然不同。莉娜是一个信仰虔诚、心地纯朴的村女。她拖着怀孕的身子，从阿拉巴马搭车到杰佛逊去，坚信上帝会照料她，把她指引到腹中孩子的父亲那里去。一路上人人都向她伸出热情援助之手。她宛如圣徒一样天真、纯朴、执著。她的生活和乔安娜·伯登等人毫无意义的生活形成鲜明对比。福克纳笔下另外一个感人的“自然人”形象是《去吧，摩西》一书中的萨姆。这个人生活在天然森林中，保持着现代人心灵中已渐消逝的自然感情。他在深林中不仅洁身自好，而且培育像艾克·麦卡斯林这样的现代人同自然融为一体，使之具备正义、怜悯、勇敢、荣誉感等已从康普生及塞德潘家族生活中消失的基本品德，把他从现代文明深渊的边缘拯救回来。

福克纳写作的目的在于促使人们对生活采取肯定态度，这一点在他的诺贝尔文学奖获奖演说中谈得很清楚。他认为，好的文学作品应当描写人的精神问题，描写老的、感情的真理，普遍的真理，否则任何故事都是倏忽即逝、厄运难逃的。他所讲的真理包括爱、荣誉感、自豪感、同情心和牺牲精神。福克纳拒不接受关于人的命运的悲观论点。他认为人不仅能持久，而且必定成为胜利者。人有灵魂，有同情心、牺牲精神及美好的心灵，因而是不朽的。诗人的责任，作家的责任，在于描写这些东西，以便振作人们的精神，提醒人们铭记曾经造就了他们光荣历史的那些品质——勇敢、荣誉感、希望、自豪感、怜悯、同情及牺牲精神，以帮助人们永恒长存。福克纳的这番讲话发表之后，他的读者曾为之一惊。讲话从内容到语调都比他的带有浓郁自然主义色调和虚无主义特征的悲观小说显得更肯定、更乐观，使他在读者的心目中突然变成一位“道德英雄”。这篇讲话对福克纳后来的作品影响更大，这可以从他的《寓言》（*A Fable*，1954）这部象征性很强的作品中清楚地看出来。

福克纳在技巧方面是一位大胆的尝试者。为更好地表达自己的思想，他悉心努力，逐步形成了自己独特的创作风格。福克纳不仅潜心观察和研究人以及人的生活，而且也是一位像亨利·詹姆斯那样的自觉的艺术家。阅读他的小说，读者会感到，作者在动笔之前，便已把全部内容的腹稿打好，已经预见到故事的发展过程及结局，因而能够熟练地安排情节的先后顺序而不致混乱，能够像胸有成竹的常胜将军那样指挥自如地支配素材。福克纳的作品不容易读，其原因之一便在于他不是平铺直叙地讲故事，"倒插笔"屡屡出现，而"真相"又迟迟不见。他的书往往要读两遍以上方可品尝出其真实的味道。这是福克纳的精湛创作方法的突出标志之一。

福克纳认为，作家的艺术领域囊括人的一切言行、希望和真理，作家的首要责任在于探索及表现人生内在的无限的发展可能性。欲达此目的，作家应赋予其所刻画的人物以最大限度的独立性；换言之，作家在叙事中的干预愈少愈好。福克纳极重视人物性格的塑造，这是他表现人的多侧面性的关键所在。他似乎具备一种惊人的天赋，能把人物刻画得有血有肉，栩栩如生。对他来说，他的小说人物是真实而常在的，他的头脑中挤满了这些呼之欲出的人物。他赋予他们以最大限度的独立性，而自己则满足于扮演一个旁观兼记录者的角色，时刻准备着仔细观察，再现他们的复杂生活及性格。这些人物可能具有其独特之处，甚至自相矛盾，可是这在作者看来是自然的，因为生活本身并不总是合乎逻辑的。福克纳以能创作出逼真的虚构世界而洋洋自得。他说："对我来说，他们（指小说中的人物——笔者）是人，他们像我一样老起来……我现在对人的了解比我起初所想的要多，他们已作为人清楚地立在我面前。"

福克纳运用了一些手法以保证人物的独立性，其中最重要的一种首推“作家的超脱”。这是文学艺术家所作的一种明显的努力，坚决克制自己不插足于人物和读者之间去充当解说者的角色。作者让人物用自己的言行表明自己的特点，让读者发挥自己的智力和美学鉴赏能力，直接体会艺术品的价值。诚然，读者有时确实能听一个无名氏的声音，但那是作者自己和故事间保持某种距离而提出的一处合情合理但并非结论性的观点。此外，福克纳还善于通过一个不可靠的叙事者去讲述故事，这位叙事者时刻准备纠正自己观察上的错误或缺陷；他还善于通过多位叙事者讲述故事，这些叙事者相互矛盾、纠正或补充。这种多角度的叙述方法（multiple points of view）是传统小说中少见的。另外，他还打破了传统的时空观念，所以在他的小说中常有时间和地点都相异的场面并列出现，使读者认识到故事的同步和发展这两个特点。这些以及其他一些不能在此一一列举的技巧都有益于造就“作者超脱”的效果，保证最大限度地展示人物性格发展的特征。

福克纳一生孜孜不倦地进行技巧革新的尝试。他的小说可以分成几个不同的类型。一种是故事类，如《不可征服的》（*The Unvanquished*，1938）、《去吧，摩西》及《骑士的一着》（*Knight's Gambit*，1949）等，重点放在一件事或一个人某一最富启示性的时刻，故事常沿某种框架（如爱情、金钱、死亡等）而发展，虽然这种框架同人心的愿望或矛盾可能关系不大；另一种是平列类，如《喧哗和骚动》及《我弥留之际》等，通过人物内心独白（意识流手法）来表现一种思想状态或情绪；另外还有相对类，如《野棕榈》（*The Wild Palms*，1939）及《八月之光》等，常有两条故事线索表现不同的内涵，从对照中突出某种主题思想；以及诸如《押沙龙，押沙龙！》等把短篇小说的优点同长篇小说所表现的生活深度及复杂程度相结合的综合类，等等。这些都表明作为艺术家的福克纳对艺术的执着及刻意追求。

福克纳的语言很耐人琢磨。他的句子有时没有大写，没有标点符号，特别是较长的句子，让人感到是一种文字的奇特堆积，一部分同另一部分之间没有必要的联系。这是造成阅读困难的原因。此外还要说到福克纳的代词的用法。在不少情况下，这些词的所指不清楚，因而导致人物或情节方面的模糊甚至混淆。另一方面，福克纳又不愧为一位文字大师。他的作品里既包含有日常口语、地区方言，又有规范的文学语言等多种级别的文字。他的一些段落读来朗朗上口，富有诗的格调。

为加深对福克纳的欣赏，有必要分析一下他的一部小说。对一般读者来说，《八月之光》可读性很强，它也是代表福克纳小说创作最高成就的作品之一。在内容方面，它通过描述和分析南方现代生活的状况，揭示出现代人对生活缺乏肯定态度的窘境。小说的主人公乔·克里斯马斯是对生活采取否定态度的典型代表。他一生最大的苦恼是不知自己的身份，不能确定自己的归属。他的生母未婚便怀了他，他的父亲从未露过面，但有可能有黑人血统。外祖父种族偏见严重，在母亲生他时拒不请医生前来助产，致使母亲死于分娩。外祖父随后便把他遗弃在一家冷漠的孤儿院里。后来麦吉辰一家收养了他，但养父过于严苛，养母的同情和爱也不能温暖他冰冷的心。乔于是杀了养父外逃。此后他一身孤寂，举目无亲，拒不爱他人，也不接受他人之爱。除在他一生最后几天内曾朦胧产生同世人应达成谅解的愿望以外，他在世上全然以一副局外人的面貌出现。他的世界一片空虚。他曾和乔安娜·伯登有过儿女之情，但他的血统使他无法正常地去生活、去爱。他虽然看去和白人一样，但他宁愿把自己说成是黑人：他的心态已发生变异，他期望受到歧视和拒绝。后来他杀了乔安娜，烧了她的房子，自己遭到追捕，最后被村人杀死。他的生活充溢着冷漠、敌意、报复等否定性的感情和心理。

小说还展现了一幅栩栩如生的人物画卷。其中有精神贫乏的乔安娜，有与世隔绝的盖尔·海托华，有宗教、种族偏执狂的海因斯（主人公的外祖父），有嗜血的珀西·格里姆，有对生活充满希望的莉娜和拜伦等，不一而足。尤其值得称道的是小说的结构。《八月之光》有两条故事线索贯穿其中，一条是主线，沿着乔·克里斯马斯的故事延伸；一条是陪衬，表现的对象是莉达和拜伦。乔是否定生活的代表，莉达则是对生活持肯定态度的典型。小说以莉达搭车离家寻"夫"开始，又以她和拜伦的喜剧终结，两条线索仅通过拜伦这一人物取得一种不即不离的联系，既收到良好的对比和衬托效果，联结的处理手法又极巧妙。

在技巧方面，小说的叙事艺术很有值得评说之处。全书共 21 章，叙述的主要特点是倒叙、追述和转述。例如主人公克里斯马斯的故事就明显体现出这一特征。第 1 章末尾"There's a house burning"一句，把主人公杀人烧屋的事引出，第 2、4 章通过别人转述他初到镇上的情景，第 5 章追述他和乔安娜同居的状况，第 6 章追述他的孤儿院生活，第 7、8、9 章追述他的青少年生活，第 10、11、12、13 章讲他杀养父后流浪 15 年，后到镇上和乔安娜同居的事情。至此，小说方回到第 1、2 两章所开始的起点上，倒叙和追述方告结束。第 14 章以后说他被捕、逃走以及被迫杀人的情节，作者多采用插述或转述的手法，很少有直接的勾勒。另外，关于牧师海托华和主人公的外祖父母的故事，也多采用同样的写作方法：海托华的现状在第 3 章表现出后，直到第 20 章才全盘托出；主人公的外祖父母首次在第 6 章简述后，直到第 17、18 章才讲述始末。这部小说的创作技巧是作者丰富想象力的卓越体现。

福克纳的想象力异常丰富。如前所说，他把自己的作品根植于美国南部历史的土壤之中，创造出一种独特的文学氛围，最终则超越具体的人或事的局限而触及具有普遍性的问题。他的小说逐步向神话的境界移动，后来竟把人生的一个真实而简单的故事提高和渲染到一种神话系统的高度。他所关心的向来是作为整体的人的状况和处境，因而仅仅把他看作是南方小说家是不对的。

舍伍德·安德森（Sherwood Anderson，1876—1941）

安德森是美国小说家。他的经历具有某种代表性。他前半生经营生意，至中年颇有成就，但他总觉内心不安，着迷于文学创作，故后来白天从事营业，晚上抽时间写作，再后来终于出走，经过曲折，创作出很有影响的作品，成为一位颇有名气的作家。这段文学史逸事，人们通过阅读安德森的《小城畸人》的前言便可了解一些。他对美国文学的贡献之一还在于他对年轻一代的帮助上，福克纳、海明威等都曾受益于他的提携与指导。福克纳在1956年春同《巴黎评论》的记者谈话时曾指出，安德森是“我们这一代美国作家之父，体现着美国创作的传统，这一传统将由我们后人继承下去”。安德森在20世纪20年代及其后曾是个举足轻重的人物。当然从历史角度评价，他可能不算大手笔，但文学史对他不可小觑。

安德森熟悉生活，社会经历丰富，曾从事广告编写，担任公司经理，开办油漆工厂，后来移居乡间。他曾是两家报纸的出版人。安德森于1916年发表第一部作品，题为《饶舌的麦克逊的儿子》（*Windy McPherson's Son*）。小说一开始，以他自己的童年生活为模型，讨论父子之间的关系，继而描述对家庭与工作的追求。总的说来，这部小说不算成功。1919年他的《小城畸人》（*Winesburg，Ohio*）问世，极受读者欢迎，小说确立了他在美国文学史上的地位。安德森擅长于短篇小说的创作，先后出版了几本短篇小说集，其中《鸡蛋的胜利及其他》（*The Triumph of the Egg and Other Stories*，1921）与《林中之死及其他》（*Death in Woods and Other Stories*，1933）最负盛名。他的传记性小说《讲故事人的故事》（*A Story-Teller's Story*，1924）也一直为人们所喜爱。安德森颇受弗洛伊德心理分析理论的影响，注重刻画人物的心理活动，善于捕捉人们在瞬间迸发出来的强烈情绪，揭示他们内心深处的激情；在艺术风格上形成了他自己的特色。

安德森的另一值得注意之处在于，他是继马克·吐温之后又一位运用口头语言进行创作的作家，语言流畅自然，简洁有力，颇受同时代的女作家格特鲁特·斯坦（Gertrude Stein，1874—1946）的影响。他欣赏斯坦的重复手法，希望通过语言的重复，在读者心中产生形象的现实感。安德森认为斯坦恢复了语言的活力，因而把它应用到自己的作品中以表达强烈的感情。

《小城畸人》是美国小说中的一部经典作品。作家于1915年在芝加哥开始创作此书，极受益于当时他所读过的两本书，即埃德加·李·马斯特斯（Edgar Lee Masters）的《斯朋河集》（*Spoon River Anthology*，1915），以及斯坦的《三人传》（*Three Lives*，1909）。前者启发他创作一部发掘人物内心世界的作品；后者引导他运用生动、朴素、接近口语韵律的语言。《小城畸人》由20多篇小说组成，每篇之间在情节上没有直接联系，每一短篇的注意中心集中在一个人物生活中的某一方面或某一时刻，着重表现他（她）在生活中由于追求、失败和痛苦所引起的心理状态变化的一个特征，小说把这些人物汇集在一起，成为一组心理畸形人群的集锦。《小城畸人》中故事发生在美国中西部的一个小城市，据考证，它可能是作者幼年时生活过的克拉德；故事由一位名叫乔治·威拉德的新闻记者一段一段地叙述，这位记者是以年轻时期的作者本人为模型而塑造的。这部书是作者内心情感迸发的结晶。他在一篇回忆该书创作情景的文章中写道，当时他处境十分困难，生活窘困，租借了一间简陋的房子安身。一天下午，天下起大雪，他身体不适，又有人告诉他说，他将被解雇，下班后，他回到了寒冷的房间，孤身一人，百感交集。他打开电灯，“一挥而就，写下了短篇《双手》”。《双手》是构成《小城畸人》的一篇故事。这段回忆说明了艺术创作与灵感的关系。

《小城畸人》的意义在于它表现和记录了20世纪初叶人们在现代社会经济发展过程中所发生的思想变化和心理反应。安德森认为，人们在生活中寻求真理，有的人忠于爱情，追求忠贞；有的人信仰神明。但是，某一方面的真理往往不能适应复杂的、庞大的社会生活实际，从而使追求某一方面真理的人们遭受挫折。生活中的失败使人们感到困惑，变得怪癖，人性受到扭曲，因而成为“心理畸人”。作者对本书的最初题名是《畸人集》。

格特鲁德·斯坦（Gertrude Stein，1847－1946）

斯坦在美国文学史上占有一席地位。她是多产作家，包括小说、诗歌等形式，虽然其中大部人们今天已不再阅读，她在当年却曾拥有许多读者，曾享誉欧美文坛。她的一大发明是通过连篇累牍的重复来表达字与词的抽象关系。现在读来有时令人不以为然，在20世纪20年代却起到过启迪作用。斯坦的主要作品包括《三人传》（*Three Lives*，1909）、《三幕剧里的四仙人》（*Four Saints in Three Acts*）、《美国人的成长》（*The Making of Americans*，1925）、《写作指南》（*How to Write*，1931）等。

斯坦做过几件事情足可让她青史留名。首先，她思想敏锐，意识到时代精神的变化以及文学艺术应必然发生的相应变化，她的著作反映出她的这种强烈认知。她感到生活已无秩序可言，文学应该发现反映生活的真面目的手段，而不是沿袭传统，继续创造使生活失真的人物形象和合乎逻辑的先后有序的情节。她在促进新的现代文学阶段的到来方面做出了一定的贡献。她深信自己对文艺的观点正确，支持了文艺方面的革新人物。她因家境富足，性好交结，20世纪20年代以后常住巴黎，她在那里的沙龙曾是许多志在革新的艺术家和作家的积聚场所，她本人则有“艺术惠顾人”之美称，并为此感到自豪，曾把自己和莎士比亚相提并论。

我们大家所熟悉的毕加索、安德森、菲茨杰拉德、海明威等都是她的常客。她慧眼识人，收集当时革新画家的作品，如毕加索等人的画作；她实际上是这位西班牙画家的惠顾人之一。她也是海明威的启蒙者之一。海明威在 20 世纪 20 年代拿着安德森的介绍信前去拜访她，从她那里学习到“有关字词间抽象关系”。当时这位年轻作家正努力开创新路，学习用现代手段有效地表达“所见事物”，斯坦确实帮助他用现代方式观察现实。后来她对此有点宣扬，海明威也似有看法（他后来在《流动的宴会》一书中曾谈及此事），他也不完全同意斯坦的文艺观点和理论。两人的关系遂冷却下来。但她确实起过启蒙作用。她的自传著作《爱丽丝·B. 托克拉斯的自传》（*The Autobiography of Alice B. Toklas*，1933）记载了她和这些名人的往来逸事，曾轰动欧美文艺界一时。斯坦对自己的理论很自负，曾到牛津、剑桥等大学以及美国讲演。虽然有些人对她的天才或贡献不以为然，但在当时的文艺界，她是发挥过相当影响的，在文艺革新的中心巴黎，她有点文化路标的意味。

斯坦的文学理论主要体现在她的《写作指南》一书中。她强调作品里每个单字词的价值，力图让读者看到事物，而不是只读到描写这事物的印刷出的铅字。她的技巧的突出特点之一是她对字词的重复使用，她觉得这样可以去掉它们的表面意思，而显示出它们的真正内涵。斯坦强调句子与句子之间某些用词的重复，好像电影胶卷上每一幅画面的重复之间所呈现的状况，当一系列的画面快速地通过放映机镜头时，便形成了活动的情景。她的作品里还充满了难解的语言和模糊的抽象概念，她认为这些有助于描述现实的真相。她的遣词用字、注重声音效果，她对字词的味道、气味及节奏的敏感，这一切都很有让人揣摩的余地，比如安德森在这些方面就很推崇她。在她的多数作品里，她背离传统的词序及连贯性，所以她的作品并不易懂。斯坦的作品无疑表现出新时代勇于尝试、显示出自己的现代性的特性。

下面举例介绍一下斯坦的文字的重复特点，这一点在海明威的某些作品中可以看到一些痕迹。她最闻名的文学选集中常节选的是她的一首诗《神圣的艾米莉》（“Sacred Emily”）里的一行：“梅花是梅花是梅花是梅花。”她的另一首诗《苏吉·阿萨都》（“Susie Asado”）也很奇巧，让人把玩不腻：“甜的甜的甜的甜的甜的茶水。/苏吉·阿萨都。/甜的甜的甜的甜的甜的茶水。/苏吉·阿萨都。”这首诗读来不易，因为它的意思或是抽象化，或是不存在，或是充满多重性，读者很难作出任何决定或选择。斯坦的散文风格也是这样的形状。比如她的《毕加索》（“Picasso”）一文便是适例。文章是这样开始的：“一些人肯定追随的人是个极有魅力的人。一些人肯定追随的人是有魅力的人。一些人追随的人是个极有魅力的人。一些人追随的人肯定是个极有魅力的人。”这样的文章，从传统的“好英文”的角度看，无论是好或是不好，有一点可以肯定的是，文章的效力是高强度的。它强调的几点都会铭刻在读者的脑际，如毕加索有魅力，在开风气之先，人们在仿效他的榜样等。毕加索是个革新画家，应当用革新的文学形式介绍和评论他。多年来许多人撰文评他，雁过留声者不多，但读过斯坦此文的人会印象深刻而难忘却。这是人们应当铭记的。

斯坦的处女作《三人传》（*Three Lives*，1909）今天仍被人们视为她的最佳的、可读性最强的一部书。这是关于三个女佣人的生平的故事。其中《好人安娜》（“The Good Anna”）中的安娜是个女管家，《温和的丽娜》（“The Gentle Lena”）里的丽娜和一个父母是德国人的人结婚，《米兰克莎》（“Melanctha”）中的米兰克莎是个混血儿，她的情人是个医生。小说在艺术上可能粗糙一些，有时有走题偏辙之嫌，而且也不是完全讲故事的来头，然而它却为读者提供了一幅严肃的生活画面。它说的是这三个女人的简单、鄙微、无声无息的生活状况，表露出她们的激情、感触和内心世界。她们都被生活所累，都在黑暗中摸索出路。阅读此书，人们会感到三个灵魂赤裸裸地显现在面前，当自己审视她们的精神世界时，实际也在洞察自我的感情世界。书宛如一面镜子。比如安娜，她为人和善，乐于助人，同时又和她所服侍的人有矛盾和斗争。她的生活是再平淡、普通、枯燥不过了，然而她的内心却荡漾着人的情感的涟漪。她在医院去世，人们为之落下同情与理解的热泪。人们了解她的缺陷，但还是爱她，因为大家都是人。《三人传》是在美国文坛出现的最早的现代文学作品之一，它的一些特点让人立即能觉察出它的“新”处。比如它对字词或结构的重复。就说重复，重复作为小说人物性格的塑造手段一点，当时就很令人感到出奇：作家通过不断地重复人物内心的思想与感情而勾勒出人物肖像来。例如在米兰克莎这个人物形象的塑造过程里，三个主题不断出现，即她渴望和追求安静，她总是遇到麻烦，而通过经验学得聪明一些。三个主题在她与杰夫的关系中时时出现。他们经常相会交谈，相互磨合，直至后来米兰克莎失去耐性，而改和杰姆相好。可是杰姆把她抛弃，她最后在医院死于肺病。故事很单纯，叙事中多有内心活动的描述，主要表现人际间努力连接然而又因个性及缺陷而失败的过程。这部书读来有点像亨利·詹姆斯或古斯塔夫·福楼拜，当然，斯坦不能和那两位大师级作家同日而语。

辛克莱·刘易斯（Sinclair Lewis，1885－1951）

　　刘易斯是第一位获得诺贝尔文学奖的美国作家。他出生在明尼苏达州索克中心镇的一个中产阶级家庭。刘易斯一生所做的就是对这个阶级进行无情的审视和讽刺，同时肯定它的价值观念。他在大学时便已开始写作，并养成了认真观察、仔细记录以备文学创作时用的习惯。他从耶鲁大学毕业以后，闯荡了一些年，曾想当记者，在加利福尼亚也卖过故事情节给杰克·伦敦，还给纽约几家出版社以及杂志社打过工，然而他一直未忘记创作和努力发表小说。从1912年到1919年，他共发表五部小说，但未能引起世人注意，直到1920年夏天他的第六部小说《大街》（*Main Street*）问世，他才得以闻名天下。此后十年间，刘易斯平步青云。他的主要作品如《巴比特》（*Babbitt*，1922）、《阿罗史密斯》（*Arrowsmith*，1925）、《德茨华兹》（*Dodsworth*，1929）等相继出版，他开始享誉欧美，为1930年获诺贝尔奖铺平了道路。他在20年内爬到了他的文学生涯的峰顶，在那以后，就开始走下坡路。他又写了十部小说，可是再也达不到《大街》或《巴比特》的艺术高度。1930年后，写作对他来说已成为机械性常规活动。

刘易斯是社会学型作家，他的作品是社会史的一个组成部分。刘易斯在完全了解他要写的材料以前是绝不动笔的。他的写作过程像有某种程序一样：他先研究要写的社会层，仔细观察，听人讲话，仔细记录，画出地区地图，以及屋内家具摆设，然后列出大纲，写出详细草稿，最后再准备好出版的手稿。这种写作方法表示刘易斯的天才比起某些大手笔如狄更斯来，应当说是低了一筹，可是它自有其长处。刘易斯在几十年内“蚕食”美国中产阶级这棵桑树，慢慢地他把它了解得一清二楚。《大街》说的是闭塞的小城生活情况，《巴比特》真实再现第一次大战后美国中产阶级商界的经营状况，《阿罗史密斯》剖析医学界，《艾尔默·甘特里》显现宗教信仰的可怕衰颓，而《德茨华兹》则是对中产阶级价值标准的全面抨击。读者一路读来，对美国中产阶级的言行、风俗等等的理解愈益深刻，有心人可以做到了如指掌。应当说在库柏和克里夫古尔之后，美国文学界还没有谁像刘易斯这样系统地向外界介绍美国。刘易斯只讲了美国的一个阶层，还给它起了个名字，曰“巴比特”（Babbitt），这个词已经作为“庸俗低级的商人”的同义词被列入英文字典里。

刘易斯虽然为人慷慨，乐于助人，像安德森、海明威、德莱塞等人，都曾受益于他，然而文学界对他多有褒贬，甚至瞧不起他，文学评论界对他也不肯惠顾。一些作家认为他是商业化作家，另一些则拒绝把他视为文学艺术家，许多学者对诺贝尔奖委员会的决定公开表示遗憾。这样对待刘易斯有欠公允。从历史角度看，刘易斯是有贡献的。他在发现“真正的美国”方面付出过极大的努力；他也在清除“文雅”传统的势力，为 20 世纪 20 年代年轻作家享受革新自由而又被世人接受铺平了道路。他之所以受人冷落，究其原因，是因为他在崛起的现代派文学尝试的大潮中，没有跟上时代的脚步。他有点像弗吉尼亚·乌尔夫（Virginia Woolf，1882—1941）在她著名的《现代小说》（“The Modern Novel”）一文中批评过的“爱德华时代小说家”贝内特（Arnold Bennett），写外部世界振振有辞，但缺乏心理揭示深度，这是指内容而言。在艺术形式上，刘易斯和一战后的革新代如安德森、斯坦、海明威等人相比，就显得出奇的守旧和过时了。便是在今天，许多人仍然这样看他，称他为美国文学史上最差劲的重要作家。

威拉·凯瑟（Willa Cather，1873—1947）

威拉·凯瑟是美国小说家、短篇小说家、诗人。她生于弗吉尼亚州，9 岁时随家移居内布拉斯加州，在西部大草原乡镇里长大。1895 年从内布拉斯加大学毕业，对音乐和文学（尤其是亨利·詹姆斯的作品）极感兴趣。后来到匹兹堡一家报社工作，开始文学创作。1900 年，她开始发表短篇小说和诗歌，1903 年发表诗集《四月的黄昏》（*April Twilight*）。在那些年月里，她主要是披露西部小城镇文化的落后和思想的狭隘，这表现在她最著名的短篇故事《雕刻家的葬礼》（“The Sculptor’s Funeral”）、《华格纳音乐会》（“A Wagner Matinee”）等作品中。1906 年她移居纽约，在《麦克卢杂志》（*McClure’s Magazine*）工作，后任总编（1908—1911）。在此期间，她结识了著名乡土文学作家萨拉·奥恩·朱厄特（Sarah Orne Jewett），并听从其劝告，辞去总编职务，悉心从事文学创作，陆续发表了《亚历山大的桥》（*Alexander's Bridge*，1912）、《啊，拓荒者!》（*O Pioneers!*，1913）、《我的安东妮亚》（*My Antonia*，1918）、《百灵鸟之歌》（*The Song of Lark*，1915）、《我们自己人》（*One of Ours*，1922）、《迷途的女人》（*A Lost Lady*，1923）、《教授的住宅》（*The Professor's House*，1925）及《大主教之死》（*Death Comes For the Archbishop*，1927）等作品。凯瑟还发表了4部短篇小说集和几部中长篇小说。

总的说来，凯瑟的价值观是属于传统性的。她曾说过，在1922年前后，世界已一分为二。她似乎生活在两个世界之间，拒绝接受现代生活，力图逃避到过去的日子去。她的主要作品都是她生活中这种矛盾心情的写照。对她来说，昔日的西部乡镇在精神上总是比堕落的城市高尚得多，它是衡量现代生活中道德与伦理的尺度。西部移民朴素、高洁，他们的生活虽然尚存原始的味道，但有意义、有目的、有秩序。《我的安东妮亚》里的安东妮亚是一个典型的西部乡村女人。她和生活在城里的吉姆·伯登形成显明对比，一个是朴素、率直，爱的真诚、活的实在，另一个是生活枯燥和不安。吉姆就像寻觅失去的乐园一样回西部去看她。在吉姆对往事的回忆中有一种动人的怀旧情感，一种感人肺腑的哀叹：过去的简朴生活已经一去不复返了。"在人的生活里，"吉姆回忆大学期间读过的一本书上说，"最美好的日子消逝得最快。"《百灵鸟之歌》实际暗含着对文化发达的东部的批评。女歌手虽然在东部有更理想的发展机会，但她总是思绪不宁，怀念曾经关怀她长大的大草原上的人们。在这部小说里，作者是用西部的理想标准衡量东部的非理想生活的。《迷途的女人》中的老福雷斯特上尉在内战中打过仗，在草原上筑过铁路，是西部拓荒者的典型形象，勇敢、侠义、谦虚、仁爱。然而，现代生活节节进逼，传统价值观愈来愈难维持，生活正以惊人的速度堕落成低级的物质主义。以艾维·彼得斯为代表的现代人正在建立令开拓者瞠目的充满小城气息和商业化标准的新价值观。凯瑟悲哀地发现，现代精神在进犯传统的领地，生活在迅速地向廉价的商业化倾向滑去，一种新制度，一种充斥着小城气息和商业标准的制度，正无情地替代传统生活方式。《教授的住宅》这一部被视为作者代表作的长篇小说，充分地反映出凯瑟摒弃现代生活、逃回到传统的过去的坚决态度。圣彼得教授用写书得到的奖金建起一座现代设备齐全的新房子，这所房子虽然舒适，但他认为却很乏味，他还是喜欢他曾在其中写出获奖的书的旧房子，那所虽然简陋然而却纯洁、动人、令人遐思的旧房子。凯瑟在这部小说的前言中说，现代生活令人感到窒息。凯瑟的《邻居罗西基》（"Neighbour Rosicky"）是反映凯瑟思想的一篇很著名的短篇小说，最初发表于1930年。它主要通过回忆和追述的手法，勾勒出老罗西基朴素、充实的一生的故事。老罗西基是捷克后裔，曾在城市里工作和生活过，但后来深感城市对人的窒息，终于回到了乡下。在那里，他结婚、生子、耕种土地，夫妇同心，父母子女和谐地生活在自己的田园上。他们不求发家，只求人自然、健康地发展，他们保持了在城市和乡村某些家庭里业已消失了的人的基本品质——爱、同情、诚朴、尊严。老罗西基一家是理想的人，他们的生活是理想的生活，老罗西基的人格和生活是人的理想的典型。小说文字优美，性格刻画清晰、感人，描写和追述巧妙相间，产生一种感人的艺术效果。

凯瑟本人在后期作品中逃逸到历史的过去中去。《大主教之死》及《磐石上的阴影》（*Shadows on the Rock*，1931）两部作品都再现了理想的过去，前者描述19世纪中叶在新墨西哥建立教区的故事，后者颂扬18世纪魁北克人以不屈不挠的精神建立新国家的事迹。凯瑟认为，以传统武装起来的开拓者一定能在新的土地上建立起身心健康的新生活。凯瑟自始至终坚持传统、坚持理想，她的作品是她这种态度的最有力的佐证。她曾被说成是"心际忐忑不安的上个世纪（19世纪）的幸存者"，这是有道理的。凯瑟的文笔清新抒展，遣词用字相当考究。她描述人或事时笔墨浓淡有致，颇具一种抒情散文的特点。

托马斯·乌尔夫（Thomas Wolfe，1900－1938）

托马斯·乌尔夫是美国小说家。他生于北卡罗来纳州阿什维尔市，自幼聪明过人，在中学时代就开始对写作感兴趣。15 岁时，乌尔夫入北卡罗来纳大学读书，1920 年毕业后赴哈佛大学，在乔治·皮尔斯·贝克尔（George Pierce Baker，1866－1935）的指导下学习戏剧写作，为时 3 年，获硕士学位。但是由于后来戏剧创作并不成功，他改写小说。1924 至 1930 年间，他在纽约大学教英语，曾赴欧洲旅行，发表了第一部长篇小说《天使望故乡》（*Look Homeward，Angel*，1929），这部小说显示他深受德莱塞和乔伊斯的影响。他的第 2 部小说《时间与河流》（*Of Time and the River*），在某种意义上可以说是前书的续集。此书 1935 年出版后作者便在纽约定居。1935 年至 1936 年间，他走访美国西海岸和南部以及德国，1937 年回家乡阿什维尔。1938 年因患脑结核去世。他的其他两部长篇小说《网与石》（*The Web and the Rock*）和《你再也不能回家》（*You Can't Go Home Again*），是从他的遗稿中选编而成的，分别于 1939 年和 1940 年出版。乌尔夫的其他著作有《远山》（*The Hills Beyond*，1941）、一部短篇小说集及书信集等。

乌尔夫思想丰富，表达流畅，他相信语言的力量，相信艺术的“包容力”。传说他在纽约的住所内不停地写，用卡车把文稿运往编辑那里，编辑于是动手剪贴修整，用出租车送回。这说明乌尔夫的充沛的创造力。他的作品有一种天真自发的韵味，一种浪漫主义的洒脱情调。乌尔夫的作品多是自传性质；他通过描述和剖析自己的生活经历而窥探他的时代和国家的本质。他在《一部小说的故事》（*The Story of a Novel*，1936）中说，“一切严肃的作品归根结底都应当是自传性的，一个人如想创作出有实在价值的东西，就必须从他自己的生活经历中撷取素材。”他的第一部小说实际上写的是他少年时代同父母兄弟一起生活、最后离家的经历。第二部小说继续第一部的线索，叙述他在哈佛大学读书，在纽约大学任教，赴欧旅行及返回故国的情况。《网与石》和《你再也不能回家》叙述了他的后半生及最后几年的生活。四部书的主人公虽然都已经过作者的艺术加工，但都可以说是他自己的艺术化身。乌尔夫后期注意了素材的取舍和表达的凝练，认识到“艺术品中的一切都经过艺术家的人格力量而变化和改观”，也注意到叙事角度及其他技巧的作用，在艺术上达到一个新的高度。乌尔夫的短篇小说也体现了他的文学创作历练过程。比如在他的《迷惑的孩子》（“The Lost Boy”，1937）中，他运用了四种富有戏剧性对比性质的叙事角度；过去、现在和永恒相互交织，表明作者对形式愈来愈感兴趣，对对立物的统一的认识也日益深刻。《迷惑的孩子》堪称他的代表作之一。

乌尔夫是一个极有抱负的小说家，他要表现的是整个的美国生活。他有些像惠特曼，对美国梦曾满怀信心。在谈论自己的过程中，他发现了美国生活的节奏。随着 20 世纪 30 年代的经济萧条愈来愈严重，乌尔夫痛苦地认识到，美国也并非他所想象的那样伟大。乌尔夫的作品虽然有时给人一种冗长臃肿的感觉，但有浓郁的抒情意味，他那生动而具体的文字具有一种让读者通过各种感官欣赏事物的色、味、声、状的魅力。在他作品中洋溢着一种内在的活力，这是他能跻身于 20 世纪主要美国作家行列的重要原因。

第三节　20 世纪 20 年代的美国戏剧

和诗歌与小说相比，戏剧在美国起步较晚较慢。人们常说美国戏剧始于 1916 年普罗文斯顿剧团演出奥尼尔第一出戏《东航加的夫》（*Bound East for Cardiff*）之时。这虽然有道理，但也有不够全面之处：把 19 世纪一些戏剧家的努力就这么轻轻地一笔勾销，当然有欠公允。19 世纪确无戏剧大师问世，戏剧界没有声名如麦尔维尔或詹姆斯或惠特曼那样的大手笔，但是不能由此而忽视，在戏剧领域内有不少人在辛勤耕耘，为 20 世纪 20 年代美国戏剧的复兴而进行着铺砖铺瓦的工作。比如 19 世纪末的现实主义戏剧家穆迪（William Vaughn Moody，1869－1910）就做了把现实主义戏剧搬上舞台的大胆尝试，而瓦尔特（Eugene Walter）和麦克伊（Percy Mackay）也进行了很有意义的戏剧革新。其时欧洲文艺与文学界弥漫着浓郁的革新气氛，自然主义、象征主义以及批判性的戏剧充斥剧坛，为美国带来一股清新的激励的风。与此同时，美国诗歌与小说界业已巨匠林立，在客观上有一种挑战意味。于是美国戏剧开始异军突起，要迎头赶上了。自 1911 年至 1920 年的十年时间内，美国戏剧界发生了巨大变化。小剧场出现了，美国戏剧协会成立了，剧院协会、试验剧团出现了，欧洲剧坛大家如易卜生、斯特林堡及肖伯纳等的剧作被搬上了美国舞台。美国自己的剧作家也开始引人注目。剧院协会上演了赖斯（Elmer Rice）的《计算器》（*The Adding Machine*），而奥尼尔的《天边外》（*Beyond the Horizon*）竟上了百老汇。此外还有安德森（Maxwell Andersen）、凯利（George Kelley）、霍华德（Sidney Howard）等人的剧作的边鼓不断，美国戏剧于是声势大增，在 20 世纪 20 年代形成一股空前繁荣的局面，和美国诗歌与小说等兄弟部门相互映衬和媲美。下面介绍一下 20 世纪 20 年代美国最突出的几位剧作家。

尤金·奥尼尔（Eugene O'Neill，1888－1953）

奥尼尔是美国著名剧作家。他的一生充满了不幸的遭遇，颇具悲剧色彩。他出生在纽约市一家旅馆内。父亲詹姆斯·奥尼尔

（James O'Neill）是当时美国著名的演员，常在美国做巡回演出，童年时的奥尼尔经常随行。他于1906年就读于普林斯顿大学，但一年后被校方开除。之后他开始了漫长的、但对其创作有重大影响的漂泊生涯。他从事过多种职业，饱尝生活的艰辛，熟知社会底层的生活。他在纽约当过秘书，1909年赴洪都拉斯，以期淘金致富。在那里他染上了疟疾，被迫回国，协助管理他父亲的剧团。不久他便不满于这种生活，南渡阿根廷，在那里供职一段时间。以后他又赴南非、中美洲等地，归国后在往返于纽约和英国海港的船上谋生。他还演过戏，当过记者，并曾因酗酒过度、精神沮丧而险些自杀。1912年，即他24岁那年，他因患肺结核不得不疗养治病。在被迫休息的半年中，他阅读了诸如易卜生（Henrik Ibsen，1828—1906）和斯特林堡（August Strindberg，1849—1912）等大师的剧作，开始进行严肃的思考，决定进行戏剧创作，以戏剧形式表现自己的人生观。从此，他潜心创作，1913至1914年间写过8部独幕剧和2部长剧。1914年至1915年在哈佛大学贝克教授（G. B. Baker）的戏剧写作班学习，并在艺术家集中的纽约市格林威治村度过一个冬天。他对美国戏剧界的模仿风气和商业气息深恶痛绝，于1916年参加非商业性的普罗文斯顿剧社的创作和演出活动。该剧社上演了他的许多独幕剧。他还曾参与管理格林威治村剧场。

20世纪20、30年代是奥尼尔戏剧创作的鼎盛期。1920年，他的一部以美国农民家庭生活悲剧为题材的《天边外》（*Beyond the Horizon*）上演了。该剧的上演标志着美国严肃戏剧的开端，并使他首次获普利策奖。同年，他还创作了《琼斯皇》（*Emperor Jones*）。他于1922年发表《安娜·克里斯蒂》（*Anna Christie*），该剧使他再获普利策奖。以后他接连创作了《毛猿》（*The Hairy Ape*，1922）、《榆树下的欲望》（*Desire under the Elms*，1924）、《上帝所有的孩子都有了翅膀》（*All God's Chillen Got Wings*，1924）、《大神布朗》

（*The Great God Brown*，1926）、《拉撒路笑了》（*Lazarus Laughed*，1927）、《奇异的插曲》（*Strange Interlude*，1928）、《马可百万》（*Marco Millions*，1928）、《悲悼》（*Mournig Becomes Electra*，1931）、《啊，荒野》（*Ah*，*Wilderness!*，1933）。从1934年起他长期患病，沉默了很长时间，直到1946年《卖冰的人来了》（*The Iceman Cometh*）上演。他这时的生活并不如意，所受的打击很多。最后，他在一家旅馆内孤独地去世。他的另一名作《进入黑夜的漫长旅程》（*Long Day's Tourney into Night*）在他逝世后于1956年出版并上演。

奥尼尔对美国戏剧的发展有划时代的影响。如上所说，在19世纪，虽有几位剧作家的潜心创作、惨淡经营，但美国剧坛的成就不大，美国戏剧远不能同美国小说和诗歌相提并论。当时的剧作家和演员多刻意追求浪漫的情节和华丽的布景，直到1916年普罗文斯顿剧社上演奥尼尔的独幕剧《东航加迪夫》（*Bound East for Cardiff*）以后，在美国剧作家——首先是奥尼尔——的努力下，美国戏剧才逐步取得了不比小说和诗歌逊色的成绩，并赢得了国际性的声誉。

奥尼尔是一位严肃的戏剧家，他的剧作可以说是美国严肃戏剧、实验戏剧之滥觞。他才华横溢，擅长写作悲剧；《啊，荒野》是他剧作中唯一的一部喜剧。他性格郁悒，个人生活不如意，长期颠沛流离，因而他的人生观比较阴郁，作品中忧郁、压抑、悲观的成分较多。他是探索人的复杂心理的大师。他的写作题材相当广泛；他关心社会问题，也为现代社会的冷酷、残暴和现代人没有归宿的境地所困扰。奥尼尔是一位敏感的艺术家。他感觉到他的时代的“毫不协调、支离破碎、没有信仰的节奏”，努力发掘人的欲望及失意的根源。关于现代人无能为力的悲剧意识贯穿在他一生所有作品中。《毛猿》里的司炉扬克便是适例。此剧是写现代人的“归宿感”的。扬克是一个豪华轮船上的司炉工，他最初对生活对自己都感到满意。有一天一个阔小姐误入锅炉房见到他时竟昏倒在地，这使扬克开始怀疑自己的面目或“身份”，他终于发现自己并无所归属。他心情沮丧，逐渐变得狂暴，连激进的工人都不接受他。他开始寻找归宿，在绝望中最后竟来到一处动物园，对那里的猿人感到亲切，但当他呼唤着“来啊，兄弟”并向猿人伸出手、朝它张开的双臂走去时，猿人却似发怒一般，把他紧紧搂在怀里，扬克一声呼叫，只听到肋骨折断声。扬克终于明白过来一个道理，即猿人也不接受他。他死了，却终未找到他的“归宿”。全剧由始至终迷漫着一种绝望的悲剧气氛：在这个冷漠孤寂的世界中，人原无归宿可言。再如《卖冰的人来了》，这出戏描写的是一些失意者的心境。这些人虽然来自不同的社会阶层，但却有一个共同特点：当他们在河畔酒店会面时，他们都已学会依靠幻想来得到慰藉。他们畏惧现实生活，总是回首往事，或对未来夸夸其谈。虽然未来总是未来，他们却似乎从幻想中汲取到生活下去的勇气。他们知道，幻想一旦破灭，他们便会随之堕入漫长的黑夜中去。奥尼尔的悲观思想在这出剧里被表现得淋漓尽致。他的其他作品如《琼斯皇》《榆树下的欲望》《安娜·克里斯蒂》及《悲悼》等，都深刻地表现了他的悲剧性人生观。

奥尼尔的最出名的剧作是《进入黑夜的漫长旅程》。它和《卖冰的人来了》一样似在表明，他一生寻求价值的努力归于失败了。绝望的情绪充溢在这些剧作中，表明奥尼尔对生活的任何幻想都已破灭了。《进入黑夜的漫长旅程》是奥尼尔自传性的作品，开始创作于1940年，在他逝世后出版并上演，被一些批评家称为“美国最好的悲剧”。这部剧作描写了蒂龙一家的悲剧经历。父亲詹姆斯·蒂龙是一位著名演员，信仰爱尔兰天主教。蒂龙夫人玛丽曾就读于一所天主教修道院，梦想当一名修女或钢琴家。她与詹姆斯一见钟情，但同他结婚后，由于社会上对演员这一职业存有偏见，她的朋友多离她而去。蒂龙在全国巡回演出，她则随他同行。

她先后生下杰米、尤金（夭折）、埃德蒙三子。埃德蒙出生后，蒂龙夫人由于长期精神郁闷，加上一个庸医用吗啡治疗她的病痛，逐渐染上了吸毒的恶习。

该剧描写了1912年8月某日蒂龙一家发生的事。该剧开始时，杰米33岁，无业，在百老汇街区游荡，出语辛辣刻薄。埃德蒙则是一个有着病态心理的知识分子，羸弱多病，正患肺结核。蒂龙夫人刚刚从疗养院出来，但因为对埃德蒙的担心而再次开始吸毒。从早晨八点半开始，剧中一家人相会，开始吵架，整整一天他们一直互相指责。蒂龙夫人指责丈夫没有给她一个真正的家，指责孩子们让她担惊受怕。孩子们指责父亲吝啬，而父亲则指责他们令他失望。大家都指责蒂龙夫人吸毒，蒂龙夫人只是要求大家理解她。这一家人相互之间有爱也有恨。父母、孩子们都有自己的理由，但不幸的根源到底是什么，剧中人以及大概还有作家本人始终都为这一问题所困扰。生活过于痛苦，他们理解不了其中的奥秘。埃德蒙面对时间压在人们肩膀上的重负则干脆劝人今日有酒今日醉。所以父母孩子都在寻求某种解脱：父亲和长子以酒浇愁，母亲和小儿子则在弥漫舞台的“雾”中寻觅安慰。一天过去，午夜降临，家庭悲剧演完了，没有慰藉，没有光亮，希望让位于绝望：蒂龙夫人完全处在毒品的控制之下；埃德蒙因肺结核需要疗养，生存希望不大；蒂龙先生心力交瘁，老态龙钟；杰米更加愤世嫉俗。黑夜取代了白天。

本剧是以奥尼尔一家的遭际为蓝本的；埃德蒙的原型可能是奥尼尔本人。他在这出剧中倾注了对自己家庭全部的爱、怨和理解。它表现了他对人生的悲观认识，以及他对人类悲剧处境的深切同情。它表现的不仅是一个家庭的悲剧，而且是现代人孤独无助、无所皈依的困境。同时，本剧的艺术特色值得称道之处颇多。奥尼尔在这部剧中大量运用了象征手法，如白日象征希望，雾象征忧虑、困扰，黑夜象征绝望。他善于利用外在景物反映人物的心态，能在极短的篇幅内表现深刻的意蕴。他的舞台设计别具一格，人物对话耐人寻味。

奥尼尔在艺术上总是富于独创。如果其他作家的声名有沉有浮，他的魅力是历久不衰的。原因很简单，他总是在艺术上孜孜不倦地创新，以和时代的精神合拍。他一生坚持不懈地革新戏剧艺术。他把戏剧从 19 世纪的传统束缚中解放出来，使之在现实生活中扎根、成长。他首次把现实主义乃至自然主义的传统手法运用于美国戏剧的创作中，他的艺术风格以多种多样和精深圆熟而著称。他博览群书，深谙欧洲戏剧传统，且深受古希腊悲剧、易卜生、斯特林堡、表现主义作家、尼采（Nietzsche，1844－1900）和弗洛伊德（Sigmund Freud，1856－1939）的影响。阅读他的戏剧，人们会发现，他开始写的是带有现实主义和自然主义色调的剧作，如《毛猿》《天边外》及《安娜·克里斯蒂》等；接下来，他接受艺术革新空气的感染，他对诸如象征主义及表现主义等技巧发生走火入魔般的兴趣，写出了《琼斯皇》等名作；后来在 20 世纪 40 年代，他又折回现实主义和自然主义手法，《进入黑夜的漫长旅程》便是以这种精神写成的。奥尼尔的每部剧作都充满他决心走新路的证据。如《悲悼》一剧便是在现代舞台上表现古希腊悲剧观和运用古希腊悲剧表现技巧的尝试；在《奇异的插曲》中则有许多精神分析和意识流技巧的印记。一出剧作里有主要表现手法及多种陪衬手段，比如上文说到的《毛猿》便兼有象征主义、表现主义和现实主义三种特点。他的表现手法和技巧还有浪漫主义、神秘主义等等。奥尼尔还特别重视背景和道具的作用。

奥尼尔一生 4 次获普利策奖（1920，1922，1928，1957），并于 1936 年获诺贝尔文学奖。他有美国的“莎士比亚”之称。

艾尔莫·赖斯（Elmer Rice，1892－1967）

与奥尼尔同期驻足美国剧坛的是赖斯。他生于纽约，虽然在夜校学的是法律，但他决心从事戏剧写作。1914 年他的《审判》（*On Trial*）上演，立即取得成功。这出剧讲的是个疑难故事，表达手法很新颖，运用的是表现主义倒叙技巧。赖斯最得意也是他影响最大的年代是 20 世纪 20 年代。《计算器》（*The Adding Machine*）在 1923 年问世，这是赖斯的名作。1929 年他推出《街景》（*Street Scene*），又获成功。这出戏讲的是贫民窟、谋杀及伤心爱情的故事，1947 年由兰斯顿·休斯等人改写成音乐剧上演。在其后几十年间，赖斯笔耕不辍，创作出许多优秀剧作，诸如《左岸》（*Left Bank*，1931）、《审判日》（*Judgment Day*，1934）、《梦想的女孩》（*Dream Girl*，1945）等等，《梦想的女孩》是《街景》之后赖斯的最让人喜闻乐道的剧作。20 世纪 50 年代，赖斯的创作势头有些减缓，只上演了两出戏，《周游》（*The Grand Tour*，1951）及《获胜者》（*The Winner*，1954），效果平平。1962 年他出版《自传》（*Autobiography*），在文坛轰动一时。赖斯享誉美国剧坛长达 40 余载，是美国戏剧界不可小觑的人物。他的一些剧作迄今依然动人心弦，引起观众的共鸣。赖斯也是小说家。

赖斯的不朽之作应推《计算器》。这出剧讲的是一个名叫“零先生”的人在一家商店工作已达 25 年之久，工作很单纯，就是日复一日、年复一年地加数字。在戏开场时，零先生正殷切期待着老板给他长工资。可是出乎他的意料，老板却把他辞掉，说自己已买到售货机，不用再雇人加数了。零先生一气之下，用刀杀死了店主。于是他被捕、受审、被处死刑。有意思的是，零先生死后仍继续受奴役。他在现代文明世界上永远是个“零”，永远是现代机械文明的一个“废品”。这出戏剧的矛头直指现代机械文明。机器将人替代，叫人失业，使之毫无选择地走向毁灭。现代生活将人变为机械、傻瓜。零先生便是很好的例子。他 25 年来“没有缺工一天、一小时、一分钟”，天天与数字打交道，头脑里除数字外已别无他物。就是在法庭上为自己辩护的生死关头，他也无法让头脑理性思维，无法避免罗列出一长串毫不相关的数字来，告诉听众六加六得十二，再加五得十七，再加八得二十五，让人悲叹而哭笑不得。零先生自己已经变成一台计算器了。《计算器》把机器的威力描绘得淋漓尽致。它自动化，效率高，一个小中学生就能操作而增加效益。人必须从“过时的计算器”变成为“高级高级的高级计算器”。零先生死掉，以变成一个这样的“高级高级的高级计算器”，一个机械准确度更高的高级奴隶。这出戏旨在表明，现代文明不断地奴役人的灵魂。人没有了名字，都被标上了数码：零先生、一先生、二先生等等，恰似对待机械零件一般。零先生已被非人格化，他几乎没有感情反应了。这是他作为现代人一生最大的悲剧所在。说到技巧，这出戏也很有独到之处。作者运用倒叙、回忆手法，巧妙地控制提供信息的数量与时间，以制造悬念吸引观众的注意力。此外，还最大限度地利用舞台道具的陪衬作用，还有音乐、声响及表现主义手法等等，成功地烘托了剧作的气氛。比如零先生杀死雇主一场，表现手法很有特色，观众看到、听到，还要发挥相当的想象力方可理解事情的真相。观众看到零先生和他的雇主两个人相对，宛如哑剧，只见到雇主双腮不断颌动，知道他们在交谈；同时音乐声音强度渐增，幕后音效如风、浪、奔跑的马蹄声、风驰电掣的火车鸣笛声、雪橇铃加汽车笛声等等，混杂成一曲噪音交响乐，加强剧情所表现的紧张气氛，突然一声雷响，一道红色闪电，接着是全场漆黑。充满生活的酸甜苦辣的交响乐，把零先生由常人突变为绝望杀人犯的感情狂澜和内心杂乱衬托得淋漓尽致。作者把这一惊心动魄的一幕的效果暂时悬挂，让人如坠五里雾中，直到下一场零先生家宴朋友，大家慢酌轻语，突然警察出现把零先生带走，这时才目瞪口呆、恍然大悟。赖斯自有自己的独特艺术手段，这是他的魅力历久不衰的原因之一。

苏珊·格拉斯佩尔（Susan Glaspell，1882—1948）

20 世纪 20 年代女权运动高涨，女权主义戏剧也在舞台上出现。当时闻名的女作家中有一位叫格拉斯佩尔，她出生在爱荷华州的达文波特市一个粮商家庭，大学毕业后做了一阵报道工作，后在纽约的格林威治村定居。1915 年她和作剧院导演的丈夫一起建立起美国第一个最有影响的非营利剧团——普罗文斯顿剧团（Provincetown Players），利用夏天，在麻省的科德角海港，搭起临时剧场，上演剧坛新秀如奥尼尔、约翰·里德等人的最早的试验性剧作；后来剧团移到纽约，改名为剧作家剧团（Playwrights' Theater），继续上演剧坛新作。她为美国现代戏剧的发展做出了很大贡献。可能是出于这个缘故，格拉斯佩尔有“美国戏剧之母”之称。这当然是夸大其词了，但说明世人对她的认可。格拉斯佩尔自己也写戏剧和小说，她的作品包括迄今仍然为人所喜闻乐见的开拓性女权主义剧作《边缘》（*The Verge*，1921）、获普利策奖的剧作《爱丽森之家》（*Alison's House*，1930）等，此外还有叫她在文坛初露锋芒、以爱荷华为背景的十部小说作品，如《忠贞不贰》（*Fidelity*，1915）、《清晨在靠近我们》（*The Morning Is Near Us*，1939）等。

格拉斯佩尔的戏剧被视作美国女权主义戏剧的先驱。她的独幕剧《鸡毛蒜皮》（*Trifles*）至今读来还很有意思。它说的是一家夫妻反目，妻杀夫入狱，检察官和警官在邻居陪同下前来取证，男人们忙上忙下、煞有介事地在做“大事”，而女人们则躲在厨房里忙些鸡毛蒜皮的小事。然而就是在这厨房里，两个女人却发现了重大线索。可是她们出于对姐妹的同情，也鉴于死者的无情行为，于是决定隐瞒实情，以保已受伤害的姐妹无恙。这出短剧意味深长。它的重点不在侦探，而在于两位女人鉴于实际情况作出正确的决定。格拉斯佩尔要向世人说明，女人不是只做鸡毛蒜皮的小事情的。短剧一波三折，把男女之间、女人之间以及女人自我本身这三个层次上的张力表现得维妙维肖、酣畅淋漓。后来她把此剧改写成一个短篇故事，题目为《她的伙伴陪审团》（"A Jury of Her Peers"）。

第八章　20 世纪 30 年代

第一节　20 世纪 30 年代简介

菲茨杰拉德说过，在 1929 年 10 月，20 世纪 20 年代结束了。华尔街的总崩盘在欧美引起一系列灾难性连锁反应。以恐慌、苦难、大规模失业、法西斯主义的日益猖獗和世界大战迫在眉睫的阴影为特点的 20 世纪 30 年代开始了。诗人奥顿的著名问题，“你觉得我们那个无人感到舒服的英国怎么样？”在 20 世纪 30 年代的文学创作中屡屡引起共鸣。经济的萧条和灾殃使现实生活发生根本变化，一切传统价值概念好似在一夜之间被荡涤无遗。惊恐是这个时代的基调。社会经济危机对文学的影响尤其强烈。一种新的文学敏感性出现了：自然主义似乎在抬头。对社会问题极度关心成为新文学的基本内容的特点，感情上的抗议成为新作家的基本社会态度。

人们常说 20 世纪 30 年代与金光闪闪的 20 年代相比有些黯然失色，这种提法不太全面。首先两个时期之间存在着明显的连续性，在 20 年代成名的大家如艾略特、海明威、菲茨杰拉德等仍然在创作。但是应当承认，两个时期确有许多不同之处。比如在创作氛围方面，30 年代自一开始便截然不同。1929 年 10 月 24 日纽约华尔街证券交易所“掉穿了盘底”（如当时一位评论家所言），在其后长达十年的时间里，美国经济一蹶不振，人民生活苦不堪言。银行关门，工厂倒闭，农业凋敝，生存本身变为一场不折不扣的搏斗。艾略特笔下的精神荒原变成为货真价实的人间地狱。罗斯福总统入主白宫后推行“新政”，局势有所改善，但真正的变化要等二战爆发后才开始出现。从某种意义上讲，二战帮着救了美国。所以，30 年代的文学和 20 年代相较是理所当然的天悬地隔了。但是，30 年代的文坛却毫无小猫三只四只般的衰竭之状，从种类到气势都表现出人欢马叫的勃然生气。

以小说而言，德莱塞的自然主义风格东山再起，成为 20 世纪 30 年代“大萧条小说家”们模拟的张本。海明威、菲茨杰拉德、福克纳及托马斯·乌尔夫等虽然仍在创作，并发表了重要著作，但是，30 年代总的说来已不是他们叱吒风云的年代。多斯·帕索斯和斯坦贝克已成为文坛的新星。与此同时，有所谓“大萧条之子”之称的年轻一代如法雷尔、考德威尔、凯恩、约翰·奥哈拉及麦考伊等人也已拿起笔来，对现实加以口诛笔伐。我们还要说到像戈尔德（Michael Gold）、康罗依（Jack Conroy）及约翰·里德（John Reed）等无产阶级作家，他们和同代文人一起，忠实地记载了当时社会底层人民生活的状况以及他们的心愿与需求。20 世纪 30 年代的小说界又是多彩多姿的。当时有些作家如米勒（Henry Miller）、罗斯（Henry Roth）以及韦斯特（Nathanael West）等人在自己的田园里默默耕耘，所谓生不逢时也罢，超越时代也罢，总之创作所得并不为世人赏识，然而在二战后年代风云又变，他们终能时来运转，颇为后人景仰和效法。米勒的描写性变态的小说在遭受多年的封杀之后终于得见天日，成为 60 年代“垮掉的一代”的作家的先驱；罗斯在 60 年代也一改无声无臭之态而名噪一时；而韦斯特的四部小说则被奉为 60 年代黑色幽默的渊源之一。

这一时期的戏剧也是丰富多彩的。诚然，20 世纪 30 年代没有出现如奥尼尔般的大手笔，但是许多有才学之士都竭尽全力，为时代的舞台献技。奥德茨（Clifford Odets）是当时的大家，他的一些作品不仅适应时代的需要，而且时间已证明具有某种持久的魅力。其他还有安德森（Maxwell Anderson，1888－1959）、赫尔曼（Lillian Hellman）及怀尔德（Thorton Wilder，1897－1975）等，为 20 世纪 30 年代的舞台的多彩多姿贡献了力量。安德森的《苏格兰的玛丽女王》（*Mary Queen of Scotland*）、《伊丽莎白女王》（*Elizabeth the Great*）等剧作迄今仍为人所喜闻乐道。赫尔曼的《儿童的时刻》（*The Children's Hour*）及《小狐狸》（*The Little Foxes*）不仅当时风靡一时，而且超越时空，今日仍能唤起人们的热烈呼应。说到怀尔德的《我们的小镇》（*Our Town*），那风味又不同凡响，它把美国小城风光搬上舞台，实为美国戏剧传统又添加了新枝新叶。这一时期的著名小说家斯坦贝克把他的小说《鼠与人》（*Of Mice and Men*）改写成戏剧搬上舞台，是一个很成功的创作尝试。

20 世纪 30 年代的诗歌，可能是因有诸如艾略特等大师们的遮掩之故，没有新的大作出现。老一代的诗人如弗罗斯特业已荣获普利策奖两次；艾略特发表了又一主要著作《圣灰星期三》（*Ash Wednesday*）及《四个四重奏》（*Four Quartet*）的一部分；庞德的《诗章》（*Cantos*）仍在继续增长；斯蒂文斯自具一格，写着他的不受时空限囿的名著；穆尔（Marianne Moore）和威廉斯正处于创作高峰期的过渡时期；桑德堡的诗歌为充满晦气的国度吹来一股乐观的风；说到克兰（Hart Crane），虽然他的大作《桥》是在这个时期出版的，但其精气神应属于 20 世纪 20 年代，这点我们在上面已说到。在年轻一代里，费林（Kenneth Fearing）的激进诗歌和麦克利什（Archibald Macleish）的鼓动性作品算是值得称道的。除此之外，这一时期的诗歌算无咎无誉，位属平平。

第二节 20世纪30年代小说/约翰·多斯·帕索斯/约翰·斯坦贝克

20世纪30年代自然主义的复苏和“无情的小说”

约翰·多斯·帕索斯（John Dos Passos）、詹姆斯·T. 法雷尔（James T. Farell，1904－1979）、约翰·奥哈拉（John O’Hara，1905－1970）、厄斯金·考德威尔（Erskine Caldwell，1903－1987）等作家的毫无保留地转向自然主义，决定了这个时期内社会小说的基本特性。20世纪30年代的年轻作家文笔犀利，咄咄逼人，其激烈程度反映出美国小说家在困厄时代的传统反叛态度。他们相信命定论，视生活为压迫和苦难的经历，把自然主义作品的词汇与技巧作为表达抗议态度的最佳手段运用到文学创作中。他们以激烈的文笔抨击社会的丑恶和不正义，他们的作品是当时严重社会危机在文学上留下的深刻痕迹，在文学史上有“无情的小说”之称。

这个时期里最出色的左翼自然主义作家要推考德威尔和法雷尔。他们孜孜不倦地“记录”资本主义的衰颓。考德威尔虽然大学没有毕业，但很爱好文学和社会学。离校后从事过多种工作，如记者、工人、售货员等，了解生活的痛苦，社会阅历相当丰富。20世纪30年代，他创作了不少反映社会生活现实的作品，运用自然主义详细记录的手法，记载资本主义社会的残酷现实。在他这时期的小说里面充满了20世纪30年代社会生活中存在的残忍和暴力行为与场面，诸如佃户被动物生吞、幼女被贱卖入娼、人被大火烧死，等等。贫穷白人的性行为的变异以及乱伦等不堪设想的景状屡见不鲜。读者会感到，人类似乎在艰难时代的考验面前，失去了自信、希望和勇气，在进化的道路上倒退了数个世纪一般。考德威尔似乎从这种描写中取得无穷的乐趣。他的暴力场面常给读者一种又难堪而又滑稽的感觉，读后人们身心会受震撼，经常产生一种恶心的感觉，环绕心头良久不散。这种效果可能是优点，但从长远角度看，也是缺陷。一是让人感到沮丧，二是没有品味艺术美的快乐。这可能是考德威尔在20世纪30年代以后在文坛有些黯淡失色的原因。评论界不再在乎他。考德威尔是位多产作家，他的创作生涯长达40余载，不少作品畅销。尤其是在20世纪30年代，他非常出名，他的小说《烟草路》曾名噪一时，迄今仍被认为是他的代表作。

法雷尔生于芝加哥，出身贫寒，品尝过冻馁的滋味。他推崇法国自然主义小说家左拉，深受德莱塞的影响。他面对大萧条时期的社会状况，感受很多，操笔大肆揭露与鞭挞，在20世纪30年代的自然主义小说复兴过程中起了不小作用。他的文笔特点是把翔实的原原本本的材料直摆在读者面前，以其实实在在的重量压在他们的心头，而使他们无法不为之动心。今天的读者如想了解那个年代的痛苦实况及心理扭曲状况，读点法雷尔的作品会极有帮助。他所描写的是芝加哥的历史，一个生活在他看来从根本上受到毒害的地方的历史。他着重描写这个城市里贫民窟里的生活。在这个毫无意义但却具有毁灭性的环境中，人的愿望无法实现，人际间的关系似乎只能通过暴行来表达。法雷尔是多产作家，他的主要作品是《斯塔茨·朗尼根》三部曲（*Studs Lonigan Trilogy*）。在这三部小说里，法雷尔以自然主义作家记录细节的笔墨，详细描写了年轻主人公朗尼根的堕落过程。在朗尼根的世界里，生活充满了异化、暴力与最后的毁灭。比经济危机还严重的是人们切身感受到的精神贫乏。传统的价值观已不复存在，道德伦理原则也因经济的解体而失去效力。当他脚底下的社会基础崩溃时，朗尼根无论如何挣扎也似逃脱不掉灭顶之灾的到来。自然主义的命定论在这里突出表现出来。法雷尔的小说忠实记录了美国在经济萧条年代生活的野蛮的病态，是当时美国人精神状态的痛苦标志。法雷尔是多产作家，作品除《斯塔茨·朗尼根》三部曲之外，还有《丹尼·奥尼尔》五部曲（*Danny O'Neill Pentalogy*）、《伯纳德·卡尔》三部曲（*Bernard Carr Trilogy*）、其他一些小说及200多个短篇小说故事，此外还有其他作品如文学评论等。他同其他自然主义作家一样，对于文体并不讲究，他的文笔虽然不似弗兰克·诺里斯的雄深雅健，但较之德莱塞却劲健有致。他的作品具有感情强度和扣人心弦的威力。

在20世纪30年代美国文坛出现的“无情的小说”（hard-boiled novels）中，约翰·奥哈拉的《在萨玛拉的约会》（*Appointment in Samara*）应算首屈一指。奥哈拉及其他一些百老汇—好莱坞式小说家，本能地崇拜暴力，津津有味地描述生活的猥鄙，以惊人的准确在作品中再现现实世界的丑恶。他们宛如一群舞文弄墨的花花公子，一伙受到刺激的生活的旁观者，他们的虚无主义只给他们留下了感性生活的乐趣和雕砌文字的情致。《在萨玛拉的约会》和奥哈拉的多数作品一样，写的是上层社会家庭的生活。主人公朱连·英格利什来自这样一个家庭，他似心怀死的愿望，因而表现反常。奥哈拉意在通过对朱连的个例的解剖，分析社会一个阶层的生活情况。奥哈拉在这部小说中，也和在他的其他作品中一样，忠实地恪守他的表现生活现实的原则，即以完全诚实的态度记录生活的真情和多样性。

奥哈拉具有一双锐利的眼睛和敏感的耳朵，他的作品显示出他的奇异的观察力。他能以惊人的准确再现现实中人们的语言、感情及思想等。他描绘一个场面，塑造一个人物性格，再现一个特别社会阶层时的准确性和细腻性，这一切都和他对人及其生活的丰富知识有着紧密联系。比如他写那圣诞夜在客栈闲坐独酌的走私者，那舞步的节奏，晚餐的乏味，乡下社会的假文雅，情人幽会时的假端庄……这一切都在他笔下逼真地活灵活现地再现在读者面前。奥哈拉的不足之处也很明显：他的作品缺乏深度。阅读他的作品，人们有时会感到，他对其所写所录并非一定真正完全理解，因此他的观察常以滑稽的描摹而结束，他的艺术便有时不免流于皮相。奥哈拉惊人地多产，他的小说和短篇数目很大，可读性也强。不读他的作品，美国文学对20世纪30年代的描述就没有现在这样真实和可信了。这是他和他那一代人所做出的不可磨灭的历史贡献。

诚然，人归根结底是人，人具有尊严和憧憬未来的能力。人类积累的经验和智慧应能足以让自己透过逆境的迷雾而洞见到富有希望的未来，从而鼓足勇气，面对现实，克服困难和艰苦，度过难关。一个伟大的永恒的文学艺术家应该能够看清事理，超越时空，而写出让人看到希望的作品来。倘若20世纪30年代的某些多产作家未能在历史上留下永恒的痕迹，可能是因为他们在这方面存在着不足。这些作家在作品中虽也偶然触及生活的本质，但多流于浮浅的表面写实主义，随着时间的流逝，它们也便失却了曾经一时显示过的魅力。

约翰·多斯·帕索斯（John Dos Passos，1896—1970）

约翰·多斯·帕索斯是美国小说家、社会历史学家。他生于芝加哥一个葡萄牙移民家庭，1916年毕业于哈佛大学，赴西班牙学建筑，但随后就赴法参加第一次世界大战，在法国救护车队做司机。大战结束之后，他成为新闻工作者，积极参与当时重要的社会政治活动，报道过震惊世界的萨科—范泽蒂案件以及20世纪30年代经济危机的状况，写了关于墨西哥农民惨遭剥削及肯塔基州大企业里劳资间尖锐纠纷的文章。多斯·帕索斯是20世纪美国文学史上的一位奇特人物：在所有与动荡的现代美国生活联系紧密的主要作家中，他在思想上经历了自左向右的最突出的激烈转变。他是从描绘下层人的境遇开始他的写作生涯的，1917年，他曾自称是“红色的激进的革命者”。他的作品在很长的时期内（可以说自开始到 20 世纪 30 年代中期）具有明显的、甚至共产主义的倾向，美国共产党曾一度视他为同路人。1936 年他因对共产主义失望而开始右倾，成为“新经济政策”的支持者，认为共产党是反对美国民主的力量。与此同时，他对资本主义的抨击仍然非常强烈，直到 20 世纪 50 年代，他向保守思想的转变才最后完成。多斯・帕索斯后期竟对大企业表现出赞许态度，支持美国对越南的侵略战争。

多斯・帕索斯是一位多产作家。在 20 世纪 20 年代至 70 年代的半个世纪里，他坚持以文学形式反映那些对现代美国产生了深远影响的社会和政治事件，写出了小说、剧本、报告文学、游记及散文等。他的著名作品有：《三个士兵》（*Three Soldiers*，1921），《曼哈顿中转站》（*Manhattan Transfer*，1925），《美国》（*U. S. A.*）三部曲——《北纬四十二度》（*The Forty-Second Parallel*，1930）、《一九一九年》（*1919*，1932）、《赚大钱》（*The Big Money*，1936），《哥伦比亚特区》（*District of Columbia*）三部曲——《一个年轻人的冒险》（*The Adveatures of a Young Man*，1939）、《第一号》（*Number One*，1943）、《伟大的计划》（*The Grand Design*，1949），《托马斯・杰佛逊的思想和感情》（*The Head and Heart of Thomas Jefferson*，1954），《最美好的年代》（*The Best Times*，1967）等。

贯穿于多斯・帕索斯作品的中心思想是庞大无情的社会对个人的摧残，中心意象是侏儒般的个人和巨兽般的“国家”相互抗衡。他把自己装扮成一位旁观者，力求准确地报道他的所见所闻。他对生活的看法远非乐观，评论家称他的作品是“绝望的小说”。他认为，在美国这样的国家里，人们必须坚持不懈地抵制一切主张以自由为代价换取进步的思想的力量，以保证个人的有限度的发展，保持人的有限度的尊严，在个人和社会机器之间达到某种有限的平衡。因此，多斯・帕索斯是联系一战后 20 世纪 20 年代和经济萧条时期危机性小说的直接桥梁。“迷惘的一代”的失望情绪和失败主义，在多斯·帕索斯的作品中已从个人转移到社会整体。他在20世纪30年代最初几年中先后发表的《美国》(*U.S.A.*)三部曲，这是发自一个敏感的民主主义者肺腑的抗议声音的记录。社会的专横与丑恶，工业资本主义机器的阻碍人的完美发展，激起他的满腔怒火，他以笔为枪向社会发起反叛性攻击。多斯·帕索斯是美国资本主义的叛逆。他的《美国》描绘出一幅压迫、无望与恐惧的可怕画面。他的三部曲追溯了美国资本主义经济和社会机器自内战至20世纪初的发展过程，记录了“镀金时代”播种后的苦难“收获”，可以说是美国20世纪30年代最引人注目的文学作品。它以自己独特的风格勾画出一幅美国20世纪初30年间里政治、经济、文化等各个侧面的社会风物图。它的第一部《北纬四十二度》(*The Forty-Second Parallel*)描述了美国资本主义“机器”的形成过程以及它对个人的专制和摧残。第二部《一九一九年》(*1919*)是第一次世界大战中美国社会生活的记录，继续描写第一部小说中提到的“非人格化”过程，为下一部小说《赚大钱》(*The Big Money*)记述“繁荣”的20世纪20年代奠定基础。三部曲从20世纪开始说起，至1927年以萨科—范泽蒂事件结尾，用比较精确的文笔，再现出美国自“镀金时代”便开始的演进过程。这几十年是社会主义运动遭受挫折、大资本企业获得胜利的年代。各个阶层的人都受到“机器”的控制，人的发展受到严重阻碍。社会生活中弥漫着一股强烈的绝望情绪，在三部曲所描绘的世界里，“鸟不歌唱，花不开放，空气几乎不能呼吸”。

在《美国》三部曲里，以思想居主宰地位。作者用人物体现思想，人物有时近似公式化。这是描述了11位主要人物及30余位次要人物的生活的“群体小说”，其中心意图在于揭露资本主义“机器”如何左右个人身心发展的社会现实。三部曲生动地描述了人屈服于环境压力的悲惨状况。资本主义社会机器对人采取不折不扣的“顺我者昌、逆我者亡”的方针，而不论在昌者或亡者的上方，死神都时刻在虎视眈眈地准备攫取猎物。《美国》是人们无济于事的挣扎的历史，是不可避免的失败的历史，是最后绝望的历史。书中的人物，不管他们属于哪个阶层，都无一例外地承受着“机器”的压力，他们的胜败得失都以他们对“机器”的态度为转移。例如代表大企业的J. 沃德·穆尔豪斯意识到“机器”的活动规律，按照它的要求行动，自觉地顺从它的意志，因而成为它的代言人。穆尔豪斯在物质上成功，而在精神上则彻底堕落，理查德·埃尔斯沃思·萨维奇也属于这个阶层。他开始是一个理想主义者，逐步了解到他所处的社会制度的性质，学习到如何遵从它并利用它，埃利诺·斯托达德的情况则很不同。她本能地追求寄生性的“幸福”，不意间接受了“机器”的专制，并尽力利用它达到自己的目的。她经过了女人堕落的各个阶段，虽然在物质上她得到了某种满足，但所付出的人格代价是沉重的。

《美国》三部曲对下层人民的刻画具有一种动人的伤感色调。珍妮·威廉斯、迈克·麦克里里及查理·安德逊三人的生活体现出工人阶级的不同经历。珍妮来自工人阶级，但却想方设法摆脱这个阶级。她认为她所处的世界是最好的，一心想利用一切她能利用的机会。她热衷于等级的划分，后来竟和包括她的弟弟在内的阶级兄弟断绝往来。迈克·麦克里里可以说是工人阶级的先进代表，起初颇有一股改善自己阶级地位和命运的强烈使命感。后来他到墨西哥参加革命，和一个女人相遇，境遇愈来愈好，便和革命运动失去关系。他的经历似乎说明，人一旦富有起来，思想便动摇，革命就结束了。查理·安德逊由于不能承受“机器”的压力，虽然接受了它的专制地位，但也避免不了成为其受害者的命运。小说中还提到玛丽·弗伦奇，她和共产党人联系紧密，坚决反对“机器”，作者似又同时暗示，她并未意识到共产主义有可能是另外一种“机器”（这种思想作者后来在其《一个年轻人的冒险》一书中进一步作了发挥）。此外还有决心要用“机器”摧毁自己的本·康普顿，他是一名社会主义鼓动家。

《美国》三部曲表现出多斯·帕索斯的创新精神。他在写作中运用了前所未有的手法和技巧。在对不同人物生活经历的叙述中间，他巧妙地引进了“新闻片”“人物肖像”及“摄影机眼”等手法。“新闻片”包含有报纸标题、新闻报道节录、流行歌曲片段等。这些反映出社会的动荡情况，以及人物所处时代的精神状貌，也给读者一种时间概念。“人物肖像”写的是曾为人类做出贡献的著名美国人的生平小传，这些人包括工人领袖、科学家、政客、工业和金融巨头等，如尤金·戴博斯、路德·伯班克、卡内基、爱迪生、约翰·理德、西奥多·罗斯福、摩根、福特等。这些人的生活和普通人形成对比，帮助读者加深对后者的经历的理解。“摄影机眼”记录的是一个四面移动的人的头脑在观望大千世界生活状况之后的反应和思考及其思想成熟的情况。在这里读者接触到的是思想和见解，有时是零散的，作者用印象派或意识流手法写出，某些主题或思想一再重复出现，旨在加深读者的思想认识。此外，多斯·帕索斯的语言简练，意象感人，富有节奏感，结构多排比句，具有典型的口语风格，他是独具特点的文体家。多斯·帕索斯在写作技巧方面是一位大胆的革新者、尝试者。他汲取了印象派绘画、试验性电影以及“意识流”小说等的艺术特长，创造出自己独特的叙事方法。这一点在他的代表作《美国》三部曲中表现尤为突出。他在创作方法上的成就为他在美国文学史上赢得了一席重要之地。

《美国》三部曲有时给人一种凌乱庞杂之感。文件、事件、现代生活杂乱无章，容易令人只见混乱，不见秩序；只见脱节，不见联系；只见不同和差别，不见一致和统一。然而，读者阅后却能得到一个完整的印象，即资本主义“机器”在进行着无情的控制。这部著作奠定了多斯·帕索斯在美国文学史上的地位。

约翰·斯坦贝克（John Steinbeck，1902－1968）

大萧条时期的另一位著名作家是约翰·斯坦贝克。他生于加利福尼亚州的萨利纳斯，自幼喜爱文学，在家里读了不少英国和法国文学作品。后来他就读于斯坦福大学（1919－1925），但未毕业。之后有一段时间，他感到有些迷惘，不知何去何从。这期间他做过许多工作，曾从事筑路、采摘水果、捕鱼等体力劳动，以及丈量土地、新闻报道等工作，十分熟悉加利福尼亚州农民和农业工人的生活。这段时间对他很有教育意义，让他了解和认识社会，赋予他以对他日后生涯说来非常可贵的丰富的社会经历。他在青、少年时期的经历和20世纪30年代经济危机时期的见闻，日后成为他的优秀作品的基本素材，也奠定了他的作品的基调。后来在父亲的资助下，他决定专门从事文学创作。斯坦贝克写了一些浪漫主义作品，如《金杯》（*Cup of Gold*，1929）、《天堂里的牧地》（*The Pastures of Heaven*，1932）以及《致无名之神》（*To a God Unknown*，1933）等，但在文坛都未产生什么反响。1935年，斯坦贝克在33岁时，似乎发现了自我。他似乎发现了属于他的题材和技巧。那一年他出版了《托蒂亚平地》（*Tortilla Flat*），使他有了名气。这本小说以亲切的语气叙说几个西班牙流浪汉的故事，虽然缺乏战斗精神，但写得好，迄今它仍然是斯坦贝克的佳作之一。次年他写出一部关于罢工的作品《胜负未决的战斗》（*In Dubious Battle*），描写采摘水果的农业工人进行罢工斗争，写得十分出色。这场罢工斗争在农场主的破坏下以失败告终，小说反映了作者对农业工人处境的深刻同情。这是一个明确无误的“无产阶级”的故事，他对社会生活的关注，对当时非同小可的一个题材——阶级斗争——的关注，盖始于此。

他的创作高峰期随之而来。他这时几乎每年都推出一部作品，此后20年期间是他文学创作的黄金时期。他在20世纪30年代创作的作品，反映了当时处于经济危机困境中的农业工人的生活与斗争。1937年出版的《鼠与人》（*Of Mice and Men*），立即成为畅销书，同名剧本也获得极大成功，确立了斯坦贝克在美国文坛上的地位。《鼠与人》描述两个农业工人的生活遭遇：乔治和列尼是两个流动的季节工人，他们从一个农场到另一个农场劳动，从一种工作干到另外一种工作，梦寐以求的就是拥有一间小屋、一块土地，摆脱颠沛流离的艰苦，过自立、安定的生活。可是在他们的理想有可能实现的时候，列尼却成了飞来横祸的牺牲品。农场主的儿子是一个仗势欺人的公子，儿媳妇是一个水性杨花的女人，她有意勾引列尼，无意中列尼伤害了她的性命。农场主的儿子带领一批愤怒、盲从的人群追捕列尼，乔治不得不枪杀了处于绝境中的列尼。在现代社会中，乔治与列尼所追求的和平、宁静、自立、自足的美丽的理想，只不过是一种梦想而已。斯坦贝克在这部作品中所取得的艺术成就表现在他同小说中的人物保持了一定的距离，既不太远又不太近，使读者十分清楚地看到人物的活动，明确地理解作者的同情心所寄托的对象。斯坦贝克在1937年发表《红马驹》（*The Red Pony*，1937），内含4个故事，描写一个天真烂漫的少年的成长。通过在自己父亲的农场中的亲身经历，他懂得了人生中错误和挫折的不可避免以及自然界的变幻无常。在《人民的领袖》（“The Leader of the People”）这篇故事中，斯坦贝克颂扬了早年向西挺进的开拓者在创造美国历史中的功绩，强调人们团结合作的精神，也反映了早年移民同当地印第安人的冲突与残杀。故事还反映了老年人的怀旧情绪以及老一代人与新一代人之间缺乏相互理解的“代沟”问题。

1938年斯坦贝克发表《愤怒的葡萄》（*The Grapes of Wrath*），这是他对美国文学的重大贡献，被誉为美国文化史的一个里程碑。他在1942年发表的《月落》（*The Moon Is Down*），描写挪威人民反对纳粹占领的斗争，受到挪威人民的赞赏。后来，他获得了挪威的自由十字勋章。20世纪50年代以后，斯坦贝克在文学创作方面的成就远不如前。《我们的不满的冬天》（*The Winter of Our Discontent*，1962）反映了现代社会中道德真空的现实。人们为了追求金钱而置道德原则于不顾。小说以长岛的一个地方为背景，在那里，贝克先生开办了一家银行。作者写道："每天早上，人们像参加弥撒一样站在保险库前面，当时钟的指针转到9点钟的时候，保险柜发出一个清澈的声音，接着便是一阵吱……吱……吱的声响，他神秘地拨动数字号码，轻轻地转动保险柜的把手，圣殿般神圣的保险柜便开启了，贝克先生恭恭敬敬接受堆集在一起的钞票的敬礼。"斯坦贝克的其他作品还有《长谷地》（*The Long Valley*，1938）、《罐头厂街》（*Cannery Row*，1945）、《珍珠》（*The Pearl*，1947）、《任性的公共汽车》（*The Wayward Bus*，1947）以及《伊甸园以东》（*East of Eden*，1952）等。除长篇小说以外，他还从事剧本、短篇小说、游记、新闻等的写作。

斯坦贝克的作品表明，他的思想体现着美国文化的几个鲜明的特征：爱默生的人性本善的观点、惠特曼的社会民主及实用主义哲学的核心有效行动的思想。他对于城乡、今昔、劳资以及个人与集体的关系十分注意。他的几部优秀作品情节逼真，感情真挚、深厚，是美国的社会问题小说的重要组成部分。他的不少作品的故事往往发生在加利福尼亚的乡村地区，具有浓郁的地方色彩和强烈的乡土气息。他熟悉和善于应用民间语言，纯朴而自然，富有诗意。然而，他所塑造的人物略显平板，他的后期作品结构略显松散，缺乏创新精神。斯坦贝克后来和多斯·帕索斯一样，变得非常保守。他的一部名为《和查理一起旅游》（*Travels with Charley*，1962）的书，虽然畅销，可确是一部令人尴尬的作品，书里的查理是他的爱犬。斯坦贝克于1962年获诺贝尔文学奖。

《愤怒的葡萄》（*The Grapes of Wrath*）是斯坦贝克的代表作，以20世纪30年代美国流动农业工人的生活遭遇以及他们为生存而进行的顽强斗争为题材，反映遭受严重经济危机打击的美国社会中大银行土地占有者与被剥夺了土地、从而沦为季节农工的农民之间的矛盾和斗争。人们称这部小说为20世纪30年代的《汤姆叔叔的小屋》。它曾被视为宣扬共产主义的政治小说，在俄克拉荷马州等地方被列为禁书多年。它的艺术价值也曾受到怀疑，有评论说它结构松散等等。但是时间和生活经验证明它是一本文学杰作，后来它荣获普利策奖，今天它已成为世界名著，被翻译成多种文字出版，深受各国读者的欢迎。

小说以深切的同情，描绘了中西部的破产农民离乡背井，餐风宿露，向西迁移，以加利福尼亚为目的地寻求生路的凄惨景象。它的题目取自于美国内战时期的“共和国战歌”中的几句：“我的眼睛已看到了上帝到来的光环，/他在走遍储存愤怒的葡萄的葡萄园。”小说表达了他们的呼声。大萧条使美国中部草原地区遭受重创，农民破产，只好举家西进。西进的经历对不幸的农家来说，宛如雪上加霜，苦不堪言。小说的情节以长期居住在俄克拉荷马州的汤姆·乔德一家的动向为中心。乔德一家与当地的一位牧师，面对着天灾人祸的威胁，在疾病与死亡的魔爪之下，扶老携幼，到被称为“天堂”“乐土”的加利福尼亚州逃荒，最后却遭到当地农场主的歧视、虐待和无情的剥削。非正义到处都存在，耐心正在消逝，愤怒即将爆发。作者似乎在警告说，把咖啡和玉米当燃料烧吧，把猪杀掉埋起来吧，眼睁睁地看着人们处于水深火热之中而无动于衷，这是滔天大罪。愤怒的日子正在到来，在人们的灵魂中愤怒的葡萄正在成长得愈来愈沉甸甸，倘不采取措施阻止引爆，某种社会革命将会发生。小说从头到尾，字字句句饱含着辛酸，渗透着血泪。作者义愤填膺地警告说：“当大多数的人处于冻馁之中的时候，他们就会强力夺取他们需要的一切。”作者对不公正的社会制度强加在人民头上的苦难进行了淋漓尽致的叙述以后说道，生活中存在着无法铲除的罪恶，控诉与谴责都无济于事。《愤怒的葡萄》面世以后，引起社会上对穷困大众的生活状况的普遍关注，在相当的程度上促进了社会改革。《愤怒的葡萄》尽管内容偏左，它和风靡当时的左派作品又有质的区别。比如它并非渲染绝望和失败主义，它让人坚信友爱与同情是新生活的起点。它是20世纪30年代中既把经济危机的苦难揭露无遗，又不渲染暴力仇恨的唯一一部美国社会现实主义小说。

《愤怒的葡萄》的结构也极有特色。首先，它把叙述情节和论述观点两方面巧妙地结合为一体。全书共30章，其中16章为"插入章节"，约占小说总的篇幅的六分之一，穿插在乔德、威尔逊、温赖特等农家故事的叙述中间，说明乔德一家向西迁移的社会背景（干旱、饥馑、生产废荒、加利福尼亚州的土地所有制、流动工人的境遇等），同时阐述他们对于生活和社会的主张。这两个方面相辅相成，一张一弛；一唱一和，烘托渲染，推动故事向纵深发展。小说结构的另外一个特点是，借鉴了《圣经·出埃及记》（"Exodus"）故事的构思轮廓。全书分成三大部分：前12章描述旱灾、农田荒芜、生活苦难；第13章至18章描绘三五成群的贫民结队西行的凄惨景象；最后12章叙述移民们到达加利福尼亚以后的遭遇与争取生存的斗争。这同《出埃及记》的布局十分相似：以色列人在埃及遭受奴役，于是在摩西带领之下脱离苦海，奔向"乐土"迦南；到了福地以后却又遇到当地人的抵制。此外，小说中许多细节的描写，使它和《圣经》的相似之处更加突出。例如，书名《愤怒的葡萄》一词在《圣经》的《申命记》（"Deuteronomy"）、《耶利米书》（"Jeremiad"）、《启示录》（"Revelation"）等部分中都被多次提到，第17章很有《申命记》的味道。小说结尾部分的情节发人深省：罗丝用自己的奶水抢救一个生命垂危的老人，它和耶稣在最后的晚餐上所说的话相似（耶稣说："拿去吃吧，这是我的肉体。"）。此外，牧师詹姆斯·凯里的言论与行动和耶稣的言行相仿。再有就是小说的语言、文章笔法引人注目。用字简洁，句型工整，细节翔实，总结概括，交待明确。

美国在20世纪30年代经历了严重的经济危机，斯坦贝克是这一时期的时势所造就的主要作家，他的优秀作品是那个社会变动的产物，具有强烈的时代气息，读来令人感到跳动着的社会脉搏。斯坦贝克细心观察社会变化，同情在苦难中挣扎着的人们，关心他们的反抗斗争。他一方面以尖锐的笔触针砭社会的弊端，一方面则强烈地表示对人生、人与人之间的友爱与勇气的信心。面对社会残酷现实，他坚持寻求生活的意义和价值观。他歌颂生活，勇敢地展望生活前景，他认为尽管人在无情的世界面前显得渺小，尽管生活中充满了灾难和死亡，但是人们的生活欲望和勇气是不可战胜的，他们能够经受苦难而生存下去。这是他高于同时期其他作家的地方。小说也不无缺陷，如有时失于感情外露，某些人物性格比较呆滞，心理活动的刻画亦着墨不足等。

第三节　南方小说（波特/韦尔蒂/麦卡勒斯）　韦斯特

凯瑟琳·安·波特（Katherine Anne Porter，1890－1980）

在20世纪三四十年代，不少南方作家享誉文坛，比如波特（Katherine Anne Porter，1890－1980）、韦尔蒂（Eudora Welty，1909－2001）及麦卡勒斯（Carson McCullers，1917－1967）等人都是很有建树的作家。

凯瑟琳·安·波特是美国评论界公认的文体家，以写短篇小说著称。她生于德克萨斯州印第安河市一个声名显赫的天主教家庭。第一次世界大战期间，她担任报社记者，后来访问过墨西哥和德国等国，于1937年回美国定居。1922年她发表第一篇短篇小说，开始写作生涯。波特一生发表过27篇中篇和短篇小说、一部长篇小说、一部文学评论集和一部回忆录，质量俱佳，很受赞赏。波特把研究和反映人的思想感情及社会生活作为自己的首要任务。她的一些作品以她熟悉的美国南方为背景，展现南方家庭的历史和南方社会的风貌。她也写过关于爱尔兰人和墨西哥人的故事，表现人类共同的情感。

波特的作品具有一定的思想深度。她力图表现新旧秩序的冲突、传统与变革的矛盾以及人的理想与现实的矛盾，揭示现代“荒原”中存在的问题——人无法按照自己的梦想去生活。波特作品的主人公多为女性，她们由于受到男性统治社会的不公正待遇，或隐遁，或抗争。波特的作品也具有很高的艺术性。她的创作态度十分严谨，对每篇作品都要字斟句酌，反复修改，绝不轻易发表。她的每一篇小说都是融题材、结构、语言和风格于一体的完美的艺术结晶。波特善于细致地描写和分析人物的内心活动和感情变化，在一些作品中还成功地运用了意识流手法。她从不轻易使用象征手法，但用时则恰到好处。她的文笔简洁优美，表现力强，没有丝毫斧凿的痕迹。由于这些成就，波特被誉为优秀的文体家。波特的主要作品包括：短篇小说集《开花的犹大树》（*Flowering Judas*，1930）和《斜塔及其他》（*The Leaning Tower and Other Stories*，1945）、中篇小说集《灰色骑士灰色马》（*Pale Horse, Pale Rider*，1939），长篇小说《愚人船》（*Ship of Fools*，1962）、文学评论集《过去的日子》（*The Days Before*，1953）和回忆录《千古奇冤》（*The Never-Ending Wrong*，1977）。

波特唯一的长篇小说《愚人船》（*Ship of Fools*）是一部深刻的作品。她于1940年开始写作《愚人船》，至1962年小说出版，共花去22年。其间评论界和读者只是断断续续地从杂志上读到一些章节片断。小说问世后，评论界反应强烈，总的说来褒多于贬。该书还被改编成电影，并被译成17种文字。《愚人船》以作者1931年访问德国见到纳粹势力兴起的经历为依据，描写一艘由墨西哥开往德国的客船上形形色色乘客的故事。作品通过众多的人物揭示了20世纪西方社会中人的劣根性，并指出这正是滋生纳粹主义的土壤。这部小说分做三部分，即《上船》（“Embarkation”）、《海上》（“High Sea”）和《港口》（“The Harbours”）。小说开始介绍来自四面八方的男女老幼乘客，显然是要表明，船本身便是世界的缩影，说船实乃说人及人生。以感情和经历论，文中所说包括人的七情六欲，大千世界的暴力、谋杀、乱伦、欺骗、偷盗、人与人之间的相左，宗教上的固执等等，无所不包，无奇不有。小说旨在表现人生的真谛，而这真话确实令人感到懋闷。由于小说披露了人的缺点，有评论家认为作者有厌恶人类的倾向，然而波特在前言中已明确指出，她本人也是乘客之一。她还强调说，她的小说讲的是西方文明逐渐衰落的情况。

波特以短篇小说闻名于世。她的短篇小说如《老祖母维泽洛尔遭受抛弃的故事》（“The Jilting of Granny Weatherall”）是她的著名作品。故事巧妙运用意识流手法，讲一位年届八旬的老祖母在生命的最后一天的思想活动。老祖母维泽洛尔年轻时遭未婚夫乔治抛弃，不得已和约翰结婚，生五个儿女。约翰早逝，老祖母维泽洛尔自那时起便独当一面，抚养孩子，照料家里田里的一切，受尽千辛万苦。几十年过去，儿女已成人，她已卧病不起，但心里却不安宁。原来她几十年来在心灵深处都未忘记初恋的乔治，都未原谅他给她造成的伤害。她口头虽说自己失去的一切都已赢得回来，但灵魂深处却一直觉得一件最重要的东西——真正的爱——并未找回。她恨乔治。在她临死之际，她要求上帝给她一个神示，但未如愿，于是她对上帝怨怼满怀，自己擅自吹灭了自己的生命之灯。小说暗示，老祖母最后可能下地狱了。这个故事从内容上说有些基督教精神，即不原谅他人者自己也不会得到原谅。故事对人物思想的描述细腻而绘声绘色，不乏感人之处。

波特的另一著名短篇，《开花的犹大树》（“Flowering Judas”），以 20 世纪初民主革命时期的墨西哥为背景，以作者 1918 至 1921 年间在墨西哥学习艺术并参与革命运动的经历为基础。《开花的犹大树》的故事发生在 20 世纪 20 年代，主要人物是美国姑娘劳拉。

她帮助革命者，但在思想深处却感到与周围的一切格格不入。她力图抛弃对天主教的信仰，却又找不到坚定的新信仰来代替。她厌恶自私自利、冷酷无情的革命领导人布拉焦尼，痛恨革命队伍中的弊端。她发现自己的理想和现实之间有着不可逾越的鸿沟时，痛苦地感到生活背叛了她。她感到恐惧，断绝同外界交往，以求自保。她对另一位革命者欧亨尼奥同情眷恋，但又未能阻止他吞服自己送去的安眠药自杀。作者通过对劳拉的梦境的描写，揭示出她那被压抑的感情和因自己背叛同志而内疚自责的心情。故事的另一主要人物布拉焦尼腐化堕落，借机营私，背叛妻子、同志和革命。作者在不长的篇幅里集中表现不同人物在不同层次上的背叛，主题突出，含蓄凝练。作者以开花的犹大树作为象征，运用《圣经》中犹大背叛耶稣的典故表现主题，恰到好处，也增加了讽刺意味。这篇作品对主题挖掘深刻，人物性格刻画细致，语言优美，被誉为 20 世纪以来的美国优秀短篇小说之一。

尤多拉·韦尔蒂（Eudora Welty，1909－2001）

韦尔蒂是美国小说家，擅长写短篇。她生于密西西比州杰克逊城。1931 年美国经济萧条，她返回故里，从事广告宣传和新闻报道，广泛地接触社会生活，积累了丰富的创作素材。在此期间她开始写作，于 1936 年发表第一篇短篇小说《旅行推销员之死》（“Death of a Traveling Salesman”），受到重视。后来她发表过许多短篇小说和几部中、长篇小说。韦尔蒂的父母是北方人，但她长期居住在南方。这一特殊背景使她独具许多南方作家所缺乏创作的优势：既对南方故土感情深厚，又能客观地估价它的历史与现状。韦尔蒂的作品多以南方为背景，乡土气息浓重。她在《小说里的地点》（“Place in Fiction”）一文中指出：地点是小说中已经和即将感受到的事物的汇集点。它具体、确切、可信，能使故事和人物更加真实。韦尔蒂宣称：“出自其发源地，并以极清晰、明确、直接和热情的方式所表达的艺术，最能长久地为人们所理解。”传统南方社会的家族观念和家庭关系是韦尔蒂作品的重要题材。但她的重点并不在于描述社会的兴衰和家族的沉浮，而在于探索人物的内心世界，表现人与人之间的亲疏关系以及爱情的力量等。她以通俗、明快、抒情的语言塑造出从贵族到农夫的一系列人物形象，向读者表达他们的“内心独白”，展现他们的感情纠葛和悲欢离合。人物的自我探索和对生活意义的追求成为韦尔蒂作品的突出特点。这些作品也反映出作者对待人生的态度是严肃而乐观的。

韦尔蒂孜孜不倦地革新写作技巧，变换叙述方法。她的手法有时古雅，有时怪诞，善寓讽刺于令人解颐的诙谐之中。韦尔蒂擅长摄影，因此她在写作中也常借用摄影的手法，如从客观的叙事角度生动地呈现生活场景、刻意表现光与影及色彩与氛围以烘托人物形象。韦尔蒂的中、长篇小说相继获得成功，但她的主要成就还是体现在短篇小说的创作上。她的主要作品包括：短篇小说集《绿窗帘》（*A Curtain of Green*，1941）、《宽网》（*The Wide Net*，1943）、《金苹果》（*The Golden Apples*，1949）、《韦尔蒂短篇小说集》（*The Collected Stories of Eudora Welty*，1980），长篇小说《三角洲的婚礼》（*Delta Wedding*，1946）、《败局》（*Losing Battles*，1970）、《乐观者的女儿》（*The Optimist's Daughter*，1972），论文和散文集《发掘小说的眼力》（*The Eye Story*，1978）以及自传《一个作家的开始》（*One Writer's Beginnings*，1984）。

《旅行推销员之死》（“Death of a Traveling Salesman”）是作者1936年发表的第1篇短篇小说，也是她的代表作之一。主人公鲍曼是个为生计所迫而长年奔波的旅行推销员。他旅行时大病未愈便继续赶路，中途因汽车出事来到一个农户家求援。由于疾病缠身，鲍曼变得易动感情，渴望得到爱抚和温暖。他看到善良的农家夫妇情爱甚笃，互相信任，配合默契，正在期待婴儿的降生。

对比自己孤苦的处境，鲍曼感慨万端，最后倒在漫漫的夜路上。鲍曼是现代西方人理智和感情失调的典型。他与世人隔绝，生活没有意义，没有归宿，没有“结果”。而他偶遇的夫妇尽管贫穷，却执著地追求自己的生活方式，憧憬着幸福的未来。他们是内心与外界、理智与感情协调一致的楷模。小说以巧妙的对比手法表达了这一具有强烈现代气息的主题。作家通过对鲍曼所见所闻所思的细节描写，揭示了人物性格，展现其心理和感情的变化。作品的语言形象生动，不落俗套。

卡森·麦卡勒斯（Carson McCullers，1917—1967）

麦卡勒斯生于佐治亚州的哥伦布市，幼时天资过人，性格坚定，富想象力，但朋友不多。有评论说这部分地影响她日后的创作，和她作品中经常写的离异、暴力与恐怖等题材有关。她的第一部小说于1940年发表，名为《心是孤独的猎人》（*The Heart Is a Lonely Hunter*），她成功的文学创作生涯自此开始。她写了一些畅销书，变得富有和出名，后来婚姻几次失败，精神起伏极不稳定，身体不佳，去世时只有50岁。她的主要著作有《金眼里的映像》（*Reflections in a Golden Eye*，1940）、《悲伤的咖啡馆之歌》（*The Ballad of the Sad Cafe*，1943 / 1951）、《婚礼的成员》（*The Member of the Wedding*，1946）以及《没有指针的钟》（*Clock without Hands*，1961）。

麦卡勒斯对生活持有一种“哥特式”的观点，她的好友剧作家威廉斯称之为“对可怕事物的感知”，而她也有“哥特式”南方小说家之称。她似乎认为，世上有些人生来就是度过可怕与离异一生的命。她擅长描写这些身心方面的怪异人物，如驼背、聋哑、双性人、无性人，或难于正常地爱与生活的年轻人等，描写他们充满恐怖与异化的生活，以期表现生活中的怪诞和不协调状况，以及导致人生苦难的力量。她对生活中存在的怪异、非正常、不协调的现象似情有独钟。她的小说的重点描绘的是孤独的人、被社会抛弃的人、无所归宿的人。她认为，爱情是重要的，但它带来无法解决的问题，带来痛苦甚至死亡。

她的最佳作品是她的中篇《悲伤的咖啡馆之歌》(*The Ballad of the Sad Café*，1943 / 1951)。它反映出麦卡勒斯作品里生活的基调及人物的行为模式。它讲的是一个怪异的爱情故事。一个小镇咖啡馆的女老板，19 岁的阿米莉亚，和一个名叫马文 • 梅西的人结婚。婚前她听说马文曾杀过人，而且迄今身上还保留着死者的用盐腌过的耳朵。在新婚夜她果然在马文身上找到那只耳朵，盛怒之下把他赶出门去。马文后来因抢劫罪坐过监狱，最后又回到小镇上来打算复仇。在他离开期间，一个名叫里曼 • 威立斯的驼背远亲出现，阿米莉亚和他相好。当马文再在镇上现身时，里曼和他搞同性恋，对他百依百顺，还请他到阿米莉亚家居住。仇人相对摊牌，里曼帮助马文获胜。咖啡店和小镇受到摧毁性打击，两个男人遂从镇上消逝。这个故事乍读尤感荒谬，但如从作者的角度去看世界和生活，事物的合理性就会增加，其中的痛苦和暴力就容易理解了。这个故事分为三个部分，麦卡勒斯在第二部分当中解释说，爱情必定给双方都带来痛苦，因为他们之间的矛盾无法解决。两者——爱与被爱者对爱的体会不同，结果必然产生恨，恨必然导致暴力、折磨和痛苦。麦卡勒斯多才多艺多产，虽然身体多病，但坚持创作，颇令人叹服。

纳撒尼尔 • 韦斯特（Nathanael West，1903－1940）

在 20 世纪 30 年代美国文坛出现的重要人物之一是韦斯特。他的重要贡献在于他把当时欧洲文艺界的先锋派精神介绍到美国来所做的努力。韦斯特出身于纽约一个富有之家，熟读世界文学经典作品。他在 20 世纪 20 年代到巴黎去，在那里会见了不少现代派文学作家，如斯坦、庞德、艾略特、詹姆斯 • 乔依斯等，成为一个侨居国外的年轻作家。在巴黎他接触到表现主义、唯美主义及超现实主义等潮流的影响。在20世纪30年代大萧条时期，他和左翼作家有联系，在西班牙内战期间，表示了对西班牙人民的支持。他1940年死于车祸。

在20世纪30年代的特殊环境中，韦斯特深感自己处境的尴尬。他觉得他是站在左派一边的，但左派的人们并不喜欢他，而他厌恶的人也厌恶他。在第二次世界大战后，人们对他的著作的兴趣激增，他才得以获得世人的姗姗来迟的承认。1951年《纳撒尼尔·韦斯特全集》(*The Complete Works of Nathanael West*)问世，评论界反映热烈。近些年来，韦斯特的著作被看成为对商业化和文化工业的一种批评，他所运用的先锋派试验技巧引起了二战后年轻一代的极大兴趣。他对后来作家的影响业已被给予充分肯定。卡森·麦卡勒斯、弗兰纳里·奥康纳、约瑟夫·海勒、托马斯·品钦、拉尔夫·埃里森及以实玛利·里德等人都在某种程度上受益于他的作品。韦斯特在世时默默无闻，死后这些年来却声望日增，被认为是20世纪30年代出现的最佳作家之一、二战后第一个重要小说家。他还被视为20世纪60年代美国荒诞小说的先驱之一。

韦斯特作品数量虽然不多，但各有奇特之处。这些作品包括《巴尔索·斯乃尔的梦幻生活》(*The Dream Life of Balso Snell*, 1931)、《孤心小姐》(*Miss Lonelyhearts*, 1933)、《整一百万：莱缪尔·皮特金的肢解》(*A Cool Million: The Dismantling of Lemuel Pitkin*, 1934)以及《蝗灾日》(*The Day of the Locust*, 1939)。韦斯特认为他写的是“道德方面的讽刺”作品，然而他的书里存在着明显的不道德及精神衰颓的迹象。韦斯特似极喜欢刺激读者。他的题材经常涉及非常野蛮的暴力行为，他的行文经常运用超现实主义的手法，而他的人物也常是荒诞的、非人格化的类型。他对世界及人生的荒凉又荒诞的看法在他的著作里表达得淋漓尽致。比如《整一百万：莱缪尔·皮特金的肢解》就细腻地描绘主人公被肢解的状况，莱谬尔·皮特金死时真是无牙无眼无拇指，也没有了头发，还丢了一条腿。人们读了他的头被剥去头皮，被掠去牙与玻璃眼睛，一定会有做过一场恶梦之感。这个场面让人联想起托马斯·品钦在其名作《V.》中女主人公V的肢体解体的情况。如上所说，品钦是受到韦斯特的影响的作家之一。在韦斯特看来，20世纪30年代的生活状况，特别是挣扎在存活线上的劳苦大众的生活，极可能是充满暴力和黑色幽默的，他用敏感的笔触，遵从他自己的灵感与切实体会，把这一切记录下来，可能是一家之言，但也不失于忠于历史，有利于后世。韦斯特的传世作应推他的《蝗灾日》，它把好莱坞的造梦工厂做对象进行审视和讥讽，在那里，失败者比胜利者更引人注目，到处是暴力、卖淫和尔虞我诈。他的另一作品《孤心小姐》是讽刺赫斯特报业的，这部作品尤以其先锋派革新文体见长，它的1946年法文版被认为是二战后欧洲小说史上的一个里程碑。

第四节　20世纪30年代诗歌与戏剧

诗歌：新批评/兰生/塔特/华伦/布鲁克斯

在20世纪30年代的诗坛，一项重要的发展是新批评派的成长和发展。这个运动在20世纪三四十年代如日中天，其气势与日俱增，对诗歌批评和创作所发挥的影响大而时间长。它值得重点介绍一下。

新批评作为诗歌批评和创作的一个流派在美国立定脚跟，成为一种颇具学术权威性的“正统”学派，那是20世纪40年代的事情。时至今日，它依然是文学界和大学课堂里一种不可小觑的存在和影响。这个流派源于20世纪20年代，在20世纪三四十年代得到诗歌创作与评论界的认可，占有某种统治地位，到二战后50年代、60年代引起新一代的反弹，慢慢地失去它作为一个正统性流派的地位，但是它的影响是深远的。它的一些诗歌评论及创作原作业已烙入人们的脑际，将作为一个不可抹煞的事实记入史册。从历史发展角度看，新批评是作为对“旧”批评的反动而出现的。所谓“旧”批评是指长久以来人们把诗歌评论焦点放在内容上的批评做法。“旧”批评家注重从道德伦理、社会政治、作者身世以及心理方面去剖析诗歌作品，而忽略作品文本本身的结构、韵律及遣词用字等方面的特点。这种评论理论和实践常会导致对某些作品的很不公平的评价。于是到20世纪20年代有人开始发表不同意见了。在这些人看来，一首诗首先是一首诗，评论家的责任是以文本为基础，发现它的形式与技巧特点。于是，新批评又被称为一种新形式主义的批评理论。

这一新的诗歌批评概念一旦问世，很快得到广泛响应，仿佛产生了一种运动似的。其实，新批评并不是什么有宣言、有组织的运动，只是不同的人从不同方向同时发出了相同或极相似的声音，得到20世纪三四十年代文学评论界、特别是年轻一代的广泛认可，给人一种印象，似乎某种运动出现了一般。到1941年，兰生（John Crowe Ransom）的著名的书《新批评》（*The New Criticism*）在指导或误导人们的思维方面起了不小作用，于是新思潮有了自己的名称。新批评的独特之处之一是，它把评论与社会及道德的考虑分离开来。它影响美国文学批评长达20余载。在主张新批评的评论家中，有不少人是诗坛或评论界的大家，比如艾略特、理查兹（I. A. Richards），还有兰生、塔特（Allen Tate）、华伦（Robert Penn Warren）、燕卜荪（William Empson）、布莱克莫尔（R. P. Blackmur）、利维斯（F. R. Leavis）以及温特兹（Yvor Winters）等。

我们前面说到，新批评发端于20世纪20年代。当时现代派正登场，艾略特正猛烈抨击浪漫主义的感情色调，正在宣扬17世纪诗人堂恩（John Donne）等的玄学派诗歌，艾略特本人也在发表自己的“非个人化”(Impersonality)及“客观相应物”(Objective Correletive)的批评理念，这些思想后来都成为新批评的基本组成部分。为新批评奠定理论基础的另一位评论家是理查兹。他认为一首诗可供人们作理性分析，诗的文本结构比其题材来得更重要，评论的重点应是文本本身，而不是“时期”特点或作家本人的背景。理查兹还搬出了浪漫主义大师柯勒律治（Samuel Taylor Coleridge）的《文学传记》（*Biographia Literaria*）作后盾。柯勒律治在这部经典著作中主张，一部文学作品可有多层内涵，因此仔细阅读文本非常重要。他的《文学传记》于是又得以再版，在20世纪20年代至40年代的长时间内发挥了深远影响。到20世纪30年代，著名评论家如利维斯、兰生、燕卜荪等人也为新批评鸣锣开道，燕卜荪的《七种类型的含混》(*Seven Types of Ambiguity*)以及华伦与布鲁克斯（Cleanth Brooks）合编的《诗歌赏析》（*Understanding Poetry*，1938）先后问世，为新批评推波助澜，特别是后者，直接把新批评的观念灌输到大学课堂里去，其影响迄今依然可清楚地感觉得到。再加上几家有影响的杂志如艾略特的《标准》(*Criterion*)、兰生的《评论》（*Review*）等，大力传播新理念，新批评的势头愈来愈高涨。

新批评也提倡独特的诗歌创作主张。这些主张保留了现代派的基本特点，如简练、幽默、运用反语、非个人化、注重形式等等，但同时注意了弱化现代派文体的其他突出特征，如凌乱、省略、结构脱节、象征与神话的运用、多文化多语言的出现以及通篇用典等等。新批评诗歌遵循传统，下笔谨慎，意象鲜明易懂，不似现代派诗歌那样艰涩、令人不知所措。对年轻一代说来，写作也变得容易了些。新批评诗歌像是古希腊一个精心做成的瓮，形式、意象、典故、韵律、诗节等都考究、整齐而连贯，也有“非个人化”等特点。新的形式立刻受到欢迎，得到广泛运用。到20世纪40年代，新批评不仅它的批评理论已居统治地位，它的诗歌创作原作也决定了20世纪40年代整代人的创作方向，诸如洛厄尔（Robert Lowell）、毕肖普（Elizabeth Bishop）、威尔伯（Richard Wilbur）、阿什贝里（John Ashbery）等人，被称为新批评的第二代。当然二战后诗风又变，出现对现代派和新批评风格的反弹，不少人又改变创作风格，美国诗歌于是步入后现代阶段。回顾过去，应当说明，新批评作为批评理论在历史上已占有一席重要地位。至于新批评诗歌，它虽有过辉煌，但终究没有写出什么传世之作来。新批评在今天仍然是实在的存在，说明它的不可小觑的持久性。

兰生（John Crowe Ransom，1888—1974）是新批评主将之一。他来自田纳西州，是诗人和文学评论家。他的诗歌具有某些出色的特征，但总的说来，他更以他的评论闻名于世。他的最佳诗作包含在诸如《关于上帝的诗歌》（*Poems about God*，1919）、《发冷与发烧》（*Chills and Fever*，1924）以及《契约中的两个绅士》（*Two Gentlemen in Bonds*，1927）等诗集中。这些诗集出版后，兰生将注意力集中到文学评论方面，成为新批评运动的最富影响的人物之一。兰生的思想基本属保守型。他的论文集《没有雷声的上帝》（*God without Thunde*r，1930）是对科学的竭力攻击，他认为科学摧毁了关于上帝的神话。1930年，他和十几位被称为"逃亡者"（the Fugitives）派的南方作家合作出版了一本题为《我要坚持我的立场》（*I'll Take My Stand*）的书，欲以南方的农业经济和文化传统与飞速工业化及商业化的北方相抗衡。他对新批评的贡献很大。他在范德比尔特大学任教时，和一伙教师与学生定期会面阅读和评论相互的诗作。1937年他离开范德比尔特大学前往俄亥俄的肯尼庸学院任教，在那里他创办了《肯尼庸评论》（*Kenyon Review*），使之成为闻名全美国的出版物之一。这个杂志发表诸如艾伦·塔特、罗伯特·潘恩·华伦、R. P. 布莱克莫尔、威廉·燕卜荪以及他本人的文章，成为新批评家们的机关杂志。

他的名著《新批评》（*The New Criticism*，1941），总结了包括他自己在内的新批评家们的理论，也评论了理查兹、燕卜荪、作为评论家的艾略特以及伊沃·温特兹等人的观点。他认为这些评论家的观点“新”的还欠深刻，在书的最后一章《招聘：一个本体论批评家》（“Wanted：An Ontological Critic”）旨在表明，他就是这样一位批评家。

兰生的本体论观点是他对新批评理论的一大贡献。他所谓的“诗的本体”实际是他对“诗本身的结构或文本”的冠冕堂皇的说法而已。他认为，诗歌批评应当把重点放在诗作本身的价值及其艺术结构上面。至于对诗人身世及生平的研究，或对其内容的概括，对其历史背景和道德伦理方面的影响的分析，这一切和批评家的任务全无关联。这样以来，兰生巩固了新批评关于只着眼于阅读和分析诗作本身的立场，加强了批评界对诗歌本身及文本细节的注意力。他也表现出新批评这种形式主义把批评与社会性考虑分开来的倾向。《新批评》一书的重要性不只在于它给美国文学史上一个重要诗歌运动取定了名称，它更成为20世纪40年代年轻一代起来反对传统批评权威的战斗口号。这是兰生其人的历史重要性所在。

上面提到1930年十几位南方作家合作出版的一本题为《我要坚持我的立场》的书，其主要撰稿人之一是诗人和批评家艾伦·塔特（Allen Tate，1899－1979）。塔特就读于田纳西州的范德比尔特（Vanderbilt）大学（1919－1922）。在学期间，他曾多次聆听新批评（New Criticism）主帅兰生的教诲。塔特在20世纪30、40十年代曾做过几家杂志的编辑。他是有影响的《逃亡者》（*The Fugitives*）杂志的编辑之一。他曾在美国国内及欧洲的多所大学任教，对新批评的发展及其在诗歌教育中支配地位的确立和巩固发挥了重要作用。作为新批评的主要倡导人之一，塔特反对传统文学批评中那种过于重视作者生平及历史背景、忽视作品本身价值、将其视为某种思想观念的传播工具的做法。他主张文学研究应深入探讨作品的遣词造句、结构、意象，通过周密的文本分析而挖掘出它的丰富内涵。在诗歌创作中，他所表现的多是对稳定与和谐的社会生活秩序的憧憬以及由于现代信仰危机而引起的骚乱与恐慌。他在接受一位记者采访时曾说过，他的所有诗作都是关于"失去信仰的痛苦"。他认为文学批评家应具有"宗教的想象力"（religious imagination）。为了追寻这种在现实生活中无法找到的和谐与信念，1950年他皈依了罗马天主教。他的作品主要包括：诗集《蒲柏先生及其他诗篇》（*Mr. Pope and Other Poems*，1928）、《诗集》（*Poems*，1928－1931，1932）、《地中海及其他诗篇》（*The Mediterranean and Other Poems*，1928）、《冬海》（*Winter Sea*，1944）等，批评著作《对诗歌和思想的反应文章》（*Reactionary Essays on Poetry and Ideas*，1936）、《疯狂中的理性》（*Reason in Madness*，1941）以及小说 《先辈》（*The Fathers*）。塔特的诗歌形式严谨，内容深刻。他怀念欧洲文化，歌咏南方传统。他善于用典，诗笔迂回婉约，读懂并不容易。

塔特的《南方同盟烈士颂》（"Ode to the Confederate Dead"）是诗人的代表作，比较艰涩。据作者本人说，它所表现的是充斥于现代社会中的自我中心论给人带来的悲剧性结局。自我中心论认为，人所生活和体验的一切，都是由我们本人创造出来的。塔特认为，自我中心论是西方社会走向衰落的症结所在。人与人以及人与传统之间的交流消失了，每个人都如诗中的螃蟹一样，漫无目标地生活在一个阴森、冷漠的坟墓般的世界中，最后只能像该诗结尾的美洲虎那样，成为唯我独尊的牺牲品。本诗所描写的是一个人凭吊一处南方将士墓地的情景。他望着面前紧闭的门、残破的墙、丛生的野草，想象着草下的白骨与甲胄，企图在脑际再现过去的伟大，然而终究未能做到。现代之风如此之强，保持传统和信仰已不可能。本诗并非描写理想的过去，而是着重表现现代人已不能再体验过去传统的美好。塔特认为，自我崇拜乃是20世纪20年代人们的致命伤。

最后要说到对新批评理论的巩固和传播发挥过重要作用的两个人物罗伯特·潘恩·华伦和柯林斯·布鲁克斯（Cleanth Brooks，1906－1994）。华伦是诗人、批评家和小说家，在这几个领域内都有建树，特别是在文学批评方面。布鲁克斯是专门批评家，他汇总了艾略特、理查兹、燕卜荪、兰生及塔特的理论观点，把它们融为一体。这两个人的突出贡献在于把新批评的理论应用于某些具体文学作品的分析上。他们一起编注了诸如《诗歌赏析》（*Understanding Poetry*）这样的大学教科书，里面包括注释和练习，打开了新批评长驱直入大学课堂的道路。时至今日，这些课本依然在被应用，它们在传播新批评理念、影响当代文学的走向方面发挥了深远的作用。这一点在史书上应有一笔铭记。

20世纪30年代的戏剧

20世纪30年代的戏剧以其注重当时的社会和经济状况为突出特点。这十年和前面的20世纪20年代在气质上迥然不同。前所未有的新思想、新技巧层出不穷，改变了戏剧作品的格局。那时文学方面的运动和社会方面的运动多丝丝入扣，紧密相连。比如在美国文学史上作家们第一次集聚一堂，召开全国作家会议，研讨国家处于危机时文学应当如何发挥作用的大课题。美国戏剧和其他文学体裁一样，在内容与技巧上都表现出强烈的社会性，写作和演出都具有异常明确的社会目的性。1931年，演员和编导们合力组成同仁剧院（The Group Theater），演出具有社会意义的戏剧。他们在百老汇上演保尔·格林（Paul Green，1894－1981）的剧作《康纳里之家》（*The House of Connelly*）大获成功，之后便一鼓作气，在那些“激情的岁月”一连推出23部戏，其中包括当时显赫的剧作家安德森、劳森（John Howard Lawson，1895－

1977)、金斯利(Sidney Kingsley, 1906—)和奥德茨等人。当时闻名剧坛的作家很多,如赫尔曼(Lilian Hellman, 1905—1984)、怀尔德、舍伍德(Robert Sherwood, 1896—1955)、萨洛扬(William Saroyan, 1908—1981)等人。在这些作家中有些人可能在20世纪30年代以前就起步了,他们的创作生涯可能延长到第二次世界大战以后,而且大部分人写的作品没能超越大萧条年代那个时空,他们的作品多有"即时之作"的时代烙印,因而让人有时过境迁之感,但是他们都全身心投入,竭尽全力帮助应付和解决所面临的危机,他们对当时和历史的贡献是有目共睹的。

20世纪30年代的剧坛群星闪烁,克立夫德·奥德茨(Clifford Odets, 1906—1963)成为其中的佼佼者之一。他和安德森(Maxwell Anderson)相比,在戏剧技巧方面可能不算是最佳的作家,但他具有不凡的感召力。1930年他加入同仁剧院,到1935年已经在百老汇推出四个剧作:《等待莱夫提》(*Waiting for Lefty*)、《到我死之时》(*Till the Day I Die*)、《失乐园》(*Paradise Lost*)以及《觉醒而歌唱》(*Awake and Sing*),因此在戏剧界已颇有名气。此后十年间,奥德茨创作出诸如《我睡不着》(*I Can't Sleep*, 1936)、《金孩子》(*Golden Boy*, 1937)、《飞往月球》(*Rocket to the Moon*, 1938)、《夜里的音乐》(*Night Music*, 1940)以及《夜冲突》(*Clash by Night*, 1941)等,其中以《金孩子》为上乘。1948年上演的《大刀》(*The Big Knife*)一剧属一流剧作。奥德茨的作品还包括《村姑》(*The Country Girl*, 1950)及《桃树开花》(*The Flowering Peach*, 1954)。

奥德茨的一出名剧是《等待莱夫提》(*Waiting for Lefty*),说的是出租汽车司机罢工的事情。剧中司机们在开会,讨论是否罢工。工会的头头已经把他们出卖,竭力阻止他们采取罢工行动。工人们在等待莱夫提回来的过程中,争先恐后上台诉说生活之苦。与此同时,工会的头头在吸雪茄,烟雾不断地向大厅里飘,表明他才是最后的决定者。莱夫提是实际的工人领袖，在领导工人和腐化的工会领导人做斗争，以争取提高工资。全剧自始至终人们都在等待着他回来做最后决定，然而他始终未露面。最后在剧院后面突然听到一声叫喊，打乱了在进行的一切。原来有人闯入会场，说莱夫提已经找到，他在一个胡同里已遭人暗杀，有人把一颗子弹射入他的头里。事情很明显，工会头头已派人把他杀害了。会场于是群情激昂，有人跳上戏台大声问："我们怎么办？"只听有人在观众后面大喊道，"罢工！罢工！"台上人也一致呼应，加入全场的呼声中。于是一致决定立刻罢工。这出戏的表演技巧颇别出心裁。演员们有些分散到观众当中，他们不断地立起身来，和台上的演员相呼应。观众有时会发现坐在自己身旁、和自己一样的一个观众，突然兴奋地站起，一边嚷着一边朝台上奔去，自己忽然意识到，他原来竟是一个演员。这种手法的目的很明确，就是把观众也纳入戏剧表演里来。这样的表演方式的艺术感染力很强，尤其在情绪极易兴奋的20世纪30年代，具有不可小觑的煽动力。观众常常身心投入，如身临其境，加入合唱，整个剧场宛如沸腾起来一般。这当然是宣传，然而也无疑是精湛的艺术。今天的读者仍然可从剧中出租司机们的讲话里得知20世纪30年代生活的真实细节。《等待莱夫提》是在20世纪30年代出现的艺术威力最强的戏剧之一。

奥德茨的《觉醒而歌唱》也是一部力作，写一个贫苦的犹太家庭的生活，剧中所说很有普遍意义。《失乐园》是写一个中产阶级家庭在大萧条年代因生活恶化起而反抗的故事。奥德茨还有几出戏是关于美国现代生活中存在的孤独以及发财致富的题材的。总的来说，奥德茨的戏剧多是关于社会生活的各方面的主题的。

第九章　二战后美国诗歌

第一节　二战后美国诗歌简介

二战后的美国诗歌与二战前相比，两者之间存在着惊人的不同。现代派大师们如艾略特等，或风靡诗坛多年的新批评派诗风格，似乎对战后年轻一代诗人失去了魅力。20 世纪 50 年代及 60 年代诗坛的新人似都相信，那些都已不再那么适用，新的现实需要新的表现手法与风格。他们决定要叛离过去，走自己的路。1950 年奥尔森（Charles Olson）发表他的著名的《投射体诗》（“Projective Verse”）一文，20 世纪 50 年代中期金斯堡（Allen Ginsberg）写出《嚎叫》（“Howl”）那首引起文学界及社会一片震荡的诗，再加上洛厄尔（Robert Lowell）火上加油的新作《生活研究》（*Life Studies*，1959）的问世，这一切都标志着，美国诗歌的后现代时期到来了。

后现代主义诗歌和小说一样，是因战后情势需要应运而生的。核武器的威胁、麦卡锡主义的疯狂、民权运动的高涨、越战所引起的民情激愤、女权运动及性解放、嬉皮士现象、当代的信息爆炸以及人们自我意识的提高、环保、臭氧、太空，加上经济的发展与社会的富足等等，都在对人们看待生活与世界的态度以及价值观念方面产生着深刻的影响。生活经历与体验的个别性在加强，文学表达的方式更具独特性。而且，20 世纪 50 年代的文坛也令人不满。现代派和新批评已盘踞文坛几十载，旧模式开始束缚思想，人心开始思变。以新批评论，自 20 世纪 40 年代末起，它向大学课堂长驱直入，经过多年的惨淡经营，已在诗坛称霸，从诗歌创作到文艺评论，它的一套原则已经变为金科玉律，对后起之秀颇有金箍的作用，年轻一代于是揭竿而起了。其实，艾略特自己也已感到了变革的必要。他在 20 世纪 40 年代发表的《四个四重奏》就很有后现代气息，比如它的沉思特点及个人口气等。当然他在这些方面已不能和庞德及威廉斯相媲美了。庞德在比萨铁笼吻过地狱以后所写的《比萨诗章》（*Pisan Cantos*）一扫现代派的客观、具体、片断式的表达作风，而变得自发、自由、富自传性和浮想联翩。长期以来处于艾略特阴影里的威廉斯，于 1946 年开始发表他的六卷长诗《佩特森》（*Paterson*），形式开放，畅想自由，把条条框框扔在一旁。这两个人为新一代树立了榜样，奥尔森称新一代为他们的继承人。

以连续性而言，20 世纪 40 年代后的诗歌是 20 世纪 20、30 年代诗歌传统的直接继承或反动。直至 20 世纪 50 年代末期，艾略特在美国诗坛的举足轻重的影响是无可置疑的。这种影响所产生的保守性倾向又因著名诗人叶芝、弗罗斯特、史蒂文斯和奥顿的创作而得到加强。20 世纪 40、50 年代的一些“学院派”诗人们便在不同程度上继承了他们的传统。在这些诗人中，有二战前已成名的罗伯特·潘·沃伦、斯坦利·库尼茨（Stanley Kunitz），以及理查德·埃伯哈特（Richard Eberhart）；有二战后第一代诗人德尔莫尔·施瓦茨（Delmore Schwartz）、西奥多·罗斯基（Theodore Roetheke）、兰达尔·贾勒尔（Randall Jarrell）、约翰·贝里曼（John Berryman），还有伊丽莎白·毕肖普（Elizabeth Bishop）、理查德·威尔伯（Richard Wilbur）、卡尔·夏皮罗（Karl Shapiro）、霍华德·奈默洛夫（Howard Nemerov）等人。在这些人中，还有20世纪50年代把自白诗发展到新阶段的罗伯特·洛厄尔（Robert Lowell）。他们似乎组成了一个新的美国"学院"，不仅和大学及学院有联系，而且在其同代中被普遍承认为诗坛的佼佼者。

20世纪50年代后期，强调描写美国生活、打破五步抑扬格的威廉斯成为美国诗歌的不同于传统的代表者。这以后，新的诗派接连出现，诗坛呈现出一派异常活跃的局面。在旧金山，《旧金山评论》和劳伦斯·弗林盖提的城市之光出版社突然成为"垮掉的一代"诗人的喉舌。艾伦·金斯堡的《嚎叫》（"Howl"）成为这一代诗人绝望情绪的证明。这批以金斯堡和加利·斯奈达（Gary Snyder）为代表的年轻诗人，崇拜个人完全自由、吸毒者文化、东方宗教与群居生活等，是传统的典型叛逆。与此同时，查尔斯·奥尔森在北卡罗来纳的黑山学院领导了"黑山派"文艺运动。这个反学院派的学者，继承了威廉斯和庞德的传统，如前所言，1950年发表了《投射体诗》（"Projective Verse"），决心抛弃旧形式、旧句法、旧格律。"黑山派"诗人中著名的还有罗伯特·邓肯（Robert Duncan）、罗伯特·克里利（Robert Creeley）和丹尼斯·莱弗托夫（Denise Levertov）等人。克里利的《黑山评论》在传布黑山派美学观方面发挥了重大作用。

到20世纪60年代，超现实主义倾向出现在美国诗歌中。W. S. 摩温（W. S. Merwin）、罗伯特·布莱（Robert Bly）和约翰·阿什贝里（John Ashbery）等人的诗作首先表现出这种影响。摩温曾客居法国多年，翻译过不少现代诗，受到超现实主义和后现代主义诗的影响，他善于通过神话、传说和寓言体裁使经验神话化。布莱的诗体现出美国超验主义。他竭力运用直接、简练的语言表达对内在的自我超验时刻的理解。"内在人"是他要表达的对象——"内在的人在睡眠、梦境、充满光明的时刻和……无意识的原型的认识”。布莱的诗艺通过事物形象，即深度意象，表达他的意见。摩温和布莱在传布超现实主义方面对美国诗人产生过较大影响。这些诗派以及其他如路易斯·辛普森（Louis Simpson）、詹姆斯·迪基（James Dickey）和A. R. 阿蒙斯（A. R. Ammons）等人的独树一帜的创作，是美国这个民族不满足于现状、勇于开拓新途径的精神历史的体现。

第二节 20世纪40年代诗人：毕肖普/威尔伯/贝里曼/贾勒尔/梅里尔

二战后美国诗坛上还有许多诗人，他们不属于什么派别，但他们的诗歌很有特色，介绍二战后诗歌忘掉他们是不妥贴的。限于篇幅，我们就只谈谈毕肖普（Elizabeth Bishop，1911－1979）、威尔伯（Richard Wilbur，1921－）、贝里曼（John Berryman，1914－1972）、贾勒尔（Randall Jarrell，1914－1965）及梅里尔（James Merrill，1926－1995）这几个人。

先谈毕肖普。近年来她的声名渐增，她的诗作愈来愈受评论界重视。她的诗歌大多是她个人经历的写照。比如她童年时代即父母双亡，自幼浪迹天涯，从故国到欧洲再到南非，又曾幸会玛丽安·穆尔与T. S. 艾略特，所有这些事件都被浓缩在她的作品当中。首先，童年的经历赋予她的诗作一种失落意识，这种情怀起初感觉朦胧，而随着时间流逝而愈加强烈。其次，毕肖普是一位游历四方的诗人，她很小就去过纽芬兰岛，随后她到过纽约、巴黎、伦敦、北非、西班牙和南非，她还在巴西旅居了很长一段时间。当她已年近六旬时，她才极不情愿地回到故乡教书。她的诗中因此充满了大量的旅途见闻。最后，多年来广为传布和议论的她在1934年与玛丽安·穆尔的会晤，极大地改变了她的创作风格。她对细节精致入微的把握就归因于这位前辈诗人的熏染。她与另一位知名诗人 T. S. 艾略特的会面比前者早一年，且不太为人了解，但对她的诗人生涯影响很大，这主要表现在她对正在出现的后现代主义思潮和文风的敏感和接受方面。除此之外，应引起关注的还有她本人对绘画的爱好，以及当代艺术和超现实主义思潮的影响，这两种因素都在她的作品中留下了清晰的印记。

毕肖普的诗歌的特点是有自传体诗歌意味，作者显然把自己生活的经历和感受写进了诗中。她的几首诗，如《六行诗》（“Sestina”）和《一种艺术》（“One Art”）都是人们能立刻想起的很好的例子。在《六行诗》中，人们会感到老祖母和孩子在为某件事情哀伤，至于何事，这只能由读者的想象去破译。这件事情，老祖母与读者都完全知晓，但孩子却似懂非懂。由这种精心省略的描写所产生的情感张力，打动了读者的心弦，使他们与老祖母及伴随她的诗人一道，感受了同样强烈的悲伤。《一种艺术》与此类似，写关于“丧失”或“接受丧失”，诗中保留了许多未言之物，留下了许多开放式结尾，所以人们需要反复解读，才能体会到诗人内心的苦闷与极度哀痛，体会出失落者在面对第一次失落时那种“蒙难”一般的感觉，而这种失落有轻微的、涉及个人的，又有重大的、彻入骨髓的精神痛楚。人们只有像诗人那样努力接受生活，才能理解，诗人何以能如此自如地消解这些苦难。《六行诗》和《一种艺术》表明了毕肖普对传统格律的偏爱。毕肖普在创作中不受教条的束缚，凡有助于表达的都是好方法，传统格律也不例外。因此，她能一样灵活地运用传统诗律和开放的自由体，做到与时代精神同步。这两首诗曾与《鱼》一起多次被收入选集。

再者，毕肖普写旅途见闻多，并借机发表议论。人们阅读像《两千多幅图解及系统圣经检索》（“Over 2,000 Illustrations and a Complete Concordance”）等诗，就能深刻感受到这点。此诗可以分为三个部分。在第一部分（1 至 30 行）里，诗人从《系统圣经检索》中看到了秩序。人们打开《检索》总能看到同样的事情同样地排列在那里，不论是世界七大奇迹，或是坐着的阿拉伯人，或是指着圣墓地的阿拉伯人，或枣树或院子或水井等等“上帝的遍布的指纹”，都原封不动排列在书里，刻在人们的脑海中，总是容易理解，人们从中获得一种肯定、确信、一切都在掌控中的感觉。诗的第二部分（31 至 64 行）所写的情况就不同了。它表现了实际生活中存在的混乱。在这部分，诗人写入旅游见闻，读者有目不暇接之感。一会儿是加拿大及其风景，一会儿是罗马的不同景象，接下来是墨西哥及其音乐、北非、爱尔兰、摩洛哥等等，这些和《系统圣经检索》形成明显的对照：这里一片混乱、偶然、无方向感，读来颇费心神。秩序受到无秩序的挑战和干扰，诗人开放的头脑开始思考。在诗的第三部分，诗人似顿悟到，所谓秩序和混乱实乃人的头脑对实际经历的反映而已，世间一切都可以有不同理解，都是相对的，就是《系统圣经检索》中的耶稣诞生场面的状貌，也依视角不同而显现出不同景象。

再有就是诗人与穆尔和 T. S. 艾略特的会面对她的诗歌创作影响很大。比如她从穆尔那里学到描写外部世界的细腻、具体，而且让读者洞察事物本质。她从 T. S. 艾略特那里学到的更多。在她刚刚进入学院那年，她与诗人会面，听见来访的 T. S. 艾略特将自己的划时代作品《荒原》称作为“一堆有韵脚的牢骚”。她还拜读了他的重要文章《传统与个人天赋》，从中领略到，写作是“对已有作品和创作中的作品所进行的不断变化的整合”。她不仅见证而且理解了晚年艾略特的后现代主义倾向，这种倾向对她的写作影响至深。这一切都可从她的名诗《鱼》（“The Fish”）里体现出来。在这首诗里，诗人说她钓到一条大鱼，向读者具体而翔实地描绘它的外观，先是不动声色（1 至 20 行），逐渐开始产生钦佩之情（20 至 65 行），忽然发现鱼的口中插着五个大鱼钩，诗人突然肃然起敬，觉得这鱼不同寻常，其勇敢和智谋算得上一个英雄，于是诗人进而探讨、发现自我，在顿悟后的感情激动中，把鱼放回水中去。这首诗当代气息很浓。它显示出人对现实的循序渐进的认识过程，体现出诗人的写作是“对已有作品和创作中的作品所进行的不断变化的整合”的思想。诗人的态度从客观逐渐向主观演进，在发现鱼的“红色英勇勋章”（44 至 64 行［鱼口中的大鱼钩］）后，认识突然飞跃（65 至 67 行），发现自我的价值，在自豪和快乐中决定把鱼放回水里。诗的开放型结尾——“我放了它”——包孕丰富，让人捉摸，读者的想象随在鱼后开始启动，对诗的多种理解自此开始，而不是结束。毕肖普虽然不像奥尔森或阿什贝里或我们下面要说到的威尔伯那样认为现实难以认识，但她也不把现实当作已知数。她的诗歌多体现出人的认识论的这个特点。她的诸如《加油站》（“Filling Station”）等作品都是好例证。她的诗作体现了后现代诗歌的艺术特色。

毕肖普的诗歌创作和评论对当代诗人颇有影响。洛厄尔（Robert Lowell）、威尔伯（Richard Wilbur）以及贾勒尔（Randell Jarrell）等人的诗歌创作和她的创作与评论都有一些联系。

理查德·威尔伯是当代美国诗人。他出生于纽约市，曾先后就读于阿默斯特学院和哈佛大学。他参加了第二次世界大战，并于 1947 年出版了他的第一本诗集《美好的变化及其他诗》（*The Beautiful Changes and Other Poems*）。这本诗集马上获得了成功，从此，他便开始了写作生涯。他的主要作品有：《礼仪及其他诗》（*Ceremony and Other Poems*，1950）、《世事的诗歌》（*Things of This World*，1957）、《抱怨》（*Complaint*，1968）、《知心人：新诗》（*The Mind-Reader: New Poems*，1976）、《时代之歌》（*Verses on the Times*，1978）、《诗集》（*New and Collected Poems*，1989）和《骨头钥匙及其他诗》（*Bone Key and Other Poems*，1998）等。威尔伯还从事过戏剧创作、翻译及图书编辑。除此以外，他还在数所大学任过教，曾任美国艺术暨文学学会研究院院长。

威尔伯在他所处时代的形象就如同罗伯特·弗罗斯特在其时

代的形象。两者都竭力跟随他们所处时代的精神潮流，但在写作手法上却不愿意与同代人走相同的路。于是威尔伯另辟新径：他吸收了20世纪60年代的活力，与此同时，他并不排斥其他的手法。他的诗歌忠于生活，忠于现实，注重步格与韵律，韵律优美。有人称他为“精英主义者”和“传统主义者”，但他一直坚持自己的风格。威尔伯在创作手法上博采众长，拒绝教条主义和天下一统。他不认为，为着表达时代精神就必须摈弃传统手法。他和他的时代一样具有兼容并收的精神，他主张宽容。

威尔伯曾是新批评时代文风最优雅的诗人。他开始写作生涯时，新批评派诗歌的创作方式及其非个性化语言已处于绝对的统治地位，成为诗人们所追求的样板。威尔伯的第一部作品《美好的变化及其他诗》既兼有现代主义作品形式文雅、语言诙谐和非个性化的特点，又不似现代主义一般晦涩，而是迎合了大众读者的口味，为他赢得了持久的声誉。

然而，毫无疑问，威尔伯本质上是个后现代主义者。无论是在主题方面还是在形式方面，他与同时代的诗人都持相同观点。例如他对现实的看法就极富后现代性。在他看来，世界并非尽善尽美，生活就像是一场抗争，而人的命运是无法由自己来把握的。他的许多诗作都展现了现实中令人不安的、丑陋的一面，譬如《边缘》(“Marginalia”)中吞噬一切的漩涡中心、《魔术师》(“Juggler”)中的地心引力，以及《爱召唤我们回归尘世生活》(“Love Calls Us to Things of This World”)中不愿意回归躯体的灵魂等，都是醒目的例子。以《边缘》这首诗为例，诗人认为生命最美好的部分处于一种边缘状态：聚集在池塘水面的事物相对于深深的池塘底部而言是处于一种边缘状态（第一节），这一中心思想将诗中三个貌似互不相干的诗节凝结成为一个有机整体。在醒与睡之间出现的幻影体现了另一种边缘状态(第二节)。生活是一个漩涡(第三节)：我们在漩流的边缘（这自然又是一种边缘状态的体现）奋力划船，企望生存。我们接触到的是从漩涡中发散出来的我们“最终的梦想”和“完美的乐章”，而我们最终也将被那毁灭一切的漩涡所吞噬。再以《爱召唤我们回归尘世生活》为例。灵魂沉浸在天使们（或是幻觉中的天使）相亲相爱的天堂美景的安宁、欢快和美好之中，宁愿永远“无拘无束、自然地”生存下去，而不愿回到它天生的居所（人类的躯体）。人类的世界是一个粗俗的、充满冲突而混乱不堪的世界（“吝啬之徒”“绞刑架”“小偷”以及各色人等、皮条客、修女等交杂在一起），它不断地侵蚀着人类的灵魂（“日复一日的侵蚀”）。然而，灵魂不情愿地爬回了躯体中，毕竟那里才是它的所在；那种“无拘无束、自然的”生存状态，尽管极具吸引力，却不过是“昙花一现”，仅留下了一丝对生活的幻想而已。

威尔伯与其同时代的大多数诗人一样，认为现实总是不可知的。《认识论》（“Epistemology”）一诗是个很好的说明。这首诗由两个对句组成，反映了威尔伯情感中与生俱来的怀疑论：人们可以拼死去认识现实，然而现实却始终模糊不清（“朦胧、朦胧”）、难以捉摸（“你［现实］不是真实的”）。但是，对于作家来说，能否把现实看清“事关生死”，因为这能使他们的事业获得成功或毁于一旦。由此，我们看到在《作家》（“The Writer”）一诗中，“我的女儿……在写故事”。也许是由于未能完全意识到生活负荷之复杂和沉重，她感到“晕眩”，进而陷入沉思。她充满活力，不断地努力，尽管历经挫折却始终不屈不挠，最终找到了那令人眩晕的光芒的源头，并将其为己所用，使自己的创作结出了果实。很显然，作家（女儿）在描绘现实的过程中再一次经历了亨利·詹姆斯所描绘的“绝望、奖赏、折磨、喜悦”的整个历程。然而诗人却认为，女儿的成功不过是一次性的。作家必须不断努力，在事业中受到启发，获得见解。此外，威尔伯认为生活是一个谜。这一点在《地板上的孔》（“A Hole in the Floor”）中充分体现出来。我们所看到的现实不过是“窥豹一斑”，对现实的理解远非完善。

这里有我们能看到的现实：灯光、缎子双人椅和木地板，然而我们或许未曾注意到掩藏在现实的表层之下的整个"隐藏的奇妙"，它不易察觉，或重要或无足轻重，给我们的认知和理解增加了一个新层面。广而言之，我们的文明可能就是建立在像"特洛伊的王冠"这样的"隐藏的奇妙"上面的，而这种奇妙是值得我们去探究的。任何发现都可能赋予我们新鲜的活力与警觉。

艺术能够为生活做些什么呢？这是威尔伯一直所关注的。艺术能够使人们从单调的生活中得到放松，但这种放松即便是再令人愉悦，再使人振奋，也不过是暂时的解脱，最终我们还是要回到现实生活中来。这暗示人们要直接面对生活，在现实中生存下去。且以《魔术师》一诗为例。世界是"沉重的"，它使我们感到颓丧。我们尽了我们最大的努力（我们"跳跃"），但由于地球引力而不可避免地要落回地面，回到单调的现实生活中来。这时，魔术师出现了，用他的艺术调解我们现实的烦恼与渴望。魔术师的球表演戏法形成的"小天堂"让我们忘却了烦恼和忧虑。他的桌子、扫帚和盘子的把戏亦是如此，但却不及球的表演那般让人感觉轻松，因为这些东西开始让我们回想起单调的生活，并逐渐将我们带回现实中。"小天堂"让我们想起了艾略特的现代主义观念：艺术赋予混乱而毫无目的的生活以现实和意义。但是，威尔伯的现代主义就此而止。接下来所表现的是威尔伯的后现代主义思想。魔术师结束了他的表演，离开了，留下我们在后面，我们不得不重新回到现实生活中来。现实生活中只有桌子、扫帚，这些东西无疑是属于我们的，无论我们如何看待这些东西，我们要靠它们生活。这些东西是这个世界和现实生活的标记，它们会永远留在这里，而不是像魔术师和他的绝妙魔术表演一般会离我们远去。威尔伯于此告诫我们：要珍惜我们的所有，并好好地加以利用。从某种程度上来说，从这首诗中，我们可以看到华莱士·史蒂文斯对尘世与天堂的沉思，以及罗伯特·弗罗斯特的《桦树》

（“Birches”）的影子，尽管威尔伯的表述不如他们那样直率。

威尔伯极其忠于现实。对生活和现实中的一切事物，不管它们看起来是多么无关紧要、微不足道，他都满腔热忱。他乐于接触现实中真实的景象和声音。在《蟾蜍之死》（“The Death of a Toad”）一诗中，威尔伯细致入微地描绘了一只垂死的蟾蜍，给读者展现了一幅真实而又生动的画面。有些读者可能会认为，对如此微不足道的东西用如此多的笔墨，未免有些过于多愁善感，富于想象了。然而，威尔伯的诗歌中随处可以见到他对这些最为平凡、常见、细微事物的细腻刻画和精心排列。在威尔伯看来，并非事事都举足轻重、意义重大，真正构成历史的是那些微小的事件。威尔伯喜欢表现生活的各个侧面，这表明他对形式多样、性质各异的生活所持的肯定和接受态度。

威尔伯经受住了时间的考验，赢得了他应得的公认和赞誉。1956年，他的第三部诗集作品《世事的诗歌》（*Things of This World*）获得了普利策诗歌奖（该诗集还获得了美国国家图书奖），1989年，他的另一部诗集《诗集》（*New and Collected Poems*）也获得了普利策诗歌奖。1988年他被选为美国桂冠诗人，多年来享有盛誉。威尔伯是当代最有成就的诗人之一。

约翰·贝里曼（John Berryman，1914—1972）

贝里曼出生在俄克拉荷马州，就读于哥伦比亚大学和剑桥大学，曾在哈佛大学和普林斯顿大学任教，后来在明尼阿波利斯市安顿下来，在明尼苏达大学任教。他是个自白诗人。诗歌评论界对他似乎重视不够，其实他的诗作很值得琢磨。这个人年少时目睹父亲自杀，深受刺激而一生不能自拔。在某种意义上说，他的一生和整个创作生涯都是在对此事做出某种了断，以求生存下去。然而事与愿违，他最后跳河自尽了。这件事1972年发生在明尼苏达州首府。

贝里曼诗作的主题大体和他父亲的自杀有关。无论是有意识或无意识地，他总是受到这个事件的折磨，不能克服自己的负罪感，也摆脱不了内心的痛苦和气愤，他不断地和自己的绝望情绪及死的愿望做斗争。他的内心矛盾也由于他个人生活的混乱而加剧了：他对爱的渴望、性方面的负罪感、酗酒成性等，此外还有他在艺术上渴求承认的忧虑。他必须时刻面对他的赤裸裸的内心世界。所以他的诗作充满了他的生活细节：暴饮暴食、住院、健康保险、教学，他对越战、诗人、牙医等的看法，他的梦想、记忆、幻觉、闲谈、抱怨、私人玩笑，以及他和失落、死亡及恐怖搏斗的情况等。他写出来旨在对父亲自杀那个致命的事件达成某种自我谅解。

贝里曼的传世作是《梦之歌》(*Dream Songs*)，共包括380多首诗。这部诗集最初是以两个诗集的形式问世的，一部是《77首梦之歌》(*77 Dream Songs*，1964)，一部是《他的玩具，他的梦想，他的安息》(*His Toy，His Dream，His Rest*，1968)，两部诗集分别获得普利策奖和全国图书奖。《梦之歌》这部诗作贝里曼停停写写达15年，其间他精神饱受煎熬。过去搅扰现在，两者又与未来关联。他的头脑宛如银幕，梦幻景象摩肩擦踵地掠过。这些都记录在他的诗歌里。虽然结构显得松散，但诗人能用主题为线索，把各首诗作联成具有相当连续性的一体。各首诗歌自成一体，相互之间没有时间和先后联系，从整体看，它们是代表着诗人生活中单摆浮搁的不同时刻，越过时间的界线而通过诗人的脑海的意识流。整个诗作是对一个人的生活的审视，然而人们在阅读中会感到，它又是对人的普遍状况的深刻解析。

《梦之歌》有点像惠特曼的《自我之歌》，但没有惠特曼的乐观精神。诗中出现的人物不少，但主要人物是亨利，他可能是诗人自己的替身。贝里曼多次说亨利并不是他，但读者对此却没有什么疑问。诗人需要一个像亨利这样的人物，以使他有机会和所讲的事情拉开距离，在心情上冷静下来，有一个短暂的喘息空间，以便能够审视多种可能的出路。亨利的出现也让诗人偶尔地幽默一番，以减轻生活的沉重气氛。所以，诗人的写作至少是部分地出于治疗的目的。此外，还有一个人物，无名无姓，仿佛是个黑人，他有时真地出现在亨利的周围，有时他的出场可能是亨利幻想的结果。这个人作用不小，他可能是亨利的良心，他的替身、谈话伙伴、心理医生，或出气筒，总之，他是帮助亨利保持清醒、坚持活下去的一种手段。亨利的世界是一个黑暗、混乱、奇异的所在，它充满了忧虑和苦难。亨利诉说自己的悲苦，有时以第一人称，有时以第三人称，有时还用第二人称。这个人酗酒成性，厌倦生活，渴望性爱，疲乏、绝望、沮丧，总是想一死了之。他的父亲自杀身亡，他的生活再也快活不起来。他不能理解，世人如何能够忍耐而存活下去（《梦之歌》1）；他感到生活的百无聊赖（《梦之歌》14）；他感到对父亲之死负有责任（《梦之歌》29）；他感到愤怒，想用斧头劈开棺材，问问父亲他怎么能那样死去而让他一生这样饱受折磨（《梦之歌》384）；他渴望能得到爱，然而他从未享受过它的滋味（《梦之歌》48）。他的黑人朋友找到了他的症结：他的生活里没有爱，于是他为亨利提供某种形式的爱，比如和他跳舞，可是亨利最后发现，他的黑人朋友并不在场，跳舞之谈完全是他的想象所致，他是在自我安慰和欺骗，以便好过一些，于是他痛苦和失望地说，“我看见没有人来（和我跳舞），所以我只好走了”（《梦之歌》76）。他感到一种强烈的歌唱欲望，他要唱一曲让人心碎的悲歌（《梦之歌》143）。他的歌让他心理开放，向自己——也向世人——展现出一个悲哀、悔恨、坦诚、苦苦求救的灵魂。他曾希望可以找到存活的余地，在威胁他生存的世界和他的灵魂之间寻觅一块“中间地带”，以缓冲、以解决他的“生还是死”的问题，但最后他的努力以失败而告终。生活对他依然是乏味得不可容忍，他依然斥责他的女儿把新生命带到世界上来

(《梦之歌》385)。于是，亨利向命运低头，放弃了斗争。

贝里曼对艺术的追求是一丝不苟的。《梦之歌》的艺术造诣颇高。它形式规则，每首都由三诗节组成，每诗节含六诗行。字词用得贴切，表达情真意切。诗作和当代精神完全合拍。它基本上属开放型，内容自传性质强，它的语调个人色调浓重，一片自白味道。贝里曼的语言多种多样，儿语、黑人俚语、方言、噢音、啊音、异常的表达方式、各种文盲语病，等等，也表现出一种他特有的神经质特点。他的语法有时缺乏规范，他的所指有时模糊不清。《梦之歌》是一部很有特色的作品，值得认真研读。

兰达尔·贾勒尔（Randall Jarrell，1914－1965）

贾勒尔是美国当代诗人。他出生在田纳西州，幼时因父母离异，随祖父母在加州长大，后来十几岁时又回到田纳西州上学。他就读于范德比尔特大学，受到新批评诗派和该派主将兰生（John Crowe Ransom）的影响。贾勒尔一生多在大学教书，二战时曾在美国空军服役（1942－1946)。他的死实乃精神失常所致：他直朝公路上行驶的一辆汽车走去。贾勒尔写了不少诗歌，其中包括《小朋友，小朋友》(*Little Friend*，*Little Friend*，1945)、《华盛顿动物园的女人》(*The Woman at the Washington Zoo*，1960；获全国图书奖）及《失去的世界》(*The Lost World*，1965）等。贾勒尔也是他的时代的重要诗人。他反对一切教条性的信念和理论，努力摆脱现代派和新批评派对自己的影响。他的诗歌在主题上富人情味，语气坦诚、个人色调浓郁，语言平顺，具散文风格，有时有冗长现象，但不乏幽默、感人肺腑之处。贾勒尔又是一个受人尊重的评论家。他目光敏锐，一丝不苟，公允无私，他的评论多准确无误，一语破的，令人心服口服。所以不少人怕他，但不怨他。他的评论文字考究，读来常有手不释卷之感。

贾勒尔的诗歌创作大体可以分作三个阶段：早期儿时感情受

挫，战时关于战争的诗歌（其中孩子无可奈何死去的形象反复出现），战后又返回早期诗作的主题。贾勒尔的诗歌内容总和幼儿时期有关。小时候父母离异对他幼小的心灵造成了创伤。后来他被迫离开带他长大的祖父母，在感情上又受到伤害。后来虽然和母亲住在一起，但他在感情上存在着隔阂。所以在他的心理世界，总有一股失母情节折磨着他。幼时的经历如此可怕，在某种意义上说，他在心理上一生也未真正成长起来。他的诗作都有某种回首往事，或思母或寻母的意味。人们阅读他早期的诸如《溜冰者》（“The Skater”）及《低劣的音乐》（“The Bad Music”）等诗作会发现，诗人总在刻画一个孩子在想象深处凝视或梦到母亲的形象。阅读贾勒尔的诗作，需要注意到，里面所说的“妈妈”和“爸爸”实际是指祖父母而言，他的母亲总是以“安娜”的名字出现的。他在战时描写战争的诗作如《枪手之死》（“The Death of the Ball Turret Gunner”）、《航空母舰来的飞行员》（“A Pilot from the Carrier”）、《飞行员，上飞机》（“Pilots，Man Your Planes”）以及《第二空军》（“2nd Air Force”）等，多次描写孩子、子宫和生死这样的主题，刻画一个孤独、失落、处于危险中的孩子的形象。比如在《枪手之死》这首名作中，枪手被描写成一个尚未出世的胎儿，飞机宛如母体的子宫，胎儿欲出生到世上来，但未来得及就随着飞机被击中，也跟着丧了命。

贾勒尔的名作是自传性诗集《失去的世界》（*The Lost World*）。其中有一部分叫作《失去的世界》（“The Lost World”），是诗人的最佳作品的汇集。这部分包括三首诗，已经是成人的诗人努力在这些作品里捕捉童年时代的温暖、快乐和安全感，这些时空虽然已变，但依然能通过钩沉而成为神圣的记忆。第一首，《孩子的武器》（“Children’s Arms”）列举他孩提时期所做的可爱的往事，他曾拥有的可爱的旧物，他跟着长大的可爱的老人们，他所享受的可爱的过去时光，而这一切，诗人都以他常用的孩子的口语、闲话、感伤的风格写出，可叹可怜，也不乏安慰之感。诗里表现出一种让人感到肯定、可以据为己有、可以视为依靠而照自己的意志去生活的东西。其中最感人之处是孩子坐在树上的小屋里，处在属于自己的世界里，看到周围的“武器”，感到自己的威力和独立，没有别人的命令，只有自己的日程。这首诗以孩子到图书馆去为结尾，这里是“女人、孩子和狗的宇宙”，弱者受到保护的地方，气氛的融洽让孩子感到舒畅。孩子对宠物的迷恋在第二首诗《和狮子在一起的一夜》（“A Night with Lions”）中得到进一步表达。诗人回忆起他童年时曾和一个名叫托尼的狮子玩耍的经历，托尼性情温和、与人为善，人与畜之间感情真挚，气氛亲切，完全不像诗人称之为“吓呆的树林”的真实世界那样。第三首诗《日落后的街道》（“A Street Off Sunset”），是作者最闻名的一首诗作，回忆把他带大的亲爱的老人们——祖父母、姑奶奶和曾祖父母，是这些人修补好他的不完整的感情世界的。其中写祖母杀鸡做饭的场面尤为著名。在《失去的世界》这部诗集中的收尾之作《回想失去的世界》（“Thinking of the Lost World”），把诗集中所有松散的线索都收拢在一起，给人一种结束感。

在这里，诗人再次回到一生的最佳时代——童年时期，希望能够使之成为鉴别凄惨的目前生活的标准。一汤匙巧克力饮料让他忆起幸福的童年，他又回到了洛杉矶的阳光中，那里的橘林，他的弓箭，他的小刀和大树，他的树上小屋，以及那渗透出他儿时熟悉的香水味的冉冉升起的炊烟。虽然这些已经成为过去，诗人相信，往昔的天真和原始品质是永恒的。他相信神话和原始印第安人的永存，相信他的已经作古的老人和宠物依然生活在乐土。过去对他来说并未消失。祖母杀鸡做饭的场景又回到他的脑际，栩栩如生，他又宛如亲临其境。现在他年岁渐长，手背上黄点斑驳，忽听到有孩子唤他“圣诞老人”，他心中顿时充满缅怀往昔、欷歔不已的惋惜之情，高声慨叹：“没有——失物”。往昔没有失去，便是失去了也又找到了：记忆把它复活了。往昔的存在让他感到一丝慰藉，使他在目前有所遵循。这是他的妙悟。

詹姆斯·梅里尔（James Merrill，1926－1995）

梅里尔是美国当代诗坛优秀诗人之一。他是美国一家投资公司——梅里尔—林奇（Merrill Lynch）的创立者查尔斯·梅里尔的儿子，所以不用为生活奔波，而专心致志于文学创作。他和威尔伯有相似之处，即坚持用传统诗歌形式写作。他年轻时接受新批评派诗歌的熏陶，后来又深受到法国现代派作家马塞尔·普鲁斯特（Marcel Proust）、德国诗人 R. M. 里尔克（R. M. Rilke）以及美国现代诗人史蒂文斯的影响。他非常注重形式，在运用传统诗歌形式方面可谓多才多艺、精深圆熟。比如十四行诗、六节诗、素体诗、三行隔句押韵诗以及许多其他传统诗律等，他都能信手拈来，挥洒自如。梅里尔的双关语、弦外音、幽默感及文字游戏等，都相当闻名。当然他对时代风情的变迁也不是熟视无睹，所以他偶尔也写自由体诗，内容也不是完全非个人化的，有时充满个人自白的味道，比如在他的长诗《桑多弗变化的光》（*Changing Light at Sandover*）里，写他个人生活经历的成分就很明显，这些包括他对少年时期、对父母、对希腊情人的回忆以及他和男友大卫·杰克逊的长期友情等，长诗中的大天使们讲话时用的是自由体。关于诗人的心理世界，他幼时父母离异，在他的感情世界留下一个大的空缺，所以他在诗歌创作中，常常情不自禁地写到此事。他的不少诗作直接或间接地触及这个题目，比如《破裂的家庭》（“Broken Home”）以及他的长诗《桑多弗变化的光》三部曲的第一部分《伊夫雷姆书》（*The Book of Ephraim*）里三条线索之一等。他注重写浪漫的爱情、家庭、回忆往昔以及科学是人类生活的潜在威胁等题材。梅里尔是多产作家，作品包括多部诗集，最佳作品收入 1983 年出版的诗集《选自前九卷及〈桑多弗变化的光〉》(*From the First Nine and Changing Light at Sandover*)里。梅里尔想象力丰富，他的诗歌基本属沉思型。1977年他荣获普利策诗歌奖，1979年获全国图书奖。他曾是“耶鲁大学年轻诗人系列”的裁判之一。此外，他还是小说家和剧作家。

梅里尔的传世之作是他20世纪70年代写出的《桑多弗变化的光》(*Changing Light at Sandover*)三部曲诗集。《桑多弗变化的光》三部曲长达560多页，其中包括《伊夫雷姆书》(*The Book of Ephraim*)，90多页；《米拉贝尔》(*Mirabell*)，180多页；第三部，《神谕录》(*Scripts for the Pageant*)，篇幅最长，240多页；此外还有一部分，《高调》(*The Higher Keys*)，40余页，算做收尾的话。梅里尔说，他的诗集是他和仙界人物，如公元1世纪罗马皇帝的宠臣伊夫雷姆等，长期通过维加神谕盘（Ouija Board）交谈而记录下来的成果。在西方，维加神谕盘是人们借以寻求神谕或心灵感应信息的装置。在长诗中，诗人告诉读者说，他（诗中的JM）在餐厅里安装好此盘，和男友DJ一起与死者交流，谈话的翻译记录就成为诗作的内容。

这部诗集结构严谨，说明诗人眼界开阔，考虑缜密。比如第一大部分《伊夫雷姆书》又由28个小部分组成，各个小部分按英文字母由A到Z顺序排列。这部分作为全书的前言，多为诗人叙述，总结讲话人伊夫雷姆的教导内容。诗人也把自己一生前19年的生活经历写入诗中。这部分包括三个叙事线索，第一个线索重点谈及JM和DJ的关系，他们和伊夫雷姆的频繁接触也在客观上加强了两人间的亲密关系，使他们看到了一个同情他们同性恋的“另外世界”。第二条线索讲诗人计划创作的小说，小说和诗歌相辅相成，辉映成趣。第三条线索回忆诗歌和小说的创作过程，诗人借机阐诉了自己的文学理念。其中之一是关于回忆往昔、使之成为目前的一个组成部分的论点。长诗的第二大部分《米拉贝尔》分为10节，标号为0到9。每一节又分为若干小节，标号为

0.1、0.2，如此类推。这个部分对现实生活采取的是科学观点。长诗的第三大部分《神谕录》包括 3 个小部分，题目分别为《对》（“Yes”）、《及》（“&”）及《不对》（“No”），主要回答诗人提出的“人类能存活下去吗？”以及“上帝站在人类一边吗？”等问题。第二大部分和第三大部分多为直接从维加神谕盘上记录下的仙人谈话内容。结尾部分《高调》叙述在诗人少年时期的家乡桑多弗所举行的盛大宴会的情况，在这个宴会上诗人向来自“另外世界”的客人们如简·奥斯汀（Jane Austen）、艾略特（T. S. Eliot）及但丁（Dante）等人朗诵自己的诗作。

梅里尔这部诗作的重点主题之一是对生命的思索和遐想。它讲到科技对人类生活会带来的灾难性后果。它在大声地说，人类在受到即刻毁灭的威胁，地球的“温室”被破坏了，地球在变为一个空白，人类生活不再具有任何重要意义，死亡感在压倒一切。长诗提出了人类的现状和前景。《伊夫雷姆书》里以字母 C 开始的部分的内容很有画龙点睛之意。在这里诗人引用伊夫雷姆的话说，生活共有九个阶段，人类这群活着的野蛮小灵魂，连第一阶段尚未达到。人类是其惠顾人——仙人——在尘世的代表，需要在不断托生的过程中一步步向上升级，以达到更完美的境界。所以长诗在客观上有喻世、警世、醒世的意图。至于伊夫雷姆所传递的信息，让人听来玄而又玄，读者可以怀疑、掠过。令人惊奇的是诗人的连篇累牍，口若悬河，貌似以仙人为托辞，实则源于作家令人瞠目的想象力。这是梅里尔的伟大之处。

第三节　自白诗派诗人

从广义上讲，这个诗派包括许多人。他们的共同特点是无情地暴露自我、分析自我，包括自己的隐私、愿望、幻想以及自己的背景、传统等等，字里行间表露出一种“我将告诉你一切”状的冲动。像罗斯基（Theodore Roetheke）、施瓦茨（他重点表现“意识的伤口”）、库尼茨（他重点表现无拘束的“一伙个人魔鬼”）、贝里曼、斯诺德格拉斯（W. D. Snodgrass）、金斯堡、洛厄尔、普拉斯（Sylvia Plath）及塞克斯顿（Anne Sexton）等。自白诗并非源于当代。稍向前看一点，惠特曼、庞德、艾略特等人都写过这种诗歌。比如艾略特的《J. 阿尔弗雷德·普鲁弗洛克的情歌》的自我分析性独白，后来在施瓦茨和夏皮罗的诗中表现为自白情调。

在狭义上，现在谈战后的自白诗歌，人们一般主要是指洛厄尔、普拉斯和塞克斯顿三个人。个中原因也很明显。洛厄尔在20世纪50年代末出版的独具一格的自白诗《生活研究》（*Life Studies*），在二战后那样前所未有地风靡，好似给予自白诗歌以一种新的生命、新的名气，结果竟使之成为一种显赫的独立风格。他在波士顿大学的诗歌讲座至少影响了两个女诗人的创作生涯，使她们取得成就，获得社会承认：自白诗后来在他的学生安妮·塞克斯顿和西尔维亚·普拉斯的诗作中得到继续和发展。普拉斯在自白诗歌创作亦即自我暴露方面比她的老师走得还远，而塞克斯顿则坦诚地说，她若再多剖析自己一点，她就是傻瓜了。因此，在某种意义上，罗伯特·洛厄尔在二战后创造了这个二战后诗歌派别。人们常说到的这三个人还有一个有趣的共同点，那就是他们都在自己生活的不同时期因精神病的缘故而在麻省的迈克林精神病院呆过，写作曾是治疗他们疾病的一种手段。

罗伯特·洛厄尔（Robert Lowell，1917－1977）

罗伯特·洛厄尔是美国当代著名诗人。他出身于波士顿的名门世家，先辈中有许多人是美国政治和文化界的显赫人物。他本人自幼深受家中严格的清教传统的熏陶，但是对于这种家族遗风，洛厄尔并不以为然，而且经过一系列反抗，终于成为它的叛逆者。1937年，他离开刚刚就读两年的哈佛大学，来到新批评派主帅之一的兰生（John Crowe Ransom，1888－1974）麾下。新批评派所提倡的有关作品结构的“张力”（tension）和“反讽”（irony）等理论对洛厄尔的艺术观及创作实践产生了很大影响。1940年他皈依天主教，这对他那世代以清教“长老”而闻名的家庭显然是莫大的讽刺。

洛厄尔皈依天主教并非由于他的信仰，而是因为天主教的堂皇仪式（rituals）启发了他的艺术形式感。二战期间，洛厄尔因反对美国政府所奉行的政策而入狱1年。他积极反对越南战争，多次与其他作家一起加入游行的行列。洛厄尔的私人生活并不平坦。他先后3次结婚。1977年，正当他的艺术生涯处于鼎盛之时，他却猝然去世，享年60岁。

洛厄尔一生著述很多，主要作品有：诗集《异地》（*Land of Unlikeness*，1944）、《威尔爵爷的城堡》（*Lord Weary's Castle*，1946）、《卡瓦纳家庭的磨坊》（*The Mill of the Kavanaughs*，1951），以及《生活研究》（*Life Studies*，1959）、《日复一日》（*Day by Day*，1977）等。他翻译过法国剧作家拉辛的《菲德拉》（*Phaedre*），并将他改写的麦尔维尔和霍桑的故事收入题为《过去的光荣》（*Old Glory*）的集子里。无论从作品的数量还是质量上看，洛厄尔都堪称美国当代最杰出的诗人之一。洛厄尔在20世纪40年代开始诗歌创作时，深受当时风行的新批评派诗歌的影响。受兰生、塔特、华伦以及布鲁克斯的熏陶，他的诗歌形式工整、幽默、内容紧凑、技巧精湛，是新批评诗歌的典型。他这样写了15年，感到厌烦，加之二战后文坛风云变化，他也深感到了时代的气息。威廉·卡洛斯·威廉斯的声望与日俱增，“垮掉的一代”已开始“嚎叫”，贝里曼在发呓语，而在大西洋的彼岸英国的“运动派诗人”也在讲说自己个人的心声。从1951年到1959年，他沉默了将近十年，身体不适，住进医院，同时思考着他的时代的诗歌应有的状貌。他精神失常，在医生的劝导下，开始描写自己的内心痛苦，以期减轻压力，避免精神崩溃。结果是他的名作《生活研究》问世了。当此诗作打破他的沉寂时，他已改弦更张，由新批评派转变为后现代派，诗歌不再合辙押韵，而是自由体了。这一变化无疑是时代的发展的产物。当然也应指出，洛厄尔虽写自由体，他的艺术修养是常在的，形式对他从未失去其重要性。《生活研究》荣获全国图书奖。

洛厄尔对美国诗歌的主要贡献，在于他为其注入了一种强烈而又深沉的自白成分，大大缩短了诗人与读者之间的距离。他不但反省自己的历史及内心世界，袒露他的家庭传统对个人精神及心理所产生的各种微妙影响与扭曲，而且把这种现象和当代生活相联系，使之成为现代社会出现的文化与传统衰颓和解体的象征。在他的作品中，诗人与长辈、妻子及后代的复杂关系及本人的精神失常与抑郁情绪均暴露无遗，因此有人称他为“最真实的历史学家”。这些都在他的《生活研究》中充分表现出来。《生活研究》由四部分组成。第一部分包括四首诗歌：《阿尔卑斯山外》（“Beyond the Alps”）说他已脚踏实地，到了“人的城市”。在这儿他认识到，人间的事情要由人间的标准进行判断（《银行家的女儿》[“The Banker’s Daughter”]）。在这里，历史在重复，人们没有学到什么（《就职日：1953 年一月》[“The Inauguration Day: January 1953”]）。这部分主要写诗人似乎失去信仰，双足已立在人世，面对和关心人生。第二部分是散文，题目为《里维尔街 91 号》（“91 Revere Street”）。这个部分属自传，反映出诗人对以其父为代表的新英格兰文化的堕落而忧心忡忡，其中他对父亲的剖析是无情的，他把父亲视为精力枯竭、衰弱无能的新英格兰人的典型代表。他认为他父亲深沉，但不深奥，他父亲年届 40 便灵魂泯没了，虽然在海军退役后又活了 20 年，但工作不定，宛如鱼儿离水般无着落。《里维尔街 91 号》对诗人幼时社会环境的堕落的描绘让人读着也颇瞠目结舌。洛厄尔把新英格兰传统的淡化和堕落视作为美国全国滑坡势头的不祥之兆。这个部分也似告诉读者，他的背景及教养为他日后的文学生涯铺平了道路，由此而引出第三部分。

第三部分由四首诗组成，旨在探索艺术作为逃避与存活的途径的可能性。诗人在这四首诗中研讨了四个诗人的不同性格和风格。《致迈道克斯·福特》（“For Madox Ford”）讲福特的尴尬的艺术探索过程；《致乔治·桑特亚纳》（“For George Santayana”）显示一个诗人所有的自然的高尚品格；《致戴尔莫·施瓦茨》（“To Delmore Schwarts”）说施瓦茨和他本人一样有眼光但有局限；《讲给哈特·克兰的话》（“Words for Hart Crane”）讲诗人欲有所成就就必须献出自己的身心。

第四部分叫《生活研究》，由两小部分共 15 首诗组成。这一部分是诗人对家族、对自己的无情剖析。其中第一小部分共含 11 首诗，都是说失败的，前七首讲诗人家庭的失败，最后四首讲诗人自己的失败。第一首《我和伯父戴弗洛度过的最后一个下午》（“My Last Afternoon with Uncle Devereux”）叙述温斯洛家的梦想，以失望和死亡之音结束，从而为这个部分敲定基调。《登巴顿》（“Dunbarton”）讲祖父对伯父的失望，因为伯父是祖父自己失意的标示。在这部分最有强度的诗《祖父母》（“Grandparents”）中，温斯洛家的传统世界瓦解；在《洛厄尔司令》（“Commander Lowell”）中，诗人的父母的理想世界破灭了。他父亲的失败又可追溯到往昔去（《在贝弗里农场的最后的日子》[“Terminal Days at Beverly Farms”] 及《父亲的卧室》[“Father's Bedroom”]）：他父亲曾有过梦想，但未能实现。他父亲过世后，父亲的小屋连同母亲的生活的意志都消逝了（《待售》[“For Sale”]）。第八首诗，《从拉巴罗启航回家》（“Sailing Home from Rapallo”），记录温斯洛家的梦想随着母亲的过世而结束了，诗人现在面对着自己，他感到自己以往的不足，开始认识自己的失败，这又似暗示他的女儿的失败（《在发烧中》[“During Fever”]）。《在沮丧中醒来》（“Waking in the Blue”）表现出他的自觉无能和负疚之心：他清晨醒来，看到夜工思索人生而疲惫不堪，发现斯坦利在和年龄搏斗，而鲍比在竭力抵御老化，在他们身上，他看清了自己的荒诞和无能。他睡醒了，但感到沮丧，不知如何是好。这一小部分的最后一首，《离开三个月后回家》（“Home after Three Months Away”），写诗人痊愈，勉强准备好迎接某种新的开始。

第二小部分的四首诗是诗人自我审视之作。《对西街和莱普吉的记忆》（“Memories of West Street and Lepke”）为失去的希望和理想以及他觉得自己曾有过的精力与勇气而感到悲伤。《丈夫和妻子》（“Man and Wife”）是诗人最暴露自我的诗作，描绘一个人的窘境：他又想抛开传统，可又犹豫不决，这是诗人本人在爱情和婚姻方面的尴尬状的显现。《说说婚姻里的苦恼》（“To Speak of Woe That Is in Marriage”）似为妻子的内心独白，又让丈夫偷偷听到（或悬揣），描写出诸如婚姻这样的传统对人所具有的恶性威力，诗人也意识到自己作为传统的一个组成部分的野蛮行径。诗人在逐渐认识到他给他人给自己带来的痛苦。他认识到，他在重复家庭——人类——的历史。这首诗暗示，诗人认识到，他不仅要远离传统，而且要寻觅保证存活的途径。但是他面临着一个严重的问题：他是否有面对自己的残骸而求存活的坚定意志和明确方向。

这个小部分中最闻名的是最后一首《臭鼬出没的时候》（“Skunk Hour”）。这首诗的创作和女诗人伊丽莎白·毕肖普有关。毕肖普曾将一首题为《犰狳》（“Armadillo”）的诗献给洛厄尔。毕肖普所描写的，是无辜的犰狳在热汽球比赛事故中惨死之事，诗中隐含着对人们只顾娱乐而破坏自然生态的愤愤不平，洛厄尔后来写了这首诗作为酬答。人们乍读此诗会有不得要领之感。诗人似乎被周围的一片衰弱无力景象所环绕：独居的女继承人老朽而无目的；“我们的夏天的百万富翁”可能是因为厌倦生活或破产或两者皆有的缘故而自杀；还有那位同性恋装璜师，他的生活全无意义和目标。所有这些静止的、无望的、反常的生活现象，实乃诗人本身身心在解体的标识。如果说上面所说的《阿尔卑斯山外》表示诗人已对上帝失去信念，那么，《臭鼬出没的时候》则显示，诗人对人类、对自己、对生活也失去了信心。他的最佳出路是死。而他确实也知道他的思想是不对头的。他在途经地狱。夜黑黑的，他立在"山的顶［头颅］上"，俯瞰在墓地的黑影中在汽车里做爱的人们。他心头一片荒凉，他的灵魂在哭泣。死变得很有吸引力。这时他看到一个景象，其含义让人捉摸不定。一只老臭鼬领着她的一群小臭鼬在肆无忌惮地觅食，它们大啃大嚼，大快朵颐，其乐无穷。诗人面对这种旺盛的精力和繁殖力，突然意识到这些动物也很有值得他学习的地方。他心里又燃起生的欲望。细读此诗，人们会对臭鼬这个意象感到兴趣。臭鼬可能是动物里最令人讨厌的一个物种，可是尽管如此，人尚且比不上它们。可见人已落到连畜类也不如的地步，还有何精神尊严可言？但是，如果我们尚有生存的意志和勇气，我们倒完全可以忘却自己的低下，而停止自惭形秽，拉下脸向动物请教，那么，我们或许还有一线希望。这首诗的题目也令人深思。臭鼬出没的时候也是人们了解自己困窘的时候，是诗人在地狱底层发现自我、呼吁人类面对现实的时候，那是人处于最低点的时候，但是其后便只能是上升了。诗人在说，我们已被非人格化，但我们没有必要气馁，黑暗过后会有光明。这首诗作为《生活研究》一书的结尾，表明诗人经过痛定思痛，对生活采取了肯定态度，正好说明《生活研究》乃研究人们如何在困境中寻生路之作。《生活研究》揭示自我内心，描绘迷惘自我的尴尬和惊骇之状，把自我和世界的病态清晰地表现在读者面前，是当代自白诗歌代表之作，二战后诗坛的鸿篇巨制之一。洛厄尔的伟大之处在于，他把个人的真理和时代与人类的真理巧妙地连接，使之最后成为对现代美国的普遍研究。

洛厄尔的另一代表作是《献给为联邦阵亡的将士》（“For the Union Dead”），其魅力历久不衰。诗人在这首诗里有四个中心意象：被废弃的水族馆，蔑视一切地运作的巨型推土机，一尊遭遇同样命运的北方阵亡将士纪念浮雕，还有美国莫斯勒公司的广告牌。水族馆似乎象征着一种接近自然的生活秩序；纪念浮雕则象征人们的献身精神和理想；巨型推土机的肆无忌惮则标志着现代工业文明对自然和理想的嘲弄与否定；莫斯勒公司的广告牌，上面是原子弹爆炸后处于一片火海中的广岛，下面是在火海中安然无恙的莫斯勒公司生产的保险箱，说明人对保存自己的区区小利如何关心，而无视人类的大灾大难。诗的意思在它的引语中清楚地表达出来。引语援引自立在波士顿市内的为联邦阵亡的将士的纪念碑的碑文，原文为拉丁文，译成英文为：“他（指肖上校）抛弃一切去为国家服务”。这首诗旨在表现现代人自私自利、道德衰颓，丧失了英雄主义和理想主义。性属公益的水族馆无人问津了；停车场的建设惊天动地，连纪念碑和州议会大厦也不管不顾地摇晃了；纪念碑也年久失修，无人肯停下凭吊，虽然诗人认为它仍是人们的生活指南，但它实际上已经失去它的光辉和作用；广告牌表明，在广岛的原子弹的劫难中几十万人死于非命也无所谓，唯有幸存下来保护私人财宝无损的保险箱才是人们注意购买的。诗人嗟叹现代人心不古，自私自利、唯利是图业已比比皆是。洛厄尔的诗以结构严谨、形象复杂而著称。《献给为联邦阵亡的将士》突出地体现了这些特点。

西尔维亚·普拉斯（Sylvia Plath，1932—1963）

普拉斯是美国著名女诗人。她生于波士顿，父亲是波兰移民，母亲是奥地利人。普拉斯幼时聪敏过人，但性属紧张与敏感型。少年在学期间，时值第二次世界大战，因为父亲是德国血统，她很敏感，而且对此负疚，在学校里常有格格不入或受人歧视之感。

她八岁时父亲因糖尿病过世，强烈的父亲弃她而去之感开始折磨她的心灵。她对父亲的感情是复杂的，有爱也有怨恨。事实证明，她父亲的死是她一生中最大的事件之一，她从感情上从未能克服它的影响，这应当说是她几次试图自杀的基本原因。普拉斯 17 岁时发表第一首诗及第一篇短篇小说。她入史密斯学院学习，1955 年以优秀成绩毕业，获奖学金而进入英国剑桥大学学习，1957 年取得硕士学位。大学期间，她的精神愈来愈紧张，孤独、恐惧和死亡感经常侵袭她少女的心灵。她觉得自己如生活在钟形坛下的稀薄空气中一样受压抑和窒息，感到生活的混乱脱节，感到悲观绝望。内心和外部世界的极不协调曾使她精神失常，在医院进行过短期而集中的治疗。她唯一的一部小说《钟形坛》（*The Bell Jar*，1963）是一部自传体小说，描述了那些年里她的生活情况，其中写到一个女大学生企图自杀、后被救起的事。小说是以维多利亚·鲁卡斯（Victoria Lucas）的笔名发表的。在剑桥期间，普拉斯和英国诗人泰德·休斯（Ted Hughes，1930—1998）相遇，1956 年结婚，生了两个孩子，其间除一次回美国短住以外，生前一直住在英国。她的生活是普通的、正常的，然而她内心并不平静，后来终于在 1963 年 2 月 11 日用煤气自杀。

普拉斯作为一位著名自白诗人，名声不亚于她的老师洛厄尔。她的第一部诗集《巨人》（*The Colossus*）1960 年问世，受到评论界好评。这部诗集中的诗多写个人经历和体验，情绪强烈，文字考究，文体表现出年轻女诗人诗才的不凡。在这之后，她开始创作另外一种诗歌，即自白诗，后来收入她死后出版的《阿丽尔》（*Ariel*，1965）诗集中。这些诗的创作速度快，作者似在急忙写信一般，而不是如从前一样推敲和雕琢。这些诗集表现出诗人对人生愈来愈觉混乱，内容多来自诗人自己的生活，如同诗人在把自己内心的极度痛苦公之于世，因而成为“自白派”诗歌的上乘之作。诗人写到孤独、暴力、压抑、恐惧和死亡，写到自己的父母，他们的态度和性格，写到自杀。有人称她的诗作是人们写过的“最长的自杀曲”。普拉斯去世后，她的诗作还有几集结集出版，如《没有结集起的诗》(*Uncollected Poems*, 1965)、《渡河》(*Crossing the Water*，1971）及《冬天的树》（*Winter Trees*，1972）等。这些作品进一步表明诗人精神的紧张、痛苦和绝望，表达了她通过创作竭力把自己表达清楚的强烈愿望。普拉斯具有自己独特的文风。她的诗技精湛、娴熟，语言简明、流畅、清新明了，语法比较规范。但是她的诗作有些并不容易读懂。她的意象虽多属明喻，但具有高度的象征意义。诗的叙述形式有时不很合逻辑：她的思想跳跃很快，有时又有狂想和梦幻穿插其中，读者必须跟上诗人头脑的活动节奏和自由联想的模式，才能体味出诗的蕴涵。

下面细读女诗人的两首名诗。

《爸爸》（“Daddy”，1963）是诗人的名作之一。细读此诗，人们会发现，在普拉斯的精神世界里有三座山压迫着她喘不过气来：她的父亲、母亲和丈夫——三个她生活里最亲近的人。她强烈感到欲图新生，必须把这些重负先清理掉。所以《爸爸》很有“大拍卖”的意味。她对他们的爱恨情结，必须有个了断，才可能翻开生活的新一页。诗人把父亲写成虐待狂式人物，或如专横的上帝，或似疯狂的希特勒一般，即把父母作为摧残人性的社会的象征来加以抨击的，恰似另一位自白诗人罗伯特·洛厄尔以自己的父亲作为传统的象征加以否定一般。关于这首诗，诗人曾写道：“这是一首有恋父情结的女孩所写的诗，她爸爸去世时，她曾以为他是上帝。但她爸爸又是一个纳粹分子，而她母亲很可能有犹太血统——这一事实使她的境遇极为复杂起来。这两种血统在这个女孩儿身上融为一体，又使之瘫痪……”《爸爸》一诗充分地表达了这一点，在诗中表达恨，字里行间又浸透着一种爱的伴唱。至于她的恨父之情，这主要是她本人紧张的精神世界的产物。因为纵观诗人的生平，在诗里那样诋毁自己的父亲是没有理由的。她的父亲奥托·普拉斯 15 岁（1901 年）移居美国，以教书为生，1940 年去世，并无异常之处，和纳粹德国全无关系。而且，他父亲对她爱抚有加，这在诗的前两诗节里尤有明显表示。比如“黑靴”之比喻，在束缚之外也有保护之意，诗中还有诗人幼时和父亲在海滩玩耍的描写，等等。诗人和母亲的关系似不协调，在这首诗里，她的矛头也指向母亲（第八诗节），说她面带假面具。《爸爸》还严厉斥责诗人的丈夫，说他心如畜牲，把她的“美丽的红心咬成两半”（第九诗节）。行文至此，诗人心中的恨占了上风，她要复仇，要开杀戒，于是她把他们杀死了，她父亲这一次可以真的倒地死去了，她和他总算了结了。这也标志着她最后终于摆脱了父亲的阴影，而可以独立地安排自己的生活了：爱从恨中又情不自禁地显现出来。《爸爸》一诗实际上是诗人所做的欲求新生的近乎绝望的努力。她几乎成功了。她在写完这首诗之后写给母亲的信中表示她要开始新生了。然而，她的努力结果还是失败了；其后不久她第三次自杀，终于不幸成功。

《拉撒路女士》（“Lady Lazarus”, 1963）是诗人的又一代表作。这是一个自杀成功者的自白。有评论称它是“自白派诗歌”写得最好的一篇。诗中女自杀者年届 30，已自杀过 3 次，最后一次终于成功。在诗中，她叙述了自己自杀的经过，想象到自杀成功后人们的反应，并警告人们注意。全诗显露出诗人自我否定以及对自杀成功的沾沾自喜之情，也透露出她饱受压抑和迫害的痛苦心境以及复仇的愿望。诗的基调是愤怒和仇恨，在这儿，《爸爸》一诗中的暗含的爱已荡然无存。诗的题目中的“拉撒路”的内涵令人琢磨和推敲。一种可能是据《圣经·约翰福音》（第 11 章）拉撒路死后 4 天由耶稣起死回生的故事，这可能表示诗人对医生把她从死亡线上拉回来非常不满，认为医生和当时的耶稣一样，是在向怀疑的人群显示自己的威力，她对救她时的围观者也不客气。再有一种可能是《圣经·路加福音》（第 16 章）中所讲关于拉撒路和一个富人的故事，在这儿，富人不肯施舍，于是下地狱去，而贫穷的拉撒路却得以升天。这个拉撒路可能是个麻风病人，失掉某些肢体，这和诗中诗人失去脚、骨、皮、牙等部分相呼应。还有一种可能的解释是，“拉撒路”是指中世纪一个圣人，名叫忏悔者拉撒路，这个人相信自我约束可令人达到崇高的精神境界。这可能映衬女诗人的信念，即她会死而复生，恢复原形，向她的敌人报复。关于题目中的“女士”可能有女权主义的蕴涵，自白者喊出的是女人反抗的声音。

这首诗内涵深邃，可有多种诠释。它有明显的象征意义。女自杀者把自己视为“废物”，这可能象征可恨可恶的现代社会毁灭了生活在“文明社会”的自我，以及在那个令人窒息的社会里的一切。这首诗也突出地表现出诗人潜伏在内心深处的自杀冲动，体现出弗洛伊德学说的影响，等等。

安妮·塞克斯顿（Anne Sexton，1928－1974）

塞克斯顿的基本主题包括疯癫、受迫害感、生活一片混乱感、对死亡和自杀的入魔、乱伦、私通、私生、负罪感以及嗜毒成性等。她的第一卷诗歌《赴疯人院及回家的半途》（*To Bedlam and Part Way Back*，1960）主要写她的精神病况、她在医院的停留以及她与女儿和丈夫的修好。她的第二部诗作《我所有的亲人》（*All My Pretty Ones*，1962）收入写她父母不到三个月相继去世的诗作，以及她对死的思考。她的获奖之作《生或死》（*Live or Die*），以及《转变》（*Transformations*，1971）、《记录本之死》（*The Death of Notebooks*，1974）及《可怕的划向上帝》（*The Awful Rowing toward God*，1975），多数诗作是写自杀以及她死后能否获得宗教赦免。她的著作再现了她走过的感情起伏的生活历程，一路挣扎以求活路，但终未如愿。她的诗作充满绝望、愤怒以及危急感，感情真挚而充沛，对读者具有非凡的感染力，他们会如身临其境一般，想象诗人经历的那种感情强度，那种处于痛苦但吸引人的死亡边缘的感觉。塞克斯顿的感人之处在于她表现出的无法抑制的创作欲。她必须写作以把她心中的“老鼠”（诗人之语）逐出她的体外。塞克斯顿1974年自杀而死，一直未能解决她的——也可能是所有现代女人的——问题。她是她们当中最敏感、受伤害最深、对她们的处境表达最充分的一位。

下面重点介绍塞克斯顿的两首诗作。一首是《她的同类》（“Her Kind”），她非常喜欢这首诗，因而已经成为她的“记号”性作品。诗里有三诗节，每一节写她性格的一个侧面。在第一诗节里，“我”把自己比为女巫，走火入魔，秘而不宣，充满恶意，孤独（因被排斥）、发疯。女巫总是遭受压抑，总是竭力伸张自我。在第二诗节里，“我”把自己比做家庭妇女，整日忙碌，照顾一切，但又有些古怪，希望按照自己的意志做事，或曰寻找某种自由或释放。第三诗节所描绘的有些像著名女诗人狄金森（Emily Dickinson）在其名作《因为我不能停下》（“Because I Couldn’t Stop”）中所描绘的那个乘车人，坐在死神的车上，尚未到达地狱，但已感到了那里的折磨和考验，仍然努力存活下去。这首诗的三节讲到三件事情：遭受压迫，寻觅逃路，与死神共舞。三节的共同点是，感到压抑，伸张自我，求生而免死的欲望。当然最后似乎还是看不到出路。此诗实乃诗人的自我分析。如果阅读一下塞克斯顿的诸如《家庭妇女》（“Housewife”）、《农民的妻子》（“The Farmer’s Wife”）以及《年轻》（“Young”）等作品，读者会进一步了解到女人的难处：婚姻意味着当苦工、性交与接宗传代的工具（《家庭妇女》），婚后生活中女人的精神空虚、孤独，女人的性欲受到忽视，精神便感到压抑，甚至希望伴侣死去（《农民的妻子》《年轻》）。这些诗作都是《她的同类》的脚注。即便她的《灰姑娘》（“Cinderella”）语气也不乐观，塞克斯顿显然不相信“后来他们幸福地生活在一起”那一套神话。她的灰姑娘虽然也和一位王子结了婚，但读者听到的弦外音是，这对皇家夫妇已经开始痛苦了。如果读一下塞克斯顿的《死孩子》（“Death Baby”），读者会进一步得知诗人自幼便一直面对死神的绝望心情。

另一首是塞克斯顿的《划船》（“Rowing”），里面主要讲到诗人渴望死后能够得到上帝的恩典和赦免。诗的前27行是她一生的素描，说到她生来世上无人关心，宛如一个包裹被邮递到她家，摇篮时期的摇篮无人问津，再大一点就只记得有布娃娃作伴，学龄时代只有纪律、听话、无可奈何，结婚以后渴望、但却只得到微乎其微的爱。她在风风雨雨中成长，直到中年才了解到上帝。她因自觉尚年轻，认为上帝是一个岛屿，她便开始向岛划去。船划得很苦，桨架不好，风大浪高，不断把她朝岸边推，但她始终不渝。她知道那岛并非理想之地，但是她感到内心有一只“老鼠”她必须清除，把它献给上帝。她肯定上帝会善待它，拥抱它。“老鼠”的比拟的含义可以做多种诠释，比如说它象征对爱的需求，或对自由、平和或原谅的渴望，或者说象征这一切的总和。总之，它表明诗人对上帝的信仰，把上帝视为庇护地。

塞克斯顿对自白诗歌的贡献非同小可，有评论家竟把她和洛厄尔相提并论，这有些夸大其词。但她的诗作也会和洛厄尔及普拉斯的作品一样，随着时间的推移，将超越时空和个人的局限，而获得普遍意义和永恒的。这点已经开始发生了。

第四节　“垮掉的一代”诗人

“垮掉的一代”和旧金山诗歌复兴运动

“垮掉的一代”（the Beat Generation）出现于20世纪50年代。当时在二战后一代人中普遍存在着一种不满情绪，有些人反对主流文化和传统所代表的一切。这些人就是人们所说的“垮掉的一代”。“垮掉的”（beat）这个词，似应译为“反叛的”更恰当些。

它是金斯堡和他的朋友杰克·凯鲁瓦克（Jack Kerouac）从他们的一个吸毒朋友的口头语中捡来的，意思是“不随大流”、反叛一切正统观念。这个词后来就代表了那一代人对传统价值观念，如对性、宗教、艺术以及美国生活方式等的反叛态度。这种态度源于对生活的不满、沮丧及厌倦，源于对不同生活的向往。“垮掉的一代”的形成有个过程。总的说金斯堡是中心人物。他在哥伦比亚大学遇到路希安·卡尔（Lucien Carr）、威廉·勃洛斯以及杰克·凯鲁瓦克，这几个人日后形成“垮掉的一代”的核心。这些人的共同点是家境殷实，饱读诗书，受教育水平高，但都有些反骨，对主流传统价值持有异见。他们聚在一起整夜地讨论文艺状况、社会生活现实以及他们的灵魂的状貌，由此他们对自己的精神面貌获得了深刻的了解。他们得出结论说，他们有自己的新见解、新世界观，他们可以赋予世界以意义，他们必须寻找适用于他们那代人的价值观念，而这些他们应从文学着手去做。这是“垮掉的一代”及其所发动的“旧金山诗歌复兴运动”的准备过程。

20 世纪 50 年代中期金斯堡在旧金山当众朗诵他的《嚎叫》一诗，引发了美国西岸一场文学创作运动，后人称之为“旧金山诗歌复兴运动”。朗诵会于 1955 年 10 月举行，当时“垮掉的一代”的主要人物都在场，由“垮掉的一代”的坚决支持者、诗人雷克斯罗斯（Kenneth Rexroth，1905－1982）主持，凯鲁瓦克、斯奈达以及几位“垮掉的一代”诗人出席。当时群情激昂，泪水汪汪，全场一片“嚎叫”声。自此诗歌朗诵在美国西岸普及开来，诗歌闯入咖啡馆、博物馆及水族馆等地方。此后 5 年时间内，“垮掉的一代”无论是诗歌或是小说创作都获得长足进展。“旧金山诗歌复兴”不仅在美国，而且在国际上引起轰动和共鸣。“垮掉的一代”文学作品，包括散文和诗歌，给 20 世纪 50 年代的美国文坛吹来一股新鲜的风，比如金斯堡的《嚎叫》、凯鲁瓦克的《在路上》、威廉·勃洛斯的《裸露的午餐》以及弗林盖提的《消逝的世界的剪影》(*Pictures from the Gone World*)等都在当时发挥了振聋发聩的作用。弗林盖提经营的城市之光出版社当时出版了不少“垮掉的一代”作家的作品。

在“垮掉的一代”的著名人物里，除金斯堡、雷克斯罗斯以外，还有诗人斯奈达、韦伦（Phikip Whalen）、拉曼提亚（Philip Lamantia）、威廉·艾沃森（William Everson）等，小说家有巴勒斯和凯鲁瓦克等。金斯堡和斯奈达在本节下面将做介绍，小说家凯鲁瓦克和巴勒斯将在关于后现代小说章内介绍，现在简介一下几位和“垮掉的一代”相关的诗人。首先说雷克斯罗斯，这个人比其他“垮掉的一代”的作家年岁稍长，也更成熟一些。他敢于打破偶像，很有眼光地指出，艾略特是二战后美国诗歌发展的拦路虎，号召诗人们独辟蹊径。他本人可谓才富五车，懂五国语言，出版了八部诗集。他对“垮掉的一代”的支持是“旧金山诗歌复兴运动”发生和发展的基本动力之一。此外还有弗林盖提（Lawrence Ferlingetti），他在“旧金山诗歌复兴运动”中的声音响亮，他对“垮掉的一代”作家的支持应当说是他对历史的贡献。作为出版家，他把自己的出版社当作“垮掉的一代”作家的会面地点，他于1956年出版金斯堡的《嚎叫》在当时的社会及文学界引起一场轩然大波。他被逮捕，并因《嚎叫》有污秽之罪名而被起诉和审判。最后他无罪获释，但社会上人声鼎沸，这反而增加了《嚎叫》的声名与销售量。弗林盖提是个出版家兼诗人、小说家、剧作家、翻译家。他的政治诗歌尤有名气，他认为政治是国家的敌人，他满足于在既定社会制度内当个持不同政见者。1986年他获加州公众俱乐部诗歌银质奖章，1993年获罗马市诗歌奖，1994年加州有一条街道以他的名字命名。“垮掉的一代”的另一人物韦伦信仰禅宗佛教，做了和尚，写了20余卷诗歌，还有两部小说。再有艾沃森是虔诚的天主教徒，写了很多诗歌和小说。诗人拉曼提亚主要写超现实主义诗歌，经常是在吸毒后进行创作，已经出版了几部诗集。“垮掉的一代”的作家们作为一个团体在20世纪60年代就不复存在，大家已各奔东西了。

“垮掉的一代”作为一个运动，曾被认为对艾森豪威尔—尼克松时代的主流价值观构成威胁，金斯堡后来在1982年纪念杰克·凯鲁瓦克时讲话，似对此观点表示了不同意见。他说那个运动在其文学、精神和感情方面并非主要是抗议，它主要是要宣告一种不受限制的思想状态，这种状态是超越抗议、不满，甚至输赢的。他说那是宣告一种见识，宣告一种对世界已失去希望、不能依照自己的愿望改变世界的超越现世的爱。他说超越现世的爱的意思是指人性的基本性质，它的敞开性，它与四周空间、与生死的合而为一性。既有那样的远见卓识，就非常自然地势必讲出一些被认为有可能改变社会的言论，但这是次要的，它的主要命题是超越社会的是非功过的。金斯堡的语言让人听着有点摸不着头脑，他似乎在否定什么，但当人们想到他们的作品对二战后美国文学所发生的影响，便觉得他不能服人。大凡一个运动，总是要历史地去评价，其中一个人的结论，无论多么重要，也要服从历史。“垮掉的一代”的反叛精神，从长远角度，应当受到肯定。“垮掉的一代”的成员多是严肃的，有使命感的，他们也在文学、精神甚至政治领域内取得了他们希望得到的成就。单在文学方面，现在回头来看，应当说二战后美国文学倘若没有他们的努力，将会是另外一番面貌。

艾伦·金斯堡（Allen Ginsberg，1926—1997）

金斯堡是美国当代著名诗人。他出生在新泽西州，在佩特森市读完中学后于1943年进入哥伦比亚大学学习，后因故曾被开除一段时间，最后于1948年毕业。金斯堡年轻时做过多种工作：在餐馆刷洗碗碟，在商船任炊事员，当过熔焊工、门房等。同时他认真研读了他所喜爱的诗人惠特曼和布莱克的诗作，还通过吸毒来体验精神状态的变化。1948 年到 1949 年间，他曾患幻听，仿佛亲耳听见英国诗人布莱克（William Blake，1757—1827）朗诵《啊，葵花》及《病玫瑰》二诗，觉得世界末日即将来临。那时，他的一位吸毒朋友曾在他房间内藏过毒品。为了逃避刑事责任，他以患有精神病为借口，住院 8 个月进行治疗。20 世纪 50 年代他曾为一家杂志写书评，后来当过市场调研员。1954 年他旅游墨西哥以后在旧金山定居。两年以后，城市之光出版社出版了他的诗集《嚎叫及其他》(*Howl and Other Poems*)，立即取得巨大成功，奠定了他在当代美国诗坛的重要地位。他与小说家杰克·凯鲁瓦克（Jack Kerouac）、威廉·巴勒斯（William Burroughs）一起成为“垮掉的一代”（the Beat Generation）的代表人物。

金斯堡后来的诗作进一步巩固了他的诗歌艺术成就。《凯地什及其他》(*Kaddish and Other Poems*，1960)、《空镜子》(*Empty Mirror*，1960)、《现实的三明治》(*Reality Sandwiches*，1963)、《行星消息》(*Planet News*，1969)、《美国的衰亡》(*The Fall of America*，1972）及《精神呼吸》(*Mind Breathes*，1977）等诗集，进一步突出了他作为“垮掉的一代”的代表的形象。诚然，金斯堡的诗质量有时优劣不等，某些作品如《凯地什》及《现实的三明治》等，多有诗意欠佳之处；但他的作品都是他所热情坚持的思想的集中表现，这使他成为年轻一代所崇拜的人物。

金斯堡是 20 世纪 50 年代普遍感到失望和不满的二战后一代的发言人，他的声音成为反叛美国所代表的主流文化的主要声音。他所代表的“垮掉的一代”对抗一切关于性、宗教及美国生活方式的传统价值观，他们感到压抑、疲乏，需要逃避到一种非传统的——群居的——生活方式中去。金斯堡对于他所处时代的美国进行了猛烈的抨击，无情地披露了美国社会对美国最杰出的一些人的疯狂摧残，揭示出美国工业文明所产生的精神痛苦和绝望情绪。他不仅写诗，而且参加社会上的各种运动（如民权运动、反战运动、同性恋解放运动等)，进行讲演，在国内外旅行，当众朗诵自己的诗作，在不少人的心目中，不仅在美国人而且在世界其他国家如日本、印度和英国的心目中，他成为争取自由生活、反对专制统治的旗手。随着时间的推移，金斯堡也逐渐为人所接受，成为一种新传统的代表和狂热的宗教追求者。他的作品常有一种神秘主义的幻想成分，其中包含着布莱克的神秘主义、希伯来文化中的幻景和佛教的理想境界。

典型的金斯堡作品有充满个人激情的抒情短诗，也有表达妙悟、寻觅灵感及意识扩张的长段狂想曲。他的幻觉能力，他那邀请读者进行诚恳的、温情的公开交流的能力，在他的诗作和个人生活中表现得极其突出。他的语言是多种成分熔为一炉的产物：他吸收了布莱克、惠特曼、威廉·卡洛斯·威廉斯及哈特·克兰等人的诗歌语言的特长，写出了感情激昂的惠特曼式的长句。他后期的作品一般较长，具有很强的社会批判性，语言有时散漫无章，这可能是因为他诗中的某些部分是根据他在旅途中谈话的录音整理成的，这些谈话包含着他在旅途中的思想、所见的意象及对外界所做出的反应。

评论界对金斯堡迄今依然褒贬不一。他的诗语言和内容都不乏污秽之处，如讲同性恋、吸毒及其伴随的精神状态，有时给人一种颓废的感觉。但多数人似乎比较一致地认为，他的自由体诗及其所表达的激情业已使他成为一位不受拘泥的“美国人行便道歌手”，他将作为“垮掉的一代”的桂冠诗人和代言人载入美国文学史册。

下面重点介绍一下他的名作《嚎叫》。

《嚎叫》(“Howl”) 1956 年出版以前就已以其激动人心的魅力被人所传诵。它问世后，立即引起人们的普遍注意。由于它思想“偏激”，语言粗野，曾被指控为“淫猥”而受到审判，但这使它更令世人瞩目，而它也由于作家和学者的支持及取得的认同，更增加了它的知名度和销售量。《嚎叫》是诗人在思想上经过相当的锻炼和准备之后写出的作品。它是诗人的思想的一种自然迸发，这可以从它的创作过程看出来。20 世纪 50 年代中的一天，诗人坐在纽约一个下等公寓的房间里，在一台二流的打字机上漫无目的地打字，忽然他发现字句滔滔不绝地从他的脑海里喷发出来，而且每行都以“who”字开首。他不停地写，最后得纸 7 张。他惊奇地发现，这些诗行都是关于他本人和他的朋友的经历的，他实际上在“援引”“垮掉的一代”的人物的生活经验与体会，因而描写的是“垮掉的一代”的思想和精神状貌。而且他还发现，所有的诗都似指向他的一个朋友——卡尔·所罗门的。（金斯堡曾和卡尔·所罗门在一家精神病院结识，后来所罗门成为一个出版家，是他出版了威廉·勃洛斯的著名的或臭名远扬的《裸露的午餐》）。于是诗人决定再写一部分，专门述说卡尔·所罗门，作为全诗的收尾。

初读《嚎叫》，人们会感到它不是诗，而是淫词秽语的堆砌。的确，《嚎叫》不乏淫秽的思想和语言，包括令人尴尬的字句，但是，随着时间的推移，人们逐渐认识到，《嚎叫》是一篇精湛的艺术品，是针对摧毁了二战后一代最杰出人物的美国社会而认真写成的一篇流利的诅骂檄文。这首诗由三部分组成。第一部分是“垮掉的一代”的一幅画像，给予它以历史定位，在某种意义上把它永恒化了。这一部分细读可以看出“垮掉的一代”的主要特点，比如它的反主流性，它的远见及其威力，它的雄心和使命感，以及它面对失败的威胁而感到的绝望心情。这一部分首先表现的是一个从地狱经过的金斯堡和他的“垮掉的一代”，这些人的反主流的言行。他们堕落、颓废、绝望，诅咒自己命运不佳，口中喷吐着一种旨在惊醒公众的下流语言。读者会突然意识到，“垮掉的一代”的一些怪癖和反常行为，如群居中出现的吸毒、性混乱、同性恋等，其实是这一代人恶梦般经历的必然产物；诗中的嚎叫，只能是发自这些人内心的痛苦的声音。其次，这一部分表现出这些人对深刻见解的不懈追求。他们坐在非凡的黑暗中，向上天表白心迹，经历梦想、幻觉、非凡的顿悟，在头脑里雷鸣电闪，照亮时间的世界。他们谈美国、永恒，希望能和“绝对的现实”建立联系。他们会为得到灵感、为让灵魂照亮它的头发哪怕仅仅一秒钟，而开车不停地行走三天三夜也在所不辞。第三，这一部分还表明，这些人有些自命不凡，相信“天生我才，必有所用”，他们要创造历史。他们不落窠臼，决心在文学上走出新路，要创作出一种让后人铭记的诗歌来。这种诗歌将是他们的呕心沥血、千年不朽之作。他们对自己充满信心，虽然知道前途未卜，但仍相信自己会在历史和时间上留下足迹。这点他们做到了，但也付出了沉重的代价——希望来到前的绝望。由于他们的心智质地极其敏感，所以他们极易受到伤害。让他们担心的事情很多，比如他们害怕自己的梦想不会实现，他们的努力可能会被时间所泯没，他们做出了最后的、绝望的挣扎，但依然得不到安慰，他们发现自己掉进“时间的混沌肉汤里”等等。他们感到死定了。诗的这一部分有力地表达了二战后一代，特别是它的知识阶层，它的善于思考的阶层，那种受到欺骗和摧残的痛苦感觉。

这种绝望情绪在诗的第二部分里更有增无减。在这里诗人在努力寻找使他们濒于绝望的根源——美国现代文明。这一部分集中抨击美国的机械文明，金斯堡称之为“莫洛克”。这个名字是《圣经》中以儿童为其供品的异教火神的名字。在金斯堡的诗中，现代美国之神的供品已不是儿童，而是民族的精英。莫洛克敲开他们的头颅，吞食他们的大脑和想象力。莫洛克是世间一切恶的根源和象征：贪婪、暴力、压迫、无情的政府、科技与物质文明及其所带来的没有爱情、没有灵魂、非人的又非人格化的后果。莫洛克产生孤独、污秽、痛苦，建立魔鬼般的工业，把理想、幻梦、奇迹、启示、妙悟——总之，人的一切敏感的思想，人的一切希望和憧憬，都无情地冲刷到河中去。听听他们发疯般的狂吼："先见啊！兆头啊！幻觉啊！奇迹啊！妙悟啊！被冲入美国河里去了！/ 梦想啊！崇拜啊！光亮啊！宗教啊！整船的敏感的牛屎（指思想——笔者），/ 突破啊！在河上漂！鞭挞和殉难啊！被冲入洪水中！兴奋啊！顿悟啊！绝望啊！十年的动物般嚎叫与自杀啊！头脑啊！新爱啊！疯狂的一代！被冲入时间的岩石里！"在这里，"垮掉的一代"的绝望达到了顶点。这一部分加强了第一部分的主题，给一幅民族的疯狂和绝望的画面上增添了悲剧的伤感色调。

诗的第三部分是诗人献给他的朋友卡尔·所罗门的。关于卡尔·所罗门和这一首诗，美国现代伟大诗人威廉·卡洛斯·威廉斯曾写道："一切迹象表明，（金斯堡）真地经过了地狱。在路上，他碰到了一个名叫卡尔·所罗门的人，他们一起经历了人世生活的暴戾和污秽，这些本是不可言状的，而只能用他已使用的语言加以形容。"所罗门是个极富想象力的人，想象对他是生活中的头等大事，所以他可能比金斯堡更疯狂。所罗门热爱他的祖国，但他的祖国却对此感到不安。他最终住进精神病院，他的"纯真而不朽"的灵魂，经过多次无情的电疗，极有可能会在没有武装看守的精神病院里死去。诗人说所罗门在进行朝圣，和诗人可能在"死亡的西部黑夜"相会。但是诗人、所罗门以及他们那一代还未完结。他们的"救世主性的使命"还要完成。"你（所罗门）将撕裂长岛的天空，从超人的坟墓［莫洛克的美国］复活你的活着的人的耶稣"。在这儿，"垮掉的一代"对自己斗争的正义性以及它的不朽性表示出充分的信心。在诗的这一部分中，诗人表示了自己和病人在一起同甘苦共命运的立场。现在回顾起来，"垮掉的一代"正是因为这样不屈不挠地为争取思想的最大限度的自由而战，才得以在历史上留下脚印。

这首诗的风格不同一般。它的散文诗长句显然受惠于惠特曼，它的声调和节奏显然借鉴了威廉·卡洛斯·威廉斯的诗风特长。

《嚎叫》已成为“垮掉的一代”文学的代表作之一，而金斯堡则已成为“垮掉的一代”的桂冠诗人。

加利·斯奈达（Gary Snyder，1930－）

斯奈达和“垮掉的一代”在20世纪五六十年代有联系。他在这组诗人中一直被排列在第二位，名次仅在金斯堡之后。他和这一伙人中的主要人物如金斯堡、雷克斯罗斯及凯鲁瓦克等曾过从甚密，参加了20世纪50年代中期西海岸的诗歌朗诵会以及由此引动的旧金山诗歌复兴运动，后来还和金斯堡一起到过印度，凯鲁瓦克在一部小说中还描绘过他。斯奈达和“垮掉的一代”在精神上、思想上是和谐一致的。

斯奈达在俄勒冈州长大，对大自然怀有一种爱默生式的热爱和执著，视大自然为镇定剂，认为它具有令人恢复与痊愈之功能，认为大自然对人宛如强心剂，人应当到大自然中去寻觅活力，强化身心。他长期住在加利福尼亚州山脚下，总是努力和大自然保持紧密的联系。据说他现在在加州一所大学英文系任教，此外还种蔬菜、打猎等。他在森林中做过各种体力活计，他的诗歌创作和这些活动有着密切的联系：他的诗歌是他在大自然中的活动和心得体会的记录。他还吸收了西部的荒野精神及印第安人的原始神话与传说，所以这些因素已成为他的心智的一个有机组成部分。他对这些之所以情有独钟，是因为在他看来，大自然和古老的传统是对他在作品里批判的当代文化和价值观的一种有益对照。他努力在思想中保持历史和荒野精神的位置，希望借此能以接近事物的真相而抗衡当代生活中存在的失调和愚昧。一些评论家觉得他有反文明的倾向存在。他后来还在日本学习过佛教禅宗，对中国和印度哲学思想也极感兴趣，他还学习中文、中国文学，翻译唐代诗人寒山的诗歌等等。所有这些影响都在他的诗作中有明显体现。

下面介绍斯奈达的几首诗作。他的名作之一是《八月在苏尔都山上》（“August on Sourdough：A Visit from Dick Brewer”）。这首诗，是写一个名叫狄克的朋友从旧金山到纽约去，途中到山里来访，和他在大自然中停留一夜，受益匪浅。狄克虽然由一城市到另一城市去，和大自然只有短暂的接近，但这已令他身心焕然一新，能更好地认识和应付生活。斯奈达似乎要表明，人需要回归自然，吸收新鲜成分，以便更好地迎接人生的挑战。离开城市，爬上山去，置身于离地面一英里的空气中，消失在草地、积雪、山巅里，睡在睡袋中，无忧无虑地神聊至半夜，夜来听风雨合唱，这样人就会被“充电”，重新面对生活了。斯奈达的这首诗读来很有弗罗斯特的《雪夜驻足在林边》的意味。读了《八月在苏尔都山上》，人们会注意到，诗人在友人走后，自己又回到“远处，远处的西部去”。个中原因读者会在另一首诗《八月中旬在苏尔都山瞭望点》（“Mid-August at the Sourdough Mountain Lookout”）里找到。诗人热爱和接近大自然，那里的一切都对他有强烈的吸引力。山谷里的雾气、雨水、冷杉球果、岩石、草地以及一团团的萤火虫等等，他看到它们的形影，听到它们的声音，感觉到它们的存在，有它们在，他会感到悠然自得，他会忘掉阅读过的东西和住在城里的朋友。在大自然中，他喝着爽口的雪水，立在高处的静谧的空气中，朝山下远眺，让想象自由驰骋，他感到身心完整。在某些方面，斯奈达有点像梭罗。

“静”是斯奈达的诗作的中心所在。他在宇宙的不停的变化中，努力寻找到一个“静点”。这个静点为现代人提供一个喘息的时刻和机会，使他活得更潇洒一些。在这一时刻究竟会发生些什么，这可以从他的作品中窥探一二。那是一个自由和舒心、头脑停止记忆、身体和大自然融为一体、局部显示普遍的时刻，它是爱默生、弗罗斯特、威廉斯以及佛教禅宗的合而为一。诗人立在山巅，俯瞰尘世，洞见高蹈，悟出宇宙的真谛，这对他是一个顿悟的时刻，狂喜的时刻。这样的时刻也出现在他的诗作《垂直的小溪——绝妙的山川》（“Straight-Creek—Great Burn”）中。在这里，到处都觉察到变化，干黄的草叶在从雪中解脱，山雀在啄食，雪崩后融水蜿蜒流回黑洞，山川的卵石、小溪、残雪、松树、苔藓、山光、云彩、烈日、蓝天等等，自然界的一切都在经历着变化。以上是这首诗的第1～34诗行里所描绘的景象。跳过第35～36诗行，人们会注意到宇宙另外一部分的运动情况。这是自然界里的生物部分，天空的“戴羽毛的衣服”，群鸟上下翱翔，时而向后侧身，时分时合，没有领头，都是一个快速的、空荡的、飞舞的头脑的组成部分。群鸟弯曲，滑下，最后停下（第37～52诗行）。夹在这两种世界之间的是人，他们和鸟一样，在远足后达到静点，“休息…… / 观看”（第35～36诗行）。这是沉思开始的时刻，身体透明化、头脑接受永恒和普遍真理的时刻。至此诗意达到峰顶，故最后一行：“诗至此止”。

在斯奈达看来，诗人的职责是捕捉“诗意”，而诗意只存在于自然界中。斯奈达所谓的诗意，或永恒与普遍的东西，如他所说，实乃是一种见识，即宇宙的一切——自然、社会、山石和星辰——都是相互连接而又独立的观点。这个思想最早的体现之一可在他的诗作《卵石路》（“Riprap”）中见到端倪。这首诗就其融合客观与主观、现实与想象而言，堪称斯奈达的典型之作。它表达出世事的两个层次间存在的既相容又不同的特点。诗人曾解释说，所谓卵石路者，峭陡山间供人畜通过的小路也。可是诗人所看到的却不止一条小路而已。对于他，卵石变成了词语，小路成为供人思考的材料。卵石路由世间的物体构成，但看去却似天上云河一般，人和迷路的小马看去宛如迷途的星球。所有这些对观看的诗人来说都是“诗歌”。他所看到的不仅是人们习以为常的立体世界，他还发现了另外一个空间，第四空间，一个神秘的、超感官的、奥秘的层面。当人们面对不仅一个世界，而是无限的、无休止的多个世界时，宇宙的奥妙更令人瞠目结舌了。在斯奈达的笔下，每块岩石都是一个字词（这令人忆起梭罗和庞德）；诗歌存在于大自然和生活中（听来好似威廉斯）；世界为沉思冥想而存在，万物处于不断的变化中（这显然是禅宗佛教思想）。在斯奈达的诗歌中，意象的并列与组合，它们的累石蓄势，对细节的无微不至的关注，对连词的省略，口语化的语言——这一切把古今中外一切传统进行巧妙糅合而熔为一炉。

斯奈达描写性爱的诗作也值得一说。人们读他的诸如《就在那时》（"It Was When"）、《在我的手和眼睛下面远处的群山，你的身体》（"Beneath My Hand and Eye the Distant Hills，Your Body"）、《味道颂》（"The Song of Taste"）以及《卵》（"The Egg"）等作品，便会发现，斯奈达总是以歌颂或庆祝的语气描绘人类生活的主要活动之一——性爱。在这些诗作中，他的语言极富性感，他的描述具体而充满兴奋，其露骨程度有时让人想起 D. H. 劳伦斯。他之所以这样不避讳，是因为他认为，性爱将种植和生出新的生命，应当予以欢庆。

斯奈达有说教倾向，他也有自己的政治观点，但是他在文学史上的地位将不会由这些来决定。他倘若一如既往，相信大自然是抗衡现代生活的混乱的支柱（像弗罗斯特那样），坚持以此为主线进行诗歌创作，他在青史留名的可能性是很大的。

摩温 / 布莱 / 赖特

摩温（W. S. Merwin，1927－）、布莱（Robert Bly，1926－）及詹姆斯·赖特（James Wright，1927－1980）三位诗人的诗作，和斯奈达的诗歌比较，四个人在对待文明和大自然的态度上有共同点，也有明显的区别。他们的共同点是不愿见到文明的象征如道路、线路、城市景观等，他们担心环境污染如全球性热效应、石油的溢漏以及威胁人和生物的农药等等，他们感到战争的恐怖。

他们似乎在原始状态、大自然和荒野中找到价值。他们相信，人们如能和斯奈达或布莱（此人住在明尼苏达一个农场里）那样生活，活得可能会好些。他们认为，大自然和文明不可避免地形成对立，人类立在何去何从的十字路口上。有些批评家把他们放在一起，统称之为“反对文明”的诗人。当然，这个标签只是概括这些诗人的共同点。

摩温出生在纽约一个牧师家庭，他研究中世纪文学及拉丁系语言，在法国、西班牙和葡萄牙等国停留过很长的时间。他的诗作的主题一般是关于人类的困境以及自然界的有益影响的。他写关于越南战争如《亚洲人在死亡》（“The Asians Dying”）、鲸鱼的灭绝如《为将出现的灭种而作》（“For a Coming Extinction”）、环境污染如《最后一个》（“The Last One”）以及美国的走向（它的作为死亡象征的毒害大地及高科技发展等）。摩温诗作中有一种悲观思想存在，比如《夏天门洞里》（“Summer Doorway”）中的恋人看去仿佛画面上的静止人物似的。摩温经常显得忧郁、绝望和生气的样子。他在诗作中表现自己的感情，他认为前景过于荒凉，创作已无意义。比如《为将出现的灭种而作》，第一诗节讲灰鲸要灭绝了，指责人类制造出“原谅”，但却不原谅任何事和物。第二诗节继续谴责人类无情地统治万物，诗人看到人类和万物一起灭亡的前景。最后一节在环视堆满灭绝物种的“黑色园地”后，以对人类的妄自尊大的辛辣抨击而结束。然而，并非全无希望可言了，大自然和独处可能给人以某种复活的机会。《炉边醉汉》（“The Drunk in the Furnace”）似乎说明了这点。溪谷里有一个被人遗弃的风炉，看去宛如巨大的黑色化石，人们乎似已不知它的存在了。之后有一天来了一个人，在那里生火安家。他愉快地住在那里，喜欢榔头、砧子和风箱的奏乐声。干完活计一天下来，他睡得像一只猪。他无忧无虑，轻松快活。周围的居民很不喜欢这个人这样闯入他们的地区、他们的生活，但是依然天真的孩子们却似乎极感兴趣，并从中在学到东西。在教堂里，牧师和大家对这个外来者都三缄其口，但整个下午，当风炉轰鸣时，孩子们都张嘴立在那里观望、学习。此诗题目中所说的“醉汉”，在周围居民眼中是醉汉，实际上他不仅不醉，而且可能是人们中最清醒的人。他远离发疯的人群，在自然界中立定脚跟，在这里，人们可以心境平和，睡得像只猪。这个立着风炉的野外地方，看去仿佛失去的伊甸园，然而健康的大自然可以复活失去的希望。在诗人看来，孩子们对此感兴趣并在从中获益，这是未来希望的象征。摩温的艺术形式这些年来已经发生一些变化，但有一点他是一如既往地坚持，即他能在日常生活中看到神话和象征，并强调这些的重要性。他对艺术有执著精神。

布莱生长在明尼苏达州迈迪森的一处农场。第二次世界大战期间，他在美国海军服役，战后在哈佛大学读完学士学位，之后在纽约度过三年时间，据他说是为着获得一个诗人所必需的孤独和“内向”经历。1955年他在参加爱荷华大学的创作训练班后到挪威，在那里见到著名德国诗人特拉克尔（Goerg Trakl）和智利诗人聂鲁达（Pablo Neruda）。回国后，他在他父亲为他购买的农场上住下，开始出版一个小杂志，曰《五十年代》（*The Fifties*），后来随着时间的推移，此杂志逐渐易名为《六十年代》（*The Sixties*）、《七十年代》（*The Seventies*）和《八十年代》（*The Eighties*）。布莱反对艾略特和兰生所倡导的新批评诗风格，支持超现实主义诗歌。布莱的功绩之一是自欧洲回国后翻译当时在美国尚鲜为人知的特拉克尔和聂鲁达这样的诗人的诗作，并通过他的杂志帮助正在努力成名的年轻诗人。他的第一部诗集《雪地里的静默》（*Silence in the Snowy Fields*，1962）包含了他的一些最优秀的“雪地”诗歌。这些诗作歌颂田园生活、自然景色的美妙、静谧与独处，以及远离人群的嘈杂和侵扰，认为这些有益于作家的想象。现在回顾起来，几十年已过去，布莱也已出版20余部诗集，但是他最初的这些“雪地”诗仍然可能是他的最佳、最富永恒性的作品。20 世纪 60 年代，布莱积极参与反对越战的活动，参加组织“美国作家反战”活动，并把 1967 年《身周围的光》（*Light Around the Body*）一书所得的全国图书奖的奖金献给反战运动。这一时期，他创作并朗读他的政治诗歌。在这以后，他又回到沉思诗歌创作，从下意识、原始的及东方的智慧那里寻觅光亮和“内心空间”。关于布莱的诗歌观点，他赞同超现实主义，此外还认为诗人应当摆脱理性自我、表现更深入的自觉性低的层次，现代诗歌应当把握流动的心理能量。布莱对意象也有自己观点，他主张“深刻的意象”。他有一次说，对庞德来说，意象是“黑湿树枝上的花瓣”，但他认为，意象是“湿而深的吉他琴路上的死亡”。这和他关于诗人想象的深层的下意识层面的观点有关。他的“深刻的意象”观点影响了不少当代诗人如克里利、斯奈达以及詹姆斯·赖特等人。布莱的诗歌多忧伤色调，某些诗作表现出对死的沉迷。他 1979 年的诗集《此树在此待千年》（*This Tree Will be Here for a Thousand Years*）和他的一些“雪地”诗可能是他最具生命力的著作。

关于詹姆斯·赖特，有几件事情应当知道，以便欣赏他的诗作。首先，他在俄亥俄州的一处农场上长大，幼时正值大萧条时期，深谙贫穷及其所产生的心理影响。这一点在诗歌的主题中反映出来。他的诗作多是描写美国中西部俄亥俄河沿岸各小镇的贫苦，以及下层人与“社会圈外人”在物质和精神上所受的折磨。他对普通人总是充满同情的。他对生活的黑暗面非常敏感，对社会上存在着的严重的孤独、痛苦、百无聊赖与死亡，感触尤其深刻。这是诗作语调低沉的基本原因。再者，詹姆斯·赖特的诗歌形式特点值得注意。他在创作生涯中经历了一些激烈变化，而这和他在大学所受教育有关。开始时他写传统诗歌，如十四行诗、五步抑扬格等合辙压韵、格律工整的诗歌，他的前两部诗集《绿墙》（*The Green Wall*，1957）及《圣人犹大》（*Saint Judas*，1959）是很好的例子。这些诗作显然和弗罗斯特、罗宾逊及兰生和罗西基的影响有关，赖特在肯尼庸学院和西雅图的华盛顿大学求学时深受后两位诗人的影响。后来，赖特经历了创作危机，他和布莱的结识与友谊以及特拉克尔的半超现实主义诗歌中的跳跃性意象，导致了他的创作方向的改变。詹姆斯·赖特到布莱的农庄走访，对布莱的"深刻意象"和"感情的想象"极感兴趣，于是放弃了原来的写作方法，改为写充满跳跃意象的自由体诗歌，运用的是美国口语。他的第三部诗集《此枝不会断》（*The Branch Will Not Break*，1963）就包含了许多这样的诗作，使赖特在内容和形式上能跻身于同代的后现代诗人中。他的最闻名的诗作之一是《躺在明尼苏达州派恩岛威廉·杜飞农庄的吊床上》（"Lying in a Hammock at William Duffy's Farm in Pine Island，Minnesota"）。诗中说，诗人一天傍晚躺在农庄的吊床上，看到四周大自然的景物，在思想上经历了某种顿悟。他看到蝴蝶睡在树干上面，宛如一片树叶在绿色的暗影中闪动，看到去年的马粪在阳光中变成金色石块，看到一只雄鹰在空中盘旋寻找落脚之地，等等。天黑下来，诗人身体向后躺平，心中百感交集。他得到了启迪，经历了妙悟。他痛苦地发现，他似乎浪费了自己的生命。他应当早来农庄，多接触大自然。詹姆斯·赖特的其他诗作有：荣获包括普利策奖等多种奖在内的《诗集》（*Collected Poems*，1972）、《写给开花的梨树》（*To a Blooming Pear Tree* ，1977）、《此行》（*This Journey*，1982）及《河之上：诗集》（*Above the River：Collected Poems*，1990）等。

第五节　黑山派诗人

黑山派诗人简介

黑山派诗人作为一个诗歌派别在 20 世纪 50 年代很活跃。“黑山派”一名来自于他们与之有联系的黑山学院（Black Mountain College）。这所学院位于北卡罗莱纳州阿什维尔市，它作为一个文科教育中心最初建于 20 世纪 30 年代，到 20 世纪 50 年代发展成为一个在文学艺术及学术事务方面持不同意见者的积聚点。奥尔森在此学院先是教师，后来成为院长（1951～1956）。在这其间，学院发展到鼎盛期，许多刻意求新的艺术家云集于此，不少具有独立见解的教师、画家、雕塑家、作家、音乐家、电影工作者等等，都前来访问或停留。当时有一家名为《根源》（*Origin*）的杂志，还有《黑山评论》，都乐意出版他们的作品。金斯堡和奥尔森都是《黑山评论》杂志的撰稿人。威廉斯、斯奈达、凯鲁瓦克及韦伦等都是在这些杂志出版过作品的作家。

“黑山派”的领袖人物是奥尔森（Charles Olson，1910－1970）。他们的创作活动，尤其是通过《黑山评论》（*Black Mountain Review*）所提出的抑艾略特之拘谨、扬威廉斯（William Carlos Williams）之自由等艺术主张，对 20 世纪 50、60 年代美国诗歌的发展产生了重要影响。这个诗派的主要诗人还包括克里利（Robert Creeley，1926－2005）、莱弗托夫（Denise Levertov，1923－1997）和邓肯（Robert Duncan，1919－1988）。黑山学院虽于 1956 年关闭，但它在二战后对文学艺术的发展发挥了不可小觑的作用，黑山派诗人们对二战后诗歌做出了他们的贡献。

查尔斯·奥尔森（Charles Olson，1910－1970）

查尔斯·奥尔森是美国当代诗人、评论家。他生于麻省的沃斯特镇，幼时常在格罗斯特（Gloucester）镇过夏天，于是格罗斯特就出现在他的诗作中被永恒化了。他曾就读于耶鲁大学和哈佛大学，后在哈佛大学和北卡罗莱纳州的黑山学院任教。作为学者，奥尔森在考古、教育、人类学等领域内均做过卓有成效的工作。1950 年奥尔森发表《投射体诗》（“Projective Verse”）一文，它被认为是黑山诗派的宣言书，它和金斯堡的《嚎叫》与洛厄尔的《生活研究》一起被视为宣告了美国后现代诗歌时代的开始。当时他几乎是单枪匹马地反对新批评的一统天下，为新诗歌的诞生而进行着不懈的努力。他在杂志《根源》（*Origin*）的支持下，成功地建立起一个新诗歌创作团体。奥尔森是二战后第一位号召创作新诗的人，在后现代诗歌时代，他的影响是相当大的。奥尔森的主要著作包括《在冷地狱，在丛莽中》（*In Cold Hell，In Thicket*，1953）、《距离》（*The Distances*，1961）、《麦克西姆斯诗集》（*The Maximus Poems*，1965－1968），以及研究麦尔维尔的《白鲸》的专著《叫我伊斯梅尔》（*Call Me Ishmael*，1947）等。他的诗集中包括了二战后美国的一些很优美的诗歌。他的《麦克西姆斯诗集》含有多首抒情的、关于社会的以及革新的诗作，和庞德及威廉斯一起，对美国后现代诗歌创作做出了贡献。奥尔森的主题是批评美国生活方式，他在技巧方面借鉴于庞德和威廉斯。他的诗歌理论影响了不少同代作家。

奥尔森具有崇高的使命感。在艾略特和新批评占主导地位的 20 世纪 50 年代的美国诗坛，他第一个站出来向他们挑战，明确地指出二战后美国诗歌创作中存在的严重问题。他从界定艺术和诗歌着手，指出艺术是生活的唯一孪生兄弟，艺术不寻求描述，而是努力“扮演”。他的《投射体诗》一文宛如炸弹一般在诗人的意识里爆炸。威廉斯称之为一种广泛分享的“兴奋”，英国的“运动派”诗人与评论家唐纳德·戴维（Donald Davie）也深受到影响。奥尔森的目标是在诗歌创作方面开始一场如同“1910 年……

［诗歌］革命”的革命，他在这方面提出了几点建议，他认为这场革命会将不仅限于技巧，而是将会产生新的诗歌创作原则，产生某种史诗。他称这种新诗为“投射体诗歌”或“开放型诗歌”。他所谓的“投射体诗”，大体有下列几个层面的意义：新诗歌应放弃传统诗歌中的形式安排与韵律节奏，不可封闭，不可继承旧诗歌的基础如诗行、诗节等；要尽可能直接地体现诗人创作时的具体心境与“气韵”或“呼吸”；诗歌应将作者从自然或社会中获得的“能量”生动地传达给读者，诗歌应是把诗人得到的能量转给读者的媒介，诗歌必须具有高能量，又能释放能量；诗不是对某一具体心境的总结与描述，而是对这一心境的“符号记录”。“投射体诗”为诗人真实地记录自己的片刻感受提供了良好的形式，而这些片刻感受的组合，恰好构成了当代诗人孜孜以求的“心灵成长的画卷”。他所谓的“非投射体诗歌”实际是指“封闭型诗歌”或“传统诗歌”，用他的话讲就是庞德和威廉斯的诗歌问世以前的所有的英美诗歌。奥尔森认为，当代美国诗人应当继承庞德和威廉斯的诗歌革新成果，他称当代诗人为“庞德与威廉斯的后代”。他把诗歌创作称为“场地创作”（“composition by field”），把诗称为“场地”（“the field”），在诗歌里面音节和诗行关系要处置恰当。

关于呼吸，奥尔森很强调它在诗歌创作中的作用，指出 20 世纪 50 年代新诗歌如欲前进，而又具有一些重要用途，在创作中就要考虑到运用“呼吸的某些定律和可能性”，即写作者的呼吸与听的作用。他注重音节，称之为“诗歌写作的中柱”，认为它应取韵脚和格律而代之。诗人应当不断地谨慎地听准音节，耳朵接近头脑，具有头脑的速度。他说，“这（诗歌创作的）两半是，头脑，通过耳朵，到音节 / 心（感情），通过呼吸，到诗行。”音节和诗行一起构成诗歌。诗行来自于写作中的诗人的呼吸，呼吸停止，诗行便结束。呼吸使得语言的全部力量回到诗作中来。奥尔森强调，诗人必须准确表明呼吸、停顿、音节的悬隔、词组的一些部分的并列等，他可以记录他对自己诗的听感，以此可以表示出他希望读者应怎样朗读他的诗作。关于内容和形式，他肯定他的朋友克里利的观点，即形式乃是内容的延伸，正确的形式是内容的唯一和专有的可能延伸。他还认为，逻辑加在句法上的金科玉律应当打破，时态和语法要变通，要做到“场地创作”中所有的词性忽然变得新鲜，仿佛从未见过一般。在实地写作中，一种观察须直接引向进一步的观察，诗人的观察必须不断愈来愈快地向前移动。

奥尔森的这种立场和他对现实的看法有密切关系。他和他的同仁以及不少同代人都认为，现实是无限的、永远变幻的，发生的事情仅仅反映部分而不是现实的全部，因此现实是不可卜知的。人们对现实的认识只是片面的、不完善的。鉴于这些原因，诗人的责任不是描绘，而是最大限度真实地迅速地“表演”现实。欲达此目的，诗人必须观察、紧跟、做相应的变化。他说：“我本人希望，一切讲话和写作的人们总是从他们讲话时的一个新起点讲话。”在他看来，对生活在空间里的人来说，任何时刻都是一个新的开始。他显然是在呼应庞德所说的“出新”思想。奥尔森认为，包括作家在内的一切都是不断变化的。这听来和当代诗人阿什贝里的观点极相似。

这种认识的实际体现是，诗人的头脑是跳跃式活动的。它被它的联想牵着走；这种联想可能在诗人创作中由一个想法或一个字词或两者皆有的情况下引起。形式自然是开放型，仅仅构成内容的一种延伸而已，而内容常常是跳跃的、脱节的，极富随意性、偶然性。诗本身无疑具有内在的连贯性，但其表面常显得凹凸不平，难以连接。读者体验到思想的片断，紊乱的句法，以及从具体向抽象的突然性跳跃。语法不总是照章行事，括号不总是括得完全。除此之外，还有奥尔森的诗歌语言，其中有些经常别出心裁，读者难于即刻反应过来，因此被迫立于捉摸、悬揣的尴尬境界。在奥尔森的诗作中也不乏多种文化的表现，使其作品散发出一股异国情趣，但也增加了它们的艰涩程度。奥尔森还擅长把可能只有他本人才知晓的人或事写入诗内，诸如他自己熟悉的某些地名或人名。最后再加上他的独特的令人费解的思想体系，这样一来，他的诗歌就很不易读懂了。

奥尔森的优秀诗作极其优雅、抒情、美妙。这样的作品多出现在他的头脑不受理论和见解束缚的时候。然而他的头脑中常常充满理论和见解的束缚，所以作品不很自由和开放。他下笔前常对自己已有界定，写起来又常有矫揉造作之弊病，这些就影响了他的诗作的质量。此外，他在长时间内未能摆脱庞德和威廉斯的影响，后期稍好一些，但仍未如愿。这是奥尔森的问题。总而言之，奥尔森在后现代诗歌史上是一个里程碑，这是一个不可否认的历史事实。

下面介绍一下奥尔森的一些名作。典型的奥尔森主题是从过去的传统中挖掘出可让堕落的现代生活遵循的价值观。他称自己为“清晨的考古学家”，当然他确是考古学者，但更重要的是他认为发掘美国的过去是至关重要的事情。他一生致力于促使人们和自然过程相联，他认为现代人的症结恰恰在于他们和这个过程脱节了。这一思想贯穿于他的代表著作是《麦克西姆斯诗集》（*The Maximus Poems*，1960）和诸如《翠鸟》（“The Kingfishers”）等诗作中。

《麦克西姆斯诗集》是诗人在长达 20 年的时间（自 1950 年至去世）里逐步写出的组诗，很有庞德的《诗章》的意味。全书共分三卷。第一卷说到麦克西姆斯观察现代故乡格罗斯特镇，发现它在价值观方面存在缺陷，进而对家乡和美国的历史进行系统的研究，以期寻找价值观念。第二卷《麦克西姆斯 4、5、6》（*Maximus IV, V, VI*）再现古代世界的某些神话与寓言。最后一卷在诗人的文卷中找到，内容是诗人继续审视故乡和自身。整个诗集的中心主题是，借助古代价值以再造已被现代生活商业化改变了的故乡。《麦克西姆斯诗集》以形式论，总的说来是结构松散，诗人可能有欲将分散的诗作集结为一有机整体的总体计划，但它最多也只能是一种随着时间而延伸与充实的框架而已。年复一年，诗作与日俱增，主题呈多元状，至于诗与诗之间的联系，除格罗斯特镇这个地点、它的历史、渔民、风俗及生活、目前的活动以及诗人的文风特点以外，别无其他关系可言。《麦克西姆斯诗集》自传性强，主要是记录诗人个人的经历和观察体会。它可以说是诗人运用诗歌形式写出的自己的心智历史。在这部诗作里，奥尔森强调接近大自然的重要性，重视人们和大自然的直接的、私人的、健康的联系，批判资本主义有产者背离大自然的做法。书中的奥尔森—麦克西姆斯式主人公可能是诗人心目中的理想的人。麦克西姆斯其名听着很有不揣冒昧的意味，麦克西姆斯是公元4世纪腓尼基古国的一位神秘主义者，这个名字很适合奥尔森的抱负不凡的计划。这个奥尔森—麦克西姆斯式主人公生活得很充实，在发现故乡的过程中发现自我，观察、思考，不断地探索人与生活及大自然的关系。随着时间的推移，诗卷页码日增、愈益接近尾声，诗人的神秘主义欲望及倾向表现得愈益明显而强烈。

奥尔森的名作之一是他的《翠鸟》一诗。这首诗是他的《距离》诗歌集里的第一首诗。奥尔森曾经研究过中美洲的古印第安人文化——玛雅古文明，这一文明的消逝令他感慨万千。他认为古文化传统中存在着许多值得现代人认真借鉴之处，玛雅文明便是实例。诗人的这一早期诗作读来宛如他在回忆许久以后在其脑际徘徊、伺机浮现出的某种事情，很可能是他在墨西哥研究玛雅文化时对一处印第安人墓地的凭吊之事。诗一开始，诗人说他一天清晨醒来便去查看他的笼中之鸟——翠鸟，因为他前天晚上在一个晚会上听人讲到翠鸟及其羽毛。过去此鸟在玛雅文化中无论是在精神或物质方面都居重要地位，然而现在对它们却无人问津了。他由此想到原始价值的重要，想到西方征服者——玛雅文化摧毁者——的残暴。他感到向这个兄弟种族道歉的必要。在整个过程中，他对变迁进行沉思，竭力寻觅再生的可能性。这大概是此诗创作的原委。《翠鸟》分为三部分，第一部分又分为四小部分。第一小部分开始出语不凡："不变者，欲变的意志也。"由此引出晚会上有人提及翠鸟不再受人重视的话。显然，如第二小部分所说，让诗人深感不安的首先不是翠鸟的价值，而是它们失宠的象征意义，人心不古也，但诗人并未失去希望，毛泽东 1947 年的"曙光就在前面，让我们行动起来"（意译）的讲话鼓舞了他对再生的信心。第三小部分说到玛雅古文明泯灭的原因：外来的墨西哥征服者的入侵、以其生活方式代替原始的价值观。最后一小部分在说明变化势在必然的同时，哀叹生活愈变愈坏：人们在失去个人意识，一个种族业已灭绝。《翠鸟》的第二大部分读来宛似回忆。诗人回想他曾对印第安人的走访，看到他们埋葬死者的仪式，意识到古文化对现代的重要，目睹了征服者们的历史罪行，似听到了死者的抱怨，他感到悲伤和义愤。在第三大部分中，诗人进而想到现代生活的虚伪，它的负面品质，它的肮脏及一切更糟的行径。《翠鸟》的最后一大部分宣称印第安人是他的"近亲"，表示他将和他们一样，接近大自然、接近原始和熟悉的事物如大地和石头。这些听来颇似诗人对死者和受迫害者的道歉。诗人坚持从往昔中寻找克服现代弊病的药方，在废墟和衰颓中看到再生的希望。《翠鸟》在形式上很有庞德和威廉斯诗歌的风格。庞德的沉思、多文化性引语，威廉斯的节奏、遣词用字以及散文插入语等特点，都表现得极清楚。这首诗是二战后美国诗坛开风气之先的杰作之一。

克里利／莱弗托夫／邓肯

黑山派诗人中其他较闻名的有克里利（Robert Creeley，1926－2005）、莱弗托夫（Denise Levertov，1923－1997）和邓肯（Robert

Duncan，1919－1988）等人。克里利出生在麻省，先就读于哈佛大学，后在黑山学院取得学士学位，在新墨西哥大学获硕士学位。他 20 世纪 50 年代出版很多作品，60 年代成名，后来一直在大学任教。奥尔森是他的启蒙者，他的诗歌创作生涯是从黑山派开始的。在理论上，他和庞德及威廉斯的观点一样，认为表达要具体，抽象是缺陷。他认为形式是内容的延伸，完全赞同开放式诗歌。他做过几年《黑山评论》的编辑（1954～1957），对发展黑山派的影响有所贡献。克里利的主要题材是爱情、婚姻、复杂的人际关系等。他的风格很值得读者注意。他的诗作常貌似简明，实则蕴涵深邃。因为他擅用口语，语言也简单，因此他的暗示力时常被人忽略。随着时间的推移，克里利形成了自己的风格，在当代诗坛占有一席地位。克里利除创作诗歌外，还写散文、短篇小说、长篇小说和戏剧。克里利的诗作包括《为了爱情：诗作 1950～1960》（*For Love：Poems 1950－1960*，1962）、《魅力：早期和未收入的诗作》（*Charm：Early and Uncollected Poems*，1967）、《诗集 1945～1975》（*Collected Poems 1945－1975*，1975）、《记忆的花园》（*Memory Gardens*，1986）及《窗户》（*Windows*，1990）等。

下面介绍克里利的两首诗作。《我认识一个人》（"I Know a Man"）一诗读来很有推敲的余地。诗里说两个人驾车出外，其中"我"对朋友说，约翰——那不是他的名字——黑暗在笼罩着我们，咱们该怎么办，要不咱们买辆大车开开？"我"的朋友说，开你的车吧，小心点方向。此诗乍读是两个人的简单谈话，开车的"我"提到某种似和日常生活有关的事情，坐车的朋友担心他走神，告诉他闭嘴，专心驾车。然而，细味则发现不那么简单。读克里利的诗通常不要停留在字面上，有必要读第二遍。这一次会发现，"我"所说的实非小事，他讲的是生活中弥漫着的黑暗，而人们竟手足无措，这一点只有敏感的有头脑的人才会觉察到、考虑到。

这表示“我”对生活具有一种悲剧观。于是读者会发现，车上的二人在智力和思维方面存在着不同，他们代表着两个不同种类的人：务实型的和理想型的两种人，前者昏昏噩噩，属大多数人，后者独清独醒，居少数（颇有梭罗的含义）。读者于是又会发现，“我”因较敏感受伤害重，而感到沮丧，这一点可从他驾驶不专心——可能是吸毒后开车——这个事实上看出一二。他连朋友的名字都叫错，说明他的短时记忆已受到影响。至于他吸毒的原因，人们只能揣测，比如说他感到窒息、绝望等。他的确建议买辆大车开着过瘾，但听上去又不能服己，有些低沉。回到这首诗的题目，人们会问，《我认识一个人》里的“我”是谁？回答当然是见仁见智。假若“我”是乘客，这说明他在听过前面讲话人的一席议论以后，有些开窍和认同，那么这首诗应是他宣传讲话人观点的一种努力。克里利的另一首诗，《嗯不啦》（“Oh No”）也很有兴味。初读仿佛是说远游会友之事，认真琢磨则悟出一番新天地。一种理解是，“你”到的地方是地狱，“你”的拒绝表明“你”在逆境中坚持不懈的精神。而求生、不屈不挠，则表现出诗人的一种悲剧观。

莱弗托夫（Denise Levertov，1923—1997）

女诗人莱弗托夫是她那一代中很受尊重的诗人之一。她在英国出生、长大、受教育，发表第一部诗集，作品属传统诗歌。后来她随美国丈夫来美，深受威廉斯及美国新诗的影响，和黑山派同路一段时间，后来发展了自己的风格。她从第二部诗集开始，采用新诗的节奏和语言。迄今她已辛勤耕耘 60 余载，写出 30 余部诗歌、翻译作品及散文，已成为当今美国文坛一个著名人物。她的诗集包括《此时此地》（*Here and Now*，1957）、《啊，尝尝看吧》（*O Taste and See*，1964）、《林中生活》（*Life in the Forest*，1978）、《蜂房的门》（*A Door in the Hive*，1989）以及《晚车》（*Evening*

Train，1992）等。

莱弗托夫的某些诗作很像威廉斯的诗歌。比如她的《六种变化（第三部分）》（“Six Variations (Part III)”）描写狗喝水的情状，观察之准确，形式之开放，节奏之口语化，声音之和谐，读来很有威廉斯的《红色手推车》的意味。莱弗托夫和威廉斯一样，认为诗歌和美就存在于我们周围的日常生活中。对于莱弗托夫，表现生活中的美是她文学创作的主要目的之一。经过几十年的创作活动，莱弗托夫已发展了自己的诗歌与美学观点。她作为诗人具有很强的使命感。在《一个诗人的观点》（“A Poet's View”）中，她强调诗人相信灵感和直觉的重要性，认为诗人要有想象，对超验或神秘经历要敏感，要在创作活动中经历玄妙。她认为诗歌应能以其光亮和明示帮助人们看清他们可能忽略的事实而能更好地存活下去。她的诗歌有时有一种宗教感情强度，她的观点有时倾向宗教性。她认为诗歌应有明确的社会目的性，她对人道主义政治一直表现出浓厚兴趣。她对许多事情表示过热情，从妇女问题到越南战争和海湾战争等等。她是有着30年反战经历的政治活动家。

下面介绍莱弗托夫的几首诗作。

《造就和平》（“Making Peace”）是一首显示诗人诗歌创作观的诗作。这首诗包括五部分。第一部分说生活在黑暗世界里的人们要求诗人们能把“和平的想象”带给他们。从第二部分开始，诗人做答复。她说，造就和平宛如创作诗歌。这不仅是想象，而是真的。诗歌要求有语法和句法，和平需要公正和相互合作（第二节）。这需要耐心、时间，需要准备、思考和理解（第三节）。这需要我们重新安排生活，取消利润和权力动机，询问自己的需要，认真做长时间的考虑（第四节）。之后和平方能到来，它不仅是没有战争，而是逐步稳健地来到世上，在造就和平和诗歌创作之间存在着一种微妙的相似（第五节）。此诗表示出诗人的信念：

诗歌源于觉悟了的世界。

莱弗托夫的许多诗作是关于人们个人日常生活的。比如《一种独处》（“A Solitude”），对该诗的一种解释可以是，它写一个盲人在独处中，想象自己居于社会里，因而生活得好而充实。他知道作为独立的个人在走向何处，他从不离开社会，头脑里想的都是社会上的人和事。这首诗在处理个人与社会的关系和人际关系这个题材上，手法高明而令人感动。莱弗托夫也善于描写男女之间的关系，对妇女的生活经历极为关心，她的一些诗作有女权主义色调，如《婚姻之痛》（“The Ache of Marriage”）、《亚伯的新娘》（“Abel’s Bride”）、《永远离去》（“Leaving Forever”）等等。她视婚姻为妖怪，认为男人不如女人感情专一等，女权观点很明确。

邓肯（Robert Duncan，1919－1988）

邓肯是奥尔森投射体诗观点的积极支持者。他对诗歌也有自己的看法。他认为诗歌可以为生活带来活力，语言具有再生的能力。任何一首诗本身在意义上都是不完整的，每首诗都有唤起新开端的可能性。他认为，诗歌是生活的灵魂，是给予与获得爱的手段，生活是爱的最完美的形式，所以邓肯是爱情诗人。他的诗歌中不乏明显的性爱象征。爱是神圣的，其失亦可复得。于是在他的诗作中反复出现天堂亚特兰提斯由于诗人的努力而失而复得的形象。邓肯认为，世间存在统一的神圣生活，其中恶与神圣合而为一。邓肯还非常重视神话及古代文化，对神秘主义很感兴趣，认为这些是他的诗歌的坚实基础所在。他相信神话的真实性，运用神话界定他自己作为诗人的作用以及诗歌的性质。在风格方面，邓肯对许多作家以及他们的文体很熟悉，对各种文学传统与风格极敏感，他善于吸收他人之长，以为己用。比如他对但丁、布莱克、惠特曼、斯坦、乔伊斯、劳伦斯以及庞德、威廉斯和奥尔森等人的文风，不仅熟知而且兼收并蓄，巧妙地运用于自己的创作中。所以他的风格有过阶段性变化。比如在他文学创作生涯的早期，他以斯坦的文风为张本，写出一些现代主义诗作，通过颠倒词序以及其他语言手段，制造一种脱节感。其后他接受奥尔森的“投射体诗歌”，认为诗歌应当像电影、词语和从诗人胸中倾泻而出的音节那样“投射”或“表演”现实。

他是一个多产作家。他的作品包括《天城地城》(*Heavenly City Earthly City*，1947)、《场地的开放》(*The Opening of the Field*，1960)、《根与枝》(*Roots and Branches*，1964)、《基础：战前》(*Ground Work: Before the War*，1983)以及《基础 II：在黑暗中》(*Ground Work II: In the Dark*，1987)等。他的名诗包括《根与枝》(“Roots and Branches”)、《鸽子》(“Doves”)、《以品达诗行为开始的诗》(“A Poem Beginning with a Line by Pindar”)等。《以品达诗行为开始的诗》是典型的邓肯诗作。邓肯诗作的重要特点都在这儿有所表现。他对神话的真诚兴趣、他作为诗人的各种思虑以及他认为诗歌是改善人们生活的手段的思想等等，构成了全诗反复出现的主题。这里潜在的神话是希腊神话中丘比特与普绪克(Psyche)的爱情故事，中心线索是普绪克渴望知识，为寻找爱情而经历一系列考验和困扰。爱是普绪克的——或诗人的——创造性努力的中心点。诗中说道，诗人的责任是从前人结束之处开始，继续他们未竟之事业。诗人提到惠特曼(其主题之一是爱)、威廉斯(他热爱生活和祖国)以及庞德(他的长诗《诗章》的基本主题可理解为重建天堂)等。《以品达诗行为开始的诗》一诗的主题是，爱——存在于人们心中的爱——可以解决一切问题。倘若所有的总统都和林肯一样热爱和关心人民的疾苦，美国便已不会再有痛苦、矛盾和今日依然存在的这么多的问题。普绪克的追求，和诗人自己的寻觅相似而并列，说的是对爱的追求，实际是说诗歌是改善人的命运的手段。此诗和邓肯的其他诗作一样，通篇用典，宛如庞德诗作，读来颇费工夫。

第六节　纽约派诗人及沉思型诗人

纽约派诗人简介

所谓纽约派作为一个诗歌派别是在1960年唐纳德·艾伦出版他的著名的当代诗歌选集时才为世人所知的。这一派诗人包括奥哈拉（Frank O'Hara）、科克（Kenneth Koch，1925－2002）、詹姆斯·舒亦勒（James Schuyler，1923－1991）以及阿什贝里（John Ashbery）等人。这些人在20世纪60年代一起做了一件事情：他们由于都受到法国诗歌和绘画的影响，对超现实主义曾表现出很大兴趣，都在这方面写出过一些革新性作品，诸如科克的超现实主义作品、阿什贝里的《网球场誓言》（*The Tennis Court Oath*）中的抽象拼贴以及奥哈拉的超现实主义的诗歌等等，以至于给人一种印象，即纽约派是一伙超现实主义者、达达主义者、抽象拼贴者，不值得严肃对待。时至今日，这种误解还很有市场。这些诗人无疑很乐意革新，他们和当时纽约的革新派艺术家们的接触为他们提供了不落窠臼的新思想，增添了独辟蹊径的新热情。事实上，他们也在短时间内确实写过试验性、富有超现实主义色彩的作品，但以后就各奔前程，写出了不少独具特色的作品。当初他们一起在纽约时，还表现出其他一些共同特点，比如他们沉湎于艺术思考，而对政治和社会问题表现得不像洛厄尔或金斯堡那么关心，对神话不像奥尔森那么感兴趣，也不像斯奈达那样有什么宗教感觉。他们有自己的艺术追求。他们的艺术风格虽各有特色，但都反对新批评派诗风，都把大众化的、较低俗的表现形式如通俗歌曲、喜剧、好莱坞电影等引进诗歌中，都有浓郁的幽默感，但作品中也不乏粗俗或感伤成分。

奥哈拉（Frank O'Hara，1926－1966）

纽约派为首的诗人是奥哈拉（Frank O'Hara）。他生于马里兰州，在麻省长大，二战时当过两年海军，二战后就读于哈佛大学，在密执安大学读过研究生。他一直住在纽约，对这个艺术革新中心所发生的事情非常敏感，比如抽象表现主义等等。奥哈拉性好交结，除诗人外，他还认识了不少富于革新的艺术家，他们对他的影响不可小觑。他是他的时代的革新派诗人。奥哈拉写诗的方式值得一提。他的许多诗作属于“即景生情”类，例如为某人生日所作，或写在表示感谢的明信片上，等等。诗作中充溢着可能只有他本人知道的人名、地名、作品名等（有点像奥尔森的《麦克西姆斯诗集》）。他写诗似信手拈来，有些竟是趁午餐时忙里偷闲写出的，他有部诗集就命名为《午餐诗集》（*The Lunch Poems*）。写完后也不注意保存，有的写在碎纸片上，随手丢入纸箱里，或写在给人的信里面，后来他因车祸去世，朋友与同事费九牛二虎之力才把他的诗作收集成册，这就是他的长达500余页的《诗集》（*Collected Poems*）的来由。奥哈拉的早期诗作如《第二大街》（“Second Avenue”）多为超现实主义之作，虽然常常艰涩得令人却步，但里面不乏幽默。后来他以独特的“我干这干那”式诗歌而闻名，他可能是这种诗歌的首创者。在这些诗里，诗人以平淡的口气罗列一大堆他在某日所做的无关紧要的事情，互不连接的细节逐渐堆积，莫名其妙的人名、地名接连出现，令人摸不着头脑，感觉味如嚼蜡，这时眼前突然一亮，稍事琢磨，顿时悟出一番道理来。奥哈拉的《我为何不是画家》（“Why I Am Not a Painter”）和《白日妇人去世之日》（“The Day Lady Died”）都是很好的例子。这里只介绍一下前者。

《我为何不是画家》开始似漫不经心地说，诗人去看望一位画家朋友，画家在创作一幅上面有沙丁鱼的画作，费时多日也未完成，其间诗人又去走访，画家还在画着。待诗人再去时，画作已成，只是不见有沙丁鱼在上面。画家告诉诗人说："那是太那个了。"其时诗人本人也在创作一首诗歌，是写橘色的。很快他写出很多页，有十几首诗歌，可是依然没有说到橘色，最后他还是为这一诗作命名为《橘子》。一天他去艺术馆参观，看到他朋友的画作，名字为《沙丁鱼》。读者读《橘子》时感到诧异，回头细读一遍，才发现诗人曾在某处提到，橘色代表生活，生活是"太可怕"了。这才恍然大悟，原来橘色和沙丁鱼都是生活的暗喻，都和生活一样可怕，他们不敢直接接触，只好绕开一些。由此看来，奥哈拉具有对某种生活的悲剧观。这一点在他的《乔的夹克》（"Joe's Jacket"）一诗中可以找到注脚。在这首诗中，叙事人告诉读者他饮酒的原因。他说他饮酒是为了窒息他的敏感度，驱散他对百无聊赖的畏惧和与日俱增的恐慌，降低他的严肃程度（可能因惧怕生活而起），以便死去一点。这就是说，对于他，生活宛如画家画里的沙丁鱼和诗人诗中的橘色，它是如此可怕，他宁愿躲开些，也不愿直接面对它。

阿什贝里（John Ashbery，1927—）

阿什贝里是当代美国的著名诗人。他生于纽约州罗彻斯特市，在哈佛大学读书时认识了科克和奥哈拉，他们一起到纽约写诗，强调个人特色，引进通俗文化，显示高度幽默，并试验写超现实主义诗歌。在这个阶段过后，阿什贝里到哥伦比亚大学读英法文学研究生，写出的《一些树》（*Some Trees*）诗歌集 1956 年被 W. H. 奥顿选中，作为"耶鲁年轻诗人"系列书籍之一出版。同年他获富布赖特奖学金赴法国，一去十年，同时做艺术评论家，在研究评论艺术与艺术家的过程中学到许多有益的东西。阿什贝里的艺术风格是经历过变化的。他的长诗《欧洲》（"Europe"，1960）等具有拼贴和片断的特点。在《河与山》（*Rivers and Mountains*，1967）中，他惊人地滔滔不绝。他的成熟的文体具有漫谈、沉思、晦涩、别出心裁等特点，它最初出现在他的《双重春梦》（*The Double Dream of Spring*, 1970）里，后来在《诗三首》（*Three Poems*, 1972）等诗作中逐步发展，到 1975 年出版《凸镜里的自画像》（*Self-Portrait in a Convex Mirror*）算是成熟了。这部诗集荣获全国图书奖、普利策奖以及全国图书评论界奖，可谓出尽了风头。自那以后，阿什贝里出版了几十部诗集，如充满模仿和拼贴的《弗蒙特笔记本》（*The Vermont Notebook*，1975）以及《水上居住的日子》（*Houseboat Days*, 1977）、《据你所知》（*As You Know*, 1979）、《波浪》（*A Wave*，1984）、《作业图》（*Flow Chart*，1991）、《你能听到吗，鸟儿》（*Can You Hear，Bird*，1995）等等。

阿什贝里的诗歌属沉思型。就艰涩度而言，他可能是当前作品最难读懂的诗人。他的难点不在于词语或用典；在这方面，他的诗作呈现的困难反倒不大，一般说来他的语法和句法标准，词语通顺，不会构成理解性障碍。他的玄妙来自于他的内涵和奇特的表达方式。这也和他的独特的思维方式有密切关系。阿什贝里有其独到的观察世界的角度以及思维模式。他很少把一个想法和盘托出；他让人感到有一点东拉西扯，说鬼谈禅。所以有人评论说他惯于在连篇废话中透出真言。其实不然。这种说法或是误解或是未读懂。如果静下心来，仔细推敲便会发现，阿什贝里的诗歌结构严谨，用字恰切，便是在几百行的长诗中也绝无什么废话。他知道他的诗作难懂，他在他的《像一个句子一样》（“Like a Sentence”）中说，人们常常迷失在“明亮的树林中”，言外之意，树林是亮堂的，然而仍然会迷路。他的诗宛如树林，一草一木都看得真切，可是仍然不知路在哪里。阿什贝里渴望得到读者的认同，他在《似是而非与模棱两可》（“Paradoxes and Oxymorons”）中诚恳地表明，诗人是为读者而存在的，指出在作家和读者当中捣乱的是“现实”，说的确是情真意切。

那么，阿什贝里眼里的现实是什么样的呢？在他看来，现实是充满似是而非和模棱两可的。它不可捉摸，总在变化，总在重新开始，因具有多层面而非常复杂，充满偶然和出奇的意外，可能没有内在秩序或意义。因此，人们很难或不可能把它的全貌表现出来。人们的想象可以做到的是不断努力观察和记录所能见到的一切，以期能够看到现实的全貌的一点。由于我们的头脑属反应型，思维活动因受时间挟制而倾向于片断化，我们对现实的认识如能完整，也只能是做到片刻的完整。所以，阿什贝里一直沉湎于发现生活的真正性质，一直在不断地沉思默想。他的诗歌就是这些思维行动的真实记录。他的思维模式独具一格，有时拒绝按照通常的逻辑行事，当这种情况发生时，诗人和读者的交流就会出现障碍。而且随着时间的推移，阿什贝里的观察和表达方式愈来愈个人化，他的想象如同表演一些抽象戏法，随着使之起兴的事物漂流，他会不顾连贯和理性的局限，讲些似乎南辕北辙、风马牛不相及的语言，这样一来，读者就被掷入五里雾中去了。阿什贝里的这种思维方式和他对现实的浪漫主义观点有关：浪漫主义认为人们对真正现实的认识最多是暂时性的。这种观点可追溯到19世纪浪漫主义诗人华兹华斯、雪莱、济慈以及20世纪的史蒂文斯去。这些诗人都竭力突出现实中崇高的、奇异的时刻，但其想象仍能在不同程度上和生活保持连接：华兹华斯最接近实际，雪莱和济慈的想象可以疯狂驰骋，但仍能脚踏实地，史蒂文斯虽艰涩，但尚易接近。阿什贝里和他们相比是最难读不过的了。

下面介绍他的一些诗作。他的早期作品之一《说明》（“Illustration”，1956）开始表现出阿什贝里的成熟文体的特点。此诗的主题是典型的阿什贝里主题，即人们认识现实的可能性。诗的第一部分讲一个神学院学生要跳楼，周围的人都极想知道和满足她的要求以期帮助她度过难关，大家七嘴八舌，那情形宛如盲人摸象，结果都不得要领，这个学生还是自杀了。显然，在诗的这一部分中，学生自杀象征现实，人们对它的认识都是片面的。

在诗的第二部分诗人开始考虑，学生自杀一事究竟是否人们要了解的全部现实，因为在她自杀的同时，还有许多其他事情发生，现实显然具有多方位、多层次的性质，人们对一个学生的自杀尚且认识不清，而这只是现实的一个部分。而且人们本身的观察因受时间和空间的限囿也有缺陷，不可能看清现实的全部。就以学生跳楼一事来说，人们就是离开地面飞上空中看她跳下，所见到的也不过是在一个高度、从一个角度的观察而已。所以这首诗在告诉人们，现实是不可知的，现实并不在乎人们是否了解它；它如同一个奇迹，常人肉眼是看不全的。《说明》一诗第一部分比较容易读懂，第二部分就开始明显表现出诗人的独特思维和表达方式，因而变得艰涩起来。

阿什贝里的代表作应推他的长达552行的《凸镜里的自画像》（*Self-Portrait in a Convex Mirror*），这首诗句句字字都和诗的主题紧密相连，没有一行走题跑辙。它表现的仍是诗人的一个一贯的重要思想，即他对现实及对艺术表达力的观点：在他看来，现实无时无刻不在变化，这也包括艺术家本人在内，所以所谓完整而真实地表达现实实乃无稽之谈，有史以来所有的艺术表现形式，现实主义也好，形式主义也好，都是片面的，歪曲现实的。诗中说到的16世纪意大利形式主义画家帕明吉亚尼诺的画作《凸镜里的自画像》，虽然看去奇特、怪异，但在阿什贝里看来却代表了有史以来艺术表现现实的常规，即艺术总是歪曲现实。这是这首长诗反复地不厌其烦地做出解释的中心思想，记住这点对理解此诗非常重要。

长诗共包括六个长诗节。第一节（1～99行）说到，诗人看到帕明吉亚尼诺望着镜里的自我形象在一块凸形杨木上所画出的自画像，心中感到很不舒服，认为这种表现方式不真实：画面上表现出的现实和实际现实相比相差甚远，凸镜中形象已和真人有别，画在杨木上时又和镜中形象有别，结果是画像不足以表现真人的精气神。帕明吉亚尼诺的原意可能是向世人表明，世上实际上并不存在“唯一”的现实。但画中所表现的现实呈固定不变状，没有生气，没有变化。画作未能表现事物的内在品质和“最后的真相”，因而是有其表而无其实。《凸镜里的自画像》表示，世上存在多种表现手法，现实也不是只有一个版本。第二诗节（100～150 行）说，我们作为现实的一部分，和现实一样，总处于不断变化中。外界事物以及我们对外界事物的记忆都会影响我们的思维和观察，而且现实是多种因素的“交响乐”，所以没有必要只决定要一种表现方式。我们应当显示我们的独立性，同时也宽容他人，没有“不相关”的表现方式。现在现实主义与形式主义都似过时，言外之意，现在需要发现有关现实和艺术表达的关系的新见解了。第三诗节（151～206 行）讲，一切艺术理论都易使头脑教条化，扼杀我们的完美艺术之梦。虽然这些理论可以作为指导，但它们容易吸收一切、僵化一切，使人们盲从而不思变。我们之所以接受像《凸镜里的自画像》这种画作，就是因为这些作品利用我们习惯于艺术要选择和综合的“歪曲想法”。理想的艺术应当能够超越一切理论和形式的限囿。现在没有适合我们的需要的理论和形式了。第四诗节（207～250 行）谈及关于变化的思想。一切事物都在变化，时刻都在变为其他的东西。帕明吉亚尼诺的自画像正是显示这个变化过程的例子。诗人甚至宣称，画家在作画时他自身也在变化，他的房间也在变化，如诗中所说，“画家 / 在他的其他房间的 / 严格的其他性”。这儿实际是讲仍然坐在自己房间里的画家本身和房间都已发生了变化，变成“其他”的东西了（只是有时没有注意到罢了）。我们一见到变化就常感到吃惊，是因为我们事先没有觉察，思想没有准备，也没有选择的余地，就像下午醒来，不能再睡，又无所事事，突然朝窗外一瞧，看到了下雪那样大吃一惊一般。第五诗节（251～310 行）为介绍诗人自己的现实与艺术观铺平道路。诗人说，真正的现实在等待得到真实的准确的艺术表现。在帕明吉亚尼诺的画室被孤立后，一种新的事物出现了（这是暗指诗人自己的现实和艺术观）。这个观点可能难以理解，可能会颠覆人们的常规思路。帕明吉亚尼诺的画作虽然未能提供理想的答案，但它在历史上代表一个阶段、一种最大努力。人们历代所做的努力无所谓准确或错误，这些都构成认识过程的不同阶段。我们仍在寻找着，对某一风格的长处与短处提出疑问应被视为正常之事，而不是对任何人的威胁。诗人在暗示，虽然他对艺术表现现实的方式提出质疑，有时语惊四座，但他的本意是好的，并希望这种质疑能成为普遍和自然的事，而不要像他自己的想法曾被批判为“稀奇古怪”的事那样。诗的最后一诗节——第六诗节（311～522 行），解释诗人关于现实与艺术间的关系的观点。诗人回到帕明吉亚尼诺，对他说，你的自画像是历史的一页，它值得观赏。接下来，诗人指出，任何旨在界定现实的努力都实际在扼杀现实和艺术。艺术，美妙的艺术，是历史连续中的一个部分，是在过去的优秀传统的基础上创作出来的，并受到它的影响。现实，包括帕明吉亚尼诺的画作在内，总在变化，难以确定，它的全部真相无法得知，而只能依稀地感觉到。诗人认为他自己已经见到亮光，并决心告诉世人，虽然他知道他在超越他的时空。在他看来，变化是不停的、连续的，现实、艺术家以及他的艺术都在变化中。因此，在艺术史上，艺术歪曲现实是惯例，而不是个例。现实主义歪曲现实，形式主义也不例外，人们对理想艺术的追求是无望的。现实之手没有做记录，现实的各个组成部分也只是在偶然地、片断性地发生着，因而会很快被人遗忘（某些个别情形或许被某些艺术形式记下者除外），便是被记住也记不牢，因为过时之故我们几乎都听不到了。因此，诗人的结论是，现实是不可能准确表现的。阿什贝里的这种观点虽不无道理，但也有其偏颇之处。他似乎忽略了一个重要事实：现实虽然时时在变，但不是瞬息万变，它也有相对稳定的特点，否则生活会变得云谲波诡、不可思议了。现实的这种稳定性是艺术创作的根本和基础。

阿什贝里业已成为当代最出色的沉思型诗歌的代表人物。他多年努力，欲建立一套新的关于艺术和现实的关系的理论。他以出人意外的方式把人们所熟悉的形象并列在一起，从而发现一个自创的宇宙。他的作品一般对读者的反应要求过高，许多人敬而远之，不少评论家自己一头雾水，评论也就无的放矢了。但他的语言精练，构思奇绝，读者如果真能深入其内，一定会能得到极好的艺术享受和教益。

阿蒙斯（A. R. Ammons，1926—2001）

美国当代另一位著名沉思型诗人是阿蒙斯。阿蒙斯熟读华尔华兹、爱默生和惠特曼的作品，了解中国和印度哲学，常常创作浪漫主义诗歌。他熟谙自然界的多重内涵，看到此时此刻自然界和人生中存在的小至最小、大至最大的多种形态，努力洞见在这一切背后存在的可能鲜为人知的意图和奥秘的梗概，深感他作为诗人有责任把他的见解准确地写出告诉世人。

阿蒙斯代表作之一是《科森斯潮汐港》（“Corsens Inlet”），此诗记录诗人沿着纽泽西州这个小港的岸边行走时边看边想的情况。诗开始时说：“今晨我越过沙丘朝 / 大海走去。”映入诗人眼帘的是大自然的多种生态以及它们的千变万化：海浪，裸露的海岬，闷热的海滩，海风，沙滩，旋涡，绿草，白色沙路，樱草，芦苇，蓍草，蛤贝，空气，阳光，水线，海鸥，螃蟹，红色翻石鹬，黑腿白鹭，黑色的泥滩，燕子，鸣叫的群鸟，它们的尖嘴和翅膀，无叶草上的小兰花，蜗牛的外壳，以及鲦鱼等等。这一长串物象表明诗人的目光之锐利、观察之细腻。细看其中某物，会发现它的不停的千变万化。细看它们之间，可能有生死搏斗，有痛苦和死亡，万物在变动中，似乎无休止，无始末。然而在万物的细节及其混沌中，诗人看到一种超越一切的大意图，它有些像爱默生的“超灵”，或曰上帝的宏伟造物图。诗人说，这是永恒的，不变的，形式完美，秩序井然，这是受时空限囿、瞬息万变的人世所没有的。这首诗清楚表现出自然界和诗人的想象两者间的互动情况。诗人的想象沉浸在自然中，与之交流和对话，直觉悟察存在于其中的绝对真理。对于饱受人类观察的时空挟制的想象来说，大自然是解脱剂，诗人感到他被从形式、垂直、直线、方块、格格等一切思想的束缚解放出来，而浸入光亮的色泽、阴影、起伏当中。反映一切的头脑在观察、消化，在天真洋溢地创造。诗人从旋涡中洞见到意义，在作品的地貌上像溪流有了方向感，在他的语言中可以发现行动的偏转，在他的脑际存在着运动着的沙丘、有组织的青草，以及记忆的白色沙路。诗人巧妙地并列具体与抽象，两者顺利而容易地相互转换。大自然和艺术微妙地连接在一起了。在这方面，阿蒙斯读来有些像斯奈达。大自然的解脱作用在此诗的形式上也充分反映出来。诗歌以自由体写成，行与行间自由流动，诗行的长短也不拘一格。以主题、形式和观察方式论，阿蒙斯也很有威廉斯的味道。此诗也表现出在阿蒙斯诗作里一个重复出现的形式特色：漫步。诗人边走边看边想，望着四周万物不断的变化，想到此乃自然与人世的常规，诗人的头脑在大自然中受到启迪而超越表层、洞见内在的真谛。阿蒙斯诗作的这个特点值得读者注意体会。

第十章　二战后美国小说（1）

第一节　二战后小说简介　犹太小说　贝洛/梅勒

二战后小说简介

20 世纪 40 年代及二战后这几十年是美国文学蓬勃发展的年代。在老一代作家，如海明威、福克纳、多斯·帕索斯及斯坦贝克等人仍在从事创作的同时，年轻一代已作为一支举足轻重的力量出现在文学领域中。20 世纪 20 年代欧美现代派文学大师对小说、诗歌和戏剧所进行的大胆革新与尝试在很大程度上改变了文学创作的传统内容和技巧，而两次世界大战使现代人的生活与心理发生了亘古未有的变化。面对着这个纷扰、复杂的世界，文学创作的领域空前广阔宏博，体裁和种类也便丰富多彩起来。仅就二战后小说而言，便有战争小说、南方小说、犹太人小说、黑人小说、颓废小说、讽刺与风俗小说之分。倘把 20 世纪 60 年代以后的作品也硬行进行分门别类，我们便会发现其中又有梦幻与超现实主义小说、科学幻想小说、黑色或荒诞幽默小说、模仿与通俗小说、实验小说以及非虚构小说之分。名目之多，种类之繁杂，是前所未有的。

先说战争小说。现当代文学描写战争的传统在20世纪可追溯到海明威、多斯·帕索斯和卡明斯。从20世纪40年代始至50年代初，就有约翰·赫西（John Hersey）的《阿丹诺之钟》（*A Bell for Adano*）、诺曼·梅勒的《裸者和死者》（*The Naked and the Dead*）、约翰·霍克斯（John Hawkes）的《食人者》（*The Cannibal*）及詹姆斯·琼斯（James Jones）的《从这里到永恒》（*From Here to Eternity*）等描写战争各个侧面的小说先后问世。20世纪50年代以后，托马斯·伯杰（Thomas Berger）的《柏林的疯狂》（*Crazy in Berlin*）、约瑟夫·海勒（Joseph Heller）的《第二十二条军规》（*Catch-22*）以及库尔特·冯纳古特的《第五号屠场》（*Slaughterhouse-Five*）又从不同角度反映了战争状貌及其给人的心理产生的影响。

南方小说作为一个独立门类的出现，大概应归功于福克纳、艾伦·格拉斯哥（Ellen Glasgow）、罗伯特·潘·华伦（Robert Penn Warren）、尤多拉·韦尔蒂（Eudora Welty）及卡森·麦卡勒斯（Carson McCullers）等人的创作活动。仅在20世纪40年代后的二三十年间，便有杜鲁门·卡波特（Truman Capote）的《其他的声音，其他的房间》（*Other Voices，Other Rooms*）、威廉·史泰伦（William Styron）的《在黑暗中躺下》（*Lie Down in Darkness*）、弗兰纳里·奥康纳（Flannery O'Connor）的《智慧血》（*Wise Blood*）及《好人难寻》（*A Good Man Is Hard to Find*）、沃克·珀西（Walker Percy）的《电影迷》（*Moviegoer*）以及雷诺兹·普赖斯（Reynolds Price）的《久长的幸福生活》（*A Long and Happy Life*）等长篇小说，把内战以后美国南方的面貌清晰地勾勒出来。南方作家已作为一支生力军驰骋在美国文坛。

在美国现当代小说发展史中，一个相当引人注目的现象是，许多优秀小说家是犹太人。二战后犹太人作家的数量和重要性突然增加，他们写出了二战后一些最使读者欢心的作品。在此之前，诸如20世纪30年代的亨利·罗斯（Henry Roth）和纳撒尼尔·韦斯特（Nathanael West）等人已曾写过一些令人称道的作品；在二战后，小说家如索尔·贝洛、诺曼·梅勒、艾萨克·巴谢维斯·辛格（Isaac Bashevis Singer）、伯纳德·马拉默德（Bernard Malamud）及菲利普·罗斯（Philip Roth）等人又写出了不少好作品。贝洛的作品从《晃来晃去的人》（*Dangling Man*）、《奥吉·马奇历险记》（*The Adventures of Augie March*）、《受害者》（*The Victim*）、《只争朝夕》（*Seize the Day*）、《雨王汉德森》（*Henderson the Rain King*），《赫尔索格》（*Herzog*）到《洪堡的礼物》（*Humboldt's Gift*）都是令人爱不释手的佳作。还要说到马拉默德的《基辅怨》（*The Fixer*）和《店员》（*The Assistant*），菲力普·罗斯的《放手》（*Letting Go*）、《再见，哥伦布》（*Goodby，Columbus*）和《波特诺依的抱怨》（*Portnoy's Complaint*）以及爱德华·刘易斯·沃伦特（Edward Lewis Wallant）的《当铺老板》（*The Pawnbroker*）等作品，这些作品都对美国现当代生活作了维妙维肖的反映。

20世纪50年代，美国文学中出现了一种对社会不满、逃避现实的年轻流浪汉形象。这一类人物强调表现自我、创造自我，对20世纪50年代美国二战后的社会繁荣感到厌恶，因而远离现实，立在社会边缘，在以流浪、吸毒、爵士乐为主旨的颓废生活中寻找补偿，填充内心的空虚。他们寻求的乃是一种具有浪漫或颓废色调的原始生存方式。他们好似嬉皮士颓废者在文学作品里的先驱。这一类人物在小说、诗歌和散文作品中都有所表现。仅就小说而言，约翰·克莱龙·霍姆斯（John Clellon Holmes）的《干》（*Go*）、杰克·克鲁瓦克（Jack Kcrouac）的《在路上》（*On the Road*）、威廉·巴勒斯（William Burroughs）的《毒品贩子》（*Junkie*）与《裸露的午餐》（*Naked Lunch*）、劳伦斯·弗林盖提（Lawrence Ferlinghetti）的《她》（*Her*）、赫伯特·塞尔比（Hubbert Selby）的《布鲁克林的最后出口》（*Last Exit to Brooklyn*）以及杰克·吉尔伯（Jack Gelber）的《在冰上》（*On Ice*）等，大体都是描述这类人物的作品。

二战后美国社会面貌发生了巨大变化，社会生活、人与人之间的关系以及与此紧密相关的人的内部世界，也随之出现多种多样的变化。旨在反映美国生活全貌并对其进行赏析与讽刺的小说也便应运而生。女作家琼·斯塔福德（Jean Stafford）的《波士顿历险记》（*Boston Adventure*）、玛丽·麦卡锡（Mary McCarthy）的《学院小树林》（*The Groves of Academe*）及《美国人》（*Birds of America*）、约翰·契弗（John Cheever）的《瓦普肖特纪事》（*The Wapshot Chronicle*）及《瓦普肖特丑闻》（*The Wapshot Scandal*）、约翰·厄普代克（John Updike）的《双双对对》（*Couples*）及《兔子，跑》（*Rabbit，Run*）、凯瑟琳·安·波特的《愚人船》（*Ship of Fools*）、杰奎琳·苏珊（Jacqueline Susan）的《玩偶的山谷》（*Valley of Dolls*）以及乔伊斯·卡罗尔·欧茨（Joyce Carol Oates）的《他们》（*them*）、《奇境》（*Wonderland*）及《随你拿我怎么办》（*Do With Me What You Will*）等大部分著作，都反映了形形色色的美国风貌。波特的《愚人船》写的虽是20世纪30年代的一次海上航行，但这部作者自20世纪40年代动笔至60年代初方脱稿的小说，显然是将乘客、船员及水手等作为20世纪西方文明堕落的代表而描写的。而欧茨这位多产的女作家则几乎把美国社会的各个方面都视为她欲表现的领域。

现代西方世界的丑恶和阴暗是二战后许多作家所描述和揭露的对象。他们虽对时代情势迷惑不解，或具有一种恐惧心理，但能较清醒地注意到美国社会的黑暗、人生的黑暗、整个宇宙的黑暗，认识到现代生活的荒诞、混乱与可笑。他们在黑暗与荒诞中有一种“在残忍中寻求乐趣”的幽默感，认为这是打发人生、减少荒谬的快活途径。在20世纪60年代，有不少作品较集中地表现出这种特点。例如，约瑟夫·海勒的《第二十二条军规》

（*Catch-22*）、弗拉基米尔·纳博科夫（Vladimir Nabokov）的《洛丽塔》（*Lolita*）、库尔特·冯纳古特的《第五号屠宰场》、托马斯·品钦（Thomas Pynchon）的《V.》（*V.*）及《万有引力之虹》（*Gravity's Rainbow*）、唐纳德·巴塞尔姆（Donald Barthelme）的《白雪公主》（*Snow White*）、约翰·巴思（John Barth）的《烟草代理商》（*The Sot-Weed Factor*）和《羊童子贾尔斯》（*Giles Goat-Boy*）以及肯·克西的《飞越杜鹃窠》（*One Flew Over the Cuckoo's Nest*）等著名作家的著名作品。还应提到J. P. 唐里维（J. P. Donleavy）的《赤发人》（*The Ginger Man*）、特里·沙瑟恩（Terry Southern）的《有魔力的基督教徒》（*The Magic Christian*）、布鲁斯·泽伊·弗里德曼（Bruce Jay Friedman）的《母亲的吻》（*A Mother's Kisses*），以及托马斯·伯杰的《小大人》（*Little Big Man*）。在20世纪70年代以至今天，人们依然看到这种作品不时出现。

对于生活的荒谬和混乱，不同作家所采取的态度并不相同。相当一批有才华的作家转向写作某些评论家委婉地称之为"实验小说""准小说"（metafiction）、"前卫（avant-garde）小说"等。约翰·巴思认为传统手法业已过时，作家需要重新创造世界。他的《迷失在娱乐场中》（*Lost in the Funhouse*），乃是一种标准的"准小说"文体。在唐纳德·巴塞尔姆的《白雪公主》中，文字似乎没有了意义。威廉·加斯（William Gass）的《威利·马斯特的孤独的妻子》（*Willie Master's Lonesome Wife*）、纳博科夫（Vladimir Nabokov）的《灰火》（*Pale Fire*）、品钦的书皮印刷古怪的《V.》、威廉·巴勒斯的《裸露的午餐》以及杰克·克鲁瓦克的《在路上》这些使用拼贴手法的典型作品，都属于寻觅新路的作品。他们当中有些人有时给人一种过于自我放任的感觉。

当代模仿体小说为数很多。这类作品大体说来有两种，一是作者出于对前人的推崇，再有便是讽刺或诋毁性模仿。美国现当代小说中对神话、历史小说及西部小说的各种模仿，多属后面一种。模仿西部小说旨在破除关于美国西部的神话。有的作品模仿套模仿，对神话进行戏弄，有些又荒唐地自模自嘲。这些小说似乎也在嘲讽历史。读一下约翰·巴思的《烟草代理商》、唐纳德·巴塞尔姆的《白雪公主》、E. L. 多克托罗（E. L. Doctorow）的《拉格泰姆》（*Ragtime*）、托马斯·伯杰的《小大人》、诺曼·梅勒的《美国梦》（*An American Dream*）及库尔特·冯纳古特的《猫的摇篮》（*Cat's Cradle*）等作品，便可对此种体裁有所了解。讽刺性模仿是后现代小说的突出特点之一。

除此以外，还有詹姆斯·珀迪（James Purdy）的《马尔科姆》（*Malcolm*）、约翰·霍克斯的《第二层皮》（*Second Skin*）、罗伯特·库弗（Robert Coover）的《宇宙垒球协会有限公司》（*The Universal Baseball Association, Inc.*）及菲利普·罗斯的《乳房》（*The Breast*）等幻梦与超现实主义小说、杜鲁门·卡波特的《冷血》（*In Cold Blood*）、威廉·史泰伦的《纳特·特纳的自白》（*The Confessions of Nat Turner*）、诺曼·梅勒的《夜晚的军队》（*Armies of the Night*）及《月球上的火光》（*Of a Fire on the Moon*）、汤姆·乌尔夫（Tom Wolfe）的《电力儿童饮料酸性实验》（*The Electric Cool-Aid Acid Test*）等"非虚构小说"，还有库尔特·冯纳古特的《泰坦的海妖》（*The Sirens of Titan*）、威廉·巴勒斯的《新星快车》（*Nova Express*）、R. A. 海因兰（R. A. Heinlein）的《异乡异客》（*Stranger in a Strange Land*）等科幻小说。近些年来，文坛出现的很有前途的年轻作家如贝蒂（Ann Beattie，1947—），以简明的笔触描写市郊中产阶级的生活，很被评论界看好。

二战后美国文学发展的一个突出特征是美国多种族文学的出现和成长。"多种族"是指美国白人（现在有人开始称这个"主流"部分为"盎格鲁美国人"[Anglo-Americans]）以外的其他种族，包括美国的"土生子"美国黑人（现在称为"非裔美国人"）、印第安人（或本土美国人）、亚裔美国人、西班牙裔或墨西哥美国人等等。这些种族在二战后、特别是在20世纪60年代波及美国的如火如荼的民权运动以后，种族觉悟空前提高，随之而来是自我伸张和自我表达意识的空前增长。这是20世纪60年代及其后美国各种族文学“复兴”的基本原因所在。比如在非裔美国文学方面，在其漫长的历史发展的基础上，于理查德·赖特之后，在20世纪50年代出现了拉尔夫·艾里森、詹姆斯·鲍德温、托尼·莫瑞森、爱丽斯·沃克等著名作家，在印第安人文学方面出现了诸如莫玛戴（Scott Momaday，1934—）、西尔科（Leslie Marmon Silko，1948—）、埃德里奇（Louise Erdrich，1954—）等，在亚裔美国人文学方面有汤亭亭（Maxine Hong Kingston，1940—）、谭恩美（Amy Tan，1952—）等，在西班牙裔或墨西哥美国人文学方面有托马斯·里夫拉（Tomas Rivera）、鲁道夫·阿纳加（Rudolfo Anaya）及罗兰多·希诺胡萨（Rolando Hinojosa）、路易斯·奥马尔·萨林纳斯（Luis Omar Salinas）等等。这里只列出最著名的几位而已。随着时间的推移，这些作家当中越来越多的人在得到应有的承认。这一切都无疑地丰富了美国文坛，使之成为反映美国多元文化的窗口。而且，人们开始预见，这一发展将在不少方面改变美国文学的整体面貌。关于多种族文学，本书在第十三章、第十四章将专门详细介绍：第十三章专门系统介绍非裔美国文学的历史和现状，第十四章专论其他种族的文学状况。

总之，这几十年中美国文坛可谓五花八门。本章下面重点介绍一些主要小说家及其代表作品，在这章里主要谈及犹太作家（本节及第二节）、社会风气作家（第三节）以及南方作家（第四节）的主要作品。在下一章将重点介绍一些作品的后现代味道更加突出、浓郁的作家，如荒诞派、准小说、先锋派作家等。

索尔·贝洛（Saul Bellow，1915—2005）

贝洛是美国当代资格最老、最闻名的小说家。他出生于加拿大魁北克省，是俄国犹太移民的后裔，少年时随父母移居芝加哥，后入芝加哥大学和西北大学，攻读社会学和人类学，毕业后，进威斯康星大学研究生院。二战期间，他在美国商船队服务，以后从事教育和《大不列颠百科全书》的编辑工作。自1946年起，他在各大学任教，同时坚持文学创作至今，半个多世纪来写出了很多内涵深邃的好作品。贝洛的主要作品包括《摇来晃去的人》（*Dangling Man*，1944）、《牺牲者》（*The Victim*，1947）、《雨王汉德森》（*Handerson the Rain King*，1954）、《只争朝夕》（*Seize the Day*，1956）、《赫尔索格》（*Herzog*，1964）、《赛姆勒先生的行星》（*Mr. Samler's Planet*，1970）、《洪堡的礼物》（*Humboldt's Gift*，1975）、《院长的十二月》（*The Dean's December*，1982）以及《更多的人死于伤心》（*More Die of Heartbreak*，1987）等。贝洛的作品相当丰富，除长篇小说外还有剧本、短篇小说等。他于1976年获普利策奖，同年被授予诺贝尔文学奖，以表彰他在文学作品中表现出的丰富思想、尖锐讽刺与强烈同情心。

贝洛的作品主要反映在物质生活十分优裕的现代社会中的人际关系，描述人们在精神上的压抑、心理上的挫伤与生活中的孤独感，指出人与人之间的同情和理解的必要性，倡导情感的复活、爱的回归和人道、人性。他最关心的问题是：在当今世界，人类能否继续生活下去？他在《只争朝夕》中认为，假如人们能够看到自己的伟大，以及自己伟大的未来，那么他们就能兴高采烈、其乐融融。他写道："请睁开眼睛向你的前方望去，在清明、宁静的高山脚下，是你的永恒的摇篮。"人与人之间，应该以"善"相待，贝洛认为人们"不可能在真空中得到'善'，但是在人们相互结伴中，能够得到它"。他的这个观点在《雨王汉德森》中表述得十分具体、明确："我听见一个声音，它对我说，'我要!我要!'是我要吗？它应该对我说，'她要。''他要。''他们要。'而且，重要的是，只有爱才能创造现实。与爱相对立的东西，它所创造出来的东西只能是同现实相对立的。”贝洛在他的《牺牲者》一书中所讲述的阿萨的故事，其中心内容便是关心他人，阿萨关心他的兄弟和他们的家属，甚至他自己的对手奥比尔。这就是贝洛对于他在《作为道德家的作家》（“Writer as Moralist”）一文中所提出的问题的回答。他在那篇文章中问道：“或者我们使生活继续下去，或者不要它继续下去……假如我们确实要它继续下去……那么生活应该采取什么方式才合乎道理？”对于这个问题作出正面答复是一个作家在道义上的职责。贝洛认为今天的人类像一个病人，不过患的不是不治之症，只要振作起来，前途就充满希望。贝洛塑造了现代的非正统的人物形象，这些人物在自己的摇摇欲坠的世界中努力寻找立足点，永远相信生活的价值在于它的尊严，而不在于它的成功与否。

贝洛是犹太作家的代表之一。他的小说中的主要人物几乎都是犹太人，故事往往以纽约、芝加哥这样的大都市为背景。他很清楚地了解自己的犹太传统，把犹太人的处境视为讨论人类生存状况的暗喻。犹太人视自己为上帝的“选民”，但总遭世人的排斥，他们对自己的高度评价增加了遭受排斥所带来的痛苦。他们的离异感因此成为人类离异状况的典型写照。贝洛通过描绘犹太人的情况，成功地反映出世人的一般情况。这是贝洛的作品具有普遍性和代表性的基本原因所在。贝洛相信人克服逆境、克服现代生活所带来的负面影响的能力。他表现的是肯定的人道主义思想。他认为，现代人经过失望和失败的考验，能够应付毁灭性的历史压力，为争取“某些永久的人类物质”——真理、自由、智慧——而努力。贝洛相信自己作为一个“文化人物”的作用，相信自己在表达人们的需要和思想。他的多数主人公为知识分子或作家，多面临暴力或迫害，但都竭力思考，发现自我，寻觅问题的症结所在而加以克服。总括贝洛的主题可归结为三条：首先，他认为当代社会对人的生活和独立人格是个威胁。现代文明容易造成非人格化，令人失去独特性，把人变为“肥胖的商品”。物质的富足令人分心，产生离异感。其次，生活在这种环境中，人们存在畏惧心理，容易精神紧张、虚弱无能，失却理智。所以他笔下的人物多患有某种神经病，他们多经过一个疯癫阶段，再恢复理智和平衡。第三，贝洛的作品中总包含有追求真理和价值的主题，这种追求常常很困难、痛苦，但最后总有某种肯定的结果。

下面介绍贝洛的一些作品。

《奥吉·马奇历险记》(*The Adventures of Augie March*，1953）是贝洛的一部力作。主人公奥吉是一个家境贫寒的犹太青年，一个探索自我的人物。奥吉自幼年时起，就受到外部控制的威胁，他一生的所作所为就是拒绝让人挟制。他需要发现自我、界定自我，成为自己希望变成的人。当然，他的问题之一是他并非总是清楚他的目标。他做事一向遵循自己的信条，喜欢无拘无束，按照自己的方式创造记录，逃脱如何旨在把一种固定生活方式强加于他的做法。世界不让他随己意，他总也不能找到要做的事情。他生来便是个不能逃脱外力的牺牲品。他总是梦想着能娶一个可爱的妻子，在某处“私有的绿色地方”做些农活，养殖蜜蜂等。他的田园式梦想永未实现。奥吉开始考虑自己是乐观者还是傻瓜，他大概永远不会发现他两者皆是：傻瓜者，乐观者也。在某种意义上，奥吉所面临的问题具有普遍代表性质，现代文明实际上已经让人无法保持自己的独立性了。《奥吉·马奇历险记》发表后在文坛引起轰动，人们普遍认为它继承了马克·吐温的《哈克贝利·费恩历险记》的流浪汉或歹徒小说传统。这部小说确立了贝洛在美国文坛上的地位。

《赫尔索格》是贝洛的代表作。主人公赫尔索格是一位教授，出身于俄国犹太移民家庭，是二战后随着美国高等教育事业的迅速发展而成长起来的一名知识分子。他属于西方人通常所说的中产阶级。小说以他在人生旅程中所遭到的严重挫折为线索，发展故事情节，描述心理活动。47 岁的赫尔索格满面皱纹、满头花白头发。他在经历人生的一个痛苦阶段，没有一件事情让他如意。他的家庭生活让他失望，他个人的作为纯属失败。他的美貌的第二个妻子梅德琳要和他离婚而嫁给他的好友瓦勒坦。她不仅占据了他的房子，而且切断了他同女儿的接触，把他抛弃在繁华但却寂寞的世界中。本来他在第二次结婚后，一心打算美满幸福地生活一辈子，专心致志地从事学术研究，现在这一切都已成为泡影。他手足无措，六神无主，时常自言自语。他提着提包，到处游逛，又张罗为幼女的监护权打官司，等等。一时间，他精神恍惚，感到了人生危机。他开始写他并不想寄出的信，他写给生者，也写给死者，包括朋友、相识、名人和领导人。在这些信中，他所讨论的问题范围广泛，其中有让他发疯的社会不平等、贫穷、失业、政治歇斯底里、工业污染、种族冲突、犯罪、暴力以及普遍存在的惊人的痛苦。所有这一切都对他的精神正常形成威胁。他对现代的一切提出质疑、抨击，认为自己一人肩上担着拯救世界的责任。他想的很多，做的极少。他希望能过上一种高尚一些的生活，但又不能界定那种理想。他认为现代生活价值观正在解体，希望能写一部促进生活进步的书，但未成功。赫尔索格的真正问题在于他离婚后的精神失常。他觉得梅德琳利用了他，他听到他的幼女在哭泣，又想到他对不起他的第一个妻子，等等，他感到绝望了。他终于拿着手枪前去报复梅德琳和瓦勒坦，但当他偷看到瓦勒坦为嘻笑的幼女洗澡时，又心软下来。后来他带女儿外出，因心不在焉而发生车祸，伤了女儿，自己也险些丧命，他这才发现问题出在自己身上，遂开始自我反省，回到郊区的家里，身处大自然中，他感到身心安静下来，不再给人写信了。小说通过赫尔索格的人生危机，塑造了一个既可怜又可笑、一个富有教养的天真傻瓜的喜剧形象，通过阐述作为学者、知识分子的主人公同社会与整个西方文明史的关系，探讨浪漫主义的乐观情绪和决定论的悲观情绪，衡量人在社会生活中承受痛苦的限度等重大问题。这部小说在一定程度上反映出当代美国生活的一个侧面。

赫尔索格在性格和观察事物的方法方面发生了变化。这种变化的开端是他的自我反省。开始他极度痛苦，抱怨世上一切人和事：家人、朋友、律师、警察等等都对他或利用或置之不理；城市没有感情，令人窒息；社会在侵犯个人，他甚至怀疑他的情人拉莫娜和他亲近是因为她要结婚。社会在瓦解，文明在崩溃，他是可以拯救一切的救星。但是他不抱怨他自己。然而，他必须首先拯救他自己。事实上，他的自我剖析已在不知不觉中进行着。他一直渴望得到爱和理解。他对幼时父母的爱、对兄弟感情的回忆，温暖了他冰冷的心。他开始自责，开始认识自己的缺陷，开始感到人间的温暖，后来一次车祸使他最后清醒过来。"他承认自己不是一个好丈夫——对待第一个妻子戴西无情无义，却被第二个妻子梅德琳诓骗；对于儿女，他是一个宠爱子女但未尽责任的父亲；对于自己的父母，他是一个不知恩德的儿子；对于国家，他是一个无动于衷的公民；对于兄弟姐妹，他感情深厚，但来往稀疏；对于朋友，他是个自我主义者；对于爱情，他懒散；对于权势，他消极被动；他脑子迟钝，对于自己的灵魂，他躲躲闪闪。"他回到家里，沉浸在大自然的健康环境中。在生活中他认识自己、认识世界，从爱和大自然中汲取感受和力量，对生活开始持有肯定的、接受的态度，终于恢复了理智。

《赫尔索格》不论在内容还是形式方面都很深刻地反映了时代的气息。20世纪五六十年代是美国文学由现代主义到后现代主义的过渡性阶段。西方文学史上这两个阶段对生活的态度上存在着不同。一般说来，现代主义认为生活支离破碎、缺乏目的和意义等，后现代主义对生活采取如实接受和表现的态度。这种差别可在赫尔索格对生活的态度的转变中看出来。如上文所说，他对生活的接受是经历了一个过程的。《赫尔索格》在艺术上也很有这种过渡特点。它的前半部分——全书九章的前五章——很有现代主义味道，多内心描写，运用意识流手法，情节发展缓慢，读来有点像弗吉尼亚·乌尔夫的《达拉韦夫人》，主人公想得多，做得少。比如赫尔索格要去看拉莫娜，他从第一章动身，到第五章抵达，共用了五章的篇幅，里面除叙述他访问朋友莉碧这一件具体事情以外，就是说他思前想后，想他的离婚，他的前妻戴西，战时经历和巴黎，父母和童年，他的日本情妇素娜，还不断写那些冗长的信，等等。在小说的最后三分之一，即最后四章，叙事速度加快，情节多，思想少（表明赫尔索格渐渐摆脱自我沉醉，而贴近和接受生活），这些是后现代小说的特点。

诺曼·梅勒（Norman Mailer，1923－2007）

梅勒是美国当代著名小说家。他生于新泽西州朗布兰奇市，在纽约市布鲁克林区长大。16 岁时入哈佛大学攻读航空工程学，后对文学创作发生兴趣，决心当一名著名作家，1941 年获《故事》（*Story*）杂志颁发的大学创作奖。1944 年从哈佛大学获工程学士学位后不久，入伍参加第二次世界大战，作为一支侦察队的来福枪手在菲律宾服役。他参军的一个主要目的是要写一部关于战争的长篇小说。在菲律宾，他每周给妻子写四五封长信，内容极其丰富，心想纵使他不能活着回来，他的小说也能问世。他的愿望实现了。1948 年，他的处女作《裸者与死者》（*The Naked and the Dead*）出版，立即轰动一时。批评界高兴地看到，一位新的有希望的作家出现了。但是，人们对梅勒的热情不久便冷却下来。他的第二部小说《北非之岸》（*Barbary Shore*，1951）并未引起太大的反响。而第三部作品《鹿园》（*The Deer Park*，1955）在读者和评论界中亦反应平淡。此后，他虽然继续写作，评论界也一直注视着他的创作活动，然而直到 1968 年他的《夜里的军队》（*The Armies of the Night*）先后获国家图书奖、普利策奖、波尔克奖时，批评界才出现对他的作品进行严肃认真评论的专论和专著。《夜里的军队》是以描写华盛顿和平示威实况为中心内容的“非虚构小说”，也是自《裸者和死者》发表以来梅勒最受读者欢迎的书。《刽子手之歌》（*The Executioner's Song*，1979）使他第二次获普利策奖，《古代的黄昏》（*Ancient Evenings*，1983）是他计划中三部曲的第一部。梅勒的其他作品还包括《我自己的广告》（*Advertisements for Myself*，1959）、《总统文件》（*The Presidential Papers*，1963）、《美国梦》（*An American Dream*，1965）、《食人者与基督徒》（*Cannibals and Christians*，1966）、《我们为什么在越南？》（*Why Are We in Viet Nam*，1967）、《迈阿密和芝加哥之围》（*Miami and the Siege of Chicago*，1968）、《月球上的火光》（*Of a Fire on the Moon*，1970）、《性的俘虏》（*The Prisoner of Sex*，1971）、《存在主义的使命》（*Existential Errands*，1972）、《圣乔治与教父》（*St. George and Godfather*，1972）、《玛莉琳：小说体传记》（*Marily: A Novel Biography*，1973）及《天才与欲望》（*Genius and Lust*，1976）等。梅勒 1957 年还写过一篇名为《白色黑人》（“The White Negro”）的作品，提出他的“存在主义主人公”的思想。半个多世纪已过去，梅勒的作品甚丰，多次获奖，已成为某些评论家注意的焦点。他悉心探讨散文文学及创作技巧的各种潜在可能性，对心理学、神学、政治及小说史有深刻了解，他的创作实践和理论突破了美国文学传统的界限。他的灵感极富个人风格，他的创作态度是严肃的。他是二战后美国文坛出现的重要作家之一。

梅勒的创作天才是多方面的。除小说以外，他还创作诗歌、剧本，撰写新闻文章，还制作电影，参加政治活动（曾竞选州长未成功）。他对自己的评论常直言不讳，称自己是“变色龙”。从某种意义上说，梅勒的注意力太分散，写作的文体太杂，有人说他有时在浪费他的天才和创作力。他的思想变化极快，他的文风亦如此。虽然他已显露了出众的想象力和充沛的精力，但他还没有一贯地写出能体现他的主导思想和独特风格的文学作品，有人说这可能说明他尚未完全发现自己。有人为他辩解说，他的多变是文学适应多变的现实需要的体现。经过多年的创作，其风格仍未“定形”，也难怪人们对他的成就产生某种怀疑。

梅勒是当代最有雄心壮志的小说家之一。他于 20 世纪六七十年代创作的像《夜里的军队》这样的“非虚构小说”，是他的历史贡献之一。从《我自己的广告》《总统文件》和《美国梦》开始，他运用新的写作方法进行试验性创作，把想象和事实、虚构人物和真实人物在作品中连接起来。这是梅勒在新时期面对新的创作尝试，对小说创作所做的贡献。《美国梦》虽然使用虚构手法，但是题材却更适合新闻报道。在《我们为什么在越南？》一书中，他把虚构故事与实际事件放在一起，给予以同等分量。《夜里的军队》运用虚构方法表现他本人实际参加 1967 年反对越战向五角大楼游行之事。这部书使梅勒成为“非虚构小说”的先驱人物。在这里，作家用第三人称叙事，而他本人则是书的主人公。梅勒用第三人称写主人公梅勒，这一视角为他提供了把历史作小说、把小说作历史写的充分余地。这是这部书的副标题起名为“小说为历史，历史为小说”的原因。这种写法也让他能够拉开距离，利用讽刺手法审视当前发生的事件，在小说写作技巧方面让他能把虚构和自传两种内容、小说家和记者两种身份糅合在一起。这种写法所产生的身临其境感以及开诚布公性对文学报道发生了不可小觑的影响，有人称这种方法为“新新闻报道”（The New Journalism）文体。这种半新闻报道文体后来在他的《玛莉琳：小说体传记》和《刽子手之歌》中又得到发展。比如《刽子手之歌》，这是一部以小说体写成的纪实文学，记录犹他州杀人犯加利·吉尔莫的一生以及后来被正法的过程。梅勒引用了几百件访问记录以及与这件杀人案件有关的档案，这篇纪实文字包罗一切，比如多种文学表现手段、多个叙事人、多种叙事角度，等等，可谓集

“非虚构小说”之大成，对当时文学界产生一种挑战性影响。梅勒把报道置放在小说框架内的创作实践表明，传统的小说创作手法面对新的现实需要出现此种刺激性变化。

几十年来，梅勒一直在谈论他要为他的时代写的最后的和大型的社会小说。他要在他所处的历史时期的意识中搞一场革命。远在《我自己的广告》时期他就说过，他目前及将来的著作会产生这些年来任何小说家所能产生的最深远的影响。经过几十年的创作，他的创作硕果累累，他在文体上的成就、他在表现迅速发生变化的美国社会小说方面的努力，这一切都已使他成为当代美国文学界的巨星之一。他在美国文学史上已为自己写下了突出的一页。

下面介绍一下梅勒的代表作《裸者和死者》。

这部小说是他的处女作，迄今一般依然被认为是他的最佳作品。小说描写的是一个由 14 人组成的美国侦察队二战期间在日军占领区内进行活动的故事。这支侦察队是一支 6000 人大部队设置的小分队，负责侦察位于南太平洋上的阿诺波贝（Anopopei）岛，为大部队挺进菲律宾铺平道路。小说的主要人物包括一位密西西比州农民、一位布鲁克林犹太人、一位墨西哥人、一个来自德克萨斯州西部的农场主、一位蒙大拿煤矿工人、一位来自南波士顿工人阶层的爱尔兰人、一个堪萨斯州的售货员、一个芝加哥的地痞，和一位来自佐治亚州的的享乐主义者。显然，小说作者企图勾画一幅美国社会的缩影图。

美军的卡明斯将军命令他的参谋赫恩中尉率领这支侦察队在阿诺波贝岛登陆，穿过该岛的南部森林。在行动过程中，列兵威尔逊腹部中弹，由 4 个人负责把他抬到安全地带去。由于劳累过度，其中两人终于支撑不住，另外两人竭尽全力把威尔逊抬进森林中，他在那里终于死去。侦察队继续前进，途中步履维艰，充满困难和危险，赫恩中尉和罗斯下士先后牺牲。无情的中士克罗夫特逼着士兵们向安纳卡山上爬，就在他们将到山顶时，一窝黄蜂向他们扑来，他们吓得从山坡滚下来。与此同时，在卡明斯将军不在的情况下，达洛森少校命令一营士兵冲破敌军防线，摧毁敌军一个重要的军火库以及敌军总指挥部。美军取得了战役的胜利，但对卡明斯将军个人来说，这是一次失败，因为他的“精彩的”作战计划未能付诸实现。最后侦察小队又回到大部队中来。

这部小说颇有自然主义的倾向。它描绘的是一个冷漠无情的世界，人在这里的努力不是徒劳，便是导致无谓的死亡，而上帝对人的命运是毫不关心的。在这种背景下，有 3 个人通过自己的行动表现出人的境遇的可悲性。卡明斯将军虽然才智出众，但他主要是为获得个人的尊荣而尽力工作的。克罗夫特中士则着魔似地寻机取得自己梦寐以求的权力。赫恩和他们不同。他不寻求权力，虽然他经常不能如愿以偿，但在生活中他不是弱者，他不向权力低首和认输。

《裸者和死者》的写作方法颇具独到之处。作者在正常叙事中间，巧妙地加入了“合唱”（chorus）及“时间机器”（the time machine）两种穿插或倒述文字。“合唱”都是战士谈话片断的简短记录，全书共出现 5 段。谈话地点有饭棚、工事地点、厕所、宿营地等，反映了战士的思想和态度。“合唱”一般较短，约占一页左右。“时间机器”是书中主要人物的简历，包括他们的相貌、品格、成长环境、参战前的工作经历等。虽是简历，但以短篇故事的生动文学形式写成，有叙述，有对话，完全没有档案文学的枯燥味道。“时间机器”共有 10 段，介绍包括卡明斯将军、赫恩中尉及克罗夫特中士在内的 10 个人物的情况，是对小说故事的重要注释和补充。“合唱”与“时间机器”两种穿插和倒述文字除在内容上起到烘托和注脚的作用外，在语言上也为小说带来一种活泼的气氛，克服了这种洋洋数十万言的作品可能出现的单调和板滞。《裸者和死者》被认为是描写第二次世界大战的最佳小说之一。

第二节 塞林杰／马拉默德／罗斯

塞林杰（J. D. Salinger，1919－2010）

塞林杰是美国当代小说家，生于纽约市一个犹太中产阶级家庭。他幼时拘谨好静，在学校里成绩中上。13 岁入曼哈顿区一所很好的中学学习，一年后因不及格而离开。少年时期不好交际，喜欢独自做出奇的事情。15 岁入宾夕法尼亚州瓦利福奇军校（Valley Forge Military Academy）学习，在这里他开始感到自己不能适应环境。这所军校是塞林杰后来的代表作《麦田里的守望者》（*The Catcher in the Rye*，1951）中潘西中学的张本，塞林杰也像小说的叙事者霍尔登一样，是那里的击剑队队长。他在军校的一个同学像霍尔登一样被开除，另一个同学像小说中的一个人物一样跳楼自尽。在军校里他担任学校一个刊物的文学编辑，并开始写作小说，曾想进入电影界或为好莱坞写剧本。他 17 岁在军校结业，18 岁入纽约大学华盛顿广场学院，学习几星期后，随父到欧州经商，二战前回国。经济萧条时期，他曾在哥伦比亚大学举办的一个短篇小说创作训练班里学习写作，1940 年在《故事》（*Story*）杂志上正式发表处女作《年轻人》（"The Young Folks"），第一次接触到他日后一直刻意描写的主题——受到成人世界捉弄的青少年的情状。1941 年他开始成为著名杂志《柯里尔》（*Collier's*）及《老爷》（*Esquire*）的成功的撰稿人，后《纽约客》（*The New Yorker*）发表了他的短篇小说《麦迪逊街边的小乱子》（"Slight Rebellion off Madison"），在这篇故事里首次出现了《麦田里的守望者》的主人公的名字——霍尔登。随后，塞林杰又发表过 20 余篇短篇小说，但在评论家及读者中未能引起注意。1951 年他发表长篇小说《麦田里的守望者》，声名大振，这部小说尤其受到青年学生的青睐。两年后，他的短篇小说集《九篇故事》（*Nine Stories*）问世，小说里的一些主题在他后来的作品中又描写过，一些人物特别是塞林杰想象出的格拉斯家（the Glass Family）的成员们，在他 20 世纪 50、60 年代较长篇的故事中又再现过。1961 年，他发表《弗拉尼和佐依》（*Franny and Zooey*），描写格拉斯家最年轻的成员弗拉尼和她哥哥佐依的故事。格拉斯家的故事又构成 1963 年发表的《木工们，升高顶梁；及西摩介绍》（*Raise High the Roof Beam, Carpenters; and Seymour: An Introduction*）的内容。这个集子包括两个中篇小说。几十年来，塞林杰一直行动古怪，几乎与外界隔绝，很少发表作品，这一方面给他的生活罩上了一层神秘的色彩，但也有不少人认为，他的隐居反倒增加了他的知名度和他的书的销售量。他的一封情书竟拍卖了 15 万 6 千美元。现在他已进入耄耋之年，对世人说来，他却依然是一个让人猜不透的谜。无论如何，在多数人的心目中，他的代表作《麦田里的守望者》总是令人记忆犹新，并且一直畅销不衰。

这部小说描写的是一个中学生的故事。16 岁的霍尔登因学习成绩太差而被学校开除，在家长没有得到学校正式通知以前不敢回家，流荡在纽约街头。在近 3 天的时间里，历尽艰辛，险些丧命。小说以动人的笔墨勾勒出一个天真无邪的少年堕入颓废荒唐的成人世界中的一幅令人深思的画面。霍尔登被开除后离校去纽约短住。这座城市的灯红酒绿和奇男怪女使他感到惊悸不已。深夜，他在旅馆里惨遭妓女和皮条等的暗算和毒打，神经险些失常。他在酒馆里闷坐独酌，在极端痛苦中以冷水浇头，险些患病丧生。他感到孤苦不堪，于是半夜摸回家去看望心爱的妹妹，同时又时刻担心父母自外归来“要他的命”。而平时对他最好的老师的同性恋行为又使他丧魂落魄，离校不足两天的孩子便已觉得走投无路，视自杀为上策了。他感到凄凉寂寞，害怕患病死去。他厌恶成人世界的堕落，决心隐遁到西部去寻求解脱，后来还是靠着深情而纯真的兄妹情谊才温暖了他的冰冷的心。他大病一场，在精神病院里叙述了这一段凄惨的经历。

成人世界的颓废和堕落在霍尔登的少年心灵上留下了深刻的创伤。成年人的性反常行为使他感到，在他栖身的旅馆里，他可能是“里里外外唯一一个正常的龟儿子”。妹妹学习的小学墙壁上出现的脏词秽语令他恶心。他难过地醒悟到，“你就是能活 100 万年专来涂掉这些东西，世上有那么多，你连一半也干不完，没法干完”。人生使他感到沮丧和厌恶，似乎这个世界上没有任何东西可以让他舒心适意。他对周围一切都不感兴趣，切身体验到生活的空虚和无聊。他认识到，这个世界是业已丧失天真和纯洁的堕落所在，世道不对头，生活不对头，人只要活着就会不可避免地“假里假气”起来，就注定要与世沉浮。生活在这个世界里，他感到孤独和绝望。在纽约短短的 48 小时里，他发自肺腑地呼叫：“我真他妈的孤单低沉极啦!”这种呼叫多达 30 余次。在最黑暗的时刻，他前后有 5 次表达出死的愿望。有一次他还想自尽以结束生活的痛苦。在他东奔西撞的过程中，竟然只有博物馆里埃及木乃伊的坟墓令他感到“美好和平静”。他觉得解脱自己的方法是离开这个可恨的地方，决定搭车去西部，在那里装聋做哑，以便达到“这一辈子再也不和人谈话”的目的。

在他沉沦于纽约的时间里，也有过几次短暂的快活时刻，这些倏忽即逝的时刻多和孩子及他们的天真烂漫相关。他的妹妹菲比仿佛是他阴郁生活中唯一光明的火花。她淳朴率直，洁白无瑕，使他又看到生活的光明一面，他的幼小心灵又似枯木萌发，出现了生机勃勃的阳春。可是他又痛苦地认识到，成长和变化是不可抗拒的，他和妹妹都必然要长大成人，到那令人窒息的成人世界里去生活。于是他产生了拯救天真的孩子使之免受堕落之苦的念头：他想立在一个又高又深的悬崖峭壁边上，守望着在旁边麦地里做游戏的成千上万的孩子们，他们当中如有人不当心而快要掉到山下去，他就把他拉住。他要做麦地里的拉人的人。这应当说是本书书名《麦田里的守望者》的寓意所在。《麦田里的守望者》有力地表明，西方青少年在成长中的痛苦和消沉主要是因西方文化本身的颓废性而引起的。青少年的悲观厌世及生活的空虚，是这种文化背景影响的必然产物。如果在美国现当代生活中存在着失望和悲观情绪，那么，这部小说则是对那种情绪的极好写照。

《麦田里的守望者》的成功也和作家的语言处理手法有关。塞林杰非常熟悉和善于表现少年人的用语，它的潜在的幽默、它的重复、俚语和脏话以及语气的强调，这一切都处理得恰到好处。此外，作家对少年和成年生活阶段的深刻见地、书中运用的毫无斧凿痕迹的象征手法、作家坚持避免使用口号和套话等等，这些都是小说的出色之处。

《麦田里的守望者》自发表迄今半个多世纪已经过去，但是它的魅力却有增无减。它无疑是二战后所出现的最富影响的书籍之一。究其原因，主要是它的主题具有永恒性。它讲的是一个孩子在成人世界中成长的故事，这在世界范围内、尤其是在西方，对少年人以及许多成年人的吸引力总是巨大的。虽然有史以来不少作家接触过这个题材，但在表现少年儿童成长中所经历的折磨、痛苦、沮丧和精神刺激，似乎谁也没有塞林杰的《麦田里的守望者》写得那么知根知底、酣畅淋漓。它的主人公所经受的心理斗争、精神崩溃、情绪变化、对性的探讨、和恶的初次接触以及成人对他们的忽略及缺乏指导，等等，还有他在进入成人世界的时刻所感到的孤独、惊愕、可怜，包括他的缺点、他的小的不轨行为、他的声嘶力竭的呼救声——这一切对所有少年和年轻人来说，都有相当普遍的代表性，都是人生和人性的反映，因而能得到普遍的认同。在这个意义上，少年霍尔登的人生观是超越时空的限囿的。这应当是在世界范围内年复一年成千上万人仍在阅读此书的根本原因。塞林杰迄今只写了一本书，几十年来还躲躲闪闪、拒绝见人，可是人们却总忘不了他，就是因为《麦田里的守望者》

这部小说的不朽所致。

伯纳德·马拉默德（Bernard Malamud，1914－1986）

马拉默德是美国犹太小说家。他出生于纽约布鲁克林区一个俄国移民家庭，1936 年毕业于纽约市立学院，后入哥伦比亚大学学习，1942 年获硕士学位。后来他在一所高中教书，1949 年至 1961 年间，在俄勒冈州立大学执教，之后又到本宁顿大学及哈佛大学工作。马拉默德自少年时代起便喜好文学和写作。1952 年发表处女作《天生有才能的人》（*The Natural*），以嘲讽然而又富于同情的笔调探索美国棒球“神话”的内涵及圣杯传说，并以此为主题叙述主人公罗伊·霍卜斯的短暂荣耀和最后遭遇。作为他的第一部作品，这篇小说写得很成功。1957 年，他的《店员》（*The Assistant*）问世。这部作品集中描写犹太人的生活，表现了马拉默德作品的中心主题，即在“只有爱才能照亮”的污秽的世界赎罪而获得新生。许多评论家认为这是作者的最成功的作品。《魔桶》（*The Magic Barrel*，1958），是一部短篇小说集，获全国图书奖，同样反映出人生内在的悲剧和喜剧；其中《魔桶》这个短篇成为马拉默德的著名作品之一。《新生活》（*A New Life*，1963）是马拉默德的畅销书之一，集中描写了纽约一个英语教师在一处“学术荒原”——太平洋西北部一家学院——寻找新生和发现自我的故事。这部书虽然畅销，但未能避免反映美国大学生活的小说的通病，即“自由的”教员单枪匹马和“反动的”学院领导之间进行斗争，以及教员和学生、教员和同事的妻子之间的性关系。1963 年他的《白痴第一》（*Idiots First*）问世，其中最优秀的故事和《店员》一样，描绘犹太人生活的世界。小说《基辅怨》（*The Fixer*，1966）描写 1914 年以前沙俄时代犹太人的痛苦生活。主人公雅可夫·博克这个可怜的犹太装配工由于被诬告出于宗教目的杀害了一个小基督徒，而在监狱中度过了非人的生活，表现出他的坚强和忍耐性。《基辅怨》1967年获全国图书奖及普利策奖。1969年发表的《费德尔曼写照》（*Pictures of Fidelman*）是一部颇具滑稽意味的短篇小说集，系列地描写一位美国犹太艺术家在意大利旅行时的作为。《房客》（*The Tenants*，1971）叙述一个住在破旧的房子里、在充满敌意的世界上竭力寻觅仁慈的中年犹太作家的生活故事。1979年马拉默德发表他的第7部小说《杜宾的生活》（*Dubin's Lives*），讲的是婚姻与不忠的故事：一位年事渐高的作家，欲逃脱腐朽的世界以求新生，从痛苦的经历中洞察到爱情在人生中的地位。《上帝的恩惠》（*The Grace of God*，1982）是作者虚构的寓言故事，具有浓郁的圣经风格，它描写在一场洪水般的核战争过后，一个幸免厄运的人在猿猴中开创新文明的故事。马拉默德的其他作品还包括《拉姆布兰特的帽子》（*Rembrandt's Hat*，1973）等。马拉默德是美国当代出色的犹太作家之一。

下面介绍一下马拉默德的一些作品。

《店员》是马拉默德的主要作品之一，它描写的是典型的犹太人的生活及性格特点。小说开首部分描述了莫里斯·鲍伯的艰难生活。鲍伯是犹太移民，在纽约布鲁克林区开了一家小杂货店，它的生意受到街角处的一家熟食店的影响，正日益肃条。鲍伯为了维持家人——妻子艾达和女儿海伦——的生活，每日在简陋的小铺里度过漫长的空虚的时间，唯一的安慰是午后可上楼小憩片刻。一天晚上要关门时，两个抢劫者进店，因嫌钱少用手枪打伤了他的头。过了些日子，一个名叫弗兰克·阿尔平的年轻人来到店里帮忙，希望被雇为店员。鲍伯拒不收留，后来当他发现弗兰克冻馁不堪的状况时，同意年轻人进店工作。弗兰克对顾客和气，生意有所改进。鲍伯的妻子和女儿对弗兰克有戒心：艾达极不愿意一个非犹太人闯进他们的生活中，海伦觉得年轻人有隐私。一天，弗兰克在从钱柜里偷钱时被鲍伯发现，迫不得已离去。同时，一家新的更大的店铺开始营业，鲍伯的小店受到破产威胁。鲍伯中煤气住院，弗兰克又返回店中，并说他欠鲍伯的“债”。他除经营小店外，晚上还在一家咖啡店做工，以维持小店的营业。鲍伯回家后，弗兰克终于承认自己是两个劫店者之一，而鲍伯却不吃惊，说他早已知道。然而，他不能原谅年轻人在店里偷钱，因而又把他辞掉。不久，鲍伯死于肺炎，弗兰克又回到店里，继续做夜工以支撑小店和鲍伯一家。他的表现愈来愈像鲍伯，仿佛已变成另外一人。后来他行了割礼，逾越节后成为一个犹太人。

小说出色地刻画了一个心地善良、富于同情、忍受生活煎熬的诚实犹太人鲍伯的形象。他有感染弗兰克改过自新的一种“犹太人气息”。鲍伯是犹太受苦者的典型。受苦是他的生活的主要特点之一：他在为人类赎罪而受苦。这是他本性的善的部分。倘若他不善良，他早已像他的犹太邻居那样在物质生活方面富裕起来了。小说令人信服地表明，鲍伯在营业上虽然失败，但他在精神和道德方面却取得了成功。弗兰克在他影响下浪子回头般的转变便是这种成功的最好佐证。

《店员》巧妙地运用了犹太人的幽默来渲染鲍伯世界的犹太气息。作者选用了犹太民间素材，并用一种具有双重用途的荒诞性讽刺把它表现出来，收到了乐观和悲观两种情绪、希望和绝望两种心理状态相互作用而达到某种平衡的精妙效果。鲍伯极像犹太民间文学中那种一再跌倒但总是努力站起再试运气的傻瓜式人物，他明知自己命运蹇乖，却又不失信心和希望。《店员》的语言具有浓厚的犹太语味道，诸如倒装的句型、对动词及其补语的处理、修饰语的经常中断和插入等，不一而足。

马拉默德的另一名作是他的小说《基辅怨》，表现的仍是作家的一贯主题，即受苦难的犹太人。小说以反犹太的沙皇俄国为背景，主人公雅可夫·博克母亲死于分娩，父亲在一次对犹太人的大屠杀中丧生，他在孤儿院里长大。他对人生持悲观看法，对外掩盖自己出身于犹太家庭的秘密。后来他在俄国军队里服务，学习了俄语、历史、科技、地理及算术等等。他工作努力，希望能够过上好日子，但在村子里，他似英雄无用武之地，连妻子也离开了他。于是他怀着希望前往基辅。一次他救了一个砖房老板，并开始为他工作，后来不知何故得罪一个上司，引祸上身，被冠以杀害一个小基督徒之罪名而被捕入狱。他在狱中饱受熬煎：难以下咽的饮食，同牢犯人的殴打，几乎被毒死，像个动物似地被铐着等等非人的待遇。他绝食以示抗议，对不公正发出怒吼，为自己的清白竭力辩护，但一切都无济于事。他拒绝向当局低头和做假供。他知道自己是无辜的，是沙皇政府出于宗教偏见对他进行迫害。雅可夫相信自己。在逆境中，他坚持读书、思考、与他熟悉的人交流。他开始明白责任的内涵，愿意承受做犹太人和做人应受的苦难。他开始以全新的眼光看待生活，学习到为人类——朋友和敌人都在内——负起责任。他成为爱、公正和人类的象征。《基辅怨》的写作技巧也很有值得说道之处。作品虽然是现实主义之作，但也有浪漫主义的描写。比如雅可夫和沙皇面对面的争论的想象场面对雅可夫的人物性格的刻画极有帮助。此外，小说的内容虽然有历史根据，但作家的表现重点和角度却很独特。它讲的不是历史，而是表现人通过经受苦难而获得顿悟及成长的过程。马拉默德欲通过这一历史事件提出他对犹太人和全人类的生活状况的看法。

马拉默德的著名短篇小说之一是《魔桶》，主题仍然出于同一模式。说的是一个犹太法学博士生里奥·芬克尔即将接受圣职，有人提议他先结婚，这样可以赢得较多的教众。于是他找到媒人索尔兹曼帮忙，也会见了一两个女人，皆不遂意，于是决定不再理睬索尔兹曼。但索尔兹曼并未气馁，一天他离开时故意留下一个信封，里面有几张女人的照片。里奥没有理睬信封，后来有一天他无意间打开一看，被其中一张吸引住了。他对照片上的年轻女子一见钟情。他竭力想从索尔兹曼那里打听有关消息，但索尔兹曼一下把照片抢走，拒绝透露任何信息。在他紧追之下，索尔兹曼失口说出，女孩子是他女儿，但对他来说她已经死去，因为她耐不住贫穷而去卖淫了。这一突然的冲击使里奥开始思考和自我审视。他发现，自己没有人爱，也没有爱人之心，他虽然熟读犹太法典，但心中却没有上帝。当他想到爱他人时，他真正的归依和赎罪时刻开始了。他开始为沉沦的娼妓而受罪了。他不再为自己的利益张罗结婚，他认识到，爱是为更伟大的事情而做出的牺牲或允诺。故事的结尾是里奥手持一束鲜花去见那个妓女。《魔桶》和《店员》一样，以其内在的幽默缓和故事的荒诞性及所涉及的思想痛苦程度。索尔兹曼这个人物体现作家的艺术匠心：在内容上，这个人物是小丑又是主人公思想成长的必要手段；在技巧上，他活跃了故事本身所决定的低沉气氛。作品开始部分一页接一页地好似废话连篇，但后来发现，那是作品营造悬念所亟须的，读者又觉出其中之妙不可言。这个短篇是马拉穆德的上乘之作。

菲力普·罗斯（Philip Roth，1933—）

罗斯是美国当代一位重要的犹太作家。他把自己的许多犹太人的经历写进了作品，诸如他在新泽西州的童年经历、他的大学阶段、他的简短的军事生活、他的婚姻、大学任教、精神治疗以及旅行等。罗斯 1955 年发表《再见，哥伦布，及五个短篇故事》（*Goodbye，Columbus，and Five Short Stories*）一举成名；这部书获国家图书奖，迄今依然被认为是他的最佳著作。罗斯这些年来一直非常多产，最闻名的小说是《波特诺伊的抱怨》（*Portnoy's Complaint*，1969），这部小说使他成为当代美国文坛最富争议的一位作家。

《再见，哥伦布》中的故事都是关于犹太人以及他们之间的争斗的。在《再见，哥伦布》这篇故事中，一个犹太年轻人和市郊一批富足的犹太人斗争，他感到无法和环境妥协以适应它的标准。《犹太人的归依》（“The Conversion of the Jew”）这个短篇讲一个善于思考的犹太小学生为伸张自己而扬言要从房顶上跳下，他的妈妈和教士以及整个犹太社团都不得不在上帝和耶稣基督问题上做出痛苦的让步。在《信仰的维护者》（“Defender of the Faith”）中，一位军士发现在他的训练营里有三个犹太受训者对他的工作及人格构成威胁，他感到其中一个在故意捣乱，所以不得已而采取报复措施。《狂信者艾利》（“Eli，The Fanatic”）这篇故事说的是居住在一处郊区、已经融入主流社会的犹太人们，对他们居住区里的一个犹太寄宿学校产生不满情绪，雇用一个律师帮助他们强迫学校迁居，或采取他们的意见，使学校现代化，以跟上时代的步伐，使他们的体面不受影响。这些故事自然引起了犹太社团的反对，他们群起而攻之，指责作家是反犹太的人。罗斯始料未及，慌忙出面自辩，写出大量文章一再申明自己为自己是犹太人而感到荣幸，但无济于事，争论很久也未平息，即使在他写了两部很无争论性的小说来讨好社会以后，也终归于事无补。罗斯感到失望，决定写一部内容迥然不同的小说，这就是《波特诺伊的抱怨》。小说一问世，立刻引起社会舆论哗然。小说讲的是一个名为亚历山大·波特诺伊（昵称亚历克斯）的人在心理医生的病榻上所讲的自白性故事。33 岁的亚历克斯（生于 1933 年）深为负罪感所累，他摆脱不了妈妈对他的生活所造成的影响，和家人、朋友及恋人都相处不好。他摆脱不了他的强烈性欲，无法抵制享乐生活的引诱。他的妈妈不能理解儿子的行为，她对他自幼就无限关心和疼爱，却不知道这些几乎把儿子窒息了。亚历克斯在书里对包揽——统治——他的一切的母亲使用了最恶狠狠的语言加以表现。他的几个恋人，其中有天真的，有真心爱他的，也有标准女人型的，没有一个能够充分地解决他的问题。当他要和其中一个做爱时，他发现自己阳萎，于是前来看心理医生。《波特诺伊的抱怨》一书在两个问题上引起社会的愤怒，一是书里情节（如对手淫和做爱场面的描写）和语言多有淫秽下流之处，对社会的体面和欣赏层次都有不小冒犯；二是它对在犹太文化和信仰中发挥中坚作用的母亲形象的亵渎，其语言之无情和凶狠，许多人觉得不可理解，不能接受。但就书本身的质量来说，评论界认为它的幽默、口语和考究的形式都很有值得称道之处，是一部艺术佳作。

几十年已过去，罗斯已经出版20余部小说，可谓著作等身了。他在思想和语气方面都变得缓和了。在创作上，他的作品内容自传性愈来愈强，也有相当的重复。一种题材，如个人与社会责任、自由与压抑、性欲和做爱失败等等，不断出现在道德与人际关系的大框架内。他对生活逐步采取肯定的态度。在技巧上，罗斯无论在运用不同的叙事角度、不同的表现风格以及他的常在的幽默等方面，都可谓达到炉火纯青、精深圆熟的程度。他在当代文坛上已有属于自己的一席重要位置。

第三节　契弗／厄普代克／欧茨／贝蒂

约翰·契弗（John Cheever，1912—1982）

契弗是美国当代小说家，生于马萨诸塞州昆西市一个中产阶级家庭。他17岁时被塞耶学院开除，后迁居纽约市，开始写作生涯。18岁时发表第一篇短篇小说《开除》（“Expelled”）。此后他长期为《纽约客》等杂志撰稿。他的第二部短篇小说集《巨型收音机及其他》（*The Enormous Radio and Other Stories*）于1953年发表，奠定了他在美国短篇小说创作史上的地位。契弗虽写过5部长篇小说，但评论界认为他的主要成就还是在短篇小说方面。他写出了许多20世纪最优秀的短篇小说，他的作品曾多次获奖。

契弗是一位擅长描写社会风尚的小说家。他主要描写美国城郊富裕中产阶级的生活、人际关系、心理状态和道德观念，从而反映出社会生活的某些侧面。契弗小说中的主人公虽然受过教育，拥有钱财，但缺乏明确的生活目的。他们精神空虚，醉心享乐。物质上的成功使他们失去了生活中一切真正重要的东西。在丑恶的社会现实面前，他们进退维谷，沮丧失望。由于为失败感所困扰，他们的精神极端苦闷，以至做出一些不合常理的事情。契弗常把老一代人的价值观念和自信心作为背景，以衬托当代人的迷惘和失意。例如他的长篇小说《韦普肖特纪事》（*The Wapshot Chronicle*，1957）及其续集《韦普肖特丑闻》（*The Wapshot Scandal*，1964）就以幽默的笔调描写了一个历史悠久的新英格兰家庭在当代社会中的衰败和解体。他的作品中也不乏对当代人命运的关注。契弗的作品中有许多对表面现实的描写，比如华丽的房屋、富裕的生活等，但是也有许多磨难和艰辛事。作品中的人物常常为自己的过失与负罪感而自责，他们应付不可思议的生活现实，偶尔也有一点英雄行为。生活是黯淡的，他们希望看到光明。契弗认为，人对光——心灵之光——的需要几乎和植物一样，他们总努力为之奋斗。契弗因多数作品发表在《纽约客》杂志上，故素有"纽约客"之称，此外他好自行其事，对周围的文艺思想和技巧的革新有意躲避，而宁愿墨守成规、坚持现实主义表现手法。基于这些原因，他在评论界往往受忽视，比如他的作品的主题还有待评论界进行更深入的探讨。

契弗的写作艺术是高妙的。他善于从日常琐事中探微索隐，并凭借艺术手法对生活和人物进行真实的刻画，从中展示重要的社会内容。他常用讽刺手法针砭社会的丑恶现象，其淋漓尽致常令人忍俊不禁。因此契弗被誉为社会批评家和"美国的契诃夫"。简洁规范的语言和优美生动的文笔构成了契弗作品的突出特点。契弗的其他主要作品有：短篇小说集《某些人的生活方式》（*The Way Some People Live: A Book of Stories*，1943）、《绿荫山窃贼及其他》(*The Housebreaker of Shady Hill and Other Stories*, 1958)、《陆军准将和高尔夫球迷的妻子》(*The Brigadier and the Golf Widow*, 1964)、《苹果的世界》(*The World of Apples*, 1973)和《契弗小说选》(*The Stories of John Cheever*, 1978),还有长篇小说《布里特公园》(*Bullet Park*, 1969)、《鹰猎者》(*Falconer*, 1977)和《啊,那多么像天堂》(*Oh What a Paradise It Seems*, 1980)。

下面介绍一下契弗的著名短篇小说《游泳者》。

《游泳者》(“The Swimmer”)发表于 1964 年,收在短篇小说集《陆军准将和高尔夫球迷的妻子》中。它讲的是一个仲夏的周日午后,正在朋友家饮酒欢聚的主人公、中年男子奈迪·莫瑞尔突然决定取道“水路”回家,即沿着一条特殊的长达八英里的路线步行回家,其间要游泳通过 14 户人家的游泳池和一个公共游泳池。作者描写奈迪长游途中遇见的人和事物,展现出美国城郊富裕的中产阶级的生活场景,揭示他们醉心享乐、无所事事、金钱至上、俗不可耐的本质。他看到人们在晚会上欢聚,发现一家房屋要出售,体会到他们的小人和势利,为一个情妇的粗鲁无理和因命运的残酷而感到悲伤,等等。恰如季节由夏转秋继而转为初冬,奈迪个人也经历了巨大变化:他的快活变为忧郁,他的健康中年变为萎缩的年长阶段;他的家道也发生了同样巨大的变化:当他来到自家门前时,他发现已人去楼空,门上的锁已锈痕斑斑。奈迪的生活发生了巨变:他在经济上已破产,卖掉了房子,失去了原有的社会地位,他的女儿也遭不测。

这篇作品的故事情节发展很耐人寻味。它显示出契弗独特的艺术构思。故事篇幅虽然不长,但故事含蓄,寓意极其深刻。作品最初给人以现实主义的印象,而后又显示出象征主义甚至超现实主义的特点。这种现实主义与象征主义、超现实主义手法的巧妙结合,给读者留下了充分想象和回味的余地。契弗在这里运用的象征主义手法可能给人一种陈旧印象,但很值得推敲。比如奈迪开始游泳时正值仲夏时节，他充满年轻人般的幻想和活力，所到之处备受欢迎。一场暴风雨过后，初秋降临，他的境遇也急转直下。及至长游结束时已是深秋，奈迪年老力衰，幻梦破灭，众叛亲离。这一描写虽然荒诞，却蕴涵无穷。奈迪的长游象征着人生的旅途，他追求一生，毫无结果，只得以失败告终，因为在金钱至上的美国社会中，失去钱财便失去一切。正是失败的压力和痛苦促使奈迪决定通过游泳来证明自己的力量，显示自己的独创精神。但无情的现实粉碎了他的幻想，使他不得不正视自己的困窘处境，从而陷入更大的痛苦之中。奈迪的朋友哈洛伦夫妇似乎是富裕的中产阶级中正视现实的人物典型，在他们身上寄托了作者的希望。奈迪的回家经历似乎表明，人们如何努力也是注定要失败的（如 20 世纪初年英国哲学家罗素所说的），但人从不屈服，面临逆境总要表达自己的意志，伸张自我的存在，奈迪的努力可能便有这种意味，他有点像海明威的主人公。当然，这种相似可能只流于皮相。这个故事也有其他内涵，比如说世上一切欢宴最终都有个收尾，人最好未雨绸缪，准备直面多变的人生可能带来的变迁。这样看奈迪，人们会发现他又代表着人的机警的意识，四面流动，警告世人、尤其是不知忧愁的美国中产阶级，世事不可逆料，不可浑浑噩噩、随波逐流。所以作家处理他所运用的象征手法非常得体，效果也恰到好处。作者还运用讽刺手法，并将人物和环境融合在一起，取得了很好的效果。这篇小说通过主人公的长游把一组关系松散的事件连贯起来，展现社会生活的画面，体现了社会风尚小说的特点，可谓是契弗短篇小说的成功之作。

约翰·厄普代克（John Updike，1932—2009）

厄普代克是美国当代小说家和诗人，生于宾夕法尼亚州西灵顿。他就读于哈佛大学，于 1954 年以优异成绩毕业。之后他赴英国，在牛津的罗斯金美术学院修业一年。自 1955 年起供职于《纽约客》杂志社，并常为该杂志撰稿，包括喜剧色彩很浓的诗歌、几部长篇小说和短篇小说。1957年他辞去在《纽约客》杂志社的工作，潜心从事创作。他的早期作品颇受《纽约客》杂志的影响。该杂志一向以对各阶层人的风俗、举止的体悟与描写而著称于世。但厄普代克并未被这种传统所左右。他专事创作后的作品无论在内容上还是在风格上都超越了《纽约客》杂志的范畴。

厄普代克在其漫长的创作生涯中写出了大量的优秀作品。比如他的“奥灵格”小说系列，以虚构的宾夕法尼亚州的奥灵格镇（以他的家乡西灵顿为蓝本）为故事发生地，其中最出色的小说应推《半人半马怪》（*Centaur*，1963）。他的其他作品很多，包括《夫妻们》（*Couples*，1968）、《和我结婚吧》（*Marry Me*，1976）、许多关于理查和琼·梅波尔的故事、他的近作《格特鲁德与克劳迪亚斯》（*Gertrude & Claudius*），当然还有他的出色的短篇小说以及诗歌和文学评论集。多年来他已荣获多种大奖，诸如全国图书奖和普利策奖。

厄普代克的作品常以郊区中产阶级白人的生活为题材。他深感当代社会支离破碎，道德沦丧，人欲横流，但他拒绝接受这一现实。他对美国社会生活的令人窒息的极端物质主义深恶痛绝，并努力在这种无意义的社会生活中发掘出一定的意义来。他对道德问题十分关注。他曾在《跟我结婚吧》（*Marry Me*，1976）中写道，我们处在“旧道德的黄昏中，旧道德的残余只能折磨我们，却不能给我们一点力量”。同时，厄普代克追求宗教对人的启迪作用。

厄普代克的早期作品的素材多源于回忆。在这些作品中，他不止一次地描述自己少年时代的生活经历。一般说来，在诸如《鸽子的羽毛及其他》（*Pigeon Feathers and Other Stories*，1962）、《半人半马怪》以及《贫民收容院集市》（*Poorhouse Fair*，1957）等作品中，厄普代克常巧妙地通过几个人物来表达他的思想，例如一个喜好读书和绘画、害怕变得“女里女气”、最终离家远走的独生子；一个和蔼可亲但怏怏不乐的父亲，在当地中学任教，有点脱离现实，但却是一位好教徒、好公民；一位受过高等教育、不屑于做家务、望子成龙的母亲；一位不如意的外公，以及一位颇有神秘色调的德国血统的外祖母。这些人物使厄普代克得以顺利地表达他的主人公的人生观及其对成年人和老年人的见解。厄普代克善于描写人与人之间的关系，并展示他们的内心活动。

厄普代克后来的作品颇重性描写，尤其在对性爱反常状态的描写方面，他的笔墨浓重得有时令人尴尬不堪。无节制的偷情、不忠、离异、家庭破裂，以及精细的心态分析，构成了《农场》（*Of the Farm*，1965）、《音乐学校》（*The Music School*，1966）、《夫妻们》及《半人半马怪》等作品的基本内容。厄普代克和不少其他当代美国著名作家们一样，他关于性生活的描写常是富有寓意的：他常赋予这些描写以某种宗教色调。厄普代克是一位文体家。他长于观察客观世界，观察人际关系、家庭关系的状貌，体验人的各种感觉，并以细腻、典雅的文笔进行精细的描绘，给人一种缜密、具体的感觉。一般说来他注重写人写事，而对景物，多是几笔勾勒。厄普代克独具一格的文体业已引起人们的注意。

下面介绍厄普代克的代表作“兔子”五部曲：《兔子，跑》（*Rabbit，Run*，1960）、《兔子回来了》（*Rabbit Redux*，1971）、《兔子阔了》（*Rabbit Is Rich*，1981）、《兔子安息了》（*Rabbit at Rest*）以及《兔子的复活》（*Licks of Love*）。厄普代克创作“兔子”系列小说的过程，说来很有意思。他 20 世纪 60 年代初出版第一部时，小说轰动文坛，立即获得成功。第一部所反映的是美国 20 世纪 50 年代的社会生活画面。过了十年，他又写出第二部，反映出 20 世纪 60 年代美国的社会状貌。又过了十年，已是 20 世纪 80 年代，他写出第三部，主要写 20 世纪 70 年代的生活情况。进入 20 世纪 90 年代，他感到小说系列应收尾了，于是把“兔子”安排在一次剧烈活动中因心脏病发作而死掉了。21世纪开始后，他又感手头发痒，终于还是忍耐不住诱惑，又写出第五部。所以“兔子”五部曲实乃美国半个世纪以来的社会发展风物图。五部曲的情节相互连接得丝丝入扣。在《兔子，跑》中绰号为“兔子”的主人公哈利·昂斯特洛姆因对家庭、工作、生活皆不满意，离家出走了。在《兔子回来了》里，36岁的他又回来了，在岳父的旧车行里上班；他腰围见长，妻子与其情人和他同住，他也让一对年轻男女住进；后来失火，房子烧毁，他和妻子和解。在《兔子阔了》里，他继承岳父产业而富起来；身体发胖，生活平稳、快活，但和妻子时有不快；一个女孩突然出现，他怀疑是他和露丝的私生女，但露丝否认；上大学的儿子纳尔逊似入迷途，开始吸毒，他百般努力才把他送回学校去。在《兔子安息了》中，他已56岁，心脏不好，被妻子和儿子所逼，处于半退休状态，吃垃圾食品，和儿媳乱搞被妻子捉住，后来和一个男孩玩耍篮球时因心脏病去世。在五部曲最后一部里，他通过家人对他的回忆似乎又回到了人间；他的妻子和罗尼结婚，罗尼评论美国总统克林顿的话“他对我们撒了谎”，成为社会上风行的时髦话；哈利的儿子成为一个精神病咨询医生，他的私生女不得不时时听罗尼侮辱她父亲的语言；哈利在这些人的谈话中时隐时现，仿佛又复活了。

总的看来，哈利这个人在美国中产阶级社会中是个无足轻重的人物。他是蓝领阶层的一员，一生里最得意的成就是在中学时曾是篮球队明星。“兔子”这个绰号表明他的性格的两个特点：他的难以自控的性欲以及他在社会上的小人物地位。哈利总是感到性饥饿的搅扰，总是充满不知如何处置的精力和能量。他和兔子一样，总是在寻觅什么，又总是忙于逃脱什么。由于这个关于他的故事的系列小说每隔十年出现一次，他的名字总是萦绕在读者的脑际，人们似乎习惯了通过他的眼睛看世界，因而他在人们的心目中颇有传说人物般的高度。

《兔子，跑》是五部曲的第一部，颇能代表厄普代克的创作天才，它的出版奠定了这位作家在美国文坛的地位，值得重点介绍一下。该书描写了一个心态极其紊乱的年轻人的变态行为。第一部的情节是这样的：哈利在中学曾是学校篮球队的明星，为学校赢得过几次冠军。但他步入社会以后，生活使他失望、窒息。他在商店里的工作也枯燥乏味。他的妻子珍尼斯情趣低俗，饮酒、看庸俗电视节目，把汽车和儿子纳尔逊放在她母亲处。哈利突然觉得这种生活无法忍受，于是离家出走，在原来教练的帮助下与妓女露丝同居。年轻的牧师前来调停，也无能为力。后来珍尼斯生产，哈利遂又回到妻子身边，开始在岳父处工作。由于产后的珍尼斯不能满足他的欲望，哈利再次出走去找露丝。珍尼斯由于精神压力而酒醉，在给刚出生的女儿洗澡时不慎将其溺死。哈利又回到家里，与珍尼斯和解。但在女儿的葬礼上，哈利当着众人推卸自己的责任，引起大家的非议，于是在葬礼进行过程中再次出走，去找露丝。这时他发现露丝怀孕了。露丝要他或者同珍尼斯离婚，或者不要再纠缠她。哈利这时仿佛陷在一张大网里，为逃避选择，他又“跑”了。工作不如意，家人和朋友不如意，“兔子”于是跑个不停，不断地更换工作、朋友和女人，他似乎在寻找什么，但他究竟在找什么，找到与否，读者到书的末尾也不得而知。以后通过阅读其他续集，才了解到他没有找到任何东西。

“兔子”跑的原因说来很简单。他生活得很不快活。在家里，妻子出身富裕之家，自幼娇惯，总觉得低就了哈利，不会也不屑于打理家庭。在工作单位，他先是售货员，后来为一富婆做园工，再后来又在岳父的旧汽车行里做事，没有一个工作让他满意。他的顾问性人物，如母亲、中学篮球教练和年轻牧师没有一个能给他出个好主意：他母亲惯于火上加油，让他不如意时就离家到她那儿去住；中学教练自身都难保；至于牧师，他似乎是黔驴技穷、无能为力。所以“兔子”在山穷水尽的情况下，三十六计走为上了。

“兔子”的问题在他的时代具有相当的代表性。他有精力，但缺乏疏导的途径。他的生活如做爱、做低层次的工作、打高尔夫球、整理自己的衣服等等，日复一日，没有翻新，没有刺激。他的人际关系，尤其是和女人的来往，只带来麻烦和失望。他不满足，然而又不清楚他究竟需要什么。他知道自己是个失败者，也为此感到苦恼。他知道自己有问题，但又不抓不住症结，更谈不上解决了。他觉得生活没有意思，又感到智竭力穷、手足无措。在他的生活中经常出现的年轻牧师认为他在经历信仰危机。厄普代克在这里表现的乃是一个生活在深渊边缘上的人的画像，没有任何心灵援助，环境冷酷而无获得恩典和拯救的希望。作者在该书的扉页引用了法国思想家帕斯卡尔（Blaise Pascal，1623－1662）《思想录》（*Penances*）中的一句话作为该书的格言：“神恩的运动；内心的顽固；外界的环境”。这是这本书的三个不同侧面。有的批评家强调哈利灵魂中的“神恩的运动”，把他看成是唐·吉诃德式的圣徒，有人强调他“内心的顽固”，强调他的自私、不成熟、不负责任，也有人强调“外界的环境”，强调作者对美国令人窒息的社会生活的描绘。其实，这三个方面贯穿于该书的首尾。可以说，这三个方面也代表了厄普代克在艺术表现方面的追求。

同作者的其他作品一样，《兔子，跑》也以家庭生活危机为题材，其中也掺杂着很多关于性生活的描写和暗示。但在这里，性生活常有世俗的或宗教的象征意义。该书的象征意义很强。哈利的“跑”正象征着他心中的疑虑。作者对环境的描写也极具象征意蕴，以致有人把该书同班扬的《天路历程》相比拟。作者不满于现代生活，这在他充满讽刺意味的描写中可以清楚地看得出来。同时，厄普代克的说教，特别是关于基督教救赎作用的说教，也是很明显的。值得注意的是，“兔子”同美国文学经典作品里的文学形象哈克（Huck Finn）、霍尔顿（Holden Caulfield）、奥吉·马奇（Augie March）一样，属于逃遁型主人公。

乔伊斯·卡罗尔·欧茨（Joyce Carol Oates，1938—）

欧茨是美国当代小说家，生于纽约州的乡村。童年时期阅读《爱丽斯漫游奇境记》（*Alice in Wonderland*），颇受影响。高中时对梭罗的《沃尔登》（*Walden*）和陀思妥耶夫斯基的作品很感兴趣。欧茨17岁入锡拉丘兹大学，接触到福克纳、卡夫卡（Franz Kafka）、弗洛伊德（Sigmund Freud）、尼采（F. W. Nietzsche）、麦尔维尔以及托马斯·曼（Thomas Mann）等人的作品。她如饥似渴地阅读文学、哲学及心理学方面的书籍。大学期间，她的短篇小说《在过去的世界里》（"In the Old World"）获《小姐》（*Mademoiselle*）杂志举办的大学生小说一等奖。欧茨 1960 年获学士学位，1961年在威斯康星大学获硕士学位。正当她在赖斯大学读博士学位时，偶然发现她的一篇短篇小说被选载在一本《美国最佳短篇小说集》里，这使她下决心停学，悉力进行文学创作。1962年，她移居底特律市教英语，这个城市就成为她的许多作品的故事背景。1967年，欧茨到加拿大安大略市温莎大学任教，讲授文学与心理学、现代世界文学及文学创作。后来她到美国普林斯敦大学任驻校作家。欧茨堪称美国现当代文学中最多产的作家之一。自1963年发表首部作品以来，她已出版短篇小说集、长篇小说、诗集、戏剧及散文几十部，其中诸如《他们》（*them*，1969）、《奇境》（*Wonderland*，1970）及《随你拿我怎么办》（*Do With Me What You Will*，1973）等作品均为脍炙人品之作。欧茨曾多次获奖，如欧·亨利奖、理查德—希尔达·罗森托尔基金奖、全国最佳小说奖（奖予小说《他们》）等。1978年她被选为美国文艺协会成员。

欧茨是坚持现实主义传统的社会小说家。她描写现代社会生活中普通人的恐惧和不安。出现在她作品中的人物形象有工人、女学生、商人、教师和牧师等，这些人活动在中产阶级环境中，表面平淡无奇，内心世界却极为复杂。他们受到社会的、命运的以及自身心理上的种种折磨，生活中充满暴力、谋杀、自杀、强奸、纵火等事件。这是一个充满恐怖和荒唐的“哥特式”世界，有的颇具华盛顿·欧文、埃德加·艾伦·坡、弗兰纳里·奥康纳及福克纳作品的韵味和气氛。欧茨认为她的作品是现代生活的真实写照。她的暗淡笔调使她获得“美国文学的可怕女人”之称。文学批评界在相当长时间内没有把她视为严肃的作家。这种状况近年来已开始改变，欧茨的文学地位也日益提高。

《他们》是欧茨的代表作之一。它描述的是一家城市贫民1937年至1967年间的生活悲剧，一场个人与历史、社会及环境相抗衡的斗争，一个未能实现的梦。书中主要人物有3个，即母亲洛蕾塔·博茨福德和她的一对儿女——朱尔斯和莫琳，主要情节由3个人的充满暴力和死亡（或濒临死亡）的生活故事穿插交织而成。洛蕾塔年轻时同一位青年相爱，但她哥哥把她的情人杀死，后畏罪逃走。洛蕾塔迫于无奈和一名警察结婚。第二次世界大战爆发后，她丈夫应征入伍，她带了孩子曾去乡间小住，后来回城企图以卖淫为生，曾被警方拘留。战后全家团圆，但是她的丈夫酗酒成性，经常打骂她。在一次事故中丈夫丧生，洛蕾塔带着孩子再嫁。莫琳虽然天性柔顺，但是极不喜欢寄居继父家。她梦想离家出走，后来做暗娼以积蓄钱，被发现后遭继父毒打，险些丧命，接着她过了一年神志不清的生活。恢复健康以后，莫琳入夜校学习，和一位有妇之夫相恋，导致后者的家庭破裂。朱尔斯认识了一位黑社会人物，做了他的司机，因而得以和这位黑社会人物的侄女娜婷相遇，二人一见钟情，这位漂亮的小姐同意和他私奔到美国南部。在南方，天气炎热，身无分文，朱尔斯只好去偷盗，后来他染疾昏迷，娜婷趁机甩了他逃回家去，不久嫁给一位富有的律师。朱尔斯侥幸未死，回到北方，又和娜婷相遇，二人密约到一家旅馆，发生关系后，绝望的娜婷开枪企图和情人同归于尽。

朱尔斯再次幸存，然而他的头脑和心灵都已一片空虚。在这期间他曾和一个女人同居，奸污过一名少女，并做了她的拉皮条的人。后来城里发生种族骚乱，朱尔斯如大梦初醒，抄起枪支参加骚动，杀死一名追捕他的警察。暴乱后他和一位激进分子一起到加利福尼亚州去谋生。

《他们》是一部骇人听闻的悲剧性作品。它所描绘的是一个混乱和绝望的世界。城市贫民的凄惨经历，谋杀、遗弃、卖淫、暴动、欺骗、暴力与死亡等，一幕一幕地展现在读者面前，令人感到窒息和恐惧，感到美国现当代社会生活存在着严重的感情与心理危机。作者以近似自然主义的笔调把这种危机感传达出来，充分表现出她对同代人的思想及社会状况的深切关注。这部小说巧妙地把三个人物的生活连接成一幅完整的画面，人物性格各有特点，都塑造得栩栩如生。洛蕾塔心地善良，讲求实际，对人对物持一种接受态度。她生长和生活在一个贫苦的自然主义世界里，顺水推舟，并不额外努力改变或改善这个环境。她从年轻到中年到变老起来，凡事顺其自然，就事论事，她的痛苦和欢乐都属常人对外界事件的一般反映。从长远角度看，洛蕾塔属“中庸派”，有足够的生活常识，是大多数的、常人的代表。她的女儿莫琳属于生活在贫困现实世界里的浪漫性人物。她深感受到环境的限囿，对自己的命运感到非常沮丧，于是她开始做白日梦，幻想自己能够脱离贫穷枯燥的生活，她在这方面做了一些努力，但她的结果让人感到不安。至于朱尔斯，他是本能的体现。他没有方向，受原始冲动的左右，被欲望牵着鼻子莽撞向前。如果他的恋人娜婷尚可算为一个朱丽叶式的人物，那么，朱尔斯决不是罗密欧。他是永远不会理性地生活的人。这三个人物的刻画表示出作家对人性和人生的深刻见解。

欧茨多年来创作了许多优秀的短篇小说，有些常被选作教材。她是美国当代影响很深的作家。

安·贝蒂（Ann Beattie，1947—）

贝蒂是活跃在当代美国文坛上的最年轻的作家之一，业已享有相当的名气。她出生在华盛顿哥伦比亚特区，属于二战后出生、在风云起伏的20世纪60年代长大的一代。她在康涅狄格大学读完研究生，曾在哈佛大学和弗吉尼亚大学任教。20世纪70年代早期她开始在有影响的杂志如《大西洋月刊》及《纽约客》上发表作品，在读者中颇有声望。她的第一部小说《寒冷的冬景》(*Chilly Scenes of Winter*，1976）刚一问世便引起评论界的注意。之后贝蒂发表了一些短篇小说集如《歪曲》（*Distortions*，1976）及《秘密和惊奇》（*Secrets and Surprises*，1978），这些作品表现出贝蒂突出的文学创作才能，奠定了她在当代美国文坛的地位。她的敏锐的见解和独特的文体，令评论界刮目相看，《华盛顿邮报》称她为新一代中唯一的闻名作家，《波士顿球报》说她的《秘密和惊奇》是当代美国小说中最出色的声音。贝蒂一直坚持写作和出版，她近年来的作品包括《各得其所》（*Falling in Place*，1980）、《永远地爱》(*Love Always*，1985)、《想象的意志》(*Picturing Will*，1990)、《另一个你》（*Another You*，1995)、《达拉·法尔肯主演的我的生活》（*My Life，Starring Dara Falcon*，1997）以及她的短篇小说集如《帕克城：新老故事选》（*Park City：New and Selected Stories*，1998）等。

贝蒂的作品基本上是对生活的观察和思考。她的人物多来自于中产阶级，生活富足，教育水平高。他们看到生活水准在大幅度提高，但价值观念却出现明显变化。生活中充满变态、破裂的家庭和弥漫四方的混乱。面对这些普遍的变化和道德衰颓，贝蒂笔下的人物感到缺乏自信、无能为力。他们生活在令人窒息的生活的废墟中，不知何去何从。他们或是哀叹人生的短暂，或是沉湎于对往昔的回忆中。他们不想工作，只愿享乐人生，对人生和世人采取玩世不恭的态度。所以贝蒂所描绘的是一个欲望和性沉沦居统治地位的世界。面对失败和逆境，她的人物常常表现得被动和无可奈何，深深感到他们生活在 20 世纪 70 年代，永远比不上 20 世纪 60 年代人们的那种参与和成就感。作家仔细观察，认真思考，希望能帮人们理解生活的真谛，寻觅解决问题以求存活下去的途径。《寒冷的冬景》是一个很好的例子。书中说到一个 20 多岁的年轻人渴望得到爱情，在他的努力失败以后，便感到孤独、失落。小说逼真地再现 20 世纪 60 年代的生活场景，把当时的外部的及心理的生活状况描述得淋漓尽致，小说是那个年代和作家自己所生活的年代这两个时期的真实写照。在某种意义上说，贝蒂是 20 世纪 60 年代时代精神的记录者。

在文体上，贝蒂和同代作家雷蒙德·卡弗等作家一样，有“简约派”之称。她只写现象。在她的笔下，生活变得简单，几乎有抽象味道，读来颇似一具骨架。贝蒂有些像对她影响很大的海明威，语言具有素描性质，但内涵却极深邃。她的句子单纯，多为直述式，她行文不动感情，不事雕琢，其效果颇似摄影写真或抽象的印象派艺术。虽说全是外表刻画，然而却含有挑战性暗示，读者感到水面以下才是冰山的实体所在。所以贝蒂的故事虽然表面说的是现实，却并非属现实主义。她业已走出了自己独特的创作之路。

第四节 二战后南方小说

弗兰纳里·奥康纳（Flannery O’Connor，1925－1964）

南部文学在当代的辉煌成就不可小觑。比如奥康纳（Flannery O’Connor，1925－1964）、史泰伦（William Styron，1925－2006）及卡波特（Truman Capote，1923－1984）等人，都很有令人称道之处。下面先说奥康纳。

奥康纳是美国当代南方作家。她于 1945 年毕业于佐治亚州女子学院，两年后在衣阿华州立大学获文学创作硕士学位。她在结业以前便已开始发表作品，1952年出版第一部长篇小说《智慧的血》（*Wise Blood*）。奥康纳是一位严谨的作家。除上述作品外，她生前还发表过一部短篇小说集《好人难寻》（*A Good Man Is Hard to Find*，1955）和一部长篇小说《强暴者抱走了它》（*The Violent Bear It Away*，1960）。她因患狼疮医治无效，39岁便离开人世。奥康纳的一些散载作品在她死后被收入名为《发生的一切都会汇合在一起》（*Everything That Rises Must Converge*，1965）的作品集中，《奥康纳全集》（*The Complete Stories*）于1971年出版。奥康纳生前就在文坛享有相当的声誉，这些年来，她在评论界的地位日益增高。她的主要成就表现在短篇小说的写作方面，所以她将以著名短篇小说家的声名而驻足于青史。

奥康纳的作品表现出几个明显的特点：题材取自于典型的美国南方生活，内容有浓郁的天主教色调，人物多表现出怪异的特点。她生长在南方，写的都是她自幼非常熟悉的材料，所以她的作品充溢着浓郁的南方气息。她生活的年代，恰值天主教复兴时期，她的想象自然受到宗教的深刻影响，而表现在她的所有作品中。在写作手法上，她擅长刻画人生中存在的怪诞和暴力一面，认为只有通过描绘夸大的、特殊的人物形象，才能引起一般读者的注意和思考。但是，奥康纳的作品不能这样简单地归门别类，她的天才使她的创作超越一切局限，包括时空的、地区的局限，而产生可以适用于一切生活和经历的效果。

奥康纳的人物和情节有其突出的独特性，这和她的独特的灵感紧密相连。比如她对怪异的乡下人极感兴趣，这些人常常在身体或精神方面失常或两者皆有，常有宗教狂倾向、信奉原教旨主义、贫穷、愚昧、有待拯救。在刻画这些通常为苦难者的形象时，奥康纳既通情达理，又注重探索他们的内心世界。这些痛苦的灵魂成为她的作品的主人公，在一定程度上成为表达她对人类生活状况的思想认识的媒介。奥康纳对这些人物深表理解和同情，总是设法提供某种拯救他们的灵魂的途径。她的故事中充满死亡、痛苦、暴力，但最终总出现一个恩典和赎罪的时刻。她的人物常常粗鲁、可怕，她的情节常常令人胆战心惊，她表现出的暴力和罪孽常常骇人听闻，然而这一切都为一个目的服务：作家要表达的宗教见解。她的作品常包含有某种常情难以解释的奥秘。她善于以细腻的文笔描绘人生中奇异而荒诞的现象。她的故事充满旨在让读者感到惊恐的滑稽，甚至闹剧性的细节描述。她处理意外事件的手法尤其令人深思：她不慌不忙、不紧不慢，平静而客观，把人性中觉察不到的层面准确地审视并表现出来，作品具有很大的震撼效果和讽刺意义。她的作品多表现出一定的荒诞性，其中不乏哥特式小说中经常出现的成分。所以说到奥康纳，人们便会想到古怪的人物、异常的事件、骇人的暴力，以及这些所表达出的浓重的宗教信念，令人感到奥康纳既是一位哥特式小说作家，又是一位宗教作家。奥康纳写作技巧高妙，词句流利，常以生动的细节引人入胜，文体简单而富暗示。奥康纳以其富于感染力的作品，成为二战后美国文坛上的佼佼者之一。

下面重点介绍一下奥康纳的杰出短篇小说《好人难寻》（“A Good Man Is Hard to Find”）。小说的内容很简单。它说到一家老少三代六口人出外度假三日，在路上和外号为“浪汉”的监狱逃犯遭遇，全家惨遭杀害。奥康纳作品的主要特点都在这篇小说中集中表现出来。首先，故事充溢着浓厚的美国南方色调。主要人物之一的老祖母是典型的南方白人，阶级意识强，待人颇有优越感，相信南方的传统、家庭门第，相信上帝和圣训（不论如何地浮浅），认为南方的教养源于上帝：一个南方人的血统是他的名誉，他的名誉来自上帝的圣训。后来遇到“浪汉”，儿子、儿媳、三个孙儿女都遭杀害，她痛苦而缓慢地觉悟到自己也要去见上帝了，这时她感到自己有责任拯救“浪汉”，因为他们的共同根源存在于基督教奥秘中。于是她的头脑突然一亮，对“浪汉”说，“唉你是我的一个娃娃啊，你是我自己的一个孩子呀！”她伸手去摸“浪汉”的肩膀，可是“浪汉”却对她胸口连开三枪。读者读至此处会感到，老祖母的行动近乎荒唐，但奥康纳却认为，老祖母表示精神同情的动作会在“浪汉”的心中宛如一粒种子逐渐长成大树，使他痛苦，而变为一个先知性的人物。奥康纳认为，老祖母因最后“接触到奥秘”而获得了一种特殊的胜利。读者对此可以见仁见智，但作家有自己的主观意图。这和下面要说的奥康纳作品的天主教色彩有直接关系。

奥康纳坚定地相信基督教的神秘和价值观。她的作品一般都在表现这个信念时遵循一个模式，即故事沿着从罪孽——知罪——忏悔——赦罪的路线发展，突出地表达出恩典的信念。比如在小说中老祖母或客店主人所抱怨的并不是“浪汉”或世道改变、人心不古，作家要表现的是一个充满罪孽、没有虔诚心的世界。例如老祖母一家就很缺乏基督教精神。老祖母自己并非一个充满爱心、灵魂虔诚的人，她的儿子也不是一个合格的父亲，孩子们也不听话，有时还显得有些讨厌。他们不是最好的天主教徒，灵魂需要上帝的恩典来拯救。再说这个“浪汉”，读者会问，他和老祖母一家萍水相逢，路途邂逅，原无冤无仇，为何如此狠毒，杀死全家？评论界对此意见不一。一种看法是，这个人是魔鬼，没有理智，对自己的处境不满。他并不是纯属愚昧、滥杀无辜，他是在和上帝赌气，抱怨上帝对他不公，让他遭受冤屈。在他的头脑里，“死”字根深蒂固。作家虽然没有动用强烈的语言谴责他的暴行，但他的冷血行为足以让读者感到毛骨悚然。奥康纳刻画出这样的人物，有可能是要表达她自己的怀疑。另外一种看法是，“浪汉”可能是个富有思想的人，对宗教和社会都有强烈的观点。他对信仰似表现得更为关心，有更深刻的理解。他不能相信他看不到的事情，他和老祖母之争实际是，老祖母在表达她所继承的信仰，而他站在对面，却在宣讲魔鬼崇拜。他的暴行旨在向上帝挑战，和上帝摊牌，强迫上帝显身。作家本人以及有些评论家认为，他有可能浪子回头，受到老祖母的虔诚心的感染，而开始经历精神的变化和归依过程。

《好人难寻》的另一突出特点是对暴力的描绘。它和奥康纳的大多数短篇故事一样，把日常生活的琐碎细节同令人发指的暴行巧妙地结合在一起，从而收到奇妙的艺术效果。作者的妙笔似乎在于：首先安抚和镇定读者的情绪，接着便在不动声色的平淡叙述中突然来个惊人之笔，使读者对这骤变的情节瞠目结舌，不知所措。奥康纳认为，对于一个关心基督教信仰的小说家说来，现代生活充满了令人厌恶的怪诞现象，他的责任是帮助对这些现象已经习以为常的读者认识到它们的怪诞面貌。由于读者的认识不同，作家必须采取异常剧烈的手段使他们震惊："对耳背者你要大喊，对近似失明的，你要画大而惊人的形体。"《好人难寻》对暴力的描写貌似漫不经心，实则透过平淡无奇的描绘，逐渐使恐怖的气氛感染读者，令他们感到作者所探索的乃是人生中诸如信仰之类的根本性问题。当人们读到老祖母和在逃犯对话的末尾部分时，这种感觉尤其强烈。在客观上，小说深刻地揭示出美国社会生活中存在的令人震惊的暴力，发出了"好人难寻"的悲凉呼声。不论对老祖母一家和客店主人，还是对在逃犯说来，"好人难寻"都是无法回避的残酷现实。

《好人难寻》也是奥康纳文体的杰出体现。小说叙事简单明了，美国南方口语流畅，同时充满悬念和预兆，让读者感到意外。人们阅读第一部分时，知道一家六口活得乏味，要出外度假，会感到一切平凡、甚至枯燥，打不起精神读下去。然而细心的人会注意到，故事已经轻描淡写地提到"浪汉"已越狱，也会注意到老祖母有可能遇难以及这家的祖坟等细节的透露。接着，路遇车祸，全家人似乎开始朝森林张开的"黑口"走去了。最初从林子里传来的枪声听去隐隐约约，读者只能从老祖母的举止变化上觉察出一点，接下来就是那近镜头的最后一幕——老祖母连中三枪。小说旨在令人在吃惊之余，认识生活的罪恶、怪异的侧面，从而觉悟到宗教和信仰的重要性。

奥康纳的主题复杂，象征主义手法不易理解，她是美国文学史上一个很有魅力的作家。

威廉·史泰伦（William Styron，1925—2006）

史泰伦是美国当代重要的南方作家。他生于弗吉尼亚州纽波特纽斯镇，参加过二战和朝鲜战争，写过反战小说《长途行军》（*The Long March*，1953）。他的作品数目虽不算多，但影响颇大。他这些年来荣获过一些大奖，诸如普利策奖及全国图书奖等。他的小说《在黑暗中躺下》（*Lie Down in Darkness*）1951 年问世，立刻受到评论界一致好评，他也一举成名。他的《烧掉这所房子》（*Set This House on Fire*，1960）出版后评论反应褒贬不一或倾向于否定。他的小说《奈特·特纳的自白》（*The Confessions of Nat Turner*，1967）以 1831 年发生在他家乡附近的黑奴暴动事件为背景写成。1979 年他发表了最著名的小说《苏菲的选择》（*Sophie's Choice*），以从纳粹集中营幸存下来的年轻女子的悲惨遭遇为背景写成。20 世纪 80 年代早期，史泰伦经历了一场精神危机，曾因精神消沉而住院治疗，后来写出《可以看到的黑暗：一部回忆录》（*Darkness Visible：A Memoir*，1998）以记录此事。自从 20 世纪 90 年代以来，史泰伦一直写作和出版作品，1993 年推出包括三部中篇小说的《涨潮的早晨》（*A Tidewater Morning*）一书。史泰伦深受南方文学传统、尤其是福克纳的影响。比如他和福克纳一样重视探讨和描绘人心灵深处的冲突，在叙事过程中也擅长打乱时间顺序。史泰伦对现代文学领域内的许多流派和思潮也很敏感，比如意识流、心理分析以及内心独白等手法，他都非常熟悉，运用起来得心应手，宛如信手拈来。史泰伦在运用这些技巧时很有自己的特点。他特别擅长描绘下意识，表现梦境，表达人的性爱欲望，在运用叙事角度方面也善于多变，不落窠臼。他在当代美国文坛占有相当重要的位置。

史泰伦的成名作《在黑暗中躺下》所描写的是美国南方一个中产阶级家庭的悲剧故事。父亲密尔顿·洛夫提斯受美国北方生活方式影响，不顾传统，嗜酒成性，沉湎于婚外恋。母亲海伦坚持传统，信仰坚定。于是两人之间产生分歧，密尔顿移情于女儿贝藤身上。女儿逐渐长大，父女间似在发展一种乱伦关系，导致家庭纠纷的爆发。贝藤出嫁到北方，但她感到自己仍深陷在成长过程中的爱恨复杂关系中而不能自拔。她想家，想念父亲，为了排解忧愁，她和男人发生关系，但这一切都不能把她从痛苦和绝望中解救出来。最后她决心跳楼，以彻底切断愁丝。在这部小说中，史泰伦遵照南方传统，描写了工业化让南方失去道德准则，以及尾随而来的混乱、失落、痛苦和绝望。宗教传统与现代怀疑主义、种族矛盾以及南方的工业化过程，这一切都为洛夫提斯家庭的缓慢而痛苦的解体过程提供了充分背景和注脚。不忠和乱伦并存，贝藤走到哪里，她内在的激情就跟随她和她的美貌到哪里，而导致她的悲惨结局。她父母的婚姻宛如一场闹剧，母亲海伦只能爱她能够控制的事情，比如残废女儿莫蒂。所有的人都死去，在生活的坟墓中躺下。小说的文体和《圣经》颇相似。

史泰伦注重表现和分析人物的内心矛盾，以显示当代生活对人的意识的影响。在《在黑暗中躺下》中，旨在突出人物感情世界的回忆和倒插笔比比皆是。贝藤竭力摆脱她的悲剧性家庭的阴影，阻挡南方传统、文化及历史的侵袭，以寻找和开始生活的新的一页，但这一切努力都于事无补：她的南方家庭及教养总能尾随在她的身边，毒化和扭曲她的灵魂，使她走投无路，最后唯有从窗口跳楼，在黑暗中躺下，以求得心安。小说注意心理描写，娴熟地运用意识流手法，比如在书的末尾，贝藤的一大段内心独白，读来颇似詹姆斯·乔伊斯的《尤利西斯》最后一章里莫莉的思想活动的翻版。

《奈特·特纳的自白》是用小说形式叙述一个真实的历史事件。小说运用一个黑人反叛者的口吻叙事。史泰伦以一个同名的小册子所提供的奈特·特纳的生活细节为张本，写成这部他称之为“历史的思考”的小说。1831年发生在弗吉尼亚州的黑人动乱领袖奈特·特纳生于1800年，自幼在白人主人家里熟读《圣经》，逐渐成长为一个宗教狂式人物。他自封为布道者，声称自己看到了神示的幻象，说上帝命定他做一番大事。他说一位先知出现在他的幻象中，命他领导黑人叛乱反对奴隶主；还说他看到黑人天使和白人天使混战，天空黑暗下来；又说他在田间劳动时看到庄禾叶上有用血写成的字母表；他声称他还看到了其他向他显示末日已濒临世上的神示。1831年8月21日他决定完成他作为死的天使的使命，带领5个黑奴开始杀戮白人奴隶主。不久，他组成一支大约40余人的队伍，在36小时的时间内杀死了59个白人男女和小孩。政府立即出动军队，他们屠杀无辜黑人，白人奴隶主也趁机杀戮他们的奴隶。同时有传言说更多的叛乱在发生。在以后几天里，叛军和政府军血刃相见，特纳的多数随从被杀，他本人又躲藏几日，最后自首。在狱中一个名叫托马斯·格雷的记者访问了他，写出长达20页的《奈特·特纳的自白》这本小册子记载他的故事。后来特纳被处绞刑，然而他的叛乱的后果却又延续了几十年之久。有人说，倘若弗吉尼亚当时立即取消奴隶制，美国或许可能避免内战。史泰伦动笔写作之前阅读了大量有关材料，小说问世后引起激烈争论。有人拍手称赞，但黑人作家和评论家多不以为然。他们认为，这个故事应由黑人来讲，史泰伦用黑人的视角叙事，假装了解他们的心理感受，这是利用黑人为己服务的放肆举动。他们认为，史泰伦的书似在表明，悲剧与其说是由奴隶制造成，不如说特纳的心理应负更大的责任。史泰伦对被称为种族主义者而感到难过，但承认他可能不应把自己的理解强加在一个黑人的身心上。史泰伦对此故事的处理重点可能和黑人作家的手法不同，他强调的是赎罪主题，而不是描绘事件的细节、谴责非人的奴隶制度。这当然和史泰伦的写作方法有直接关系。他在书中虽然写的是一个历史事件，但他未把重点放在表现黑人的苦难和叛乱的宏伟场面上。他主要从特纳的自白中挖掘奴隶制度对奴隶心灵所造成的、把他们变成转向暴力求援的人的创伤和损害。应当补充一句，黑人作家詹姆斯·鲍德温当时站在史泰伦一边为他辩护。

《苏菲的选择》有点自传成分在内。作家早些时候曾和一位从德国纳粹奥斯维茨集中营里侥幸逃出的年轻犹太女人相遇，觉得应当写一部书来记录她的故事。小说讲的是一个冗长、复杂的故事，其中有事实、有自传，有历史、有虚构，有悲情、有滑稽，可读性很强，后来曾拍成电影，由著名男女影星领衔，轰动一时，获奥斯卡金奖。小说主要表现纳粹德国对犹太人的大屠杀在人的心灵上所造成的毁灭性浩劫。犹太年轻女人苏菲是波兰人，在第二次世界大战期间，家人、丈夫、两个孩子全部遭杀害，她侥幸逃到纽约，努力开始生活，但是往昔的阴影紧紧地笼罩着她，使她喘不过气来，终于未能如愿。题目中的“选择”很耐人寻味。它一是指苏菲在纽约先后遇到两个情人——情绪多变的犹太青年纳森和年轻作家斯廷格，她在两人中要做出选择；一是指她在集中营时，纳粹要杀害她的一个孩子，命她在两个孩子中做出选择，后来两个孩子都被杀，苏菲经过这一浩劫，再难打起精神活下去。《苏菲的选择》的写作手法独特，充满倒叙、内心独白以及其他意识流表现，是典型的史泰伦作品。

杜鲁门·卡波特（Truman Capote，1923—1984）

卡波特出生在纽约，以主题论他属南方作家。他的大多数作品以南方路易斯安纳、密西西比、阿拉巴马等州为背景，所描绘的是一个充满暴力的哥特式世界。他在不少作品里呈现出自传性倾向，有些题材也似多有重复。比如他幼年父母离异、跟亲戚长大——变成“孤儿”——的经历，他在心灵底处渴望得到爱和理解等等，这些在他的作品中常表现为少年寻父的题材。例如他的长篇《其他声音，其他房间》（*Other Voices，Other Rooms*，1948）写的就是一个男孩在充满荒诞的世界里寻父，后来得不到异性爱，便接受了同性恋。另一部小说《草琴》（*The Grass Harp*，1951）写一个男孩反叛传统价值，后来得知，世上最重要的事情是爱自我、爱世界。《一段圣诞节回忆》（*A Christmas Memory*，1956）讲的是一个男孩所感到的难以忍受的孤独和不愉快，他生活中唯一的期望是做好过节的准备。虽然卡波特在《在提弗尼店早餐》（*Breakfast at Tiffany's*，1958）中把主人公换为一个女孩，可是她也是孤儿，到纽约来寻找的仍是爱和归属感。在卡波特的多数短篇小说中，这个主题一再出现，总是一个男孩渴望得到爱，但努力的结果总是叫他失望。

就是他的名著《冷血》（*In Cold Blood*，1966）也不例外。其中一个杀手——派利·爱德华·史密斯——少时就因父母的冷待而流离失所，刑事学家稍事分析便会发现，派利的冷血罪行可能和他幼时的遭遇有某种关系。派利的母亲是酒鬼，父亲是流浪汉，他年幼时被从一个孤儿院扔往另外一个孤儿院，后来在商船上、在军队里他度过难熬的岁月，又遇意外腿脚受伤变形而痛苦不堪。后来他因夜盗入狱，在那里遇到日后一起犯案的杀手狄克·西科克。他立即接受了狄克的抢劫的想法。他们曾听到谣传说，堪萨斯州一个富有的农场主，名叫赫伯特·克拉特，平时家里存着 4 万元钱以支付农业工人的工资，于是决定打劫中西部这个农家而暴富起来。两个盗贼来到克拉特家，翻遍各处，没有任何收获，尽管农场主再三请求，他们还是丧心病狂杀害了全家。一位名叫阿尔文·亚当斯·杜威的特工人员，受命追拿凶手归案，在拉斯维加斯终于成功地把他们逮捕，送回堪萨斯接受审判，后被正法。《冷血》在主题和技巧上都堪称佳作。作者称之为“非虚构小说”，把实际报道与小说想象两个貌似水火不容的领域巧妙结合起来。小说里有逃跑、追捕、逮捕等各种事件，也有法庭审判的场面，颇受读者和评论界的欢迎。因而，这部小说对欧美当代记录性小说产生了相当影响。仔细分析便会发现，小说可有不同层次的诠释：它可作为美国社会生活中所存在的暴力和美国梦失败的象征，也可作为罪犯行为的研究来读。此书是卡波特迄今对当代美国文学所做出的最大贡献。他在国内和国际上都享有声誉。

第十一章　二战后美国小说（2）

第一节　后现代小说简介

自从20世纪60年代以来，美国在社会、政治及艺术各领域内发生了不小变化。越战不得人心，政治暗杀不断，民权运动方兴未艾，嬉皮士反主流文化的出现，通俗艺术形式的深入人心，诗歌朗诵和街道剧场的流行，在各种文艺形式中涌现的革新倾向，关于小说形式已枯竭的预言，女权主义的进一步发展，大众媒体及计算机的信息传播等等，一切都发人深省，人们突然之间发现事实和虚构之间的界限模糊起来或已不再存在了。诸如民主理想、个人主义、政府的可信度等事物在发生质的变化，人们的认识水平也出现了明显变化。一切善于思维的人们开始感觉到时代的挑战。

对美国小说来说，这是一个很有意思的变化时期。反映生活的文学艺术领域内出现了深刻变化。在20世纪六七十年代文学界的一个革命性认识是，传统的现实主义手法业已过时，它的旨在制造让人相信的现实幻象、运用连贯的叙事角度、提供明确含义的手法，在新时期不仅不能真实反映现实，而且有时掩盖现实的真相。一些作家开始感到，对传统的文学形式及表达方法必须进行某种除陈布新的革新。巴思（John Barth）是第一位明确表达这种认识的人。他在他的《枯竭的文学》（“The Literature of Exhaustion”）一文里宣称，传统小说已死，传统小说所提供的资源业已用尽，必须寻觅一种全新的写作方法，小说这个艺术种类才能继续存活下去。于是，文学艺术领域内出现了各种大胆的革新形式，变化在即，已经成为不可避免、不可小觑的事实。后现代文学时代到来了。

后现代文学有多种表现形式，例如荒诞派小说、准小说以及前卫小说等。荒诞小说主要在表现当代生活的荒唐。关于世界是荒诞的，无论上帝或人和神学或哲学都不能解释世界的意义，这一点对美国作家来说并非新奇。20 世纪二三十年代海明威、福克纳等人的作品以及 20 世纪 40 年代末、50 年代初贝洛和梅勒等人的作品也是反映生活的荒诞的。但是，这中间存在着不同：20 世纪 60 年代以前的作家是运用传统手法表现荒诞主题的，当时认识到生活的荒诞性的人多局限于思想敏感的人们；到了 20 世纪 60 年代，情况迥然不同了，人们这时已普遍感觉到存在于社会生活各个层次上的混乱和无意义、无目的性，作家们感到，必须寻找新的表现方式来反映这种新的现实，于是担当起时代赋于他们的这一重任。他们要运用“荒诞”的技巧表达“荒诞”的主题。

“荒诞”小说家们发现了自己的表现技巧。比如他们模仿传统的小说技巧，模仿其他小说、文体，清楚地表明文学表现手段的人为性质，指出这些手法创造人为的秩序，给人一种生活并非混乱和荒诞的错觉，有碍于人们理解现实的荒诞性。“荒诞”小说家接受爱因斯坦的相对论和物理学的量子论，认为真理和现实是多方面、不确定、难以捕捉的。他们认为任何旨在显示可以确切表现现实的传统手法都是非法的、误导读者的。他们有意颠覆以前的传统手法，在读者思想中制造混乱，以便让人们认识到，即便他们接受了荒诞，荒诞也未从他们的生活中消失。他们要让读者认识到，世界已脱节，已成为一个悲哀的所在。“荒诞”小说家们由于观点过于倾向虚无主义，也难写出悲剧性作品来。他们的作品常呈现为一种近乎荒唐、滑稽的喜剧，人类的悲惨与荒诞性状况在他们的作品中常表现为一种宇宙性玩笑。他们要读者在面对现代生活的黑暗时发出笑来，这就是人们所说的黑色幽默，这是“荒诞”小说家惯用的一种表现手段。在这种作品中，作家一般不会笑其作品中的人物的悲剧，事实上，他们非常认真刻画和对待这些人物。如果偶尔笑出，也是因为这些人物努力要在混乱中制造秩序、赋予本来荒谬的生活以意义的缘故。不过笑过之后，人们常常感到痛苦、压抑和绝望，这是黑色幽默所追求的艺术效果。

当然，“荒诞”小说家们的态度并非总是一成不变的否定。现代派作家如艾略特、乌尔夫等人感到世界支离破碎、没有秩序和目的，他们采取的应付手段是通过艺术给生活带来秩序和意义，以期对不理想的现实能有所控制和超越。当代“荒诞”小说家们怀疑自己左右现实的能力，他们转而直接面对现实，接受它的现状，它的偶然性、变化性、混乱性，把这一切视为理所当然，认为任何力量，包括艺术在内，都是无法改变它的。他们拒绝接受现代派的生活应为一有机整体的理念，相信生活的难题是无法解决的，于是便把自己置身于生活的混乱当中，力求在面临、而不是否定生活的荒谬的情况下，发现和创造生活的意义（如果意义可以创造的话）。他们相信个人是世界的组成部分，相信参与生活，沉浸入生活中。这种肯定和接受态度是后现代主义的突出特点之一。

在这一时期内还有一个明显的发展，那就是准小说（Metafiction）的问世。所谓准小说者，实乃以小说形式又讲故事又谈创作的一种小说（读巴思的短篇《迷失在娱乐场中》[“Lost in the Funhouse”]，便会有这种感觉）。准小说在讲故事的同时时刻告诉读者，他们所读的故事乃是作者编造的故事，而不是像现实主义作家所说的是真实的事情。准小说家的基本目的在于反现实主义之道而行之：如果现实主义作家力求把虚构变为真实，那么准小说家则努力把真实描绘成虚构。他们旨在说明，现实是无法准确无误地表现的。准小说家认为，语言是文化载体，包含着价值观念，一切作品都受作家本身价值观的左右，也受具有不同背景和文化的读者的阅读和理解的左右。所以，在准小说家的笔下，小说创作不是为满足读者和评论家的传统性期望，而是为打破传统现实主义多年来成功地创造的小说反映现实的幻象。准小说家运用模仿手法，目的在于拒绝传统的"艺术反映现实论"，强调表明艺术的自我表现或自我反映性。而且，准小说的文本可能是自我颠覆的。比如说，一个文本可能有三个结尾，而不是传统的一个；小说文本可能会由书中的一个人物加以编辑，结果会在主文本中出现第二个文本，传统读者的传统问题，"真正的故事是什么？"，会变得无法回答，问题本身似乎也失去了意义。读一下纳博科夫的《灰火》就会产生这种感觉。准小说的基本特点包括故事里面套故事、故事含义无定论等。这一时期著名的准小说家有巴思、品钦（Thomas Pynchon）、巴塞尔姆（Donald Barthelme）、纳博科夫（Vladimir Nabokov）、多克托罗（Doctorow）等人。

后现代主义小说的另外一种表现是前卫小说。这个名词用于革新意味很强的作品。前卫小说一般是彻底背离传统小说写作方法，小说没有或很少有故事情趣，常常枯燥乏味，不能满足一般欣赏口味的读者，或甚至有所冒犯，小说常常没有什么可读性。作品表现出这种特点的作家有霍克斯（John Hawkes）、库弗（Robert Coover）、阿比什（Walter Abish）、加斯（William Gass）、达文波特（Guy Davenport）以及米勒霍泽（Steven Millhauser）等人。巴思和品钦的某些作品也有同样的倾向。

第二节 海勒/冯纳古特/凯西

约瑟夫·海勒（Joseph Heller，1923—1997）

海勒是20世纪60年代“黑色幽默”文学的杰出代表，美国当代文学的重要作家之一。他生于纽约市的布鲁克林区。第二次世界大战中参加美国空军，其间执行60余次飞行任务。后就读于加利福尼亚大学和纽约大学，1948年在哥伦比亚大学获文学硕士，后赴英国牛津大学研究英国文学。1952年至1954年在宾夕法尼亚大学讲授写作和文学。海勒在学生时期就开始文学创作。1947年至1948年间在《大西洋》和《老爷》等文学杂志上发表《我不再爱你》（“I Don’t Love You Anymore”）、《白雪城堡》（“Castle of Snow”）、《来自格林威治的女孩》（“Girl from Greenwich”）等短篇小说。1954年，他开始写作第一部长篇小说，书名为《第二十二条军规》（*Catch-22*），该书成为海勒的传世之作。之后，他于1974年出版第二部长篇小说《出了毛病》（*Something Happened*），小说以主人公罗伯特·斯洛克姆自述的形式揭露美国社会的诸多弊端：人际之间的勾心斗角和相互倾轧，家庭婚姻，男女私情以及夫妻之间、父母与子女之间的冲突等，表明这些社会和家庭的矛盾是造成人们精神苦闷崩溃乃至自杀的社会根源。作者着力刻画主人公的心理活动，抨击资本主义制度的腐朽，暗指真正有毛病的是当今的美国社会。长篇小说《好得不得了》（*Good as Gold*，1979）讽刺一个憎恶权力却又一心想到首都华盛顿去当国务卿的大学教授，影射美国前国务卿基辛格。小说通过对基辛格家庭生活和社会活动各方面的描写，再现了美国社会的腐化状况。此外，海勒还写过剧本《我们轰炸纽黑文》（*We Bombed New Haven*，1967）和《克莱文杰的考验》（*Clevenger's Trial*，1974）等。

海勒的代表作《第二十二条军规》是美国二战后出现的第一部“反战性”荒诞派小说。小说虽然描写二战时美国空军内部情况，但讽刺和抨击的对象却是美国官僚机构的“非人性”倾向以及当权者的腐化现象，充分展现了现代生活中严重存在的荒诞现象。小说问世后颇受好评，1970 年被改编成电影后更为畅销。越战期间，小说在青年中间广为流传。到 1975 年，共售出 600 多万册。

《第二十二条军规》描写的是美国第二十七飞行大队的故事。这个大队在第二次世界大战期间为配合意大利抗击纳粹德国的侵略而驻扎在地中海的某岛上。小说力图通过对空军官兵之间、上下级之间荒诞滑稽的人际关系的描写，展示美军内部的专制和腐败，从而揭示当代美国社会生活中的各种怪诞现象。作者透过滑稽的表面现象揭露了一个极端自私、残酷无情、草菅人命的世界。小说成功地描绘出一幅当今社会人们陷入困境的图景。小说的主人公上尉飞行员尤索林在战争中“勇敢”过，但后来时刻感到自己的生命在受到威胁，这一威胁不仅来自战争本身的残酷，更来自美国军事体制内部的官僚主义制度。这种制度借“理智”“爱国”和“正义”的名义牢牢掌握了对飞行员们的生杀大权。比如按照空军司令部的规定，飞行员在完成 25 次飞行任务之后便可复员回国；然而，飞行员们却永远不能完成任务，因为上校卡思卡特为了自己晋升将军、中校克恩为了自己晋升上校而不断增加飞行数额，从 25 次增加到 30 次乃至 35 次、40 次，最后竟至 80 次，为了逃避厄运，尤索林常借口有病住进医院，最后不得已冒险逃往瑞典。

《第二十二条军规》所描写的是一个没有理智和希望的世界，在这个世界里，发生过一系列荒诞离奇的事情。活着的人被宣布已经死去，而死了的人在官方的名册上仍然“活”着；一位军官只有不在时才欢迎客人来访；而“学习讨论会”只邀请不提问题的人来参加，诸如此类。显然，小说所抨击的不仅仅限于基地上的军事官僚机构，而是整个资本主义世界。这个机构和世界的荒诞性集中表现在第二十二条军规上。这条军规虽不成文，但人人深知它的存在和它的可怕，因为经过上司随心所欲的解释，它便能置飞行员们于无法逃脱的生命危险之中。关于“第二十二条军规”的实质，在小说的第5章，尤索林和丹尼卡医生讨论飞行员奥尔因精神上有病是否应当停止飞行之后，有一段很好的解释：“这里面只有一个圈套，这就是第二十二条军规。这条军规规定，面临真正的、迫在眉睫的危险时，对自身安全表示关注，乃是头脑理性活动的结果。奥尔疯了，可以允许他停止飞行。只要他提出请求就行。可是他一提出请求，他就不再是个疯子，就得再去执行飞行任务。倘若奥尔再去执行飞行任务，那他准是疯了，如果他不肯再去，那他就没有疯，可是既然他没有疯，他就得去执行飞行任务。倘若他去执行飞行任务，他准是疯了，不必再去飞行，可是如果他不想再去，那么他就没有疯，他就非去不可。”（引自《第二十二条军规》中译本，上海译文出版社1981年版）这就是人们所说的典型的“第二十二条军规局面”。显然，在尤索林看来，在第二十二条军规笼罩下而存在的乃是一个疯狂的世界。为了逃出这个世界，为了保全自己的生命，他时而以肝脏有病为借口躲进医院，而且为使病状延续，他拒绝食用水果，这显然是他在“死”与“病”两个魔鬼间所做的宁病勿死的、无可奈何的“明智”的选择。他在医院里对人们说：“这是医院里唯一一个精神正常的病房。除我们之外，人们都疯了。这也许是全世界唯一一个精神正常的病房。”当卡思卡特将飞行指标增加到80次时，大部分飞行员都已牺牲或失踪，此时尤索林决定冒险出逃。

小说塑造了一群怪诞的人物形象和一系列荒诞的故事情节。佩克姆和德利德尔两位将军为争夺空军飞行大队的指挥权而相互倾轧。上校卡思卡特和中校克恩虽口口声声说“为国家而战”，实则是要飞行员们为他们的晋升去送死。他们对战争的胜负并无兴趣，他们参战的目的只有一个，即借机获得某种军衔。为达此目的，他们把飞行指标屡屡增加，假如上司还不满意，他们可以把指标增加到“100 次，或者甚至 200 次、300 次，或者 6000 次”。小说中另外一个突出人物形象是投机者迈洛。这个人最初是卡思卡特指挥下的飞行中队的伙食管理员。后来他投机大发战争财，一个人经营“M&M 联合企业”跨国公司，在只要“有利于 M&M 联合企业就有利于国家”的口号掩盖下，捞取巨额利润。他不顾在前线作战的军人的安危，供应的物资如火线救急医药物品质量低劣，导致死亡，这在飞行人员斯诺顿的死亡中可见一斑。在一定意义上，在小说中，他是死亡的象征。他飞黄腾达，还在世界各地招摇撞骗，居然当上了不少国家和地方的高官要员，如马耳他副总督等。后来他竟然和德军签约，答应轰炸己方阵地，以获取德方报酬。因此事发，也出于其他原因，迈洛受审，但却被宣判无罪释放。这是现实对资本主义制度的无情鞭挞和针砭。

在这种荒诞局面下，“死亡”近在咫尺，飞行员们惶惶不可终日，完全没有了过去战争小说中所描绘的那种浪漫的英雄气概。这表明《第二十二条军规》否定战争的明确态度。比如在小说里，盘旋在主人公尤索林心头的惶恐就来自于他的同机同事斯诺顿在空战中的惨死场面：当时斯诺顿腹部中弹，五脏六腑全部从破裂处撒落出来，他们在旁眼睁睁地看着他被死神拖走，而毫无作为。那种悲惨、无助、呼天不应、求地不灵、唯有死路一条的情景，在尤索林心目中留下深刻印象，令他终生难忘。飞行员们面对这种情况所持态度各有不同。多数人手足无措，听任命运安排，于是不少人死于非命。有些人则看清了罪恶制度的真面目，不愿做炮灰，而欲做自己前途的主人，想方设法逃条活命。奥尔便是实例。这个人望去十分愚昧，每逢讲话便在口中放入沙果，因而无人能听清他说些什么；他在休假期间让一个妓女从楼上到楼下追着用皮鞋打，令旁观者笑破肚皮，等等。大家一向把他视为“疯子”或“傻瓜”，无人会料到他实际上是在装疯卖傻，竭力躲过人们的注意，而暗里却在精心地策划着自己的出逃，比如他不止一次地“实验”飞机被击落后如何在海上逃命等。最后他顺利地逃到一个中立国去，人们得知后方恍然大悟。尤索林属于通过现实逐步觉悟的类型。他从他的上司（各位将校及迈洛等人）那里看到自己和朋友的无能为力和任人摆布的危险境状，从在战斗中惨死的斯诺顿那里看到了死亡的悲惨前景，从奥尔那里体会到自己依靠自己的道理，最后毅然决心弃暗投明，逃出死亡的魔爪。从某种意义上说，《第二十二条军规》所描绘的乃是人如何积累经验和智慧、竭尽全力战胜荒诞和死亡而力求存活下去的过程。

《第二十二条军规》不论在主题的处理上和艺术形式的安排上都与传统小说不同。恰如一位评论家所说，一部反映显然是荒诞和混乱的世界的小说，应当用显然是荒诞和混乱的形式来表现。《第二十二条军规》在反映当今社会的“有组织的混乱”和“制度化的疯狂”这一荒诞社会现象时，在结构上作了精心的处理。例如，小说不以故事发展的时间顺序为线索，时间似乎已不存在，而是把过去发生的事件和现在发生的事件放在同等重要的位置上加以描述。有些情节表面看来好像互不联系，杂乱无章，实际上由于它们在不同的时间层次上再现被扭曲的人物形象，从而突出了小说立意反映荒诞现实的效果。作者的语言也尽力符合表现这一主题的需要。他运用许多语言手段，如“循环式谈话”，问答极其滑稽并出人意料；“套语”的运用，即把俗语中关键字眼换成能产生荒谬效果的字词；谈话语气的突然变化，即由严肃话题到琐细话题的突然跳跃和转换，令人啼笑皆非等等诸如此类的文学修辞手段。这些手法的巧妙结合，使小说的文字呈现一种荒诞状貌，有力地表现了一个疯狂世界缺乏理智和逻辑及其不可逆料的特点。作者运用“黑色幽默”手法可谓已达精深圆熟的程度。读者在阅读中无不喷饭、捧腹，这在阅读史上是极罕见的。比如主人公为“保”住自己的肝炎而不吃水果，人们笑后细想他此举实乃出于无奈，必须是在死与病两个魔鬼之间做选择，却又感到无限悲伤。凡此种种，不胜枚举。

《第二十二条军规》以其内容和形式的创新而成为美国小说史上的一个里程碑：它开创了美国 20 世纪 60 年代荒诞小说的先声。海勒后来又写过不少作品，但没有可与《第二十二条军规》相媲美的。迄今也还无人写出在结构上与之相似的作品，说《第二十二条军规》空前绝后似不为过。

库尔特·冯纳古特（Kurt Vonnegut，Jr.，1922—2007）

冯纳古特是美国当代小说家。由于他的作品中多有科幻成分，世人多把为他视为科幻作家，他对此很不以为然。后来他的传世作《第五号屠场》（*Slaughterhouse-Five*）问世，评论界便开始刮目相看了。冯纳古特生于印第安纳州的印第安那波利斯市。中学毕业后就读于康奈尔大学，攻读生物化学。二战中应召赴欧洲作战，被德军俘虏，关押在德累斯顿（Dresden）城。德累斯顿在二战中是一座不设防的文化城，但在 1945 年 2 月 13 日，盟军飞机对该城狂轰滥炸，将其夷为平地，13.5 万人葬身火海。冯纳古特因被关在一屠宰场的地下冷藏库才幸免罹难。这次轰炸和屠杀深深铭刻在他的记忆中。在他看来，德累斯顿的烈焰不啻于世界的末日。二战后他在芝加哥大学研究人类学，兼作记者，后迁入纽约东部的斯克内克塔迪市（Schenectady），在通用电器公司担任对外联络工作。该地后来成为他的许多小说的背景，即他称之为纽约州的伊利翁的地方。冯纳古特 1950 年移居科德角（Cape Cod），潜心创作，作品多刊载于科幻小说杂志上。1969 年《第五号屠场》出版，确立了他在美国文坛的地位。他的其他作品包括描写未来生活、带有科学幻想色彩的《自动钢琴》（*Player Piano*，

1952)、《泰坦的女妖》(*The Sirens of Titan*, 1959),以二战中一位卖身投靠纳粹德国的艺术家的遭遇为题材的《夜母》(*Mother Night*, 1961),以及《猫的摇篮》(*Cat's Cradle*, 1963)、《上帝保佑你,罗斯沃特先生》(*God Bless You, Mr. Rosewater*, 1965)、《胜利者的早餐》(*Breakfast for Champions*, 1973)、《滑稽剧》(*Slapstick*, 1976)、《囚犯》(*Jailbird*, 1979)、《神枪手狄克》(*Deadeye Dick*, 1982)、《加拉帕格斯》(*Galapagos*, 1985)、《蓝鸟》(*Bluebird*, 1987)、《大杂烩》(*Hocus Pocus*, 1990)等。此外还有短篇小说和剧作。1972 年他当选为国际笔会美国分会副主席和国家文学艺术协会会员。

冯纳古特所处时代的动荡对他的创作有很大影响,如 20 世纪 30 年代的经济危机,40 年代的第二次世界大战,50 年代的朝鲜战争和麦卡锡主义的泛滥,60 年代的越南战争和美国社会的广泛骚动。冯纳古特身处当代世界,深感技术文明社会对人的压抑。在这样的社会中,苦难、失望、死亡接踵而至,而人只有逆来顺受。因而他认为这个世界没有目的,没有秩序,没有希望。社会的残酷常使他(以及他小说中的人物)寄情于科学幻想,以期减轻自己的痛苦。冯纳古特是一位具有人道主义思想、讽刺笔锋极为犀利的作家。《自动钢琴》提出人与机器的关系问题,指出人应当是世界的主人;《泰坦的女妖》说明人要爱自己周围的人;《夜母》通过一个犯下"反人道的罪行"的间谍之口,提出"与其可耻地活着还不如死去"的思想;《猫的摇篮》针砭宗教和政治对人民的欺骗,预示科学可能对人类造成的威胁;《第五号屠场》则以辛辣的手笔揭示出战争的残酷,以悲凉的笔调强调了死亡的不可避免。冯纳古特是一位富有幽默感的作家。他的幽默独具一格,是 20 世纪 60 年代"黑色幽默"风格的主要代表之一。他和同代作家海勒等人一样,从 20 世纪现代生活悲剧的"黑色"中看到幽默,又用幽默来讽刺"黑色",以期读者在无可奈何的苦笑之后加深对现实生活悲剧性的认识。冯纳古特在文体上也独树一帜。他的作品短句较多，情节突兀，叙述秩序常被打乱。这种创作方法也反映了西方当代生活的支离破碎和无目的性。

下面介绍一下冯纳古特的代表作《第五号屠场》。

《第五号屠场》是冯纳古特人生观和创作方法的代表作，1969年出版，其完整的标题为《第五号屠场或儿童十字军东征：与死神义不容辞的双人舞》（*Slaughterhouse-Five or the Children's Crusade：A Duty-Dance with Death*）。这本书自传性很强。它是以1945年盟军对德国德累斯顿城的大轰炸为背景，基于作者的亲身经历，揭露战争罪行的一部力作。同时，该书也描写了当代美国社会的庸俗不堪，以及一些心灵敏感的人为了摆脱这种生活所做的努力。书中也充满了作者对许多现代人所面临的问题，特别是死亡问题所做的思考。冯纳古特和小说的主人公一样，生于1922年，二战中当过战俘，在德累斯顿大轰炸中，命运和他开了一个玩笑，险些丧命。作为这一悲剧的目击者，冯纳古特清楚地知道，这场轰炸完全没有战略价值，仅仅是为了打击敌人的士气而让13.5万平民白白搭上性命。而且，他后来也了解到，这次轰炸是二战期间最残酷的一次军事行动，其毁灭力甚至超过了长岛原子弹所造成的罪恶后果。德累斯顿事件标志着冯纳古特对科技的持久的不信任、对人类的相互残害等可怕事实的深刻认识的开始。这些日后成为他的小说和所有作品的中心主题。

《第五号屠场》主要是通过第三人称叙事者叙说（第一章和最后一章由作家亲自叙事除外）。故事情节是这样的：主人公比利•皮尔格林从二战活着回来，在家乡成为一位眼科医生，结婚、生儿育女，生活得优裕自在，后来精神开始崩溃。接着他又遇空难，虽然幸免一死，但他的妻子却在急忙赶往医院看望他的路上遇车祸身亡。他开始滔滔不绝地谈论飞碟和时间旅行，开始在电台上、在出版的信件中讲述他在特拉尔法莫多尔星球上的生活情况。他说他在女儿结婚的那天晚上让那个星球上来的外星人给绑架走，那些外星人告诉他关于第四空间的概念，在这个空间里，一切时刻都永远存在着，供人们重新审视和再次经历。他说之后他就被释放回地球来传布这一信息。这时的比利开始在不同的时间地带来往穿梭。比如进入老年的比利睡下，而醒来时却是他结婚的那天；他 1955 年从一个门进去，而从另外一个门里走出来时的时间却是 1941 年；他说他已经多次看过自己的诞生和死亡，对自己的行动方向和下一步要重新度过哪个阶段的生活，他完全不能自控。他经常重新经历战时的恐怖，在思想上永远是个战俘。《第五号屠场》主要记录他对二战时德国的“再访”情况：再次看到他的战友罗兰·威利死于被押送到德累斯顿去的闷罐车上，看到另一个战友因在大轰炸后的废墟里“偷一个茶壶”而被德军当场处决，回想起另一个战友保尔·拉扎罗的威胁，说战后一定要雇佣一个杀手杀死他以为罗兰报仇。比利在一个公园里被枪杀，当时他正在向一群人发表演讲，他说他在遭到枪击时，“死了只有一小会儿，死仅仅是紫光和一阵嗡嗡声而已”。比利由于战时的经历而疯了。他和他的战友们在战时和战后表现得像一群孩子，死亡、受害，却对战争的含义几乎一无所知，他们的战争很像孩子们的征讨。故小说副题曰“儿童十字军东征”。

《第五号屠场》是一部反战小说。它是一项关于战争、人类的自相祸害、关于生活和历史的严重声明。战争中人们自相残杀，使生活变成地狱一般。比利在战时就已经精神分裂，他的生活永远不会再愉快了。战后他生活似很平静，但是他的头脑里充满了死亡和痛苦，它再也正常不起来。小说记录了发生在他生活中的死亡情况，读来仿佛一曲对死者和待死者的挽歌。死亡在战后仍在继续，小说的最后一章作家用自己的声音这样直接告诉读者。在这里作者提到罗伯特·肯尼迪和马丁·路德·金的被暗杀，以及躺在越南的死尸。书中提及死亡达 100 余次，每次后面都跟着

“就那么回事”这样一句话，它包含着诸如愤怒、痛苦、无可奈何以及对历史和生活的厌烦与玩世不恭情绪等多种感情色调，让人感慨之余又陷入深思。作者对“倘然意外乐意的话”这句话极感兴趣，他似乎认为这句话可以回答他的关于生活和历史的问题。他似乎在暗示，历史从未有过意义或目的，上帝对人的窘境并不感兴趣。生活是荒诞、偶然性极强、令人尴尬的，所以人们并不关心它是否已完结。在小说中，作家听上去是绝望的，对世间一切的毫无意义感到无可奈何，所以小说里最后的发言权竟是属于一只小鸟的。

《第五号屠场》是20世纪60年代出现的著名荒诞派小说之一。这部小说从人物性格刻画到结构，都是为着表现它的的中心主题，即生活的荒诞性的。主人公比利·皮尔格林是这种荒诞的醒目的化身：从相貌到行动到讲话，他没有一处不是荒谬和尴尬的。他走路的样子，和人们交往的情况，他的举手投足——这一切都表示出他是一个不幸、幼稚而糊涂、没有什么个人意志而完全受环境和命运所左右的人。读一下小说第二章，回想一下他在前线德军战线后面让人踢来踢去的场面，就会了解不管是在战争还是在生活中他是一个多么天真而无能为力的人。他的名字对他的性格颇有象征意义。他的名“比利”立刻让人联想到19世纪美国小说家赫尔曼·麦尔维尔的小说《比利·巴德》里天真圣洁的主人公比利·巴德；他的姓“皮尔格林”立刻让人联想到17世纪英国小说家约翰·班扬的小说《天路历程》中主人公“朝圣”的故事。这样的一个人正是先知人物的胚子，只有他这种人在经历了人生的苦辣酸甜之后，才会悟出一番令人耳目一新的道理来。比利的“福音”是：人对人要充满爱心，不要以暴力相待。小说的荒诞之处之一是：这样一个重要的信息却出之于一位半个傻瓜之口，而且又经过一个满腹消极情绪的作家的编辑和修订，人们对此是不会严肃对待的，恰如作家在书中所抱怨的，人们天天“到处放屁，但却不让人讲不同的话”。果然被他言中了，比利关于外星人的不同的观察和审视事物的方式，读者和比利周围的人一样，多会权做笑料或无稽之谈，掩卷之后也就忘得所剩无几了。

这部小说的荒诞主题也可以从它的结构安排上看出来。首先，小说对时间这个概念的处理别出心裁。它基本上使用意识流手法，对主人公的精神分裂的突兀跳跃活动情况，小说表现得逼真而活龙活现。比利的头脑依照联想模式运动。过去、现在和未来同时存在、相互连接，他只要遇到一点可以和往昔相连的事情，他的头脑就立刻沿着时间的轨道飞回到那个过去的时刻去。这样一来，读者被迫从一个精神分裂者的角度去观察世界，连续的完整的生活于是呈现为一幅幅单摆浮搁的画面或片断，时间的顺序完全被打乱，小说的结构显现出凌乱而庞杂。这种情况出现在小说的十章的整体安排上，也出现在它的每一章中，小说呈现给读者的是一个大拼盘，让读者自己去决定取舍、各取所需。小说的目的就在于让读者认识到，生活本身其实就是这样的。

小说的荒诞主题也由它的场景描写和语言的运用充分表现出来。作家通过这些手段表达出贯穿全书的“黑色幽默”，让读者在发笑以后又感到悲伤。比如第四章描写比利在被运往战俘营的路上，他险些被甩出闷罐车箱的情景，让人读着心中的感觉就五味俱全。他就要送自己“上十字架”了，他不断咳嗽，口里“拉出稀粥”，作者在这种可怜的情况下又同时提出人类的恩人——牛顿的运动定律和当时大国为之竞争而引起世人恐惧的火箭，把这些一起并列，让人情不自禁地发笑，但同时又感到这笑声竟是建立在一个人的死与活这样悲惨的事件上的，悲哀之情油然而生。这正是“黑色幽默”的艺术效果所在。

关于《第五号屠场》还要说到，它是美国当代小说革新技巧的典范之一。比如它运用了许多明显的“准小说”手法。“准小说”的特点之一是告诉读者，他们所阅读的实乃作者的杜撰。冯纳古特在书中反复申明，他是在讲故事。他的口头语般的“就那么回事”的作用之一，是给他所说的一切都染上一层令人怀疑的色调。还有他常说的“听着”似乎暗示给读者，幕后有人在左右情势的发展，很可能是作者本人，这样，一切就都变为虚构，从而打破现实主义手法所力求取得的现实感。此外，作家的露面和评论也让读者感到，他们所阅读的乃是虚构故事。在故事进行中，作家有不少次直接出面评论，而且在第一和最后一章里他直接叙事，抛开叙事者不用。作家还通过更微妙的方式露面，比如比利一天夜里接到一个醉汉的电话，就暗示作者可能在幕后活动。冯纳古特写的是自己的战争经历，可是他的小说让人读着似乎说的不是真实事情。冯纳古特在如《猫的摇篮》《囚犯》《胜利者的早餐》等作品里，也擅长运用“准小说”技巧。

肯·凯西（Ken Kesey，1935—2001）

凯西是美国当代小说家，在美国颇有知名度，20 世纪 60 年代一度成为青年人崇拜的偶像。他生于科罗拉多州的拉洪塔（La Junta），毕业于俄勒冈大学。在大学修业期间，他积极参与创作、戏剧和体育活动，曾写过一部名叫《秋末》（*End of Autumn*）的关于大学体育运动的小说，但未发表。1958 年师从当代名师马尔科姆·考利（Malcolm Cowley）等人在斯坦福大学研习创作。1960 年夏开始创作《飞越杜鹃巢》（*One Flew over the Cuckoo's Nest*，1962）。当时，他正自愿接受政府的毒品实验，开始吸用 LSD 等迷幻药品，这使他有了吸毒的经验。小说里的印第安人叙事者的形象据说就是在迷幻药物的作用下出现在他的脑际的。以后他又在一家精神病院里做助手。为了写好这部书，他曾设法亲身体验电击疗法的效应。

1961 年完成《飞越杜鹃巢》后，凯西开始创作第二部小说《异想天开》（*Sometimes a Great Notion*，1964）。当时，他在加州拉洪达（La Honda）购置了地产，并与“垮掉的一代”（the Beat Generation）作家和诗人如金斯堡等过从甚密。他们藐视权威，为寻求神秘经验和刺激而酗酒、吸毒，着奇装异服，生活放荡。凯西可以说是这些人的领袖。1964 年第二部小说脱稿后，凯西买了一辆大轿车，与同伴乘坐该车从西部来到东部，轰动一时。有评论家认为轿车及此次旅行本身即可被视为凯西的第三部小说，因为在写完第二部小说之后，凯西便开始讨论小说已经过时，形式上也不自然，他已开始探索新的艺术形式。凯西的生活愈来愈古怪离奇。他坚持不懈地探求新的生活经验。他模仿连环画里“诚实的美国人”（“The Honest American”）形象，使自己显现为一种“神人”，颇有一种宗教领袖的气度。他依靠吸毒以麻醉自己，并进入一种恍恍惚惚的精神境界，甚至觉得自己就是万能的上帝。阅读一下他的《越过边界》（*Over the Border*）一剧便可知端倪。一些青年人对凯西很崇拜。在这期间，凯西曾公开免费散发毒品。1965 年他因携带大麻而被捕；翌年为了逃避可能为 5 年的徒刑，他逃往墨西哥。凯西认为，罪犯比艺术家更能测定生活的限度。他在墨西哥停留几个月后秘密回国，不久被逮捕，1967 年 6 月开始服刑，至 11 月获释后一直住在俄勒冈州。

自 1968 年至 1973 年，凯西深居简出。1973 年出版文集《门前小市》（*Garage Sale*），凯西在这本书里表示，他又开始认真进行写作了。《门前小市》由米勒（Arthur Miller）作序，内有金斯堡的文章。这本书再次使他拥有众多读者。书内最重要的一篇应推《越过边界》，它占全书篇幅一半以上，描述凯西逃亡墨西哥的经历。《门前小市》的其他部分谈到凯西作为小说家的过去与未来，其结尾部分表明他对 20 世纪 60 年代中期个人行为和态度的反思，暗示作者在艺术和自我认识方面已达到新的成熟阶段。1973 年后，凯西的知名度又有增高，作品也增多了，其中包括文集《寻找秘密的金字塔》（*The Search for the Secret Pyramid*）、小说《惠蒂埃老太太的七次祈祷》（*Seven Prayers by Grandma Whittier*）、电影剧本《飞越杜鹃巢》、文集《鬼盒》（*The Demon Box*）以及同朋友联合出版的小刊物《在大洋里唾吐》（*Spit in the Ocean*）等。

凯西的作品多为描写“心理上的罪犯”（“psychic outlaw”）之作，主人公多为“垮掉的一代”里的人物。在许多情况下，他的作品自传成分极浓，比如多次出现在他的作品中的戴夫林·狄包利（Devlin Deboree）这个人物就是醒目的例子。这说明凯西自身的强有力的人格深刻地影响着他的艺术。凯西的作品是当代反主流文化的重要组成部分。

下面介绍一下他的代表作《飞越杜鹃巢》。

这部小说描写的是在一所精神病院里发生的事。护士拉其德将病房管理得井井有条，大家都称她为“大个儿护士”。她同各方面都有联系，俨然是精神病院的主人，就连主治医师都要受她摆布。有一天，35 岁的麦克墨菲被送进这所医院，他正因殴打他人罪在一处农场服劳役，但由于不堪忍受艰苦的劳动而开始装疯。从他来到病房的第一天起，就不失时机地向“大个儿护士”的权威挑战。“大个儿护士”的病房纪律严明，有一批身强力壮的侍者随时准备镇压哪怕是最微弱的反抗。病人早已放弃斗争，对她俯首贴耳、唯命是从。麦克墨菲来后不久便看清了“大个儿护士”的面目和伎俩，他对病友的无条件顺从感到惊讶，于是开展了一场反权威反控制的斗争，开始出于玩耍，后渐趋严肃认真。他纵容病友赌博，把酒、笑声和女人带进病房，病人开始活跃起来，病院开始有了欢声笑语。有的患者在麦克墨菲的影响下，克服了自己懦弱的习性。后来，双方矛盾激化，麦克墨菲在忍无可忍的情况下殴打了“大个儿护士”。他被捉住，头部被动了手术。这使他丧失了思维能力，成为一个瘫痪的人。鉴于这种情况，他的病友、本书的叙述者布朗顿先生——一位印第安人部落首领的后裔，为了结束他的痛苦，使其窒息而死，尔后自己逃出精神病院。他已在麦克墨菲的帮助下克服了自己的心理障碍。麦克墨菲虽然死了，但是他未被打败。他的精神依然充溢在病房里。显然，他已战胜“大个儿护士”，搞垮了她所代表的专制权威。

正像作家本人屡次指出的那样，本书中的精神病院代表着整个美国社会。自发、个性、情感与高度机械化的伪善社会的对立和斗争构成本书的主题。书中“大个儿护士”及其一伙所象征的乃是压抑个性和自然情感的邪恶力量。“大个儿护士”是个有效的管理者，她制定法则、条例，人人必须遵守，否则便会受到惩罚，所以在她的病房里，一切都按她的意志行事，她把病房变为一架人人都是螺丝钉的机器，故事叙事人称之为“康拜因”，完全抹杀了个人意志和自由以及病人恢复健康的可能。现代机械文明所造成的“非人格化”在这里被暴露得淋漓尽致。作家在该书中所提出的问题是尖锐的。麦克墨菲和“大个儿护士”之间的斗争具有显而易见的普遍的社会意义。

麦克墨菲这个人物在书里被描绘成一个耶稣式救星。他最后牺牲了自己，但却换来他人的觉醒和奔向自由。本书的书名具有丰富的象征意义。“飞越杜鹃巢”出自一支民间儿歌。“杜鹃”一词在本书书名里已非“杜鹃鸟”之意，而是体现出它的俚语含义——“疯人”。因此，“杜鹃巢”代表的应是精神病院。根据小说的内容判断，“飞越杜鹃巢”的是一只雁，一只带领雁群飞行的雁，因而应是麦克墨菲的象征。“飞越杜鹃巢”是麦克墨菲带领病友为寻求尊严和自由而反抗的标志，取做书名，极为得体。作家对该书描绘的许多事件都有亲身体验。在麦克墨菲这个人物身上存在着不少作者本人生活的痕迹。

《飞越杜鹃巢》的主人公应当是叙事人布朗顿。布朗顿的父亲是印第安人部落首领，母亲是美国白人。他的父亲在和政府的斗争中失败，这在布朗顿的心理上留下一个涂抹不掉的阴影。他长期精神恍惚，在病院里宛如行尸走肉，装聋作哑，对一切似乎都漠不关心，完全失去了个人人格，失去了做人的勇气和希望。麦克墨菲的到来以及他带领病友进行反抗的精神鼓舞了他，使他开始逐步恢复知觉，看到了新生的希望。他痛恨“大个儿护士”，认为她是权力和控制的极端象征。但是他也看到麦克墨菲失败的原因，认为麦克墨菲要求绝对自由，因而在关键时刻不能自控，中了“大个儿护士”的圈套。他从主人公生与死的事迹中不断汲取经验和教训，逐步变得老成干练，最后把自己的潜力和朋友的长处集于一身，从而避免了朋友的遭遇，满怀信心地正视生活。布朗顿的性格发展可用两条相互交叉的斜线加以表示：随着麦克墨菲力量的减弱，布朗顿的性格渐臻成熟；全书以前者的威力转移到后者身上这一过程的完成而告结束。布朗顿旁观者清，他学习了做完整人的道理，终于克服了心理障碍，恢复了健康。他是小说里在斗争中唯一获得全面发展和成长的人物。《飞越杜鹃巢》一书在这里提出了关于个人与社会之间的关系这个严肃课题。

《飞越杜鹃巢》所描绘的是一个荒谬的世界。比如书中说的造雾机给小说制造出一种超现实气氛。雾使一切呈现出虚渺状态，真假相混，不可捉摸。读者听到精神分裂的叙事者谈及此事，模糊概念更是有增无减。另外，故事叙事者的可靠性也值得怀疑。他精神的失常给他讲的故事涂抹上一层模棱两可的色调。由于读者知道他不是严重的精神病人，他的精神状态在多数情况下是正常的，他的精神健康在逐步恢复中，所以他所讲的故事具有既真实又滑稽、荒诞的味道。在他的眼里，世界宛似漫画一般，他接触的人是漫画中人，他们既真实又怪异。书中的人物仿佛中世纪道德剧里的抽象人物一样，都似代表人类的一些原始模型。在叙事人的色谱上也只有黑与白两个原色。“大个儿护士”是恶，麦克墨菲是善，中间没有任何调和色。两人也都是漫画人物。可是所有的人又是那么有血有肉。荒诞的效果在不知不觉中渗透入读者的头脑里。

《飞越杜鹃巢》的叙事结构亦独具匠心。它使作品同时享有第一人称和第三人称两种叙事角度的优势，给人一种栩栩如生的立体感。

第三节　巴思/品钦/巴塞尔姆/纳博科夫

约翰·巴思（John Barth，1930— ）

巴思是美国当代著名小说家。他出生在马里兰州，就读于巴尔的摩市约翰斯·霍普金斯大学，先后获文学学士和文学创作硕士学位。他自20世纪50年代早期开始在大学任教，从1953年至1973年他先后在宾夕法尼亚州立大学和纽约州立大学任讲师、副教授和教授，1973年在约翰斯·霍普金斯大学任英语及文学创作教授至今。巴思的出生地和长期任教两件事情对他都很有意义：前者把他和福克纳与托马斯·乌尔夫的南方文学传统联系在一起，而后者则表明，巴思属于二战后成长在学术气氛较浓的环境中的新一代作家。所以巴思的作品南方味道很浓郁，他的许多故事是以大学为背景的。

巴思在美国当代文学上的地位非同小可。1967年他发表著名论文《枯竭的文学》（"Literature of Exhaustion"），此文标志着美国后现代文学和"准小说"阶段的开始，同时也宣布传统现实主义的"死亡"。他认为，小说这门艺术在20世纪50、60年代面临一种困境，小说形式已被19世纪和20世纪的大师们发展得尽善尽美，无以复加了，这种形式的各种可能性以及可利用的情节都也用完。他认为，人们虽然景仰福楼拜、托尔斯泰、海明威和福克纳，但他们对生活在20世纪后三分之一的作家不再有吸引力；小说随着乔伊斯和卡夫卡已告结束。因而他认为当代作家应当另辟蹊径，反对在以前作家创作的基础上惨淡经营，新一代不能再写19世纪的书。因而巴思一反当代作家信奉弗洛伊德和劳伦斯

（D. H. Lawrence，1885－1930）的常态，转向西方小说起源时代的创作大师塞万提斯（Cervantes，1547－1616）、费尔丁（Henry Fielding，1707－1754）、斯特恩（Laurence Sterne，1713－1768）乃至东方阿拉伯的《天方夜谭》（*The Arabian Nights*）中，去寻求创作灵感。在这方面，他在大学的经历使他获益不浅：他在业余时间曾在图书馆工作，如饥似渴地阅读印度文学和阿拉伯文学中的故事集，极其欣赏这些文学作品中把诸多故事连贯在一起的叙述模式。同时，贝克特（Samuel Beckett，1906－1989）和阿根廷作家勃吉斯（Jorge Luis Borges，1899－1986）的创作手法对他影响也极大，关于后者他曾著长文予以评介。他的尝试在客观上具有一种肢解和破坏传统小说形式的后果。随着他的小说《迷失在娱乐场中》（*Lost in the Funhouse: Fiction of Print, Tape, Live Voice*，1968）及《烟草代理商》（*The Sot-Weed Factor*，1960）的发表，巴思开始在美国后现代文学上处于领先地位。

巴思创新的努力开始于他的前两部作品中。《流动的歌剧》（*The Floating Opera*，1956）和《路的尽头》（*The End of the Road*，1958）两部书依然保留着传统小说的模式，但在主题和技巧方面都已出现变化。在内容方面，巴思与当代其他作家如冯纳古特等接近，认为世界荒诞，没有意义和目的可言，因而批评家把他归入荒诞派作家一类。这个主题成为他以后作品的主调。比如在《流动的歌剧》中，对叙事者说来，包括真理在内的一切都无关紧要，世界在他看来不仅荒诞而且虚无，既然生无意义，死亦无意义，因而不妨苟且活着。而《路的尽头》的主人公雅可·霍纳对一切都失去了兴趣。他未念完硕士，不想到任何地方去，他教书但对之毫不在意，他和朋友的妻子通奸，但毫无感受，他对任何事情都没有感觉。在艺术形式方面，书中呈现出一种类似爵士乐即席演奏般的玩耍味道，以及当时很快成为时髦的黑色幽默。巴思在第一部书中在自杀上模仿加缪，在第二部中在责任和自由方面模仿萨特。他也努力在往自己的结构内放入枯竭的文学形式以期望为之注入活力。这些都成为他后来作品的技巧特点。他的作品情节离奇，夸张成分较多，玄学成分也很强。

在《烟草代理商》中，作者采用了令人震惊的全新的创作手法：它在形式上虽然模仿 18 世纪作家菲尔丁的作品《汤姆·琼斯》（*Tom Jones*），但内容却并非表现秩序和协调思想。它是用 18 世纪小说的外壳包装 20 世纪的荒诞现实以及这种现实的毫无意义和不可预测性。这部小说充分表现了巴思作为一名荒诞派作家的立场。该书标志着巴思与传统小说技巧的分裂。《羊童子贾尔斯》（*Giles Goat-Boy*，1966）在标新立异方面更是登峰造极。该书受勃吉斯的影响极大。作者称该书是一位老师的自述，储存在计算机中，后来由这位教师的儿子记录下来，并由一个尚未成名的作家 J. B.（指 John Barth）整理。在该书中，作者表达了他的宗教思想，广泛运用了象征手法：大学象征着宇宙，教师（Grand Tutor）象征着救世主，东西校园分别象征着苏联和美国，校园的骚乱象征着世界大战。小说中的人物常影射当代人物，如爱因斯坦、肯尼迪等。这是一部畅销书，销量达 5 万册，是他前 3 部书销售量总和的 4 倍。此外，他还著有《妄想》（*Chimera*，1972）和《书信集》（*Letters*，1976）。《妄想》由 3 部中篇小说组成，《书信集》是对书信体小说的新尝试。

巴思的主要作品是《烟草代理商》，它被许多人认为是巴思的代表作。书名需要解释一下。"烟草代理商"是经营烟草的商人，但"烟草代理商"又是 1708 年在伦敦由诗人艾卜尼泽·库克发表的一首诗的题目。故事的情节主要以主人公艾卜尼泽·库克在 17 世纪的英国和美国的有趣的经历为主线。年轻的英国人艾卜尼泽·库克立志坚持童贞，做一个诗人。他和妓女琼·托斯特要好，受到启发，写了一首关于童贞的诗。后来父亲发现他和妓女来往，就把他送往美国马里兰州照看祖产。马里兰州任命他为该州的桂冠诗人，他抵达美国后就卷入那里的政治斗争中。琼随他之后亦来美国。小说故事情节错综复杂，充满意外、伪装和反复。比如艾卜尼泽·库克和仆人互换身份，被海盗捉住，扔进海里，失去家业，在自家产业上做仆人，被印第安人俘虏，等等。最后他的家产失而复得，和琼结婚，写出名为“烟草代理商”的长诗。此诗的苦涩味道说明，艾卜尼泽·库克业已从天真的傻瓜成长为一个精通世故的人。

《烟草代理商》是巴思的创新之作。他有意识地模仿18世纪的小说手法，特别是作家菲尔丁的作品《汤姆·琼斯》及其“歹徒小说”传统。比如小说和《汤姆·琼斯》一样，内含许多意外或巧合事件，可是巴思运用意外或巧合的目的却不同。对于菲尔丁来说，世间所发生的一切都是上帝的意图的组成部分，而巴思却认为，意外和巧合恰好证明，当代世界没有意图可言，宇宙是不可预测的荒诞地方。在《烟草代理商》中，意外并不总是可信，身份常常混乱不清，性爱有时味同嚼蜡。主人公艾卜尼泽到美国照顾家庭企业，他的家产的失与得的过程又和他为写出他的长诗所做的努力互相映衬，琼·托斯特的沉浮、她和艾卜尼泽的最后结为连理，其情节可信性低不说，又始终荒诞离奇，让人难以置信。如果说《汤姆·琼斯》所描绘的是一个有秩序、有意义的世界，《烟草代理商》所呈现的则是一个充斥着自私男女的自私的地方。巴思认为，现代世界过于复杂和无从捉摸，人们很难把它理性化、理想化。主人公艾卜尼泽不能以他体现自己标准的方式去安排和料理自己，只有当他不再强调自我而转而接受现实生活的标准与安排时，他才能体会到自己生活的意义所在。这表明作家巴思的一种观点：在现代，人们别无选择，而必须接受现代生活的混乱和荒诞为世间唯一有意义的生活方式。《烟草代理商》除模仿外，还运用了其他一些后现代派小说写作手法，比如准小说的突出特点之一的“故事里面套故事”手法，在小说中就有明显体现。如艾卜尼泽从一些陌生人处听到一些不幸的故事，他的启蒙朋友伯林格姆发现的17世纪约翰·史密斯船长的“秘密日记”以及其中关于船长和印第安公主波克杭特丝的“真实”故事，此外还有艾卜尼泽所处的恶毒、尔诈我虞、噩梦般生活现实的可悲与荒诞。在这里，人欲保持理智而避免发疯，唯一的途径是在绝望中坚持苦笑，于是全书充溢着黑色幽默。

托马斯·品钦（Thomas Pynchon，1937—）

品钦是美国当代著名小说家。关于他的生平人们所知不多。他生在长岛，在康乃尔大学读工程学，后来主修英文，迄今已经发表5部小说。这些包括《V.》（*V.*，1963）、《第四十九组邮票的拍卖呼唤》（*The Crying of Lot 49*，1966）、《万有引力之虹》（*Gravity's Rainbow*，1973）、《葡萄园》（*Vineland*，1990）及《梅逊与狄克逊》（*Mason & Dixon*，1997）等。他的一些短篇小说收集在《缓慢的学习者：早期小说》（*Slow Learner：Early Stories*，1984）。他的《万有引力之虹》问世后获国家图书奖，备受评论界的注意，确立了他在美国文学上的地位。

品钦在后现代派作家中占有显赫地位。他所致力表现的同样是一个荒诞的世界。在创作中，他借用了一些科学理论，如平衡信息论（entropy）及量子论（the quantum theory）等，作为他的作品的内涵铺垫。他用平衡论来表达他对当代社会的非人格化倾向的认识，用量子论来表现生活的惊人的模棱两可及不可知性。平衡信息论是一个物理学概念，是说宇宙能量有走向平衡一致的倾向，当宇宙各处能量或热度达到平衡时，宇宙就毁灭了。品钦对量子论极其欣赏，他推而广之，认为世间一切都不肯定，人的知识也不准确。这些理论正反映出品钦的主题思想。比如他的短篇小说《平衡信息论》的主人公就非常担心自己受周围社会的平衡力的左右而丧失掉个性，成为现代机械文明的牺牲品或“无生气的自动装置”。品钦的名作如《第四十九组邮票的拍卖呼唤》《V.》《万有引力之虹》等，都是这方面醒目的例子。所以，品钦的作品都包含有某种追求模式，追求真理的努力最后不是失败便是含混不清。品钦认为造成这种结局的原因是人所无法控制的力量的左右。比如《V.》所讲的主要是，由于世界走向平衡，人们失去独立人格，其中也表现了生活的不确定性及不可知性。女主人公 V 突出地体现了这些情况。她的不同身份代表了人类由于平衡而趋于非人格化、身心解体的事实。书中一个名叫赫伯特·斯坦索尔的人坚持查证 V 的身份，他发现 V 有时是维多利亚，她时而在佛罗伦萨，时而在埃及，又时而在巴黎，V 有时是马耳他的弗罗妮卡，有时是南非的维拉等。V 随着年龄的增长，而逐渐失去自己的人性，象征着人类在周围否定力量的影响下逐步地迈向毁灭。人们在她死后发现，她自身都已变成非人了：她戴的是假发，口中是假牙，眼球的虹膜是人造的，一只腿和脚是由黄金做成的，肚脐上镶嵌着星状蓝宝石等等。品钦所谓的“平衡”或解体过程在她身上是彻底完成了。关于现实的不可知性，这一点由字母 V 的模棱两可和变化多端充分表达出来。除了上面提到的维多利亚、维拉、弗罗妮卡等名字外，V 还可以代表地名，如马尔他的瓦勒塔，或委内瑞拉等。赫伯特·斯坦索尔的查证也表明真理的不可琢磨、不可知性。

再比如在《万有引力之虹》中，作品的主人公泰龙·斯洛斯罗普在寻找火箭 V-2、A4，以及最神秘的 00000 号及其发射地点。德国人在设法利用他们的火箭技术扭转战局。泰龙走遍欧洲，在法国、瑞士，还有战后被占领的德国，他和许多人打交道，有敌人、有朋友，有人想利用他、控制他。他在战时找，战后还找，但终未成功。最让人啼笑皆非的是，归根结底，主人公始终未能得知他的使命的全部真相。同时，一种毁灭性的非人格化力量在左右着他和周围的一切，在这样的世界里，没有任何事情是肯定的、可知的。此外，书中充满人物人格的解体现象。主人公本人便是极好的例证。小说显示，他在逐步丧失能量和人格。他开始工作时，目标明确，精力充沛，可是当他积累的信息越来越多时，他本人的气势却似乎在越来越减弱，他作为一个人物的形象越来越模糊，最后竟失去明显的个性，落了个不了了之。

另外，现实的不确定性、不可知性也在书里通过叙事技巧被表现得淋漓尽致。

这部书情节盘根错节，人物多达400余人，风格不断变化，叙事手段新颖，在技巧上有“后现代小说的一个里程碑”之称。它也以其“历史准小说”风格而闻名于世。品钦惯于打破常规的观察方式，破坏一般人的时空概念和期望。他通过幻想式叙事方法、不可靠叙事人、文本的支离破碎等，打破传统手法，增加作品的悬疑及迷惑性。书的幻想式叙事法颠覆了传统的现实主义手法。叙事人的身份模糊，人们不清楚此人的性别、精神状态，读者接触的似乎是一个流动的意识，它无所不知，但形体朦胧。书的文本缺乏连贯性，读者似乎在观看录像，时而向前，时而向后，时快时慢，过去、现在和未来交融、混杂，人们很难理出一个完整的时间先后次序来。所以读这本书最好的方法是不停地读下去，中间尽力理解、记忆，最后如能对故事情节、人物塑造和技巧特点有所印象、能有所得，就算是好结果了。此外，这部作品表现出后现代小说的另外一个突出特点，即小说本身显示出的高度的自我意识。作品里虽然不乏历史真实，但也不断提醒读者，小说只是虚构而已。叙事人不断提醒读者，他在编造故事。他称读者为“你”，或暗示他的叙述只是一种欺骗手段而已。有时他制造一种场面，引起读者兴趣，但随后就走开，而使之悬在那里，这使读者有时感到手足无措。而且，叙述者的叙事法明确地显示，他要讲的世界里没有秩序、连续性、一贯性，没有因果关系，所以他不能运用过时的叙事法描述现代的生活。作品情节除缺乏完整性外，还有作者长段的走题跑辙，谈论作家自己感兴趣的题目。以内容论，小说涵盖面极广泛：战争、军事工业、历史、哲学、宗教、文学、神秘主义、政治、女权主义、心理学、控制论、跨国企业、性、死亡等等。而且这些大题目下面又有许多分支。比如文学一项，下面还包括模仿、比喻、哥特文体、讥讽、科技小说、诗歌等等。小说显示出的博学令人瞠目结舌。此书是实实在在的“准小说”。此外，小说的语言层次多种多样，并列或混杂，读者的耳朵似在适应快速改变着的频率一般，这也增加他们的混乱感。再者，小说的语汇有时一句话中包含着几种概念或行话，这些来自于科技、哲学、美国普通话或口语，甚至还有变态者的语言夹杂在中间，结果常常是，读者的头脑同时被引向不同的方向，因而有时会因为阅读中的期望落空而感到惆怅不已。《万有引力之虹》是后现代时期最有影响的小说之一。

品钦是一个才华横溢的作家，他对当代生活有独立见解，并有自己独特的表达方式。他的作品对读者和评论家都不容易读懂，但倘能读下去便会感到受益无穷。美国后现代文学的画面没有他的成就在内是不完整的。

唐纳德·巴塞尔姆（Donald Barthelme，1931－1989）

另一位大胆革新作家是巴塞尔姆。他以短篇小说而著称，也写长篇小说和儿童文学。他是当代革新派小说家中出类拔萃的一位。有人说，他在“后现代”一词语通用前就是后现代作家了。巴塞尔姆对当代生活和文学中发生的变化极其敏感，他认为现实主义手法已过时，必须寻找更能反映时代精神的观察和表现事物的新技巧、新方法。巴塞尔姆深受法国象征主义、欧洲 20 世纪 20 年代超现实主义以及约翰·多斯·帕索斯等作家的影响，他所进行的后现代乃至前卫派尝试包括在许多方面，例如他在作品中所表达的喜剧性超现实主义观点、对荒诞及支离破碎现实的描绘、对拼贴及视觉效果的尝试以及对传统小说形式的讽刺性模仿等。他是20世纪后半叶促进短篇小说复兴的首要人物。他的短篇小说被收入几部短篇小说集中，这些包括《卡里加利博士，回来吧》（*Come Back，Dr. Caligarri*，1964）、《不可言传的做法，违反自然的行动》（*Unspeakable Practices，Unnatural Acts*，1968）、《城市生活》（*City Life*，1971）、《悲伤》（*Sadness*，1972）、《心感内疚的娱乐》（*Guilty Pleasures*，1974）、《业余爱好者》（*Amateurs*，1976）、《美好的岁月》（*Great Days*，1978）以及《一夜之内到多座遥远的城市去》（*Overnight to Many Distant Cities*，1983）等。他的长篇小说包括《白雪公主》（*Snow White*，1967）、《亡父》（*The Dead Father*，1977）及《国王》（*The King*，1990）等。他的儿童文学作品《不太规则的消防车》（*The Slightly Irregular Fire Engine：or，The Hithering Thithering Djinn*，1971）曾获全国图书儿童文学奖。

他的小说《白雪公主》使他首次扬名全国。他是在模仿瓦尔特·迪斯尼所拍摄的关于这个童话故事的电影。迪斯尼的电影主要沿用19世纪德国童话作家雅各·格林的“白雪公主与七个侏儒”的文本，但是改变了结尾部分。白雪公主是一个经典的童话故事，是讲一个名叫白雪公主的女孩，饱受嫉妒心强的继母的欺凌，在森林中富有同情心的杀手放她一马，不意中遇到七个友善的侏儒，一次次地逃过继母的谋杀阴谋，最后一次险些丧命，最后终于遇到自己心爱的白马王子。格林的故事以继母的死亡为结尾，而迪斯尼电影以母女言归于好结束。巴塞尔姆的故事既滑稽又富性感。故事发生在纽约市的格林威治村，在那里年轻貌美但不愉快的白雪和七个小企业主一同住在一个公寓里。小说性感的部分表现在白雪和七个性生活过度的人一起沐浴的场景上。小说里只包括片段的事件，人物性格不总是分明的，他们的谈话不总是言必达意的。人物显得怪异或虚幻。白雪变成一个虚幻的女孩。

语言脱离常规，比如运用大写表示强调作用。人们读着常感到困惑甚至发怒。然而，小说的革新特点值得注意。书中充斥着反语、拼凑以及对现代文学的模仿。作品的视觉效果、它的不协调性以及它的精确的细节，感染力强，令人赏心悦目。小说的准小说特点是显而易见的。比如书中一个人物说，他们喜欢内含大量胡话的书刊，即貌似与主题无关，但仔细回味，却可以帮助理解发生着的事情。此人所说实际代表了作家关于他的创作方法以及文本和读者理解之间的关系方面所持的观点。读者感到《白雪公主》有时不可理喻，原因可能是因为作家本人觉得语言和文学有时不能理解和表现生活。此书在模仿方面的成就非同小可。作家要表明的是价值观的不同。支配原作的架构的价值观在当代生活中已不适用；无家可归的公主已不再有那种求生的健康欲望；善良的侏儒已经变成充满欲望和个人利益考虑的资本家；而恶不一定会受到死亡的惩罚。巴塞尔姆在取笑小说讲故事这种艺术形式的功能。所有这些都显示，巴塞尔姆是一位味道十足的后现代作家。他有时被称为“反小说”家。

巴塞尔姆的“反小说”的特点也在他的短篇小说中充分表现出来。他一生写了 150 多个短篇故事，每一篇都值得仔细琢磨。这些作品的主题涵盖面广，包括各种题材、各种精神状态、各种不同年龄的人物的生活等等，人们读后会对生活以及艺术表现生活获得不同寻常的启迪。他的写作方法，包括他的语言、暗示、独特的句法、文本纹路的交叉、拼贴及先锋派技巧，以及超现实主义手法等等，所有这一切都使得他的作品倾向艰涩。另外，他的作品总含有一种幽默，多是黑色幽默，它出人意料地出现，以帮助驱除过分的低沉和阴郁气氛。他的著名短篇包括《机械时代终结之时》（“At the End of the Mechanical Age”）及《学校》（“The School”）等，都是很有影响的作品，其中不少表现出明显的“反小说”倾向。比如《机械时代终结之时》所描写的是一个不信奉上帝的人们所居住的没有上帝的世界。在这里生活没有味道、没有意义、没有秩序。理想与常识、人与人、人与上帝、现实与超现实等等杂糅平摆，显然这是一个荒诞的世界。小说的表现技巧也独具匠心。作品的四部分连接突兀，传统叙事策略和结构已经失灵，嘲讽式模仿在几个层次上出现：对生活、对传统叙事形式、对人物、对《圣经》、对大诗人密尔顿的《失乐园》的模仿等等，不一而足。当然，巴塞尔姆的短篇小说也不尽然如此。有些故事是容易读懂的。比如《学校》这个短篇就是很好的例子。小说似乎自始至终在讲死亡，开始是人或物的死亡：树、蛇、沙鼠、鱼、小狗、小孩、大人、男孩马修和托尼以及比利的父亲。之后故事发生滑稽、甚至荒谬的变化。沮丧、糊涂的孩子们提议老师和一个女人在课堂上做爱，大人拒绝这个要求，教室里忽然跑出一只沙鼠，使学生们一阵欢呼。读者仔细分析故事之后会发现，里面所讲的死亡，其实不只是物体的死亡，它主要喻指精神的衰亡，一个学校的教室实际是整个社会的缩影。小说的结尾并非完全悲观，它暗示存在着某种新生的可能性。小说的表现技巧颇有让人称道之处。它语言简单，句法通顺，语调既随便又严肃，悲伤而滑稽，叙事者似乎在说，我们说的是严肃的事情，但未严肃到抹杀笑声的地步，我们要引起的是黑色幽默，但还不至于陷入黑色泥潭里去。小说里的事件逐渐堆积，没有先后顺序和连续感，但它们由一个主题线索连成一体，内容和形式达到完美的和谐。巴塞尔姆是后现代文风的大师。

弗拉基米尔·纳博科夫（Vladimir Nabokov，1899—1977）

纳博科夫应该算是“领养的”美国作家。他本是俄国人，出生在沙俄时代圣彼得堡市一个富裕家庭里，1919 年在布尔什维克革命中逃出俄国，在英国剑桥大学读拉丁系语言和文学，后来用俄文创作达 20 年之久，写出多部作品，在侨民中已有相当名气。

1940 年他移民美国，开始用英文写作，这是他的文学创作生涯的转折点。到美国后他在写作的同时也曾在威尔斯利学院和康乃尔大学任教。1955 年他的名作《洛丽塔》（*Lolita*）先在法国、三年后在美国发表，使他一时名扬天下，同时在经济上也获得独立，于是他辞去教职，移居瑞士，专门从事文学创作。纳博科夫是多产作家。他的作品多有他的往昔的痕迹存在，常常具有强烈的自传性质，总表现出一种微妙的失落感。他是一位自觉的艺术家，志在独辟蹊径。他率先认识到现实主义表现手法业已过时，在创作技巧和策略方面中首先显示出更新的勇气和实践，加强了新时代作家对革新的必要性的认识。他的语言具有异常的自我意识，内涵深邃，暗示性强。他在欧美后现代文学上影响颇大，在美国诸如巴思、品钦、勃洛斯等人都受益于他。他最闻名的作品包括《礼物》（*Dar，or the Gift*，1938）、《洛丽塔》《灰火》（*Pale Fire*，1961）等。

纳博科夫最有影响、也最耸人听闻的作品是《洛丽塔》。这本描写心理变态的“淫书”出版后立刻遭到法国和美国一些州的禁止，由此作家声名反而大振，名利双收。小说写的是一个名叫汉伯特·汉伯特的中年人“爱”上一个 12 岁的漂亮女孩洛丽塔。为了能占有她，他和洛丽塔的母亲结婚，后来母亲发现他的秘密，盛怒之下冲出门外遇车祸身亡。汉伯特和洛丽塔出走。后来洛丽塔不能忍受他的占有欲，便和一个剧作家出走，后又离开剧作家而和一个贫穷的技工结婚、怀孕，在困苦中写信求助于汉伯特。汉伯特前来，发现此时 16 岁的洛丽塔落花已去，他在给她钱后，就去寻找剧作家，最后把他杀死，因而入狱，在狱中写下自白后死去。他的自白就是后来的《洛丽塔》一书。此书出版前经过一个名叫约翰·雷伊的心理学教授的编辑。人们读《洛丽塔》常被汉伯特的故事所吸引，而忽略了雷伊的角色。其实，汉伯特和雷伊形成很鲜明的对照。雷伊代表传统的价值观，他在前言中告诫读者注意汉伯特的人格，他认为汉伯特是道德败坏的人，人们应当能从他的行为中吸取教训，以使世界更安全，使年轻一代成长得更好。汉伯特则完全不同。他受本能和欲望的驱使，不顾束缚和后果，行为完全不由自主。这两个人似乎代表了作家本人头脑中矛盾的两个侧面。一方面，作家知道他在冲破禁区，告诫并希望读者理解他；另一方面，他因不能自控，对多年来在多部作品中曾隐约表现的“慕女”情结，也必须做个了断；同时他大概也觉得，这是一个普遍存在而人们又耻于承认的情结，应当公之于世，所以终于写出《洛丽塔》一书。这本书问世后公众反应并非完全负面，说明小说在显示人性的复杂和人的本能心理方面，发挥了作用。在美国社会价值发生变化的时期，《洛丽塔》的出现可能有助于人们加强自我认识，增加宽容和同情，从而拓宽了文学艺术的表现领域。

纳博科夫的另一力作是《灰火》。评论界认为此书是20世纪非常伟大的文学作品之一。小说的叙事方式饶有兴趣，运用的是典型的“准小说”技巧，比如“故事当中套故事”便是这种技巧的突出特点之一。《灰火》讲的是一位大学访问教授查尔斯·金伯特，声称自己曾是北欧一个王国的国王，后因统治不当引起反王室暴乱，被废黜而逃出，在国外一所大学做了访问教授。在学校里他和一位诗人约翰·沙德要好，希望诗人能写一首歌颂他昔日王国和他本人辉煌功绩的诗歌。后来追杀金伯特的暗杀者在金伯特和诗人散步时错将诗人杀死。诗人在生命的最后阶段确实写出一首999行的长诗，诗人死后，他的夫人请金伯特帮助编辑此诗，金伯特欣然应允。但是他失望地发现，长诗所写的并不是关于他的国家和他自己的事情。于是他按照自己的意愿开始“编辑”和注释工作。他细读诗作的每一行，努力发现诗行与他的国家的关系，并以此为依据而驰骋想象，写出他的近乎发狂的头脑所能幻想和臆造的一切。结果，他写出的评论性注释以及索引竟形成一个独立的作品，即金伯特的自传性小说。于是《灰火》一书包容着两个作品，即故事当中套着故事。在诗人和金伯特两人的生活中都存在一种热火，而两人也一致认为，他们的诗歌和评论只是它的一种很不充分的反映而已。故作品题目曰《灰火》。

纳博科夫是典型的"准小说"家。他擅长运用诸如破坏结构、强调阅读、故事里面套故事等"准小说"手段。所谓破坏结构，就是混淆事实与虚构（或虚构的虚构）之间的界限，从而打乱正常叙事结构，造成读者手足无措，不知作家之所云。传统的读书策略如寻找书里"真正的故事"等，读纳博科夫的作品就不适用了。纳博科夫称他们为"老式"读者，在书中和他们玩耍，不为他们写出肯定无疑的故事，而代之以变化不定。说到"强调阅读"，是说把写作视为一个阅读过程。纳博科夫通过创作向世人表示出几种新的叙事策略，用以代替他认为业已枯竭的现实主义手法。他的努力启发了 20 世纪六七十年代的作家，促进了后现代小说的发展。

第四节　"垮掉的一代"小说　勃洛斯 / 凯鲁瓦克

在宣布后现代时代到来的作家中，有两个"垮掉的一代"的小说家充满反叛精神，坚持走出一条新路。他们相信自己的作用，竭尽全力扫除一切业已过时的表现方式。他们对美国当代文学的发展产生了相当影响。这两个人是威廉·勃洛斯（William Burroughs，1914－1997）和杰克·凯鲁瓦克（Jack Kerouac，1922－1969）。他们曾被认为是文学界的"圈外人"，受到冷落和忽略，因为他们以其大无畏的精神坚持表现和美国主流文化同时存在的地下文化和反文化。但是他们的声音已被当代读者听到，而且一直通过自己特有的频率在坚持传播。

威廉·勃洛斯（William Burroughs，1914－1997）

勃洛斯是“垮掉的一代”作家中年纪最长的一位。他在哈佛大学受到很好的教育，读书也多，对合乎他的口味的书籍，如纪德（Andre Gide，1869－1951）和兰波（Arthur Rimbaud，1854－1891）等人的作品，尤其感兴趣。有相当一段时间，他在游荡，但是没有浪费时间，他在进行严肃的思考。他吸毒达 15 年之久，从思想到心理长期生活在社会的边缘地带。他的作品都是关于吸毒、堕落的生活方式、暴力、同性恋等各种从传统角度看都属于奇异或反常的生活的表现。他的作品表示，他的头脑的思维和表达形式都和一般的标准迥然不同。勃洛斯喜欢刺激他的读者，以把他们从舒服的自满状态中警醒过来。他对自己发送给读者的信息是非常严肃对待的。他年复一年地出书，无论从主题还是从技巧，他都始终如一。评论界对他褒贬不一，但都相当注意。经过多年的努力，加之他的朋友金斯堡的坚持不懈的游说，勃洛斯终于在 1983 年被接受为体面的美国文协的成员。勃洛斯在二战后美国文学界代表一支力量。他对金斯堡、凯鲁瓦克以及旧金山诗歌复兴运动都产生过相当的影响。从长远角度看，他的一贯反传统、反常规的思想和立场，也许能让他在历史上获得一席位置。在他看来，世界上存在着一个人们一般认为是隐藏的、丑恶的，然而却无疑是生活有机组成部分的层面，这个层面需要有人揭示，而揭示的方式和声音应当和通常的表达方式截然不同。勃洛斯在他后期的作品《第三种思想》（*The Third Mind*，1978）中竭力向世人解释他一生所从事的试验创作努力的意义。他的作品包括《吸毒者》（*Junkie*，1953 / 1964）、《灭虫人》（*The Exterminator*，1973）、《放荡的人们》（*The Wild Boys*，1971）、《红夜城》（*Cities of the Red Night*，1981）、《同性恋》（*Queer*，1985）、《思想战争》（*Mind Wars*，1985）、《裸露的午餐》（*Naked Lunch*）、《诺瓦快车》（*Nova Express*，1964）、《死路之地》（*Place of Dead Roads*）等。

下面介绍一下勃洛斯的代表作《裸露的午餐》。这本书在小说史上可谓前无古人，它最能表现作家的主题和技巧特点。由于它描写吸毒和性反常行为，勃洛斯一度曾被告犯有淫秽罪，后来无罪获释。小说以作家本人15年的吸毒经历为基础，书的大部分是在他嗜毒期间写成。小说里充斥着极富真实性的精神分裂的吸毒者和性变态人物。这些人整日就是吸毒、参与毫无意义的暴力行为、或虐待他人或自我虐待，书里充斥着一幕幕令人作呕的需要和满足的场面。这些细节，或为真实的写照，或由作者夸大，表现得如此栩栩如生和强烈、辛辣，读后让人心烦意乱，久久不能平静下来。这些描写对一般的既定的欣赏口味常是一种冒犯，全书对传统读者乃是一种冒犯：这很可能是作家的写作意图。读这本书，人们会有和作家一起下地狱的感觉。小说的世界是毒品、性变态、权力和控制的恶梦般的所在，细味其中也有现实的反映，但多是歪曲得面目皆非，倘若与之认同，便会给人一种致命般的耻辱感。

人们对这本书可以做出不同的评价。一是把它视为作家的最严重的自我放任。勃洛斯喜欢吸毒，在把吸毒作为反主流、反体面的手段而进行宣传方面，他毫无顾忌。《裸露的午餐》是作家反社会立场的明确声明，即社会拒绝他，他也拒绝社会。他也许试图寻找逃避社会控制和左右的途径。另外一种不同的看法是，从勃洛斯的多数作品分析，他的态度或许不像这部小说所表现的那样负面和否定。他或许有他的社会良心，而他的表达方式和一般人不同。比如他的科幻小说《诺瓦快车》等就表达出他的一种信念，即地球在几千年前曾被外星人侵犯和败坏了，外星人取得了人的形状，利用了人类的缺点和矛盾。所以勃洛斯可能是把《裸露的午餐》中的人的表现当作人类的缺点来写的，以便表达自己对生活和社会的这个侧面的观点。比如小说的题目就很让人感到困惑。勃洛斯曾解释说，题目的含义恰如它的字面所说，裸露的午餐——每人都看到叉子尖上食物那冻结的一刻。他的意图在于表现一种情势，一个感情受到冲击的时刻，以使人们顿悟到生活中可能存在着不同于他们业已习以为常的情况。作家有可能把小说作为一种开阔人们眼界的手段，揭露在“文明国家”可能出现的情景。这部小说也可以作为一个社会生活记录来读，虽然让人恶心，但不失某种教育意义。读者不一定接受作家的条件，但作家有可能希望通过此书揭露社会的黑暗面，使人感到极不舒服，使人认识到主流与反主流文化间可能存在的降低人格、非人格化的共同点，以达到改正社会恶习的目的。《裸露的午餐》也是描写社会组织和某些个人力图奴役和控制人民的一部书，勃洛斯最痛恨，所以也竭力揭发和鞭挞这种社会控制机制。这样看来，人们也可能从《裸露的午餐》中发现某种正面价值。

《裸露的午餐》在叙事技巧方面有意识地颠覆传统表现方法。它的异常革新的写法使得作品极其艰涩难懂。虽然像诺曼·梅勒所说，它的语言能捕捉住日常口语的美妙之处，能反映出罪犯和吸毒者们之间谈话的狠毒和激动味道，然而它的文字互不连接，缺乏逻辑，缺乏正规语法和句法，因此导致阅读和理解上的很大困难。大多数人在阅读时体验到混乱，某些评论家则发现书中不乏超现实主义和象征主义手法的痕迹。人们的倾向一致同意，勃洛斯运用这种非常表现手法的目的是，有意识地打乱人们的传统思维和表达模式。他认为，语言是主流社会控制人们的手段之一，打乱语言是反控制的一种途径。所以人们发现，在小说中没有先后时间顺序，没有直线陈述，几乎没有连续故事情节，几乎没有结构，只有剪辑和拼贴。作家把自己的和其他作家的文字进行“折叠”或“割裂”，重新编排，行文的这种断裂有助于造成一种幻觉或超现实感。小说描写的场面有时有头无尾，时间颠倒、间断，叙事中随便改变叙事者，没有时间、地点、情节和人物性格塑造，一场场令人惊心的非人的侮辱情景，不断地重复、脱节，不能引动读者的期望或兴趣等等，读者如果能够坚持读完的话，所得的印象也无非是：不同的经历通过不同的交流手段表达了出来而已。对勃洛斯来说，如同对约翰·巴思一样，传统小说业已死亡。

勃洛斯有自己独具一格的天才。他在思维，对世人有话可说。人们可能忽视、冷落他，但是不能不承认他的存在。他对生活的观察可能不完全是个人的或主观的看法，他要说的道理，虽然多基于他个人的经历，但和大众的认识有些微的衔接点。他是一个有着奇怪信息的奇怪人物，在历史上也许有某种奇怪的用途，人们毋需完全无视他的声音。

杰克·凯鲁瓦克（Jack Kerouac，1922—1969）

凯鲁瓦克出身于一个讲法语的加拿大家庭。他在哥伦比亚大学就读，但是没有完成学业。他和“垮掉的一代”主要人物如金斯堡和勃洛斯等相会，开始了他暴风骤雨式的一生，后来他的创作生涯未及全面发展，他便因酗酒而离世。凯鲁瓦克一生创作出多种形式的文学作品，其中包括长篇和短篇小说、非虚构小说、诗歌、书信等。他是一个百分之百的自传体作家：他把自己的生活经历转换为作品的素材。他的作品里充满爵士乐形象、性爱、暴力、酗酒、儿童帮伙、在路上飞奔的汽车以及关于两性、阶级和种群的谈论等等。阅读他的作品，人们会从中了解到当时美国年轻一代的行为和表现，他们怒气冲冲，心情沮丧，不知何去何从，同时又努力理解人生和自我，努力取得某种成就。凯鲁瓦克是一位多产的作家，一生写了十多部长篇小说。其中有些如《地下者》（*The Subterraneans*）和《麦吉·凯萨迪》（*Maggie Cassady*）表现他的性爱生活，有些如《孤独的旅行者》（*The Lonesome Traveler*）则谈论种族和族群问题，他的所有作品都描绘出一个局外人的形象，此人因不接受主流价值、生活在社会边缘而遭到社会的拒绝。凯鲁瓦克表达的是他的一代中那些坚持不同观点的成员的声音。

凯鲁瓦克的著名作品是他的《在路上》（*On the Road*）。书中写的是作家的一次吸毒以后在美国高速公路上行进的情况。这次旅行发生在20世纪50年代早期，他和他的朋友尼尔·凯萨迪同行，凯萨迪从旧金山来纽约接他，再一同开车回加州去。这本书是散文性作品，没有什么戏剧性，也没有什么情节可言，可是书里所表现的未解决的问题、令人惊讶的矛盾以及非同寻常的题材，让读者爱不释手。书中出现许多有趣的人物如酗酒者、吸毒者、爵士乐歌手等。书中的两个主要人物，一个是迪恩·莫里亚蒂，以凯萨迪为原型，另一个是萨尔·派拉戴兹，他是杰克的化身，两个人都是吸毒者，虽然堕落，但仍努力探讨他们的真理。作品以第一人称叙事者叙述，叙事人富有同情心，用的是自白风格，表现的是逃离生活压力而奔向自由的故事。两个人物都不能将一项工作坚持到底，因为他们都不能按时作息，或者迟到，或者旷工，不断遭到解雇，不断到处游荡。迪恩·莫里亚蒂来去宛如旋风，是个"路上旅行大王"。他的空间流动不止，他愿意到处游逛，体验生活，与人接触。他设法帮助他的朋友萨尔享受生活，如带他去小型车赛，帮他和女人接触，让他体验多个性伴侣的味道，使他和朋友一起喝得酩酊大醉等等。迪恩认为，人们应当过好眼前的、此时此刻的生活。两个人出发寻觅真理，然而总是失望地、绝望地回到原地。书中充斥着男女乱交、嗜毒成性，也伴随着许多的不幸和悲哀。

凯鲁瓦克的风格有"自发文笔"之称。他不拘泥于常规，不屑于模仿他人。他声称这种写法是在1951年发现的。所谓"自发"就是没有时间进行思考和修改。《在路上》是他这种文体的最佳体现。凯鲁瓦克受到启发在三周内连续打字完成此书。他用胶带把120 英尺稿纸联成一体，以免打字过程当中停下换纸张而造成叙述思想的间断。凯鲁瓦克认为写作是连贯的动作，《在路上》书中没有句号，只有逗点、分号和破折号；没有选择，只有流动不断的自由联想及无限思维。显然，作家在写作过程中没有思考选择适当词语的时间，宛如自由写作，没有时间审阅和改错。作家似乎处于一种半睡状态，行文显示出记忆和梦幻两相混合的意识流倾向。书的结尾也很别致：没有结尾，作者鼓励读者继续讲下去，在书的框架内添上自己的语言和意象。凯鲁瓦克的这种文体具有某种爆炸性，语气温和、无所顾忌、感情丰富，让人感到亲密无间，所以读者感到凯鲁瓦克可爱。凯鲁瓦克也擅长把读者引进故事，使他们有机会体验生活中常常让人忽略的侧面。在这部书里，爵士乐的影响也很明显，作家把小说和爵士乐两者的创作等同起来。应当指出，凯鲁瓦克的文体在评论界迄今依然是个颇有争论的问题。有人认为，这部书的风格并非作家所说的那样自发，说它的文体枯燥、传统化、天真而有缺陷。

凯鲁瓦克和金斯堡、勃洛斯同是 20 世纪 50 年代那个年轻、骚动不安的一代的代表人物。他们野心勃勃，欲成就一番事业，在历史上留下足迹。凯鲁瓦克虽然成就有限，但他在美国当代小说的名人馆中是有一个位置的。

第十二章　二战后美国戏剧

第一节　威廉斯 / 米勒

田纳西·威廉斯（Tennessee Williams，1911—1983）

二战后美国戏剧以 1945 年田纳西·威廉斯的名剧《玻璃动物园》为开端。威廉斯是美国著名剧作家。他生于密西西比州哥伦布市，12 岁随全家移居圣路易斯城。威廉斯自幼喜爱文学创作，14 岁时曾在一家全国性杂志《时髦人物》（*The Smart Set*）举办的散文赛中获头奖，17 岁发表第一篇短篇小说《尼特罗克里斯复仇记》（“The Vengeance of Nitrocris”）。1929 年他入密苏里大学学习，但在 1932 年因贫穷被迫辍学，到一家鞋厂工作，在仓库里度过了 3 年他后来称之为“虽生犹死”的时光，终因精神支撑不住，在祖父家休养 1 年。后来又入学，1938 年在衣阿华大学毕业，获学士学位。威廉斯在密苏里大学就读时便开始戏剧创作。大学毕业后，他除了干些杂活维持生计以外还坚持写作。1939 年改名“田纳西”，觉得原名“汤姆·威廉斯”太“乏味”。同年他的《美国布鲁斯》剧获全国戏剧奖。1940 年他的首部由一家大剧院上演的剧作《天使之战》（*Battle of Angels*）在波士顿上演失败，只演过一场便中止。两年后，他受雇于好莱坞写脚本，也未获成功，几个月后被辞掉，但是其中有一部名为《来访的先生》（*The Gentleman Caller*）的剧本，后改写成《玻璃动物园》（*The Glass Menagerie*），成为他在美国剧坛扬名的首部杰作。1945 年《玻璃动物园》演出的成功不仅标志着威廉斯戏剧创作生涯的开端，而且成为美国戏剧发展史上的一个里程碑。

从那以后，威廉斯平均每两年推出一部新作。他的脍炙人口的作品有《欲望号街车》（*A Streetcar Named Desire*，1974）、《热铁皮屋顶上的猫》（*Cat on a Hot Tin Roof*，1955），这两部剧作皆获普利策奖，被誉为当年最佳剧作。此外，《去年夏天突然来到》（*Suddenly Last Summer*，1958）、《可爱的青春小鸟》（*Sweet Bird of Youth*，1959）、《鬣蜥之夜》（*Night of Iguana*，1961）这 3 部剧作都在百老汇剧场取得巨大成功。20 世纪 60 年代似乎是威廉斯创作的"低谷"，他开始担心自己"未老先衰"，但在 70 年代，他的创作力开始恢复。他的其他作品包括《玫瑰刺花》（*The Rose Tatoo*，1951）、《大路》（*Camino Real*，1953）、《琴神下凡》（*Orpheus Dessending*，1957）、《一只鹦鹉的精确分析》（*A Perfect Analysis Given by a Parrot*，1958）、《适应阶段》（*Period of Adjustment*，1960）、《牛奶车不再在此停留》（*The Milk Train Doesn't Stop Here Anymore*，1962）、《双人剧》（*The Two Character Play*，1967）、《世欲王国》（*Kingdom of Earth*，1968）、《在东京旅店酒吧里》（*In the Bar of a Tokyo Hotel*，1969）、《红鬼炮兵连的信号》（*Red Devil Battery Sign*，1975）、《小手艺的警告》（*Small Craft Warnings*，1972）、《维厄·卡雷》（*Vieux Carre*，1977）及《失恋者的一个愉快的星期天》（*A Lovely Sunday for Creve Coeur*，1978）等。他有 15 部作品被改编成电影，其中《小娃娃》（*Baby Doll*）于 1951 年上映，引起争议；此外他还写过 1 部小说、2 部诗集、6 部散文集和 3 部短篇小说集。

威廉斯剧作中突出的人物是一个孤独的、脆弱的女人，她的生活毫无安全感，因而时常沉缅于对过去的回忆或对未来的幻想中，而这种幻景又常被一位代表现实的闯入她生活的男人打破，剧情随之步入高潮。此外，剧作中常出现的人物还有迥异于周围其他人的“局外人”、对可怕的生活看得最透彻的人、身心畸形的人、精神不正常的人、艺术家和伪艺术家、害人者和受害者、外国人和陌生人等。他的人物中不乏逃避现实者，他们面对世界的冷漠无情感到惶恐。这些精神萎缩的男人或女人竭力通过游荡或远走高飞来逃脱生活的折磨、时间的吞噬以及衰萎的命运，但是始终无法成功。威廉斯的写作技巧非常精妙，尤其对人物性格的刻画牵动人心，语言也简练、生动，富有诗意。他对“疲塌的现实主义戏剧”感到不满，在自己的作品中运用了语言、视觉和听觉上的象征主义手法，尝试了文学和戏剧表演方面的多种表现主义技巧，包括特殊的背景、音乐的烘托、不寻常的声响和灯光效果等，引导观众洞察掩藏在表面现象之后的生活的本来面目。威廉斯在描写美国生活时擅长“出奇制胜”。他对谋杀、强奸、吸毒、同性恋、酗酒、拜物主义、色情狂等现象的描绘有助于打破禁区，从而促进了美国戏剧的发展，为爱德华·阿尔比等后辈剧作家的创作开辟了道路。

下面介绍一下他的代表作《玻璃动物园》。这出戏 1945 年在纽约上演，使威廉斯在剧坛上取得首次成功。它获得“纽约戏剧界奖”，被视为当年的最佳剧作。自那时起，评论界逐渐认识到它标志了二战后美国新戏剧发展的开端。

《玻璃动物园》的故事情节相当简单：在一处下等中产阶级集居的公寓大楼里，住着一家 3 口人——阿曼达·温菲尔德夫人以及她的女儿劳拉和儿子汤姆。阿曼达的丈夫已离家出走，女儿自幼跛脚，在家闲居，儿子在一家鞋厂仓库工作，全家生活相当清苦。阿曼达担心女儿成为嫁不出去的老姑娘，也担心儿子吸烟、酗酒，一事无成，最后步其父亲后尘而离家出走。她原是大家闺秀，而今她唯一的慰藉就是缅怀那一去不复返的美好日子。劳拉因身残而自卑，腼腆到神经质的程度，她中途退学，对职业学习也不适应，孤独、痛苦，整日和她收集的玻璃动物待在一起。汤姆生性爱冒险，还喜欢作诗，对仓库的工作毫无兴趣，用他母亲的话说，他生活在梦中，自己制造幻象。阿曼达急于给女儿找对象，让汤姆把一位名叫吉姆的同事带回家来热情招待，吉姆讲了许多鼓励劳拉克服自卑、面对生活的话，但他已有对象，这使劳拉和她母亲感到失望。汤姆也终于离家出走。

《玻璃动物园》所写貌似日常琐碎事情，全剧始终未发生过重大事件，但掩卷闭目，人们又觉得很有动人之处。这就值得深思和挖掘了。温菲尔德一家生活在“永恒黑暗”的神秘宇宙里，三个人都感到难以承受的精神苦恼。对于他们来说，现实生活是可怕的，欲生存则必须寻觅某种逃脱，以获得某种喘息的机会，使精神得到某种补偿，从而能从疲惫和绝望中振作起来，再正视人生。由此看来，“逃避现实”乃是该剧的主题。剧中的人物多以自己独特的方式实现某种暂时的解脱。比如阿曼达，她有过美妙的青春时代。她生于南部殷实人家，二八妙龄时期曾有花前月下、海誓山盟的美好经历。她一说到这段时光便顿时眉飞色舞、乐不可支。阿曼达不只口中讲，而且有机会便实地装扮，再现自己年轻时代的风流状貌，希望复活业已逝去的过去。在她迫使儿子邀请其同事来家做客、挖空心思打扮女儿劳拉的同时，她没有忘记装饰自己。她又乘机在心理上潜回到她所眷恋的往昔去。于是她翻箱倒柜，如演戏一般，一掀门帘就粉墨登场了。她身穿一件已泛黄的巴里纱上衣，腰束一条蓝色丝绸裙带，手持一束长寿花，满面春风，手舞足蹈，她年轻时的风貌几乎又完整地展现在人们面前。对阿曼达，人生是一种煎熬。她的丈夫，一个长途电话公司的职工，“爱上了长途”，留下了一张“再见了”的明信片，就从她的生活中消逝，留下她做母又做父，照拂两个孩子长大成人。然而这并非苦难的尽头。女儿劳拉自幼病后落残，内心自惭形秽，上学不能毕业，就业没有希望，阿曼达多年来一直如芒刺在背，坐立不定。她深感内疚，觉得自己对女儿身残负有不可推卸的责任。她尽一切努力来弥补自己的过失。她设法把女儿送进一所技艺学校的打字班，希冀她能学有所长，培养一份自力更生的本领，找到一条立足活命的途径。最使她惶惶不可终日的是，她害怕女儿将来嫁不出去，在家成为孤苦伶仃的老姑娘。她一家三口，全靠在一家仓库工作的儿子的微薄工资过活，捉襟见肘的尴尬状可想而知。她对全家的经济支柱——儿子汤姆也极担心。汤姆嗜烟酒，好幻想，常到电影院中过冒险瘾。这一切阿曼达看在眼里，明知儿子必会离家，仿效他父亲的榜样，却一筹莫展，唯有心里焦急而已。人生是痛苦的，很明显，她要活下去，只有美好的过去可供回忆。阿曼达便是通过“逃回过去”的方法得以维持眼前的艰难日月的。她在剧中虽然有时滑稽，但她的形象是被当作圣母玛利亚来塑造的。

劳拉解脱自己的方式则不同。她非常敏感。由于两腿长短不齐，她不得不用支架，走路嘎嘎作响，于是她在学校里思想紧张，中学未能毕业，在职业学校里竟当众呕吐，从而宁愿在外流浪也不愿回到班上去。她有自卑感，对自己缺乏信心，只有对“玻璃动物园”深感兴趣。所谓玻璃动物园，实乃劳拉收集做室内装饰品用的玻璃制动物群，阿曼达别出心裁为它们起了这个新鲜名字。这些小物件精巧，但易碎裂，劳拉拿起放下都极小心，唯恐喘气粗些会损伤它们。劳拉在这个静止的动物世界里发现了她的理想的生活环境：和谐、友好相处，没有变化，没有争吵和竞争，没有任何歧视。在这个动物群中，有一个与众不同的形体，它有一只角，而其他同伴则没有。在劳拉看来，这只独角兽在这个集体中并无孤独的感觉，便是有，它也不抱怨。劳拉尤其喜欢这只独角兽，可能是由于同病相怜的缘故：她和独角兽都有异乎寻常之处，因而独立于同类之外。她只有一个去处隐身，即她的想象。玻璃动物园为她的想象提供了驰骋的余地。在玻璃动物园这片天地里，她洞见到一种迥异于人世的去所。当她在想象中和独角兽融为一体，又以独角兽的身份出现在玻璃动物园内，与其他同类友好相处时，她的一切苦恼——她的残腿，她的自卑，她的失败及失意，人们可能的鄙视，母亲的担心，她自己的担心，未来生活的不堪设想，自己的存在对弟弟的影响，等等，这一切都消失了，留下的是一个毫无忧虑的她，一个本来的原始的自我。当她这样地发现自我时，她感到了生的可乐。玻璃动物园还给了她以本来的面貌，成为她的庇护所，受到歪曲的她终于伸张开来。

汤姆在三人中应属最痛苦的。他极富想象，性好文学创作，然而他所从事的却是世界上最平淡、最乏味的工作。迫于生计，他不得不日复一日地在平淡乏味中折磨自己的想象。汤姆具有艺术家的素质，这样的人被局囿在家庭重负及枯燥的仓库的监牢中，其痛苦是一般人所难以想象的。汤姆最大的痛苦是现实不容许他的自我的存在。他痛苦得想到了死，想到了暴力，虽然暴力使他失去常态，但可以让他和迫使他每日做牛做马、规行矩步的现实进行较量。诚然，汤姆决不是恶人，他有一颗善良的心。他的想象可以得以腾骧的最佳处所之一就是电影院了。然而，他毕竟不再是童稚，他的想象不能在逛影院这种自欺欺人的活动中得到永远的满足。他只有一条路可走了：他逃向空间去了。他离开家，尾随在父亲的身后，从一处到一处，从一城到一城，宛如落叶到处漂泊。

汤姆是三个人中逃遁最不成功的一位。如果阿曼达和劳拉逃避的主要对象是客观生活现实的话，汤姆则既要逃避客观世界，又要逃脱主观世界——自我——的束缚。逃避客观现实固然不易，但是可以做到。我们看阿曼达和劳拉都有快活的时候，就是已经实现逃遁的证明。而且，经过吉姆来访之后，两者突然从梦幻中惊醒，开始停止逃脱，而正视现实，剧终时她们立在了新的起跑线上：阿曼达突然展现出一种悲剧美，劳拉则抬起了绝望的头，脸上绽出了笑容。汤姆就不同了。他没有过快活时刻。当他逃向空间时，他又觉得后面有人或物在跟踪。显然，他在想象，怀念家人，他的记忆在折磨他。于是，他明白了自己不安的原因：他心里放不下他的妈妈曾满怀希望托付给他照料的姐姐劳拉。

剧中唯一讲求实际的人是吉姆。他的到来结束了一家 3 人的幻觉，使他们回到现实中来。他打碎了劳拉所珍爱的独角兽的角，劳拉的脆弱的世界受到侵扰，但她意识到这可能不是灾祸。吉姆也是威廉斯剧作中的典型人物之一，他是闯入孤独、内向的女主人公的幻想世界的男人，是现实生活的象征。虽然随着吉姆的到来和离去，幻想已破灭，现实已表现出令人沮丧的真面目，温菲尔德一家因此感到痛苦甚至绝望，但是，在最后一场中，观众看到阿曼达开始克服失落感，恢复勇气，劝慰感情上受到打击的女儿，劳拉也动人地把低垂的头抬起，终于面对母亲露出了笑容，母女怀着信心，挺起身迎向严酷的现实。所以，吉姆的形象有些像拯救世人的基督耶稣。该剧并不是以绝望告终的。

在这部剧作的创作过程中，威廉斯从自己家庭的经历中汲取了许多素材，他所描写的是他的母亲、姐姐和他本人的生活情况。威廉斯的父亲是推销商，终年在外，他和父亲关系疏远。他和姐姐罗丝关系紧密，姐姐因头部手术变成弱智，他当时不在身边，后来一直感到一种负罪感，他对一生住在医院的姐姐照顾备至。所以《玻璃动物园》一剧很有他向家人致歉之意，故曰“记忆剧”。至于他本人，他幼时跟母亲住在外祖父家，度过了几年快活的时光。7 岁时，父亲在圣路易斯城一家鞋店当销售部经理，他随母前往，对新生活很不习惯。他性格胆怯，缺少朋友，觉得很痛苦，常去电影院在冒险的情节中寻觅解脱。他后来也在一家鞋厂仓库工作过。这些经历对他影响很大，《玻璃动物园》中汤姆这一形象便取自他的这一生活阶段。他后来回忆说，那时他总想爬上银幕，参加活动。这是《玻璃动物园》描绘逼真、情节感人的基本原因之一。

阿瑟·米勒（Arthur Miller，1915—2005）

米勒是美国当代著名剧作家。他出生于纽约市一个犹太人家庭，父亲是相当富裕的服装制造商。他成长于经济大萧条时期，目睹了父亲的破产，感到现代生活毫无保障。中学毕业后他曾在一个汽车配件库任保管员，后就读于密歇根大学并开始写作。1938年大学毕业后，米勒回到纽约从事广播剧创作。1944年他的话剧《鸿运高照的人》（*The Man Who Had All the Luck*）首次在百老汇上演，虽不成功，但引起评论界的注意。1945年他的长篇小说《焦点》（*Focus*）问世，然而他仍决心"把长篇小说的充实性、警世性和复杂性带上舞台"。他的话剧《全是我的儿子》（*All My Sons*）于1947年公演，受到欢迎，获纽约剧评家奖，使他一举成名。该剧的主人公、机器制造商乔·凯勒在二战期间向美国空军出售残次部件，导致21名飞行员机毁人亡，后他又将罪责推给合伙人。当他得知遇难的飞行员中有自己的次子拉里时，受到良心的谴责，终于负疚自杀。米勒通过这个剧探讨了家庭和社会道德的问题。

1949年2月，米勒的话剧《推销员之死》（*Death of a Salesman*）公演，立即引起轰动，连演742场仍盛况不减，赢得了纽约剧评家奖和美国文学最高奖——普利策奖。《推销员之死》的主人公威利·洛曼笃信依靠个人的魅力和不懈的努力便可获得成功，可是他为老板辛劳一生竟在年老时被无理解雇。他走投无路，终于撞车自尽。这是一个普通美国人被"人人都能成功"的梦想所戕害的悲剧，具有深刻的社会意义。此外，米勒在该剧的表现手法上也有所创新。《推销员之死》被公认为米勒最成功的剧作，确立了他在美国戏剧史上的重要地位，并使他饮誉海外。

《炼狱》（*The Crucible*）是米勒的又一部重要剧作，于 1953 年公演。该剧以 1692 年在马萨诸塞州的塞勒姆镇发生的驱巫冤案为素材，表现黑暗宗教势力与普通人的良心的斗争，讴歌了人间的浩然正气。当时正值美国反动的麦卡锡主义猖獗时期，这个剧无疑是对非美活动调查委员会审讯共产党人事件的影射和抨击，其影响超越了美国国界。米勒曾因政治思想进步而遭该委员会传讯，但他毫不畏惧，拒绝回答一切问题，后又以古讽今，写成这部意义深远的剧本。米勒后来的一些剧作，如《堕落之后》（*After the Fall*，1964）、《维希事件》（*Incident at Vichy*，1964）、《代价》（*The Price*，1968）等，除反映社会生活外还带有内心自省和道德自我完善的色彩，成就不如前期的剧作。但在有些剧中，他对戏剧的表现方法进行了试验性的探讨，例如《创世记及其他》（*The Creation of the World and Other Business*，1972）就是喜剧和荒诞剧的尝试。1980 年首演的《美国时钟》（*The American Clock*）则力图展现美国经济大萧条造成的灾难的全貌。米勒的其他主要剧作包括：《两个星期一的回忆》（*A Memory of Two Mondays*，1955）、《桥头眺望》（*A View from the Bridge*，1955）、《戏剧集》（*Collected Plays*，1957）、《不合时宜的人》（*The Misfits*，1961，电影剧本）、《大主教的天花板》（*The Archbishop's Ceiling*，1977）、《争取时间》（*Playing for Time*，1979，电视剧）、《最后一个扬基佬》（*The Last Yankee*，1993）以及《破碎的镜子》（*Broken Glass*，1994）。此外，米勒还写过广播剧、短篇小说、报告文学等。

米勒早年曾从挪威著名作家易卜生的剧本中汲取了营养，后来又继承了尤金·奥尼尔开创的美国现代社会剧的传统。在此基础上他探讨戏剧理论，例如在《戏剧集》的引言中，作者阐述戏剧的功能时说："剧本至少是要向观众揭示他自身，使他能通过揭示出来的他与大家的相互关系，而和其他人沟通，克服人际间不断疏远，使人更加富有人性，而不那么孤独。”在《悲剧与普通人》（“Tragedy and the Common Man”，1949）一文中，米勒论述了现代悲剧的特点。他一反古希腊哲学家亚里士多德的悲剧定义，指出普通人与帝王同样适合于作为崇高的悲剧的题材。他还指出，悲剧是一个人竭力要求公正地评价自己而产生的后果，那么他因此而遭到的毁灭就揭示出他生活环境中的缺陷或邪恶。他主张，悲剧的最终结局应加强观众对于人类所持的最光明的见地。米勒不仅研究戏剧理论，而且革新了戏剧的表现方法。例如他设计了多功能的舞台，既减少了频繁换景的麻烦，又丰富了戏剧的表现力。他采取了浓缩时间的方法，使过去、现在和将来交织在一起。他还在剧中使用意识流手法，深刻地揭示人物的内心世界。1978年《米勒戏剧论文集》（*The Theatre Essays of Miller*）出版。他以自己的理论和实践为现代戏剧的发展作出了卓越的贡献。

米勒是和田纳西·威廉斯齐名的二战后美国戏剧大师，1965年被选为国际笔会的第一任美国主席，1984年获得华盛顿肯尼迪艺术中心奖。米勒是中国人民的朋友。1979年米勒夫妇在访华后出版了摄影集《中国见闻》（*Chinese Encounters*）。1983年他又亲自来北京执导话剧《推销员之死》，获得极大成功。

下面介绍一下他的代表作《推销员之死》。该剧发表于1949年，是阿瑟·米勒最成功的剧作，被公认为二战后美国的重要剧作之一。

《推销员之死》从内容到技巧都堪称经典之作。它主要讲纽约推销员威利·洛曼的故事。洛曼一家四口：妻子琳达及两个儿子比夫与海辟。它通过对威利一家在一天两夜间的生活场景的描述，展现20世纪30、40年代美国社会中一个普通人的悲剧。年过六旬的威利像许多美国人一样坚信：人可以靠自己的品格和魅力以及不懈的努力赢得众望，获得成功。然而事与愿违，他为瓦格纳公司辛苦工作了34年，不但没有发财，反因年老体弱、推销不力而遭解雇。他生活拮据，精神恍惚。尽管如此，他仍天真地相信，通过自杀的手段可以给儿子留下两万美元人寿保险金，这样自己企盼成功的梦想就能在儿子身上得到实现。于是，威利终于撞车自尽。威利的悲剧在于他受“美国梦”的戕害又执迷不悟。他不知道自己的失败既有社会政治经济的原因，又有自身的原因。威利一直生活在自欺欺人的幻梦之中，倒是他那一事无成的长子比夫从父亲的遭遇中悟出一个道理：人必须正视现实，不能继续在谎言、幻想和虚假的价值中生活下去。威利的哥哥本恩是个靠无情竞争取得成功的实业家，与威利形成鲜明的对照。

《推销员之死》情节开始时，主人公威利已进入他一生的最后一天。威利感到他只有死路一条了，但他要死个明白：他要想通他本人为何失败，还有他的儿子比夫为何 30 多岁仍然一事无成。《推销员之死》一剧的剧情发展目的主要是为解决这两个问题的。作者巧妙地运用意识流手法，把威利最后一天在两个问题上的思想活动展现在观众面前，他认为自己终于明白了他们父子失败的原因。先说他关于自己的思考。威利一生笃信美国人的成功之梦，他相信他在世上一定能够成就一番事业。几十年前他开始为公司工作时，曾深信他能成为公司的股东。他和老雇主关系甚好，后者曾请他为儿子——现任公司经理——命名。他为公司效力，拓宽了它的营业领域。他的家庭生活一度也很幸福，通过分期付款购置了房屋以及电冰箱等现代生活用品。两个孩子也是在健康成长，威利有意识地把自己的梦想灌输给他们，比夫受其影响尤甚。威利也一直幻想有朝一日能自己建起企业，成为自己命运的主人。然而，时间年复一年地流逝，他的幻想愈益渺茫。在辛苦劳作一生身心交瘁之际，他发现自己又退回起步之处：公司又命他每日驱车几百英里到各处推销产品，取消了他的工资，而改付他以佣金。他深感力不从心，开始靠举债度日。他的好友查理曾几次表示愿雇佣他，然而他拒绝接受他的帮助。他的长子比夫年过三十仍一事无成。这个年轻人在学生时代曾有过机会，中学毕业时曾有三所大学愿为他提供奖学金。然而他的数学未及格，他曾去波士顿找父亲商议夏季补课之事，却恰遇上父亲的桃色事件。自此父亲在他心目中的偶像彻底破碎，他开始自轻自贱，对父亲由爱转恨。父亲后来一气之下把他逐出家门。他到处流浪，犹如无根落叶。

威利在被解雇心情沮丧至极之时，想到了几十年前发生的一幕。当时威利的人生路程刚刚开始，他正站在十字路口上，两种力量——哥哥和妻子——将他朝不同的方向拉，他成为一场拔河赛的中心点。当时威利的哥哥本恩来访，要威利和他一起到阿拉斯加去创业，威利的妻子琳达坚决反对，威利听了妻子的话，决定留在城里，本恩悻悻离去。威利在最难过的时候想到此事，显然是在后悔当初未照哥哥的建议西进，因而一步走错，满盘皆输，实际是在下意识地谴责妻子。本恩在剧中是开拓精神的体现，具有一种北美大陆最初移民的那种进取精神。他不守缺抱残，敢于向未知世界迈进。他的口头禅——或曰人生哲学——是："我 17 岁踏入莽林，21 岁出来，谢天谢地，我发了财。"他具有寻求理想生活的勇气和信念。他告诉威利，他发现了一个新大陆：莽林冥冥，但充满钻石。本恩的这种精神，是美国梦中理想主义色彩的体现，他的成功在某种程度上体现出完整的美国成功故事。威利不能理解本恩的成功的秘密。他对美国梦的全貌没有清楚认识。他看到本恩物质成功的一面，因而把他视为自己的榜样，至死相信美元的威力。本恩也是他的良知、自我的体现，剧中他与本恩的对话，实乃他的内心独白。他与本恩的商讨与争论，实乃他的内心斗争外现给观众而已。所以当威利处于一生经历最低点时，亦即遭到辞退之后，他在绝望中长呼一声："啊，本恩，你是怎么做成的？答案是什么？阿拉斯加的事业你已经了结了吗？"

他的妻子琳达是城市文明生活的代表。她要丈夫留在纽约。

威利其后路愈走愈窄，最后钻入了死胡同。琳达和本恩是两相对立的，相互间没有什么交流。虽然从根本上讲是直接交锋，但中心火力点是威利。琳达对本恩感到畏惧和气恼，归根结底是她的价值观与本恩的生活哲学之间存在着根本区别。琳达是城里人，相信美国成功的故事，但她只知此梦的一个方面，即物质成功这个侧面。她对房屋、冰箱等物质很关心，对分期付款极有信心。她不想改变这种生活，一心希望丈夫及儿子遵照这种模式奋斗下去。她的这种信念在客观上加强了威利自身的梦想，因而威利称她为自己的基础和支撑，她的孩子称她是有性格的女人。她柔中有刚，常能成功地以柔克刚。琳达和威利一样天真，威利死得糊涂，活下来的琳达也不明白。

关于儿子失意的原因，威利的头脑也一直在思考。在他被解雇以后到查理处去借钱，遇到查理的儿子伯纳德。这个人是比夫少年时代的好友，当威利问他比夫为何不能长进时，他反问威利十几年前在波士顿发生的事，这使威利大发雷霆，因为这捅到了威利的痛处。威利的意识于是回到十几年前在波士顿发生的一幕去。那时比夫和伯纳德正值中学毕业，比夫因数学不及格，到波士顿去找在那里出差的爸爸，请他回家和数学老师说情。不料在旅馆里正撞上父亲和一位女人亲热，顿时万念皆灰，回家后也拒绝补课，因而未能升入大学，十几年来到处游逛。威利恨儿子不成材，抱怨他对自己心怀恶意，但心里一直感到内疚，只是坚持回避和否认，始终不能正视。现经伯纳德提醒，他通过回忆往事，开始承认自己的责任。在他生命的最后一天，他觉得也找到了儿子失败的原因。在理清两件压在心头的大事的原由之后，他觉得可以明白地去死了。但他对家人要有所安排，才能聊以自慰。于是，他想到了人寿保险金，这是他唯一可以留给儿子和家人的钱财，用他对好友查理所说的话说，到头来死了比活着还值钱。于是他撞车自尽。其实威利死得貌似明白，细心琢磨，人们会觉得他仍然糊涂。他未能和哥哥西进，最后决定是他自己做出的，妻子只是建议，不能让她负主要责任。至于比夫，他虽有责任，但他的失误不在于儿子发现他的婚外恋上，比夫长期不能安定，主要是因为他摆脱不了父亲传给他的美国梦的影响；而且，比夫年逾而立之年，自己应当对自己的失败负责。

《推销员之死》的艺术技巧颇有独到之处。比如它在人物性格塑造方面就很有特点。它巧妙地利用次要人物衬托主要人物。中心人物威利是个性格复杂的人，他热爱城市，也喜欢大自然，有些冒险精神。在剧中他的这种双重人格分别由琳达和本恩、比夫和海辟两组人物烘托出来。琳达和海辟体现威利热爱城市的一面，而本恩和比夫烘托他向往大自然和冒险精神的一面。除此之外，剧中所有人物都对刻画威利的形象有所帮助。比如查理和伯纳德父子体现威利的追求，波士顿女人表示他的负疚感，而他的老板则代表了社会制度的无情，等等。另外，为了表现威利的心理活动，作者创造性地使用了意识流手法，将威利的回忆和幻想呈现于舞台之上，造成现在与过去、现实与想象交相呼应的局面，深刻地揭示了威利的内心世界。为达此目的，作者还设计了虚实结合的多功能布景，并用音乐烘托人物和主题。这些现实主义与表现主义相结合的处理方法取得了很好的艺术效果。

《推销员之死》以其深刻的哲理性和高度的戏剧性赢得美国人民和各国人民的喜爱，多年来屡演不衰。

第二节　20 世纪 60 年代美国戏剧　阿尔比

20 世纪 60 年代美国戏剧

美国戏剧在 20 世纪五六十年代发生了很大变化。国家越来越富足，科技进步如汽车与电冰箱的普及使生活变得容易而舒服。小城生活受到越来越多的重视。然而同时诸多因素的出现也使人们感到焦虑和不安。原子弹、冷战、越战等让全国感到心情沉重，此外在社会生活的许多侧面如个人的、社会的、心理的不同层面，也存在着严重的失意和怨气。美国剧作家面对时代的复杂性，顺应时势，创作出不少优秀剧作。不少剧作家脱颖而出，比如威廉·英奇（William Inge，1913—1973）、罗伯特·安德森（Robert Anderson，1917—2009）、亚瑟·罗伦茨（Arthur Laurents，1917—2011）、杰克·吉尔伯（Jack Gelber，1932—2003）、莫雷·施斯加尔（Murray Schisgal，1926—）、杰克·理查森（Jack Richardson，1934—2012）、亚瑟·科比特（Arthur Kopit，1937—）及其他作家的剧作，为 20 世纪五六十年代的美国剧坛增加了许多光彩。以英奇的名剧《汽车站》（*Bus Stop*）为例，这出戏充分地表现出时代精神。主人公赛莉受到发展中的城市的吸引，来到城里，与人相恋，希望在个人关系中寻觅慰藉，然而等待她的只有失望。因此她便试图逃至一处农庄，以求安宁，可是农庄也不是世外桃源。美国梦在她心目中激励起的期望落空了。她感到窒息。20 世纪五六十年代美国剧坛的一个引人注目的事情是荒诞戏剧的出现。荒诞戏剧 20 世纪五十年代源于法国，后来风靡欧美。它主要表现现代人所感到的存在危机：人生没有秩序、没有意义，人是孤独的、痛苦的，生活是荒诞和无聊的。荒诞戏剧在美国的杰出代表是爱德华·阿尔比。

爱德华·阿尔比（Edward Albee，1928—）

阿尔比是美国当代著名剧作家。他生于华盛顿，幼时被一个富有的戏剧之家收为养子。阿尔比毕业于哥伦比亚大学，但他和尤金·奥尼尔一样，是在实践中，在他所从事过的诸如办公室勤杂工、餐馆柜台服务员等工作中，学习到真正的知识的。

阿尔比从 20 世纪 50 年代末开始，写出了一系列独幕剧，如《动物园的故事》（*The Zoo Story*，1958）、《沙盒》（*The Sandbox*，

1959)、《贝西·史密斯之死》(*The Death of Bessie Smith*, 1960)、《美国著名剧作家和美国青年剧作家》(*Faro and Yam*, 1960)、《美国梦》(*The American Dream*, 1961)等。1962年，他的首部长剧《谁害怕弗吉尼亚·沃尔夫？》(*Who's Afraid of Virginia Woolf?*)问世，奠定了他在美国剧坛的重要地位。20世纪60年代初，文学评论界开始把他和欧洲的荒诞派传统联系起来。阿尔比的这些剧作多是对现代社会及现代人心理问题的精妙的荒诞性分析。《动物园的故事》1959年首次在柏林上演，1962年在美国上演。该剧描写人与人之间的冷漠关系，颇受欢迎。《贝西·史密斯之死》取材于美国一位著名爵士乐歌手的生活，揭示了南部性生活和政治的疯狂性质。《谁害怕弗吉尼亚·沃尔夫？》巧妙地运用了荒诞派戏剧的技巧，出色地描绘了一位历史教授与妻子之间相互伤害而又和解的游戏，显示了现代生活的痛苦和空虚。该剧在百老汇剧场上演，受到观众和评论界的热烈欢迎，获纽约戏剧评论界奖和托尼奖，被誉为1962至1963年的最佳剧作。《小艾丽丝》(*Tiny Alice*)是一部关于性欲的心理幻想剧，于1964年问世。在这前后，阿尔比还把卡森·麦卡勒斯20世纪50年代初出版的小说集《伤心咖啡馆之歌》(*The Ballad of the Sad Cafe*)及詹姆斯·珀迪的首部小说《马尔科姆》(*Malcolm*)分别在1963年和1965年改编成剧作上演，这两部剧都描写了青少年的幻想生活。1966年，阿尔比推出他的《脆弱的平衡》(*A Delicate Balance*)一剧，这部作品综合表现出他在安排剧情时间、描写严重威胁生活的狂欢或伪装以及在决心自毁的家庭里寻找爱等方面的天才。1968年，阿尔比改写了英国剧作家贾尔斯·库珀的《花园中的一切》(*Everything in the Garden*)，几乎改变了原剧所有的词和字，把原来的黑色幽默剧变成他自己的悲喜剧。1968年，他推出《箱子——毛——箱子》(*Box—Mao—Box*)。1971年，阿尔比写成《一切皆已过去》(*All Over*)；1975年完成《海景》(*Seascape*)和《听》

(*Listening*)两部作品，其中《海景》获普利策奖；1976年推出《列数途径》(*Counting the Ways*)；1977年创作《杜布克的女人》(*The Lady from Dubugue*)；1979年改编弗拉基米尔·纳博科夫的小说《洛丽塔》(*Lolita*)。1980年他受到美国文学艺术协会表彰，获金质奖章。阿尔比后来的剧作善发含混、玄奥的议论，因而不如早期的剧作受欢迎，然而他的作品始终表现出他的幽默感以及扣人心弦的对话，始终以感人的笔墨描绘和分析现代人心理和实际生活中的暴力表现，以及现代人的精神空虚症。

阿尔比是第二次世界大战后成长起来的著名剧作家，以奥尼尔和威廉斯的后继者自诩。20世纪50年代末期及整个60年代是他创作的高峰期，他的代表作《谁害怕弗吉尼亚·沃尔夫？》业已成为当代美国文学的经典作品。自20世纪60年代末以来，他放慢了创作步伐，开始抱怨评论界和公众对他的新作不够注意，但他坚持不断进行创作尝试，不断有新作问世。他在美国戏剧史上的地位是稳固的。

下面介绍一下他的代表作《谁害怕弗吉尼亚·沃尔夫？》。这部剧作是20世纪50年代和60年代风靡美国的荒诞派戏剧的代表作之一。从一定意义上讲，阿尔比的戏剧似乎只描写了一个问题，即建立在脆弱幻想基础上的人生的荒诞以及人的精神空虚。《谁害怕弗吉尼亚·沃尔夫？》一剧便是最有力的佐证。

乔治和玛莎是一对没有子女的中年夫妇。没有子女使他们感到生活空虚。他们及时行乐，饮酒、游戏，但在内心深处，却蕴存着一种没有勇气正视现实的失落感。他们似已达成默契，即佯装自己已有一个年过二十的儿子，只是谁也不许和外人谈起他。在他们的儿子21周岁生日的前一天晚上，他们邀请一对年轻夫妇尼克与哈妮前来和他们一起饮酒作乐，参加他们荒诞而可怕的“游戏”。时间已晚，四个人见面时已近清晨两点。他们不断地饮酒，很快就开始醉了。对他们来说，生活是如此荒诞，夜晚似乎已替代了白昼，理性已让位于自由想象，下意识已占据统治地位。乔治因玛莎向哈妮透露了关于他们的儿子的事而怀恨在心，不断寻衅和她争吵。哈妮喝得酊酩大醉，躺在卫生间的地板上熟睡过去。一直似乎清醒的尼克后来也终于失去理智，他的内心痛苦也使他行为失常：他竟在厨房和卧室里要和女主人"做爱"。原来他和妻子也没有孩子，他们的生活也和他们的中年朋友一样的孤寂与空虚。至清晨四点，四个人开始清醒过来，尼克夫妇突然领会到乔治和玛莎的生活的真相，在凄惨的气氛中告别主人离去。玛莎终于承认自己害怕正视现实，和乔治和解，闭户休息。

在这一剧作中，没有孩子这一事实被作者用来象征生活荒诞和精神空虚。以乔治为例，他是新英格兰一所学院的历史教授，从一开始，他的生活便被蒙上了一层"弑父"的阴影。他和院长的女儿玛莎结婚，有着做院长继承人的前景，可是后来人们发现他的条件不足。战争期间他曾任历史系主任，但显然不成功。所以他的生活是失意、失败和绝望的记录。作为历史教授，他预见到"文化和种族最终将会消失……蚂蚁将接管世界"，因而他在逃避中，在幻想中寻觅慰藉。尼克是生物学家，在乔治看来，他代表现代科学文明对自然生活的威胁。在家里，他制造有一个儿子的幻象，自欺自娱地生活着。但他知道那是幻梦，不是真相，因此内心极其痛苦。同样，玛莎也发自内心呼叫说，"我一直在哭，但只是在内心深处，因而没有人看到。我一直在哭。乔治也一直在哭。我们俩都一直在哭……"尼克和哈尼也感到无比的痛苦和空虚，哈妮曾歇斯底里地尖叫："我想要一个孩子！"在剧的结尾，幻象破灭以后，剩下的只有绝望和对继续生活下去的畏惧心。

《谁害怕弗吉尼亚·沃尔夫？》在形式和技巧上也是极有特点的作品。"谁害怕弗吉尼亚·沃尔夫"这首已经由作者改词的歌曲自始至终回荡在人们的耳际，起到画龙点睛的作用。"谁害怕弗吉尼亚·沃尔夫"是20世纪30年代大萧条时期的一首民谣里的一行的改写，原词是“谁害怕这只大恶狼？”(“Who’s afraid of the big bad wolf? ”)。“这只大恶狼”原意指某种可怕的事物如贫困，作者出于一种荒诞的幽默感，在剧中将词改做“弗吉尼亚·沃尔夫”(英国一女作家名)，“沃尔夫”与“狼”在英文里谐音。在剧里吓倒所有的人的“狼”（或“弗吉尼亚·沃尔夫”）象征着延伸在他们面前的失意和绝望，也就是他们的生活的真实面目，害怕它就是害怕面对现实。剧中所有的人都害怕直接面对他们的现实。在结尾处，几个人似乎都认识和接受了生活的荒诞性，这是他们正视生活的开端。“弗吉尼亚·沃尔夫”也有另外一层含义：玛莎和弗吉尼亚·沃尔夫有些相似之处，比如两人都读书多，对语言持某种尊重态度，弗吉尼亚·沃尔夫谈吐不凡，妙语联珠，玛莎如再年轻一些，会和她进一步认同的。玛莎害怕弗吉尼亚·沃尔夫，因为后者最后自杀而死，玛莎同样地绝望，如果没有某种幻象(假设自己有儿子）的支撑，也会步其后尘的。玛莎是阿尔比剧作中的典型性人物。她是一个左右事物、既悲哀又滑稽的人物，总是处于感情纠葛的中心，是阿尔比剧作的感情魅力的源泉。另外值得指出的是，本剧的三个部分，“玩笑和游戏”“狂欢”及“解除符咒”，代表阿尔比剧作的典型结构模式，即正常的开始，逐步移向感情和心理的崩溃，快速的结尾。作者匠心独具，以悬念紧扣观众的心弦。导致剧中人物激烈争吵和歇斯底里大发作的原因是玛莎向哈妮透露了她的儿子的秘密。乔治扬言要报复一事让人感到迷惑，直到玛莎说出乔治不喜欢这孩子，因为他不肯定那是他的孩子。这引起人们对乔治的性能力的怀疑。乔治受到如此羞辱之后决心报复。他开始的几个游戏项目慢慢地、稳步地导向真相的暴露，到最后幻象终于破灭，他们突然发现自己面对着生活的毫无掩饰的真相。观众也慢慢地从迷雾中钻出，恍然大悟，继而回顾全剧，意味无穷。

第三节 20 世纪 70 年代迄今的美国戏剧 谢波德 / 玛迈特

近些年来，相当数量的剧作家活跃在百老汇内外，大量的多种多样的戏剧得以上演，使美国剧坛出现了百花齐放的局面。在科比特、阿尔比一代剧作家后，年轻一代在茁壮成长，每个人都在竭尽全力，为美国戏剧的进一步发展作出自己的贡献。在 20 世纪 60 年代浓郁的政治气氛以后，70 年代趣味与价值又有所变化。荒诞派戏剧逐渐让位于现实主义的表现方式。现实主义甚至自然主义的反映生活的手法似又东山再起，特别是社会底层的实际生活情况引起了不少作家们的关注。阿尔伯特·印诺瑞托（Albert Innaurato）的《双胞座》（*Gemini*，1977）、贝丝·汉利（Beth Henley）的《心之罪》（*Crimes of the Heart*，1979）以及奥古斯特·威尔逊（August Wilson）的《乔·特纳的来去》（*Joe Turner's Come and Gone*，1988）等都是这个时期剧坛的典型剧作。这个时期女权主义剧作也发挥了自己最大的影响。玛莎·诺曼（Martha Norman）的《晚安，妈妈》（*'night，Mother*，1983）以及蒂娜·豪（Tina Howe）的《刷教堂》（*Painting Churches*，1983）都是以现实手法描写妇女生活的优秀剧作。自 20 世纪 80 年代开始最近 20 多年来，剧坛格调又变。试验性剧作又卷土重来，象征、幻想及荒诞风格与现实主义、自然主义杂糅、交融，例如黄哲伦（David Henry Hwang）的《声音之响》（*The Sound of a Voice*，1983）、卡莉尔·丘吉尔（Caryl Churchil）的《高级女郎》（*Top Girls*，1982）、托尼·库什纳（Tony Kushner）的《美国的天使》（*Angels in America*）以及密尔卡·桑彻兹—司各特（Milcha Sanchez-Scott）的《古巴游泳者》（*The Cuban Swimmer*，1984）等都是醒目的例子。

最近几十年来美国剧坛的鲜明特点是多种族剧作的出现。非裔美国人（黑人）、印第安人、亚裔美国人、美籍墨西哥人以及其他少数种族等，都似已感到通过戏剧这一艺术形式表达自己的必要。在非裔美国剧作家中，在詹姆斯·鲍德温（James Baldwin）、勒洛伊·琼斯（LeRoi Jones）等人的充满战斗精神的剧作以后，奥古斯特·威尔逊可能是近年来最受推崇、最有威力的一位。在这个种群中比较活跃的其他剧作家还有索尼亚·桑彻兹（Sonia Sanchez）、爱丽斯·柴尔戴里斯（Alice Childress）及埃德莲·肯尼迪（Adrienne Kennedy）等。关于印第安人剧作家，20 世纪 60 年代末他们的戏剧开始上演，引起世人注意。到 20 世纪 70 年代，本土美国人剧团成立，后来改称艺术中的印第安人。与此同时，其他戏剧组织亦出现，如四枝箭等，印第安人表演艺术公司也建立起来，以帮助印第安人戏剧发展与成长。哈内·吉奥加玛（Hanay Geiogamah）1980 年率先出版了他的戏剧集。就亚裔美国剧作家而言，叶祥添（Laurence Yep）和黄哲伦（David Henry Hwang）都很出类拔萃。此外，1980 年《世界之间》（*Between Worlds*）这部亚裔美国剧作家剧作选集问世。美籍墨西哥人剧坛也是人材辈出，比如路易斯·瓦尔德兹（Luis Valdez）以及前面提到的密尔卡·桑彻斯－司各特等，此外还有琳·瓦尔沃里兹（Lynne Valverez）等人，都争先恐后为表现自己人民的生活状况与对未来的憧憬而创作。这一切都说明，美国戏剧在发生着很大变化，再界定、再评价已势在必然。这是一条使美国戏剧空前发展的康庄大道。

下面重点介绍一下当代富有影响的剧作家谢波德（Sam Shepard，1943－）和玛迈特（David Mamet，1947－）两位。

谢波德擅长探讨人的下意识，挖掘人的被压抑的精神世界。他对诸如乱伦及暴力等题材极感兴趣。失败的家庭关系是他的主题之一，家庭关系可能是可怕和极难处理的关系。在他看来，世人经历痛苦的异化过程，压力和紧张主要来自于人的自身。谢波德惯把西部神话化，创造一种牛仔神话，虽已不似当初的美国神话，但依然比当今快餐式美国生活来得高大一些。多年来谢波德已写出不少剧作，他的生活观是始终如一的，这很难得。他的剧作包括《埋掉的孩子》(*Buried Child*)、《爱情傻瓜》(*Fool for Love*)、《旅店纪实》(*Motel Chronicles*)等。他的名作之一是《埋掉的孩子》(*Buried Child*)。剧中说到年轻的文斯带女朋友回家探亲，家里祖父、祖母和父亲都似缺乏热情。三个人都好似心事重重，相互之间没有任何沟通。祖父坐在电视机旁闷闷喝酒，祖母一身黑衣，在为失去的孩子伤心不已，而父亲则在忙着从后院里向屋内搬蔬菜。屋外埋着死去的孩子。剧情似暗示，孩子可能是祖母和父亲的乱伦产物。孩子象征着对目前影响深重的过去的罪孽。读完剧作人们会得到一种印象，即家庭与家人是痛苦的根源，家人宛如路人。孩子们离去，可又被吸引回来，在没有感情与理解的氛围中挣扎。代表神话般西部的沙漠业已不似理想中那样给人以活力与新生。人们努力寻觅生的意义，但始终未能成功。他们一方面感到信仰的必要，然而又信不起来。于是他们代代重复历史直至最后解体。文斯似乎明白了这一点。

玛迈特是 20 世纪 70 年代出现的最重要的剧作家。他认为当代美国在社会、经济以及人际关系等方面都已陷入一种难以自拔的窘境。这种悲观的观点反映在他的不少剧作中。玛迈特的作品包括《娱乐之家》(*House of Games*)、《芝加哥的性变态》(*Sexual Perversity in Chicago*)、《美国水牛》(*American Buffalo*)以及《树林》(*The Woods*)等。确定玛迈特的主要剧作家地位的剧作是《美国水牛》。这出戏既是对美国商业道德的批判，也是对美国人际关系的逼真描写。戏中写三个小偷计划偷盗的事情。这些人都是社会渣滓，一无所长。所计划的罪行到头来仅是纸上谈兵而已，因为他们都不知道如何下手，也都缺乏那种勇气。他们内心充满畏惧，行动宛似一伙精神病人。他们的谈话很有意义，因为这些暴露了美国商业道德准则。根据他们当中的一个人说，所谓美国的“自由企业”精神，实乃为人提供一种为达目的而不择手段的自由而已。就像以美国进步为理由而杀绝水牛一样，他们的偷窃也是很顺理成章的。这种制度本身混淆了罪行与营业之间的界限。剧作也表现出生活的另外一个层面，暴露了当代美国人际关系的一个重要问题。三个人所计划的罪行并不重要，重要的是他们的谋划过程。所谓谋划，三个小偷与其说在计划做事，不如说在一起神聊以打发时光。他们生活空虚，需要伙伴，需要驰骋想象，为自己找个哪怕是臆想的角色扮演一下也好。有时三个人像是家人，有父亲形象，有兄弟关系，但终究不是一家，到头来还是孤家寡人一个。

第十三章　非裔美国文学

第一节　非裔美国文学简介

非裔美国文学已经历了一个漫长的发展过程。这是一种很有自己特点的文学，因为它和一个很有自己特点的民族的独特成长过程紧密相连。非裔美国人有其自己的历史。他们在非洲的生活情况，他们被运来美国途中的地狱般经历，被卖做奴隶后牛马不如的生活，奴隶解放及美国内战，移向城市及其后的两极分化，与主流文化的融合，黑人权力运动及民权运动——这一切都决定了非裔美国文学和主流文学相比将会迥然不同。长久以来，非裔美国人在主流文学中以被歪曲的形象出现，便是确无偏见的马克·吐温也难免偏见的出现。比如《哈克贝利·费恩历险记》中吉姆的形象就很滑稽，是为衬托哈克的成长而描绘的。我国不少人所熟悉的《飘》（*Gone with the Wind*）一书中写一些奴隶快活地生活在奴隶主的庄园里，那是一种明显的歪曲。福克纳的名著《去吧，摩西》、奥尼尔的《琼斯皇》及举世闻名的《汤姆叔叔的小屋》也有类似的描写。并不是说这些作家有意歪曲，他们描写自己未经历的生活时难免出现这种情况，应当说情有可原。非裔美国作家所创作的非裔美国文学就迥然不同了。美国主流作家创作有一个共同点，那就是他们自一开始就受到《圣经》中伊甸园神话的启迪，但非裔美国文学却以另外一种神话为发端。这个神话源于《圣经》的另外一个故事，即《出埃及记》。这个故事说，古以色列人到埃及求生，在那儿待了400余年后，沦为奴隶，受到埃及法老的迫害，上帝体恤他们的境况，派先知摩西前去，率领他们逃离埃及。《去吧，摩西》是19世纪在黑人中流行的一首圣歌，20世纪著名作家福克纳以它来命名自己的一部小说。所以逃离奴役、向往自由是非裔美国文学的主旨。

非裔美国文学的历史相当漫长。先是口头传说、歌曲、民谣、圣歌等各种形式的民间文学。而后于18世纪，黑人诗歌出现了。非裔美国诗人如哈蒙（Jupiter Hammon，1720－1800）和惠特利（Phyllis Wheatley，1753－1794）唱出了非裔美国人的心声。废奴运动及美国内战为非裔美国文学带来发展的新机遇。诗人邓巴（Paul Laurence Dunbar，1872－1906）及约翰逊（James Weldon Johnson，1871－1938）都创作果实累累，饮誉北美。19世纪中叶，非裔美国小说开始问世，布朗（Williams Wells Brown）的小说《克洛苔》（*Clotel；or，The President's Daughter，A Narrative of Slave Life in the United States*）1853年在伦敦出版了。第一位在美国出版自己小说的是威尔逊（Harriet Wilson），她的小说《我们的尼格》（*Our Nig；or，Sketches from the Life of a Free Black*，1859）重点表现了种族与阶级之间的关系。19世纪末与20世纪初，不少非裔美国作家出版了小说或传记，主人公多为混血儿，出身于中产阶级，主题多表现种族压迫，目的是在现有体制内争取平等地位和权利。

在19世纪中期及美国内战前后，非裔美国文学中最引人注目的是道格拉斯（Frederick Douglass，1819－1895）的经历与著作。他生为奴隶，亲身经历了、亲眼看到了他的种族所遭遇的压迫与剥削。后来他逃到波士顿，先做码头工，后来逐渐受到某些白人的注意，并为他找到好一些的工作。他讲演，编辑三种报纸，努力唤醒人们对黑奴的悲惨境遇的了解和认识。他做的一件大事是反驳南方白人关于黑人过得快活的歪曲性宣传。他成为废奴运动中一员主将。后来他到英国，那里有一些人集资，以 700 英镑为他赎身，这样他就不用为安全担心了。道格拉斯成为 19 世纪后半叶美国文化界的重要一员。内战期间，他竭尽全力帮助军队在黑人中征集兵员，确保北方军队在前线的胜利。他的声音成为 19 世纪美国黑人的最响亮的声音。他的自传性名作《我的枷锁及我的自由》（*My Bondage and My Freedom*）叙述了他的典型的黑奴的故事：从残酷、暴虐的白人奴隶主奴役下逃脱走向自由的动人经历。这是一部历史的忠实记录。道格拉斯诉说自己，也是叙说自己种族的苦难、感受及向往。此书自问世以来一直为人喜闻乐道，从未滞销过。后来又增加篇幅，把作者的内战时期经历也包括进去，书名改称为《弗雷德里克·道格拉斯的生平及时代》（*The Life and Times of Frederick Douglass*）。

在道格拉斯以后即废奴之后的一代中，黑人领袖人物是华盛顿（Booker T. Washington，1856－1915）。他的影响主要是在 19 世纪最后 20 多年以及 20 世纪初年。内战之后，奴隶制已废除，华盛顿努力对抗种族歧视。他的路线和道格拉斯的不同。道格拉斯要自由和平等，华盛顿选择的是妥协道路。他在 1895 年的一次著名演讲中说，黑人不要选举权，不要社会平等和政权；他们要工作，虽然不是高级工作；他们要教育，虽然不是高等教育；他们要挣钱活命。这就是后来杜波依斯（William E. B. DuBois，1868－1963）所讥笑的“做工与赚钱的福音”。虽然如此，当时这一讲话却风靡一时，白人立刻表示欢迎，不少黑人也支持，华盛顿被承认为黑人领袖。白人对他尤其欣赏，因为讲话似乎承认黑人的二等公民地位，只要给予黑人以某种经济利益便可避免制度本身的大变革。华盛顿因此能在白人中有不少有钱有势的朋友，也能募捐为黑人子弟办起一所技艺学院。但黑人族群本身对他的讲话却反映不一。年轻一代称他为“叛徒”，对他群起而反之。总而言之，华盛顿的历史地位是模棱两可的。

带头反对华盛顿的年轻人是杜波依斯。他当时是黑人反抗的思想领袖。杜波依斯就读于哈佛，成为第一个黑人博士。他是社会学家、历史学家，著作颇丰。他的名著之一是《黑人的灵魂》（*The Souls of Black Folks*：*Essays and Sketches*，1903），原旨之一是针对华盛顿的。杜波依斯还帮着建立起“全国有色人种发展协会”，为争取民权而斗争。后来从20世纪20年代开始，他觉得在美国争民权是无望的，于是他开始发展泛非运动，1961年加入共产党，94岁时入籍加纳。他的名字是和非裔美国人争取自由的斗争紧密相连的。

废奴以后的重要事件是“大移民”运动，其高潮发生在1890年至1920年间。当时城市里工业迅速发展，极需劳动力；而在农村，自然灾害、土壤贫瘠以及农业的机械化等因素，把大批农民赶出乡村。这些人在万难之中只有朝城市移动。一时之间，成千上万的人潮由南方向北部城市汹涌而去。这就是历史上的“大移民”运动。随之而来的是多数人的贫民窟生活，一些人开始富足，以及出现受教育的机会等等，这些因素都为文学的发展铺平了道路。在所有非裔美国人集居的地方当中，纽约的哈莱姆区位居第一。他们从各地、各阶层积聚于此，于是哈莱姆成了黑人生活的中心，吸引了许多文化人、作家及艺术家云集这里。第一次世界大战以后，非裔美国人中开始出现知识分子阶层。其中不少作家与艺术家处于当时纽约这个文学艺术革新的中心，而在格林威治村这种前卫地区的左近，四面又有爵士乐声充耳不断，他们的价值观发生了变化，他们开始发掘自己种族的传统。这一切发展的总成果是非裔美国文学创作活动的空前高涨，形成了历史上闻名的“哈莱姆文艺复兴”。其中最著名的当然是休斯（Langston Hughes，1902－1967），我们下面还要详细说到他。此外还有以诗歌和小说形式讴歌非裔美国人传统的麦凯（Claude McKay，1889－1948）、以其口碑载道的小说《甘蔗》（*Cane*，1923）而闻名的诗人、小说家图莫尔（Jean Toomer）及著名诗人卡伦（Countee Cullen）等人。当时出名的非裔作家还有赫斯顿（Zora Neale Hurston）等，这位女作家后来被时间所湮没，近年来她的小说《他们的眼睛在望着上帝》（*Their Eyes Were Watching God*，1937）颇受文学评论界的青睐。1940 年赖特（Richard Wright）发表他的名著《土生子》（*Native Son*），这标志着非裔美国小说渐臻成熟。到 20 世纪 50 年代非裔美国小说获得空前发展，艾里森（Ralph Ellison）及鲍德温（James Baldwin）先后出版他们的经典著作，这些我们下面还要细谈。

20 世纪 60 年代对非裔美国人民来说是一个非凡的年代。非裔美国人民多年来争取自己权益的斗争终于火山般地爆发了，民权运动如火如荼达到高潮，非裔美国文学也顺时应势获得长足进展。一大批非裔美国作家作出了杰出贡献。诸如里德（Ishmael Reed）、吉林斯（Oliver Killens）、凯利（William Melvin Kelley）、福特（Jesse Hill Ford）以及威廉斯（John A. Williams）等人，都以其出色的文学作品获得了评论界和广大读者的高度评价。这些包括威廉・梅尔文・凯利（William Melvin Kelley）的《民主主义者》（*Dem*）和《邓福兹到处旅行》（*Dunfords Travels Everywhere*）、约翰・A. 威廉斯（John A. Williams）的《叫喊我存在的人》（*The Man Who Cried I Am*）、伊什梅尔・里德（Ishmael Reed）的《黄色背面的收音机出了故障》（*Yellow-Back Radio Broke Down*），以及 20 世纪 70 年代后期轰动美国文坛的亚历克斯・哈利（Alex Haley）的《根》（*Roots*）等等。《根》追溯了美国黑人族系自 18 世纪中期至目前的苦难史，标志着黑人自我认识所达到的新高度。

20世纪以来黑人知识分子所寻求的黑人传统、黑人性格及黑人美学，正在人们的意识中生根与成长。

近些年来，非裔美国文学又出现了大手笔。莫瑞森（Toni Morrison）1993年荣膺诺贝尔文学奖，沃克（Alice Walker）已多次荣获多种文学大奖，非裔美国文学的后起之秀亦大有人在，如安吉洛（Maya Angelou）及泰勒（Gloria Taylor）等人，都是不可等闲视之的文学家。说到非裔美国剧坛，20世纪60年代亦见可观的进步。鲍德温与巴拉卡（Amiri Baraka）的剧作为民权运动的发展与胜利竭尽了自己的全力。总之，非裔美国文学需要说的名家与名作可谓不计其数。限于篇幅，我们下面只能挑选重点之重点做一介绍。

第二节 哈莱姆文艺复兴 理查德·赖特

上面谈到哈莱姆文艺复兴和“大移民”运动有直接的关系。在20世纪20年代“哈莱姆文艺复兴”时期，非裔美国作家走到一起，不受传统的约束进行创作，讲自己要讲的话，摆脱白人压迫，甚至避免接触他们。一开始时，似乎有些尴尬，几乎所有非裔美国作家都有白人做惠顾人，作品由白人出版社出版，内容也似乎为白人而写，稿酬也很可观。但这些作家很快意识到，这不是他们的本意，他们的归宿也不在此。他们是属于非裔美国人民的，于是便转向人民，为人民写作。结果他们成功地创造出一种反主流文化，一种战斗文学，一种有效反映自己种族的感情、经历、历史以及自己人民的理想的文学。在这个大框架内，许多很有价值的作品问世了。一大批名家脱颖而出，如休斯（Langston Hughes，1902—1967）、图莫尔（Jean Toomer），还有以诗歌和小说形式讴歌非裔美国人传统的麦凯（Claude McKay，1889—1948），以及著名诗人卡伦（Countee Cullen，1903—1946）等人。

在哈莱姆文艺复兴运动中最著名的是兰斯顿·休斯（Langston Hughes，1902－1967）。他是这个运动的中坚人物和杰出代表。他反对种族歧视的坚定立场以及他在文学创作上的卓越成就使他早在20世纪20年代就荣获"哈莱姆桂冠诗人"的称号。休斯出生在美国密苏里州，在纽约哥伦比亚大学就读一年后开始独立谋生，曾当过水手、厨师，在旅馆做过勤杂工。后来受到诗人维切尔·林赛（Vachel Lindsay，1879－1931）的鼓励和赏识立志献身文学事业。1926年，他的第一部诗集《萎靡的布鲁斯》（*The Weary Blues*）问世。1927年第二部诗集《献给犹太人的好衣裳》（*Fine Clothes to the Jew*）出版，同年入宾州林肯大学就读，两年后毕业，专门从事文学创作。休斯是优秀诗人、小说家和剧作家，一生创作了十几部诗集，一部长篇小说《不是没有笑声》（*Not Without Laughter*，1930），短篇小说集《白人的行径》（*The Ways of White Folks*，1934），讽刺小品集三部曲《辛普尔倾吐衷情》（*Simple Speaks of His Mind*，1950）、《辛普尔集锦》（*The Best of Simple*，1961）、《辛普尔的山姆叔叔》（*Simple's Uncle Tom*，1965）。辛普尔三部曲塑造出美国文学中一个令人难忘的可爱的人物形象。他还写了自传《大海》（*The Big Sea*，1940），《我徘徊，我彷徨》（*I Wonder as I Wander*，1956），以及一些剧本和儿童文学作品。晚年他编辑了大量黑人作家的作品。

休斯的诗歌表达了非裔美国人要求自由、平等和民主的愿望，以极大的同情描写了自己同胞的苦难和悲惨，坚决抨击了白人统治者的种族岐视政策，在提高黑人觉悟方面发挥了重要作用。在美国黑人斗争史上，休斯的影响是很大的。在某种意义上，20世纪五六十年代在美国蓬勃兴起的"民权运动"是以休斯、杜波依斯等作家为中坚的哈莱姆文艺复兴运动的继续和发展。休斯的诗歌还表现出他一贯的支持进步的立场。他颂扬新的苏维埃政权，同情中国革命，在西班牙内战期间，用大量事实揭露弗朗哥反动政权，坚决站在西班牙人民一边。

休斯的诗歌朴实清新，体现了惠特曼、桑德堡和黑人诗人登巴（Paul Laurence Dunbar，1872－1906）的自由体诗歌的特色。他继承了黑人民歌和爵士乐的优良传统，作品节奏明快，很多诗被谱上乐曲，广为传唱。休斯的文学创作为美国黑人现实主义文学的发展开避了道路。

下面介绍休斯的两首诗作。

《黑人谈河》（“The Negro Speaks of Rivers”）是休斯学生时代写的作品。他中学毕业后乘火车去墨西哥见父亲。当火车缓缓地通过密西西比河的一座大桥时，他从车窗望着湍急的河水，思索着密西西比河对于黑人意味着什么。早年非洲的黑人被奴隶贩子运往美国南方的新奥尔良一带，再沿密西西比河北上被卖到沿岸各地。他又记起林肯曾乘坐木筏沿河南下到新奥尔良，沿途目睹奴隶们生活的惨状，决心从美国的生活中铲除奴隶制。休斯同时还想到哺育人类文明和黑人文化的其他河流如刚果河、尼日尔河、尼罗河等。想着想着，一个诗句便油然而生，“我了解河流”。他顺手从衣袋里掏出一个信封，只用了 10 分钟便写出这首有名的诗。

《我长大的时候》（“As I Grew Older”）是休斯早期用自由体写的一首短诗，收在 1926 年出版的第一本诗集《萎靡的布鲁斯》里。诗人站在被压迫黑人的立场，运用比喻、象征和浪漫主义的手法抒发对种族歧视和种族隔离的愤懑心情，号召黑人依靠自己的力量起来斗争，冲破黑暗去迎接光明和自由。这首诗充分表达了诗人对未来的憧憬。“我的梦”在这首短诗里多次出现。在休斯的诗里，“我的梦”是一个重复出现的主题。在另一首短诗《梦的变幻》（“Dream Variations”）里，他这样写到他的梦：他张开双臂，在充满阳光的地方整日翩翩起舞，当温柔的像他一样黑的夜降临时，他在凉爽的微风中坐在一棵大树下休息。休斯对光明、自由与欢乐的这种憧憬直接影响了 20 世纪五六十年代美国黑人民权运动。1963 年 8 月 28 日，当黑人民权运动领袖马丁·路德·金率领 25 万人的游行队伍向首都华盛顿挺进，发表著名的演讲时说："我有一个梦，我梦想终有一天偏见与隔离的罪恶会被消灭。"他的梦和休斯的梦一脉相承。

在这个运动中出现的另一部主要作品是图莫尔的小说《甘薯》(*Cane*)。图莫尔就写了这一部小说，可它是非裔美国文学史上一部了不起的书。这部书从内容到试验性技巧都不乏令人称道之处。它表明作者深谙自己人民的生活及历史，在技巧上也和当时的文学巨匠如艾略特及乔伊斯等保持步调一致。这部小说实际取材于作者本人在佐治亚州一所学校任校长时的经历，有点自传性质。全书共分三部分，其中第一及第三部分写佐治亚州的事情，第二部分写华盛顿特区的事情。书里有 15 首诗、6 段散文特写、7 个故事，外加一出戏剧，说的全是 20 世纪 20 年代非裔美国人民的生活情况。作者通过在佐治亚州的经历，发现了自己种族的遗产，恢复了对自己民间传统及传说的信念。就内容讲，小说的覆盖面很广：黑人的性爱、种族混血，以及奴隶制等。在阐述历史与文化的同时，小说有效地回答了关于非裔美国人的身份问题。在技巧方面，这部小说很难分门别类。一部书内多种文体巧妙穿插连接，叙事策略出人意表，人称与视角变幻无常，艺术构思别具一格。它对当代非裔美国文学的影响非同一般，知名作家如休斯、沃克及泰勒等都受益于此书。

另外一个非裔美国人作家是卡伦（Countee Cullen）。卡伦年纪轻轻就一举成名，是哈莱姆文艺复兴运动的一个前奏。1924 年他的一首诗《色罩》("Shroud of Color")被著名批评家门肯（H. L. Mencken）的著名杂志采用，后来他又在短短的三年内出版三部诗集，于是名噪一时，成为当时妇孺皆知的非裔美国诗人。卡伦擅长运用传统诗歌技巧，对民歌、十四行诗、四行诗节等都精深圆熟，用来游刃有余。他的诗歌技巧精湛，具有一种感人的力量。从内容看，他以严谨的态度表现非裔美国人民的生活经历，经常赋予这种经历以浓郁的宗教彩色。他去世以后很长时间处于默默无闻的状态，但是近年来人们对他诗歌的兴趣又与日俱增，他的诗作得以再版以飨读者。他的一首名诗《然而我却感到惊讶》（"Yet Do I Marvel"），说自己是黑人，上帝却让他能写诗，使他能和其他人、包括白人在上帝面前平起平坐，他对此感到高兴与骄傲。诗所表现的模棱两可的心情跃然纸上。从另外一角度读来，此诗可能也有呼吁白人同情与理解的一层内涵在内。

理查德·赖特（Richard Wright，1908－1960）

在20世纪三四十年代出现的杰出的美国黑人作家是赖特。他出生在密西西比州纳齐兹镇附近一个生活极度贫困的黑人佃户家里，祖辈都是奴隶。赖特在恐惧和耻辱中度过苦难的童年，受尽种族歧视的凌辱，在逆境中养成了倔强不屈的性格。在自传体小说《黑孩子》（*Black Boy*）里，他生动地描述了17岁以前在南方的生活情景。他在非人的生活环境中努力和挣扎，如饥似渴地读书。他读过德莱塞（Theodore Dreiser，1871－1945）、菲茨杰拉德、刘易斯和门肯（H. L Mencken，1880－1956）的许多著作。他曾说过："只有通过读书……我才能支撑着生活下来……我的全部生活经历使我特别容易接受现代小说的现实主义和自然主义，这些作品我百读不厌。"评论家门肯在其《序言集》（*A Book of Prefaces*）里披露美国社会丑恶现象时所表现出的勇气使赖特深受鼓舞，他立志将来当作家，以文学为武器，向不合理的社会宣战。1927年，19岁上，赖特为摆脱南方白人统治的桎梏，寻求发展自我的机会，来到芝加哥，开始接受马克思主义学说，认清资本主义的现实和本质，认识到资本主义和种族主义是黑人的敌人，这对他的思想和文学创作都产生了积极的影响。1932年，赖特加入左派组织“约翰·理德俱乐部”（John Reed Club），在《左派前哨》（*Left Front*）、《国际》（*International*）和《工人日报》（*Daily Worker*）等进步刊物上发表文章和诗歌。后来他参加了美国共产党。1937年，赖特赴纽约任美共机关报《工人日报》（*Daily Worker*）哈莱姆区编辑。后因种族问题与共产党发生分歧，于1942年退党。

自1938年至1945年，赖特先后发表中篇小说集《汤姆叔叔的孩子们》（*Uncle Tom's Children*）、长篇小说《土生子》（*Native Son*）和自传《黑孩子》。这些作品曾轰动美国文坛，受到文学批评界的好评。特别是后两部作品，以空前深刻的笔触和充满激情的描述揭示出生活在白人社会里黑人紧张、恐惧和仇恨的复杂心理，愤怒声讨了种族歧视现象和种族隔离政策。1947年，赖特离美赴法定居，直至1960年病逝。在巴黎，他与萨特（Jean-Paul Sartre，1905－1980）相交甚厚，并在创作上受其存在主义哲学影响。那时期，他的主要作品有小说《局外人》（*The Outsider*，1953）、《野蛮的假日》（*Savage Holiday*，1954）。这两部作品分别描写了一个叫克罗斯·达尔农的黑人和一个叫厄斯金·福勒的白人为了生存而苦苦挣扎的故事。《黑人的力量》（*Black Power*，1954）描写非洲加纳黑人在英国殖民者统治下的悲惨生活。此外还有其他10余部作品。在他去世后出版的短篇小说集《八个男人》（*Eight Men*，1961），收集了他在不同时期写的8个短篇小说。赖特后期的作品试图从描写被压迫黑人的痛苦生活与反抗转到描写所有被压迫人民的痛苦与斗争，但因他有些脱离美国生活的现实，所以多数作品缺乏早期的那种感人的激情和震撼人心的力量。

赖特的整个文学生涯和全部作品表明，他不愧是美国“抗议”文学的开拓者，是继兰斯顿·休斯之后又一个获得广泛承认的黑人作家。《土生子》的出版标志美国黑人文学的成熟。他的作品为后来黑人文学现实主义的发展铺平了道路。赖特以其生动、洗练的艺术手法创造了众多鲜明有力的艺术形象，并以他的文学创作和成就影响了包括拉尔夫·艾里森（Ralph Ellison）和詹姆斯·鲍德温（James Baldwin）在内的一代黑人作家。

赖特的代表作是他的《土生子》，发表于 1940 年。这是一部描写一个黑人青年的觉悟成长的故事。全书分三部分:《恐惧》《逃跑》和《命运》，以 20 世纪 30 年代的芝加哥为背景，描写一个名叫比格·托马斯的黑人青年，因无意中杀死白人小姐玛丽·道尔顿，最后被判处死刑的故事。比格全家 4 口住在黑人区一间老鼠成灾的小屋里，因比格失业而生活无着，家庭终日笼罩在阴沉、紧张的气氛里。在街上，他经常与无业黑人青年厮混，结伙抢劫。白人的种族歧视把他变成社会生活的局外人。他挣扎在穷困、恐惧、耻辱和仇恨之中，不仅憎恨白人社会，也怨恨自己、家庭和其他黑人。后经慈善组织介绍，他为一个富有的白人道尔顿先生开车兼烧锅炉。一天夜里，他开车送道尔顿的独生女玛丽小姐回家，玛丽因喝酒过量醉得不醒人事，比格只好将她抱回房间。此时，双目失明的道尔顿太太出现在房间门口，比格一时惊恐万状，一旦被人发现，便会背上半夜闯入白人小姐房间的可怕罪名，后果将不堪设想。于是，为了防止玛丽出声，他用枕头堵住她的嘴。不料因用力过猛，玛丽被憋死。他急中生智，将玛丽的尸体背到锅炉房，塞进炉堂焚尸灭迹。然后，为了制造假象，他又写了一封匿名信，把怀疑的目标引向玛丽的男朋友、共产党员简·厄尔隆，说他绑架了玛丽。当事情真相败露以后，比格畏罪潜逃，继之而来的是一场全城大追捕，最后，警察在一幢楼顶上将比格抓获。在审判过程中，虽然有共产党员律师麦克斯为他辩护，比格终不能逃脱被处以电刑的命运，因为他的命运和其他黑人的命运一样，早已注定要被种族大歧视的社会所吞噬。

在《土生子》问世之前，文学作品中的黑人几乎都是在白人统治的社会里被侮辱、被损害的形象，他们忍受着饥寒交迫的生活和种族社会的歧视与侮辱，他们向往平等、自由和美好的生活，到头来还是逃不脱被压迫、被奴役的结局。《土生子》中的比格 •托马斯这一形象的意义在于：他以一个完全崭新的形象出现于现代美国文学史上。当白人社会的残酷统治发展到极点、被奴役的黑人再也无法忍受时，他们就要反抗。比格 • 托马斯的暴力行为就是一个先兆。他单枪匹马向整个白人社会发动了一场战争。他杀死的虽然只是一个白人小姐，但他的行为却震撼了全芝加哥、全美国，使白人统治者惊慌无措，瞻望前景，不寒而栗。他为此而感到高兴和自豪，因为他终于发现了自我，一个在白人眼里不是人，而只不过是一个“畜牲”的他，终于找到了自身的价值。此时的比格 • 托马斯已不再是白人的奴隶，他已经变成了自己的主人、自己的上帝。比格是美国现代文明的产物，他的行为和结局是美国社会及其歧视黑人的法律造成的。他在美国土生土长，尽管受到歧视，他也完全是美国本乡本土的土生子。这一点后来在詹姆斯 • 鲍德温（James Baldwin）在 20 世纪 50 年代写的《向苍天呼吁》一书中得到进一步引伸。

《土生子》是一部极为引人注目的作品。它宛如一颗炸弹一般在当时读者的心目中爆炸。它以崭新的方式来描写美国最棘手的种族问题，人们读后很难忘怀。它给美国全社会都发出了明确的信息。它对黑人说，他们是人，应有人的尊严，如果没有其他方法能使他们获得尊严和身份，采用暴力手段是合法的。它对白人说，他们应当接受他们的黑人同胞的时刻已经到来，如果他们思想尚未做好准备，那么他们应当抓紧时间，否则便应当承担一切后果。比格 • 托马斯代表着黑人的新的人格。他性格叛逆，在他生活的环境中，从未感到舒服过。在他身上突然爆发的暴力行为，是冰冻三尺非一日之寒，它从几个世纪以前他的祖先被掳掠到美洲做奴隶时起，已经在他的种族的痛苦意识中酝酿了 300 余年。黑人种族饱受煎熬，他们的耐性和受屈辱的限度不是无限的。如果社会拒绝给予他们应得的承认，他们无疑将诉诸暴力，以求公正待遇。从这个意义上说，比格·托马斯代表了黑人的心愿，标志着黑人种族意识提高的新水平和新阶段。从他身上，黑人看到了自己的影子和希望，而白人也应发觉自己的愚蠢和责任。作家赖特曾被人批评说描写暴力、推崇暴力人物为英雄，但是他如果换成另外方式来写比格·托马斯的故事，《土生子》就不是《土生子》了，小说就会变为毫无震撼力的书了。

赖特对后来的黑人作家影响深远。他已成为美国和世界文学中的一位经典作家。

第三节 二战后非裔美国文学

拉尔夫·艾里森（Ralph Ellison，1914—1994）

二战后非裔美国文学又有长足发展。非裔美国人的民族觉悟空前提高，成为美国各少数民族民族觉醒的先锋。非裔美国作家的创作不仅着眼于与非裔美国人紧密相关的问题，而且开始阐述对人类都有关联的普遍课题。它们逐渐甩掉了长期以来贴在他们身上的“非裔美国作家”局限性标签，而被公认为名符其实的美国作家了。下面要介绍的艾里森、鲍德温、莫瑞森及沃克等人都属这类作家之列。

艾里森是美国当代著名小说家。他生长在美国南方的俄克拉荷马州，中学毕业时，因学习成绩优异，获该州颁发的奖学金，进入黑人教育家布克·T. 华盛顿（Booker T. Washington，1856—1915）创办的塔斯克吉学院（Tuskegee Institute）学习音乐。他自幼酷爱音乐，结识一些当时颇负盛名的布鲁斯歌曲演唱家。他在音乐方面的造诣很深，这对他后来的文学创作影响很大。在塔斯克吉学院学习期间，他不但刻苦学习音乐，还读了很多文学书籍，其中艾略特的《荒原》对他具有启蒙影响。他决心把文学当作表现黑人特殊历史的手段，使其变成自己的文学，成为美国文学传统有机体的一部分。1936年，艾里森离开塔斯克吉学院到纽约学习音乐和雕塑，在那里与黑人作家理查德·赖特和兰斯顿·休斯相识。在他们两人的鼓励下，艾里森开始了文学创作运动。最初他写了一些短篇小说和评论文章，后来这些文章都收在论文集《影子和行动》（*Shadow and Act*，1964）里。他一边创作一边研读欧美优秀作家的作品。对他影响较深的有俄罗斯作家陀思妥耶夫斯基（Feodor Dostoevski，1821－1881）、爱尔兰作家乔伊斯（James Joyce，1882－1941）、美国作家麦尔维尔、福克纳、海明威和亨利·詹姆斯等。他的小说《看不见的人》（*Invisible Man*）便表现出陀思妥耶夫斯基的《来自地下的笔记》（*Notes from the Underground*）的影响。1944年冬，艾里森着手写作长篇小说《看不见的人》（*Invisible Man*），历时7载。该书于1952年出版时，立即轰动美国文坛，荣获当年全国图书奖。他相继获得一系列奖励和学术头衔，应邀到全国很多大学去讲学。1965年，美国著名评论杂志《每周书评》（*Book Week*）召集200名评论家、作家和编辑，推荐自第二次世界大战以来“最出色的一部作品”。《看不见的人》被公认为佼佼之作而夺冠。这本书自问世半个多世纪以来，一直被视为当代美国文学的一部杰作，受到广大读者的喜爱。艾里森不仅是小说家，也是学识渊博的学者和思想深邃的文学理论家。1986年，艾里森发表了继《影子与行动》之后的第二部论文集《走向领域》（*Going to the Territory*，1986），收集他1957至1985年期间发表的部分论文和讲演稿，对种族问题、美国文化和黑人文学等问题都作了极其精辟的论述。

下面介绍一下他的名作《看不见的人》。小说描写一个无名无姓的黑人青年，躲在纽约一家住宅地下室里，叙述自己从种族歧视和种族压迫根深蒂固的南方来到工业发达的北方大城市，为寻求自我反而失去自我的经过，揭示了存在于资本主义美国的人与人、人与社会以及种族之间的种种不正常关系，因而小说是对不合理社会关系的深刻披露和强烈抗议。显然，小说讲述的是一个典型的现代存在主义故事。主人公之所以没有姓名是因为他是个“看不见的人”。小说一开始便把他的存在主义危机清楚地展现在读者面前。他在如同“坟墓”一般的地下室里，悲哀地发现自己是一个人们视而不见的人，怀疑自己是否真的存在。他发现自己20年来一直生活在“生宛如死”的状态中。他回忆说，他开始时，心中满怀期望，由于他的谦卑态度，而获得白人的欣赏，得到去黑人学院读书的奖学金。在学校里，他因带领一个白人校董参观了一些不体面的地方，惹怒了院长，被驱逐出黑人学院。于是他开始了从南方到北方寻求“自我”的旅程。他来到纽约，先在“自由油漆公司”当工人，后来又给该公司的锅炉工当助手。锅炉工存心不良，引爆锅炉，使主人公险些丧命。他在医院经过一段治疗以后又来到纽约黑人集中的哈莱姆区。在那里他抗议白人警察强行收回黑人住房的无理行为，发表措词激烈的演讲，被进步组织“兄弟会”看中，被吸收为会员，并代表“兄弟会”在黑人集会上发表演说，宣传“兄弟会”的主张。这时，他事实上已成为“兄弟会”在哈莱姆的代言人。后来他发现“兄弟会”并不重视非裔种族人民的斗争，只把这一斗争视为它的棋盘上的一个棋子而已。于是他与“兄弟会”的某些领导人在方针上产生分歧，又遭到与“兄弟会”作对的黑人民族主义者的追捕，最后便跳进一个检修口，在一个地下煤库里躲起来。就这样，他始终没有找到自己的社会“身份”，也没有得到社会的承认。因此，他感到痛苦、愤恨。他在地下室里反复思索，终于悟出一个道理：他发现自己是一个人们“看不见的人”。

阅读这部小说，它的《跋》是钥匙。当主人公称读者为“你”——即所有的人——时，他实际上已经超越作为非裔个人和种族的局限，而突然之间成为世人中的任何一个个人。人们突然意识到，他从开始一路讲来的他的困境，原来是所有人的生存境遇的体现，他所遭受的世人与社会组织的拒绝，原来是所有个人受到社会拒绝的体现。小说提出的问题原来不只是关于非裔美国人一个种族的问题，它涉及所有的人。问题的核心是个人与社会的关系。《看不见的人》谈的是“寻求自我”，这是美国文学的重要主题。社会的本质是不允许人们知道自己是谁，它要求人们无条件地服从社会价值标准，满足它的需要。个人只有牺牲自己的全部或部分，而成为社会机器的机件。个人失去自我，成为“看不见的人”，在这个意义上，社会可能成为个人的“敌人”。这可能是对小说开始时所写的祖父遗言的一种理解。祖父临终前说，“我们的生活就是一场战争”，“我一辈子都是个叛徒”，“我就成了潜伏在敌国里的密探”，讲的都是一个意思，即个人和社会之间的关系。个人总是处于社会的包围之中，总是为伸张自我而和社会处于一种交战状态。在个人意识、个人身份问题成为人们考虑的主要问题之一的现代小说里，这个主题的普遍适用性就显而易见了。小说的《跋》对这个问题的阐述非常深刻。它重新界定社会责任与个人身份两者间的关系。《跋》提出，社会可能侵犯个人，但个人也依赖社会来界定自我。两者不应是对立的，事实上它们是相辅相成的。世界上不存在完全的独立，否定个人不对，否定社会也不对。生活的现实是，人们要牺牲个人的一部分，以便生存在社会的大家庭中。所以人们要努力做到居中，取得某种平衡。小说结尾建议人们在提高了的新思想认识的水准上参与生活。藏在地下的主人公也已做好准备，爬出隐居处所，回到地面上来，重新“扮演一个角色”。主人公在小说开始时说，“你时常会怀疑自己是否真的存在”，他是在说社会对个人存在的苛刻态度。小说结尾时他说，“蛰伏是为公开活动做秘密准备”，是讲提高思想认识后再回到社会。这里不存在任何矛盾。这是《跋》画龙点睛的奇妙所在，也是小说的高明之处。

另一方面，小说并没忽略非裔美国种族的问题。事实上，小说用了相当大的篇幅表现种族歧视、黑人和白人间的关系，以及非裔美国人民对不公平社会的迫害所持的反抗立场。在种族矛盾突出的美国，黑人争取平等、要求自由的斗争此起彼伏，从未间断过。进入20世纪以来，这种斗争越演越烈。它在文学上的反映就是20世纪20年代的“哈莱姆文艺复兴”运动和40年代以理查德·赖特为首所开创的“抗议小说”的出现。艾里森在其文学创作中选择了一个不同的角度来考察种族问题，将其置于多元的社会组成和错综复杂的社会结构中来研究。他用很多方式表达他的经历，认为这些方式比“抗议”之类的提法要复杂得多。例如他熟练地运用象征和比喻手法将美国各种范围之内不同种族和不同阶级之间的复杂关系写进他的作品，用小说的形式将美国的种族历史作为一个有机的整体加以阐明，从而使人们能够在更广阔的背景中来衡量种族问题，并促进人们对自我存在加深认识。这是艾里森今天在世人眼里不仅是著名的“非裔美国作家”，而且是著名的“美国作家”的基本原因所在。

以艺术表现形式而言，小说的技巧可谓精深圆熟。比如它对象征手法的运用便是很好的例证。书里突出的象征是“看不见的人”。开始这个概念比较抽象、模糊，难以捉摸，但是随着情节的深入发展，它表现“个人失去自我”的内涵就越来越清楚了。读者乍读，可能会联想到英国作家威尔斯（H. G. Wells，1866－1946）的名作《看不见的人》（*The Invisible Man*），评论界也指出小说和捷克裔德国作家卡夫卡（Franz Kafka，1883－1924）的《审判》（*The Trial*）之间的关系，人们也会注意到麦尔维尔的《骗子》（*The Confidence Man*）在小说中的痕迹。但是，人们经过细读会发现，“看不见的人”的概念完全出于作家自己独特的艺术构思。

另外，这部小说的结构也颇具特色，开头是前言部分，在情节发展上前言又是结束语的继续。这样，小说一开始就将结局展现在读者面前，然后读者又随着主人公一起追述故事，最后又回到前言处。这种“圆形架构”让人感到，整个小说实际是一个人的头脑在回忆、思考和分析自己的——也是世人的——生活经历，以求达到某种可以指导行动的目的。再者，小说的写作手法也随着情节的发展而变化，当主人公在南方黑人学院上学时，作者的描绘所运用的是自然主义手法；当主人公来到纽约，在黑人与种族主义者的冲突中满怀激愤时，作者运用的是表现主义手法；当主人公掉进地下室，经过思索对种族问题和人际关系有了领悟时，作者运用的是超现实主义手法。关于文体和语言，艾里森曾说，他曾梦想能找到一种灵活而表达迅速的文体，既表现现代生活的残酷，也表现希望、博爱和个人意识。小说语言的多元化和多样化恰切地描绘了生活的多元化和多样化。人们也会注意到，小说从结构到内容都受到黑人爵士乐特别是布鲁斯音乐的影响。主人公就像布鲁斯乐曲的演唱者，叙述过去的失败、痛苦和忧伤。黑人爵士乐歌星路易·阿姆斯特朗的歌曲“我造了什么孽 / 为何我 / 周身漆黑，如此忧伤？”意味深长，它就像布鲁斯歌曲里的叠句一样，在小说里重复出现。此外，运用民间传说和黑人口语也是这部小说的一个突出特点。

詹姆斯·鲍德温（James Baldwin，1924—1987）

鲍德温是美国小说家、散文作家、剧作家。他出生在纽约哈莱姆区，青少年时代的生活颇受其做牧师的父亲的严厉管教，14岁经历了一种深刻的宗教体验，开始讲道，和父亲相抗衡，对他来说，这是一种具有个人和宗教意义的矛盾。与此同时，他开始写作，中学毕业后继续创作，并在纽约格林威治村受文学训练。1944年冬，他和理查德·赖特（Richard Wright）会面，赖特鼓励他坚持文学创作；鲍德温日后成为赖特的“土生子”和继承人。

鲍德温24岁时离美赴欧，客居欧洲达9年之久。此举主要原因是躲避种族歧视，发现自我的价值。在这期间，他的作品开始在美国发表。他的小说《向苍天呼吁》（*Go Tell It on the Mountain*，1953）取材于他少年时的经历，不少评论认为这是他的最佳作品。1955年他出版了散文集《土生子的札记》（*Notes of a Native Son*），次年他的小说《乔万尼的房间》（*Giovanni's Room*）问世，写的是一个青年白人在法国的同性恋故事。1957年鲍德温回国，立即参加了当时的民权斗争。他在这期间出版的论文集《没有人知道我的名字》（*Nobody Knows My Name*，1961）、《土生子札记续》（*More Notes of a Native Son*，1961）及《下一次将是烈火》（*The Fire Next Time*，1963），文笔遒劲，见解深刻，许多人认为他是当代美国主要散文作家之一。他的另一部小说《另一个国家》（*Another Country*，1962）和他的短篇小说集《去见那个人》（*Going to Meet the Man*，1965）都反映出他对美国种族关系的忧虑与关切。他在1968年出版的《告诉我火车开走多久了》（*Tell Me How Long the Train's Been Gone*）写的是他的作品一贯描写的题材：种族关系、种族冲突、同性恋。1971年，鲍德温发表与著名人类学家玛格丽特·米德（Margaret Mead，1901－1978）的谈话集《论种族》（*A Rap on Race*），次年发表见闻与评论集《街上没有名字》（*No Name in the Street*），强烈地表达出他对美国和世界的愤怒与失望。1974年他的激烈的抗议小说《假如比尔街能够讲话》（*If Beale Street Could Talk*）出版。鲍德温的其他作品还包括剧作《查理先生的布鲁斯》（*Blues for Mister Charlie*，1964）等。鲍德温虽然曾被人指责缺乏战斗性，但他作为小说家，始终以其独特的声音警告美国白人将会发生的"爆炸"，劝说黑人避免因种族仇恨引起的自我毁灭的过激行动。他坚持认为，美国的"复杂命运"将必然使20世纪美国黑人与白人的生活联系在一起。他和其他黑人作家一起，通过自己的作品，使美国认识到自己在种族问题上的可耻行为。

鲍德温是一位严肃的艺术家。他所关心的并非只是"黑人问题"，他关心的是人的状况。他希望自己成为一个诚实的人，一个优秀的作家。他在《自传札记》（“An Autobiographical Note”）中曾写道：“我爱美国甚于世界上其他任何国家，正因如此，我坚持永远批评她的权利。我考虑到我身负多种责任，但其最大者莫过于此：继续下去，如海明威所说，做完我的工作。”他的作品力求在内容和技巧上渐臻完善，反映出艺术家的诚实态度。没有人指责他为某种宣传目的进行创作。他的文风也表现出他悉心探索自己独特风格的不懈努力。他的散文笔锋犀利、风格清新，给人的印象尤其深刻。有人认为他将以散文家的身份名垂文学史册。如果说理查德·赖特是一位著名黑人作家的话，那么，鲍德温和艾里森一样，业已从“黑人”的分类中超脱出来，而成为美国当代一位主要作家了。

下面重点介绍一下鲍德温的代表作《向苍天呼吁》（*Go Tell It on the Mountain*）。《向苍天呼吁》描写的是一个男孩子的信仰的形成过程，这也是他认识世界、认识自我的成长过程。主人公约翰·格兰姆斯是一个14岁的黑人少年。他的继父加布里埃尔·格兰姆斯是狂热的店铺教堂的牧师，在约翰一两岁时，继父和他的母亲伊丽莎白结婚。他们婚后又生下一男二女。加布里埃尔不喜欢约翰，这使敏感的约翰感到紧张和难过。约翰虽自幼生活在贫困、污秽的哈莱姆黑人区的环境中，但对未来充满憧憬。他对父辈的生活很厌恶，决心过一种不同的生活。然而生活环境中歇斯底里般的家教气氛，也深深地感染了他。父母的期望，“火的洗礼圣殿”里圣徒的影响，使他别无选择：他只能通过信仰的转变而成为他父兄当中的一员。这种转变终于在他14岁生日之夜举行的教堂仪式中，在他的灵魂经过激烈的震荡之后而完成了。然而，小说结尾似乎又说，约翰的归依并未给他的生活和环境带来什么变化。

故事自始至终在黑人饱受煎熬、感到窒息的氛围中发展。小说开首便把读者带入一种令人窒息的环境中：刚满14岁的约翰早晨醒来，开始担心他的生日会在人们的遗忘中度过。母亲似已忘记，她吩咐他打扫庭院，破旧地毯上升腾起的尘土令他作呕。后来母亲终于取出几枚硬币，让他去买自己喜爱的生日礼物或以自己喜爱的方式去过生日。然而当他回到家时，却发现弟弟罗伊被白人孩子刺伤头部，父亲、姑姑、母亲在绝望中吵做一团。第一部分把约翰 14 年生活的环境——贫困和压迫——勾勒得淋漓尽致。第二部分以约翰的父母及姑母在教堂祈祷时对自己痛苦身世进行回忆的方式，把黑人种族的苦难详述出来，给约翰信仰的转变巧妙地埋下伏笔。约翰的姑母弗罗伦斯为追求美好的生活自南部奔向北方，丈夫虽然爱她，但不知未雨绸缪，终于与她在争吵中分手，后来死在法国。她年届六十仍需拖着疲惫的身躯出去谋生。弗罗伦斯的弟弟加布里埃尔幼时不务正业，给他们的母亲带来极大烦恼。后来他皈依宗教，转变成狂热的牧师。他和少年时曾受过白人凌辱的德博拉结婚，但又和另一女人、年轻漂亮的埃斯特私通，生下一子，名叫罗亚尔。加布里埃尔对两个女人都未尽到责任，在客观上导致了她们的悲惨结果，罗亚尔也不得善终。唯有弗罗伦斯了解弟弟的罪孽，对他的虔诚和狂热持怀疑、甚至否定的态度。伊丽莎白在 18 岁时曾和一个富有自尊心的黑人青年理查德相爱，理查德后因不堪坐白人冤狱而自杀，他们的儿子约翰在理查德去世后才出世。这些给伊丽莎白年轻的生命涂上一层暗淡的色调。后来她在弗罗伦斯家和加布里埃尔相遇、结婚、生儿育女。她的心灵深处充满内疚、忧虑和痛苦。当她看到约翰“新生”时，心头升起希望的曙光。第三部分又回到约翰身上，描绘他在“圣徒”们的狂热环境中，内心深处发生激烈的转变，经过幻觉、迷梦等阶段，灵魂终于受到“拯救”，成为祖辈的社会及传统的一员。

《向苍天呼吁》的主题思想值得人们深思。它以浓重的笔墨描写了非裔美国人的痛苦生活状况。这点读者首先可从约翰的幼小心灵对生活的复杂感受中清楚地看出来。他感到痛苦不堪的主要原因是他觉得无人爱他和接受他。他是一个富有想象、极其敏感的孩子。他有自己的梦想和希望。在学校里，他成绩很好，人们都说他前途似锦，可能成为他的人民的“伟大领袖”。他期望能过上与他上辈人完全不同的生活，能锦衣玉食，喝高档威士忌，吸名牌香烟，随心所欲地看电影等等。他的模样也会改变，人们会对他刮目相看，他会“漂亮和闻名”起来。他要做大学校长、诗人、电影明星。这些听来有些孩子气，但这些正是约翰对黑暗现实的反映：由于他是黑人，这一切以及这一切所包含的富有、自由、尊严等，都不是他能得到的。当他在生日早晨一个人走在大街上时，当他看到白人地区人们的不同生活时，他朦胧地感到了社会大环境对他的压迫。他整日感到畏惧。他害怕教会和上帝会让他失望，害怕周围白人社会和环境的压力，害怕自己的罪孽，对自己的身份和未来毫无把握。这一切忐忑不安的集中象征是对他冷淡、拒绝接受的父亲。他害怕父亲的冷酷无情，害怕父亲恨他。虽然他不知内情，但他觉得他是个遭人白眼的继子式孩子。他感到是个流浪者，他父亲的家并不是他的归属。小说把小约翰的流浪者形象刻画得维妙维肖：第一章描画出一个感人肺腑的无依无靠的小流浪汉，最后一章小约翰匍匐在地上，浮想联翩，当他看到父亲走近时，他感到一种诅咒在继续。他觉得自己是“沙漠里的永久的流浪者”，暗示《圣经》中被父亲赶出家门、在沙漠上饱受煎熬的以实玛利：《圣经》上说，以实玛利是父亲的奴婢所生。小说对继父加布里埃尔的刻画也鞭辟入里：他自诩为先知性人物，相信自己是上帝的正宗继承人，相信自己的儿子是正统，因而先后为两个儿子取名为“罗亚尔”，取其“敕立”之意。他对约翰一向歧视，认为他是“奴婢之子”，让读者忆起以实玛利的典故。《向苍天呼吁》表达的继父和继子的关系上笔墨浓重，其象征意义显而易见。它似乎在影射美国和它的非裔美国人之间的关系：

美国这个父亲对它的非裔孩子表现得像个十足的继父，歧视、慢待到让非裔美国人感到自己宛如庶出一般。小说的社会意义由此可见一斑。

《向苍天呼吁》似乎还提出了另外一个发人深省的问题，这就是，是谁叫约翰生活得那么痛苦和劳累的？种族歧视的大环境当然是首要的原因。他的痛苦追根究底是源于美国的种族歧视的大环境的。设想倘若他的父亲理查德未受迫害而死的话，他不会成为继子，生活会是另外一番状况。起码他不会感到生活得如此孤独、凄凉、没有人爱的苦涩味道。但是让约翰天天度日如年的最直接的原因是他的继父，这就是说，是他自己的家人、族人。小说似乎在暗示，非裔美国人对自己的苦难在相当程度上也应负有一定责任。非裔美国人有必要反省和扪心自问，发掘自身存在的问题，以增加责任意识，更好地打理和改善自己的生活。这一点人们阅读爱丽斯·沃克的小说《紫色》后感觉会尤其强烈。

《向苍天呼吁》是一部艺术价值很高的作品。小说的三部分相互咬合，丝丝相扣，结构极为严谨：第一部分把故事的脉络勾勒出来，在第二部分中加以充实，第三部分再返回第一部分的结尾处，把前面松散的线索收拢起来，使故事成为一个有机的整体，而故事的发展虽横跨半个世纪的时空，但却集中到主人公 14 周岁生日这一天来写。小说集中写格兰姆斯一家，但却据此收到了以点带面的艺术效果。作者运用的重要艺术手段，是通过自然援引《旧约全书》的有关情节为故事渲染气氛，《旧约·出埃及记》尤其有力地烘托出黑人的苦难遭遇及其寻求解脱和拯救的强烈愿望，小说的语言极富《圣经》的语言格调。这部作品的另一特色是它的意识流技巧，这在第二、三部分里表现得尤其明显。在第三部分还有明显的超现实主义特点。另外，小说的讽刺性显示出作者艺术技巧的娴熟：读者虽沉浸在故事的“狂热”气氛里，但又时刻听到一个不同的声音，即冷眼旁观者的声音。例如在第三部分约翰思想高度兴奋之后，作者却通过弗罗伦斯对加布里埃尔的指责而暗示出，这种信仰转变可能有其虚伪的一面。

托尼·莫瑞森（Toni Morrison，1931—）

当代非裔美国妇女文学蓬勃发展，有非裔美国妇女文学复兴之说。在这一发展中，莫瑞森是中心人物，此外还有爱丽斯·沃克（Alice Walker）、格洛丽亚·泰勒（Gloria Taylor）、玛亚·安吉洛（Maya Angelou）以及托尼·卡德·班巴拉（Toni Cade Bamara）等人。

莫瑞森是美国当代杰出的黑人女作家，是继兰斯顿·休斯、理查德·赖特和拉尔夫·艾里森之后美国黑人文学的重要继承人。托尼·莫瑞森原名科洛·安东尼·沃福德（Chloe Anthony Wofford），出生在俄亥俄州北部罗伦城一个种族仇恨很深的黑人家庭里。祖父约翰·所罗门·威利斯是美国内战时期的奴隶，他始终不信任白人，认为白人基本上是一个堕落的种族。20 世纪 60 年代初，莫瑞森写了一个短篇小说，颇得好评。后来她就以此故事为基础完成了她的第一部长篇小说《最蓝的眼睛》（*The Bluest Eye*，1970）。这是关于一个黑人小女孩佩克拉的故事。她渴望像童星秀兰·邓波儿一样，有一双象征骄傲与尊严的蓝色大眼睛。她每天夜里祈祷，后来，她的梦想神奇般地实现了，她高兴得要飞起来。但是这双眼睛并没有给她带来幸福，她被自己的亲生父亲奸污后，陷进更加痛苦的深渊。

莫瑞森的第二部长篇小说《秀拉》（*Sula*，1973）塑造了一个具有反抗性格的黑人妇女秀拉的形象，在美国文学界引起很大反响，曾被提名参加 1975 年全国图书奖评选。1977 年《所罗门之歌》（*Song of Solomon*）的问世，牢固地确立了莫瑞森在当代美国文学中的地位。《柏油孩子》（*Tar Baby*）于 1981 年问世，这部小说用象征手法描写了种族问题。莫瑞森的第五部长篇小说《爱娃》

（*Beloved*，1987）是她文学创作生涯中新的里程碑，在文学界和读者中引起强烈反响，获 1988 年普利策文学奖。评论家约翰·伦那德在《洛杉矶时报》上撰文说："《爱娃》是托尼·莫瑞森的最好的一部小说，成就辉煌，在今后 10 年内它将成为最引人入胜的一部书。"莫瑞森的其他作品还包括《爵士乐》（*Jazz*，1992）及《天堂》（*Paradise*，1998）等。

莫瑞森在创作上一直在探索自己的艺术道路和风格。她不满足于一般作家所遵循的社会现实主义的创作方法，常把黑人的神话和民间传说融进作品当中，运用象征手法揭示、剖析存在于美国社会的种族问题。她塑造了一系列在逆境中苦苦抗争的黑人妇女形象。她熟练地运用黑人语言和对话，阅读她的作品时读者好像置身于浓郁的黑人文化传统和风俗之中。莫瑞森的创作道路代表了美国黑人文学发展的新方向。1993 年莫瑞森获诺贝尔文学奖。

下面介绍一下莫瑞森的主要作品。

《所罗门之歌》是莫瑞森的第三部长篇小说，美国文学界和读者对这部作品给予很高评价，它是继理查德·赖特的《土生子》和拉尔夫·艾里森的《看不见的人》之后又一部优秀黑人小说，于 1978 年被评为美国文学艺术协会和全国图书奖。这部小说的出版标志着莫瑞森的文学创作已经走向成熟。

小说讲述的是非裔美国人寻根的故事。它以 20 世纪 30 年代密歇根州某小镇上的一个黑人家庭为线索，展示自美国内战至 20 世纪 60 年代近 100 年间黑人的历史，它一方面描写了生活在白人世界里的黑人的悲惨境遇，更主要的是揭示了黑人社会内部错综复杂的矛盾现象，其中包括以经济地位为标志的两极分化；作为社会问题而反映在家庭内部的夫妻关系、兄妹关系和两代人之间的隔阂；在种族制度下的黑人对自己的文明历史的怀念和对自由的渴望与追求。

小说的第一部分说到美国内战结束以后，黑奴麦肯·代德获得自由，与印第安女子辛厄成婚，生下一男一女，即小麦肯·代德和帕立特。麦肯·代德被白人庄园主打死，他辛苦经营16年的土地也被抢去。麦肯死后，小麦肯和帕立特因为在山洞里发现一袋金子而发生争执，从此兄妹结下仇恨，各奔东西。小麦肯来到密歇根，在大湖边一个小镇上落脚，与当地唯一的黑人医生的独生女儿路丝结婚，生下二女一男，男孩名叫奶娃，即本书的主人公。小麦肯经营房产业，是一个自私、贪婪、对穷苦黑人毫无怜悯之心的人。他相信金钱才是世界上唯一真正的自由。他教育儿子去占有财产、占有别人。在家庭关系上，他阴鸷多疑，无端怀疑妻子和她父亲乱伦。当路丝的父亲病重时，他把药品扔掉，使其不得医治而死。帕立特和小麦肯分手后，四处流浪二十余载，受尽侮辱，最后也来到小麦肯居住的地方。她和女儿及外孙女三人以卖酒为生，自己养活自己。二十多年来，帕立特完全被社会抛弃，过着孤独的生活。她没有婚姻与家庭生活，没有友谊，没有宗教信仰。她开始考虑自己应该如何生活，考虑什么对她最有价值，通过多年的经历与思索，在精神上产生飞跃。她对不幸的人们，特别是对苦难的黑人所持的同情心，使她成为一个具有完整人格和刚毅性格的黑人妇女的典型。

小说第二部分讲奶娃寻找金子的过程和结果。当小麦肯得知金子不在帕立特手里时，他便叫奶娃一人去南方的山洞里寻找。结果金子没有找到，他却经过多方查访，找到了自己祖先的踪迹。原来黑人民歌中传唱的会飞的所罗门就是奶娃的曾祖父，所罗门的小儿子杰克就是他的祖父，即前面提到的麦肯·代德。当他把这个新发现告诉帕立特以后，他们一起来到南方，重新埋葬了杰克的尸骨。此时跟踪而来的吉它——奶娃的朋友——向奶娃开枪射击，误将帕立特打死，奶娃一跃而起，腾空向吉它飞去。至于奶娃是去和吉它厮杀还是拥抱，是谁死谁活，这似乎并不重要，重要的是如小说结尾所说的那句话，“假如你依附于大气，你就能驾御它”。这时的奶娃已经从祖先和广大黑人群众那里获取了新的知识和智慧，思想感情发生了深刻的变化，因而变成一个会飞的人，即自由的人。

作为牵动小说发展的中心人物，奶娃的性格经历了一个比较复杂的发展过程。在书中描写的人物里，有两个人对他的成长起了重要作用——吉它和帕立特。奶娃生在富有的房产主家庭里，在父亲的影响下，他自私、保守，对黑人的疾苦熟视无睹。吉它出身贫苦，对穷苦人、黑人富有同情心，在种族问题上他表现激进。他加入黑人复仇组织“七日社”，对白人采取“以其人之道还治其人之身”的手段。当他说这样做不是出于对白人的恨，而是出于对黑人的爱时，奶娃并不理解，这是存在于他们之间的根本分歧。当奶娃来到南方，在宾州的丹维尔和弗吉尼亚的萨里马尔接触了众多黑人男女老幼之后，他发现那里的人民虽然贫穷落后，但他们仍然按照黑人传统的方式生活，保持黑人的风俗习惯。老人们讲述着动人的传说，天真的儿童唱着美丽的民谣，歌颂他自己的祖先。这时他了解到自己家庭和种族的丰富神话和传说。他为自己有这样的祖先、黑人有这样丰富的历史和文化而感到骄傲和自豪。另一个对他影响较大的人物是姑母帕立特，虽然他的父亲严禁他到姑母家去，他还是从那里享受到爱和亲热之情。姑母的坎坷经历使他不但懂得正视现实，也使他学会思考过去。姑母教育他不要躲避责任，而要对自己的行为负责，不是对人无动于衷，而是要尊重和同情别人。

小说的布局与结构错综复杂，但情节前后照应，脉络清晰，反映了作者娴熟的写作技巧；书中多运用神话和民间传说以及形象的手法，歌颂黑人悠久的历史与文化，深刻地鞭笞种族主义的罪恶。从前的黑人作家多以现实主义和自然主义的手法描写黑人在白人统治的社会中的际遇，其作品唤起的是忧伤、愤懑和仇恨。

《所罗门之歌》所唤起的是黑人对自己种族的骄傲与自豪以及他们对自由与幸福这些美好理想的憧憬和追求。

莫瑞森的第五部长篇小说《爱娃》（*Beloved*，1987）是她文学创作生涯中新的里程碑，在文学界和读者中引起强烈反响，获1988 年普利策文学奖。《爱娃》是一部历史性小说，通过非裔美国人民的民间文化传说，运用魔幻现实主义手法，重新组合历史，让人民通过"再回忆"而面对历史，以摆脱精神包袱，以全新的面貌面对现实生活。这部小说取材于一个美国内战前发生的真实故事。一个名叫玛格丽特·加纳尔的黑人女奴为使自己的孩子不成为和她一样的奴隶而亲手把他们杀死。小说说的也是一个非裔美国女人年轻时杀死女儿的事情。书中的"爱娃"是刻在被杀死的女儿的墓碑上的名字。女奴瑟丝 19 岁时，在逃离奴隶主魔爪的过程中，于绝望中杀死两岁的女儿，以免她长大之后遭受奴隶生活之苦。她被捉住，被判狱中服刑。后来又生女儿丹福，自己做厨师。18 年后，爱娃阴魂不散，回来搅扰她，被过去的奴隶保罗赶走。阴魂先是无形，然后索性现出人形，成为一个 20 岁的姑娘，美丽但性情乖戾，能够变形和隐身。她寸步不离地跟着母亲，不断地提问题，不断地要求讲故事、做饭吃，指责母亲抛弃她。扰得瑟丝无法安生，身心几乎到了崩溃的边缘。她女儿丹福要求村民出面干涉，村民经过歌唱驱魔曲仪式，把阴魂赶走。瑟丝依然是身心瓦解，保罗回来为她的生活注入活力和欲望。瑟丝终于能够心境安宁地生活下去。

《爱娃》的内容和形式结合得非常巧妙。小说运用了魔幻现实主义表现手法。乍读此书貌似一个鬼怪故事，其实不然。书中确实存在魔幻和超自然因素：首先爱娃发出怪异的声音、光亮，引起剧烈的震动，然后她以人形显身，表现诡秘，或隐形，或神秘地出现，把保罗移出屋外，显示出她日益增长的特异功能。这种魔幻和超现实主义的因素使读者以及书中的人物都感到非常意外，从而改变正常的生活和思维模式。这和作家的创作意图正相符合。莫瑞森认为，在一个人们已经忘记或抹杀或以浪漫方式对待往昔的国度，谈论过去是必要的，舍此不能接受和克服过去的影响。莫瑞森的一个大课题是对过去的“再记忆”。人们必须跨过“过去”这个跨栏才能更好地面对现在和未来。瑟丝心里一直充满负罪感，活得苦不堪言，简直是生不如死。“爱娃”实际乃是她的内心感情伤痕的外现。爱娃的出现迫使她和保罗直面过去，承认自己必须做心理调整，需要治疗和更新。爱娃赋予瑟丝一个自我解释、下意识地解除自己的负罪感和自我诅咒的机会。瑟丝虽然是自由之身，但她毫不自由。她不敢回忆过去，她心里的那个“不可涉及”的事情使她感到虚弱和羞愧。她的生活就这样一直无法正常。爱娃把她的伤口重新打开，迫使她走上痛苦的但必须的再造自我的路程。瑟丝并非一个孤立的情况。她的经历代表了她的遭受奴役的整个种族的痛苦经历，像小说中的保罗、老祖母萨克斯、埃拉、斯丹姆波等等，都有“不幸”埋在心底，都需要翻箱倒柜，开始自我认识和界定的过程。作家似乎在说，整个非裔美国人种族不能回避过去，他们需要痛苦的“再记忆”过程，解决内心深处难以应付的“难言之隐”，以和过去做一了断，振作起精神向前看。这是《爱娃》的深刻而广泛的社会意义所在。

这部小说淋漓尽致地揭露了白人奴隶主“教师”等人的非人的残暴，在客观上为白人也提供了深思的机会。“教师”的“温馨的家”实乃奴隶的地狱，此外还有关于贩奴商船、对奴隶的百般侮辱和欺凌等等的描绘，所有这一切应该对白人社团是一种提醒、一种震动和冲击。他们应能借此自我反省，深刻认识种族主义给非裔美国人整个种族以及整个人类所造成的损害，认识到不可忘记和忽视历史的道理，并能以此作为现实生活中的借鉴。

爱丽斯·沃克（Alice Walker，1944— ）

沃克是当代最引人注目的黑人小说家之一。她出生在佐治亚州一个佃户家庭里。在大学期间她开始创作小说和诗歌，1965 年首次出版作品。多年来她创作了大量小说、诗歌和散文。她的作品除诗歌和短篇小说外，主要包括她的长篇小说，如《格兰治·科普兰德的第三次生命》(*The Third Life of Grange Copeland*，1970)、《梅丽迪恩》(*Meridian*，1976)、《紫色》(*The Color Purple*，1982)、《我那小精灵的神殿》（*The Temple of My Familiar*，1989）、《拥有幸福的秘密》（*Possessing the Secret of Joy*，1990）以及《在我父亲微笑的光亮旁》（*By the Light of My Father's Smile*，1999）等。迄今她最大的成就是《紫色》，这部小说荣获美国图书奖和普利策奖。

《紫色》是一部书信体小说，里面共有 90 封信，其中 61 封是女主人公希莉写给上帝的，14 封是她写给妹妹奈蒂的，另外 15 封是奈蒂写给她的。小说的主要线索是讲希莉的生活经历，辅助线索是奈蒂的非洲历险。小说的时间框架约涵盖 30 余年，主人公希莉已入中年，约为 45 岁左右。小说以 14 岁的希莉被“父亲”（名叫方索）强暴开始，“父亲”威胁说，如果她胆敢告诉他人，他就杀死她的母亲。她生下两个孩子，但孩子一降生就被人抱走，后来“父亲”把她“嫁”给阿尔伯特（在很长时间里，他对希莉来说是“xxx 先生”)。xxx 先生虐待她，对她妹妹奈蒂心怀不轨。所以奈蒂只好逃走，最后在一传教士家里安顿下来，照看他们的孩子亚当和奥莉维亚。希莉照看丈夫的孩子，在艰难和痛苦中度日如年。她丈夫的情妇舒格·艾沃瑞生病，他把她带回家让希莉照顾，不料两个女人相互怜惜，舒格成为希莉的启蒙者、指导人。她教给希莉自爱自立，给她介绍上帝和信仰。希莉的心理成熟过程自此开始。她感到自己的存在、自己的权利，开始伸张自我。她随后离开阿尔伯特，和舒格同住，自我意识与日俱增。再后来她了解到，“父亲”方索不是她的生父，她的生父是一个生意兴隆的店铺主，被嫉妒他的白人种族主义者杀死了。在方索死后，希莉获得家产，成为独立的人。她经营家产，并开始缝制裤子，获得了再生。与此同时，阿尔伯特每况愈下。他失去生的意志，成为酒鬼，险些丧命。他存活下来，和希莉成为朋友，帮助她一起缝制裤子。希莉发现，多年来阿伯尔特一直藏匿妹妹给她的来信，她搜出了这些信件，高兴地了解到，妹妹在非洲一直安好，在传教士的夫人过世后嫁给了传教士，他们的孩子亚当和奥莉维亚竟是希莉失去的两个孩子。他们一家从非洲回来，希莉和亲人终于团聚。

《紫色》从内容到技巧都有令人说道之处。它讲述的是非裔美国妇女在社会和家庭压迫的大环境下生活和成长的痛苦过程。希莉是非裔美国妇女的典型。她自幼就自卑，觉得自己无貌无才，因而逆来顺受，在痛苦的沉默中打发日子。她被奸污，接受毫无爱情的婚姻的折磨，整日疲惫不堪地照看丈夫的孩子，眼睁睁地看着妹妹被迫逃离，这一切使她的身心逐渐麻木了。因为她无人与之交谈，而且她也自惭形秽，自己的问题对人难以启齿，于是她想到上帝。她给上帝写信，但不签名。这说明她对己对人都缺乏信心。写信对她说来是一种下意识发泄的途径，她向无声的上帝抱怨她对人没有勇气抱怨的东西，同时也是她在下意识地记录经历，以达到了解自我、更好地应付生活。生活对她是个学习的过程，在生活中她对上帝、人和自己都获得了高一层面的了解和认识。她从盲从到怀疑到真诚相信，逐渐认识了上帝。她也加深了对人的认识：对于本族人，她经历了由恨和排斥到理解和接受的过程；对于白人，她学习到不歧视他们。最重要的是，她认识了自己作为人的尊严和自我价值。她最终从生活的摧残和蹂躏中存活下来，而成长为一个身心完整的人。细味希莉的故事，人们会发现，她的成长涵盖了女权主义关于妇女解放的三个阶段，即面对压迫无能为力，觉醒和伸张自我、获得男女平等。希莉和男人的平等关系也有奇特之处：她不是和男人分离，她是在相互理解与和谐的新基础上和男人建立新型的关系。从女权主义的观点看，《紫色》表现出在男人统治、种族歧视的生活环境中女人间的相互支持和团结。小说除表现希莉和舒格以外，还描写了诸如索菲亚和玛丽·阿格尼兹等人求得生存、伸张自我的动人故事，作为主人公生活和成长的故事的注脚与陪衬。

《紫色》也是表现非裔美国男人的变化和成长过程的故事。希莉生活痛苦的直接原因是她自家的男人。当然，从根本上说，她的苦难是种族歧视的大环境造成的：倘若她的父亲未被白人杀害，她的生活会是另外一番景象。这个主题也由索菲亚的故事予以强化。索菲亚的蒙冤入狱以及在白人家里做奴婢所受到的侮辱，完全是种族歧视、白人至上社会所造成的结果。但是，小说也使用了大量笔墨描写非裔美国男人对待自己女人的恶劣行为。在很大程度上，是希莉的“父亲”和丈夫让她生活在人间地狱里的。从物质角度看，非裔美国人并不愁吃穿，看看他们早餐桌上的食物，便可清楚这点：他们的早餐包括火腿、燕麦片、鸡蛋、饼干、咖啡、甜奶、煎饼、果酱、果冻、橘子汁、橘子柚、奶油草莓、茶水等等。但是非裔美国男人常常造成家庭暴力，可能是因为在外面的种族歧视环境中受气后一筹莫展，于是回家发泄。阿尔伯特便是实例，他应当是非裔美国男人的典型代表。他像恶煞一般，对希莉非打即骂，待如非人，希莉并没有给他造成过任何借口，他的家庭暴力行为完全是由其内因造成的。在很长时间里，他对希莉来说是一个没有姓名的陌生人，他的名字是 xxx 先生，他没有明确的身份。他的人格需要发展和界定，他必须让内心世界发生根本变化，把过去的自我换为新的自我。当女人团结一致行动时，他被迫开始痛苦的自我反省、自我认识过程。这个过程需要时间、折磨和死的愿望来完成。阿尔伯特的灵魂经历了地狱，然后开始逐步上升。他成功了。

《紫色》的社会意义在于，它标志着非裔美国人心理成长的新阶段。它在反映黑人凄惨生活的同时，也提出了一个发人深省的问题：黑人的这种生活状态，从根本上讲，要由种族歧视的白人主流社会负责，但黑人本身是否也有一定的责任？他们需要加强自我认识，对自己的生活承担起自己应承担的责任。这一点在种族歧视必须退出历史和生活舞台的今天显得尤其重要。尽管种族歧视依然顽强存在，但非裔美国人民大体业已具备自己打理自己生活的条件。小说中阿尔伯特的儿子哈波仿效父亲，改变自我，和妻子索菲亚言归于好。书中人物都有所长进，比如玛丽·阿格尼兹也开始了解和伸张自我，翻开了生活的新一页。非裔美国人民已经进入生活的新阶段。希莉自觉地雇佣白人一事，其社会意义也不可小觑。这说明非裔美国人民以宽大为怀，不记前嫌，希望在不同种族之间达成平衡与和谐。希莉心里充满了爱，这为小说的大团圆结局铺平了道路。

在艺术表达形式方面，《紫色》也有自己的独到之处。首先，小说的情节布局以及由此而产生的悬念，让读者爱不释手。小说把希莉生父之死作为全书和主人公生活的枢纽来处理，把描写重点放在她继父与丈夫对她的折磨上，而白人的罪行是作为小说的“包袱”藏在其中，给读者以警醒，取得了出人意表的艺术效果。读者开始阅读以后许久，仍然被尴尬的乱伦关系和孩子的下场所困惑，直到故事叙述过去了三分之二，人们才觉察到秘密的所在，才对孩子的身份放下心来。再者，小说的语言运用也很让人琢磨和推敲。这里有黑人口语与美国普通话之别，主人公未受过多少教育，故语言属黑人口语，没有甚么语法概念，拼写也不规范，不熟悉这种地方性语言的人读着会遇到不少理解性障碍。而另一方面，主人公的妹妹给姐姐写信所用语言则属规范化的普通用语。希莉的语言不合乎标准，但生动、新鲜、充满活力，奈蒂的语言合乎规范，但有些古板、富说教性。两种语言反映两种不同的生活层次，两者相互对比、辉映和补充，为小说的艺术带来意外的张力。此外，小说对象征手法的娴熟运用也给读者留下深刻印象。比如小说的题目就内涵深邃。紫色的象征性非常丰富：它正面象征尊严、爱、人际间的友情、上帝的造物和人类大众的重要性、人经过努力变为新人等等；它在负面可以象征苦难和煎熬（紫色是蓝色和红色的结合），等等。《紫色》业已成为美国文学史上一部重要的经典之作。《紫色》已拍成电影，与小说一样，其魅力历久不衰。

安吉洛 / 泰勒 / 班巴拉

安吉洛（Maya Angelou，1928－2014）是当代美国出类拔萃的人物。她的生涯是非裔美国人的出色的成功故事。这个人自幼经历了苦难生活的洗礼，少年时期遭人强暴，十几岁时便做了母亲，但她不向逆境屈服，不屈不挠、努力向上，终于走出阴影，取得令世人羡慕和感慨的成功。她多才多艺，在许多领域内卓尔不群：她是演员、舞蹈家、歌唱家、教授、作家、诗人、教育家、导演、民权活动家等。她最闻名的作品是她的五卷自传，记录了她走过的痛苦、步履维艰但步步向上的人生道路。其中第一卷《我知道笼中鸟为何歌唱》（*I Know Why the Caged Bird Sings*，1970）写的是她在父母离异后在阿肯瑟州外祖母家的生活情况。第二卷《以我的名义集合在一起》（*Gather Together in My Name*，1974）描写非裔美国人民二战后的生活状况，以及她自己吸毒和卖淫的短暂经历。第三卷《摇啊摇，像过圣诞节般快活起来》（*Swingin' and Swingin' and Gettin' Merry Like Christmas*，1976）说的是她生活中的职业和做母亲两者发生矛盾的阶段的情况。第四卷《一个女人的心》（*The Heart of a Woman*，1981）标志着安吉洛作为作家、演员和政治组织者业已步入成熟。最后一卷《上帝所有的孩子都需要旅游鞋》(*All God's Children Need Traveling Shoes*，1986)讲述她的非洲之旅(1962～1965)。此外，安吉洛的诗歌在世界范围内产生了影响。她的诗集包括《我死以前只要一杯冷饮》(*Just Give me a Cool Drink of Water 'Fore I Diiie*，1971)、《而我依然站起》(*And Still I Rise*，1976)、《现在士巴唱歌了》(*Now Sheba Sings the Song*，1987)、《生活吓不倒我》(*Life Doesn't Frighten Me*，1993)等。此外，她还创作了不少儿童故事。安吉洛深谙人生的真谛，下笔如神，作品感人肺腑。她的主题是爱和人生活的一体性。她认为人的最高责任是爱，爱是解决人的一切问题的钥匙。她说，"我是人，人的任何事情对我都不陌生。"安吉洛 1993 年应邀参加克林顿总统的就职典礼，并当场朗读自己的诗作，是继弗罗斯特之后获此殊荣的唯一诗人，几年之后她又获总统颁发的国家艺术奖。

说到格罗丽亚·泰勒(Gloria Taylor，1950－2008)，她自 20 世纪 80 年代初开始发表作品以来，已经成为当代美国文坛的一颗新星。她对非裔美国女性的感情和她们生活中的问题尤其敏感，描写她们为生存而进行的斗争时，充满发自内心的认知与同情。她描写起来材料翔实，写她们的贫苦的生活环境，写对妇女的性歧视，写种族和男人家长制社会的压迫以及错综复杂的人际关系等生活侧面等。这是她和自己的文化与遗产保持紧密联系的充分证明。泰勒在作品里表达出强烈的地域感。比如布鲁斯特地宛如女人落脚的监牢和地狱，而林顿山则是非裔美国人与自己族人隔离、失去活力的一个郊区。泰勒也对滋润她成长的文学传统非常敏感，这些包括莎士比亚和但丁、莫瑞森和沃克等人的影响。她的名作、也是她的处女作，《布鲁斯特地的女人们》(*The Women of the Brewster Place*，1982)，描写背景、年龄都不同的 7 个非裔美国女人，因不同原因走到一处，面对痛苦、悲凄的人生，而一起打拼的动人故事。书中主要人物麦蒂·迈克在种族主义的社会环境里，又受到父亲和儿子的挟制而痛苦不堪，儿子的失信使她失去房屋，不得不转移到布鲁斯特地这个死胡同地方居住。然而，麦蒂顽强不屈，充满人情，终于活了下来。布鲁斯特地的其他女人也在不同程度上和她一起成功地迈出逆境。此书一出版即获当年美国图书奖，也获得全国图书奖。迄今泰勒已经发表多部小说，作品包括《林顿山》(*Linden Hills*，1985)、《贝利的咖啡店》(*Bailey's Café*，1992)、《索菲拉·韦德》(*Sophhira Wade*）以及短篇小说集《布鲁斯特地的男人们》(*Men of Brewster Place*，1998）等。

另一位作家是班巴拉（Bambara，Toni Cardi，1939－1995)，她一生为非裔美国人、非裔美国女性以及美国其他少数民族族群的权益而奋斗。她的作品坚持反对种族歧视，表现非裔美国人的尊严和独立身份，反对同化，反对依附主流。她的作品很多，有短篇小说、长篇小说、诗歌、剧本及散文等。她的短篇小说集包括《猩猩，我的爱人》(*Gorilla，My Love*，1971）和《海鸟依然活着》(*The Sea Birds Are Still Alive*，1977)。她的长篇小说包括《食盐客》(*The Salt Eaters*，1982）及《倘若蒙天保佑》(*If Blessing Comes*，1987）等。此外她还编辑了非裔美国作家的作品选集。她的一个短篇故事《布鲁斯不是模仿鸟》("Blues Ain't No Mockin Bird"）可以清楚地表现班巴拉作品的主题和气度。故事中说两个摄影者到一家非裔美国人家里拍摄，以宣传食物补贴的福利制度。这家的老祖母很不高兴，她对外人的干预和侵犯极其敏感，曾因邻居评头品足而不断搬家。但摄影者坚持拍摄，于是出现尴尬局面。这时祖父从外面提着一只死鹰进来，把它钉在墙上，忽然另外一只鹰飞来寻找伴侣，祖父用斧头把它也打死，原来这些都是偷食鸡的动物。然后，祖父要过摄影者手里的摄像机，毫不客气地把它毁掉，使摄影者惊骇不已，老祖母又哼着小曲做饭去了。故事的主旨非常明确：非裔美国人人穷志不短，他们有自己的尊严，他们的隐私不容侵犯。小说的写作技巧高妙，作者娴熟地运用天真的孩子做故事的叙事人，而且故事里面套故事，对表现主题发挥了巧妙的陪衬作用。另外，小说的象征手法也令人深思。比如祖父杀鹰与毁坏摄像机两件事情，鹰和摄影者一样同是侵犯别人的人，毁坏摄像机具有象征性杀死摄影者的内涵。小说的题目也值得琢磨。它明确地宣布，非裔美国人不是没有主见的温顺的人。

现在简单介绍一下年轻一代非裔美国女诗人瑞达•达乌（Rita Dove，1952－），权作为此章的结束。此人1994年被任命为美国桂冠诗人。她是享此殊荣的第一位非裔美国作家。达乌主要写诗，主题主要是关于非裔美国人的生活的，也涉及其他族群。她在人们的日常生活中发现诗歌的存在，在日常语言中听到诗歌的节奏。她的诗歌具有一种抒情的、让人感到亲切的语调。达乌的诗歌内容常有明显的自传性质，她希望通过自己的过得充实、切实了解自己的生活而写出感动他人的作品来。她的诗歌集包括《位于角落处的黄房子》（*The Yellow House on the Corner*，1980）、《博物馆》（*Museum*，1983）、《托马斯和卜拉》（*Thomas and Beulah*，1986）（此诗集获普利策奖），以及《诗歌选集》（*Selected Poems*，1993）等。达乌迄今还写了一部诗剧，一些短篇小说，以及一部长篇小说。她的一首名诗，《晨星》（“Daystar”），显然是描写她的祖母如何做一个好妈妈的：她对家人的全心全意，她对丈夫的深挚的爱，她的自我牺牲精神，以及她的许多期望与要求，等等，这一切都表明，她是幸福的完美体现。

第十四章　美国多种族文学

第一节　美国多种族文学简介　印第安人文学

最近几十年来，美国文学与文化界开始非常重视文化与文学表达的多样性，把它视为美国文化的一个强项。对多元化的这种兴趣当然不是平白无故的，它和 20 世纪 60 年代的民权运动以及其后各种族的觉悟的逐渐提高有密切联系。先是黑人族群一马当先，民权运动成绩卓著，而后其他少数民族步其后尘，结果引起了美国社会与文化的大变革。比如说各族群的名称，黑人已被尊称为非（洲）裔美国人，继而就有了本土美国人（亦即印第安人）、亚裔美国人、西班牙裔美国人（亦即美籍墨西哥人）等等。随之美国白人也有时被叫做英裔（或盎格鲁）美国人。正名是承认多元存在的象征。以现在的美国文学为例，它已不是过去的白人一统的实体了。现在谈论美国文学，只提到霍桑、惠特曼、艾略特、海明威及贝洛已经不够了，其他少数民族作家如艾里森、莫瑞森、沃克、莫玛戴（Scott Momaday，1934－）、西尔科（Leslie Marmon Silko，1948－）、埃德里奇（Louise Erdrich，1954－）、汤亭亭（Maxine Hong Kingston，1940－）、谭恩美（Amy Tan，1952－）

以及美籍墨西哥作家等都已写出杰作、在文坛立足，不说他们，就很欠公允、恰当。显然，美国文学界在重新考虑美国文学的界定，在重新安排作家及作品的定位，这种再思考业已进行数年，业已产生了把“主流”与“支流”间的距离拉近的积极效果。一部更恰切、全面的美国文学史，一部没有“主流”与“支流”之分的美国文学史，正在书写当中。

美国文学界的再思考早在20世纪70年代就初露端倪了。当时有几部文选相继面世。比如由费希尔（Dexter Fisher）所编辑的《少数民族的语言与文学》（*Minority Language and Literature*）、由巴克尔（Houston A. Baker）所编辑的《三种美国文学》（*Three American Literatures*）、由艾伦（Paula Gunn Allen）所编辑的《美国印第安人文学研究》（*Studies in American Indian Literature*）以及由费希尔和斯代浦托（Robert B. Stepto）二人合编的《非裔美国文学：教学的重新安排》（*Afro-American Literature: The Reconstruction of Instruction*）等等，可谓发聋振聩、意味无穷。

本书在前面已经说到非裔美国文学。非裔美国人是美国的“土生子”，他们的文学活动较之其他少数族群历史要长得多。现在要说的本土美国人文学是当今美国文坛上一支不可小觑的生力军。这些作家异军突起，一改本土美国人在传统美国文学里的形象，真实地反映出自己民族的历史与现状，道出了自己人民的愿望与希冀，喊出了他们心中淤积多年的声音。

在相当长一段时期内，美国文学中的印第安人一直是一种被歪曲的形象，描写他们的作家并非印第安人出身，作品中对印第安人善恶的判断，与印第安人自己的标准相差甚远，但却符合一些白人作家充满偏见的想象。因此，主流文学中所刻画的印第安人形象，都有或多或少的失真甚至歪曲。譬如，在詹姆斯·范尼莫·库柏的短篇小说《皮袜子五部曲》里，所谓的“好”印第安人几乎总是那些与英国人并肩作战、抗击法军的人。而库柏自己也承认，他实际上从未亲眼见过一个土著印第安人，仅仅听人谈论过他们，或在书本上读到过有关的描写。正如印第安作家N. 斯各特·莫玛戴所指出的，在一个时期内，曾经存在过一种真正的危险，即美国人心目中只有一个僵化的印第安人形象。有鉴于此，印第安人长期以来坚持从本民族的视角叙述自己的故事，并成功地改变了原先被歪曲的印第安人形象，使得文学作品中的印第安人更贴近真实，也更富有活力。但直至最近的三四十年，他们的作品才得以大量面世。

在欧洲人向北美殖民时期，北美大陆上已存在着300多种印第安人文化。美洲印第安人的不同部族，如拉科他人、豪匹人和莫霍克人等，都有各自独立的文化形态。因而，严格地讲，把出身于不同部族的印第安人作家的作品统称为“本土美国文学”，这样做并不太合适；唯一说得过去的理由是，这样做只是便于分门别类而已。如前所说，到欧洲人来时，印第安人不同部族都已发展了自己的独特文化及传统。刚开始是内容丰富的口头传说。基督徒们来后开始有了文字，一些皈依基督教的印第安人开始用英文写作，比如奥卡姆（Samson Occom）1772年写的《处决印第安人摩西·保罗时的布道词》（*Sermon Preached at the Execution of Moses Paul, an Indian*）就是很著名的一个例子。其后随之而来的是关于著名印第安人的传记及一般人的传记文字。自19世纪中叶至20世纪初年，《黑鹰传》（*The Life of Ma-ka-tai-me-she-kia-kiak, or Black Hawk*，1983）、《木腿》（*Wooden Leg: A Warrior Who Fought Custer*，1931）及《黑榆树如此说》（*Black Elm Speaks*，1932）等三部重要传记著作问世。时至今日，这依然是本土美国文学的一种重要文学形式。像莫玛戴的《名字》（*The Names*）及西尔科的《说书人》（*The Storyteller*）都是明显的例子。第一部印第安人小说《乔昆·穆里叶塔的生平及历险记》（*Life and Adventures of Joaquin Murieta*）1854年问世以后，印第安人的想象性创作随着时间的推移而改进，到20世纪初，小说家奥斯基森（John Milton Oskison）的作品已经风靡一时。到20世纪30年代，又有两位作家马修斯（John Joseph Matthews）与麦克尼科尔（D'Arcy McNickle，1904－1977）一举成名，为后来20世纪60年代印第安人文学的复兴打下了坚实的基础。前者的《日落》（*Sundown*，1934）及后者的《被包围者》（*The Surrounded*，1936）深深影响了后代印第安人作家的文学创作。到1968年，莫玛戴（N. Scott Momaday，1934－）出版他的《晨曦之屋》（*House Made of Dawn*），荣膺普利策大奖，于是乎出现了20世纪60年代末的"本土美国文学的复兴"。一大批印第安人作家脱颖而出，印第安人文学作品于是风行于世。最近几十年来，有几个大家如莫玛戴、西尔科及韦尔奇（James Welch）等人业已口碑载道，在他们周围旋转的大小"星球"也叫人眼花缭乱。这其中包括韦赞诺（Gerald Visenor）、埃德里奇（Louise Erdrich）、多里斯（Michael Dorris）、艾伦（Paula Gunn Allen）、鲍尔（Susan Power）、亚力克希（Sherman Alexie）、霍根斯（Linda Hogans）、潘恩（W. S. Penn）、亨利（Gordon Henry）及欧文斯（Louis Owens）等人，不一而足。下面介绍一下几位比较著名作家的名作。

为20世纪60年代本土美国人的"文艺复兴"最初奠定基础的人，是D. 阿赛·麦克尼科尔。这位作家一生都在致力于改善美国印第安人弟兄的命运。麦克尼科尔是混血儿，母亲是克里（Cree）族人，父亲是白人。他被印第安人平头（Flathead）部落收养，在居留地长大，进入蒙大那大学读书。后来用变卖田产得到的钱上了牛津大学。他年轻时拒绝认同本民族的文化，但后来他逐渐接受了这种文化，并竭尽全力改善印第安同胞的生活。他写了一大批非虚构小说作品，最重要的一篇是《本土美国人的部落文化——印第安的幸存者与再生代》（*Native American Tribalsim: Indian Survivals and Renewals*，1973）。但真正使他享誉文坛的，还要数小说《被包围者》(1936)，这部小说是本土美国文学发展史上的一个里程碑。

《被包围者》讲述一个文化错位与身份分裂的悲剧故事。年轻的阿奇尔德·利昂是个混血儿，母亲是萨利什（Salish）族人，父亲是白人。他不愿与父母任何一方生活在一起，于是离家进城，以白人的方式生活。后来他回家探亲，原打算只做短暂停留，看望一下父老乡亲，但却身不由己地被卷入到故乡生活的旋涡中而无法自拔，面对无奈的人生困境，他别无选择，只有默默地接受命运的安排。他先是听说哥哥路易斯闯了祸：他因偷了人家的马而躲进山里，后来了解到他的侄子们才是始作俑者。一直与妻儿离异的父亲，见到他这个小儿子回家，竟也流露出难得的慈祥，于是阿奇尔德竭力帮助父母重归于好。母亲请儿子陪她最后一次进山打猎，他在山中遇见哥哥路易斯，次日三人一同出发。路易斯猎杀了一头小鹿，引来护林员丹·史密斯盘问，反抗中路易斯被击毙，母亲见状又打死了护林员。阿奇尔德掩埋了丹·史密斯，将路易斯的尸体带回家。他先是被拘留，随后被释放，以后父母相继离世。他与埃丽莎·拉罗丝相爱，埃丽莎劝他与她一起逃进山里，否则一旦丹·史密斯的尸体被发现，没人能证明他的清白。阿奇尔德接受了建议，但随即遭到乡警的逮捕，埃丽莎开枪打死乡警，已被团团包围的阿奇尔德只好束手就擒。

主人公阿奇尔德这一形象明显带有麦克尼科尔青年时代的影子，故事展现了本土美国人文化解体的痛苦历程。小说将谴责的矛头直指白人对印第安传统生活的强横侵犯。首先，阿奇尔德是印第安人与白人两个种族结合的产物，父母不和使他内心分裂、左右为难。他不堪精神重负，只好选择逃避。但混血种的“恶运”始终如影随形地跟着他，使他命里注定要走向毁灭。作为从外界引进的技术文明成果，枪给他的家乡带来了更多的暴力与死亡。阿奇尔德心肠很软，连一头小鹿都不敢杀，更不用说杀人了。这样一个青年，却因回乡探亲期间发生的命案，而成为无可避免的替罪羊。印第安人开始疑惑：为何他们的生存环境变得日益恶劣？保护他们的神明到哪里去了？过去部落争斗只是为了考验勇气，如今却变成了一种杀戮，古老的神明再也无法使他们免遭不幸，他们渴望更有力量的神能庇佑自己，于是便改信耶稣基督，但后者充其量只是一种不可靠的庇护伞。小说中另一人物格雷匹路克斯教士的日记记载表明，在印第安传统生态遭到破坏的过程中，他很可能是一个不自觉的帮凶。

近几十年来最有影响的本土美国作家是N. 司各特·莫玛戴。他是一位小说家兼诗人。莫玛戴是吉奥瓦（Kiowa）族人，在纳瓦霍与杰米斯的印第安人集居的保留地里长大，就读于新墨西哥大学和斯坦福大学。他的第一部小说《黎明之屋》曾获大奖，其后他又创作了其他作品，并出版了其中的自传《名字》（1976）及第二部小说《古代的孩子》（*The Ancient Child*，1989）。莫玛戴认为自己本质上是个诗人。他的诗集包括《众鹅的天使》（*Angle of Geese*，1974）、《葫芦舞者》（*The Gourd Dancer*，1976）以及《在太阳面前：短篇小说与诗歌集》（*In the Presence of the Sun: Stories and Poems*，1992）等。他最著名的小说《黎明之屋》，讲述了一个本土美国人文化认同的艰难历程：一方面，他疏离自己的民族文化传统；另一方面，他又被资本主义的主流社会所排斥。

主人公艾贝尔是一位印第安青年，他难以认同本族群的生活方式。他从不知道自己的父亲是谁，而且在他参军以前，母亲和兄弟就已去世。他在战争期间返回家园，发现自己很不习惯回归印第安人集居地的部落生活，而把他从小带大的祖父，早就和部族生活融为一体。艾贝尔找了份工作，为一个叫安吉拉·圣约翰的女白人当砍柴工。安吉拉是从洛杉矶来此地开温泉浴池的，但主要还是为了从落寞中振作自己。艾贝尔与她发生了关系。这期间，艾贝尔与一个印第安白癜病人斗殴，将对方杀死。他受到审讯，被判服6年监禁。出狱后，他进一家工厂做工，厂里一个叫本的纳瓦霍人与他结为朋友，邀他同住。一次，两人被一个名叫马丁内兹的恶警拦截，马丁内兹抢走了本的工钱，但在艾贝尔身上却一无所获，就把他揍了一顿。艾贝尔对进入白人社会已不抱任何幻想，他四出寻找马丁内兹以求报复，结果自己反被打得奄奄一息。本将他送到医院，安吉拉闻讯赶来探望。至此艾贝尔才确信，他人生道路的最佳选择就是回到祖父身边。他见到了不久于人世的老人，在老人弥留的最后六天尽心服侍，老人也充分利用这最后的六个清晨，向孙子传授必备的本土文化精华，以使他能在自己去世前重新融入印第安人的生活。经过这次再教育，艾贝尔向祖父做出新保证，他洗心革面，准备迎接即将来临的印第安民族仪式——拂晓赛跑。

《黎明之屋》在写作形式上颇具新意。首先，小说抛开了时间概念，打乱了时间顺序，全篇由一个引子和四个篇章“长发人”“太阳祭司”“黑夜吟唱者”和“黎明赛跑者”组成；第一章和第四章以“熊村”这个吉米斯集居部落为背景，中间两章则以洛杉矶为背景。因为每章都穿插有许多倒叙和回忆，读者不易搞清先后次序，故每章都标有故事发生的时间，借此便于依稀辨出全书内容的时间框架。譬如，人们必须潜心研读艾贝尔的故事，才能将情节的碎片费力地连缀到一起。与主要情节相关的第一章，就运用了一系列倒叙手法，表现主人公对自己家庭仅存的一点记忆，对本族人的疏远行为以及幻觉中一只苍鹰攫住长蛇在他头顶盘旋的景象等等。到了第二章，故事在并不连贯的节奏中延续，读者会突然发现，主人公躺在壕沟里，脑海中却浮现出牧师布道的场面，小说在此又插入一段段记忆的倒叙，读者就从这些跳跃的回忆中，掠过其他内容，了解到主人公的母亲和兄弟之死、他自己因犯命案而坐牢的经过、他与本和米利（一名社工）的关系，以及他的从军经历。第三章，读者刚刚弄清主人公是在壕沟里回忆过去，本就插进来，讲述了艾贝尔与马丁内兹如何斗殴、如何住院疗伤，以及本如何唱起纳瓦霍人的小夜曲《花粉之屋，黎明之屋》，鼓励艾贝尔振作精神。这一章插入了艾贝尔对自己快乐童年的回忆。最后一章，通篇以肯定的语气，叙述艾贝尔正在积极成为印第安人的一分子。

另外值得一提的是小说对美洲印第安人传统文化的浓墨重彩的描写，比如艾贝尔的祖父曾参加并夺魁的狩猎与收割竞赛、以斗鸡比赛为开场式并以鞭打一名参赛者为获胜奖励的圣地亚哥大会餐、带佩克斯的斗牛表演的珀辛古拉的大宴会、印第安人为祭祀神灵所进行的一年一度的猎鹰活动、可使人精神康复的纳瓦霍夜曲（如本唱给艾贝尔听的歌），还有用木炭在比赛者双肩及双臂涂满色彩的拂晓赛跑，等等。总之，《黎明之屋》极为真实地表现了本土美国人在现代文明的冲击下顽强生存、同时努力成功地保全自身传统与民族个性的不屈精神。

另一位知名本土美国作家是詹姆斯·韦尔奇（James Welch，1940－2003）。他生于蒙大那州，父母分别来自黑足组（Blackfeet）和格罗斯（Gros Ventre）部落。韦尔奇在保留地长大，对这两个印第安部族的生活了如指掌。他就读于明尼苏达大学和蒙大那大学，1971 年出版了第一本诗集，此后集中精力于小说创作。至今他已出版了多部小说，如：《流血的冬天》（*Winter in the Blood*，1974）、《吉姆·洛尼之死》（*The Death of Jim Loney*，1979）、《骗乌鸦族的人》（*Fools Crow*，1986）以及《印第安人律师》（*The Indian Lawyer*，1990）等。蒙大那州的广阔平原是他众多作品的故事背景，传统与现代生活方式的冲突则是他小说创作的基本素材。韦尔奇的小说一般都表现出悲观的基调，他的叙事中都蕴涵着一种绝望的因素，这与他所明察的“印第安人问题”有关。他一针见血地指出，只要印第安人被圈在保留地内，他们就注定要丧失传统的生活。韦尔奇一直都是从印第安人的视角看问题。

他的第三部小说《骗乌鸦族的人》是一部历史小说，描写1870年白人对印第安皮库尼（Pikuni）部族的大屠杀。然而，小说并非只为再现历史，而是旨在关注全人类的发展。小说的主人公名叫"白人之犬"（后改名为"骗乌鸦族的人"），这个年轻人一直未交上好运：他长到18岁仍没有娶上媳妇，也没有属于自己的马群和房子，相反他的同伴"快马"却什么都有，还可以继承父亲的职位，看管部落里最值钱的海狸皮药包。一次大家决定去宿敌"乌鸦族"的营地盗马，名叫"黄腰子"的盗马队长把这两个年轻人都带去参加。"快马"不听指挥，向假装睡着的"乌鸦族"人傲慢地叫嚷，结果暴露了秘密，导致盗马行动失败。队长"黄腰子"被抓，受到"乌鸦族"人百般虐待。"白人之犬"在行动中表现出忠诚可靠的品质，受到大家的拥戴。此外，当"黄腰子"一去不返之时，"白人之犬"还与他的家人一起分担丧亲之痛，帮他们从悲哀中解脱出来。部落把更多的责任托付给"白人之犬"，他也渐渐成长为一名成熟、受尊敬的部落成员。后来，他的部落与"乌鸦族"进行了一场决战，他杀死了对方的头人，博得"骗乌鸦族的人"的美称。他娶了"黄腰子"的女儿为妻，生下一个儿子。与此同时，他的伙伴"快马"因遭到族人鄙视而失去了继承权。当"黄腰子"意外逃生回到营地后，"快马"跑出去加入了一个背叛者的团伙。尽管他后来承认对"黄腰子"的受难负有责任，并将昏迷不醒的"黄腰子"送回家，多少弥补了一点自己的罪过，但他始终没有勇气再回到族人中去，最后还是远走他乡，跑到许多离群索居的人们那里去了。

小说的历史侧面描写了白人的到来，他们征服印第安人的手段就是烈酒、毛毯、火枪伴以种族屠杀。书中印第安人与代表着黑暗势力的那皮克完人（Napikwan或欧洲白人）顽强抗争以求生存。白人预言要从肉体到精神上消灭印第安人，并竭力把这变为现实。印第安人对白人的"礼物"（即传染病天花）缺乏免疫力，开始时也没有认清他们的真面目。小说站在印第安人的视角，重现了历史上导致大批印第安部落灭绝的天花肆虐、白人对北部大平原的疯狂抢掠以及对玛利亚斯的种族屠杀。书中描写“骗乌鸦族的人”路遇一小群劫后余生者，紧接着目击了一幕惨不忍睹的景象，揭露了白人对印第安人世界毁害之重、蹂躏之深：在“疾跑者”的部落，房屋被夷为平地，雪地上尸体横陈，冒着烧焦的糊味。“疾跑者”已被杀死。“骗乌鸦族的人”惊恐地意识到，虽有少数人死里逃生，但孩子们却无一幸免，因此这个部落实际上已宣告灭绝。面对亡族灭种的可怕情景，“骗乌鸦族的人”突然明白了许多道理，他越发充分地领悟了本族传统生活的价值，体会到作为一个尽责的成员参与部落生活，对他是多么生死攸关。他的个人命运由此与全族人紧密相连，他绝不能辜负众人的期望。“骗乌鸦族的人”最终肩负起解救全族的使命，在白人制造的废墟中，他隐约地感到希望的种子会从中发芽。冬去春来，孩子出世，大地普降春雨，世界正企盼着复苏与新生。

韦尔奇说，他是站在印第安人的角度，而“绝不是从白人的角度”讲这个故事的。《骗乌鸦族的人》的故事是从印第安人的文化视角讲述的，这方面最好的例证就是贯穿全书的“梦的象征”。在印第安人的文化里，许多梦都有着深刻的寓意。比如，“鹰之肋”梦见了一匹白色的死亡之马，不言而喻，它代表入侵的白人征服者，他们从不把土著人当人对待，否认他们享有合法权益。“快马”则梦见皮库尼人的冬神“寒冷之父”令他做两件事，而他一件也没做。显然这个梦预示了他在世间的堕落。在前往“乌鸦族”部落途中，“骗乌鸦族的人”思考着一个反复出现、时时困扰他的梦境。他一连三个晚上都梦见同一件事情。梦中他在雪地上行走，忽然看见一只黑色的狗出现在面前。他跟着狗走进一间屋子，屋里躺着几个白面孔、赤身裸体的女子，其中一个勾引他过去，他正朝那女子走近时梦就醒了。“骗乌鸦族的人”本能地感到，那个诱惑他的女子意味着一种逼向自己和全族人的危险。那些女人就像女妖，引诱人走向死亡。因为情色的进攻难以抵挡，被迷住的人即使深知代价高昂，仍然毫无警惕、冒险赴死。这个梦向印地安人预示，一旦被白人的东西（被称做“白人之水”的烈酒以及毛毯、鸟枪等）腐蚀，印地安人就难逃厄运。韦尔奇的小说语言平实、文体简约。作家是有意运用这种描写手法的，这种简朴的文字恰与书中所描绘的荒凉景色相得益彰。

关于莱斯莉·马尔蒙·西尔科，她身上有三种血统——拉古纳（Laguna）族印第安人、墨西哥人和白人。她在一个多文化混杂的家庭中长大，口头传说艺术在她家里仍然备受重视。她听曾祖母给她讲过许多年代久远的故事，这些故事令她无比着迷和神往。长大后她进入新墨西哥大学读法律，但发现白人制定的美国法律系统有着根深蒂固的不公正，于是她毅然退学，转而以写作为业，用笔来寻求公正。她于1977年推出首部小说《仪式》，被方兴未艾的“本土美国人文艺复兴”运动推举为重要的文学代表作，遂与司各特·莫马戴和詹姆斯·韦尔奇齐名。之后她写了融合多种文体风格的自传《说书人》（*The Storyteller*，1981）和小说《死者年鉴》（*Almanac of the Dead*，1991）。其他作品包括诗集《拉古纳妇女》（*Laguna Women*，1974）、诗集《圣水》（*Sacred Water*，1993）、一部自传，以及散文集《黄色女人与神灵美人》（*Yellow Woman and a Beauty of the Spirit*，1996）。

《仪式》是一篇充满哲理的故事，它讲述了主人公塔尤为本族人寻求福祉的经过。广义地讲，这种对幸福的不懈追求对整个印第安民族、乃至全体人类都具有普遍意义。塔尤是一名二战老兵，他已离家6年。在这期间，他在美国陆军服役，做过日本战俘营的俘虏，后在洛杉矶一家精神病院疗养。他回家时仍未痊愈，经常呕吐不止。这时拉古纳地区正饱受旱灾之苦。祖母请来纳瓦霍巫医贝特尼给孙子治病。塔尤病情刚有好转，贝特尼就派他出门远行，既为除掉病根，也为族人求雨祈福。塔尤必须通过这场“仪式”的一系列考验才能彻底康复。他只好出发先去找到乔赛亚叔父的花牛。接着他按照贝特尼的指示，来到半仙女人泽赫的住处与她见面，在她帮助下完成了自己的使命。他经历的最后一次考验是面对战友、邪恶化身的印第安族人艾默，他必须克制自己不去杀他。这个坏家伙早先曾想用一只打破的酒瓶割伤他的肚子，但如今塔尤已学会从坏事的反面来看问题。他竭力帮助从艾默心中驱走邪恶。当他痊愈时，拉古纳大地也得到雨露的滋润。

书中的塔尤是个正直而富有责任感的青年，在军队里他被灌输了许多美化暴力与战争的谎言，艾默成了这种骗术的俘虏，但塔尤却无法接受欺骗。他不断的呕吐表明，他一直在驱除战争经历带给他的各种贻害。战争期间，他有一次奉命向山洞前的一排日本兵开枪射击，由于看见有个日本兵长得极像乔赛亚叔父，他不忍心去扣动扳机。堂兄洛基的死同样在他心头留下沉重负担：洛基在菲律宾战场受伤，因雨季潮湿、伤口感染恶化而死。塔尤当时一筹莫展，只能诅咒那该死的雨天。他回到故乡，又赶上家乡大旱。于是他觉得堂兄和叔父的死、乃至降临拉古纳地区的灾难全都是他造成的。这种自责与内疚，源于塔尤朴素的本质——他认为自己和族人血肉相连、甘苦与共，这种同胞情谊是救治他自己、也是抚慰全人类心灵的药方。

《仪式》是一篇不同凡响的作品，它使用了印第安口头文学的艺术形式。在此之前，世人曾经无视印第安等少数民族的文化价值，西尔科终于以其作品让全世界了解到印第安文化的博大精深。这种口头艺术令人惊奇的一点在于：它和较之出名得多的欧洲文学有许多共同之处。比如，作品中都必定有一个为建功立业而闯荡世界的主人公，这项功业就是寻求或实现人类最美好的境界。这部小说讲述了一个求雨的故事，其主题与T. S. 艾略特的《荒原》极其相似，但神话内容具有地地道道的拉古纳人特色，与欧洲“亚瑟王”式的传说截然不同。小说里那个叫泽赫的帮助塔尤求雨的女人，是一个有超凡力量的神人，她的名字“泽赫·蒙塔诺”意即“山泉”。她与塔尤的交媾，以及她的爱情，能为拉古纳的大地解除天咒、带来甘霖。塔尤与泽赫相会的许多细节，都显示了浓郁的印第安神话传说的色彩。比如，塔尤出发前，贝特尼告诉他自己见到了一个幻象，里面出现有四样东西，即头顶的星星、带斑点的牛、一个女人和一座山。塔尤必须看见这四样东西才算到达目的地。后来预言果然应验，塔尤遇到了神女泽赫，看见了星星，也发现了花牛。

西尔科在短篇小说方面亦成就斐然。她的作品以丰富多彩的方式，描绘了一个印第安人眼中本土美国人的喜怒哀乐，其中一个范例是她写的《带来雨云的人》（“The Man Who Sends the Rain Cloud”），作品讲述的是关于一位印第安老人葬礼的故事。一位老祖父过世后，他的儿孙们准备遵循传统方式将他下葬，如把玉米做的食品铺在老人遗体上等等，但集居地天主教神父却要按天主教教规举行葬礼。有个孙子想了个两全其美的办法，请求神父只使用圣水（其余采用部落传统仪式）；但临近葬礼，神父又觉得至少须保留最后的祷告仪式。不管怎样，神父还是带着圣水参加了葬礼。老人以印第安人的习俗下葬，同时灵魂又得到了天主的保佑。故事虽短却充满内在张力，展现了不同信仰、文化以及少数族群的行为模式。作品中的双方都不情愿以别人的方式行事，但彼此都做了退让，事情最终以一种互补的、可接受的方式顺利完成。它的含义在于：来自不同信仰、出身不同民族的人们，正试图打破相互间的隔阂，小心地一步步地接近对方。小说的标题同样令人深思：“雨”会给所有相关的人带来好运，然而谁又是带来“雨云”的人呢？小说告诉我们，它既是死去祖父的灵魂，也可以是上帝，因为老人有上帝相助才得以把雨云带到人间。

还有一位重要的本土美国作家不能忽略，她就是路易斯·埃德里奇。她生于明尼苏达州，在北达科他州长大。她也是混血儿，父亲是德裔美国人，母亲是奥吉韦（Ojibwa）族人。她就读于达特茅斯学院和约翰斯·霍普金斯大学。她的处女作《爱之药》于1984年出版，曾荣获“国家书评界最佳小说奖”等多种大奖，由此奠定了她作为美国重要作家的地位。1993年她对原小说做了扩充，给第一版增加了5篇新故事。继最初的成功之后，她又陆续推出了另外5部小说，其中《甜菜皇后》（*Beet Queen*，1986）、《足迹》（*Tracks*，1988）和《赌宫》（*The Bingo Palace*，1994）这三部加上《爱之药》，构成了她著名的“北达科他四部曲”。埃德里奇还有很多其他作品，如：《燃烧的爱情传奇》（*Tales of Burning Love*）和《羚羊妻》（*The Antelope Wife*）等。她和丈夫迈克尔·道里斯（也是印第安小说家）一起写作。埃德里奇是一位多产作家，她还著有几本诗集和若干散文集。她的所有作品无一例外都对自己的奥吉韦族文化传统给予关注，但她对人性的敏感使她能把作品提升到具有普遍意义的高度。《爱之药》即为典型一例。

这个故事讲述了贯穿四代人、绵延半个世纪的本土美国人家庭之间的爱与宽容的故事。它集中表现了本土美国人面对主流社会的威胁和邪恶，仍然按照自己的传统格局坚持不懈地生活的历史兴衰过程。小说以玛丽·拉扎尔·卡什普的养女琼在一场暴风雪的严寒中死去拉开序幕，以琼的儿子从荒野将母亲的灵魂带回家作为全篇结束。

玛格丽特·卡什普是第一代人的代表，《爱之药》对她有详细介绍。她这辈子做过一个重大决定，就是把长子乃克特·卡什普交给政府送去念书，却把幼子艾利·卡什普藏了起来。结果兄弟俩长大后品性截然不同：“乡下人”艾利是个老实忠厚的光棍汉，而“城里人”乃克特尽管举止文明，却工于心计、毫无责任感。玛格丽特的故事是第二代人出场前的铺垫，而小说的叙事重点就放在第二代。这一代有三位代表人物：玛丽·拉扎尔·卡什普、乃克特·卡什普和露露·拉马尔丁，他们三人构成了小说中的三角恋主体。玛丽早年在修道院寄宿，与那里的修女利奥波尔达发生了冲突，后来反抗成功，离开了修道院。她在返家途中与乃克特·卡什普邂逅，两人为一只枕套你争我抢，进而发生了关系。乃克特虽爱恋露露·拉马尔丁，但仍娶了玛丽、生儿育女，又收养了小孩，全家人丁兴旺。乃克特在寄宿学校上过学，他弟弟艾利与哥哥形成鲜明对比：艾利成为一介山野村民，乃克特却变得精明诡诈。在母亲的参与下，他精心筹划了一个计谋，挪用另外两个亲戚托他保管的钱财而保住了自己的土地，却对那两家人见死不救，任其土地尽失。他与露露偷情，生有一个儿子叫莱曼·拉马尔丁，可他从来也没认过这个私生子。玛丽则是个坚强、富有爱心的女人，她把孩子们抚养成人。养女琼童年时常遭众人白眼，后来恳求离家到林中与艾利叔叔同住，玛丽善解人意，让她去走自己的路；玛丽还辅佐丈夫成为部族的首领，努力与露露达成谅解，甚至在利奥波尔达修女病重时还前去探望，原谅了修女对自己的不公。露露嫁给了老亨利·拉马尔丁，却与别人生了8个儿子。其中一个叫小亨利·拉马尔丁，是她和小叔子贝弗利·拉马尔丁的私生子。故事后来讲小亨利·拉马尔丁从越南战场归来，因无法适应生活而结束了自己的生命。露露的宅基地并非属于她本人，此事被发现后她必须搬家，乃克特以首领的身份给她送去收回通知。但在等露露回家时，他不小心将通知单落到烟头上引燃，由此酿成大火，房子被烧毁。露露赶回家，只来得及把孩子救出，自己的头发也被烧掉。从此她与乃克特断绝了关系。晚年的乃克特患了失忆症，嫌他兄弟艾利是个填不满的大肚汉。他的外孙看到他依然痴迷露露，想帮他回心转意，便喂他用火鸡心脏制成的印第安土方“爱之药”，乃克特服下后，因憋气而死。

琼·莫利塞·卡什普作为第三代家族成员，在小说中并非以活人的身份出场（第一章她死于暴风雪之前除外），但在书中她具有一种比喻作用。这个女子命运悲惨，她幼年遭弃，在山林中艰苦度日，幸遇玛丽·卡什普，方感受到母爱的温暖。为医治她的心灵创伤，养母准许她远离村人、与叔父相依为命，是叔父在山林中把她带大的。她嫁给戈尔迪·卡什普后倍受虐待，不得已离婚分手。她与前夫有个儿子，名叫金·卡什普，她还与一位叫盖利·南普什的男人生有一子，名叫利沙·莫利塞。她死后，儿子金·卡什普用她的人寿保险金买了一辆蓝色的“火鸟”牌汽车，从此这辆车就与她有了越来越多的牵连。以后，她的两个儿子用这辆车下注赌博，利沙·莫利塞获胜，赢回了汽车并把它驶回家来，这时琼与车子的关系得到了进一步揭示，即车子的回归象征着琼的灵魂终于从冷酷的世界回到了亲人的怀抱。琼死后不久，盖利也在悔恨中酗酒而死。接下来小说讲了露露和乃克特的儿子莱曼·拉马尔丁。莱曼是个心地善良的青年，也很会做生意。有一次他和兄弟小亨利·拉马尔丁买了一辆带篷车，玩了一回开心的越野兜风。打这以后小亨利的人生就走了下坡路。不久他去越南打仗，回来后精神大变。因为难以重新适应生活，他感到极度绝望。莱曼想尽办法让他振作但无济于事。于是莱曼把汽车弄坏，让亨利通过干活修车来忘记痛苦。这办法虽奏效一时，但亨利最终还是滑向了绝望的深渊。有一天，兄弟俩坐在河岸边喝边聊，情况看起来正在好转。但突然间，亨利一跃而起，纵身跳进河中，一去不复返。拉马尔丁内疚不已，好一阵不能自拔。后来他在印第安人事务局谋了个差事。再往后，他母亲让他回乡开了一家工厂。虽然生父乃克特从来也没认过他，但他在老父死后仍与玛丽达成了一定谅解，并为此感到欣慰。

谈到第四代人，有个叫阿尔伯婷·约翰逊的女子，是玛丽的孙女。阿尔伯婷与母亲不和，原因是她跑出了居留地，并嫁给了一个天主教徒。对姑妈琼的死，她从内心感到悲痛：在她看来，琼是天底下最好的姑妈。阿尔伯婷给冲突不断、饱受伤害的人性与亲情带来了积极的影响，她身上有一种抚慰人心的力量。此外还有利沙·莫利塞，他生下来就没了娘，由外婆一手带大。虽然小说结构松散，但利沙对自己身份的苦苦探求，却一直是表达主题的一条清晰线索。他就像自己的祖先或土著巫师，具有给人疗伤的能力。他为外祖父乃克特准备了一剂“爱之药”，结果却使他戛然离世，在失败的重压下，他学会了如何去爱和原谅。后来，玛丽把他母亲初到卡什普家所戴过的珠链当作遗物送给了他，并从露露讲起，解开了他的身世之谜。他参了军，梦见祖父乃克特托梦给他，后来回乡帮助父亲出走加拿大，自己则把母亲的灵魂带回了家。

《爱之药》是一部形式新颖的小说。首先，小说的叙事角度与众不同且极富争议。除第一章采用第三人称外，其余各章都以不同人物的第一人称方式叙述，全书共有 6 个重要人物，其重要性在于每人的叙述都占一到二节。玛丽、乃克特和露露各占两节：一节是儿时的叙述，另一节是中年以后的叙述。另有三个年轻人阿尔伯婷、利沙和莱曼，他们三人的故事相互交织，其表现手法类似福克纳的小说《去吧，摩西》，但头绪更为纷杂。这种叙事方法使得小说在时空上明显缺乏条理，要想理清小说的时间线索十分困难。虽然作者给每章都标注了事件发生的时间以方便解读，但各个事件的时序仍难以准确分辨。尽管如此，埃德里奇仍具足够的艺术技巧来成功驾驭如此众多的人物，使得小说成为一部艺术精品。作品的“圆形结构”同样引人注目：从琼的死到她的灵魂返回家中，这一形象如同一条首尾相接的链条，将许多毫无关联的人与事串连成一个有机的整体。琼的一生命运多舛：她自小成了孤儿，受尽人间欺辱；青年时代婚姻不幸、感情出轨，爱与被爱都是那样的盲目。她的悲剧正是《爱之药》里印第安人命运的写照，作品的“圆形结构”恰到好处地体现了这种寓意。再有就是这篇故事中的许多人物在作者的“北达科他四部曲”里都有涉及，一些人物成了主角，另一些变为配角，这使《爱之药》及其后的作品在内容上相互呼应，成为彼此的充分注脚。

本土美国作家的诗歌创作数量惊人，其独特之处在于：绝大多数小说大家同时也是一流的诗人，他们当中包括N. 司各特·莫玛戴（代表诗作《熊》）、保拉·甘·艾伦、詹姆斯·韦尔奇以及路易斯·埃德里奇等。在现当代还有一批广受欢迎、给人印象深刻的诗人，包括莫里斯·肯尼（1929—），其作品《妈妈诗歌集》于1984年获美国图书奖；卡特·里瓦德（1931—），其作品以运用俄克拉荷马地域方言著称；西蒙·奥提兹（1941—），以口语化的诗风见长，后转而成为反讽诗人，文笔尖锐犀利；兰斯·汉森（1944—），相信印第安人崇拜的神祇会给美国带来希望；乔伊·哈玖（1951—），以其抒情风格而令人瞩目；还有戴安娜·彭斯（1957—），其文笔幽默率直，令人过目难忘。文坛上还有其他许多笔耕不辍的诗人，如温迪·罗丝（1948—）和罗伯塔·希尔·怀特曼（1947—）等，这些人都为表现美国印第安民族经历而展尽才华。本土美国作家的辛勤耕耘终于开花结果，如今他们的作品已经从默默无闻到了名声远扬，在书店里占据了稳固的位置。

第二节　亚裔美国文学

亚裔美国文学又可以分为华裔美国文学、日裔美国文学、印度裔美国文学、韩裔美国文学、菲律宾裔美国文学等分支。这些亚裔美国作家在写作中融入了他们的各不相同的文化和历史背景，亚裔美国文学因此也呈现出高度多样化的特点。亚裔美国文学的产生可追溯到20世纪初叶，那时有关亚洲或亚裔美国人的书籍多是由非亚洲人所写。比如赛珍珠（Pearl Buck，1892—1973）便是一个很好的例子。她的《大地》（*The Good Earth*，1931）当时风靡一时，为她后来获得诺贝尔文学奖铺平了道路。第一位在商业上获得成功的亚裔美国作家是是黎锦扬（C. Y. Lee，1917－）。他的第一部小说《花鼓颂》（*The Flower Drum Song*，1955）被百老汇改编为歌剧，后来又被拍成电影。20 世纪 70 年代，亚裔美国文学作为美国文学一个独立的分支开始得到人们的认同。当时，始于 20 世纪 60 年代的民权运动已经深入人心，激起了美国各少数种族的种族自我意识。美国大学里开始开设有关少数种族作家作品的课程，开始有人从事对亚裔美国人的研究。1965 年开始实施的新美国移民法掀起了具有较高教育程度的移民涌入美国的新浪潮，从而为亚裔美国文学的进一步发展提供了良好的文化环境。20 世纪 70 年代初，一批亚裔美国作家的作品选集纷纷问世。1976 年，汤亭亭（Maxine Hong Kingston）发表《女勇士》（*The Woman Warrior*）一书而名扬天下，后来又出版了《中国人》（*China Men*，1980），巩固了自己在当代美国文坛的地位。20 世纪 70、80 年代，越来越多的亚裔美国人开始活跃在文坛，尤其是那些在美国居住时间较长的民族，如华人、菲律宾人和日本人等。他们的作品的选集相继出版，如《亚裔美国作家选》（*Asian American Authors*，1972）、《哎咿咿！亚裔美国作家选集》（*Aiiieeeee! An Anthology of Asian American Writers*，1974）以及《亚裔美国文学：作品及其社会背景介绍》（*Asian American Literature: An Introduction to the Writings and Their Social Context*，1982）等。之后随着谭恩美（Amy Tan）、安大吉（Michael Ondaatje）和穆赫吉（Bharati Mukherjee）等作家在文坛取得成功，亚裔美国文学作为一个独立的分支进一步获得世人的承认，主流出版社也才开始对亚裔作家刮目相看。这些作家自 20 世纪 70 年代开始在文坛崭露头角，取得了令人注目的成就。谭恩美的《欣幸俱乐部》（*The Joy Luck Club*，1989）成为亚裔美国文学发展的分水岭。《欣幸俱乐部》问世之前，纽约的主流出版社平均每两三年才出版一部亚裔作家的作品，而

1989年以后，每个月都有两至三本亚裔作家的作品摆上书店的书架。与此同时，越来越多的亚裔美国作家的作品选集得以出版，如《亚裔美国文学：简介与文选》（*Asian American Literature：A Brief Introduction and Anthology*，1996）、《禁针：亚裔美国女性作品选集》（*The Forbidden Stitch：An Asian American Women's Anthology*，1989）和《浪潮再起：最新亚裔美国女性作品选》（*Making More Waves：New Writing by Asian American Women*，1997）等等。

亚裔美国作家中最为出名的当属汤亭亭（Maxine Hong Kingston，1940—）。她的《女勇士》（*The Woman Warrior：Memoirs of a Childhood among Ghosts*，1976）荣获当年美国全国图书评论奖非虚构文学奖，并确立了她在当代美国作家中的卓越地位。汤亭亭的父母于20世纪30年代移民到美国。她是在双重文化的氛围中出生并成长的，因而她的成长过程带有明显的中美文化冲突与交融的特色，这也使得身份与种族问题成为她生活和作品中的重要主题。《女勇士》《中国人》（*China Men*，1980）以及《孙悟空》（*Tripmaster Monkey：His Fake Book*，1989）里谈论的就是这个话题。倍受评论界好评的《女勇士》很难被清楚地归入某种体裁。它本身是一部传记，然而读起来又似自传与虚构的结合体。全书由5篇融汇了事实与虚构的叙述性文字构成。第一章《无名妇女》转述了作者的母亲所讲述的一个真实的家庭悲剧故事。"无名妇女"实际上是作者的姑姑，她由于未婚生子而倍受家庭和社会的责难，最终不堪压力而被迫自尽。在作者看来，她姑姑之所以不得不和她生下的孩子一起投井自杀，是因为她是一个弱小无力的女子。她的命运是在旧中国男子至高无上的封建社会和种族主义盛行的美国所有遭受迫害的女性命运的缩影。作者对她们的同情是显而易见的。第二章《白虎》虚构了一名女勇士，她替无名妇女报了仇。这名女勇士就是在中国家喻户晓的传奇女英雄花木兰。作者对花木兰的故事情节做了修改：花木兰出征、获胜，而后班师，最后将迫害她父亲的皇帝送上断头台。在故事中，花木兰有一夫一子，丈夫任听她差遣。这显然是作者对女性理想生活的憧憬。本章的后半部分讲述了作者自身痛苦的种族和性别歧视经历，表达了作者胸中蓄积已久的愤怒。她渴望成为一名女勇士：花木兰手中有剑，而作者手中有笔。她以男女平等主义者的口吻说道："我就是手持利剑的女勇士。"第三章《萨满法师》描述了作者的母亲和作者本人在美国的境遇。作者的母亲历经了中美两重文化，信奉中国的传统价值观念，难以接受美国文化。而作者的情况却截然相反：她生长于美国，却一直受到母亲的中国传统文化的影响。两代妇女都深为身份问题所困扰。第四章《在西方殿堂里》讲述了作者姨妈的悲惨命运：她 30 年前遭丈夫抛弃，后来移民美国寻夫，而后又遭抛弃，最终发疯而死去。作为一个纯洁、朴实的中国人，作者的姨妈无法接受她侄女们的美国式行为，也无法被她美国化了的丈夫所接受。最后一章《野蛮人的簧管之歌》描述了作者为争取美好生活而进行的努力。作者效仿一位著名的古代女诗人（蔡琰，即蔡文姬），以笔为武器进行战斗。这位女诗人曾在"野蛮人"的部落里生活了 12 年，后来又重新拿起笔来从事写作，宣告自己的再生。作者把自己和女诗人看作是另外一种女勇士——以笔为武器的女勇士。作者感到，她必须以英雄般的气概，与不断侵蚀她自我的万恶世界进行抗争。

在形式上，《女勇士》一书有许多值得人们关注的地方，如象征主义手法的运用以及作品的语言风格。书名中"幽灵"（ghost）一词的象征意义贯穿于全书："无名"姑姑终日为那些隐藏的村民所扰；女勇士的驯马师，即那对老夫少妻，行为举止总是带有一丝神秘色彩。作者面对的是一个充满了幽灵的世界，它们威胁到作者自我的存在。与此同时，作者还不得不与她的不确定的身份做抗争。透过这些幽灵，人们可以看到过去，可以看到事物不为人所知的另外一面，可以看到一个更为广阔的环境，而作者正是在这样的环境中解决了令她饱受折磨的种族与民族归属问题。书中还有一处尤其值得关注，那就是它的独特写作风格。它的语言简略，读来宛如中文翻译的文字一般。它富有诗意，给人以丰富的想象空间。它的文字富于抒情，透出一种田园诗歌般的优美，这可从下文窥见一斑：

> 一天午后，群山沐浴在夏季的安静中。婴儿们在高草丛中小睡，毯子上的绣花盖住了野花。一切是那样的宁静。蜜蜂在嗡嗡地歌唱；河水在欢快地与卵石、岩石和洞穴嬉戏着；树下的牛群拂动着尾巴；山羊和鸭子跟在孩子们后面四处乱跑；小鸡在泥土里啄食。在和煦的阳光下，村民们三三两两地站着，面带微笑。他们在自己的土地上聚在一起，无人锄地，如神仙一般，无人除草，夏天里洋溢着新年的气氛。

两种迥然不同的文化对作者生活的影响融而为一，通过书中这段描述，便彰显无疑了。作者敏锐地捕捉到并竭力在行文中保持中美两种语言之美。汤亭亭巧妙地将中文的简洁与意象美融于英文之中，形成了她独特的语言风格，因而广受读者青睐。

《中国人》亦是有口皆碑。该书于 1981 年获美国国家图书奖，并于 1991 年获美国艺术暨文学学会研究院文学奖。它由一系列传记性和自传性叙述文字组成，描写了作者的父辈们生活在主流社会的边缘，饱受种族和民族歧视，历经压迫与凌辱的悲惨生活。她的父辈们中有一位曾在夏威夷的农场上做工，有一位曾参与修建横贯美国大陆的铁路，还有一位开了一家很小的洗衣店，却被合伙人所骗。与《女勇士》一样，种族歧视与自我身份问题是全书的主题所在。汤亭亭的另外一部小说《孙悟空》（*Tripmaster Monkey: His Fake Book*）描述的是一个20世纪60年代居住在加利福尼亚唐人街的第5代美籍华人魏特曼·阿辛（Wittman Ah Sing）的生活。他与中国传统文化与美国文化均有接触，但却彷徨于二者之间。他努力想成为一名诗人、作家，也获得了硕士学位。种族问题和民族问题始终萦绕在他的脑海中。从他的身上，我们也可以看到一丝作者的影子。

另一位举足轻重的亚裔美国作家是谭恩美（Amy Tan，1952—）。她的第一部小说《欣幸俱乐部》（*The Joy Luck Club*，1989）在当代美国文坛引起了轰动，使得读者和评论界开始对亚裔美国文学进行全面的审视。从许多方面来说，这部小说都是《女勇士》在主题上的延续。

《欣幸俱乐部》从主题到叙述技巧都很有独到之处。小说讲述了两代、八位妇女各自的故事，这些故事又由一些共同之处连接在一起。故事的叙述方法也很别致。1949年，几位中国妈妈组成了一个麻将俱乐部，一起买股票，吃点心，谈论过去。这个俱乐部就是书名中所指的"欣幸俱乐部"。大约40年后，其中一位妈妈、欣幸俱乐部的发起人去世了，她女儿金梅（译音，以下其他人名皆同——笔者）接替了她的位置。直到这时，金梅方才真正知晓母亲的秘密和意图。这段经历对她的朋友也有着同样的教育意义。年轻的一代也开始讲述她们自己的故事。

小说由4部分组成，每部分之前又有一篇简介，或称序言。序言是一段简洁的斜体文字，由4位妈妈之中的一位述说，提示该部分的主题。每部分又包含了4个故事，分别由4位中国妈妈或她们生于美国的女儿讲述。第一部分《千里送鹅毛》和第四部分《西天王母》是由妈妈们讲述的，而第二部分《26道恶门》与第三部分《在美国的变位》则是由女儿们来讲述的。4位妈妈和4名女儿各自讲述自己的故事。由于其中一位妈妈（吴素媛）去世，她的女儿金梅接替了她的位置，讲述自己和妈妈的故事。16个故事讲述了欣幸俱乐部4位妈妈的过去与现在，以及她们的女儿们叛逆性的成长历程。尽管是各自讲述各自的故事，人们仍可看到两代妇女间明显的分界线。妈妈们讲述的是她们在中国的经历，女儿们谈论的是她们在美国的生活。由于代沟的存在，更加上两代人成长的历程和文化氛围的不同，她们之间的关系非常紧张，甚至经常出现对立。例如，俱乐部的名字“欣幸”二字，对妈妈们来说意义非凡，而对女儿们却无足轻重。在妈妈们心目中，“欣幸”意味着不幸与痛苦中的希望与幸福。妈妈吴素媛曾经在日本帝国主义侵略中国的时候组织过一个同名俱乐部，4 位妇女一起打麻将，在动乱中渴求欣幸。移居美国后，她又怀着同样的愿望在旧金山组织了这家欣幸俱乐部。女儿们认为麻将是令人感到羞耻的中国风俗，因而毫无兴趣。另外一个例子便是妈妈们对女儿们的期待。妈妈们希望女儿们能够出人头地。正如第一部分的序言中所暗示的一样，女儿们不过是一群丑小鸭，但妈妈们却希望她们能够变成白天鹅。妈妈们对女儿们无疑是充满爱心，呵护有加的，但她们给女儿们提出了过高的要求，女儿们无法达到，唯一能做的也就是抵触和反抗了。女儿们渴望独立，要求受到尊重。她们对妈妈们遵循的从中国带来的传统生活方式感到羞耻。因此，两代人之间的冲突便不可避免。通过讲故事，两代人之间的代沟终于抚平，女儿们理解并接受了她们自己民族——中华民族的文化传统。

在这些故事中最重要的一个是关于金梅和她妈妈吴素媛的故事。如前所述，吴素媛是旧金山欣幸俱乐部的发起人。她的故事也最为感人。在第二次世界大战期间，她在日军的轰炸中仓皇逃命，因而不得不遗弃了一对孪生姐妹。她在这对姐妹的衣服里藏了些首饰，以作她们的抚养费，并留下了自己的名字和她在上海的地址，希望有一天有人能把她们还给她。轰炸使她失去了房子和家人，她竭尽全力，却怎么也找不回她的孪生女儿。从 1944 年到 1949 年，她一直在寻找她们，然而一切都是徒劳。后来，她随第二任丈夫移居美国。1951 年她生下了女儿金梅。与此同时，她仍然一直在秘密寻找她失散的孪生女儿。1987 年，也就是小说开始之前，吴素媛去世了。后来，失散的孪生女儿终于找到了，并给她写了信，但那时她已不在人世。欣幸俱乐部的其他几位妈妈建议金梅去中国会见她的姐姐。金梅突然感到极有必要更好地了解妈妈。她和她的朋友们对她们的妈妈一直都不以为然。金梅的妈妈深深地爱着她，对她有很高的期望。金梅小时候，妈妈盼望她能够成为秀兰·邓波儿那样的人物，当这种希望成为泡影后，又希望金梅能够成为一名钢琴家。她希望女儿能够过上最好的生活，能够在富足的美国物质生活和中国传统文化的熏陶中茁壮成长。36 岁的金梅曾从大学辍学，她总是无法理解妈妈对她的期待。比如，妈妈想让她成为钢琴家，而她却利用教师的耳背尽情乱弹而不努力练习。她喜欢美国式的拥抱和接吻，而对妈妈为她做的饺子、蟹肉等丰盛的食品却不屑一顾。现在，她接触到了妈妈的过去，对妈妈有了更多的了解，因而对妈妈也有了更好的理解。她开始讲述妈妈的故事，这有力地证明了她已经接受了妈妈，并从妈妈身上汲取了丰富的文化营养。她不仅仅是从母女的角度出发去这样做的，而且已经将妈妈视为中国传统文化的化身。在接受了自己的民族文化之后，金梅准备动身前往中国。她回到了中国，并与两位姐姐团聚，从而最终理解了妈妈，并找到了自己的归宿。这对于她在美国的生活也具有重要意义。谭恩美 1987 年访问中国后曾经在她的短篇小说《两张票》（“A Pair of Tickets”）里讲述过这段故事。

本书的写作技巧颇有令人称道之处。16 个故事皆由第一人称叙事，8 个人物除金梅外一人讲 2 个，金梅讲 4 个（自己的 2 个再加上替过世的母亲讲的 2 个）。这么多人说话，七嘴八舌，看似让人眼花缭乱，但却能激起人们丰富的想象，各部分之间也未出现脱节现象。一切均错落有致，最后恰当地融为一体。作者之所以能够取得这种艺术效果，原因是在各个故事之间都存在着一个共同的特性。在妈妈们方面，这个共同点是使她们聚在一起打麻将的往昔的阴影：吴素媛的家破及女儿的失散；胡安梅的妈妈（天津一位富商的第三房姨太太）的自杀悲剧；姜琳豆在中国的包办婚姻；以及盈盈的被丈夫抛弃，来美国之前又痛失爱子。她们都很关心女儿们的成长，又都面对女儿们的叛逆行为。在女儿们方面，这个共同点是她们发现和界定自我的奋斗历程。她们既要与体现在妈妈们唠叨中的强大中国传统文化的影响抗争，又要避免她们在日常生活中被主流文化同化。通过这条主线，读者能够轻松地将各个部分连成一个整体。这种叙事方法并非谭恩美的独创。比她早先一点的路易斯·埃德里奇的《爱之药》（*Love Medicine*，1984），或者再往前推一点，威廉·福克纳的《去吧，摩西》（*Go Down*，*Moses*，1942），都有类似的叙事特点。当然，至于具体的叙事方法和写作结构，各位作家又各有千秋了。

印第安人作家和华裔美国作家强调接受自己的传统，著名的南亚裔美国作家巴拉蒂·穆赫吉（Bharati Mukherjee，1940—）则和他们不同。她的主题独树一帜。穆赫吉认为，美国是个新地方，她在那里可脱胎换骨，成为全新的人。正如她的作品中所表现的那样，这种脱胎换骨的过程需要完全抛弃过去的自我，包括过去的经历。穆赫吉坚持认为自己是美国作家，而不愿让人贴上什么“多种文化”或“南亚美国人”等标签。这也许与她的个人经历有密切关系。穆赫吉出生在印度加尔各答一个富足的上层中产阶级家庭，曾在英国和瑞士接受教育。1961 年，穆赫吉入衣阿华州大学，获博士学位。1966 年至 1980 年，她和她的加拿大籍丈夫一直居住在加拿大，后来移居美国。穆赫吉的作品都是探讨在北美这种外国环境中文化融合的问题。融合意味着改变和自我再创造。她从女性的角度来审视这个问题。迄今她的主人公都是（印度）妇女，如《老虎的女儿》（*The Tiger's Daughter*，1972）里的塔拉、《妻子》（*Wife*，1975）里的迪姆蒲、《茉莉花》（*Jasmine*，1989）里的茉莉花，还有《把握世界的人》（*The Holder of the World*，1993）里的罕娜。她们都努力在新世界里寻求自己的新位置。她们的故事各不相同，但其意义却如出一辙。塔拉15岁来到美国，先是想家想得发疯，后来和一外国人结婚，然后回到印度。她在自己的国家里却经受了一次"文化冲击"：她无法适应那里的生活，那里的腐化、痛苦和贫困令人作呕。她对事物的看法发生了根本性改变。她觉得她的上层朋友属于趋于灭亡的阶级，他们宛如生活在精神荒原里。她开始担心自己的国家将无法跟上时代变迁的步伐。逐渐地，她放弃了传统的观点，迫不及待地要回到美国。迪姆蒲则面临着更大的困境。在印度，她是位顺从的妻子，然而在美国她却不能再扮演这一角色。压力不断增长，最后终于导致了她的崩溃。为了申明自我，与过去彻底作别，她杀死了自己的丈夫。茉莉花则相对温和了许多。她面对新生活的挑战所持的态度使她获益匪浅。她有一个美国式的梦想，并一心想实现它，任何挫折和磨难都阻止不了她。到美国的第一天，她就遭强暴。若按传统观念，她会选择自杀。然而她并没有那样做，她杀死了强奸者，从而成为自己命运的决定者。因此，当丈夫去世时，她不是准备陪葬，而是计划自己以后的生活。这三部小说都讲述了印度妇女在新的国度里对新生活的态度。她们都适当地调节自我，以在新环境中安定下来，幸福地生活。穆赫吉的另一部作品《把握世界的人》虽然同样也是关于文化融合问题的，但其内容却迥然不同。该书描述的不是印度女人在美国的故事，而是两名美国人移居印度的故事。哈娜是一名美国麻省萨勒姆镇的清教徒，她移居印度，与印度上层社会发生了一系列浪漫经历。另一位人物是贝·马斯特斯，她调查哈娜的生活。她们两个人在不同的历史时期学着越过文化的界限生活。穆赫吉是目前最闻名的南亚裔美国作家。

在诗歌创作方面，亚裔美国诗人中最多产的当属美籍日本诗人本乡（Garret Hongo，1951－）。本乡在夏威夷出生、长大，后随家迁居南加州，成人后又遍游日本。他作为诗人，对寻觅种族、家庭的“根”极感兴趣，注重文化认同，强调诗歌创作的灵感。他深感想象力的重要性。随着创作生涯的发展，他越来越被自己所熟悉的素材所吸引，日本、夏威夷及南加州等地的风景、人情以及社会情况，都成为他诗歌创作的源泉。创作对他说来乃是一种手段，借以在他称之为“旋风”的现代生活中，保持自己的文化与道德价值规范并使之适应变迁。他的诗歌流露出他对他称之为“自己的”风物和人民的深厚感情。本乡是一位获奖诗人，曾获古根海姆基金、霍普伍德诗歌奖以及普什卡特奖。他的作品有与劳森·英那达和艾伦·刘合著的《99号公路上的菩萨强盗》(*The Buddha Bandits Down Highway 99*，1978)，以及《黄光》(*Yellow Light*，1982) 和《银河》(*The River of Heaven*，1988)。

在过去的几十年中，一大批亚裔美国作家兢兢业业地进行着创作，写出了不少脍炙人口的作品，其中包括莫妮卡·索恩(Monica Sone)的《日裔美国人的女儿》(*Nisei Daughter*)、约翰·冈田(John Okada)的《不不男孩》(*No-No Boy*)、休斯敦夫妇(Jeanne Wakatsuki Houston 和 James D. Houston) 的《别了，蒙扎纳尔》(*Farewell to Monzanar*)、莫利 (Toshio Mori) 的《加州的横滨》(*Yokohama，California*)、张粲芳 (Diana Chang) 的《爱情的边境》(*The Frontiers of Love*)，以及弗赵健秀 (Frank Chin，他同时还是个剧作家) 和陈耀光 (Jeffery Chan) 的短篇小说。此外，还有黄哲伦 (David Henry Hwang)、山内若子 (Wakako Yamauchi) 的戏剧和宋凯西 (Cathy Song)、珍尼丝·米里吉塔尼 (Janice Mirikitani)、史蒂芬·刘淑宁 (Stephen Shu-ning Liu) 的诗歌。亚

裔美国文学作品与日俱增，业已成为当代美国文学的一个非常重要的组成部分。

第三节　墨西哥籍美国人文学

美国多种族文学的另外一支生力军是西班牙裔美国作家，亦称墨西哥籍（Chicano，Mexicano 一词的派生词）美国作家。墨西哥籍美国文学是墨西哥籍美国人以及居住在美国的墨西哥人所创作的文学作品。对这些作家来说，种族意识是至关重要的思考因素，描写墨西哥籍美国人移居美国的生活经历是他们最为关注的创作素材。墨西哥籍美国文学的起源可以追溯到19世纪中期，其时墨西哥西南部被美国占领，当地的墨西哥人成为墨西哥籍美国人。面对居于统治地位的美国白人，一种墨西哥人的自我意识开始形成。墨西哥籍美国作家在他们的作品中表达了这种自我意识，但一直未能引起世人的注意，直至20世纪60年代民权运动以后，墨西哥籍美国文学才进入了一个新阶段。墨西哥籍美国文学的基本主题是墨西哥籍美国人家庭、墨西哥籍美国人社团以及墨西哥籍美国人争取自身权益的斗争。墨西哥籍美国文学在20世纪60年代至80年代异军突起，蓬勃发展，曾有“墨西哥籍美国文学复兴”之称。1970年，一部名为《镜子》（*Elespejo / The Mirror*）的墨西哥籍美国文学作品选集问世。墨西哥籍美国文学作品也开始进入大学的课堂。墨西哥籍美国文学自问世以来，无论在主题还是在形式方面，对美国主流文学的沙文主义都是一种挑战。它也是墨西哥籍美国人对他们认为存在于美国主流文化中的反西班牙裔、反墨西哥裔偏见的回击。下面粗略地回顾一下墨西哥籍美国文学发展最重要的阶段，即20世纪60年代中期墨西哥民权运动以来的发展历程。

墨西哥籍美国作家的小说创作在过去的几十年中已经取得了

长足进步。墨西哥籍美国作家的主题之一是寻找或申明墨西哥籍美国人的身份，这就涉及在主流文化的压力下保持自己的文化传统，反对主流文化的同化。约瑟·安东尼奥·维拉里尔（Jose Antonio Villarreal）的小说《美国化的墨西哥人》（*Pocho*）、雷蒙德·巴里奥（Raymond Barrio）的《摘李子的人》（*Plum Plum Pickers*）以及理查德·瓦斯奎兹（Richard Vasquez）的《奇卡诺》（*Chicano*）就是早期墨西哥籍美国人反对主流文化的极好例证。《美国化的墨西哥人》描述一个随父移居美国的男孩的成长历程，《摘李子的人》描述农场工人们的奋斗，而《奇卡诺》描述的则是墨西哥籍美国人及其后代的痛苦生活。这些作品都体现了墨西哥籍美国人作为一个独立的民族实体努力保护自己传统文化不被分化、流失的自我意识。之后便是三大小说家的突起：托马斯·里夫拉（Tomas Rivera）、鲁道夫·阿纳加（Rudolfo Anaya）及罗兰多·希诺胡萨（Rolando Hinojosa）。他们的作品继续申明墨西哥籍美国人的身份。里夫拉的《而大地未离开》（*And the Earth Did Not Part*, 1971）、阿纳加的《乌尔蒂玛，保佑我》（*Bless Me, Ultima*）以及希诺胡萨的《谷地掠影》（*Estampas del valle*）都是以农村为背景，提出应如何在主流文化的冲击下保持传统文化和身份的完好无损。这些作品竭力开创出一片属于墨西哥籍美国人自己的天地。由于这些作品距今已有数十载，读起来便容易引起读者的怀旧之情。紧随他们之后的是以描写墨西哥籍美国人都市生活著称的孟德斯（Miguel Mendez）。尽管他的作品中描绘了墨西哥籍美国人团体之间的冲突，但他的主人公都是下层社会的墨西哥籍美国人，故事也总是以申明墨西哥籍美国人的传统而收尾。他的成名之作是小说《阿兹特兰朝圣者》（*Peregrinos de Aztlan*）。其他知名的墨西哥籍美国小说家还有约翰·里奇（John Rechy）、奥斯卡·泽塔·阿科斯塔（Oscar Zeta Acosta）、阿马多·莫罗（Amado Muro）、尤西比奥·查孔（Eusebio Chacon，彻斯特·塞尔泽的笔名）、加利·萨托（Gary Soto）以及安娜·卡斯蒂罗（Ana Castillo）等等。他们中有些已经荣获美国图书奖的小说奖。

这些年来，墨西哥籍美国诗人的诗歌创作也取得了空前的成就。与小说家们一样，诗人们旨在表现墨西哥籍美国人的生活经历以及他们维护自己传统的艰苦卓绝的斗争情况。这些作品中有许多和政治及社会生活有极密切关系，和墨西哥籍美国人民的争取平等和承认的努力紧密相连。他们看问题的角度和美国主流诗人不同，他们所运用的形象和比喻取自于他们自己的生活，他们的语言是英语和西班牙语的混合。墨西哥籍美国诗人竭力描绘本族群人的贫困处境、他们所面临的被同化的危险、他们渴望变化的迫切心情和他们对爱、尊严、公理的渴求，以及他们强烈的民族自豪感。近年来闻名诗坛的墨西哥籍美国诗人为数不少，如路易斯·奥马尔·萨林纳斯（Luis Omar Salinas）、阿路里斯塔（Alurista）、里查德·加西亚（Richard Garcia）、阿贝拉多·德尔加多（Abelardo Delgado）、米魁尔·庞斯（Miguel Ponce）、约瑟·蒙托亚（Jose Montoya）、理查德·安奇兹（Richard Anchez）、塞万提斯（Lorna Dee Cervantes）和桑德拉·西斯奈罗斯（Sandra Cisneros，他同时也是一名小说家）。

促进当代墨西哥籍美国文学发展的先驱人物之一是里夫拉（Tomas Rivera，1935－1984）。他出生于德克萨斯州一家墨西哥移民农民家庭，接受的是西班牙语的教育，后入德克萨斯州大学。后来，他就读于俄克拉荷马州大学，并获博士学位。此后，他在各大学和中学任教多年。1969 年，里夫拉任加州里弗赛德大学校长，并任此职至去世。里夫拉同时从事诗歌与小说的创作。在他的创作生涯中，受安德森（Sherwood Anderson）及福克纳（William Faulkner）的影响颇深，墨西哥民间传说也使他获益匪浅。里夫拉的作品中有一种独特的张力，这来源于他作为一名墨西哥籍美国人的生活经历、特殊的人文环境给墨西哥籍美国人造成的困境、纷乱与失望、墨西哥籍美国人对自己的文化、生活和传统的自我意识以及对主流文化不断增长的同化力量的抵抗。他写作的目的就在于警醒自己种族人民提高觉悟，以在实际生活中加强应变能力。他的成名之作是短篇小说集《而大地未离开》（*And the Earth Did Not Part*）。这部集子包括 14 个故事，不同的叙事线索由一条主线，即出没于这些故事中的主角——一个无名的孩子——汇总起来。这个无名的孩子是一个移民农业零工，他的思路和感想组成不少故事的中心情节。小说集的主题是显而易见的：墨西哥籍美国人生活在一个外国文化环境里，四顾无亲，步履维艰。人们对这种文化氛围的反映及态度又各异：有些选择接受，有些选择反抗，还有些则如同书内主角一样，无可奈何，唯有祈求上天赐予好运。人的异化现象严重。

另外一位杰出的墨西哥籍美国诗人是路易斯·奥马尔·萨林纳斯（Luis Omar Salinas，1937—2008）。1970 年，他的诗歌集《疯狂的吉普赛人》（*Crazy Gipsy*）问世，标志着他投身于"墨西哥籍美国文学复兴"。这部集子中收入了他最知名的两首诗，《阿兹泰克天使》（"Aztec Angel"）和《堂吉诃德式的期待》（"Quixotic Expectations"）。萨林纳斯的诗歌具有强烈的社会批评味道。由于深谙墨西哥籍美国人的生活处境，萨林纳斯表现出深刻的悲剧意识。以《阿兹泰克天使》为例，诗中真实地描述了墨西哥籍美国人的生活情况：异化严重，生活困苦，饱受压榨。这种艰难的生存处境威胁着墨西哥籍美国人的自然天性，使他们面临着严重的生存危机。阿兹泰克天使是个被驱逐的局外人，他用自己的心脏做抵押以求得知事实真相。由于处身事外，他得以洞若观火，目睹社会上一个阶级或种族为了自己的利益而压迫另一阶级或种族的现实。他经历了生存危机，失去了自我信念，但最后又成功地恢复了自我的认知。他承认自己是一个肺痨女人的儿子，但这个女人是"美丽的"。"美丽的"一词重申了萨林纳斯的民族传统价值观念。从美国主流观点看，墨西哥籍美国人身上“印第安人”的成分极浓，“美”的因素少得可怜。萨林纳斯宣称自己是“美丽的”，实际上是申明自我的存在，实在是一个高尚而富尊严的行动。从诗歌创作技巧看，萨林纳斯深受诸如智利诗人帕布罗·聂鲁达（Pablo Neruda）、西班牙诗人米魁尔·赫尔南德斯（Miguel Hernandez）等人的超现实主义的影响，惯于使用超现实主义手法，通过梦幻般的意象和暗喻描述艰难、枯燥的现实生活。超现实主义在他的诗歌里发挥主要结构手段的作用。

美国文学史正在经历一个再思考、修改与补充的过程。主要作家与作品的排列正在逐步与五彩缤纷的文坛现实相吻合起来。越来越多的少数民族作家进一步认识到本族群生活的重要性，他们的声音也越来越响亮了，于是种类繁多、数量惊人的文学作品便展现在读者面前。诚然，这些作品需要进一步接受文学批评的检验，美国各文学大奖委员会也应对当代文坛更加认真地加以审视。这些都正在进行中。越来越多的多种族作家在得到应有的承认。这一切都无疑地丰富了美国文坛，使之成为反映美国多元文化的窗口。这种发展也无疑将给美国文学史的撰写及教学带来巨大的影响，甚至会导致美国文学作家和作品的重新估量和评价。当“主流”与“支流”间的分界最后消失时，“多种族”的提法自然也就没有意义了。这种情况的出现当然需要时间，但已经开始显露迹象了。

总观美国文学历史，人们可以发现，不少美国作家都有一种不断探讨和尝试的精神。他们不断革故鼎新，总是殚精竭虑，以求有所建树。在美国文学早期，他们为争取文化与文学的独立而进行艰苦卓绝的奋斗。后来又有乡土文学和现实主义文学出现，竭力表现美国现实生活。到 19 世纪末、20 世纪初，一批自然主义作家又应运而生。20 世纪 20 年代信仰危机加剧，生活失去秩序和目的感，而呈现一种支离破碎状，于是乎多位作家同时抄笔，现代主义作品问世，创造出美国文学史上继浪漫主义之后又一个光辉灿烂的时代。到了 20 世纪 30 年代大萧条时期，作家们以其独特的灵感顺时应势，写出反映时代精神的作品来。二战以后，美国文坛是一片姹紫嫣红、百花争艳的景象。作品数量惊人地多，技巧革新惊人地别出心裁。后现代主义已在文学诸领域内取得空前的成就。每年都有新面孔出现，时时都有新的惊喜。自从 20 世纪 60 年代民权运动以来，文坛又添新兵新将，不同种族与文化背景的作家大批涌现出来，给美国文坛带来一股新鲜的和煦的风。300 多年以来，历代美国作家在美国文苑辛勤劳作，新花新草不断生长，满园一片生气。有些作家，尤其在当代，可能自我放任了一点，有些则露出一副颓废状，但所有的人都在竭尽全力翻新花样，以求一新耳目的效果。唯有这种努力才会创造伟大。这一点对世人也应有所启迪。

参考书目

Ahnebrink, Lars. *The Beginnings of Naturalism in American Fiction: A Study of the Works of Hamlin Garland, Stephen Crane, and Frank Norris with Special Reference to Some European Influences*. New York: 1961.

Allen, Donald M. , ed. *The New American Poetry, 1945—1960*. New York: 1960.

Allen, Gay Wilson. *A Reader's Guide to Walt Whitman*. New York: 1970.

——*The Solitary Singer, A Critical Biography of Walt Whitman*. New York: 1967.

Allen, Paula Gunn, ed. *Studies in American Indian Literature, Critical Essays and Course Designs*. New York: 1983.

Baker, Carlos. *Ernest Hemingway: A Life Story*. New York: 1969.

Barsett, John E., ed. *Harlem in Review, Critical Reactions to Black American Writers, 1917—1939* (1992).

Barth, John. "The Literature of Exhaustion." *Atlantic Monthly* (August, 1967).

Beidler, Peter G. *A Reader's Guide to the Novels of Louise Erdrich*.

New York: 1999.

Bigsby, C. W. E. *The Cambridge Companion to Arthur Miller*. New York: 1997.

——*Modern American Drama, 1945—1990*. Cambridge, MA: 1990.

——*Recent American Drama*. Minneapolis: 1961.

Blair, Walter. *Native American Humor*. San Francisco: 1960.

Bone, Robert A. *The Negro Novel in America*. New York: 1965.

Borroff, Marie, ed. *Wallace Stevens: A Collection of Critical Essays*. Englewood Cliffs, NJ: 1963.

Breslin, James. *From Modern to Contemporary, American Poetry, 1945—1965*. Chicago: 1984.

——*The Psycho-Political Muse, American Poetry Since the Fifties*. Chicago: 1987.

Bridgman, Richard. *The Colloquial Style in America*. London: 1966.

Brooks, Cleanth. *William Faulkner: The Yoknapatawpha County*. New Haven: 1963.

Brooks, Van Wyck. *America's Coming of Age*. New York: 1915.

Bryant, John, ed. *A Companion to Melville Studies*. New York: 1986.

Butterick, G. F. *A Guide to the Maximux Poems of Charles Olson*. New York: 1978.

Cargill, Oscar. *The Novels of Henry James*. New York: 1961.

Carpenter, F. I. *Emerson Handbook*. New York: 1953.

Carter, Everett. *The American Idea*. Chapel Hill, NC: 1977.

——*Howells and the Age of Realism*. Hamden, Connecticut: 1966.

Chang, Yaoxin. *History of American Literature*. Vol. I. Tianjin, China: 1998.

——*Notes on English and American Literature*. 2nd Ed. Tianjin, China: 2004.

——*A Survey of American Literature*. 2nd Ed. Tianjin, China: 2003.

Chase, Richard. *Melville: A Collection of Critical Essays*. Englewood Cliffs, N. J.: 1962.

Clark, Harry Hayden. *Transitions in American Literary History*. New York: 1967.

Coffman, Stanley. *Imagism: A Chapter for the History of Modern Poetry*. Norman, Oklahoma: 1951.

Cowley, Malcolm. *Fitzgerald and The Jazz Age*. New York: 1951.

——*Walt Whitman's Leaves of Grass: The First (1855) Edition*. New York: 1959.

Cox, J. M. *Robert Frost: A Collection of Critical Essays*. Englewood Cliffs, NJ: 1963.

Davidson, Cathy N. *Revolution and the Word, The Rise of the Novel in America*. New York: 1986.

Donaldson, S., ed. *The Cambridge Companion to Hemingway*. New York: 1996.

Downer, Alan S. *American Drama*. New York: 1960.

——*Recent American Drama*. Minneapolis: 1961.

Edel, Leon. *The Modern Psychological Novel*. New York: 1964.

Eliot, T. S. *Selected Essays*. New York: 1932.

Ermarth, Elizabeth Deeds. *Sequel to History, Postmodernism and the Crisis of Representational Time*. Princeton, NJ: 1992.

Evans, Mari. *Black Women Writers*. New York: 1984.

Feidelson, Charles. *Symbolism and American Literature*. Chicago: 1953.

Fiedler, Leslie. *Love and Death in the American Novel*. New York: 1966.

Firmage, George James, and Richard S. Kennedy. *Et cetra: The*

Unpublished Poems of E. E. Cummings. New York: 1973.

Fogel, Daniel Mark, ed. *A Companion to Henry James' Studies*. Connecticut: 1993.

French, Warren, ed., *The Thirties, Fiction, Poetry, Drama*. Deland, FL.: 1967.

——*The Twenties: Fiction, Poetry, Drama*. Deland, Florida: 1975.

Frye, Northrop. *Anatomy of Criticism: Four Essays*. Princeton, NJ: 1957.

Fussell, Edwin S. *Frontier: American Literature and the American West*. Princeton: 1965.

Gargano, J. W., ed. *Critical Essays on Henry James, The Late Novels*. Boston: 1987.

Gassner, John. *O'Neill: A Collection of Critical Essays*. Englewood Cliffs, NJ: 1964.

Grabber, G., ed. *The Emily Dinckinson Handbook*. New York: 1998.

Greenberg, Robert A., and James G. Hepburn. *Robert Frost: An Introduction*. New York: 1961.

Griffin, E. *Eugene O'Neill: A Collection of Criticism*. New York: 1976.

Hammond, J. *An Edgar Allan Poe Companion*. New York: 1981.

Harris, Charles B. *Contemporary American Novelists of the Absurd*. New Haven, Conn.: 1971.

Harvey, David. *The Condition of Postmodernity, An Enquiry into the Origins of Cultural Change*. Cambridge, MA: 1989.

Hassan, Ihab. *Contemporary American Literature 1945—1972: An Introduction*. New York: 1973.

——*Radical Innocence: Studies in the Contemporary American Novel*. Princeton, NJ: 1973.

Hobsbaum, P. *A Reader's Guide to Robert Lowell.* New York: 1988.

Hoffman, Daniel. *Form and Fable in American Fiction.* New York: 1965.

——*Harvard Guide to Contemporary American Writing.* Cambridge, MA: 1979.

Hoffman, Frederick J. *The Twenties: American Writing in the Postwar Decade.* New York: Collier Books, 1949.

Hook, A. *Dos Passos: A Collection of Critical Essays.* Englewood Cliffs: 1974.

Horton, R. W. *Backgrounds of American Literary Thought.* Englewood Cliffs, NJ: 1974.

Hotchner, A. E. *Papa Hemingway.* New York: 1966.

Hutcheon, Linda. *The Politics of Postmodernism*. New York: 1989.

——*The Idea of an American Novel.* Eds. Louis D. Jr. Rubin and John Rees Moore. New York: 1961.

Inge, M. Thomas. *Black American Writers.* London: 1978.

Johnson, Thomas E. *Emily Dickinson: An Interpretative Biography.* Cambridg, MA: 1955.

Kartiganer, Donald M., and Malcolm A. Criffin. *Theories of American Literature.* New York: 1972.

Karl, A. N. *The American Vision: Actual and Ideal Society in Nineteenth-Century Fiction.* New Haven: 1963.

Kazin, Alfred. *Bright Book of Life: American Novelists and Storytellers from Hemingway to Mailer.* Boston: 1971.

——*On Native Grounds: An Interpretation of Modern American Prose Literature.* New York: 1942.

Kenner, Hugh. *The Poetry of Ezra Pound.* Norfolk: 1968.

Klinkowitz, Jerome. *Literary Disruptions: The Makings of a*

Post-Contemporary Fiction. Urbana, IL: 1975.

Konvitz, Milton R. *Emerson: A Collection of Critical Essays*. Englewood Cliffs, NJ: 1962.

Lawrence, D. H. *Studies in Classic American Literature*. New York: Doubleday, 1960.

Lewis, R. W. B. *The American Adam: Innocence, Tragedy and Tradition in the Nineteenth Century*. Chicago: The Univ. of Chicago Press, 1955.

Litz, A. W. *Modern American Fiction: Essays in Criticism*. New York: Oxford Univ. Press, 1963.

Liu, Haiping, et al. *History of American Literature*. 4 Vols. Nanjing, China: 2002.

Longenbach, James. *Modern Poetry After Modernism*. New York: 1997.

Matthiessen, F. O. *American Renaissance, Art and Expression in the Age of Emerson and Whitman*. London: Oxford Univ. Press, 1941.

Marcus, M. *The Poems of Robert Frost*. New York: 1991.

McCaffery, Larry. *The Metafictional Muse: The Works of Robert Coover, Donald Barthelme and William H. Gass*. Pittsburgh: Univ. of Pittsburgh Press, 1982.

McClatchy, J. D. *White Paper on Contemporary American Poetry*. New York: 1988.

Miles, Barry. *Ginsberg, A Biography*. New York: 1989.

Miller, Hilary. *Mailer: A Biography*. New York: 1982.

Miller, James E. Jr. *A Critical Guide to Leaves of Grass*. Chicago: 1957.

——*A Reader's Guide to Herman Melville*. New York: 1962.

Miller, Perry. *Errand into the Wilderness.* Cambridge, MA: 1956.

Miller, Ruth. *Black American Literature: 1760—Present.* New York: 1971.

Millgate, Michael. *The Achievement of William Faulkner.* New York: 1963.

Nagel, J. *Critical Essays on Catch-22.* Boston: 1974.

Nelson, Emmanuel S., ed. *Asian American Novelists, A Bio-Bibliographical Critical Sourcebook.* Connecticut: 2000.

O'Connor, William Van. *Sense and Sensibility in Modern Poetry.* Chicago: 1948.

Pattee, Fred Lewis. *The Development of the American Short Story.* New York: 1966.

Paul, Sherman, ed. *Thoreau: A Collection of Critical Essays.* Englewood Cliffs, NJ: 1963.

Pearce, Roy Harvey. *The Continuity of American Poetry.* Princeton, NJ: 1961.

Perkins, David. *A History of Modern Poetry, Modernism and After.* New York: 1987.

Perry, Margaret. *Silence to the Drums: A Survey of the Literature of the Harlem Renaissance.* Westport, CN: 1976.

Petter, Henri. *The Early American Novel.* Columbus, Ohio: 1971.

Pinion, F. *A T. S. Eliot Companion.* New York: 1988.

Pizer, Donald. *Realism and Naturalism in Nineteenth-Century American Literature.* Carbondale and Edwardsville: 1966.

Pratt, William. *The Imagist Poem: Modern Poetry in Miniature.* New York: 1963.

Quinn, M. B. *Ezra Pound: An Introduction to the Poetry.* New York: 1972.

Regan, Robert. *Poe: A Collection of Critical Essays.* Englewood Cliffs: 1967.

Rosenthal, M. L. *A Primer of Ezra Pound*. New York: 1960.

Roudane, M., ed. *The Cambridge Companion to Tennessee Williams*. New York: 1997.

Savron, David. *In Their Own Words, Contemporary American Playwirights*. New York: 1988.

Smith, Grover. *T. S. Eliot's Poetry and Plays: A Study in Sources and Meaning*. Chicago: 1950.

Smith, Henry Nash. *Virgin Land: The American West as Symbol and Myth.* Cambridge, MA: 1950.

Spender, Stephen. *The 30s and After.* New York: 1978.

Spiller, Robert E. *The Cycle of American Literature: An Essay in Historical Criticism.* London: 1955.

Sutton, Walter. *Ezra Pound: A Collection of Critical Essays.* Englewood Cliffs, NJ: 1963.

Tanner, Tony. *City of Words: American Fiction 1950—70*. New York: 1971.

Tatum, C. *Chicano Literature*. New York: 1982.

Terrell, C. *A Companion to the Cantos of Ezra Pound*. New York: 1980.

Trachtenberg, Stanley. *Critical Essays on Saul Bellow.* Boston: 1979.

Trilling, Lionel. *The Liberal Imagination.* New York: 1950.

Turnbull, Andrew W. *Scott Fitzgerald.* New York: 1962.

Tyler, Stephen. *The Unspeakable, Discourse, Dialogue, and Rhetoric in the Postmodern World*. Madison: 1987.

Vincent, Howard P. *The Merrill Studies in Moby Dick.* Columbus, OH: 1969.

Volpe, Edmund L. *A Reader's Guide to William Faulkner.* New York: 1964.

Wagner, Jean. *Black Poets of the United States.* Illinois: 1973.

Waller, George M. *Puritanism in Early America.* Boston: 1950.

Warren, Robert Penn. *Faulkner: A Collection of Critical Essays.* Englewood Cliffs, NJ: 1966.

Westbrook, Max, ed. *The Modern American Novel: Essays in Criticism.* New York: Random House, 1966.

Western, Jessie J. *From Ritual to Romance.* New York: Doubleday, 1920.

Whicher, George. *This Was a Poet: A Critical Biography of Emily Dickinson.* New York: 1939.

Whitson, Kathy J. *Native American Literatures, An Encyclopedia of Works, Characters, Authors, and Themes.* California: 1999.

Williams, Wirt. *The Tragic Art of Ernest Hemingway.* Baton Rouge: 1981.

Wilson, Edmund. *The Shores of Light: A Literary Chronicle of the Twenties and the Thirties.* New York: 1952.

——*The Thirties.* New York: 1980.

——*The Twenties.* New York: 1975.

Winters, Yvor. *In Defense of Reason.* New York: 1937.

Wittenberg, Judith Bryant. *Faulkner: The Transfiguration of Biography.* Lincoln, Neb: 1979.

Yang, Renjing. *History of Modern American Literature.* Shanghai: 2002.

Young, Philip. *Ernest Hemingway: A Reconsideration.* New York: 1967.

Zhang, Ziqing. *A History of American Poetry.* Nanjing, China: 2004.

索　引

***页码标为黑体者表示集中论述该作家之处。**